西嶺雪作品　西望張愛玲之

張愛玲

傳奇

（傳記文學）

西嶺雪◎著

「她生命裏頂完美的一瞬，

與其讓別人給它加上一個不堪的尾巴，

不如她自己早早結束了它，

一個美麗而蒼涼的手勢……」

——摘自〈金鎖記〉

一個過了七十歲的有慧根的老人，是在臨死之前已經通了神，
可以從容地預知一切、甚至安排一切的。張愛玲，便是這樣的人。
她在文字中向來很少談及自己的生活，一生為人十分注重隱私，
然而在死前兩年，卻像投胎的靈魂撿拾腳印一樣地，
把自己人生的斷章零羽——收起，結集出版《對照記》，
彷彿在對自己的一生做個交代。
如此，我們這一部書，也最好按照她的意思，她的節奏，
來亦步亦趨地追隨她的腳步，窺視她人生的傳奇、領略她文字的芬芳好了。

令人眼睛一亮：
西嶺雪及她的「西望張愛玲」三書

著名文化評論家

陳曉林

　　很久沒有讀到過令人眼睛爲之一亮的天才型作品了。所以，當我首次看到西嶺雪的小說時，那種意外驚喜的感覺，迄今難以忘懷。更何況，她已寫出了那麼多動人心弦的精采作品，足供任何有鑑賞力的閱讀者大快朵頤！

　　我自己的本業也與文字脫不了關係，而且閱讀範圍頗爲廣泛與多元，從經典文學到通俗小說，從歐美排行榜到華文新創作，均有涉獵的興趣，在文化界一干朋友圈中，向來以廣收博覽見稱。但即使以我這樣常自命對文字、文章、文學作品已非常挑剔的人，在看到西嶺雪揮灑自如而又清麗絕俗的「展演」時，竟會放不下書來，一冊又一冊地追著瀏覽。我不得不承認：西嶺雪的作品有其特殊的魅力。

　　最初，我是因一個偶然機緣讀到西嶺雪所寫「前世今生」長篇小說系列中的《尋找張愛玲》，深覺以張愛玲其人其事爲題旨的作品雖已汗牛充棟，其中且不乏一流名家精意覃思的傑作，但以創作構想之奇巧、行文敘事之曲折，以及對張愛玲在感情上投入之熱切和專注而言，此書實屬超軼群倫，戛戛獨絕。後來，進而看到她上窮碧落下黃泉，全面蒐羅與張愛玲生平相關的資料而撰成傳記文學《張愛玲傳奇》，以及揣摩張愛玲家族及上海灘當年情事而寫成的長篇言情故事《那時煙花》，更爲張氏有此異代知己而慶幸不已。

　　一代才女張愛玲能獲後世才女如西嶺雪者這般傾心，一連爲她寫了不同文體的三部作品（即「西望張愛玲」三書），部部皆有獨立且獨到的文學價值；如此交互輝映，將來殆可傳爲華人文學史的佳話。

但我後來才知悉，西嶺雪的身世遭際、家族命運、文學興趣和淵源、寫作志業和成名，與張愛玲竟似有某種平行對映的軌跡。例如，她們都自幼嗜讀《紅樓夢》，到了熟極而流的地步，所以行文運筆，輒予人柳暗花明的意趣；她們都洞察了紅塵男女的情愛，在生死纏綿之外，亦有其世俗或虛幻的面向，故而筆下常隱含悲憫與諷喻；但一面以哲學高度透視無常的世態與人生，另一面她們自己卻仍能熱情地擁抱生活，且對時尚、華服、美景、食饌皆有非常敏感的品味和興趣。

　　筆名顯然取自杜甫詩「窗含西嶺千秋雪」，身為擁有眾多粉絲的現代美女作家，並是月銷量上百萬本的女性流行雜誌主編，卻標示了如此鮮明的古典意境。事實上，古典文化的意象、掌故與境界，融入在悲歡離合、真幻莫測的戀愛傳奇中，既有悠遠而雅致的「門道」，又有後現代、多聲部的「熱鬧」──這正是西嶺雪作品的魅力所在。

　　「誰信京華塵裡客，獨來絕塞看明月」，我個人的寫作風格偏向雄渾與犀利，但對西嶺雪雅致而旖旎的創作成就卻時感心嚮往之。為此專程搭機到西安向她約稿，簽下她的長篇作品廿餘部，除「西望張愛玲」三書外，包括「前世今生」系列、「清宮三部曲」、「紅樓夢三續書」等，將逐部引介給台港及海外華文讀者。我深信，西嶺雪的才華與功力，必將獲得來自廣大讀者的熱烈喜愛，以及來自文化界、媒體界的高度評價！

她看見了她

知名演員、導演

黃磊

我與西嶺雪只有一兩次見面，卻似乎一見如故，或許是因爲我看了她的書，她看過我的戲吧。所以這次給《張愛玲傳奇》做序的事兒，她一提我就應了，也正好我前些日子剛讀完這本書，再就是我也是個張迷。

一個作者能讓人們關注他（她）的作品是件不容易的事，若還能因其作品讓人們關注作者本人就更難了，再若能讓人們爲之著迷並且將其視爲傳奇的，就該是張愛玲了。

初讀張愛玲是在大學時，看著她的文字，讀著其中的故事，想著那些個人物，怎麼也不相信這是個與我當時年齡差不多的女子寫的。那兩年張愛玲剛剛進入大家的視線，尤其是校園，歷史的種種因素曾讓這個充滿傳奇的女人在人群中消失了，所以我們竟然是在面對一個「新」作家，讀著她的「新」作品，這樣一來我們與張愛玲似乎也成了同代人，劇中人也變得不遙遠了，恍惚間我們會回到曾經的大上海，老香港，我們甚至把劇中人當作了真實的人，把張愛玲想成了劇中人……

於是在資訊不發達的那幾年，我們想盡辦法找到她的照片，看著她的臉竟然覺得那不是她，那只是一個扮演者。又問自己那張愛玲到底應該什麼樣？也想不出來，於是漸漸忘了這是個人，張愛玲這三個字也不是個名字了，倒更像是個形容詞，可以用來形容很多事，比如讓我描述西嶺雪，我就會說：她很張愛玲……

西嶺雪很張愛玲，所以她著迷於她，在她的作品中就有三本是關於張愛玲的，兩本小說，一本傳記文學，三本都是西嶺雪穿越時空面對張愛玲的「邂逅」。文字

之精緻就不用說了，才情更是了得，但最關鍵的是她儼然真的見到了她。

我曾經在劇中扮演過張愛玲筆下的人物，也大概讀全了張愛玲的小說，之後各種舞台、影視有關於張愛玲的製作，我也都關注著，當然也包括不同版本的傳記。這本《張愛玲傳奇》很特別，讀時覺得與其說是傳記，不如說是一封長信，一封西嶺雪寫給張愛玲的長信，一封西嶺雪替張愛玲寫給我們的信……

「西望」兩個字我一開始想當然地認為就是地理位置，西嶺雪住在西安嘛。讀完了覺得與方位無關，「西」該是指她自己吧。

我問過西嶺雪，筆名之前的真名是什麼，她說她忘了。看了些她的穿越題材小說後，想起她說忘了時的神情，心想我們可能都忘卻過一些什麼，比如名字，比如你曾經是誰。

張愛玲的〈色戒〉中有個人物叫黃磊，當初嚇了我一跳，如今讀過西嶺雪的書，心想，也許那真的是我呢。

西望張愛玲之

張愛玲 傳奇

【推薦總序】令人眼睛一亮：西嶺雪及她的「西望張愛玲」三書　陳曉林·4

【推薦序】她看見了她　黃磊·6

第一章　夜半無人私語時 ❋ 13

我在霧裏行走，追逐著張愛玲的腳步。我的靈魂行走在天上，行
走在二十年代的上海。我撥開那迷霧，從雲的罅隙俯視那庭院，
聞到幽微的花香，聽到一個女孩子清泠的讀書聲。

第二章　小荷才露尖尖角 ❋ 33

我的靈魂在天空中行走，徘徊於張愛玲的兩個家——一間在法租
界一幢雄偉的西式大廈裏，寬敞明亮；另一間在蘇州河邊的弄堂
裏，陰霧迷離——後來我才發現，那不是迷霧，是鴉片的煙。

第三章　她不是白雪公主 ❋ 57

我的靈魂遊蕩在時間的永巷裏，緊追著張愛玲的腳步。我想借一
盞銀燈，將腳下的路照得清楚，然而只是一低頭，已經不見了她
的蹤影，只有隱微的哭聲來自隔壁的老房子。

第四章　香港的求學歲月 ❋ 85

請你在美女聳肩瓶裏插上一枝新採的梅花，或是隨便什麼應季的
鮮花，然後選一隻白地蘭花的小小香薰燈，撮上少少一點沉香
屑，少少一點就可以，因為她在香港的時間並不長——

第五章　劫後餘生錄 ❋ 105

我的靈魂飛在香港的上空，被炮聲驚得陣陣恍惚。這是一九四一
年十二月八日，太平洋戰爭爆發了。老百姓拖兒契女地哭號著，
躲避著，奔走著，驚叫著：打仗了！真的打仗了！

第六章　上海的公寓生活 ❄ 124

我的靈魂不舍晝夜地追著張愛玲的影子飛，從上海到香港，再從香港回上海，一直飛進重重迷霧裏去——海上的霧太大了，不僅有海霧，還有硝煙。這是一九四二年的五月，張愛玲回到了上海。

第七章　海上奇人錄 ❄ 144

我重新追上張愛玲的腳步，看到她穿著一件鵝黃緞半臂旗袍站在一戶人家的門前猶豫。門裏透出馥郁的花香，還有一個老人的吟哦聲，我不禁微笑，知道她找對了人。

第八章　遇到胡蘭成 ❄ 161

我的靈魂一直地飄上頂樓，看到六五室門前有個男人在敲門——長衫、禮帽，相貌清臞，身形蕭索，彬彬有禮地問：「張愛玲先生在麼？」然後自門洞裏塞進一張字條去……那便是胡蘭成！

第九章　與子相悅 ❄ 179

我的靈魂行走在愛情的荊棘路上，孤獨地行走著，舉步維艱，尋找一條不受傷的捷徑。我沒有找到，張愛玲也沒有找到；我沒有替張愛玲找到那捷徑；我的靈魂在哭泣。

第十章　一紅傾城 ❄ 200

我的靈魂，歎息歎息再歎息——愛玲結婚了，就在愛丁頓公寓她的房中。沒有燭臺，沒有鳳冠霞帔，我的靈魂徒勞地說著祝福的言語……——悲劇已經注定，無人可以改變。

西望張愛玲之

張愛玲

傳奇

第十一章　亂世佳人 ❀ 228

我的靈魂在風裏顫慄，不僅僅是因為冷。這是一九四五年的正月十五，元宵節，然而月亮卻不夠圓滿，彷彿被凍住了，有雲朵緩緩地飄過來，在圓月上遮出陰影，而且沒有散去的意思。人們形容美女是花容月貌，那麼這晚的月亮便好比是一個憂鬱的美女，恰應著「亂世佳人」的俗語。

第十二章　俠骨柔腸有誰知 ❀ 250

我飄去陽台，看愛玲赤著腳踝，站在黃昏的霞光裏篦頭，垂肩的長髮絲絲縷縷地落下來，在手臂上披披拂拂，如同夜雨，看得我心疼不已——這萬千煩惱絲，是為誰掉的呢？

第十三章　倘若她留在中國 ❀ 271

我的靈魂坐在舊上海的電車裏。電車一路「克林克賴」地駛著……車窗裏戳出一大捆白楊花，遠望像枯枝上的殘雪；車窗外，是鱗次櫛比的街道，臨街的商店，商店的櫥窗，櫥窗裏的模特兒。然而，總有一點什麼不同了。

第十四章　揮手自茲去 ❀ 298

我的靈魂翻山越海，來到香港大學的半山，一路經過著生死契闊的舊友：范柳原與白流蘇在短牆下執手相看，用如歌的聲音顫抖著念「與子偕老」；葛薇龍站在姑姑的巨宅前猶豫著要不要敲門，如火如灼的杜鵑花從門裏一直開到門外……

第十五章　美國的忘年之戀 ❀ 324

我行走在夜的海上，跟隨著張愛玲一路顛簸漂流。這是第幾次陪她飄洋過海？還記得她八歲時一路經過綠海洋黑海洋從天津到上海時的興奮，也還記得她十九歲時從上海來香港的緊張——這一次的海航，又會給她的人生帶來什麼樣的轉變？

第十六章　綠衣的母親 ❈ 345

我的靈魂遊走在紐約的上空，看那個天堂和地獄並在的人間。
有人說：愛一個人，就送他去紐約；恨一個人，就送他去紐約——
愛玲來到了紐約，這是她的地獄，還是天堂？

第十七章　台港行 ❈ 363

我的靈魂無比欣喜地看著張愛玲在闊別國土六年後，又再次飛來
中華大地——雖然她是第一次來台灣，可這畢竟是中國人的地方。
我的靈魂聽到她激動地脫口而出：「真像是在夢中。」

第十八章　永失我愛 ❈ 388

當我在莫高窟面對飛天彩繪和周圍的喧嘩之際，就徹底地明白了
她——她也曾和我一樣在寫字樓裏謀生，為了不懂得與同事相處而
覺得抱歉與窘迫，然後坐在辦公室裏瘋狂地渴望孤獨與自由。

第十九章　夢裏不知身是客 ❈ 415

張愛玲說過，每個男人一生中都至少有過兩個女人，一個是他的
紅玫瑰，一個是白玫瑰。而其實，每個女人一生中，也都至少有
過兩個男人，一個是她的毒，一個是解毒的藥。

第二十章　永遠的海上花 ❈ 430

我的靈魂隨著張愛玲遷徙流連，如同海上泡沫隨波逐流。安徒生
說，人死後會擁有靈魂，而海的女兒雖然千秋萬歲，但當她們死
後，便只有化作泡沫，終生漂流。

第一章　夜半無人私語時

1

　　我在霧裏行走，追逐著張愛玲的腳步。我的靈魂行走在天上，行走在二十年代的上海。我撥開那迷霧，從雲的罅隙俯視那庭院，聞到幽微的花香，聽到一個女孩子清泠的讀書聲。

　　這是一九二八年的上海，小小的張愛玲，那時還叫做張煐，她拉著她弟弟的手，坐在院子的花樹下讀書——我願意它是桃花，因爲喜歡胡某人的那句「桃花難畫，因要畫得它靜」；至於書麼，或許便是《紅樓夢》罷，那是她反反覆覆讀了一輩子的書，她說過第一次讀是八歲。

　　她們抱著母親從英國寄來的玩具，男孩子還戴著那舶來品的草帽，兩個孩子，一個八歲，一個七歲，在一樹桃花下揚起純真童稚的臉，宛如天使。

　　我心動地聆聽。

　　——如果上帝在這個時候的天空經過，大概也會駐足傾聽。

　　她沒有她弟弟美，神情也略顯呆滯，沒有弟弟那種討巧的乖甜。可是她的聲音抑揚頓挫，有著對文字天生的感知力與領悟力，滲透了靈性。

　　弟弟張子靜多少有些不專心，是在惦記保姆張干爲他預備了什麼樣的晚飯，也是在想媽媽到底什麼時候才會回來——他已經想不起母親的模樣，甚至想不起「母親」這個詞所代表的具體含義——但總歸是一個好詞，是一件好事，不然不會一大家子人這樣興頭頭地回到上海來，接駕一樣地等待母親的歸國。

連下人們都較從前勤快些，因為知道她們的女主人就要回來，小煐的保姆何干，和子靜的保姆張干，早早地就替兩姐弟預備下了見面那天穿的衣裳，連被褥也都拿了出來晾著。滿院子拉著長桿短桿，曬著金絲銀線的綾羅綢緞，發散著太陽的香氣，有種蓬勃富足的喜慶勁兒。額角貼在織金的花繡上，會清楚地感覺到太陽的光，是纖細熱烈的一條條。

　　天津家裏的一切都成了過去——揮之不散的鴉片香，父親和姨奶奶的吵鬧，親戚們關於小公館的種種議論和鄙夷的眼神……這一切都扔在天津了，隔著一個海洋扔得遠遠的。他們從天津來上海時，輪船一路經過綠的海黑的海，走了好遠好久，把不快樂不光明都丟在了海那邊，怎麼也追不上來的了。

　　從天津到上海，命運在這裏轉了一個彎兒，似乎是在向好裏轉，至少一度是這樣充滿著好轉的希望的。

　　人總是喜歡新鮮的。有變化總是好的。等到母親回來，一切還會變得更好。

　　弟弟忽閃著他的長睫毛大眼睛，打斷姐姐的朗讀，不知道第幾百次地問：「媽媽長得好看嗎？」

　　「你又不是沒見過。」姐姐有些不耐煩地看著弟弟，「媽媽走的時候，你也有三歲了，一點都不記得？」

　　她可是記得很清楚的。記得母親上船那天伏在竹床上痛哭時聳動的肩，記得她穿的綠衣綠裙上釘有抽搐發光的小片子，她躺在那裏像船艙的玻璃上反映的海，綠色的小薄片一閃一閃，是海洋的無窮盡的顛簸悲慟。那汪洋的綠色看久了眼睛會盲，想忘也忘不了。

　　那一年，她四歲。

　　一個早慧的兒童多半是不快樂的。敏感，彷彿總是與傷感攣生。

　　母親給她拍過許多照片，照片裏的她大多不笑，圓頭圓腦，有著懷疑一切的目光。唯一笑得很燦爛的一張，便被母親很用心地著了色。

　　照片上的她生得面團團的，穿著藍綠色薄綢的衣裳，有著薄薄的紅唇——然而她明明記得，那是一件T字形白綢領的淡藍色衣裳，印著一蓬蓬的白霧——藍綠是母親後來的著色，那是母親的藍綠色時期。

　　隔了許多許多年之後，她也會清楚地記著，那是一個北國的陰天下午，相

當幽暗，母親把一張小書桌迎亮擱在裝著玻璃窗的狹窄的小洋台上，很用心地替這張照片上色。雜亂的桌面上有黑鐵水彩畫顏料盒，細瘦的黑鐵管毛筆，一杯澄淨若無的水——她記得這樣清楚，因爲是記憶裏難得的母愛珍藏。

母親是時髦的，也是美麗的，總是不大容易高興。早晨，何干抱了小煐到她的四腳大銅床上，她總是顯出微微愕然的樣子，似乎一時想不起這個小小孩童是從哪裏來的，她忍耐地看著那孩子爬在方格子青錦被上不知所云地背唐詩，要想好一會兒才可以慢慢醒來——彷彿靈魂悠遊在天上，看見自己的肉身在俗世，多少有些不捨得，只得無奈地還了魂——她於是顯出一點高興來，認真地教女兒認字塊，背唐詩，認兩個字之後，就給她吃兩塊綠豆糕。

——關於母親的記憶，統統和「綠」有關。

「你還記得綠豆糕嗎？」小煐循循善誘地提醒，「媽媽每次給我兩塊綠豆糕，我總是分一塊給你。」

「我要吃綠豆糕。」子靜的心思立刻轉開去，但是嘩一下又改變了主意，「不，我更喜歡松子糖。」

他說著，嘴角露出甜美的笑容來，彷彿已經吃到了松子糖。

那是把松子仁舂成粉，再攙入冰糖屑做成的糖。他真是喜歡，彷彿生活的甜蜜全都濃縮在那裏，落實在那裏。小時候，爲著他體弱多病，得扣著吃，人們曾經嘗試在松子糖裏加了黃連汁餵給他，使他斷念，他大哭，把隻拳頭完全塞在嘴裏去，仍然要。於是他們又在拳頭上擦了黃連汁，他吮著拳頭，哭得更慘了——要想吃到香甜的松子糖，便要同時接受奇苦的黃連汁，這是他自小接受到的關於人生真味的最直接的教育。

然而這麼多年來，他仍是不改初衷。

「我想吃松子糖。」他再一次聲明，很認真地聲明。

「那你去找張干要好了。」小煐終於不耐煩了，扔下弟弟，自己去陽台上找父親。

父親獨自坐在陽台上，頭上搭一塊濕手巾，兩眼直視，不知道他在看什麼——也許是在想像未來，也許是在面向死亡——因爲打了過度的嗎啡針，他已經離死很近了，才只三十二歲，可是竟有了暮氣沉沉的況味。

小煐站在陽台門口，試探地叫一聲：「二叔。」

因爲大伯父沒有女兒，她從小在口頭上被過繼給了大伯，所以一直喊自己的親生父母做「二叔」、「二嬸」。她弟弟很羨慕她可以有這麼特殊的稱謂，於是她又跟著弟弟喊伯父母「大爺」、「大媽」，並不叫「爸爸」、「媽媽」。這彷彿是一個預言——她的字典裏沒有「爸爸」「媽媽」，所以注定了一輩子不能體味正常的天倫之愛。

被喊作「二叔」的張廷重緩緩地回過頭，看見女兒，僵滯的臉上顯露出一絲歡喜，問：「做什麼？你弟弟呢？」

「他餓了，找張干要吃的去了。」小煐湊近一些，「二叔在看什麼？」

張廷重搖搖頭，卻反問：「你想媽媽嗎？」

「不知道。」小煐老老實實地回答。在她心目中，「媽媽」或者說「二嬸」像一個符號多過像一個人，是高貴神秘而又遙不可及的，是每年家人要她拍了照片遠寄重洋的接收人，也是逢年過節常常往中國郵寄禮物的投遞人——因爲父親娶了姨太太，又抽上鴉片，她藉口小姑子出國留學需要女伴監護，一同去了英國。一去四年。從那時起，人們便在等她回來，把等待當作生命中的第一件大事，來上海後，每天從早到晚談論最多的話題便是「太太要回來了」。她隱隱地歡喜，可是想到那位高貴而遼遠的母親真的要回來，要活生生地站在她面前，不是一張照片，而是一個實實在在的人，又多少有點奇怪而不自在。

小煐問父親：「二嬸是不是真的就要回來了？」

「她回來，也可能還是會走的。」父親答非所問，又歎了一口氣，不知是對自己還是對妻子歎氣。

是他寫了一封又一封的信去求妻子回來的，直到他答應戒煙，又攆走了姨太太，她才終於肯答應。他當然高興，可是多少也會覺得挫敗，而且他對自己以後是不是真的可以戒掉煙癮並沒有十足的把握。

鴉片是好東西，任憑再大的煩惱再多的痛苦，一個煙泡滾幾滾，自然百病全消，萬慮齊除。家勢一代不如一代，世道一時不如一時，景況一年比一年更不如意——若再沒了鴉片，還能叫日子嗎？

每個人都有些戒不掉的嗜好吧？人總得有個念心兒，才會覺得活著的好。他的癮是鴉片，小煐的是書，子靜是松子糖，妻子黃逸梵呢？大概是上學吧。

說起來逸梵真是舊時代意義上標準的大家閨秀，還從小纏足呢。像張家這樣曾經顯赫的大家族在民國後也都不講究那些了，妹妹張茂淵也是一雙天足，逸梵卻是三寸金蓮。但就是這樣一個嫻靜的淑女，竟然一雙小腳跨洋越海，跑到英國留學去了，聽說和茂淵兩個跑到阿爾卑斯山滑雪，還滑得不賴呢——就這樣子一天天地飛遠，從他的身邊飛離了去，從他的家庭飛離了去，他們漸漸活在兩個世界裏。

記得當年結婚的時候，他們都才十九歲，金童玉女，一對璧人。男的風流瀟灑，女的清秀恬美，又都是名門後裔，旗鼓相當，端的惹人豔羨。那時候花前月下，他們都曾慶幸自己得到了傳說中的金玉良緣，遠遠好過他們的祖輩。

——張廷重的父親是前清名將張佩綸，母親是李鴻章的小女兒李菊耦，他們倆年齡相差了整整十八歲，而且都不算長壽。張茂淵就曾很不孝地非議過自己的姥爺，說：「這老爺爺也真是——兩個女兒一個嫁給比她大二十來歲的做填房，一個嫁給比她小六歲的，一輩子都嫌她老。」

——黃逸梵的背景沒有張廷重那麼輝煌闊大——清末南京長江水師提督黃軍門的女兒。她母親是農家女，嫁與將門之子作妾，平等自由那是談不到的，而且也是短壽，夫妻兩個都只活到二十幾歲，孩子由嫡母帶大。

按說這樣背景相近、年齡相仿的兩個人結為夫妻，那是沒有什麼不滿足的了。事實上，新婚時他們的確也曾快樂，也曾恩愛，也曾甜蜜和美過，然而後來，究竟是怎麼走到如今這一步的呢？

大抵是從他吸鴉片、捧戲子、養姨太太開始的。

張廷重再歎了一口氣，眼睛微微瞇起，看得更加深遠了。

這一次，他望見的是過去。

2

李鴻章，這是一個在中國歷史上舉足輕重的人物，在朝四十餘年，官至文學殿太學士，死後大清朝廷賜封諡號「李文忠公」。因為曾代表清廷與侵華各

國先後簽訂馬關條約、中俄條約等一系列不平等條約，歷史對他的評價褒貶不一，即使蓋棺亦未能定論——然而這都交由歷史教科書去出爾反爾罷，我要在這裏討論的只是血統。

血統是一種神秘的東西，說它有，什麼也看不見；說它沒有，它卻是的的確確流淌在一代又一代人的血管裏，隨著新生命的來與去而周轉不息。

張愛玲在《對照記》裏提到祖父母的時候，曾寫道：

「我沒趕上看見他們，所以跟他們的關係僅只是屬於彼此，一種沉默的無條件的支持，看似無用，無效，卻是我最需要的。他們只靜靜地躺在我的血液裏，等我死的時候再死一次。我愛他們。」

可以愛自己的祖先，並以他們為豪是一種幸運。

很多人巴不得清洗自己的歷史，很多人發了財便要請槍手替自己杜撰經歷，很多人因為「我們祖上也曾富過」而一生鬱鬱，很多人為了自己的「歷史遺留問題」而蹉跎終生……祖先，是我們固有的歷史，是我們的來處，是今昔何夕我為何人的一種論述，它使我們在這世上不孤立，不虛無，而有根有據，如影隨形。

當「我」走在這世上，我不是破空而來突然而去的，我的身後站著歷朝歷代的祖先，他們躺在我的血管裏借我的眼睛來看世界，借我的腳步行走，借我的頭腦思考，借我的生命再活一次，再死一回。

即使不是每一顆西瓜種子播下去都一定能結出最大最甜美的西瓜，但是豆角種子播下去卻一定結不出西瓜來——這便是血統。

張愛玲的血統無疑是高貴的。她在成名之後，曾一度猶豫過是否要借此出身來為自己的新書做宣傳，並且因此「劣跡」而一再被人攻擊虛榮——然而她為什麼不可以虛榮？她是貴族的女兒，並不是神的女兒，她有她的人性。而人性的根本就是虛榮。這大概便是張愛玲即使因為聲明貴族血統很吃了一點苦頭，並為此沉默多年，然而在死前的最後著作《對照記》裏卻再一次大膽地講出自己的出身，並大聲宣佈「我愛他們」的緣故。

好吧，讓我們尋出家傳的霉綠斑斕的銅香爐，點上一爐沉香屑，再沏一壺

茉莉香片，尖著嘴輕輕吹開那浮沫，在茶煙繚繞中，開始聊聊這一段關於血統的閒話罷——

傳說中的張佩綸儀容瀟灑，能言善辯，頗有名士之風。直隸豐潤人，出身於士大夫之家，中舉人，點進士，從翰林院的庶吉士進至侍讀，後升署都察院左副都御史，是清末「清流派」的中堅人物，常與一些文人學士們抨擊時弊，糾彈官吏，往往一疏上聞，四方傳誦。閒時狎妓縱酒，風月無邊，尤其喜著竹布長衫，風流倜儻，招搖過市，一時引得京都士大夫爭相效仿，幾至竹布長衫暢銷京都之勢。

一八八四年中法戰爭期間，張佩綸被派福建會辦海防，曾眼見福建海防空虛而向南洋和北洋呼籲船隻，但未獲理睬。七月三日，法艦突然發動襲擊，進犯中國南部沿海，中國軍艦連同生產這些軍艦的福州船政局頃刻間煙消雲散，張佩綸上中岐山觀戰，親眼目睹了炮彈橫飛、水幕沖天的悲壯場面，自知罪無可綰，心灰意冷。這就是歷史上著名的「馬尾戰事」。

事後，張佩綸被革職充軍，流放邊塞張家口。其間作《管子注》二十四卷，《莊子古義》十卷。光緒十四年（一八八八年）期滿釋歸，因與李鴻章是世交，遂得收留為幕僚，協辦文書，掌理重要文件，並因此認識李鴻章之女李菊耦。那年張佩綸已經四十一歲，兩年前剛死了原配，又是個剛釋放的囚犯；而李菊耦只有二十三歲，且素有才名，嫁與張佩綸做續弦是委屈了——這家的女孩子總是與層次比自己低的男人結緣，也是宿命。

《孽海花》裏形容李菊耦「眉長而略彎，目秀而不媚，鼻懸玉准，齒列編貝」；「貌比威、施，才同班、左，賢如鮑、孟，巧奪靈、芸，威毅伯（即李鴻章）愛之如明珠，左右不離。」說李鴻章的夫人趙繼蓮為了他要把這個才貌雙全、德能兼備的女兒許給一個相差十九歲的「囚犯」做繼室，不禁大怒，罵李鴻章是「老糊塗蟲」，又哭又鬧，卻到底拗不過。

結婚後，張佩綸自誓閉戶讀書，對李鴻章的政治、外交各方面「斷不置喙」，只與嬌妻每日詩酒唱隨，烹茶作賦。李鴻章為了愛女，在南京大中橋裏府巷給他們買了一所巨宅，是康熙年間一個征藩有功的靖逆侯張勇的舊宅，深府大院，花木競秀，頗為幽靜。張佩綸與李菊耦便是在那裏生下了一子一女，

子即張廷重，女即張茂淵。

在張佩綸所著《澗中日記》裏，時有「午後與內人論詩良久」、「雨中與菊耦閒談，日思塞上急電枯坐時不禁心憮然」、「合肥晏客以家釀與余、菊耦小酌，月影清圓，花香搖曳，酒亦微醺矣」之類風花雪月的句子，伉儷情深，躍然紙上。即使妻子「小有不適」，亦可謂小病是福，兩人「煮藥，煮茶，賭棋，讀畫，聊以遣興。」很有點趙明誠與李清照的意味。

他們甚至還合作過一部武俠小說叫《紫綃記》，書中俠女紫綃是個文武雙全的大家閨秀，文中常常只稱作「小姐」而不提名字——他們的進步使得小說的主人公是一個走出深宅大院的奇女子，然而他們的保守卻又使得一支筆緘默地不肯輕言千金閨秀的芳名——大家族的不徹底由此可見一斑，即使是在最荒誕的想像和杜撰裏也仍舊是「非禮勿言」的。

《對照記》裏有張佩綸與李菊耦的照片，我未能看得出張佩綸有多麼「風流倜儻」，卻著實驚豔於李菊耦的嫻靜恬美，人們一直形容張愛玲是「臨水照花人」，然而李菊耦神情中的那一種靜默溫婉才真正稱得上「臨水照花」。且她也的確是個惜花人，一聽說桃花或是杏花開了，便扶著女傭的肩膀去看——家裏沒有婢女，因為反對販買人口，這也足可見出二人的進步；藤蘿花開的時候，她會讓傭人將花攙在麵糊裏做餅，有種清甜淡遠的花香；張佩綸筆記中曾記載她飲茶之道：「蓄荷葉上露珠一甕，以洞庭湖雨前淪之，葉香茗色湯法露英四美具矣」，像不像《紅樓夢》裏煮雪烹茶的妙玉？

然而一個女人的心若不靜，便招外禍；心太靜了，卻又不容易盡享俗世的福份。張佩綸一九〇三年逝於南京，享年五十五歲。那時幼子張廷重只有七歲，女兒張茂淵才兩歲。李菊耦不足四十便早早地守了寡，「碧海青天夜夜心」的滋味，許是只有自己曉得。

她一直堅持不買丫頭，只雇傭三十五歲以上的老媽子。除了為尊重人權外，也是擔心年輕丫頭跟男傭人打情罵俏，玷辱門聲。她相信只有過了三十五歲才可以心如止水，安於清寂。

安靜與孤清，不知道是不是同高貴與叛逆一樣，也是流淌在血液裏，祖先留傳給張愛玲的一份不可拒收的禮物？

「碧海青天夜夜心」是我母親年輕時最喜歡的一句詩，她把它寫在自己大學宿舍的床頭，有人見了，提醒她：女孩子太愛這些孤清的句子不吉。她不理會。後來果然早早地守了寡。

在我小時候，她常常念起這件事，並且不許我耽迷於李清照的詞，不許我去教堂參加唱詩班，不許我總是背誦《紅樓夢》裏有關妙玉的詩詞。

我從沒見過我姥爺。姥姥也是很早就守了寡，非常美，非常靜，在我記憶裏，從不曾見她笑過。母親姐妹弟兄五個，也沒有一個婚姻到頭的，這使她十分忌憚，以至於杯弓蛇影了。

張廷重未能繼承他父親的仕途經濟，卻把他那種名士風流發揮得淋漓盡致，並且漸漸走到了歧路上——不論時日是怎麼樣的拮据也好，他管自捧戲子、吸大煙、逛賭城、玩汽車，直至瞞著家人在外面養了姨奶奶……

然而也許他也有他的苦衷。父親去逝的時候，他才只有七歲，妹妹張茂淵兩歲。李菊耦把所有期望都放在這個兒子的身上，母兼父職，教子甚嚴。就如李紈課子一樣，嚴守著詩書傳家的傳統，望子成龍，親自督促兒子背書，背不出就打，就罰跪。她對兒女的管教非常嚴，也算得上文明，曾對傭人何干說：「我最恨兩樁事：一個是吃鴉片，一個是裏小腳。」然而，她管得住自己生前不給女兒張茂淵裏小腳，卻管不了自己死後兒子張廷重吃了半生鴉片煙。

張廷重空學了一肚子的詩書八股，長大後卻全派不上用場。中國是早在一九○五年便廢除了科舉制度的，李鴻章與張佩綸的時代早就成了歷史，四書五經換不來鍾鳴鼎食，就只好在茶餘飯後消消食罷了。張愛玲在《對照記》中回憶道：

「我父親一輩子繞室吟哦，背誦如流，滔滔不絕一氣到底。末了拖長腔一唱三歎地做結。沉默著走了沒一兩丈遠，又開始背另一篇。聽不出是古文時文還是奏摺，但是似乎沒有重複的。我聽著覺得辛酸，因為毫無用處。

他吃完飯馬上站起來踱步，老女傭稱為『走趟子』，家傳的助消化的好

習慣，李鴻章在軍中也都照做不誤的。他一面大踱一面朗誦，回房也仍舊繼續『走趟子』，像籠中獸，永遠沿著鐵檻兒圈子巡行，背書背得川流不息，不舍晝夜──抽大煙的人睡得很晚。」

張廷重多的就是這些「毫無用處」的學問，這怎能不教他惆悵迷惘。他在滔滔不絕地背誦著那些古文奏章的時候，彷彿重現了他的少年時代，重現了母親慈愛而嚴肅的教誨，重現了曾經做過多年的科舉取士的美夢。

一切都過去了，一切都來不及了，一切都成了泡影。而救他的，安慰他的，唯有鴉片罷了。

我小的時候，從有記憶起，爸爸便是一個病人──在「文革」中被打傷致病，一直就沒有好過，直到死──他每天躺在床上，咳著，一聲又一聲，彷彿要把肺也給咳出來。我總是怕他一口氣咳不上來便會死，夢裏也總是夢到爸爸死了，怕得哭醒過來，只覺得死亡的無時不在的威脅，無邊無際的悲慟，又不敢同人說，怕被罵不吉利。聽別人說爸爸從前在清華大學時是體育健將，冰球隊長，短跑破過紀錄的，怎麼也無法想像。

是他發明了中國第一台半自動機床，就因為那個得了個「反動技術權威」的罪名，被鬥得七葷八素，火爐與冰雪夾擊之下由感冒轉成肺炎，撐到了農村。他躺在床上，一聲接一聲咳著，可還是想著他的發明，常常說要是能重新起來，還可以再改進那機床。

我五歲那年，舉家返城回到大連，我第一次在動物園裏看到籠中的獅子，立時便想起父親，他那種憤懣無奈的神情，便也像是一隻困在籠中的獸，廢然長嘶，施展不得──後來看見張愛玲的這一段描寫，十分刺心，以後每每看至此，都覺得一種流不出淚來的悶悶的痛。

父親於七九年去世，那一年姐姐快到考大學了。他告訴姐姐，要學農，不要學工。因為媽媽就是農科院的研究員，儘管出身不好，然而「文革」那麼大風浪也躲過來了，因此爸爸一直認為自己的獲罪是學工惹的禍──那時候我還小，他想不起要叮囑我什麼。倘若他知道他的小女兒後來會去學文，以寫作為生，一定更要擔心死了。

張廷重是在母親去世三年後結的婚，娶的是清末首任長江水師提督黃翼升的孫女，廣西鹽法道黃宗炎的女兒黃素瓊（後來改名黃逸梵）。

素瓊是美的，身段窈窕，體態輕盈，高鼻深目，專注凝視時總有一種脈脈的幽情，薄嘴唇，有一點像外國人，頭髮不大黑，膚色也不白，然而周身有一種羅曼蒂克的氣質，佻脫靈動。脾氣也是像外國人，雖然纏著一雙小腳，卻推崇西式教育。還拜了師父學油畫，跟徐悲鴻、蔣碧薇這些個社會名流都很熟識的。

這樣的女子，是無法想像她會安靜地坐在一個滿清遺少家裏做少奶奶的。然而她丈夫的家裏就只有這些：姨太太，戲子，嗎啡，賭具，裏小腳的老媽子，終日不散的鴉片煙，還有無事閒坐打秋風的煙客……這些都是他生活裏不可或缺的道具。她一天比一天更無法忍受丈夫的浪蕩與頹唐，也一天比一天更嚮往國外的自由與文明。

張廷重也並不拒絕那「文明」，然而他的取捨卻與妻子有不同的選擇，他喜歡吃國外進口的蘆筍罐頭，各種新式的汽車，也看翻譯小說，比如蕭伯納的《心碎的屋》，他還給自己取了個時髦的洋名字叫「提摩太·C·張」，可是他的精神生活卻又完全是清貴遺風——他盡得了他父親的風流，卻未能擁有父親的才情，更沒有父親的溫柔。他與妻子的爭吵日益升級，終至不可調和。

在女兒小煐四歲那年，更名黃逸梵的黃素瓊終於藉口陪小姑子張茂淵出洋留學而遠走高飛了。

一飛，便是四年。

張愛玲小的時候，原也趕得上看見了一點點浮華世家的遺風流韻，但多是些頹廢的事物——鏽跡斑斕的古董，華而不實的銀器家什，幾代流傳的整套漆木家具，紅木嵌大理石的太師椅，浮水印木刻的信箋，線裝的絕版書籍，當然，還有終日煙霧不散的煙榻與煙燈。

總是在半明不昧的午後，她站在她父親的煙榻下，囁嚅地小聲地提出她的要求。而父親，也多半是半醉不醒地，帶搭不理地回著她的話。使她感覺，進到父親的煙間一刻，好似遊了一回太虛幻境，再出來時，恍如隔世。

親戚裏有位被稱為「二大爺」的老人，曾經中過舉的。小煐每次去，總

見他永恒地坐在藤躺椅上，就像長在那裏似的，瓜皮小帽，一層層的衣裳，翻出的舊錦緞內衣領子跟鬍鬚是一色的黃白，並且永遠重複同一個問題：「認了多少字啦？」再就是「背個詩我聽。」「再背個。」每次聽到「商女不知亡國恨，隔江猶唱後庭花」就流淚。

還有，初回上海時，趕上伯父六十大慶，有四大名旦的盛大堂會，十分風光……

這一些，都是傷感的，卻也是富貴的，帶著沒落家族特有的沉香。

後來，那大家族的縮影一再地出現在張愛玲的筆下，〈金鎖記〉、〈傾城之戀〉、〈花凋〉、〈茉莉香片〉、〈創世紀〉……到處都可以尋到那黯綠斑斕的痕跡。

自然，那是很久以後的事情了。

3

我的靈魂徘徊在一九二八年的天空，看到一個輝煌而動亂的年代。

那一年，奉系張作霖在軍閥混戰中失利，從北京撤回東北途中，於皇姑屯車站被日本關東軍預先埋設的炸彈炸死；張學良「東北易幟」，以示由國民政府統一中國；那一年，林徽音下嫁梁思成，於加拿大歡宴賓客；女畫家潘玉良旅法歸來，在上海舉辦個人畫展，引起轟動；那一年，上海大光明戲院由美商投資建成，首映美國影片「笑聲鴛影」，還請了梅蘭芳、包天笑、嚴獨鶴等揭幕；那一年，北京的文化中心地位在經濟和戰亂的影響下漸漸式微，大批文化名人從北京來到上海，文學巨匠魯迅亦偕同妻子許廣平在虹口安下家來；年輕的劉吶鷗從日本回到上海，與施蟄存、戴望舒合辦了一份雜誌叫《無軌電車》；那一年，政府公佈上海市總人口數為兩百七十一萬七千人，其中外僑人數四萬七千人，上海位居世界第六大都市；那一年，張愛玲還不叫張愛玲，父親張廷重剛辭了姨太太，帶同全家南下，從天津到上海，迎接妻子回國。

黃逸梵回來了，張廷重搬走了──搬去了醫院戒毒──家裏突然寬闊起來，明亮起來，也熱鬧起來，多了許多優雅雍容的客人，多了許多諸如鋼琴、油畫

這些新的擺設，多了許多歌聲與笑聲。

當黃逸梵和一位胖阿姨並肩坐在鋼琴凳上模仿一齣電影裏的戀愛表演時，小煐笑得打跌，在狼皮褥子上滾來滾去。她是真心快樂，好像從記事以來，這是第一次真正的快樂。因此很多年後都還很清楚地記得。記得姑姑手腕上緊匝著絨線衫的窄袖子，大紅絨線裏絞著細銀絲；記得琴上的玻璃瓶裏開著花，有香味一陣陣傳來。

家裏的一切都是美的巔峰，藍椅套配著舊的玫瑰紅地毯，其實是不甚諧和的，然而她由衷地喜歡，連帶的也喜歡英國，因為英格蘭三個字代表著母親的來處，並使她聯想起藍天下的小紅房子。雖然母親一再告訴她英國是常常下雨的，然而她沒法矯正那固執的印象，堅信英格蘭暖麗如春。

「我第一次和音樂接觸，是八九歲時候，母親和姑姑剛回中國來。姑姑每天都要練習鋼琴……有時候我母親也立在姑姑背後，手按在她肩上，『啦啦啦啦』吊嗓子。我母親學唱，純粹因為肺弱，醫生告訴她唱歌於肺有益。無論什麼調子，由她唱出來都有點像吟詩（她常常用拖長了的湖南腔背誦唐詩）。而且她的發音一來就比鋼琴低半個音階，但是她總是抱歉地笑起來，有許多嬌媚的解釋。她的衣服是秋天的落葉的淡赭，肩上垂著淡赭的花球，永遠有飄墮的姿勢。

我總站在旁邊聽，其實我喜歡的並不是鋼琴而是那種空氣。」——張愛玲：〈談音樂〉

我對於鋼琴的最初的記憶，是小學時上音樂課，每次看到老師彈琴，就羨慕得眼睛發光。我一直在心裏默默地念：老師，能讓我彈一下嗎？曾經在家裏對著鏡子練習了很多遍要怎麼樣對老師說出這句台詞，但最終也一次都沒說出口過。

高中時有同學報考了幼兒師範，我去她的學校看她，得以溜去琴房痛快地撫摸了一回琴鍵。曾經提出向她學習，然而她說琴房通常是不可能讓外人進來的；再後來，我靠接家教補助生活費，有一個學生家裏有鋼

琴，我便提出免收家教費，條件是她每天在課後教我半小時鋼琴。還特地去買了琴譜。然而她母親擔心我無心授課，只堅持了一星期便停止了這交易——那是我唯一一次學琴。

再後來離開大連去廣州，臨行前決定多學一技傍身，於是參加打字培訓班。十指敲在鍵盤上時，發現那簡直是變相的彈鋼琴，不禁興奮莫名。一個月的課程我只用一星期就完成了，當時的成績已經是每分鐘能打六十個字以上。而一場鋼琴夢就此放下，心裏覺得已經是圓滿。

卻沒想到仍有續曲。更沒想到我嚮往鋼琴這麼多年，身邊就有一位行家——我出生的時候家境已經十分窘困，記憶裏父親一直生著病，而母親從來都不高興，所以從來沒想到鋼琴這麼華美的東西與我家會有什麼關係。直到那一年同母親一起去北京探親，親戚家有鋼琴，媽媽便坐過去彈了一曲。手指已經很生澀，可是她仰臉唱歌的樣子真是美麗。我第一次知道原來母親是會彈鋼琴的，當時震驚得簡直說不出話來。那也是她第一次對我說起她小時候的教育，那時大連屬「偽滿洲國」，她念的是日本學校，然而家裏另請著一位老學究教私塾，教她鋼琴的則是一個洋教師，耶誕節的時候，那教師把她們幾個親戚家裏的小孩子都組織起來開演出，表演聖經故事。媽媽扮的是牧羊女，穿著雪白的蕾絲裙子，台辭只有一句：「Oh，Christmas！」

我一直都想把媽媽的故事寫下來，然而越是親近的人越難下筆。而且人生的不同時期，她的性格與形象發生了太多次脫胎換骨般的變化，完全不能想像是同一個人。但是我知道總有一天我會寫的，總有那一天。

4

「家」的意義變得明媚而具體，意味著花園洋房、有狗、有花、有童話書、有蘊藉華美的來客，和不時響起的琴聲笑聲。

一個早慧而敏感的孩子，總是不快樂的時候居多；因此快樂就顯得格外珍

稀，每一次都要銘記。

　　小煐是如此貪婪而緊張地收集著有關母親與快樂的回憶，她開始比較像一個正常的得人寵愛的好孩子那般乖巧起來，學英文，彈鋼琴，同母親一起去看電影或是聽音樂會，母親告訴她不要出聲，她便端坐著一動不動，完全是一個西式淑女的風範；閒時牽著母親的手在花園裏散步，討論英國與法國的天空有什麼不同，也是西式的浪漫；便連感傷也是西式的優裕——看到書裏夾的一朵花，聽母親說起它的歷史，她便像一個淑女那樣落下淚來。使得母親向弟弟誇獎說：「你看，姐姐可不是為了吃不到糖而哭的。」

　　是了，有母親的好處，還有一項就是可以得到母親的誇獎——有什麼樣的禮物是比一句真誠有愛心的讚美的話更難能可貴的呢？而又有什麼樣的讚美是比來自母親的更令人覺得溫暖而幸福的？

　　母親甚至允許她自己挑選房間和書房的顏色，這真是生平第一次的「人權」。她與弟弟並頭坐著看顏色樣本簿子，心裏患得患失，又怕弟弟一反常態地發表起意見來與自己相左，又怕挑揀的顏色不合母親的意被否決，又怕工人們知道是一個小孩子的意見而不予照辦——然而到最後竟都落了實，她和弟弟有了橙紅的臥室與孔雀藍的書房，就跟做夢一樣，是神仙生活在自製的世界裏。

　　小孩子的意見能得到大人重視是最快樂的事，她於是多年之後都還念念不忘一件餐桌上的小事。那天，家裏吃雞湯，她只喝了一口，便宣佈：「有藥味，怪味道。」大家都不理會，獨有母親卻不放心地叫人去問廚子，果然說是這隻雞已經買了兩三天，養在院子裏，因為看牠有點垂頭喪氣，怕牠有病，就給牠吃了「二天油」。

　　眾人都做出恍然的表情，並且驚訝地看著這孩子，母親雖然並沒有說什麼，可是她已經很驕傲，把頭埋得低低地扒飯，可是身下飄飄然地好像要飛起來——因為母親重視她的話，因為她的話是正確的，她是水晶球裏的預言家。

　　關於嘴刁的故事，我的記憶裏有兩個——父親從前在清華大學教書，我兩個姐姐都是在清華園長大，好歹趕得上一點浮華世家的影子；我卻是一出生就跟隨父母下放去農村了。極小的時候聽母親數落大姐小時候嘴

習，有人送餅乾給她吃，她啪一下打落，發脾氣道：「我要吃奶油夾心餅乾！」

我聽得一頭霧水，湊過去問：「媽媽，什麼是『餅——乾——』？」

又一次，是說二姐，她吃雞蛋不肯吃蛋黃，於是一叫她吃雞蛋就嚷著洗澡，偷偷把蛋黃塞進浴缸出水孔裏沖掉。

我更加驚訝了，因為從來沒見過浴缸，甚至沒見過自來水，聽得兩眼瞪圓，這回是連發問也不敢了。

不過據說二姐關於吃也曾經鬧過大笑話。因為年齡足足相差了七歲，她見過「抄家」而我沒見過。在她剛懂事時，我們家被抄是家常便飯，一有風吹草動，保姆就要將她帶出去，躲在公園裏等風聲過去。她餓極了，保姆哄她：「想吃什麼？」她左看看右看看，想到一個最熟悉不過的名詞，脫口說：「我想吃——牛鬼蛇神！」

如果日子可以一直這樣地下去，那麼這世上就會多一個幸福的家庭，但或許會少一位深刻的作家。

真不知道黃逸梵與張廷重的離婚是一件幸事還是不幸。

在張廷重從醫院回來不久，便又重新抽上了鴉片。

戒不了。因為他的心魔不死，煙癮也不死。

他的心魔有很多個形象，就如繩子的許多個結——懷才不遇自然是其中盤得最大繫得最緊歷史也最悠久的一個，悠久得都有點陳舊了，有一點磨損，發黑，面目模糊起來，甚至發出腐爛的氣味，解開已經幾乎不可能，斬斷了還差不多；對於妻子的矛盾的情感是舊結之上加了新結，關於鴉片與姨太太，關於中西方的教育思想，關於審美追求，橫橫豎豎，重重疊疊，簡直成了麻團，剪不斷理還亂。

有一個美麗而聰慧的妻子是男人的福份，但是倘若這慧而美的妻子同時還個性剛硬原則分明，而那個性與原則又與丈夫的主張格格不入南轅北轍，那便是婚姻的冤孽了。

不幸黃逸梵與張廷重夫妻便是這種狀況。留洋歸來的逸梵比從前更加美

麗、更加時髦、也更加聰敏有主見了。她穿著華麗的歐洲服裝，灑著香水，說著英文，笑容明媚，談吐風趣，走到哪裏，哪裏的陽光便燦爛起來，所有的人都像是花朵向著太陽那樣仰起臉來注視她，追隨她。這真叫做丈夫的充滿了危機感——他看著她，怎麼也不能確信這美麗如天使一樣的女子是屬於自己的。

天使是長著翅膀的，她們隨時都會飛走。黃逸梵也是隨時可能飛走的。

有什麼辦法可以繫住天使的翅膀，讓她腳踏實地甚或畫地為牢，再也不會飛走了呢？

張廷重想出了一個很笨的方法，真的很笨，可是在大家族裏長大的他，卻很迷信這方法管用——那就是金錢約束——他就是被他兄長用錢約束了許多年不得自由的。

母親過世時，張廷重只有十六歲，在結婚前未能自立門戶，兩兄妹一直依傍著同父異母的兄嫂生活，被苛扣得很緊。這使他一旦有了金錢的支配權後，立刻便揮霍無度起來。彷彿一棵被盆栽的梅花，扭曲拗折多年成了「病梅」，一旦打破花盆重新栽在土裏，也很難長成可造之材，而多半只會長瘋了。

大家族裏的人性向來是涼薄的。完全的無產階級是無所顧忌的，而真正富有到不知金錢為何物的巨富也實在少見，這世上多的是略微有那麼一點點便多出許多捨不得的小眉小眼——怎麼才能把那「一點點」弄到手，是大家族的每一個成員不捨晝夜要操心掛慮的，可以此重新安排自己的角色與位置。

大家族裏的親戚太多了，兄弟姐妹也多，同父同母的，同父異母的，異父母而同一個爺爺的，異父母而同一個爺爺卻不同奶奶的，每一個和每一個也只差一點點，這「一點點」卻是可以忽略不計的，漸漸發展至對所有的親疏遠近都可以忽略不計，直至泯滅親情——探春和賈環的關係便遠不如同寶玉親，儘管他們才是一母同胞的親姐弟。

在大家族裏，血脈的親疏並不是最重要的，資產和權位才是關鍵，也是族裏掌權者用以挾制眾人的至要法寶。張廷重曾被兄長用此手段挾制過，如今也打算用這一招來挾制妻子，剪了她的遠飛的翅膀。

他從醫院出來後，編盡理由，不肯拿出生活費來，要妻子貼錢出來，想把她的錢逼光了，那時想走也走不了。於是兩夫妻再度開始爭吵，吵得不可開交，比賽著砸杯子，砸家具，結果砸碎了自己的婚姻，也砸碎了兒女的美滿童

年。

　　──那簡直是一個受到詛咒的噩夢，只有結束，沒有醒來。

　　小煐再次陷入無助的憂鬱裏。每當父母爭吵，傭人們便會把小姐弟倆拉出去，讓他們在一邊靜靜地玩，不要出聲。

　　春暮遲遲，院子裏養著一條大狼狗，姐弟倆百無聊賴地逗狗玩，聽到樓上父母的爭吵聲越來越響亮，中間夾著砸東西的脆聲巨響。小煐和子靜驚怯地面面相覷，都不說話。晚春的陽台上掛著綠竹簾子，滿地密條的陽光。子靜推出他的小三輪腳踏車，一圈圈無聲地騎著，畫了一個圓，又畫了一個圓。小煐抱著膝坐在一邊，默默地看著月亮從雲層裏走出來，不知道自己什麼時候才可以走出這吵嚷的噩夢。

　　　　我自小成長在一個沒落的大家族裏，極小時便看慣了兄弟鬩牆，爭財奪利，為了分家產而打官司──小時候最常聽見的辭彙之一就是「打官司」，幾乎以為那是同「走親戚」、「買衣裳」、「吃館子」差不多意義的，都是不會天天發生然而時時都有可能發生的事情。

　　　　每次聽到那些大呼小叫摔東摔西的吵嚷聲，我便用力握緊自己的雙手，不斷地默默地哀求這一切可以快點過去，如果爭吵在隔壁，而我待的屋子裏恰好沒有旁的人，我會跪下來向月亮祈禱，求它幫我止息那戰爭，要麼就乾脆把我帶走，遠離這一切──我不知寫了那麼多個不同的月亮的張愛玲，小時候有沒有做過這樣的祈禱。

　　在黃逸梵與張廷重爭吵的眾多題目中，有一條是關於小煐的──黃逸梵堅持要送小煐到學校裏受教育，她自己是個學校迷，自然不會讓女兒錯過上學的樂趣；然而張廷重卻堅持私塾教育，他的母親李菊耦一天學也沒上過，還不是能詩善賦巾幗不讓鬚眉？而且，那些洋人辦的學堂裏能教出什麼好來呢，讓女兒也同她母親一樣，滿口講英文，撒開腳丫滿世界跑嗎？

　　然而他終究沒有爭過他的妻子。有一天他上樓休息的時候，黃逸梵像拐賣一樣地拉著女兒的手偷偷從後門溜了出去，逕自來到黃氏小學報名處。在填寫入學證的時候，她猶豫了一下，支著頭想了片刻說：「填個什麼名字好呢？張

煐這兩個字叫起來嗡嗡地不響亮——暫且把英文名字胡亂譯兩個罷。」於是，便隨手填了「張愛玲」三個字。

那個歪著頭取名字的樣子，給了張愛玲很深的印象。

後來，張愛玲曾經寫過一篇隨筆〈必也正名乎〉，開頭便說：「我自己有一個惡俗不堪的名字。」

又說：「回想到我們中國人，有整個的王雲五大字典供我們搜尋兩個適當的字來代表我們自己，有這麼豐富的選擇範圍，而仍舊有人心甘情願地叫秀珍，叫子靜，似乎是不可原恕的了。」

而她弟弟，就叫作「張子靜」。

姐弟兩個的名字，都被她批得體無完膚，可見「不可原恕」的應該是那取名字的父母。

不過她後來給自己取過筆名「梁京」，也未見得有多麼響亮，而且也仍然是脫胎於「張愛玲」的聲韻母切換。倒是她小說裏的主人公，諸如范柳原與白流蘇、許世鈞與顧曼楨、葛薇龍、吳翠遠、言丹朱、甚或碧落、嬌蕊、霓喜、瀠珠、愫細、小寒、綾卿……都是雅致纖巧有詩意，即使現在的作家們給主人公取名字，走的也仍然是這一種字眼秀麗的路線。

張愛玲又寫道：

「現在我開始感到我應當對我的名字發生不滿了，為什麼不另取兩個美麗而深沉的字眼，即使本身不能借得它的一點美與深沉，至少投起稿來不至於給讀者一個惡劣的最初印象。彷彿有誰說過：文壇登龍術的第一步是取一個煒麗觸目的名字，果真是『名不正則言不順，言不順則事不成』麼？」

「中國的一切都是太好聽太順口了。固然，不中聽，不中看，不一定就中用；可是世上有用的人往往是俗人。我願意保留我的俗不可耐的名字，向我自己作為一種警告，設法除去一般知書識字的人咬文嚼字的積習，從柴米油鹽、肥皂、水與太陽之中去找尋實際的人生。」

「話又說回來了。要做俗人，先從一個俗氣的名字著手，依舊還是『字眼兒崇拜』。也許我這些全是藉口而已。我之所以戀戀於我的名字，還是為了取

名字的時候那一點回憶。」

　　遠兜遠轉，繞山繞水，最後到底還是歸到「母愛」這個題目上來。還是那句話──對於溫情，尤其來自家庭的溫情，張愛玲得到的實在太少了。於是那一點點一絲絲，在在都銘心刻骨，無時或忘。

　　母親是爲了她而同父親開始的這一場爭吵，母親難得一次拉著她手的記憶新鮮而刺激，母親歪著頭填寫報名單的樣子更是永恒定格，於是，這個由母親隨手填寫的惡俗的名字，便就此跟了她一輩子，意義重大。

　　發生在那一年的重大簽字還有一起，便是張廷重夫妻兩個的離婚書。

　　離婚，自然是由黃逸梵提出，並且請了外國律師。張廷重起先是不願意的，直到簽字那天也還吃吃艾艾地捱磨時間，然而黃逸梵說：「我的心已經像一塊木頭。」這句話使他十分受傷，便也簽了字。

　　這個字一簽，小煐的童年也便就此結束了。

　　那一年，她十歲，改了名字叫「張愛玲」。

　　　　我給自己改名字比張愛玲早一年，是九歲。父親去世後，媽媽帶著我們三姐妹被父親的家族趕了出來，她因為痛恨父親身後所代表的劉氏家族，決定為我改姓她的姓，還起過一個名字叫「于眉」。我在作業本上寫了這個名字，惹得每個人見了都要問原因，甚至懷疑母親是不是改嫁了。

　　　　後來因為改名字的手續實在麻煩，這個提議不了了之，然而我卻從此對姓名失去了應有的尊重，帶著同張愛玲一樣「懷疑一切的眼神」決定為自己改名，不隨父姓劉也不隨母姓于，我把自己叫作「西嶺雪」，並且後來一直堅持用這個名字，除非要填寫各種證件，否則執意向人介紹我是西嶺雪。

　　　　可惜的是，我至今也未能在身分證上把名字改過來──改名字的手續實在太麻煩了。

第二章　小荷才露尖尖角

1

　　我的靈魂在天空中行走，日夜奔徙，徘徊於張愛玲的兩個家 —— 一間在法租界一幢雄偉的西式大廈裏，是一層有兩套大套房的房子，寬敞明亮；另一間在蘇州河邊的弄堂裏，陰霧迷離 —— 後來我才發現，那不是迷霧，是鴉片的煙。

　　自從父母離婚後，張愛玲便有了兩個家。一個是媽媽和姑姑的家 —— 自從媽媽搬出去，姑姑張茂淵因爲不滿哥哥的行徑，也隨之搬了去 —— 她們買了一部白色的汽車，用著一個白俄司機，還雇了一個法國廚師，簡直就是一個小型聯合國。滿屋子都是新式的西洋家具，窗明几亮，纖靈的七巧板桌子，輕柔的顏色，奢華的磁磚浴盆和煤氣爐子，明朗而可愛的賓客，無論在精神上物質上都打著進步文明的標誌。

　　另一個是父親的家，充斥著鴉片的雲霧，霧一樣的陽光，教弟弟子靜做八股文的老先生，堆疊的小報，章回小說，還有日暮西山一般的父親及父親寂寞的氣息。屋子裏彷彿永遠是下午，人坐在裏面會感覺一直地沉下去，直到天塌地陷。

　　兩個家，彷彿兩個世界。然而愛玲一樣地喜歡。

　　不久黃逸梵再次動身到法國去，重新成爲一個遼遠而神秘的夢。但是姑姑的家裏留有母親的空氣。在張愛玲的眼裏，姑姑和母親是不可分的，她們一起出國，一起回來，一起租房共居，一起唱歌彈琴。姑姑就好像另一個母親，或是母親的一部分。每年耶誕節，愛玲都會自製許多賀卡，然後挑出最滿意的一

張交給姑姑，請她代爲寄給國外的母親。

那時期她的生活還是很有規律的——星期一早晨坐著父親的汽車由司機送去學校，星期六再由司機接回家，保姆何干在每星期三給她送去換洗衣裳和食物，逢到星期六和寒暑假回家，便可以做許多喜歡的事情：看電影，看小說，去舅舅家找表姐妹聊天，或是去姑姑家玩兒。

她還照著報紙副刊的格式，自己裁紙，寫稿，自己畫插圖，弄得像模像樣，這許多「一個人的遊戲」，使得她並不寂寞。張廷重也很看重女兒的文采，常常把女兒的大作展示給親友看，不無得意地玩笑說：「這是我女兒辦的報紙副刊。」

母親不在身邊，她和父親的關係有一點像是相依爲命，父女倆常常一同出去看戲、買點心，回到家便談論那些戲或者小說。父親有個很大的書房，對於愛玲來說就像阿里巴巴的寶藏，她時不時地會溜進去尋寶。《紅樓夢》、《海上花列傳》、《醒世姻緣》、《水滸傳》、《三國演義》、《老殘遊記》、《儒林外史》、《官場現形記》，還有張恨水的長篇小說等，都是她從父親的書房裏一本本拖出來讀的。每每同父親討論那些小說的優劣，張廷重總是很細心地聽著，並幫她分析闡理，也是一種別致的天倫之樂。

她是在那個時段裏開始了自己真正意義上的寫作的，記得曾寫過一篇〈理想中的理想村〉，在初動筆時已經確立了她的浪漫主義精神。雖然她後來的作品一直力求寫實，《秧歌》和《赤地之戀》中爲求實幾乎到了凄厲的地步，而《小團圓》更可謂走火入魔。並且她在〈自己的文章〉裏也曾聲明「要表現真實的人生」，然而我始終以爲：張愛玲是浪漫的，理想主義的代表人物之一。

她自小便喜歡歷史題材，七歲時曾經在一個舊帳簿的空頁上用墨筆開了個很輝煌的頭，寫道：「話說隋末唐初時候……」有個親戚名喚「辮大侄侄」的走來看見了，說：「喝！寫起《隋唐演義》來了。」她覺得非常得意，卻沒有再寫下去，似乎無盡的故事都已經在這一句「話說隋末唐初時候」裏含著了。

那麼大的背景，那麼久的年代，那麼長的故事，也只好用一句話做起，用一句話做結，好比一首古老的曲子，從頭唱到尾，又從尾唱到頭，節奏旋律總是一樣。一個七歲的孩童妄想演義歷史，而且是隋末唐初的紅澄澄浩蕩蕩，也

是一種浪漫。

然而十四歲那年她終究也寫了一部有始有終篇幅較長的著作出來了，便是章回小說《摩登紅樓夢》，回目是父親張廷重代擬的，頗為像樣，共計六回：

「滄桑變幻寶黛住層樓，雞犬升仙賈璉膺景命」；

「弭訟端覆雨翻雲，賽時裝嗔鶯叱燕」；

「收放心浪子別閨閫，假虔誠情郎參教典」；

「萍梗天涯有情成眷屬，淒涼泉路同命作鴛鴦」；

「音問浮沉良朋空灑淚，波光駘蕩情侶共嬉春」；

「陷阱設康衢嬌娃蹈險，驪歌驚別夢遊子傷懷」。

其中「賽時裝嗔鶯叱燕」不消說是套的《紅樓夢》第五十九回題目「柳葉渚邊嗔鶯叱燕，絳芸軒裏召將飛符」，可見兩父女都是紅樓迷。

張廷重還把書中主要人物的刻劃及創作背景一一分析給她聽，愛玲認為：高鄂的續作宣揚「蘭桂齊芳」，表現出他熱衷功名利祿的心態。張廷重對女兒這一見解深為重視，並且提醒：續作中關於官場景況的描寫還是十分生動逼真的，這正是因為高鄂出身官場。這對後來張愛玲寫作《紅樓夢魘》的幫助極大。

這也難怪，大家子的故事本來就是千篇一律，你踩著我的影子，我追著你的腳印。好像李鴻章那樣名滿天下的重臣，滿腦子國家大事，卻好像沒什麼私生活，太太不漂亮還可以說是不由自己做主，然而唯一的姨太太也長得醜，二子二女也都是太太生的，想來真有點像賈政的情形——正配王夫人呆板無趣，唯一的妾侍趙姨娘也面目可憎。

寧榮二府裏稱得上爺的，總括上下三代，賈赦不用說是驕奢淫逸，已經擁紅偎翠了還要惦記著鴛鴦；賈珍和賈璉也都是妻妾成群；賈蓉是同性戀不算，賈珠死得早，寶玉還小；就只有賈政是一妻一妾，也還不常親近。

而張廷重若安在《紅樓夢》裏，會是扮演哪一個角色呢？他沒有璉二爺的精明，也沒有寶二爺的柔情，狠不過賈赦，貪不過賈珍，他更多的，倒是敬老爺的厭世呢。

然而，只有真正清閒的人，才能真正體會得出生活細節的美來。張廷重自有他的品味與觀點。

張愛玲雖然往往以厭惡的批判的眼光看著這個家及家裏的一切，可是有時聞到鴉片香也會覺得心安，看到那些雜亂的小報便有種國泰民安般懶洋洋的親切，彷彿揪著小花貓脖子上的皮將牠輕輕提起，心裏不禁柔軟地一動——直到很多年後，經歷了許多的滄桑漂泊，她每每看見小報堆疊，還會有一種回家的感覺——這個「家」，是屬於父親的。她一直不承認她愛他，然而，她從來不曾忘記過他。

　　許是在鴉片香中浸淫得久了，深入精髓，她的文字裏便也流露出一股異豔的冷香。她喜歡使用色彩濃厚、音韻鏗鏘的字眼，如「珠灰」、「婉妙」、「黃昏」，不惜堆砌詞藻，以引起感官的刺激。這一點也有些像她的父親，帶著些奢侈放縱的意味。

　　跟著父親，她很看了許多京劇，「四郎探母」、「得意緣」、「龍鳳呈祥」、「玉堂春」、「烏盆記」……先還只懂得坐在第一排看武打，看青羅戰袍飄開來露出裏面紅色的裏子，玉色褲管底下則是玫瑰紫的裏子，隨著武生的花拳繡腿踢得滿場飛；後來便慢慢品出京戲的好來，故事是有血有肉的，人物是極香豔又天真的，而且一切都有規律可循，比如馬鞭子就是馬，擲籤子就是死，慘烈緊張的一長串拍板聲代表更深夜靜，或是吃力的思索，或是猛省後驚出一身冷汗；連哭泣都有特定的節拍，由緩至急或是由急至緩，像一串聲音的珠子，圓整，光潔；半截水袖一柄摺扇，在舞台上都可以演繹出萬種風情，千般委屈，端的是姹紫嫣紅開遍，風光此處獨好，看似曲折，然而知音人自然心領神會。

　　她喜歡聽那些鑼鼓鏗鏘，噌噌噌地砸出一個浩蕩蕩的「隋末唐初」盛世，再一路噌噌地砸出個天地玄黃，宇宙洪荒；她也喜歡聽古琴獨奏的「陽關三疊」，繃呀繃的，小小的一個調子，再三重複，卻是牽腸掛肚；還有二胡，拉過來拉過去，續而似斷，斷而又續，嗚嗚咽咽說不盡人生的蒼涼……

　　父親講給她聽，什麼是「雲板」，什麼是「響板」，什麼是「衣箱」，什麼是「把箱」，《戲劇月刊》給「四大名旦」排座次，天資、扮相、嗓音、字眼、唱腔、台容、身段、台步、表情、武藝，缺一不可，還既得會新劇也要會舊劇，既要聽京戲也得聽昆戲，連品格都考查在內，張廷重一邊翻看著畫報，一邊對那些名旦品頭論足，愛玲站在一旁聽得津津有味，得意處，忍不住便笑

起來。

　　戲劇，章回小說，古體詩，都是她這時期的愛好。一邊讀著《紅樓夢》，一邊便開始「香菱學詩」起來——「天對地，雨對風，大陸對長空，來鴻對去雁，宿鳥對鳴蟲，三尺劍，六鈞弓，人間清暑殿，天上廣寒宮……」

　　她愛極了那些秀麗端整的對仗，一口氣寫了三首七絕，其中一首〈詠夏雨〉，有兩句經先生濃墨圈點過：「聲如羯鼓催花發，帶雨蓮開第一枝。」給父親看了，也頗受誇獎。

　　林黛玉最愛「留得殘荷聽雨聲」，她卻偏是「帶雨蓮開第一枝」。詩言志，這時候的她，還是相當積極的。

　　我第一次看《紅樓夢》時只有九歲，好多字不認識，尤其開篇半文半白的那些話，諸如「誠不若彼裙釵」之類，常常要拿去問母親；後來開始學寫古體詩，弄不清平平仄仄的規矩，便把《紅樓夢》裏賈寶玉的「四時即景」，以及詩社諸人的「菊譜」一首首拿來標上四聲，這才突然悟出規律來。

　　從小到大寫過許多詩，也陸續發表過一些在民間詩刊上，其中一首〈詠玉蘭花〉最滿意，首聯同張愛玲的這句不謀而合：「尋芳問句到龍池，占取玉蘭第一枝。」最喜歡的一句是頷聯：「只因孤獨才成趣，縱使無言也是詩。」在報紙上發出來，還有一位不認識的老先生專門寫了評，據說是位泰斗。十九歲時我在白雲山參加了一次詩詞筆會，是會中最小的一個，卻也是會上做詩最快最多的一個，那幾首詩詞連同〈詠玉蘭花〉後來都被選入《遼海詩詞》出版，還附著我的個人簡介。我以為這次總可以一夜成名了，卻發現連個漣漪也沒有，這才忽然意識到這個年代裏，讀古體詩的人只怕還沒有寫古體詩的人多，剎那間有種理想破滅的絕望感。後來便不再用功於此道了。

　　——直到現在還清楚地記得，第一次發表那首詩的報紙給了我八塊錢稿費。或許是論句付酬的吧。

　　張愛玲中學時畫了一張漫畫投到英文大美晚報上，得到生平第一筆

稿酬五塊錢，買了支小號的丹琪唇膏。我那八塊錢做了什麼用場，卻是不記得了。

2

張愛玲在一九三一年升入聖瑪利亞女中。她的第一篇變成鉛字的短篇小說〈不幸的她〉，便是發表在一九三二年的聖瑪利亞校刊上；次年又發了第一篇散文〈遲暮〉，全校皆驚。

——後來的很多年裏，「張迷」們一直以為張愛玲一九四〇年的參賽作品〈天才夢〉是她的處女作，而她自己也曾在女作家座談會上這樣說過。然而張學「打撈」專家陳子善先生卻在一九三二年的《鳳藻》校刊上發現了小小說〈不幸的她〉，這是迄今為止見到的張愛玲最早印成鉛字的作品。校刊編輯還特別注明：作者是初中一年級生。

聖瑪利亞女中坐落在上海白利南路（長寧路一八七號），創立於一八八七年，同聖約翰大學附中一樣，同屬當時滬上最著名的兩大美國基督教會學校。環境幽雅，教學嚴謹，全部課程分為英文、中文兩部，英文部包括英語、數、理、西洋史、地、聖經等科目，採用英文課文，並且主要由英美學者擔任教授；中文部包括國文、國史、地三項，擔任教授的先生初中以下是師範畢業的老小姐，初中以上部分則多半是前清科舉出身的老學究。

能夠就讀聖瑪利亞女中的學生，家庭出身大多非富則貴。因為忍受不了校規的苛刻和功課的重壓，幾乎每年都會發生學生中途退學的情形。而張愛玲卻始終能夠遊刃有餘，名列前茅，可謂是一個異數；而在成績優異的前提下還可以優遊地寫作，就更只有一種解釋了——這是一個天才少女，生來就應該是寫字的。

在張愛玲成名後的許多作品裏，都可以看到聖瑪利亞女中的影子，亦可以看到張愛玲自己年少時的模樣。

比如〈殷寶灩送花樓會〉中寫到女中的浴室：

「是用汙暗的紅漆隔開來的一間一間，板壁上釘著紅漆凳，上面灑了水與皮膚的碎屑。自來水龍頭底下安著深綠荷花缸，暗洞洞地也看見缸中膩著一圈白髒。灰色水門汀地，一地的水，沒處可以放鞋。活絡的半截門上險凜凜搭著衣服，門下就是水溝，更多的水。風很大，一陣陣吹來鄰近的廁所的寒冷的臭氣，可是大家搶著霸佔了浴間，排山倒海拍啦啦放水的時候，還是很歡喜的。朋友們隔著幾間小房在水聲之上大聲呼喊。」

這段大約是實寫，因為遺作《同學少年都不賤》中再一次提到：

「她們學校省在浴室上，就地取材，用深綠色大荷花缸作浴缸，上面裝水龍頭，近缸口膩著一圈白色污垢，她永遠看了噁心，再也無法習慣。都是棗紅漆板壁隔出的小間，廁所兩長排……」

同一場景在不同作品裏出現兩次，這在張愛玲是不多見的。她出國時並未帶出幾部舊作，〈送花樓會〉又是她較不喜歡的一篇，當然不會帶在身邊，那麼這段描寫便不是參照舊作，而是少年記憶於老年時再度重播。兩部小說中間隔了五十年，半個世紀之久，而描寫仍然酷似至此，可見女中在她心中的印象之深。

有人以為《同學少年都不賤》是張愛玲自傳，是以她與炎櫻的交往為藍本，所以認為那學校指的是香港大學；然而〈殷寶灩〉一文寫於一九四四年十一月，那時她還沒念港大呢。由此可以佐證這寫的確是聖瑪利亞女中。而且《小團圓》中也有過洗浴的描寫，那倒是明明白白的港大女浴，佈局風格分明是不相同的。

有趣的是，《同學》一文中且透露出，女中當時同性戀風氣鼎盛，流行「拖朋友」的遊戲，看到誰對誰有意思，就用搶親的方式把兩個人強行拖在一起，令她們挽臂而行。愛玲似乎也有意中人，可是倒沒有明白的同性戀對象，大約是因為相貌平常、性格又呆板的緣故，她自詡「醜小鴨」。

也或許是因為她一直用羅曼蒂克的眼光來崇拜著她的母親，於是別的人

便很難看進眼裏去。這在她少年時發表於校刊上的〈不幸的她〉一文中可窺一斑。

> 　　我卻是要到高中時才知道校刊為何物，並成為其主筆，一直對辦刊有著很濃的興趣。大學畢業後漂泊了五六年，做過近十份工作，到底還是歸到雜誌編輯上來，後來做了主編，不知不覺已經做了七年，每個月看著那些圖文變成鉛字印刷，才發現得如所願、把興趣變成職業是一種幸福，卻也有些現實得讓人失望。

　　〈不幸的她〉故事開始在一個「秋天的晴空」，兩個女孩在海上泛舟，「才十歲光景」，「是M小學一對親密的同學」，一個叫另一個「雍姐」，十分依傍的樣子。後來那妹妹因為父親死了，跟著母親到上海投奔親戚，兩人「就在熱烈的依戀中流淚離別了」。長到二十一歲上，她母親「忽然昏悖地將她許聘給一個紈袴子弟」，於是她逃離上海，飄泊了幾年，聽說母親死了，雍姐也結了婚，還有了個十歲的女兒，於是急急地去探訪──

　　「她急急地乘船回來，見著了兒時的故鄉，天光海色，心裏蘊蓄已久的悲愁喜樂，都湧上來。一陣辛酸，溶化在熱淚裏，流了出來。和雍姐別久了，初見時竟不知是悲是喜。雍姐倒依然是那種鎮靜柔和的態度，只略憔悴些。

　　『你真瘦了！』這是雍姐的低語。

　　她心裏突突的跳著，瞧見雍姐的丈夫和女兒的和藹的招待，總覺怔怔忡忡的難過。

　　一星期過去，她忽然秘密地走了，留著了個紙條給雍姐寫著：『我不忍看了你的快樂，更形成我的孤清！別了！人生聚散，本是常事，無論怎樣，我們總有藏著淚珠撒手的一日！』

　　她坐在船頭上望著那藍天和珠海，呆呆的出神。波濤中映出她的破碎的身影──啊！清瘦的──她長吁了一聲！『一切和十年前一樣──人卻兩樣的！雍姐，她是依舊！我呢？怎麼改得這樣快！──只有我不幸！』

　　暮色漸濃了，新月微微的升在空中。她只是細細的在腦中尋繹她童年的快

樂，她耳邊彷彿還繚繞著從前的歌聲呢！」

　　寫這篇〈不幸的她〉時，張愛玲只有十二歲，雖然筆觸稚嫩，然而清新婉約，別有風情，正所謂「小荷才露尖尖角，早有蜻蜓立上頭。」那句「人生聚散，本是常事，無論怎樣，我們總有藏著淚珠撒手的一日」，更是具有讖語般的力量。

　　這樣的文字，讓人很難相信出自一個十二歲少女之手。即使在今天，許多大學生練筆，也仍然寫不到這個水平。或者是寫出了類似的句子後，便要洋洋自得半天，到處拿給人看的。

　　若是一定要對號入座的話，那麼文中的「雍姐」倒更像是張愛玲的母親，她對她的依戀、惜別、以及咫尺天涯的哀傷，不正是從八歲到十二歲間，張愛玲所經歷的與母親歡聚、看父母離異、母親重走外洋、後來又有了洋男友的整個情感歷程麼？

　　第二年，她又發表了散文〈遲暮〉，女主人公更是母親黃逸梵的寫照——母親在她心目中的形象就是一個遲暮的美人，高貴華麗，可是充滿了「來不及了」的倉促感。她在文章裏想像著母親坐在輪船上的樣子，也模擬著那千古一轍的傷春心境：

　　「只有一個孤獨的影子，她，倚在欄杆上；她有眼，才從青春之夢裏醒過來的眼還帶著些朦朧睡意，望著這發狂似的世界，茫然地像不解這人生的謎。」

　　「她曾經在海外壯遊，在崇山峻嶺上長嘯，在凍港內滑冰，在廣座裏高談。但現在呢？往事悠悠，當年的豪舉都如煙雲一般霏霏然的消散，尋不著一點的痕跡，她也唯有付之一歎，青年的容貌，盛氣，都漸漸地消磨去了。」

　　「燈光綠黯黯的，更顯出夜半的蒼涼。在暗室的一隅，發出一聲聲淒切凝重的磬聲，和著輕輕的喃喃的模模糊糊的誦經聲：『黃卷青燈，美人遲暮，千古一轍。』她心裏千迴百轉地想，接著，一滴冷的淚珠流到冷的嘴唇上，封住了想說話又說不出的顫動著的口。」

校刊成了張愛玲最早的舞台，此後幾年，她又接連在校刊上發表了〈秋雨〉、〈論卡通畫之前途〉、〈牧羊者素描〉、〈心願〉、〈牛〉、〈霸王別姬〉等，已經清楚地顯露出不同凡響的文學天賦。尤其〈霸王別姬〉一文，她的國文老師汪宏聲先生曾經給予高度評價，稱其「與郭沫若的《楚霸王之死》相比較，簡直可以說一聲有過之而無不及。」

〈霸王別姬〉發在一九三六年的校刊《國光》第九期上，編者還在「編輯室談話」中作了高度評價：「愛玲君的〈霸王別姬〉用新的手法新的意義，重述了我們歷史上最有名的英雄美人故事，寫來氣魄雄豪，說得上是一篇『力作』。編者曾看過郭沫若用同樣題材寫的《楚霸王自殺》，愛玲君的作品決不會因了文壇巨人的大名而就此掩住的，所以編者在這裏說一聲老三老四的話：愛玲勉之！」

那是張愛玲青春飛揚的時期，有著天才固有的自戀與敏感，卻不失少女的天真浪漫。

她開始大膽想像，構畫自己的未來藍圖——中學畢業後要到英國去讀大學，要把中國畫的作風介紹到美國去，要比林語堂還出風頭，要穿最別致的衣裳周遊世界，還要在上海有自己的房子，過一種乾脆俐落的生活——這些理想，後來有的實現，有的則成為薔薇泡沫，然而也已經都變了味道。

是因為這期間發生了一件實實在在的大事，將她一生的軌跡改變，也使她的性格進一步走向憂鬱沉靜——這便是，父親張廷重要再婚了。

聽說了這消息，愛玲十分憂慮。關於後母的種種傳說她從中外故事裏都讀到了不少，沒想到終有一天這故事會落到自己身上，讓自己做了童話裏受苦受難的白雪公主，即將面對擁有魔鏡的惡母后。

她把這掛慮對姑姑說了，姑姑也無法，只勸說：「那是大人的事，總不成叫你父親就此不娶，不老不小的，屋裏沒個女人也不成話。」她站在姑姑家的陽台上，絕望地想：如果這時候那女人也站在這裏，伏在鐵欄杆上，她說不定會發狠把她推下去的，一了百了。

夏日的黃昏，晚霞燒得天空一片失火的紅。人站在這一大片火雲下面，渺小而無奈。愛玲在那一瞬，已經隱約預見了自己即將面臨的悲慘境界。

只是，她仍然無法阻止那片火燒到自己跟前來。

3

前面說過，這個家裏的女人的背景似乎總比男人來得闊大體面——李菊耦做張佩綸的續弦是一種下嫁，而孫用蕃給張廷重做填房其實亦是屈就。

那時上海的房子漲價，張廷重手裏有祖上留下的一整條街的房子，算得上富人，於是許多久不走動的親戚便又開始往來，且拐彎抹角地替他做媒，說的是日商住友銀行的買辦孫景陽一個同父異母的姐妹。

孫家是旺族，孫景陽的父親、曾任袁世凱內閣國務總理的孫寶琦有一妻四妾，子女二十四人。給張廷重介紹的是孫寶琦的第七個女兒孫用蕃，三十六歲，精明強幹，樣子也還時髦爽利，大方臉，削下巴，很乾淨俐落的一個人，可是聞說脾氣不大好，又染上阿芙蓉癖，所以年紀老大還待字閨中。她那樣的出身又不容她過於下嫁，一來二去地，便給張廷重做了填房。

其實親戚間也還流傳著一些關於她此前曾經與表哥鬧戀愛的事，已經不是處子之身。但是張廷重說：「我知道她從前的事，我不介意，我自己也不是一張白紙。」

婚禮在華安大樓舉行。那時候，跑馬廳對面的國際飯店、大新公司、西僑青年會都還沒有建造，七層樓的華安大廈便顯得鶴立雞群，居高臨下——孫用蕃要的就是這種排場。

張愛玲和弟弟也參加了宴會，坐在席上，她真是食難下咽，彷彿眼睜睜看著一團火逼近了自己、包圍了自己而不得逃脫——她真是很想轉身逃開，可是，現實逼著她不得不端坐在那裏，臉上帶一個僵硬的笑。

她慶幸自己已經升入中學，可以住校。學校是她的伊甸園，可以使她短暫地遠離繼母的管轄——然而也未必，因為即使在學校裏，繼母的影子也無處不在，她的衣裳跟著她。

孫用蕃進門前，聽說這個繼女的身材同自己差不多，便帶了滿滿兩箱子自己做姑娘時代的舊衣裳——這位填房太太在進門前倒已經先想著替夫家省錢，真不知道是天生勤儉還是刻薄成性——或許也可以理解，總是落魄高官的後代，在民國一色地沒落了，縱然祖上曾經堂皇尊崇過，如今的家境也仍是拮据，因此

節儉成性。

她打開箱子，一件件地撂出衣裳來，帶著惋惜悵惘的口吻說：「料子都還是好的。」彷彿連舊衣裳也不捨得給人似的。

於是此後幾年裏張愛玲再也沒有穿過一件新衣。

那些肥大而過時的舊衣，像一件件情味曖昧的準古董。說新自是不新，說舊卻又不夠舊，有些領口已經磨破，無論怎樣滾金線打絲縧，只是令人覺得窘縮，覺得尷尬。而且因為壓在箱底裏有了年代，整個浸淫著一種脫不去的樟腦味，在那樣青澀初開的年代裏，在被稱為貴族化的教會學校裏，更加使一個少女無地自容。

愛玲本是自小就有一點戀衣癖的，這也是母親的遺傳——因為黃逸梵的愛做衣裳，張廷重曾經咕嚕過：「一個人又不是衣裳架子！」在張愛玲還叫做張煐的時候，她小小的年紀，看見母親黃逸梵立在鏡子前面，在綠短襖上別上翡翠胸針，只覺得美不勝收，羨慕萬分，來不及地要長大，忍不住說：「八歲我要梳愛司頭，十歲我要穿高跟鞋，十六歲我可以吃粽子湯糰，吃一切難於消化的東西。」

然而她現在已經十六歲了，別說梳愛司頭穿高跟鞋，甚至連穿得體面一點也不能。繼母的那些衣裳中，有一件暗紅的薄棉袍，碎牛肉般的顏色，穿不完地穿著，就像渾身生了凍瘡；冬天已經過去了，還留著凍瘡的疤。

——記憶的傷，終生不能治癒。她不禁想起小時候個子長得快，幾天就躥高一大截，有一次母親為她做了件外國衣服，蔥綠織錦的，還沒來得及上身，就已經不能穿了。如今想起來，真是奢侈得叫人心疼。

那件長滿凍瘡的暗紅棉袍，就像兜頭澆下滿滿一桶暗紅色的油漆，給張愛玲的整個少女時代打上了一枚暗紅的印章。她從此更加沉默寡言，也更加嗜書如命，她原本就比一般的同齡女孩早熟，如今更是忽然褪去了所有的稚嫩與天真，並且由自卑導致的自閉，使她的中學生活並不愉快，也很少交朋友。

據她的老師汪宏聲回憶：張愛玲那時瘦骨嶙峋，不燙髮，衣飾也不入時，坐在最後一排最末一個座位上，表情呆滯，十分沉默。「不說話、懶惰、不交朋友、不活動，精神長期的萎靡不振」。然而她的作文實在是好，成績也總是A或甲，老師常常當著全班同學的面朗讀她的作文，給她很高的讚揚，她也面無

表情，彷彿並不當作一件了不起的事，彷彿寫作本來就是她的天生技能，就像每個人生下來都會啼哭、長大了便會行走一樣，是種本能，天經地義的事情。

她總是忘記交作業，每每責問，她的口頭禪便是「我忘了」。通常人們總是善意地一笑輕輕放過了她，並且當她在心裏也未必真在乎。可事實上她的內心遠沒有她的表面顯示出來的那樣漫不經心，不以為意，在那裏面，是一顆少女的備受磨折的扭曲的心。

心上一次次的傷漸漸結了痂，打成結，一輩子也解不開。後來經濟獨立的張愛玲很有點戀衣狂，喜歡自己設計衣裳，並且務求穿得奇裝異服、路人瞠目才罷，就是因為那時被穿衣問題困惑了太久留下的後遺症。

4

如果把李菊耦比作課子的李紈，那麼孫用蕃就是弄權的熙鳳，而且還是「變生不測鳳姐潑醋」那一回裏的王熙鳳。

自從嫁入張家那一天起，孫用蕃就一直在變著方兒地提醒諸人自己的女主子地位，踩著別人來踮高自己——也許是一種補償的心理罷，已經是低就了，再不仰起頭來，怎麼見得出自己本原的尊貴？

當家作主頭件大事自然是錢，她不但抓緊日常開支，並且大量裁減傭人的數目，張廷重用的一些男僕和黃逸梵從前用的女傭都被辭退了——這是進門第一個下馬威，要叫人見識她精明幹練、擅於理家的手段。

她很喜歡同這家的前女主人相比，時常說：她喜歡畫油畫，認識蔣碧薇，那有什麼了不起，我同陸小曼還是朋友呢。——屋子客廳裏一直掛著陸小曼的油畫瓶花。

但她也自有一樣深得張廷重心思處——就是與張廷重有「同榻之好」，也是位多年的老煙槍，練得一手燒煙泡的好手藝。這一刻的溫柔抵得過其他時候萬種的潑辣。

而且，她只是苛扣前妻留下的一對兒女，對張廷重用在吃喝玩樂上的錢倒是給得很大方的，同他一樣喜歡吃外國進口的罐頭蘆筍，喝鴨舌湯，喜歡新鮮

輔車。女兒學鋼琴繳學費的錢沒有，可是舊車換新車的錢剛剛好。張廷重非常滿意，這新夫人可真是好，不會阻止自己吸煙，還不會好高騖遠地巴望著西洋景，真是賢慧。漸漸地便對她百依百順。

她便又嚷著要搬家──搬回麥德赫司脫路李鴻章的舊宅。辛亥革命前夕，李鴻章、盛懷宣、貝潤生等人，自境內租界起，紛紛在靜安區一帶購置房產，不止那房子，那整條弄堂都屬於李鴻章所有，地址是現淮安路三一三號。那是一所民初式樣的老洋房，房間很多，空大陳舊，幽深不見天日。只住四個人其實是有些陰森而不划算的，然而孫用蕃堅持要搬，因為她嫁的是李鴻章的後代，自然要住進李鴻章的物業裏去。

一九一二年，李菊耦在這裏去世；一九一五年，張廷重與黃逸梵在這裏結婚；一九二○年，張愛玲在這裏出生；第二年，又有了她弟弟。

──這房子的牆磚，就是張家的年譜。記錄了生，也記錄了死，記錄了桃之夭夭的小喬初嫁，也記錄了暮春遲遲的二度梅花──究竟是鳩占鵲巢，還是李代桃僵，只有這房子知道。

張愛玲這樣描寫那房子：

「我就是在那房子裏生的。房屋裏有我們家的太多的回憶，像重重疊疊複印的照片，整個的空氣有點模糊。有太陽的地方使人瞌睡，陰暗的地方有古墓的清涼。房屋的青黑的心子裏是清醒的，有它自己的一個怪異的世界。而在陰陽交界的邊緣，看得見陽光，聽得見電車的鈴與大減價的布店裏一遍又一遍吹打著『蘇三不要哭』，在那陽光裏只有昏睡。」──張愛玲：〈私語〉

張子靜在《我的姐姐張愛玲》裏對那房子有更詳細的描寫──

「它是一幢清末民初蓋的房子，仿造西式建築，房間多而深，後院還有一圈房子供傭人居住；全部大約二十多個房子。住房的下面是一個面積同樣大的地下室，通氣孔都是圓形的，一個個與後院的傭人房相對著。平時這地下室就只放些雜誌，算是個貯物間。」

爲了搬家，佈置家具，當然又要花掉一大筆錢。那時候張廷重還在銀行做事，就快過四十歲生日，孫用蕃別處儉省，這時卻闊綽得很，一力主張大操大辦，務必風光氣派，說是要讓張廷重有面子，其實是要炫以親友，讓所有的人看見——她多麼治家有道。

　　當家大權一天比一天更落實到繼母手裏，而張愛玲也一天比一天更懶怠回家，偶爾回來，聽說弟弟與自己的奶媽何干受欺侮，十分不平，然而無奈，也只有躲得遠遠地，眼不見心爲淨；可憐弟弟子靜卻離不開，只能一直在那房子裏生活，長大，苟且偷生——她最感到愛莫能助的就是弟弟。

　　張子靜在繼母的管壓下，益發覰腆蒼白，也益發柔弱多病了。又長年讀著私塾，見的世面有限，同姐姐的距離越來越大。

　　這是黃逸梵的一招失棋處，本來以爲在重男輕女的張家，子靜作爲唯一的男丁，在讀書求學上是怎麼也不會有問題的。然而沒想到，張廷重痛恨新式教學，又不理家事，對待兩個孩子長年視而不見，他們長高了多少，是否要加添新衣，乃至課程講到哪裏了，學問怎麼樣，一概不過問。略一提上學的事，他便說：「連弄堂小學都苛捐雜稅的，買手工紙都那麼貴。」總之還是因爲錢。

　　子靜跟著先生念了多年，連四書五經的「書經」都背完了，卻仍遲遲沒有升學。以前和姐姐一起聽私塾先生講課，姐姐喜歡問東問西，還可以製造些熱鬧氣氛；現在姐姐上學了，只剩下他一個人，生性原本沉默，如今越發呆呆地不想說話，氣氛就變得沉悶，他也更討厭上課，時常打瞌睡，或是裝病曉課。

　　有一年愛玲放假回家，看到弟弟時竟然吃了一驚——許久不見，他變得高而瘦，穿一件不大乾淨的藍布罩衫，租了許多連環圖畫來看。而那時張愛玲已經在讀穆時英的《南北極》與巴金的《滅亡》，認爲弟弟的品味大有被糾正的必要，於是苦口婆心地要把自己的經驗說給他聽。然而子靜仍是小時候一慣的漫不經心，而且只一晃就不見了。大家又都紛紛告訴愛玲關於小少爺的劣跡，諸如逃學，忤逆，沒志氣。

　　愛玲聽著，心裏一陣陣地冷，眼前總是浮現出小時候弟弟那張乖巧甜美的臉，像安琪兒的畫像——她還能清楚地記得，小時候長輩們見了那粉團兒一樣的男孩子，總喜歡拿他的大眼睛長睫毛開玩笑，逗他說：「把你的眼睫毛借給我好不好？明天就還你。」他總是斬釘截鐵地一口回絕。他很知道自己長得美，

得人意，又因爲病弱，便養成一種自憐的性格。逢到有人說起某某漂亮，他就問：「有我好看麼？」逗得眾人大笑。在他的眼裏，他就是人人稱讚的最漂亮可愛的人兒。

——可是現在，人人愛憐的安琪兒變成了人人詆毀的壞孩子。他做錯了什麼？

那天，爲著子靜在一張作廢的支票上練習簽名，繼母孫用蕃笑著倚向張廷重耳邊說了句什麼，張廷重跳起來就重重摑了兒子一個巴掌，打得又脆又俐落，十分熟絡。子靜一僵，原本蒼白的臉色更爲蒼白，接著泛起一絲紅暈，然而他什麼也沒說，只是低著頭繼續扒飯。坐在一旁的張愛玲卻猛然震動，只覺那一巴掌打在自己臉上似的，心裏針扎一般，拿飯碗擋著臉，忍不住流了淚。孫用蕃不以爲然地訕笑：「又不是說你，哭什麼？」

愛玲猛地抬頭，不可置信地看著後母——她穿著黑色舊旗袍的樣子顯得單薄伶俐，頭髮溜光的梳向後面，在扁平的後腦勺上挽個低而扁的髻，大大的長方眼滿是笑意。愛玲再也忍不住了，丟下碗衝到隔壁的浴室裏，對著鏡子哭了許久。她哭父親的涼薄，哭後母的苛刻，哭弟弟的孱弱與麻木，也哭自己的無可奈何。

鏡子裏映出她的臉，扭曲變形而且濕漉漉的，像一幅畢卡索的畫。她想起小時候同弟弟一起玩，總是她出題目要他參與，可是他常常不聽話，兩姐弟便會爭吵起來。因爲他是既不能命，又不受令的。然而他實在是秀美可愛，有時候她便也讓他編個故事來聽聽，他便比比劃劃地講演：有個人被老虎追趕著，趕著，趕著，潑風似地跑，後頭嗚嗚趕著……沒等他說完，愛玲早已笑倒了，在他腮上吻一下，把他當小玩意兒。

如今，那當年秀美可愛的小玩意兒變得多麼冷漠、無羞恥啊。

「我立在鏡子前面，看我自己的掣動的臉，看著眼淚滔滔流下來，像電影裏的特寫。我咬著牙說：『我要報仇。有一天我要報仇。』」

「浴室的玻璃窗臨著陽台，啪的一聲，一隻皮球蹦到玻璃上，又彈回去了。我弟弟在陽台上踢球。他已經忘了那回事了。這一類的事，他是慣了的。我沒有再哭，只感到一陣寒冷的悲哀。」——張愛玲：〈童言無忌〉

5

多年後，張愛玲寫了篇〈童言無忌〉，中間有一段小標題便是「弟弟」，那時她已經二十四歲，是上海最紅的作家；弟弟張子靜二十三歲，因為身體不好自聖約翰大學經濟系輟學，尚未正式工作，正是昏噩麻木的時候。看到姐姐在文章裏對自己的讚美和取笑，並沒有高興，也沒有生氣，亦不覺得有什麼「寒冷的悲哀」，正像是張愛玲在文章裏所說的那樣——「這一類的事，他是慣了的」。

然而事隔半個世紀，一九九五年九月九日中秋節，已經七十四歲的老人張子靜得知姐姐離開人世的消息，一連幾天都恍恍惚惚，腦中一片空白，時常一個人呆呆地坐著，自己也不知道自己在想什麼。有一天他忽然翻出「弟弟」來重看，只看了一行，眼淚已經忍不住汩汩而下了。那一種委屈，那一種孤單，那一種永遠不再的絕望，更向何人說？

也就從那天起，他決定要為姐姐寫點東西，後來，他寫了《我的姐姐張愛玲》。

「九月九日，我聽到我姐姐張愛玲死在美國寓所已數日才被發現的消息，悲痛萬分。我真想不到報上曾經描述過有些外國獨居老人死在家中無人知道，後來才被人發現的事情，竟同樣出現在她身上。她雖然安詳地長眠不醒，總使我心中產生出說不出來的悲愴淒涼的感覺。」

「自一九五二年她出國後，我們姐弟天各一方，睽別四十多年沒有見過面，而今竟成永訣，遠隔重洋，我無法到洛杉磯做最後的告別，只好寫這篇不很像樣的短文，權當做一篇悼念她的祭文，表達我的哀思。」（張子靜一九九五年發表之〈懷念我的姐姐張愛玲〉）

「這麼多年來，我和姐姐一樣，也是一個人孤單地過著……但我心裏並不孤獨，因為知道姐姐還在地球的另一端，和我同存於世。尤其讀到她的文章，我就更覺得親。姐姐待我，亦如常人，總是疏於音問。我瞭解她的個性和晚年

生活的難處，對她只有想念，沒有抱怨。不管世事如何幻變，我和她是同血緣，親手足，這種根柢是永世不能改變的。」（張子靜一九九六年出版之《我的姐姐張愛玲》）

在所有的「張傳」中，我始終以為這是最好的一部。因別人都只在「淘井」，唯有他只需要「對鏡」——把記憶的鏡子磨得亮一點，照見早已遺忘的過去就好了。

在許多年前，大約二○○一年的時候，張愛玲的中英文自傳都還不曾面世，關於她的生平資料不像現在這麼充實，我第一次看到《我的姐姐張愛玲》，驚為天書，沒翻幾頁，便潸然淚下了，還在書頁的空白處寫了幾行字：

「她的一生雖然滄桑卻曾經絢麗而多彩——生於亂世，少年時受盡折磨，忽然上帝將一個女子可以希祈得到的一切美好都堆放在她面前：才華、盛名、財富、甚至愛情，如烈火烹油，鮮花著錦，可是其後又一樣樣抽走，換來加倍的辛酸苦楚，跌宕流離，當她開至最美最豔的時候，也是她的路走到盡頭的時候，於是不得不選擇一死以避之——人生的悲劇莫過於此。」

也是在那一天，我動了念頭想為張愛玲寫一部書，然而只開了一個頭，便轉了路子，成了一部臨水照花的長篇小說，漣漪蕩漾，與花的關係已經不大。那部小說叫《那時煙花》，年代人物全卡著張愛玲來，但故事已經只留了個大概，將「真事隱」去，借「假語村」言，結合了我母親的家族往事，講了一個舊上海的愛情故事。

我寫《那時煙花》的時候並沒看過甚至不曾聽說過張愛玲有一部英文自傳《雷峰塔》，可是鬼使神差地，我在小說中一直用著白蛇的意象。男女主人公新婚時，沿著許仙和白娘子走過的路線來至雷峰塔下，蕩舟西湖，在船上起誓，說他們會一世相愛——結果當然是沒有。

他後來因為逃難而遠走，她千里迢迢去尋他。我在書裏杜撰了那男人的家鄉是四川，並且讓他們在酆都分手。而《雷峰塔》裏，也正有大段的張愛玲對於酆都的感想，是別書中不曾有過的。

最可怕的，還是我在小說裏讓那個以張子靜為原型的男孩子少年夭折了，這與現實中活過古稀之年的子靜先生並不符，卻與張愛玲在《雷峰塔》裏刻劃

的弟弟陵少爺驚人的相似。

也許這便是文字的宿命。無法解釋。

書出之後,明眼人一望可知是以張愛玲為原型,便多問著我:為什麼不直接寫張愛玲傳呢?

為什麼不呢?因為怕。

她曾說過:因為懂得,所以慈悲;

而我則深知:因為熟悉,所以敬畏。

我生怕自己曲解了她。

後來,又曾寫過一部《尋找張愛玲》,講述一個「張迷」穿越時光隧道與張愛玲幾度相逢,試圖阻止她的悲劇命運的故事。書成後,覺得盡抒胸臆,十分滿足,以為今後大概再也不會以此為題目來寫作了。連許多相關圖書包括那本《我的姐姐張愛玲》也都送給了朋友。因為自覺對她的生平及著作都早已爛熟於心,幾可成誦。

不料,忽然一天有編輯約稿,要我為張愛玲作傳。

第一反應當然是拒絕,誠惶誠恐地拒絕,怕得恨不得躲起來,謊稱生病來躲債。然而終究敵不過編輯遊說,豁出去地想:愛了她一輩子,寫吧,我寫好過別人寫。

從小到大,一直覺得張愛玲是我的一面鏡子,在文字上是老師,在人生的行走上,她多少是有些蹣跚而跌跌撞撞的,我也曾經歷了類似的家庭變故,離家出走,諸如此類的煩惱,碰得傷痕累累,或多或少可以想像她的個性與痛苦。

然而作為一個現代人,被生活磨得久了,稜角便會學得收斂些,再笨的人也有自己的圓滑與世故。我不知道這一點是比她強還是愧對她。但是這教我在為她撿拾人生的腳印時,會更加地小心翼翼,恭恭敬敬,一如替自己的一位摯友、親人建立衣冠塚。

袁枚在《隨園詩話》說:拾人遺編斷句,猶如路葬遺骨。(原句不記得了,大意如此)何其傷痛鄭重。

我如今做的事,也便是這樣的感覺。不敢怠慢。

而書成之後,事隔三年,又有台灣的陳曉林先生找上門來,商議繁體字

版權的事情。我寫了五十幾部書，這是第一本轉成繁體字版的，感覺像是愛玲送我的一件禮物。不能不疑心是冥冥中她轉託了陳先生來成就這件事。愈發悸然。

我確信此後的道路，愛玲仍會帶領我前行。我的靈魂也依然會追著她飛行，不舍晝夜。

6

一九三七年的聖瑪利亞女校年刊《鳳藻》（總第十七期），為我們提供了一個非常聰敏靈動的張愛玲形象，和大多人包括她的老師汪宏聲記憶中的不大一樣。從初一到高三一直與張愛玲同學的顧淑琪女士保存了那本珍貴的校刊，十六開本道林紙精印，裝幀精美，編排活潑，內容分為中英文兩部分，包括學校概覽、教職員介紹、社團活動、學生習作和畢業生留言等，可以清楚地看到一個舊式貴族學校的雍容冷豔。

校刊通常由畢業班學生編輯。張愛玲不僅為這期校刊投稿三篇，還擔任美術部助理員，包下了大多插畫，可見那時候的她對於集體活動還有相當的熱心。

上面印有三十五位畢業生的照片，當然也有張愛玲的，短髮，微低了頭，彷彿沉思。還有一項題為「一碗什錦豆瓣湯」的性向測驗，「豆瓣」是對畢業生的愛稱，測驗內容是關於「豆瓣性格」的六道填空題，張愛玲的答案極其有趣：最喜歡吃「叉燒炒飯」，最喜歡是不愛江山愛美人的「愛德華八世」，最怕「死」，最恨「一個有天才的女人忽然結婚」，常常掛在嘴上的話是「我又忘啦！」，拿手好戲是「繪畫」。

——那些隨手填寫的文字讓我們看到了一個活生生的張愛玲，如此敏感聰穎，而又愛憎分明，個性剛硬。

在另一個「多說多話」的欄目裏，我們又看到了她的另一行留言：

「什麼都可以『忘了』，只別連我也『忘了』。」

——不知道是調侃她自己的善忘，還是詼諧的傷別。那行珍貴的鋼筆字如今成了為數不多的張愛玲的親筆真跡之一，字體圓圓的，筆劃清晰，毫無黏連，稚氣猶存，讓人想起她四歲時的照相，粉團團的。

顧淑琪曾經請每個同學在校刊上為自己留言，張愛玲這樣寫：

「替我告訴虞山，只有它，靜肅、壯美的它，配做你的伴侶；也只有你，天真潑剌的你，配做她的鄉親。愛玲。」

——顧淑琪的少女時代在常熟度過，在女校念書時，全班同學曾去常熟玩了三天，顧淑琪便以嚮導自居。而虞山是常熟境內的一處名勝，張愛玲以為「靜肅、壯美」，留下很深的印象，所以就有了這段話。這也使我們看到了一個細心溫和、真誠友愛的張愛玲。

她的留言是用了心的，不敷衍，不虛偽，不落俗套——而翻看其他同學的留言，則大多是「祝你前途光明！某學姐留念」，「工作的時候工作，學習的時候學習」，「為學如逆水行舟，不進則退」之類的套話，要麼便抄上一首英文詩，最普遍採用的一首是「在你的回憶之園中，給我種上一棵勿忘我花」……

不僅僅對顧淑琪，她還對所有同學都留下了自己的美好祝福——那期校刊裏三十多幅畢業班同學的肖像圖都是她畫的，同學們的頭影小照和卡通畫結合起來，創意十分有趣，畫風也很靈動。

她把自己畫成在看水晶球的預言者，把對每個同學的印象與她所祝願的未來畫在上面，讓她們有的做攝影師，有的做科學家，有的拿著馬鞭做騎士，有的拿著盾甲做武士，有的做時裝店女經理，還有的駕著飛機登了月——比美國「阿波羅」號早了三十多年。

那些卡通速描展示了她極高的繪畫天賦——難怪她會在「拿手好戲」裏填上「繪畫」，的確名副其實。

張愛玲對繪畫的愛好其實可以追溯到很久以前。

很小的時候，她便想過要做一個畫家，但是又猶豫或者可以做一個音樂

家。然而畫家大多都是要等到死後才成名的，梵谷的畫價值連城，可是在他活著的時候只被人拿來糊雞欄。九歲時，她看了一部描寫窮困畫家的影片，大哭一場，遂死了當畫家的念頭，決定要做一個鋼琴家，在富麗堂皇的音樂廳裏演奏。

前前後後學了五年琴，可是後來因為繼母不願意再拿錢出來繳付白俄鋼琴師昂貴的學費，硬是做主替她換了一位中國先生。新先生對教琴有新的規則，推翻了愛玲從前所學的，讓她無所適從。同時也是為了送給父親一份禮物，便索性走到煙榻前，對他大聲說：「我不想再學鋼琴了。」

父親和繼母果然都很高興，因為可以節約下學費來買鴉片。但是姑姑卻多少替她覺得可惜，因為已經學了這麼些年。她問她：「那你長大了想做什麼？」愛玲答：「我要畫卡通片。」這是她思前想後了許久的一個計劃，唯此才可以坦然以對媽媽與姑姑的期望，她真是抱歉讓她們大大地失望了。

她畫得很不賴。校刊中收有她的三篇中英文寫作，頭一篇就是〈論卡通畫之前途〉——

「卡通畫這名詞，在中國只有十年以下的歷史。但是，大概沒有一個愛看電影的人不知道華德狄斯耐的『米老鼠』吧？——卡通的原有的意義包括一切單幅諷刺漫畫、時事漫畫、人生漫畫、連續漫畫等，可是我在這裏要談的卡通是專指映在銀幕上的那種活動映畫。」

「未來的卡通畫決不僅僅是取悅兒童的無意識的娛樂。未來的卡通畫能夠反映真實的人生，發揚天才的思想，介紹偉大的探險新聞，灌輸有趣味的學識。」

「卡通的價值決不在電影之下。如果電影是文學的小妹妹，那麼卡通便是二十世紀女神新賜予文藝的另一個玉雪可愛的小妹妹了。我們應當用全力去培植她，給人類的藝術發達史上再添上燦爛光明的一頁。」

她的這些話，如今已經都成為現實——她的確是一個在看水晶球的預言者。

她甚至也預言了自己的未來。

在同期刊登的另外兩篇文章〈牧羊者素描〉和〈心願〉裏，她表達了對母校深厚的感情，語句柔婉，詼諧真摯，把聖瑪利亞女校比作雅典城，比作「一塊只曾稍加雕琢的普通白石」，但必將成為「置於米開朗基羅的那些輝煌的作品中亦無愧色」的奇妙雕像。

她在〈心願〉中寫道：

「時間好比一把鋒利的小刀——用得不恰當，會在美麗的面孔上刻下深深的紋路，使旺盛的青春月復一月，年復一年地消磨掉；但是，使用恰當的話，它卻能將一塊普通的石頭琢刻成宏偉的雕像。」

「如果我能活到白髮蒼蒼的老年，我將在爐邊寧靜的睡夢中，尋找早年所熟悉的穿過綠色梅樹林的小徑。當然，那時候，今日年輕的梅樹也必已進入愉快的晚年，伸出有力的臂膊遮蔽著縱橫的小徑。飽歷風霜的古老鐘樓，仍將兀立在金色的陽光中，發出在我聽來是如此熟悉的鐘聲。」

「我還可以聽到那古老的鐘樓在祈禱聲中發出迴響，彷彿是低聲回答她們：『是的，與全中國其他學校相比，聖瑪利亞的宿舍未必是最大的，校內的花園未必是最美麗的，但她無疑有最優秀、最勤奮好學的小姑娘，她們將以其日後輝煌的事業來為母校增光！』

聽到這話時，我的感受將取決於自己在畢業後的歲月裏有無任何成就。如果我沒有克盡本分，丟了榮耀母校的權利，我將感到羞恥和悔恨。但如果我在努力為目標奮鬥的路上取得成功，我可以欣慰地微笑，因為我也有份用時間這把小刀，雕刻出美好的學校生活的形象——雖然我的貢獻是那樣的微不足道。」
（陳子善譯）

——她確是增光於她的母校了。

成名之後，柯靈的夫人陳國蓉從滬江大學畢業後在中學部任教，學校的老師和同學常常指給她：喏，那就是張愛玲坐的位置——他們都以她為榮。

如今的聖瑪利亞女校已歸為東華大學。教學樓仍在，塗了一層輕柔的黃，城堡一般的拱門，迴廊連著宿舍，下雨天走在裏面也不會濕了鞋子；宿舍是羅馬風格的，一個小小的庭院，木製地板，一張一張的小床；教堂也仍在，窗子

被爬山虎的藤蔓纏住了，整座樓都被覆蓋在藍綠紛披的藤蔓下——那是張愛玲喜愛的顏色。

一代又一代的「張迷」去朝聖。

——而這些，在她寫〈心願〉的時候，似乎也都早已預知，她預知自己會取得成功，榮耀母校，她甚至也預知到老年的自己會離開上海，只有在夢裏才可以回到熟悉的校園小徑，尋找當年的梅林。

張愛玲，張愛玲，你的夢魂回來了嗎？當年的校園可在？當年的梅林可在？當年的鐘聲可在？當年的夢想可在？

你曾經說過：「要是我就捨不得中國——還沒離開家已經想家了。」

又說：「我不想出洋留學，住處我是喜歡上海。」

「我是屬於上海的。」

——這樣戀家的你，一旦離開，卻再也不肯回來，連遺骸也丟棄異鄉。是什麼使你傷碎了心？

第三章　她不是白雪公主

1

　　我的靈魂遊蕩在時間的永巷裏，緊追著張愛玲的腳步，她穿一件錦繡長袍，踏著軟底繡花鞋，輕靈地走在前面，走在曲曲折折的樓廊間，彷彿引路，同我結一場鏡花水月的華麗緣。我想借一盞銀燈，將腳下的路照得清楚，然而只是一低頭，已經不見了她的蹤影，只有隱微的哭聲來自隔壁的老房子。

　　我一直覺得，老房子是有記憶的，如果牆壁會說話，他們會絮絮不止成宵整夜地告訴我們曾經發生在這房子裏的每一樁瑣事。即便住在房裏的人都做了古，然而房子是不老的，它全都記得。

　　將手按在老房子的牆壁上，會感覺到溫度、皮膚的質感、甚至心跳——即使那牆壁是濕濕而冰冷的，也是一段抑鬱的往事。

　　一代代的人在這裏死去，一代代的人在這裏出生，新的明亮的眼睛，新的紅嫩的嘴唇，然而一年一年地磨下來，眼睛鈍了，人鈍了，那最後的一點氣息便被吸入老房子的牆壁裏去，怯生生的眼睛看著新的生命降臨，與那新的明亮的眼睛相對視。明亮的眼睛新嶄嶄的，可是什麼也看不見；老了鈍了的眼睛藏在牆壁裏，卻把一切都看得通透。

　　我的靈魂追著那幽咽委屈的哭泣聲飄進上海淮安路三一三號的老房子裏，看到年少的愛玲在哭泣。我心如刀絞，可是無能為力。一個靈魂，可以看，可以聽，可以想，可是不能做成任何一件事。

這是一九三七年。一九三七年的這房子已經成了監獄，房主人張廷重成了監獄長。

一九三七年對於整個中國都是一場大悲劇，對於上海尤其如此。「八一三」事變，抗日戰爭全面爆發。日軍進攻閘北，國民黨部隊從上海連夜撤退，上海淪陷了，成為「孤島」。

蘇州河一帶炮聲徹夜不斷，住在老房子裏的人每天就好像睡在戰壕裏一樣。

然而這些對於張愛玲來說仍然不是最悲慘，最切膚相關的。她有她自己的悲劇。

這一年，張愛玲中學畢業了，她在校刊畢業生留言欄裏寫著：「什麼都可以『忘了』，只別連我也『忘了』。」結束了自己的中學時代。

——然而誰又會忘記她呢？她以她的奇采異文給整個華人世界都留下了那麼深刻雋美的印象，然而她自己，卻難得快樂。

母親黃逸梵為了女兒的學業特地回了一次國，建議她可以去國外留學。經年不見，母子的闊別重逢對於張愛玲來說，無異於過年一樣的大事。

她那種喜氣洋洋不由自主地在眉梢眼角裏流淌出來，即使自己不覺得，父親張廷重卻是察覺了，未免憤憤——這麼些年來，是他拿出錢來供她吃穿讀書的，怎麼這女兒不領情，仍只是向著她母親？因此黃逸梵托人找他談關於張愛玲留學的事情時，他故意避而不見。

於是只得由張愛玲自己來提。當她站在父親的煙榻前吃吃艾艾地說出學費的請求，他立即便發作起來，罵女兒崇洋，聽外人的挑唆。後母孫用蕃更是在一旁煽風點火地罵了出來：「你母親離了婚還要干涉你們家的事。既然放不下這裏，為什麼不回來？可惜遲了一步，回來只好做姨太太！」

這樣刻薄的聲氣，倒又不像明媒正娶大家千金的鳳姐了，倒有些像平丫頭扶了正——平兒也還體面些，應該是恃寵而驕的秋桐向尤二發威。

張愛玲在《雷峰塔》裏塑造了一個繼母榮珠的形象，披露她是庶出，接了自己的生母來住後，說話時總是習慣地帶有一種抱怨不耐煩的口氣。

「聖人有言：『嫡庶之別不可逾越。』大太太和她的子女是嫡，姨太太和

子女是庶。三千年前就立下了這套規矩，保障王位及平民百姓的繼承順序。照理說一個人的子女都是太太的，卻還是分等。榮珠就巴結嫡母，對親生母親卻嚴詞厲色，呼來叱去。這是孔教的宗法。」

——這樣一分析，聽上去倒又像探春對趙姨娘的態度了。

到了《易經》裏，她形容得更逼切了：

「在她父親的房子裏什麼事都有可能發生，吸煙室像煙霧瀰漫的洞窟，他和鬼魅似的姨太太躺在榻上，在燈上燒大煙，最後沉悶的空氣裏生出了他的蜘蛛精似的繼室。」

——這「蜘蛛精」的比喻，同林黛玉比劉姥姥的「母蝗蟲」有一拚，明白寫出繼母那種權欲貪張的情狀。

張愛玲在那張牙舞爪的蜘蛛精面前只有落荒而逃。正好張愛玲的舅舅家剛從蕪湖搬回來，住在淮海中路的偉達飯店，愛玲的母親也住在那裏，於是張愛玲便藉口炮聲終夜不斷睡不著覺，和父親商量要到姑姑那裏住些日子。張廷重明知所謂去姑姑處其實便是去媽媽處，然而也無可無不可地點了頭。

不料張愛玲住了兩個禮拜回來，遇見後母，孫用蕃劈面便問：「怎麼你走了也不在我跟前說一聲？」

愛玲呆著臉說：「跟父親說過了。」

孫用蕃冷笑一聲，揚起聲音說：「噢，對父親說了！你眼睛裏哪兒還有我呢？」刷地便打了愛玲一個巴掌。

張愛玲本能地要還手，孫用蕃已經俐落地一轉身，銳叫著奔上樓去：「她打我！她打我！」

幾乎是轉眼間的事，張廷重跋著拖鞋啪達啪達地衝下來，不由分說，抓住愛玲便拳打腳踢起來，緊著問：「你還打人！你打人我就打你！今天非打死你不可！」一腳接一腳，把多年的不如意以及對前妻的恨全報在這個眼裏只有娘沒有爹的女兒身上。

愛玲心裏悲哀到極點，無心分辯，只求速死，咬緊了牙關，連一句求饒的

話也沒有。她還記得媽媽叮囑過她的話：「萬一他打你，不要還手，不然，說出去總是你的錯。」原來，媽媽早已料到會有這一天，媽媽啊，我快被他們打死了，快來救救我啊！

混亂中，她只覺自己的頭一會偏到這一邊，一會又偏到那一邊，耳朵也震聾了。先還滿地滾著，後來便不動了，但仍然大睜著眼睛，仇恨地看著這屋子，那些擺設從來沒有如此明晰過——下著百葉窗的暗沉沉的餐室，飯已經開上桌子，沒有金魚的金魚缸，白瓷缸上細細描出橙紅的魚藻，牆壁上掛著陸小曼的油畫……這間屋子充實到擁擠的地步，塞滿了金的銀的鑲珠嵌玉的物事，可是獨獨沒有親情！

她恨！

穿著各色繡花鞋黑布鞋牛皮鞋的腳在面前雜遝往來，滿屋子都是人，可沒有人味兒！她恨！她恨！她恨！

如果眼睛裏可以噴出火來，她希望燒掉這屋子，也燒掉她自己，可是最終她只是無力地閉上眼睛，再也不能動彈。

何干早已嚇得傻了。這是親爹親閨女呀，如何動起手來竟像前世仇人一般。她扎撒著手，拉不開也拉著，勸著，求著，眼看小姐已經躺著不動了，老爺還不停腳地踢著，這是想要小姐的命啊！別的人也都看著實在不像了，都擁上來勸著，終於拉開了，張廷重猶喘著粗氣說：「把她關起來，沒我的話，誰也不許放她出來！誰敢私放了她，我扒她的皮！」

愛玲慢吞吞地爬起來，走到浴室裏照鏡子，看到身上的傷，臉上的紅指印，預備立刻報巡捕房去。卻被看門的警衛攔住了說：「門鎖著呢，鑰匙在老爺那兒。」因為害怕戰亂期間有難民搶劫，張廷重新請了兩個潰兵來做門警，他們配著槍，此時越發像監獄的看守。愛玲撲上去，叫鬧踢門，希望引起街外警察的注意，終是不行。反把張廷重惹得更加火冒三丈，抄起一隻碩大的白瓷花瓶便砸過來——幸好沒砸到，摔在牆上爆炸開來，把滿屋子的人嚇了一跳。他還在咆哮著：「開槍打死她！打死她！」

何干驚得魂飛魄散，她倒不至於以為老爺真會槍殺自己親生女兒，可也不想愛玲再吃虧又捱一頓打，忙忙拉了她進房，哭著：「你怎麼會弄到這樣呢？」

愛玲忍到這會兒，這才抱住奶媽放聲大哭起來。

2

怎能想到，父女反目成仇，竟可以漠視骨肉情，做到這般決絕——這一次爭執，使張愛玲陷入幽禁生活長達大半年之久。

之前張愛玲在〈私語〉裏說捱了打，要去報巡捕，寫得不清不楚，感覺上她似乎只是爲了自己的受虐去報警。然而後來在《雷峰塔》裏，她把這心思明白地說了出來——父親打孩子在當時算不得什麼罪，就是報了案，也還是會被送回給父母管教。她的計劃是要揭發他們抽鴉片，那時候這罪名是可以坐牢的。而她父親，分明也猜到了女兒的心思，因此才要將她鎖起來，怕她逃出去報官。

房間在一樓，原本就暗，窗外又種滿了樹，一年年長大起來，把陽光都遮住了，努力擠過樹葉的間隙漏出來的，不是光，只是影，每一次躍動都是一場鬼魂的魔舞。陽台上有木的欄杆，欄杆外秋冬的淡青的天上有飛機掠過的白線，對面的門樓上挑起灰石的鹿角，底下累累兩排小石菩薩……

不眠之夜，當她撒目四望，只覺黑沉沉的屋子裏到處都潛伏著靜靜殺機，隨時要將她吞噬。

死，第一次離得這樣近，彷彿一隻咻咻的小獸，磨磨蹭蹭地捱近。她甚至可以感覺得到那小獸伸長了舌頭的貪婪的熱氣。

「我父親揚言說要用手槍打死我。我暫時被監禁在空房裏。我生在裏面的這座房屋忽然變成生疏的了，像月光底下的，黑影中現出青白的粉牆，片面的，瘋狂的。

Beverley Nichols有一句詩關於狂人的半明半昧：『在你的心中睡著月亮光。』我讀到它就想到我們家樓板上的藍色的月光，那靜靜的殺機。

我也知道我父親決不能把我弄死，不過關幾年，等我放出來的時候已經不是我了。數星期內我已經老了許多年。我把手緊緊捏著陽台上的木欄杆，彷彿

木頭上可以榨出水來。頭上是赫赫的藍天，那時候的天是有聲音的，因為滿天的飛機。我希望有個炸彈掉在我們家，就同他們死在一起我也願意。」──張愛玲：〈私語〉

　　陰暗的屋子，陰暗的心境，張愛玲得了痢疾病倒了。上吐下瀉，渾身無力，一日更比一日虛弱，像一盞紙燈籠，風一吹就要滅了。

　　何干心急如焚，只是想不出辦法來。早在小姐捱打的當天，她已經偷偷打了電話給她舅舅求助。張廷重雖然離了婚，但同小舅子的感情卻一直不錯。兩個人從前相約逛堂子，取笑對方叫的條子一個比一個老，是「油炸麻雀」和「鹽醃青蛙」。張廷重養小公館，黃定柱替他瞞著姐姐；可是黃逸梵逼丈夫戒毒，也是定柱帶了保鏢來押姐夫上醫院。這次何干向他求救，他亦覺得義不容辭，第二天一早約了張茂淵上門求情，再次提起讓愛玲出國讀書的事。

　　然而張廷重板著一張臉什麼也聽不進去，孫用蕃又在一邊冷嘲熱諷，說張茂淵「是來捉鴉片的麼？」三言兩語調唆得兄妹倆動起手來，張廷重故技重施地抓起支煙槍便扔過去，把張茂淵的眼鏡也打碎了，臉上的皮都被擦破了，流了好多血，還是黃定柱使勁拉開的。臨走，張茂淵賭咒發誓地說：「我以後再也不踏進你家的門！」後來聽說上醫院縫了六針，沒有報警，到底還是怕丟人。然而她果然也就不再登張家的門了。

　　張廷重父女、兄妹反目，得意了孫用蕃，愁壞了何干。眼看著小姐命懸一線，竟是連個可求救的人也沒有，萬般無奈，只得斗起膽子來，躲開孫用蕃的耳目捱著挨罵，偷偷找老爺哭訴了幾次，苦勸：「小姐畢竟是老爺的親生女兒，養得這麼大了，又正是好年齡，難不成就看她這樣死了嗎？親戚聽著也不像，以為老爺心狠，害死自己親閨女。改天要是有人問起小姐得的什麼病，是怎麼死的，可叫大家怎麼說呢？」

　　張廷重聽了，也覺堪憂，可是到底不願張鑼打鼓地送醫診治，只含糊說：「你先下去吧，這個我自會想辦法。」

　　隔了一天，獄長便查監來了。張愛玲躺在床上，已經只剩下半條命，蠟黃的臉，連說話的力氣也沒有，可是努力睜大著眼睛，眨也不眨地望著父親，那樣清澈淒冷的兩道目光，彷彿要一直照進他的靈魂深處去。

張廷重看著，心下也未免不忍——他的心，已經被鴉片燈一點一點地燒盡了，燒成了灰，風一吹就會散去。可是灰吊子，卻還懸懸地蕩在空中，讓他有氣無力地續著這無妄的生命。想起兩父女討論學問，爲女兒親擬《摩登紅樓夢》章回題目的往事，他也覺得無限感慨，女兒並不是賈寶玉，又沒有「逼死母婢」，又不是「勾引戲子」，何至於弄到如此地步，竟然演出一幕「手足耽耽小動唇舌，不肖種種大承笞撻」來？不禁歎了口氣：「你要是但能聽話一點，也不會變成這樣……」親自替女兒打了消炎的抗生素針劑。

　　這樣注射了幾次後，愛玲的病情似乎得到些控制，可仍是時好時壞，眼看著可以起床走動了，一個早晨醒來就又忽然翻天覆地吐起來，直要把心肝肺都吐出來似的。

　　她渾身灼熱，面色赤紅，覺得自己已經是個死人，身在地獄了，四周有火舌吞吐，將她吞噬。可是她不願意就這樣死，她還有許許多多的心願未了，閻王在收魂之前也要問一問那將死的人有什麼最後心願的吧？她扶著何干的胳膊，仍是打聽出逃的路線。

　　何干一邊替她清理一邊哭著，卻仍是勸：「千萬不可以走出這扇門啊！出去了就回不來了。」因爲太過愛惜，她不禁要替她膽小，替她恐懼，變得冷漠起來。況且，愛玲是她的事業，她的大半生都消磨在張家，前後侍候了張家三代人，如今已經快服侍不動了，卻仍然兢兢業業克盡職守，盼望著日子再蹣跚也還是可以平靜地捱過，一直捱到小姐出嫁的那天，她好跟了過去，跟著她養老。倘若沒了小姐，自然也就沒了何干。爲了這點微薄的願望，她一直勸她忍耐，勸她再艱難也要留下來。可是現在看見她已經窮途末路，她知道再留不住她，到底還是吞吞吐吐地說出來：「太太（指黃逸梵）傳話來，要你仔細想清楚，跟你父親呢，自然是有錢的，跟她，可是一個錢都沒有，你要吃得了這個苦，沒有反悔的。」又咬著牙透露了兩個門警換班的時間。

　　這一場病，叫張愛玲早下了決心——她生在這屋子裏，總不能死在這屋子裏。

　　她決定出逃，想過許多方案，好像三劍客、基督山伯爵，或是簡單一點，像《九尾龜》裏垂了繩子從窗戶溜出去，當然最好的辦法，是有個王子可以騎著白馬，在公主的閣樓下接應。可她終究不是白雪公主，雖然遇到了童話裏的

張愛玲 傳奇

惡後母，卻未能得到那個拔劍來救的白馬王子。她連七個小矮人都沒有。

沒有人救她，只除了她自己。

那一年，愛玲十八歲。

「隆冬的晚上，伏在窗子上用望遠鏡看清楚了黑路上沒有人，挨著牆一步步摸到鐵門邊，拔出門閂，開了門，把望遠鏡放在牛奶箱上，閃身出去。──當真立在人行道上了！沒有風，只是陰曆年左近的寂寂的冷，街燈下只看見一片寒灰，但是多麼可親的世界呵！我在街沿急急走著，每一腳踏在地上都是一個響亮的吻。而且我在距家不遠的地方和一個黃包車夫講起價錢來了──我真的高興我還沒忘了怎麼還價。真是發了瘋呀！隨時可以重新被抓進去。事過境遷，方才覺得那驚險中的滑稽。」──張愛玲：〈私語〉

這一次的命運重合，我比她晚了四年，以二十二歲的「高齡」離家出走，也算是一種滑稽了──一九九二年七月三日的晚上，我被媽媽揪著一頭長髮摔倒在地毯上，她說：你就是我的累贅。如果沒有你，我早就好了。

我從來沒有那樣痛恨過自己的存在。跪在地上哭了許久，聽到所有的人都睡熟了，想到這一切周而復始永無止盡，終於下定決心走出去。一路走到車站，才想起身上沒有一分錢，於是在燈火輝煌下同摩托車司機討價還價，問他可不可以送我到目的地，我找到朋友借到錢再給他。他答應了。在夜風裏，我坐在摩托車上風馳電掣，心裏想如果今夜發生了什麼意外，我便與他同歸於盡了也罷──好在沒有。

我去求助的是大學時交往最密的一位好同學露兒，敲開門簡單地說：我離開家了，欠摩托車十塊錢，你能不能幫我拿下去給他。她愣了一下，說：你那個家，我知道早晚會有這一天的。取了十塊錢便陪我下了樓。

後來也是她幫我租房子、介紹家教，我離開大連去廣州，也是她來送行──當時她出差在外地，聽說我要走，連夜趕回大連，直奔機場，樓上樓下跑了幾個來回找到我。她抱著我，說：答應我，不論發生什麼

事，你不可以墮落。我說：你放心，除非我死。

那年以後，我便把七月三日當作了我的生日。

3

終於和母親在一起了。母親住的愛丁頓公寓和父親的家多麼不同呀──那是後來使胡蘭成覺得「兵氣縱橫」、「現代的新鮮明亮幾乎帶刺激性」、「華貴到使我不安」的房間──明淨敞亮的客廳，精緻溫馨的臥室，清爽典雅的書房，鑲著瓷磚棚頂的洗手間，點著煤氣爐子的廚房，還有寬大的陽台和陽台上的玻璃門，每一樣都讓愛玲為之喜悅，覺得新鮮而愉快。

記憶的長繩被時間的鋸子割斷了又重新接起來，住在愛丁頓公寓的張愛玲彷彿回到八歲那年，媽媽第一次回國的時候，牽著她的手在花園裏漫步，指點她行走坐立的姿勢，取笑她英語發音的蹩腳，教訓她說話不要直瞪著人看，走路時兩腿不可分得太開，衣服是蔥綠配桃紅的好，豔不要緊，但不能俗，搭配是首要學問……

如今整整十年過去了，這十年裏，上海的變化多大呀──不要說這十年，單是去年一年，上海發生了多少大事呢。這動蕩不安的一九三八呀，在這一年裏，中華全國電影界抗敵協會宣告成立，電影紅星周璇與第一任丈夫嚴華結婚了，同年加入國華影業公司；上海影后蝴蝶卻在與潘有聲新婚不久，雙雙遷往香港躲避戰亂；京劇名伶梅蘭芳亦趁著率團赴香港演出的機會就此留港閒居，暫別舞台；主演過「花好月圓」、「柳暗花明」等影片的黎明暉在主演「鳳求凰」後退出影壇；張愛玲喜愛的電影明星談瑛主演的「夜奔」在長達半年的審查刪剪後終於公映，同時上映的還有蔡楚生做導演、藍蘋（江青做演員時的藝名）主演的「王老五」；在這一年裏，二十卷本《魯迅全集》出版；巴金寫完《春》，《愛情三部曲》合刊出版，同年十月與蕭珊赴桂林，與夏衍等籌組中華全國文藝界抗敵協會桂林分會；趙朴初接任上海文化界救亡協會理事，上海慈聯救濟戰區難民委員會常委兼收容股主任；蕭紅與蕭軍得到邀請去山西臨汾

西望張愛玲之

張愛玲

傳奇

65

的民族革命大學，於此第一次遇見丁玲，同年夏天蕭紅與蕭軍分手，懷著蕭軍之子與端木蕻良回了武漢；在這一年裏，宋慶齡先後在廣州和香港組織「保衛中國大同盟」，向各國人民和海外華僑宣傳抗日，募集醫藥和其他物資……

這些個熱鬧，張愛玲都沒有趕上，只是待在她父親的家裏忙著生病，也忙著生氣，忙著想出逃的辦法。然而現在好了，現在她又可以回到上海的懷抱了，可以耳聞目睹地與這個城市手牽手，心貼心，看到的每件事物都是親切躍動，活色生香的。

愛丁頓公寓所在的靜安寺路，是電車的始發站。電車向東穿過繁華的南京路，一路商店、酒樓、書肆、咖啡廳、股票交易會所、跳舞廳……一直駛到終點站廣東路外灘。張愛玲一直都喜歡聽電車「克林克賴」的行駛聲，彷彿枕在鐵軌上睡覺——電車後來成了她小說裏的重要道具。

除了電車聲，還有靜安寺的敲鐘聲，斜對過平安電影院的打鈴聲，後身百樂門舞廳裏尖細嗓子的唱歌聲，以及樓下賣餛飩的梆子聲，都會在靜夜裏凌風度月而來，讓她即使在夢中也會安心地記得：我是在母親的家裏了，終於和母親在一起了。

三十年代末四十年代初的上海，是繁華的極致，美景中的美景。

整個世界都在動蕩中，破壞中，並且即將還有更大的破壞要來。然而亂世裏的一點點安寧，格外珍稀可貴。

和母親在一起的時光太寶貴了。此後張愛玲寫了許多文章從不同的角度來記載公寓生活，但凡與母親有關的文字，總是寫得無比溫柔。她在文章裏說自己有個怪癖，非得聽見電車聲才睡得著覺——其實我想是因為電車聲使她想起母親，覺得仍和母親同居一室，如此才會安穩睡著。和母親在一起的公寓生活是她少女時代最快樂的時光，因此即使是衣食這樣的瑣事，也都新奇而有趣，稱得上色香味俱全的。

「在上海我跟我母親住的一個時期，每天到對街我舅舅家去吃飯，帶一碗菜去。莧菜上市的季節，我總是捧著一碗烏油油紫紅夾墨綠絲的莧菜，裏面一顆顆肥白的蒜瓣染成淺粉紅。在天光下過街，像捧著一盆常見的不知名的西洋盆栽，小粉紅花，斑斑點點暗紅苔綠相同的鋸齒邊大尖葉子，朱翠離披，不過

這花不香，沒有熱乎乎的莧菜香。」

「在上海我們家隔壁就是戰時天津新搬來的起士林咖啡館，每天黎明製麵包，拉起嗅覺的警報，一股噴香的浩然之氣破空而來，有長風萬里之勢，而又是最軟性的鬧鐘，無如鬧得不是時候，白吵醒了人，像惱人春色一樣使人沒奈何。有了這位芳鄰，實在是一種騷擾。」

「我母親從前有親戚帶蛤蟆酥給她，總是非常高興。那是一種半空心的脆餅，微甜，差不多有巴掌大，狀近肥短的梯形，上面芝麻撒在苔綠底子上，綠陰陰的正是一隻青蛙的印象派畫像。那綠絨倒就是海藻粉。想必總是沿海省份的土產，也沒有包裝，拿來裝在空餅乾筒裏。我從來沒在別處聽見說有這樣東西。」──張愛玲：〈談吃與畫餅充饑〉

在父親家裏時，她從沒做過家務，也沒搭過公車，現在，這一切都要從頭學起，洗衣、煮飯、買菜、搭公車、還有省錢……她有一種奇怪的掛角歸田的感覺。從前對田園的理解就是，逢年過節，田上的人就會往家裏送麥米來，就像《紅樓夢》裏的烏進孝送年貨，或是劉姥姥送蔬果。

劉姥姥在大觀園裏吃了回茄子，硬是沒吃出茄子味兒來；張愛玲看不到田園裏的茄子，卻在菜場上看到了「野趣」──那麼複雜的，油潤的紫色。除了茄子，還有新綠的豌豆，熟豔的辣椒，金黃的麵筋，以及飽滿如嬰兒臉的胡蘿蔔。

有一天她們買了蘿蔔煨肉湯。姑姑張茂淵說：「我第一次同胡蘿蔔接觸，是小時候養『叫油子』，就餵牠胡蘿蔔。還記得那時候奶奶（指李菊耦）總是把胡蘿蔔一切兩半，再對半一切，塞在籠子裏，大約那樣算切得小了。要不然我們吃的菜裏是向來沒有胡蘿蔔這東西的。爲什麼給『叫油子』吃這個，我也不懂。」

張愛玲聽著，覺得有無限趣味，彷彿做文章。

她總是這樣子滿腦子的羅曼蒂克，從每一言每一語每一時每一處裏發現新生活的美，新生活的好。即使洗菠菜，也有美的發現──菠菜洗好了倒進油鍋裏，每每有一兩片碎葉子黏在筷簍底上，抖也抖不下來。油在鍋裏滋滋地叫，她可不急，還饒有興趣地把筷簍迎著亮舉起來，看那翠生生的枝葉在竹片編成

的方格子上招展著，笑著問媽媽：像不像是開在籬上的扁豆花？

黃逸梵頭疼地看著女兒，越來越發現她在日常生活和待人接物方面表現出來的驚人的幼稚，她不厭其煩地叮囑她，指點她：走路不能橫衝直撞，要懂得看路；說話時不能直瞪瞪地看著人家的眼睛，也不能東張西望神色張惶，要看著對方的鼻尖或是眉心；記得點燈後要拉上窗簾，不能忽然地無緣故地大笑；照鏡子研究面部神態，別總是皺眉或者低頭；如果沒有幽默天才，就別說笑話；還有，不要把壺嘴對著人的臉，要朝向沒有人坐的方向……

她給她講了一個關於「眼神」的故事：大戶人家選妾，眾女子林立，其人命「抬起頭來」，一女子應聲抬頭，瞪大了眼睛讓人看，是為不知羞恥；另一女子抬了一下頭，又立刻低下，是為小家子氣；第三個女子央之再三方將眼角一溜，徐徐抬起頭來，眼簾卻垂下了，瞬即又眼風一轉，頭向後俯，是為媚態，為會看。

愛玲笑起來：「像是《金瓶梅》裏寫孟玉樓的話：行走時香風細細，坐下時淹然百媚。」

母親瞅她一眼，叮囑說：「要你照鏡子練習眼神表情，並不是要你學拋媚眼，是要你記著怎樣看人才不算失禮。坐的時候要端正，可是也不能一塊木板似的，兩肩要微微地分前後，但也不能擰著身子……」

說一萬句，不知道有沒有一千句進得了她的耳；即使聽進去了，記在心上的不知到不到一百句；而落實到行動，則最多剩不下十句了。

教她用汽油擦洗衣服，她卻只顧著玩，故意地放慢手腳，讓汽油儘量揮發，因為喜歡那滿屋子清剛明亮的氣息，最後便只好不用她幫忙，免得浪費。

黃逸梵有時會忍不住對著她歎息：「我懊悔從前小心看護你的傷寒症。我寧願看你死，不願看你活著使自己處處受痛苦。」

愛玲羞愧地低著頭，卻又偷偷微笑——便是母親的責怪也是溫暖的，因為貼心。

為了使母親寬心，她努力地要學好，認真地跟母親學習煮飯，用肥皂粉洗衣服，這才發現，原來洗一塊手絹兒也有許多程序：搓，不能太用力；揉，又不能不用力；如何使肥皂打得均勻，起泡，卻又不至浪費；漂洗到沒有一絲皂沫才算乾淨，擰乾後，要展得很平才可以晾；不能直接晾在鐵絲上，會留下

鏽跡;可以濕著貼在乾淨的瓷磚或者窗玻璃上,像一幅畫;一塊玻璃貼一塊手絹,貼成一面繡花窗,乾的時候再一張張地把手絹撕下來,就跟漿過的一樣挺直乾爽。

她揭開一塊手絹,透過窗格,看見弟弟來了。

4

那年夏天,子靜帶著一雙報紙包著的籃球鞋來探望母親和姐姐,期待地說:「我想跟你們住在一起。我不想再回那個家了。媽媽,你也收下我吧。」他看著母親,滿眼熱望。

黃逸梵看著豆芽菜一般高而瘦的小兒子,心如刀絞,卻只能理性地解釋給他聽,說:「你父親不肯拿錢出來,我的能力最多只能負擔你姐姐一個人的教養費,再也沒辦法收留你了。」

子靜哭了,眼淚毫無遮攔地流過蒼白瘦削的臉,像一尊希臘雕像。

愛玲也躲進廚房裏哭起來,胸悶得簡直喘不上氣來。母親進來看見,向她說:「哭解決不了問題的。」她脫口而出:「我希望能把他救出來。我想——我想要——把他救出來——」她抽泣著,說不出一句完整的話。語言在這個時候顯得多麼蒼白無力呀。

她從那格撕掉了一張手帕的窗戶裏看出去,看見她的弟弟踽踽地走在街道上,頭低著,影子拉得長長的,他懷裏還抱著那雙籃球鞋。

那影像她一輩子都忘不了。她幫不了她的弟弟,甚至不知道該怎麼樣愛他。愛一個人而不能幫助他,便連這愛也顯得羞恥且偽飾起來。

並且,由於母親對弟弟的拒絕,使她不得不想到她自己。

她的升學問題迫切地擺在眼前。

當時有一種慣例,女子中學畢業了要繼續上大學,不一定立刻就讀,可以找個婆家先結婚,由丈夫拿一筆錢出來資助就學,畢業回來再考慮生兒育女,看看當時報紙上那些打著「願助學費」字樣的徵婚廣告就知道了;要不先工作著,有了一定經濟基礎後才繼續升學。

——然而這兩種選擇都不適合張愛玲。

早在聖瑪利亞中學上學的時候，她有一個女同學叫張如瑾，跟她比寫作，寫過一部長篇小說〈若馨〉，教授汪宏聲先生也很器重，曾經推薦給《良友》發表，但是因為戰爭爆發而未能出版，她自己出錢印了幾百本，張愛玲還特地寫了一篇〈若馨評〉。然而她後來嫁了人，再沒寫過字，就這樣沉寂下來。從那時起，張愛玲便堅信世上最大的悲劇，就是一個天才的女子無端攪進了婚姻。她在畢業留言「最怕」一欄裏填著「一個有天才的女人忽然結了婚」，也是因為這件事。

或者是先工作——那時候中學畢業的人或者可以去做女書記員，女招待員，或是女店員，都是些不很操心卻需要細心的工作。然而口頭禪「我又忘啦」的張愛玲雖然有極高的文學天賦，在生活上卻是弱智，不會做家務，不會女紅，甚至不會削蘋果；在一個房間裏住了兩年，卻不知道電鈴在哪裏；永遠不記得路，即使是那麼酷愛看電影，可是每次都要家裏的車夫送去，看完後再站在路口像巡捕房招領的孩子一般，乖乖地等車夫來認領回去——她無法自己去找司機，因為非但不記得路，甚至也記不得家裏汽車的號碼；在學校讀書的時候，她的臥室總是最凌亂的一間，學校規定鞋子要放在鞋櫃裏，而她總是把自己的皮鞋隨意地拋屍於床下，以至屢屢被懲罰性地展示出來，而她依然如故，逼得緊了，便說一句：「哎呀，我忘了。」

羞愧，這個真是極像我的，我非但不會削蘋果，不會做家務，不會使用稍微複雜的電器，裝修新家的時候索性連廚房也拆了——壓根就沒打算自己煮飯。新工作已經做了幾年了，可是每天都要先生接送上下班，如果哪天他沒時間來接而要我自己叫計程車，那麼我一定會被司機誆著多繞一段路。有一天因為暈車讓先生在小區門口放下我，自己開車先回，然而只是從院子大門到家裏這樣一段路，我竟然迷路了，急得先生開著車滿院子找我。

這些日子為了寫傳記，查了許多資料，朋友們也幫忙搜集資料，用電郵寄來。家裏沒安電話，所以要在雜誌社上網，整理好了才發現忘記帶

USB；下班回到家特地把USB裝在手袋裏，可是第二天上班一忙，又忘了要把文件拷進USB裏；到了第三天，上班頭件大事便是存檔，然而又忘記帶回家……

　　不願嫁人，也不適合工作，那便只有升學了。可是這是一筆相當不菲的學費，父親張廷重是不肯拿出來——後來聽說何干因為犯了和她同謀的嫌疑，大大被連累了一通。繼母孫用蕃把她的一切東西分著送了人，同人說就當這個女兒死了，家裏再沒有過這個人。何干偷偷把愛玲小時候的一些玩具拿來給她做紀念，其中有一把白象牙骨子淡綠色鴕鳥毛摺扇，因為年代久了，一搧就掉毛，漫天飛著，是迷茫的兒時記憶。然而愛玲如獲至寶，一邊輕輕搧著一邊嗆咳落淚。

　　何干告訴愛玲，她繼母在背地裏笑話黃逸梵收留她是件笨事，已經自顧不暇，還要把這樣一個大包袱扛上身，是搬起石頭砸自己的腳。愛玲益發不安，收養已經是這樣沉重的一個大包袱，她如何忍心雪上加霜，再伸手向母親要一筆學費。

　　這時候她已經知道母親回國的真正原因：冰清玉潔的姑姑與表侄發生了不倫之戀，明知道是不可能有結局的，卻還是一頭栽進去，並且為了幫他打官司花光了所有的錢，就連母親存在她那裏的錢也都取出來用掉了。

　　「根本就是偷！」母親悄悄向她抱怨著，因為沒了錢，被困在中國走不了——她的男朋友還在國外等她回去，可是她對著兩個債主，寸步難行。一個是她親密的女伴，多少年來她們兩個互相支持，然而這一次她傷害她比誰都狠都嚴重，她卻不能拿她怎麼樣；另一個是她的女兒，雖然她對這個女兒的前景完全沒有信心，卻仍然肯拿錢出來請猶太裔英國老師為她補習數學，讓她參加倫敦大學遠東區的考試。

　　補習老師是牛津康橋倫敦三家聯合招考的監考人，當然學費貴得嚇死人。愛玲用得心驚肉跳，一邊補習一邊忍不住要偷偷看鐘，計算著這一分鐘又花掉了母親多少錢，並且同時偷偷懷疑著，母親是不是也在這樣想。因為怕向母親拿公共汽車錢，她寧可每天徒步走過半個城，從越界築路走到西青會補課。

姑姑做股票蝕了錢，出去找工作，每月五十元的薪水。汽車賣了，廚子也辭了，只雇著一個男僕，每周來兩三次，幫著採購些伙食用品，境況大不如前。有一天難得有興致，聽愛玲說想吃包子，便用現成的芝麻醬作餡，捏了四隻小小的包子蒸了出來──只有四隻，皺皺的皮，看得人的心也皺了起來，喉嚨也哽住了。

沒錢的感覺是這樣地鮮明而具體──不至於窮困到一無所有，然而的確是拮据，令人窘迫。張愛玲看著那四隻愁眉苦臉的小包子，忽然間就明白了「咽淚裝歡」的意思──那包子真是難以下咽，吃在口裏像吃的是貧窮，可是她還得裝出笑臉說：「好吃，真是好吃！」

「我補書預備考倫敦大學。在父親家裏孤獨慣了，驟然想學做人，而且是在窘境中做『淑女』，非常感到困難。同時看得出我母親是為我犧牲了許多，而且一直在懷疑著我是否值得這些犧牲。我也懷疑著。常常我一個人在公寓的屋頂陽台上轉來轉去。西班牙式的白牆在藍天上割出斷然的條與塊。仰臉向著當頭的烈日，我覺得我是赤裸裸地站在天底下了，被裁判著像一切的惶惑的未成年的人，困於過度的自誇與自鄙。這時候，母親的家不復是柔和的了。」──張愛玲：〈私語〉

「問母親要錢，起初是親切有味的事……可是後來，在她的窘境中三天兩天伸手向她拿錢，為她的脾氣磨難著，為自己的忘恩負義磨難著，那些瑣屑的難堪，一點點地毀了我的愛。」──張愛玲：〈童言無忌〉

我太明白那種磨難與難堪，太明白那種愛的日漸稀薄──因為父親早逝，一大家子人指望母親一個人生活，養成了她惜錢如命的涼薄性情。她生在貴族家庭裏，從小錦衣玉食慣了，長大後境況一路地壞下去，因此脾氣也壞。記得大學時有個周末回家向母親拿生活費，她不知是不是剛受了哪部現實主義電視劇的刺激，蹙眉對我說：「我同你，就是赤裸裸的金錢關係。」

那句話傷透了我，一言不發轉身便走，回到宿舍便把食堂飯票都賣了，賭氣吃了一個禮拜的豆腐乳就饅頭。後來母親不知怎麼忽然覺得內疚了，竟然去學校找我，給了我一百塊，還帶我出去吃了頓飯。那種誠惶誠恐的感覺，直到今天我都還清楚地記得。

母親最常說的話就是：花父母的錢躺著花，花丈夫的錢站著花，花兒女的錢跪著花。可是我一直都記得當年向她拿錢時那種卑微的態度，而今天她三不五時打電話要我寄幾千塊錢過去，卻是理直氣壯有如索債的。有一次說要買藥，讓我寄一千塊。我生怕寄晚了又要捱嘮叨，巴巴兒地當天便跑到銀行去寄了，以為這回總可以得幾句誇獎。不料她卻說：讓寄一千就只寄一千，真摳門兒。

5

子靜重新回到父親的家裏，回到那鴉片香的世界。他沒有別的地方可去。

家裏到處都留下姐姐的痕跡，可是他再也不能同姐姐生活在一處了。他只有遊蕩在這房子裏，靠著從前的記憶過活——他過早地老了，十七八歲已經開始回憶；他又從來沒有長大過，始終都是那個踢足球的沉默小男孩——成長期早已結束了，可是創傷卻一直在成長。

聽到收音機裏播音樂，他就想起一九三四年六月，王人美主演的「漁光曲」在上海熱映，收音機裏天天都播著它的主題曲，人人都會唱了，可是後母雇的一個小丫頭小胖怎麼也學不會。暑假時，姐姐每天一早起來就要練鋼琴，大概是練基本功練煩了，就想起要彈著鋼琴教小胖唱歌，便是這首主題曲。可是教來教去教不會，只是開頭兩句「雲兒飄在天空，魚兒藏在水中」就教了整個上午，把父親和後母吵醒了，捱了一頓罵，從此不許姐姐在早上練琴——現在想起來，那「漁光曲」的旋律彷彿還響在耳邊呢。而姐姐坐在鋼琴旁，邊彈琴邊教小胖唱歌的樣子也是這樣地清晰，如在眼前。

姐姐一直都很喜歡音樂，也很會唱歌，很小時便會纏著保姆說故事，唱

她們皖北農村的童謠，而他一句也學不會；姐姐還纏著教他古書的朱先生說蘇白，朱先生六十多歲，待人很親切，也很喜歡姐姐，依著她的要求用蘇州話念了一段吳語寫成的《海上花列傳》，姐姐還不過癮，專門挑出妓女同打上門來找丈夫的夫人吵架的一段讓讀，朱先生無奈，只得捏著嗓子學女腔讀給她聽，逗得姐弟倆笑得差點滾到地上去。姐姐那時真是很任性的。

姐姐的任性尤其表現在看電影上。看電影是她一個很大的愛好，僅次於看小說，她訂閱了許多電影刊物。她喜歡葛麗泰嘉寶，像一般的八卦影迷那樣，既欣賞她的演技，也好奇她的神秘身世，還喜歡加利古柏，秀蘭鄧波兒，費雯麗；中國的則喜歡阮玲玉，談瑛，陳燕燕，顧蘭君，上官雲珠，石揮……那時有聲電影剛剛起步，一九三〇年阮玲玉在「野草閒花」中第一次開口唱歌，姐姐立即便學會了；一九三一年蝴蝶在「歌女紅牡丹」裏開口說了大段對白，姐姐也可以朗朗上口，一字不落地複述出來；有一次姐弟倆去杭州玩，住在後母娘家的老宅裏，親戚朋友很多。剛到第二天，報紙上說談瑛主演的電影「風」正在上海電影院上映，姐姐立刻就要趕回上海去看，怎麼勸也不行，於是他只得陪著她坐火車去上海，直奔那家電影院，連看兩場。他的頭痛得要命，姐姐卻得意地說：「幸虧今天趕回來看，要不然我心裏不知道多麼難過呢！」現在姐姐不在身邊，他連看電影的心情也沒有了，因為不能不想著她。

吃東西的時候也想著——姐姐喜歡吃甜食，紫雪糕，爆玉米花，山芋糖，掌雞蛋，藤蘿花餅，合肥丸子，都是些又便宜又普通的吃食，就是合肥丸子囉嗦些，只有姐姐的奶媽何干會做——先煮熟一鍋糯米飯，涼了後捏成一個個的小米團，把調好的肉糜放進米團裏捏攏，大小和湯圓差不多，然後把糯米團放在蛋汁裏滾過，再放進油鍋煎熟。姐姐是那樣喜歡吃，又吃得這樣高興，以至於引得全家的人，包括父親和傭人們後來也都愛上了這道菜。如今姐姐逃走了，連老奶媽何干也為了這件事受連累，回皖北養老去了，合肥丸子自然也吃不上了。

他還記著姐姐教給自己的許多寫作方法：積累優美辭彙和生動語言的最佳方法就是隨時隨地留心人們的談話，一聽到後就設法記住，寫在本子裏，以後就成為寫作時最好的原材料；提高中英文的寫作能力，有一個很好的方法，就是把自己的一篇習作由中文譯成英文，再由英文譯成中文。這樣反覆多次，儘

量避免重複的詞句，一定能使中文、英文都有很大的進步。

姐姐是天生的作家，中英文都很棒，從父親家出逃後不久，她便用英文寫了一篇文章在《大美晚報》登出來，披露了被父親軟禁的經過，這是美國人辦的報紙，編輯給文章定了個很聳動的標題：「What a life！What a girl's life！」家裏是一直訂著《大美晚報》的，父親看到文章，大動肝火，可是他已經拿姐姐沒辦法——他不能再打她，也不能再關她，她已經遠走高飛，再也不用怕他了。

她以後還會飛得更高更遠，比她的父親、祖輩都高而遠，更比他高遠，直到難以企及。

他想起小時候，姐姐很喜歡盪秋千，盪得很高，他在一旁看著，很是羨慕，卻怎麼也不敢坐上去——姐姐看到的世界，一直都比他高，比他遠。一九三四年，姐姐升高一時，他才小學五年級；一九三六年小學畢業，父親又讓他在家停學一年；一九三七年日戰爆發，許多學校停課，又荒廢一年；到了一九三八年，姐姐離家出逃，父親受了刺激，這才決定送他進入正始中學讀初中一年級，可是剛讀完初一，學校遷往法華鎮，校名改了，校長也換了，於是父親又要他輟學……

而這時，聽說姐姐已經考上了倫敦大學，還是遠東區第一名，可見真是奮發圖強。可惜由於戰爭的緣故，英國已經不能去，只得改入香港大學。

姐姐的成功照見他更加的低微與無助，張子靜更加沉默、更加羞怯了。張愛玲在一九三九年夏天離開上海，獨自乘船去香港。

他沒有去送。

七十年後，張愛玲的中英文「自傳三部曲」先後出版，其中《雷峰塔》與《小團圓》兩書裏有段同樣的細節，說弟弟眼睛大睫毛長，漂亮得不像中國人。母親向姑姑輕笑道：「他（指自己的丈夫）倒是有這一點好，倒不疑心。其實那時候有個教唱歌的義大利人……」而後聲音低下去。

只是這麼一句話，別無附敘。然而皇冠出版的《雷峰塔》導讀裏，特地提起這一段來，得出結論是「弟弟也不是親弟弟」、「很可能血緣和舅舅一樣有問題」，意指張愛玲母親與鋼琴教師有染生下個私生子來。

作為附貂刊印在書前言的導讀，只憑一句話便得出這樣有違人倫的結論

來，我以爲非常不負責任而且誤導讀者。

首先，張愛玲寫作這兩部小說一逕白描，母親的這句話就同那些老媽子說白蛇出世閻羅捉鬼一樣，只是閒談，並沒有什麼深刻的意義。她在茶餘飯後向小姑子輕笑著說起這樣一句話，帶有狎昵的意味，是側面誇獎丈夫的大度和自己的磊落，相當於「追求我的人雖然多，但我老公倒是對我很信任……」

而且《雷峰塔》十二章從男方的角度也寫過一句：「只要能把婚姻維持下去，有名無實他也同意。倒不怕會戴綠帽子，他瞭解自己的妻子。」——這分明已經佐證了張廷重對妻子的信任，完全是因爲黃逸梵的光風霽月，潔身自愛，使他根本不擔心會有「戴綠帽」之虞。

其次，倘若真是隱私或醜聞，一則此時母親與父親還沒有離婚，姑嫂感情再親密，也不犯著自曝其醜，而且是向小姑子數說自己的淫行，更何況是當了八歲女兒的面，完全不合常理。

因此我想那寫導讀的人，是爲了過強的窺私欲，太急於「從兩行中間讀出另一行來」，犯了索隱的癖症，並且一路往下道裏引伸去了。

那導讀在最後且用悲天憫人的語氣不很贊成地說：「在《雷峰塔》卷尾，琵琶逃出父親的家後未幾，弟弟罹肺結核，在父親和繼母疏於照料下猝逝，才十七歲。……弟弟的死，顯然不是事實。……或許血緣之事只是虛構的波瀾，我只想著張愛玲這麼早就下筆這麼重了，假設六十年代這部小說在美國『功成名就』，或一九九五年她去世時與其他作品一起出版了，一直仰慕著她的弟弟讀了，那恐怕就是震驚，而不是眼淚汨汨而下了。因此我不相信張愛玲一九九二年致宋淇『《小團圓》要銷毀』是因爲顧慮舅舅的兒女或柯靈的感受，她的作品更早就無情地傷害過父親、繼母、舅舅許許多多人，以及……弟弟了。」

這段話，幾乎是「欲加之罪，何患無辭」了。首先這「下手很重」的「血緣之事」原本就是這位導讀者自說自製的「波瀾」，而並非原著；其次我並不以爲虛構了陵少爺的死就是張愛玲的無情。

張愛玲離家出走投奔母親，弟弟子靜也隨之前去卻被母親拒絕，那一年，子靜剛好十七歲。

當張愛玲看著弟弟哭泣著離去的背影，她心裏的悲哀是難以言喻的，不知該如何面對這生離死別。她甚至不把那看成是生離，因為心裏無奈與絕望的境味遠不是一場平常的生離可以比擬，弟弟這一去，於她內心來說幾乎已經是死別了。

她幫不了弟弟。她自己離了家，很快就要到國外去，可是弟弟走不了，他被她拋在身後，拋在那黑沉沉的沒有愛的家裏，等於是死了。

因此，多年之後當她以英文撰寫《雷峰塔》，便將這段真實感受寫進了小說裏，悲涼地刻劃了陵少爺之夭，讓弟弟陵少爺死於十七歲。那是因為，早在弟弟十七歲那年，自母親拒絕了他，愛玲便知道，自己也永遠地失去了他。

同時，這也是小說的必要筆法。因為《雷峰塔》與《易經》是英文自傳的上下部，在《雷峰塔》中與主人公琵琶如影隨形的弟弟陵少爺，在《易經》裏簡直沒有出鏡的機會——這正是張愛玲生平的真實境況——然而作為小說這樣讓一個重要人物忽然斷了線分明是不適宜的，於是，最好的安排就是讓他在上半部的結末死掉。自傳性再強的小說，也還是小說，會有小說特定的結構與手法，無可厚非，又何必扯到「傷害」與「震驚」上去呢？

更何況，我以為張愛玲所有的作品中，恰恰是這部《雷峰塔》最深厚地表現了她對弟弟的憐愛之情。她把他看成那麼可愛漂亮的一個小玩意兒，時不時就要抱過來用力親一口，書裏寫：

「他長大漂亮了，雪白的貓兒臉，烏黑的頭髮既厚又多。薄薄的小嘴紅艷艷的，唇形細緻。藍色繭綢棉袍上遍灑乳白色蝴蝶，外罩金斑褐色小背心，一溜黃銅小珠鈕。

『弟弟真漂亮。』琵琶這麼喊，摟住他，連吻他的臉許多下，皮膚嫩得像花瓣，不像她自己的那麼粗。因為瘦，摟緊了覺得衣服底下虛籠籠的。他假裝不聽見姐姐的讚美，由著她又摟又吻，彷彿是發生得太快，反應不及。琵琶頂愛這麼做，半是為了逗老媽子們笑，她們非常欣賞這一幕。」

她毫不吝惜地使用各種讚美的語言來描寫弟弟的美與可愛，不厭其煩地寫他又貪吃又因生病而苛扣著吃的小可憐兒狀，他出門時當胸綁著一條大紅闊帶

子絆住而帶子的末端牽在老媽子手裏的傻樣子，他哀哀地背書，居然背得比她快的聰明相，他頭碰頭地跟她一起挑選臥室和書房顏料樣子的情形，還有跟她一起假裝英雄出征打仗的遊戲，她使雙劍，他耍一對八角銅鎚……他總是那麼弱，那麼小，那麼沒主見，無聲無息地跟在她身後，有時候會惡作劇，帶著嫉恨的眼光窺視或捉弄她，在她的圖畫上畫下一道黑槓，但他始終是她最親愛的弟弟，兩個人從小睡一間屋，拜一個先生爲師，連洗澡都在一起。她無法不愛他。

可是，到他一天天大起來，她再也愛不起他，因她幫不了他。

她在《雷峰塔》裏寫父親再婚後，被繼母挑撥著打兒子，「打丫頭似的天天打」，有一次還教他頭上頂著一塊磚罰跪，要跪三炷香的時間。她心痛，卻不敢過問，甚至不敢去看他，怕反而替他招來更多口舌，只有坐在窗裏默默生悶氣——

「琵琶知道她父親沒有人在旁挑撥是不會每天找陵麻煩的。他沒這份毅力。何況人老了，可不會越看獨子越不順眼。」

「她不願去想跪在下面荒地的陵。跪在那兒，碎石子和薪薪的草看著不自然。陽光蒙著頭，像霧濛濛的白頭巾。他卻不能睡著，頭上的磚會掉，父親從窗戶看得到。小小的一炷褐色的香，香頭紅著一隻眼計算著另一個世紀的時間，慢悠悠的。他難道也是這麼覺得？還許不是。弟弟比別的時候都要生疏封閉。指不定是她自己要這麼想，想救他出去，免去他受罰的恥辱，也救她自己，因為羞於只能袖手不能做什麼。」

她什麼也做不了，她救不了他，幫不了他。寫不盡的痛楚與無奈，悲哀與荒涼。當愛到了無法再付出的時候，就只有割斷。

於是她寫他死了。她只有當他死了。她沒了弟弟，他沒了姐姐，他們再沒了姐弟的緣分。

6

熟讀張愛玲作品的人，大多應該同我一樣，先看到《對照記》，隔了許多年才知道有《小團圓》，並且為了它的真偽好一陣子擾攘；再過幾年，才看到《雷峰塔》與《易經》。

然而從張愛玲寫給宋淇夫婦的書信看來，這幾本書的寫作順序卻恰恰是反過來的。

早在一九六一年二月，她已經決定了要使用《易經》的書名，而且九月的時候已經打完了字，只是有許多地方待改。到了第二年，已經在考慮譯成中文的事。

六三年六月二十日的信中，她寫：「《易經》決定譯，至少譯上半部《雷峰塔倒了》，已夠長，或有十萬字……下半部叫《易經》……把它東投西投，一致回說沒有銷路。」

最後一次提及則是一九六四年五月六日的信：「《易經》始終賣不掉，使我很灰心。」

但是已經決定了譯成中文，為什麼一直沒有譯或者沒有譯完它呢？從六四年兩稿英文版完成至九五年張愛玲過世，中間整整過去了三十年，這期間張愛玲已經再度火遍海峽兩岸，如果有人知道她手上有這樣兩部書稿，絕不至於「賣不掉」。

但或許是因為之前有〈私語〉，後來又寫了《小團圓》（從信上看是一九七五、七六兩年間寫的），題材相類，不犯著再譯一次。她自己也說過《小團圓》其實就是《易經》的一小部分再加上愛情故事。

然而我始終以為《雷峰塔》和《易經》比《小團圓》要好，雖然是英文寫作，然而那種溫柔敦厚的老中國味道十分濃郁，雖然不能像〈金鎖記〉那樣精緻幽細，張氏的味道卻是足的，彷彿聽大家族的人聚在一起戚戚察察地咬耳朵，有著鴉片的冷香。

相較之下，《小團圓》開篇即寫港大，寫戰爭，羅列了許多異國風情的名字與人物，簡直就是一本點名簿，卻又都沒了下文，看起來倒反而有一種異鄉

的「隔」的感覺。那些學生的形象更加單薄而突兀，還不等記住名字，這人物倒已經不再出現了，完全不符合小說寫作的基本原理。

《雷峰塔》和《易經》的人物也多，但分成上下部後，各有偏重，氣氛和諧，就並不顯得衝突。而且人物是隨著情節出場的，並不是單純地列表，於是他們的身上就有了種生活氣，即使記不住誰是誰，但他們站在一起，輕言細語，就集體構結了一種氣氛，一種大家族的意味，顯得和諧靡麗，彷彿看電影。

《雷峰塔》寫的是張愛玲去香港念書之前的故事，背景是天津和上海，永遠困在某一座房子裏，永遠是類似的面孔在私語。父母，弟弟，姑姑，舅舅，眾多的表兄妹們，秦干，何干，王發，志遠，父親的姨太太，甚至繼母，繼母的母親與陪房……所有的人物都是瑣碎、熟稔而親切的。即便是涼薄自私的父親，她也一邊借著主人公的口說「我要報仇」，一邊又忍不住要代他找理由：「學校裏三四百個女孩子，差不多人人都跟父親鬧彆扭，不然就是爲鴉片，不然就是爲姨太太，不然就是又爲鴉片又爲姨太太吵。」

主人公叫琵琶，很明顯是張愛玲自己的影子。寫她四歲到十八歲的經歷。十八歲的張愛玲還沒有遇見胡蘭成，所以書裏只有人事沒有愛情，可以想像不會多麼吸引人。

文中絮絮地記述著傭人何干秦干等帶著孩子們在月夜裏講白蛇傳奇，男傭人們在房裏打麻將，父親新娶的姨太太帶她去餐廳裏吃飯，蛋糕上的奶油齊著鼻子高，還有，過年時去二大爺家拜年，每次背「商女不知亡國恨」，二大爺就拭淚……

整個故事說穿了就是加長版的〈私語〉，人物多，情節細，沒有太強的故事性，只是記錄生活的真實，或者說，回憶的真實。整個前七章都講的是在天津的故事。七章過去了，一家子才動身到上海，再之後才是我這部《張愛玲傳奇》的開篇。

熟悉張愛玲作品的讀者，在她早期的散文和小說裏都早已讀過這些人物和故事，重看時會覺得親切，彷彿讀故人筆記。然而對於新讀者，尤其是外國的讀者，卻只怕沒有多少吸引力，難怪張愛玲一直抱怨「賣不掉」。

但文字是好的。看似隨意的對白也極有趣味，比如寫何干帶著琵琶和陵姐弟兩個去給親戚老太太拜年時的一段：

琵琶每回見老太太總見她坐在床沿上，床簾向兩旁分開，就跟她的中分的黑錦緞頭帶一樣。她在雕花黃檀木神龕裏傴僂著身體，面皮沉甸甸的，眼睛也沉甸甸的，說話的聲音拖得長長的。

「過來讓我看看。噯呀，老何，這兩個孩子比我自己的還讓人歡喜。多大啦？都吃些什麼？」

「沒大變，老太太，蒸雞蛋，豆腐，鴨舌湯。」

「鴨子現在不當時了。」

「是啊，老太太。這一向就只吃蒸雞蛋，豆腐，冬瓜湯。」

「要廚房給他們做這些菜。」老太太吩咐一個老媽子。

乍一看覺得沒什麼，細一想卻令人忍俊不禁——老太太問起孩子的食單，何干本是照直答的。然而老太太家早已窮了，備不起鴨舌湯，便冠冕堂皇地說「鴨子不當時了」。難得何干也知機得快，立刻識趣地改口說吃冬瓜湯了，老太太便有了底氣，派頭十足地吩咐老媽子去備菜了——真真寫活了一個沒落貴族老太太又窘迫又要擺排場的微妙心理。不是經過的，編也編不出。

書裏的每個人物，哪怕只出場一兩次，或者早早就走掉了的，也仍然形象鮮明。比如弟弟的保姆秦干，只在天津的故事裏出現過，可是已經給整本書尤其是弟弟的身上打了烙印。

秦干是女主人從娘家帶來的陪房，仗著自己服侍的是少爺，總覺得高人一等似的，一直代這嫡子對琵琶發號施令，理由永遠是「他比你小」，讓琵琶生了不少悶氣。然而當她辭工離去時，叮囑了陵少爺一大番話後，又轉向琵琶說：「我走了，小姐。你要照應弟弟，他比你小。」

這是她說給琵琶的最後一句話，之後寂滅無聲。然而這一句卻無疑將她的形象照到了極亮處，仿如煙花竄起，照亮黑夜。書中寫：「淚水刺痛了琵琶的眼睛，洪水似的滾滾落下，因為發現無論什麼事都有完的時候。」

那時候的琵琶也就是愛玲不過才七八歲，卻已經深諳一個「完」字了。這一章「完」後，他們一家子上了船，經過黑海洋綠海洋，一路到了上海，而我這部《張愛玲傳奇》也才剛剛開始。

　　再後來，在上海，又是不同的親戚，親戚家的姨太太，滿堂的兒女，新的人物新的故事，看著卻只是周而復始。故事的最後一章，弟弟死了，而她送別了陪伴她整個童年與少女時代的保姆何干，這回是真的「完了」──《雷峰塔》便在那裏倒掉，而《易經》則從這裏開始了。

　　　我自己的童年割裂的記憶是以五六歲為界線的。之前隨了父母下放到農村，而在五歲那年返城。彼時父親已經患了嚴重的肺病，年年鬧「病危」，沒有什麼活動能力的了。是母親出面，給自己聯繫了大連農科所的工作，因此一家人回到大連來。

　　　兒時最親昵的記憶，是關於「景姥姥」。她年輕時是我姥姥的貼身女僕，從母親出生後就一直照顧母親，我們三姐妹也都一例由她帶大，所以母親一直喊她「景媽」，而我們則照輩份喊「景姥姥」。她大半生人一直跟著我姥姥，即使在「文革」中最艱難的日子裏，也不肯回到自己兒子媳婦那裏。「造反派」批鬥我姥姥的時候，讓她上台揭發，她卻抱住姥姥大哭，喊著「要打打我」。後來我父母下鄉「改造」，她也一起跟了去，看著我出生長大。常常幫著我媽數落我爸，又總為著我嘮叨我媽。因此我小時候的記憶裏，最親近的人反而是她。

　　　但是我五歲那年返城後，姥姥被接來與我們同住，景姥姥卻終於回去同兒子住了。不久姥姥在我家過世，那是我第一次面對死亡。姥姥閉眼前，我還在床上爬來爬去地玩。媽媽托人通知了景姥姥，她那時已經病得下不了床，也沒能來送葬。隔了沒多久，聽說景姥姥也過世了。

　　　有親戚來家裏說起景姥姥，不住感慨：「真是個忠僕啊。」他們壓低了聲音說著姥姥和景姥姥的一些往事，好像怕什麼人聽到似的。

　　　後來我知道，凡是大家族出來的人，都有那樣一種竊竊私語的習慣。

但是大人們不管說多麼嚴肅的話題都不避開我，有時候他們聚集起來開會，關嚴了門窗，又特地打發兩個姐姐到鄰居家玩去，也並不撐開我，大概是覺得我還小，聽不懂他們說話的緣故吧。

然而他們不知道，我雖然聽不懂，卻都記得住，而且印象很深，「忠僕」兩個字深深地刺激了我，因為自小當景姥姥是親人，而且出生在七十年代的人，還從來沒有過「僕」的概念。

長大之後再細想整個事，也仍是不明白——為什麼景姥姥寧可跟著我爸爸媽媽下放到農村，也仍然不肯回她兒子媳婦的家，難道是出於道義？

直到看見張愛玲小說《雷峰塔》中描寫何干的一段話，我才忽然明瞭。何干，也正如我的景姥姥一般，是「老太太」李菊耦手裏用過的人，而後看著少爺張廷重長大，再來侍候孫小姐張愛玲。前後服侍了張家三代人，到張廷重娶了續弦苛扣她的工資，也仍然不肯辭工。

「我今天上街。」何干有天晚上向琵琶說。「給客人買蛋糕。大家都忙，要我去。靠近靜安寺那兒的電車站有個老叫化子，我給了她兩毛錢，跟自己說，將來可別像她一樣啊。人老了可憐啊，要做叫化子了。」

「不會的。」琵琶抗聲說，愕然笑笑。「你怎麼會這麼想？」

何干不作聲。琵琶回頭看書，何干也拿起針線，突然又大聲說：「何干要做老叫化子了。」從來不曾這麼激動過。

「怎麼會呢？」琵琶忙笑道……何干仍是不作聲。琵琶心焦的盯著她縫衣服，想不出來能說什麼……她可以察覺到何干背後那塊遼闊的土地，總是等著要錢，她精疲力竭的兒子女兒，他們的信像蝗蟲一樣飛來。比起空手回家，什麼都好。能不回去，怎麼對她都可以忍。她怕死了被辭歇回家，竟然想到留在城裏乞討，繼續寄錢回去。」

不能不佩服張愛玲對於人心的觀察與分析，在那段描寫裏，我忽然理解了景姥姥，解開了亙在我心頭三十多年的謎團。

「比起空手回家，什麼都好。」即使是陪著我姥姥被批鬥，陪著我父母下鄉「改造」，也好過兩手空空地回到家裏依傍兒子媳婦，雖然她憑藉自己出來幫傭養了他們半輩子。儘管那時候，我父母已經不可能給她工錢，甚至一家六口連吃飯都成問題，她也仍然不願走。「能不回去，怎麼對她都可以忍。」

然而隨著「文革」結束，我們回到城裏，她終於不得不離開。連我們也是寄人籬下，連她的舊主人——我姥姥搬進來也只得同我們母女擠在一張床上，她除了離開，也實在沒有別的法子。

直到今天我才可以想清楚三十多年前的枝枝節節，卻不敢想像景姥姥離開時的悲哀蒼涼。合上《雷峰塔》，眼淚忍不住流下來，為張愛玲，為何干，更是為了我親愛的景姥姥。

第四章　香港的求學歲月

1

　　二〇〇五年末，我去香港，第一站便是淺水灣。水靜風輕，陽光猛烈得叫人不敢抬頭，遊人排成長龍在做摸財神的遊戲——說遊戲也許不恭，因爲他們的神情是如此虔敬，分明堅信或是情願相信摸一摸財神的頭或手就可以財運亨通，摸一摸財神身邊的金元寶再把手握拳揣進口袋就可以袋袋平安。據說這是香港的風水寶地，有錢人最喜歡在半山蓋房子，背後有靠山，眼前有淺水灣，水是財，招財進寶就指望它了。

　　我沒有那個耐心去排隊，只是一個人在沙灘邊的甬路散步，有風吹過，樹上的紫荊花飄舞飛落，我撿起一朵執在手裏，慢慢地走，慢慢地走，想著這是半個多世紀前張愛玲走過的地方，也就是白流蘇和范柳原走過的地方，遠處樓群幢幢，范柳原在電話裏猜想白流蘇視窗的月亮比他自己窗前的白而皎潔，那些調情的話語都散在風裏了吧，於水波蕩漾間呢喃絮語。

　　對香港的初印象，是亂世中的〈傾城之戀〉，淺水灣的炮火應已止息了許多年，那堵天荒地老的斷壁不知還在不在？

　　張愛玲曾在小說裏提到一種「影樹」，葉子像鳳尾草，紅得不可收拾的一蓬蓬的小花，一種花開似火的盛景。然而我向路人打聽什麼是影樹，其人瞠目以對，說是在香港生活三十幾年也沒聽說過，反而當我是杜撰。我便也開始懷疑，也許這會從此成爲沉澱在我心底裏的一個謎，但是也並不介意能否解開，就像是我眼前的淺水灣其實遠不如記憶裏的美麗。

然而寫這部書的時候，我的靈魂離開軀體，再一次來到香港，來到一九三九年的淺水灣，我終於看見了傳說裏的流蘇與柳原。他們手牽著手走在老牆下，盟誓說：死生契闊，與子成說，執子之手，與子偕老。我不禁淚流滿面。

　　我又逆著時間的風向前飛，看到白流蘇退回到船上去，而范柳原在岸上等她；我也看到了李開第在碼頭等張愛玲——這是個三十八歲的工程師，曾經留學曼徹斯特大學，在英國時就與黃逸梵和張茂淵熟識，交情一直很好，所以她們托了他做愛玲的監護人。後來他成了張愛玲的姑父，但那是很久很久以後的事了，這時候他們見面的時候，可是一點端倪也沒有的。他們生疏而客氣地打著招呼，完全不知道彼此四十年後會成為親戚——然而我是知道的，於是我會心地笑。

　　好吧，讓我把這一段在香港追逐張愛玲的故事輕輕地說給你聽，請你在平瓷美女聳肩瓶裏插上一枝新採的梅花，或是玫瑰，或是紫羅蘭，或是隨便什麼應季的鮮花，然後選一隻白地蘭花的小小香薰燈，撮上少少一點沉香屑，少少一點就可以，因為她在香港的時間並不長——

　　那年夏天，張愛玲隻身遠渡，成為香港大學的一年級新生。這不是她第一次坐船，卻是第一次離開父母獨自遠行，無論是父親的家，還是母親的家，這時候再想起來，又都是甜蜜而溫暖的了。

　　「汽笛突然如雷貫耳，拉起回聲來，一聲「嗡——」充滿了空間，世界就要結束了。她從舷窗望出去，黃澄澄的黃埔江，小舢舨四下散開。大船在移動。上海沉甸甸的拖住，她並不知道和上海竟然有這樣的牽絆，這時都在拉扯著她的心。她後悔沒早知道，雖沒見識上海的真貌，但是她愛上海，像從前的人思念著未婚夫，像大多數人熱愛著祖國。」——張愛玲：《易經》

　　從江進入海，大船走了很久，從早到晚盪啊盪啊，一點點盪去了家與上海的牽絆，而漸漸築起海市蜃樓一般的香港新生活的設想。那種感覺很新鮮，彷彿剛剛出生，或者是帶著前世的記憶重生。是在原來的視野之外，又張開一雙

新的眼睛，看到不同的世界；又長出一雙新的腿，邁出不同的步子——簡直連直立行走都要從頭學起似的。

大太陽明晃晃照在頭上，也照在水裏，水裏的光又映進眼睛裏，於是眼睛便要盲了，只看見碼頭上紅的橘紅的粉紅的巨型廣告牌圍列著，還有綠油油濃而呆的海水，一條條一抹抹犯沖的顏色躥上跳下，在水底下廝殺得異常熱鬧。這樣刺激、誇張的城裏，便是栽個跟頭，也比別處痛些吧？

她好不容易在那些衝撞的色彩裏找到灰沉沉的李開第先生，看到他舉著的牌子，牌子上寫著自己的名字。她帶著一種全新的心態踏上這片陌生的土地，迎著李開第走過來。新奇大於恐懼，仍然尷尬，但尷尬是她與生俱來的；也仍然沉靜，可是那沉靜的水面下有暗流湧動。

李開第此前同黃逸梵通過話，她已經存了一筆錢在他這裏，並且對他描述過女兒是怎樣的一個人，憂心忡忡地說明她的「弱智」與訥於世故。而他看到的愛玲也的確就是一個青澀的少女——瘦，高，戴著玳瑁眼鏡，神情嚴肅，沉默寡言。

他於是也並不多話，只伸手接過她的行李，顧自在前頭引路，叫了車，直接送她到香港大學。

大學位於半山腰的一座法國修道院內——後來半山就成了張愛玲小說裏的重要背景，〈第一爐香〉裏葛薇龍的姑姑便住在半山別墅，喬琪的車從山下一路開上來，薇龍等在路邊，等著他回頭；還有〈第二爐香〉裏的懷細同羅傑鬧翻了，從半山一路地跑下來；〈茉莉香片〉裏言子夜教授的住宅，是在半山；〈傾城之戀〉裏范柳原為白流蘇租的房子，還是在半山。

山路兩旁盛開著如火如荼的野花，那便是我遍尋不見的「影樹」，據說有著燃燒一般的顏色，英國人稱作「野火花」。滿山植著矮矮的松杉，風送來海的微腥。夜裏枕著松濤而眠總是讓人深切地想到「身在異鄉為異客」這樣寂寥的詩句，就像冰冷的島嶼被狂風巨浪重重包圍住。

她喜歡走小路回宿舍，在松樹、杜鵑、木槿叢中迂迴而行。杜鵑花殷紅地墜落，在木槿花下積了寸許深，卻還是簌簌地落。有一次抱著一摞書從山上下來，突然看到一條蛇鑽出山洞來半直立著，兩尺來長，眼圓舌細，絲絲地瞪著

她;她也回瞪著牠,瞪了有一個世紀那麼久,然後才突然「哇呀」一聲大叫著跑掉了——估計那條蛇也被嚇了一跳。

在學校裏,她最喜歡的去處是圖書館,那裏是感情的冷藏室,文化的修羅場,那一排排的烏木長台和影沉沉的書架子,略帶一點冷香的書卷氣——是悠長的歲月,給它們薰上了書卷的寒香;那些大臣的奏章、象牙籤、錦套子裏裝著的清代禮服的五色圖版;那陰森幽寂的空氣,都是她熟稔而喜愛的,坐在圖書館裏,就彷彿坐在歷史的殿堂中,有種君臨天下的安泰與篤定。

偶爾從書卷中抬起頭來,看著飯堂外面坡斜的花園,園裏灼灼的杜鵑花,水門汀道圍著鐵欄杆,鐵欄杆外的霧或是霧一樣的雨,再遠處,是海那邊的一抹青山。那時候,心是靜的,屬於天地與自然。

本地的女孩都是聖斯提反書院畢業的,與馬來西亞僑生都是唯讀英文,中文不過識字;又多是闊小姐,最是揮金如土,眼高於頂的,社交活動多得如午夜繁星,又講究吃又講究穿。然而愛玲為了節約開支,不敢參加任何活動,免得在學費膳宿與買書費外再有額外開銷。在香港求學三年,也沒學會跳舞,因為怕要置辦跳舞裙子。

宿舍裏有個叫周妙兒的女孩子,父親是巨富,買下整座離島蓋了別墅。她請全宿舍的同學去玩一天,要自租小輪船,來回每人攤派十幾塊船錢。張愛玲為了省這十幾塊錢,便向修女請求不去,然而修女追根究柢要知道原因,她於是不得不解釋,從父母離異、被迫出走說起,一直說到母親送她進大學的苦楚,說得眼圈漸漸紅起來,自覺十分羞窘。偏那修女也不能做主,又回去請示修道院長,最後鬧得所有人都知道了。張愛玲大丟面子,無可爭強,只有以加倍地發奮苦讀來雪恥。

多年之後,張愛玲在《同學少年都不賤》和《小團圓》中,重複又重複地描寫了這些同學的群像,可見這段生活給她的印象之深。

值得一提的,是她的同學中有一個是汪精衛的侄女,訂著一份汪偽政府辦的報紙,每天翻閱。有時也給張愛玲看,張愛玲笑著婉拒:「我從不看報紙,看也只是看電影廣告。」

——如果那時候她也有興趣讀報,不知道那份報上是不是會有胡蘭成的文章?

張愛玲不看中文報紙，其中一個原因是為了加強英語練習——她從入學第一天起便給自己定了一條不成文的規矩——不再用中文寫字，連家信也是用英語，反正媽媽和姑姑的英語都是很好的，還可以順便糾正她的語法錯誤。

求學三年裏，只有過一次例外——就是為了參加《西風》徵文比賽，寫過一篇〈我的天才夢〉。

當時女生宿舍的規矩是每天在餐桌上分發郵件。張愛玲最喜歡收到姑姑的信，淑女化的藍色字跡寫在粉紅色的拷貝紙邊上，像一幅精緻的印象派裱畫。每每見了，真有種「見字如晤」的親切。

這天同學蔡師昭一邊分信一邊念名字，念到張愛玲，她以為又是姑姑來信了，興高采烈地拆開，卻是《西風》的獲獎通知，不由又驚又喜地「呀」了一聲。蔡師昭看到她的樣子，笑著問：「什麼事這麼開心？」

「你看。」她遞過信去，巴不得有人同她分享快樂與榮譽。如果可能的話，她願意與所有的人分享，可惜同學們都是華僑，多半不懂中文，就只有蔡師昭熟悉中文報刊。

蔡師昭是天津來的，二十出頭，在同學中算是年齡大的，為人又穩重，家教很嚴——替她取名師昭，要她效法《女訓》的班昭，顯然守舊。因為比同學們年長幾歲，比較善解人意，對張愛玲的處境很瞭解，深知得獎的意義對她有多麼重大——還不止只是獎金的緣故。她替愛玲慶幸，也要替她在身邊的闊小姐中撐面子，便把信傳給別的女生看，一邊解釋《西風》是怎麼樣了不起的一本雜誌，得這個獎有多麼不容易。

愛玲十分感激，面子上做得淡然，心裏卻樂得飛飛的，巴不得刊了自己文章的雜誌趕緊自己長翅膀飛過來。

然而等了許多日子，正式的通知單終於來了，卻寫著第十三名——非但不是頭獎，二獎三獎也不是，僅僅是榮譽獎第三名。

蔡師昭還在等著進一步分享她的快樂，看到印有《西風》雜誌社字樣的信封，立即問：「獎金到了麼？」

「不是頭獎。」愛玲訕訕地笑著，把通知單給蔡師昭，聲音低低的，頭也低低的。

西望張愛玲之 張愛玲傳奇

89

蔡師昭看了，含含糊糊地咕噥了一句：「怎麼回事？」便不再說什麼，也不便說什麼；臉上沒什麼表情，是不知道該做何表情；她替張愛玲覺得難堪，於是張愛玲也就益發難堪了。

　　這件事，從此成了張愛玲心上的一塊石頭，壓了大半輩子之久。

　　──也是因了這個緣故，她後來才會大聲喊出「出名要趁早」那句話，因為成名太晚，快樂也來得不那麼痛快。

　　她是深深地被《西風》獲獎的這件事給傷著了。

　　「窮」已經像個紅字般烙在額角，讓她羞窘；這次徵文獲獎，原以為可以給自己掙點面子的，不想鬧了個烏龍，更加鬱悶。

　　幸好她不愧是寫小說的天才，最擅揣摩別人心思，把這項本領用在猜考題上，無往不利。年底成績放榜，她居然門門功課考第一。一個素以評分嚴厲出名的英國教授半是服氣半是負氣地說：「我教了幾十年的書了，還從來沒有給過這麼高的分數呢。」

　　「書中自有黃金屋，書中自有顏如玉。」她得了筆不菲的獎學金，還有希望畢業後免費送到牛津大學讀博士，總算揚眉吐氣。

　　是我的總是我的！她在心裏說，牛津，倫敦，我要來了！繞了一大截路，我終於還是要到英國去，這是我自己賺回來的！

　　在香港的張愛玲依然是特立獨行的，但是終於交到了一個好朋友，交往了許多年。那就是炎櫻，在張愛玲一生遇到的女性中，炎櫻的重要性僅次於她的媽媽和姑姑，還在蘇青之前。

　　清高自許的張愛玲會那樣真誠而迅速地喜歡上炎櫻，是出於欣賞──炎櫻是她之外另一個特立獨行的人，而且是另一種方式的特立獨行。兩個人能夠成為朋友，要麼性情相投，惺惺相惜，要麼性情各異，相輔相成──而這兩種情況，竟同時發生在她們兩人身上。

　　炎櫻是美的，一個混血的錫蘭（今斯里蘭卡）女孩，嬰兒臉，丹鳳眼，

黑眼珠，黑頭髮，但皮膚是褐黑，黑裏透紅，有太陽的金黃，輪廓鮮明，身材嬌小而豐滿，營養過盛一般，精力也過盛，有著嬰孩般的坦蕩與快活。笑容燦爛，笑聲響亮，說話又快又不講理——不講理法。

她原名Fatima Mohideen，炎櫻是張愛玲取的名字——炎炎夏日裏的一顆紅櫻桃。很恰當的名字。然而炎櫻未必喜歡，她後來要給自己改名字「莫黛」，可張愛玲說聽著太像「麻袋」，於是她又改名「貘夢」——貘是一種吃夢的動物。然而我始終覺得，都沒有「炎櫻」這個名字好，聽著有色彩有形象還有熱度似的。

炎櫻很天真，也很熱情，充滿了感染力，和張愛玲一起逛街，買東西總是要想方設法地抹掉一點零頭，可是她討價還價的方式很活潑而可愛，總是讓店主心甘情願地讓步。她會翻開衣袋叫店主看她所有的錢，並且一一數落給他聽：「你看，沒有了，真的，全在這兒了。還多下二十塊錢，我們還要吃茶去呢。專為吃茶來的，原沒有想到要東西，後來看見你們這兒的貨色實在好……」於是店主便心軟了，既是因為她誇讚他店裏的「貨色實在好」，也因為感動於她的孩子氣，於是說：「就這樣罷。不然是不行的，但是為了吃茶的緣故……」熱心地指給她，附近哪一家茶室的蛋糕最好。

炎櫻很風趣，有真正的幽默感，時不時地迸出一兩句語錄來，真正妙語如珠，報上登出加拿大一胎五孩的新聞，她評論說：「一加一等於二，但是在加拿大，一加一等於五。」

她個子小而豐滿，胸脯鼓鼓的，時時有發胖的危險，然而她從來不為這擔憂，很達觀地說：「兩個滿懷較勝於不滿懷。」（這是張愛玲根據「軟玉溫香抱滿懷」勉強翻譯的。她原來的話是：「Two armfuls is better than no armful.」）

看到花間蝶飛，她會說：「每一個蝴蝶都是從前的一朵花的鬼魂，回來尋找它自己。」形容一個女人的頭髮黑，是「非常非常黑，那種黑是盲人的黑。」說到修女的生活，則是「她們算是嫁給耶穌了，只不過見不著新郎，得跟妯娌們在一起。」凡此種種，往往叫張愛玲擊掌叫絕。

炎櫻還很勇敢，作風大膽，這表現在她的作文和說話上——中國人有句話：「三個臭皮匠，湊成一個諸葛亮。」西方有一句相彷彿的諺語：「兩個頭

總比一個頭好。」於是炎櫻在作文裏寫：「兩個頭總比一個好——在枕上。」讓看卷子的教授大為瞠目——那教授是位神父。

她的大膽更表現在行為上，或者說，心態上。歐戰爆發，香港被轟炸，飛機在天上嗚嗚地飛，不知道什麼時候就丟一顆炸彈下來，大家都驚惶悲痛失魂落魄，只有炎櫻一樣地開心，興致勃勃，自得其樂，不僅偷偷跑去城裏看五彩卡通電影，回來又獨自跑到樓上洗澡，流彈打碎了浴室的玻璃窗，她還在盆裏從容地潑水唱歌，讓舍監極為驚怒而恐慌——但她是炎櫻，舍監又能拿她怎麼樣呢？

張愛玲聽著炎櫻的歌聲，無法不心折。

炎櫻是特立獨行，獨一無二的，然而她又並不是「遺世獨立」的「獨」，而是「獨樹一幟」的「獨」。

兩個很「獨」的人走在一起，就變成了「雙」，所以張愛玲後來寫了〈雙聲〉——她們倆走在一起，一個高而窈窕，是「鷺鷥」；一個矮而腴麗，像「香扇墜兒」。從外形上已經相映成趣，再一唱一和地說起話來，略加整理就是一篇妙趣橫生的好文章，但那是回到上海以後的事情了。

一個人對另一個人好，總想著要把自己所有所能的儘量給她，張愛玲對炎櫻便是這樣。然而她除了自己的天才也別無所有，於是為她寫了許多文字，還畫了許多畫。

有一張炎櫻穿襯裙的蠟筆肖像畫，畫得很傳神，吊眼梢，漆黑的眼珠，蓓蕾似的鼻子，乳房半包在白圓錐裏，很尖挺，呈四十五度角。被一個俄國老師看到了，十分欣賞，一定要張愛玲賣給他，答應給五塊錢，看到她們兩個面有難色，又趕緊解釋：「五元，不加畫框。」——那時候張愛玲的全部「積蓄」才是十一塊錢。但是她與炎櫻糾結地竊議了好一陣，還是痛苦地拒絕：「對不起，我們不想賣。」

那期間張愛玲畫了許多畫，由炎櫻著色，她們合作得親密無間——這種合作後來一直持續到回上海，炎櫻替她設計過《傳奇》增訂本的封面，後來又替胡蘭成的雜誌《苦竹》設計封面。

在香港求學期間，愛玲重新拿起畫筆來，替房東太太、燙髮的少奶奶、有

傳染病的妓女畫速描，畫了許多雜亂重疊的人頭，自己看了沾沾自喜，覺得以後再也不會畫出這樣好的畫來了——她的悲觀的心態就像她最喜歡的那幅高更的名畫「永遠不再」，總是每每看見好的事物便覺得這是空前絕後、不可多得、稍縱即逝、永遠不再的了。一面在畫，一面已經擔心自己會江郎才盡，失去作畫的能力。

有一幅畫，炎櫻給上了顏色，全是不同的藍與綠，愛玲尤其喜歡，說是有古詩「滄海月明珠有淚，藍田日暖玉生煙」的意味。

還有一句話她沒有說出口——她母親一生中最喜愛的顏色，便是藍與綠。她永遠都不會忘記，母親為她照片上色的情形，色調是藍與綠；母親在她四歲時第一次離開中國去留洋，也是穿著藍綠的衣裳。

那是母親的顏色，母親的神情——每當炎櫻為她的畫上色的時候，便是張愛玲最愛她的時候。她看著炎櫻，看她專注地為畫稿著色，看著自己最好的朋友，想著那遙遠的遙遠的母親。

一個愛畫的人，對顏色是敏感的，連帶的也注定會在乎穿戴。然而早在上海時，母親就曾與她有過一項協定：若是想嫁人呢，自然可以多買些衣裳打扮自己；若是想升學，那只好先顧學費。

張愛玲十分痛苦於這項選擇，因為結果是不需要猶豫的，猶豫的只是過程——她當然會選擇升學，可是她又好希望有新衣裳穿。

來了香港後，她發奮用功，一口氣拿了兩個獎學金，獎金二十五英磅，在當時的香港，這已經超過大部分人一年的收入了。愛玲自覺為母親省了一點錢，而且也要獎勵自己一下，便大膽地揮霍一次，買了衣料自己設計服裝，隨心所欲地做了幾件奇裝異服，大穿特穿了一回。

那些衣裳裏，有一件矮領子的布旗袍，大紅底子上一朵一朵藍的白的大花，兩邊沒有鈕扣，穿的時候像汗衫一樣鑽進鑽出，領子矮得幾乎沒有，下面還打著一個結，袖子短到肩膀，長度只到膝蓋。那大膽的設計，連炎櫻看了也驚歎不俗。

炎櫻也是喜歡自己設計服裝的。她有一件綠外套，是自己拿塊綠呢做的，只夠前後兩片，腰上縫了兩隻皮手套，乍看像兩隻小黑手從後頭繞過來扣著她

的腰；還有一件紫紅色的毛線背心，是她母親的大圍巾改的，把兩頭鉸下來縫合，寬肩，搯腰，齊腰一排三四寸長的同色同線的流蘇，隨著她的走動一步一搖，更像一枚小巧靈活的香扇墜了。

她們兩個走在一起，奇裝異服，招搖過市，一起去中環天星碼頭青鳥咖啡館買「司空」，一種三角形的小扁麵包，比蛋糕還細潤，輕清而不油膩，一次買半打，兩個人分著吃；一起去看卡通電影，去淺水灣看「野火花」，在月光下散步，自得其樂而相依相伴、相得益彰著。

3

成績好，又有炎櫻這樣的親密女友，張愛玲比在上海時多了自信。

香港求學三年裏，張愛玲哭得最傷心的一次，是在放暑假時，炎櫻不等她便獨自回了上海，她有一種被遺棄的孤單感，大哭起來；然而也是同一個暑假，黃逸梵與幾個上海牌友一同來香港小住，宿在淺水灣飯店——張茂淵終於賣掉房子，把錢還了她，於是她又可以到處飛了。

張愛玲一有時間便去看她，從此淺水灣對她就有了特別的意義。一閉上眼，路線便清晰，夢裏也走不錯。

——乘專線的淺水灣巴士出市區，沿路經過黃土崖紅土崖，漸漸地光景明媚，水靜風清，許多遊山的車子掠過她乘的車，遊人的手裏抱著滿懷的花，風裏吹落了零亂的花瓣與笑語。

下了車，經過一條乾淨的碎石路，路兩旁是綠意盎然的蕨類植物，走上極寬的石階，路盡頭花木蕭疏的高台上有兩幢淡黃色房子，那便是淺水灣飯店。報出母親的房號，僕歐們領著她沿碎石小徑走過昏黃的飯廳，經過昏黃的穿堂，上二層樓，進了房間，亮藍色的海景占了四分之三的窗子，有一扇門通著一個小陽台，搭著紫藤花架，曬著半壁斜陽。陽台上有兩個人站著說話——是母親黃逸梵和她的洋人男朋友。

黃逸梵穿著西洋蓬裙子，梳著美麗的頭髮，周旋於一班華美蘊藉的客人之間，走到哪裏，哪裏便笑聲四起；她和男友挽臂從淺水灣沙灘上走過，男的英

俊，女的漂亮，打著洋傘，說著流利的英語，宛如畫中人，又像電影畫報；也有的時候，是愛玲陪著母親，她們挽著手臂，緩緩地散步，談笑。一如她八歲那年，母親第一次從國外回上海——只可惜，淺水灣不是家。

時間對於黃逸梵好像不起作用，從那年到現在，已經十幾年過去了，然而她還是那麼年輕、漂亮、風情萬種。

愛玲在《易經》裏形容她的母親：「她的側面和顴骨石頭一樣，架在金字塔似的頸子與纖細的肩膀上。可誰也不能說準她還能美多久。」

相聚的日子總是短暫，母親不久便去了新加坡。

——對於黃逸梵來說，纏足之辱大概是一生中最疼痛的記憶，所以她很喜歡到處飛。邁著一雙金蓮，走遍千山萬水，跨過一個時代，而能仍然不失她淑女的步調，彷彿在向命運宣戰。

然而她又無法違背她的出身，不管她怎麼痛恨那古老的傳統也好，她一生的活計還是依靠祖先留下來的那點古董——賣了一輩子的古董。

逸梵是庶出。父系三代單傳，到了她父親黃宗炎這一代，婚後無所出，於是娶了許多個姨太太爲自己傳宗接代，這也包括了逸梵的母親，從湖南鄉下買來的農家女孩子——典型的買賣婚姻。

黃宗炎曾在科舉考試中舉，承襲了父親的爵位，出任廣西鹽法道道台。上任一年即因瘴氣病亡。不久，姨太太在南京臨盆，大夫人十分緊張——那些本家早就虎視眈眈，等著分絕戶的家產，若是姨太太生了女兒，黃家的香火便要斷了，一家女人不知要向何處依傍。

到了孩子落草的日子，屋子前後門都被把守著，連房頂上都蹲著人，撞槌、火把，什麼都預備好了，要燒房子，殺了寡婦和孩子，好分她的財產。黃逸梵生下來，到底是女兒，眾人大驚。幸而早有準備，女傭人從山東下來逃荒的人家買了個男嬰，裝在籃子裏帶進來，對外聲稱是龍鳳胎。這便是黃逸梵的兄弟黃定柱。

生母二十多歲就去逝了。黃逸梵同弟弟由大夫人帶大，自幼仰人鼻息，小心承歡，時時記著嫡母（**大夫人**）的恩德。她一直都想遠離那生活。

——通常婚姻是改變女子人生的最重要舉措，然而她的婚姻又是這樣失敗。

大夫人一九二二年在上海過世。黃逸梵同弟弟把財產分了，黃定柱要了房產地產，黃逸梵則分了些古董。每次回國再出國，就帶走一兩箱。

她幾次嘗試獨立，做生意，跑單幫，可是一直不大成功。總是要借著賣古董來翻身，重新開始。

每賣去一箱古董，她應當都是十分自責而悲哀的罷，因為居然沒有別的辦法過活。她那麼厭惡她的丈夫張廷重，可是卻同他一樣地坐吃山空，他們兩個，都避不開自己的出身。即使她去了外國，遠渡重洋，那一切她痛恨的事物仍然存在於她的血液之中，到老，到死，永遠不肯放過她。

我媽媽也是靠賣東西過了許多年，每到日子過不下去的時候，就會翻箱倒櫃地找，看還有什麼東西可以賣一點錢。連父親的喪事也是東拼西借才辦妥了的。父親剛去世，他那些同父異母的兄弟便大動干戈地攆我們母女走，理由正同那些湘軍圍攻黃逸梵母親時是一樣的，「萬一寡婦再嫁了，或是回娘家住，不會把財產也帶走」。

其實除了片瓦遮頭，又哪裏還有什麼財產呢？只是他們連這片瓦也不留給我們，必要把我們攆出去而後甘。

我從有記憶起家裏就很窮，但是窮得很「夾生」，一方面是舉債度日，朝不保夕，另一面是媽媽和她的一班舊同學時時聚會，逼窄簡陋的家裏高朋滿座，不是談古典文學，就是聊外國名著，杜斯妥也夫斯基的名字和李清照交替著講，一面又要講究飲品，咖啡，紅茶，或是洋酒，都是那個年代裏十分罕見的，神通廣大者從國外淘了來，拿到老交際圈子裏獻寶。

印象中，我幾乎是剛會說話便會背詩了，而且是先學古文，後學現代文的。小時候很長一段時間都是咬文嚼字地說話，寫作文也是亂用成語，半文半白，老師倒是很欣賞，一直給我滿分。從小學一年級做語文課代表，一直做到大學，還是古文課代表。古文考試，滿分一百，老師給了九十九分——念過大學古文的人，大概都知道這是一個多麼不可能的分數罷？

這一次的母女分離，愛玲沒有哭。她已經習慣了離別，也習慣了漂泊，這是命運。

從四歲第一次看著藍綠色的母親去法國，到後來她自己顛沛流離大半生，她的生命彷彿是由一次又一次的離別、一次又一次的漂泊來組成的。

離別是人生裏無可奈何的事情，反正每個人到了最後總是要告別的，那一個蒼涼的手勢，多做幾次，或者少做幾次，有多少不同呢？

在告別母親之後不久，張愛玲又面臨了另一次離別——並不太傷感，因為那要分別的人其實並不大親近——就是她的監護人李開第。

他要離開香港去重慶，所以轉托了另一個朋友照顧愛玲，也是工程師，在港大教書，兼任三個男生宿舍之一的舍監，因此就住在那宿舍裏。

——我一直猜，不知道和〈第二爐香〉裏的羅傑·安白登有什麼關係？是不是有一點影子呢？

在小說裏，羅傑是一個四十歲的大學教授，教了十五年的化學物理，做了四年的理科主任與舍監，就住在學生宿舍附近，便於照應，是一個羅曼蒂克的傻子。因為娶了一個不知性為何物的純潔女子而被誤會，被不由分說地冠上淫蟲的名字，最後鬱悶地開煤氣自殺了。

小說裏關於校園和宿舍生活的描寫、學生們利用舍監疏防出去跳舞、對舍監的取笑等等，顯見是取材於張愛玲在港大的生活，讓我不由得犯了對號聯想症。

這位舍監先生是福建人，國語不太純熟，第一次見到張愛玲時，打量了她一下，忽然笑道：「有一種鳥，叫什麼……」

愛玲略愣了愣，反應過來，自己先笑了：「鷺鷥。」

「對了。」那舍監先生不好意思地笑了。

我也要不好意思地笑，是「巧」得讓我自己不好意思——中學時我非常瘦，四十五公斤的體重倒有一米六七的身高，腰又細，腿又長，看起來像不止一米七，踢著兩條腿走路，也是常被人形容成「鷺鷥」。想來中國人的形容詞其實也挺有限的，我曾一直悵悵，腿長的鳥多著，為什麼一定

對於母親曾經去過香港小住的這一段往事，張愛玲在早期的文章裏極少提及。是張子靜的回憶錄露了端倪：

「另外我表哥還透露，我母親那次回上海，帶了一個美國男朋友同行。他是個生意人，四十多歲，長得英挺漂亮。名字像叫維基斯托夫。我姐姐是見過母親這男友的，但她從沒對我說過，也沒在文章裏提起。」

「我母親的男友做皮件生意。一九三九年他們去了新加坡，在那裏搜集來自馬來西亞的鱷魚皮，加工製造手袋，腰帶等皮件出售。一九四一年底新加坡淪陷，我母親的男友死於炮火。這對她是很大的打擊。她在新加坡苦撐，損失慘重。一度行蹤不明，與家人失去聯繫。後來才知她去印度，做過尼赫魯姐姐的秘書。」——張子靜：《我的姐姐張愛玲》

張子靜和母親、姐姐、姑姑的來往都很疏落，又生性木然，對許多事的記憶不是從別處（比如表哥）聽來的，就是從張愛玲的文章裏理清的思路，事實上到底是怎麼樣的，其實早已記憶不清，很多時間與事件都含糊。

因他提及黃逸梵一九三九年去新加坡，後文接著便是一九四六年回國，使我一直錯以為這期間張愛玲與母親是不可能見面的。

然而一九八四年八月三日香港《明報》刊出「傾城之戀」上片特輯，張愛玲寫在「傾城之戀」公映前夕的一封短信表明，黃逸梵是從香港去的新加坡，而不是自上海出發；是珍珠港那年也即一九四一年出國，而不是張子靜說的一九三九年——

「珍珠港那年的夏天，香港還是遠東的里維拉，尤其因為法國的里維拉正在二次大戰中。港大放暑假，我常到淺水灣飯店去看我母親，她在上海跟幾個牌友結伴同來香港小住，此後分頭去新加坡、河內，有兩個留在香港，就此

同居了。香港陷落後，我每隔十天半月遠道步行去看他們，打聽有沒有船到上海。他們倆本人予我的印象並不深。寫〈傾城之戀〉的動機──至少大致是他們的故事──我想是因為他們是熟人之間受港戰影響最大的。有些得意的句子，如火線上的淺水灣飯店大廳像地毯掛著撲打灰塵，『拍拍打打』，至少也還記得寫到這裏的快感與滿足，雖然有許多情節已經早忘了。這些年了，還有人喜愛這篇小說，我實在感激。」

這裏藏頭露尾地寫著「她在上海跟幾個牌友同來香港小住，此後分頭去新加坡、河內」，於是我想，這「幾個牌友」裏必定也有那位男朋友吧？

從前寫這本書的時候，每多得到一點線索，發現一點新的秘密都覺得如獲至寶，考據一般地剔辨著時間與人物，地點與事件，努力將殘珠斷鏈聯繫起來，在迷霧裏摸索真相。

然後到這本書出版了三年之後，突然《小團圓》面世，開篇即大寫特寫黃逸梵去香港看張愛玲的過程，所有的猜測都落到了實處，反而令人悵然若失。就好像一個人瘋魔了樣地想到山頂去看風景，費了九牛二虎之力爬上去後，才發現旁邊原有纜車直達，那一種失落與茫然的情緒。

《小團圓》在內地引起轟動後，出版編輯曾提出讓我對這本書的內容做些修改，好在再版時校訂。卻被我婉拒。因為一時還不能從那種茫然中走出來，且自覺這本書已經沒有再版的價值──想看張愛玲故事的人，看自傳就好了，何必繞遠地通過我的筆來瞭解？就好像想到山頂看日出，坐纜車直接上去就是了，沒必要胼手胝足爬上大半天。

然而又過了一年，《雷峰塔》與《易經》亦同時問世，台灣風雲時代出版社的社長陳曉林先生山長水遠地從台灣寄了來給我，又囑我在這本《張愛玲傳奇》中補述一章，寫寫對這三本「張愛玲自傳」的看法。

我終於不得不正式面對張愛玲文字的本尊，用我的「傳奇」來面對張的「自傳」，這見面是羞慚而冷酷，沒有可比性的。然而我卻決定接招，並且不願出版周期催得相當緊，主動提出要對書的內容做一些徹底的修改。

這感覺就像是追著張愛玲的腳步跑了半生，總也追不上。明明已經放棄了。她卻又突然站下來向我招手，於是逼得我不得不再提起一口氣，繼續追著她飛啊飛。

作傳人永遠不可能真正懂得傳主的心思，甚至我相信傳主自傳時也不可能真正面對舊時的自己。三十年前的月亮沉下去了，三十年後再憶起那冷光，已經是不一樣的月色。

4

用張愛玲的文字來形容張愛玲的文風，最好的比喻莫過於「生命是一襲華美的袍，爬滿了蚤子」。

「華美的袍」，而且是真絲的華袍，她的文字就有這樣的柔美，切膚之感；「爬滿了蚤子」，這是她筆下的人生，瑣屑的真實的煩惱，同樣有切膚之痛。

沒有一句話比這更能貼切地表現出張愛玲作品的風格與意境的了。她是一個坐在水晶球裏看未來的預言者，總是在文章裏一再地預言。天才在本家不被發現，而她的預言在自己的文章裏也常常被忽略，要隔多少年，後人讀起，才覺驚心動魄，感慨莫及。

這一句預言，她寫在自己的參賽作品〈我的天才夢〉裏：

「我是一個古怪的女孩，從小被目為天才，除了發展我的天才外別無生存的目標。然而，當童年的狂想逐漸褪色的時候，我發現我除了天才的夢之外一無所有——所有的只是天才的乖僻缺點。世人原諒瓦格涅的疏狂，可是他們不會原諒我。」

「生活的藝術，有一部分我不是不能領略。我懂得怎麼看『七月巧雲』，聽蘇格蘭兵吹bagpipe，享受微風中的藤椅，吃鹽水花生，欣賞雨夜的霓虹燈，從雙層公共汽車上伸出手摘樹巔的綠葉。在沒有人與人交接的場合，我充滿了

生命的歡悅。可是我一天不能克服這種咬齧性的小煩惱，生命是一襲華美的袍，爬滿了蚤子。」

關於張愛玲的〈我的天才夢〉，她自己後來說起不止一次，先是在一九七六年出版的《張看》附記裏寫著：

「〈我的天才夢〉獲西風雜誌徵文第十三名名譽獎。徵文限定字數，所以這篇文字極力壓縮，剛在這數目內，但是第一名長好幾倍，並不是我幾十年後還在斤斤較量，不過因為影響這篇東西的內容與可信性，不得不提一聲。」

隔了幾十年，她的圖文集《對照記》在台北《中國時報》第十七屆文學獎獲得特別成就獎，時報請她寫一篇得獎感言，於是她又一次舊事重提，寫了〈憶《西風》〉：

「得到時報的文學特別成就獎，在我真是意外的榮幸。這篇得獎感言卻難下筆。三言兩語道謝似乎不夠懇切。不知怎麼心下茫然，一句話都想不出來。但是當然我知道為什麼，是為了從前西風的事。

一九三九年冬還是下年春天？我剛到香港進大學，《西風》雜誌懸賞徵文，題目是〈我的……〉，限五百字。首獎大概是五百元，記不清楚了。全面抗戰剛開始，法幣貶值還有限，三元兌換一元港幣。

我寫了篇短文〈我的天才夢〉，寄到已經是孤島的上海。沒稿紙，用普通信箋，只好點數字數。受五百字的限制，改了又改，一遍遍數得頭昏腦脹。務必要刪成四百九十多個字，少了也不甘心。

……不久我又收到全部得獎名單。首獎題作〈我的妻〉，作者姓名我不記得了。我排在末尾，彷彿名義是『特別獎』，也就等於西方所謂『有榮譽地提及（honorable mention）』。我記不清楚是否有二十五元可拿，反正比五百字的稿酬多。

〈我的妻〉在下一期的《西風》發表，寫夫婦倆認識的經過與婚後貧病的挫折，背景在上海，長達三千餘字。《西風》始終沒提為什麼不計字數，破格

錄取。

……《西風》從來沒有片紙隻字向我解釋。我不過是個大學一年生。徵文結集出版就用我的題目〈天才夢〉。

五十多年後，有關人物大概只有我還在，由得我一個人自說自話，片面之詞即使可信，也嫌小器，這些年了還記恨？當然事過境遷早已淡忘了，不過十幾歲的人感情最劇烈，得獎這件事成了一隻神經死了的蛀牙，所以現在得獎也一點感覺都沒有。隔了半世紀還剝奪我應有的喜悅，難免怨憤。」

這篇感言是目前為止所知道的張愛玲生前公開發表的最後一篇文字，堪稱「絕筆」，甚至「遺言」。

她竟是帶著這樣一個巨大而瑣屑的遺憾去世了，怎麼說也是「張迷」的一大遺憾。

然而真相究竟是怎樣的呢？

自有愚公移山者，翻江倒海地找出了一九三九年九月一日出版的《西風》第三十七期報紙，上面赫然登著當年的徵文啓事：〈《西風》月刊三周年紀念現金百元懸賞徵文啓事〉，清清楚楚地寫著——

「《西風》創刊迄今，已經三周年了，辱承各位讀者愛護，殊深感激。在一年多以前，我們為提倡讀者寫雜誌文起見，曾經發起徵文，把當選的文章，按期在《西風》及《西風副刊》發表，頗受讀者歡迎。現在趁《西風》三周年紀念之際，為貫徹我們提倡寫雜誌文的主張起見，特再發起現金百元懸賞徵文，並定簡約如下：

（一）題目：「我的……」舉凡關於個人值得一記的事，都可發表出來……

（二）字數：五千字以內。

（三）期限：自民國二十八年九月一日起至民國二十九年一月十五日止，外埠以郵戳為準。

（四）資格：凡《西風》讀者均有應徵資格。

（五）手續：來稿須用有格稿紙繕寫清楚……請寄上海霞飛路五四二弄霞

飛市場四號西風社編輯部。

（六）獎金：第一名現金五十元，第二名現金三十元，第三名現金二十元。第四名至第十名除稿費外，並贈《西風》或《西風副刊》全年一份。其餘錄取文字概贈稿費。

（七）揭曉：徵文結果當在二十九年四月號第四十四期《西風月刊》中發表。至於得獎文字，當分別刊登於《西風月刊》、《西風副刊》中，或由本社另行刊印文集。」

一九四〇年四月，《西風》創刊三周年紀念徵文揭曉，說明此次比賽共有六百八十五篇文章應徵，其中佳作頗多，編委會遂決定在十個中選名額之外，另外定出三個名譽獎，而張愛玲，便是得了這名譽獎的第三名。

第一名得主叫水沫，作品標題為〈斷了的琴弦——我的亡妻〉；第二名梅子，作品是〈誤點的火車——我的嫂嫂〉；第三名若汗，〈會享福的人——我的嫂嫂〉……

第十三名張愛玲，〈天才夢——我的天才夢〉。這是整個大賽的最後一名，或可稱為「壓卷之作」。

張愛玲的寫作生涯，她自己公開承認的中文處女作是〈天才夢〉，而她生前出版的最後一本書是《對照記》，又都得了獎，倒也「善始善終」。

可是她始終有些小小的不快，對只得了第十三名的事念念不忘，這或許可以解釋成一種「小器」，當然也可以解釋成一種「認真」，然而我卻以為，是「童心未泯」吧？

都說老人如小孩，我母親今年也七十多歲了，最喜歡憶舊事，而又纏夾不清，不是張冠李戴，就是缺斤少兩。而且，越是少時的委屈，就越耿耿於懷——那歡惋與悵恨裏，有一點任性和撒嬌的意思，是自己在嬌慣自己，因為終於所有的事都過去了，可以大大方方地講出來，再不要自己受委屈；還有一點點倚老賣老，我說了，你把我怎的？

張愛玲在〈憶《西風》〉裏說「限五百字」，「沒稿紙，用普通信箋，只好點數字數。受五百字的限制，改了又改，一遍遍數得頭昏腦脹。務必要刪成四百九十多個字，少了也不甘心。」然而事實上她的〈天才夢〉有一千四百多

字，顯然不可能是「限五百字」，她連自己的文章也記錯了字數，當年記錯報紙上限的字數其實是「五千字以內」也就太有可能了。

另外，即使是首獎，獎金也只是「五十元」，而非張愛玲記得的「五百元」，而她自己最終拿到的稿費也顯然不可能是「二十五元」，因為《西風》承諾，即使第二名的獎金也不過是「三十元」，第三名「二十元」，第四至第十名只拿稿費，「其餘錄取文字概贈稿費」，當然也不可能高過二十元。

張愛玲的記憶可謂謬之大矣。

我想，倘若《西風》雜誌有人當面同她對質這件事，她弄清楚之後，一定會說：「我又忘啦！」

大家一笑罷。

第五章　劫後餘生錄

1

　　我的靈魂飛在香港的上空，被炮聲驚得陣陣恍惚，好不容易才可以收攏心神。這是一九四一年十二月八日，太平洋戰爭爆發了。炮彈一聲接著一聲，飛機一架接著一架，炸彈一顆接著一顆，老百姓拖兒契女地哭號著，躲避著，奔走著，驚叫著：打仗了！真的打仗了！

　　然而香港大學的學生們卻盲目而輕狂地開心著，歡呼著，因為那正是大考前夕，一顆炸彈丟下來，大考還沒開始，就被炸掉了尾巴！總算可以喘一口氣了，總算不必打著手電筒在夜裏溫書了，總算不用再做面對考卷而大腦空白一片的噩夢了——對於學生而言，考試，是比戰爭更可怕的事情。

　　本地的女孩子都回家了，這個時候總還是同自己家人在一起的好些；那個汪精衛的侄女一開戰就被人接走了；念醫科的學生都到戰時醫院和急救站做幫手，她們一邊抱怨著「可憐的醫科學生，總是比別人累。」一邊沾沾自喜，矜持於準醫生的身分；男孩子們鬧轟轟地嚷著要報名參軍，跟校長請願，想讓他們的教授做領隊。

　　面對生活的巨大改觀，出生入死的動蕩考驗，每個人都表現出一些誇張而典型的不同尋常來，然而反常的浮面底下，那根子裏卻還是最一貫的生活的本性。這些戰時的經歷對於張愛玲來說，是她一生的沉香冷豔中最不諧調而難能可貴的。

　　她後來寫過一篇〈燼餘錄〉，不無幽默地描繪了戰時同學的眾生相：

——有個宿舍的女同學，是有錢的華僑，非常講究穿，對於社交上的不同的場合需要不同的行頭，從水上跳舞會到隆重的晚餐，都有充分的準備，但是她沒想到打仗。初得到開戰的消息時，最直接的焦慮是：「怎麼辦呢？沒有適當的衣服！打仗的時候穿什麼？」被同學取笑，她理直氣壯地反駁：「人家不知道才問麼，我又沒打過仗。」後來她借到一件寬大的黑色棉袍，大概以為這比較具有戰爭的莊嚴氣氛。戰時的官太太們也是人身一件黑大氅。

　　——蘇雷珈，是馬來半島一個偏僻小鎮的西施，瘦小，棕黑皮膚，睡沉沉的眼睛與微微外露的白牙，像一般受過修道院教育的女孩子一樣，十分天真。她選了醫科，曾鬧過一個著名的笑話——醫科要解剖人體，她不由緊張地向人打聽：被解剖的屍體穿衣服不穿？戰時轟炸，舍監督促大家避下山去，急難中她也沒忘記把最顯煥的衣服整理起來，不顧眾人的勸說在炮火下將那只累贅的大皮箱設法搬運下山。她後來加入防禦工作，在紅十字會分所充當臨時看護，穿著赤銅地子綠壽字的織錦緞棉袍蹲在地上劈柴生火，同男護士們一起吃苦，擔風險，有說有笑，性格也開朗起來。戰爭對於她是很難得的教育。

　　——艾芙林，是從中國內地來的，身經百戰，據她自己說是吃苦耐勞，擔驚受怕慣了的。可是學校鄰近的軍事要塞被轟炸的時候，她第一個受不住，歇斯底里地大哭大鬧，「你們這些人不知打仗是怎麼回事，你們什麼也不懂。」她哭著，繪聲繪色地說了許多發生在內地的可怕的戰爭故事，把女學生們嚇得面無人色。宿舍裏的存糧眼看要完了，修女們每天捨生忘死地冒了彈火的危險去買麵包回來，艾芙林變得特別能吃，並且勸大家都要努力地吃，因為不久便沒得吃了。此前她父親托了本地的一位世交幫忙照顧她，後來她就跟了那個人，據說是個有婦之夫。

　　——安傑琳，也是從修道院學校出來的，是一個十八九歲的姑娘，潔白的圓圓的臉，一雙吊梢眼，非常秀麗，身材微豐，胸前時常掛著個小銀十字架，見了人便含笑鞠躬，嫻靜多禮。她父親是商人，好容易發達了，蓋了座方方的新

房子，全家搬進去沒多久，他忽然迷上了個不正經的女人，把家業拋荒了。她大哥在香港大學讀書，設法把她也帶出來讀大學，對妹子十分擔心，打仗時總是囑託炎櫻和張愛玲多照顧她，說：「安傑琳是非常天真的女孩子。」後來他死在了空襲中，到死都還想著要保護妹妹。

——喬納生是個華僑同學，戰爭一開始便報了名參加志願軍，和所有的男學生一樣，搶著要求上前線。但是戰爭全不是他想的那樣鐵血浪漫，他參加了九龍的戰事，最氣的便是他們派兩個大學生出壕溝去把一個英國兵抬進來——「我們兩條命不抵他們一條。招兵的時候他們答應特別優待，讓我們歸我們自己的教授管轄，答應了全不算話！」少年不識愁滋味，他投筆從戎之際大約以為戰爭是基督教青年會所組織的九龍遠足旅行。

——戰時學校停課，外埠學生困在那裏沒事做，成天就只買菜，燒菜，調情，溫和而帶一點感傷的氣息。有個安南青年，在同學群中是個有點小小名氣的畫家。他抱怨說戰後他筆下的線條不那麼有力了，因為自己動手做菜，累壞了臂膊。其實他只會做一道炸茄子。後來大家每每看他起鍋，就替他的膀子覺得難過……

繁繁總總的人像裏，炎櫻是最從容也最大膽的，嬤嬤宣佈因為戰爭而停考時，她第一個衝出去看空襲，而後回來埋頭吃，吃完了回房去補覺——前一晚因為溫習睡得很晚，現在不用考試了，第一件大事自然是吃和睡。她在流彈中潑水唱歌的滿不在乎，更彷彿是對眾人的恐慌的一種嘲諷。在漫天的轟炸聲裏，那歌聲簡直是亮烈而振聾發聵的。有同學抱怨：「我本來打算周遊世界，尤其是想看看撒哈拉沙漠，偏偏現在打仗了。」炎櫻卻笑嘻嘻安慰：「不要緊，等他們仗打完了再去。撒哈拉沙漠大約不會給炸光了的。我很樂觀。」那機智和胡攪蠻纏令張愛玲不禁莞爾。

張愛玲自己則是在炮火下讀書。之前兩年她都成績優異，可不想今年搞砸了。這次考試準備得不充分，正自懊惱，不想戰爭給了她多一次機會。

「筆記記得全的話，用功個一兩天還是趕得上。」她跟自己默默念，「第

二次機會再不能搞砸了。」

　　然而再也沒有了考試，連學校的記錄都被燒光了。港大停止辦公，異鄉的學生被迫離開宿舍，張愛玲跟著一大批同學到跑馬地的防空總部去報名，因為「當了防空員就可以領口糧，還可以幫你找地方住」。路上經過墓園，門口牌子上的對聯此時看來格外刺目：「此日吾軀歸故土，他朝君體亦相同。」簡直像幸災樂禍！

　　到民防總部寫下姓名、科系、班級，領了頂銅帽子和證章回來，路上遇到空襲，人家跑，她也跟著跑，並不懂得所謂「防空員」究竟是什麼意思，又該做些什麼。

　　他們躲在人家的門洞裏，飛機蠅蠅地在頂上盤旋，像牙醫的電鑽，鑽得人耳膜脹裂，牙根酸疼，整個人都抽緊起來。「轟隆」一聲，整個世界都黑下來，她緊緊地閉著眼，四周靜歇了也不敢睜開，唯恐發現自己已經盲了，或者四肢不存在了。

　　走出門洞時，她覺得自己像重新活了一次似的，是剛才那聲轟炸從跑馬地墓園裏釋放出來的鬼。

　　工作地駐紮在馮平山圖書館，任務是記下每次轟炸、空襲警報、還有解除警報的時間。她不明白是為了什麼，只顧得慶幸自己被分配在這樣一個所在，簡直是貓兒看守賣魚鋪。

　　她在林立的散發著熟悉的冷香氣味的圖書架子間徘徊，發現了一部《醒世姻緣》，馬上得其所哉，一連幾天看得抬不起頭來。完全不記得自己應該做些什麼。房頂上裝著高射炮，成為轟炸目標，一顆顆炸彈轟然落下來，愈落愈近。這時候她已經慣了，只是木木地想：至少等我看完了吧。

　　看完《醒世姻緣》，又把從前一直想著要再讀一遍卻一直沒有時間的《官場現形記》仔細咂摸了一遍，一面看，一面仍是擔心有沒有機會看完。字印得極小，光線又不充足，但是，一個炸彈下來，還要眼睛做什麼呢？

　　每次轟炸的擾攘過後，上司總是問她：「時間記下來了嗎？」

　　而她也總是心虛地笑笑回答：「哎呀，我忘了。」像是中學時回答催交作業的先生。

他也只得拿她無可奈何。連記時間的鬧鐘都停了——她忘了上發條。

承諾裏的膳宿問題一直沒有落實，嬤嬤介紹她到教會借宿，等於被收容了，卻不供三餐。但至少她還活著。

有一天她正在細得可憐的水龍頭下洗襪子，同學跑來告訴她說：「你知道嗎？弗朗士教授死了。」

要隔了好一會兒，她才曉得哭泣，眼前泛起弗朗士教授的孩子臉——就是那個自掏腰包贊助了她八百塊獎學金的好心教授。這是一個豁達的人，徹底地中國化，中國字寫得不錯，研究歷史很有獨到的見地。孩子似的肉紅臉，瓷藍眼睛，伸出來的圓下巴，頭髮已經稀了，頸上繫一塊暗敗的藍字寧綢作為領帶，愛喝酒，上課的時候抽煙抽得像煙囪。像其他的英國人一般，他被征入伍。那天，他在黃昏後回軍營，大約是在思索著一些什麼，沒聽見哨兵的吆喝，哨兵就放了槍。死在自己人的槍口下，連「為國捐軀」都算不上……

她總算知道了什麼是死亡，所有的關係都歸零了，虛無了。

她哭泣著，追悼的情緒還不曾過去，轟炸又開始了，這次炸中了她住的教會樓的一角。她隨著椅子彈跳了一下，嚇得一顆心跳到了嗓子眼——好在有驚無險。

2

後來，張愛玲在英文自傳《易經》裏詳細描寫了自己在戰時香港的遭遇。

正如同《雷峰塔》的主體是上海，卻在開篇七章寫了天津，《易經》也是先寫了整整五章的上海，才把背景挪至香港。而後用六章的篇幅寫了母親來港探她的種種齟齬，之後便開戰了。

之前她在寫給宋淇的信中說：「《雷峰塔》因為是書的前半部，裏面的母親和姑母是兒童的觀點看來，太理想化，欠真實。」

——許是為了這個緣故，她在寫這書的後半部《易經》時，就立意要打破這理想，還原真實，而且是真實裏最慘酷的一面。

一上來便寫了母親和姑姑因為錢的事鬧意見，接著寫母親來香港時，自己拿了一個教授贊助的八百元獎學金去向她報告，她卻淡淡的不當一回事，之後還隨手在麻將桌上輸了出去，連句解釋也沒有。

這打破了愛玲自小就有的對母親的仰慕崇敬，感覺心裏就像有什麼東西倒塌了一樣。親情在金錢的考驗面前，是那麼脆弱而不堪一擊，這真是人性的悲涼與殘酷。

然而更大的破壞來了，那便是戰爭。

那天早晨，女學生們嘰嘰喳喳地擠在飯堂裏，一邊對即將到來的大考淒淒慘慘地抱怨著「死了，死了」，一邊對著花王因為剛生了兒子而送來與民同慶的一鍋滷豬腳議論紛紛，忽然修女嬤嬤走進來說：「香港被攻擊了。今天不考試了。」

「琵琶是最慢一個瞭解狀況的。女孩子叫嚷的聲浪刷洗過她一遍、兩遍、三遍、四遍，像海浪拍打岩石。難道她獲救了？方才飛機隆隆飛過，聽見轟轟的聲音，她心裏突然閃過了一絲錯亂的希望。但是即使是瘋狂中她並不想到炸彈或戰爭……即便是在做白日夢的電光石火的那一秒，仍知道是癡人說夢。可是竟成真了。致命的一天正穩穩當當、興高采烈推著她往毀滅送，突然給擋下了。當然是打仗才辦得到。她經歷過兩次滬戰，不要到戶外去也就是了。」——張愛玲：《易經》

再殘酷的戰爭，也還是遠的；玉帛相見的考試，才是逼近眼前的巨大威脅。戰爭開始了，然而學生們卻只忙著慶幸。

張愛玲用白描的手法冷靜而有條不紊地記敘著那戲劇性的歷史一幕，描寫轟炸與救助的浮生畫面，唯其冷淡，愈見深沉。像一幅幅粗線條的鉛筆速描連環畫，簡單，卻精彩，彷彿力透紙背，觸目驚心。讓人時時會想起《戰爭與和平》或是《飄》這樣的以戰爭場面為背景的愛情小說。

然而《易經》的重點卻既不是戰爭也不是愛情，而只要寫出特定環境下人物的一種生存狀態，更像一篇大散文。同時，又時時穿插著對上海故事的回憶，晃動著舊時大家族裏那特有的暗沉沉的空氣。

在這裏，我們一邊躲避著炮火的襲擊，一邊迎面邂逅了〈琉璃瓦〉裏的姚先生和他的女兒，〈小艾〉裏的五爺和五奶奶，甚至還有《怨女》裏銀娣的婚禮，雖然不大容易理清楚他們之間的親戚關係，卻可以輕易地將故事主角與人物原型對號入座——那可真是一個龐雜的譜系，而行走在迷宮裏的感覺是這樣慵懶而茫然，正如同張愛玲在書裏形容的：

「就彷彿封鎖著的四合院就在隔壁，死亡的太陽照黃了無人使用的房間，鬼魂在房間裏說話，白天四處遊蕩，日復一日就這麼過下去。琵琶打小就喜歡過去的事，老派得可笑，也叫人傷感，因為往事已矣，罩上了灰濛濛的安逸，讓人去鑽研。將來有一天會有架飛機飛到她窗邊接走她，她想像著自己跨過窗台，走入溫潤卻凋萎的陽光下，變成了一個老婦人，孱弱得手也抬不起來。但過去是安全的，即使它對過去的人很殘忍。」——張愛玲：《易經》

如果說《雷峰塔》就是〈私語〉的加長篇，那麼《易經》便可以稱之為〈燼餘錄〉的工筆畫。戰時的經驗是尤其精彩而難能可貴的。

——許是後來別人也曾這樣向她評價過，或者便是宋淇吧，他是最早看到了《雷峰塔》與《易經》的英文初稿的，必定會對十八天圍城的描寫擊節稱讚。而《雷峰塔》以四歲小女孩的視角開頭則無疑冗長緩慢。於是張愛玲在改寫中文自傳《小團圓》時，便將開戰一幕放在了全書的最前面，然後才用倒敘手法進入兒時回憶，將《雷峰塔》與《易經》潦草合成。

開頭第一句和結末最後一句完全是一樣的：

「大考的早晨，那慘澹的心情大概只有軍隊作戰前的黎明可以比擬，像『斯巴達克斯』裏奴隸起義的叛軍在晨霧中遙望羅馬大軍擺陣，所有的戰爭片中最恐怖的一幕，因為完全是等待。」——張愛玲：《小團圓》

迫不及待地想給讀者一個戲劇化開頭，不斷地拋出新的人物，然而寫不多久卻又轉入回憶，寫戰前母親來香港小聚的事情，接著又寫戰爭，沒寫明白，倒已經回上海了。寫到上海，便又憶起小時候的故事，不時扯一兩句現狀或是

香港的情況，又夾纏了親戚家的回憶，而後筆鋒一轉，胡蘭成出場了，中間又蒙太奇地跳躍到十幾年後在美國與賴雅的故事……如果不是對張愛玲的身世實在是瞭解，簡直沒辦法看下去。

《易經》裏的戰事是娓娓道來的，那些香港大學的修女嬤嬤、花王、還有女孩子們，同舊上海弄堂裏的老媽子們另有一種不一樣的瑣碎與熱膩。而這些到了《小團圓》中，就只是忙亂的身影和動作，沒有了家常的味道。

從張愛玲的角度想，她大概很厭倦於自己翻譯自己的作品，所以同一個題材用不同的文字寫來時，忍不住要做些改動穿插，刪繁就簡，所以才會有這樣的舉措。

然而對於讀者來說，因為少了前面的鋪墊，直接看到一幅戰前備考的混亂畫面，無數人事雜遝著湧入眼中，不覺精彩，只見忙亂，完全來不及反應，而且又不熟悉她們的名字，只是被迫接收，便會覺得抗拒。

這是我以為中文自傳《小團圓》反而不如英文自傳《雷峰塔》和《易經》的緣故。

3

整個世界都在打仗，每一分鐘都有人死去，都有一個家庭、一個城市、甚至是一個朝代覆滅，在動蕩的時局面前，個人的情愛顯得多麼渺茫而不可靠，正山盟海誓相許白頭著，忽然「轟隆」一聲，所有的誓言就都成了空話，海枯石爛倒成了現實。

在炮火、病痛、饑餓與死亡中，在十八天的戰火圍城裏，張愛玲看到了最真實的人性，直抵靈魂的核心。

剛開戰時，所有的學生們都聚集在宿舍的最下層，黑漆漆的箱子間裏，只聽見機關槍「忒啦啦啪啪」像荷葉上的雨。因為怕流彈，下女不敢走到窗戶跟前迎著亮洗菜，所以菜湯裏滿是蠕蠕的蟲，學生們譏諷地抱怨：「戰爭也不用吃蟲啊——起碼可以先吃老鼠。」

菜是用椰子油燒的，有強烈的肥皂味，聞之欲嘔——然而她也喝了下去，

並且久了也便覺得肥皂也有一種寒香。小時候,她是連雞湯裏有藥味也要挑剔的。可是現在,一切只好將就,沒有牙膏,用洗衣服的粗肥皂擦牙齒也不介意。再餓兩天,別說有肥皂味的菜,便是讓她吃肥皂,怕也只好吃下去了。

後來,她住在教會裏,缺吃少喝,也沒被褥,晚上蓋著報紙,墊著大本的畫報——是美國《生活》雜誌,摸上去又冷又滑。外國的人,外國的槍炮,外國的雜誌,異鄉的感覺格外重了,幸好還有《官場現形記》和《醒世姻緣》陪著她。饑餓的感覺就像養壞了的蠱,一點點反噬,餓到第三天的時候她已經覺得頭暈身輕,空落落的像是熱水澡泡得太久。夜裏,胃像一隻縫工粗糙的口袋樣微微抽緊,她不知道自己捱不捱得到天明。

受傷的人在呻吟「媽媽啊——」多愁善感的學生拉長了音抒情「家,甜蜜的家!」她不由也想起她的家,還有家人,母親,姑姑,弟弟,何干,也有父親。這時候他們都顯得遙遠而親切,像無聲電影,默默地各自動作,背景襯著老房子特有的昏黃燈光和繚繞煙霧,有種渺遠的安全感。

她想如果她死了,不知道他們那些人中誰會為她難過。她在戰中經歷過那麼多精彩的事情,又不知道可以向誰訴說。她倒是願意同何干說的,但是自從她離家出走,何干就被繼母辭退回了鄉下,從此再也沒有消息;或者將來會告訴姑姑,不過張茂淵是那樣一個人,即使知道她差點挨了炸彈,也不會當作一回事。

到了第四天早晨,孃孃將所有人都叫到餐廳集中,說要和大家一起做祈禱,吃聖誕早餐。她這才想起昨天竟是聖誕夜。星形餅乾、一盤盤的麥片粥、果醬、糖、煉乳,她和耶穌一起,經過磨難,迎來新生。

並不是每個人都有機會擁抱明天——港大有不少學生殉難,當時所頒授的十四位醫學士中,就有兩位死於戰亂;教員中亦有許多人殉職。就算在戰爭中逃過大難,戰爭結束後,也仍有可能逃不過日軍的虐待——港大的校本部不久成為港大師生的集中營,後來這個集中營又搬到赤柱了。

香港淪陷了,港大校舍不只荒廢,還被破壞,很多文件與紀錄都不知所終,包括張愛玲的記錄、成績,通通被燒毀了。她回學校收拾行李,像賈府被抄後寶玉重回寥落的大觀園「對景悼顰兒」,只看到滿目瘡痍。

一切都回不去了。

休戰後，張愛玲在「大學堂臨時醫院」做了看護，終於可以定量供給食物了，一天兩頓的黃豆拌飯，值夜班時會額外分配一份牛奶和兩片麵包。

到廚房去熱牛奶要經過長長的一排病床，她總是拖延到午夜過後才去。然而病人們也多半還是醒著，要不就是一聞到飯菜香就自動醒來了，黑漆漆的眼睛睜得老大，眼睜睜地望著她手裏肥白的牛奶瓶，那在他們眼中是比卷心的百合花更美麗的。

然而她也只有這一瓶，她不打算與全人類分享它，卻又不能不感覺到自己的冷漠與自私，自私到羞愧，於是只得老著臉往廚下去。用肥皂去洗那沒蓋子的黃銅鍋，手疼得像刀割。鍋上膩著油垢。

她知道那些雙眼睛就盯著她背後，那些抽動的鼻翼在貪婪地嗅那煮牛奶的香。目光若是有毒，牛奶一定中毒了。她把牛奶倒進鍋裏，銅鍋坐在藍色的煤氣火焰中，像一尊銅佛坐在青蓮花上，澄靜，光麗——在這一無所有的時間與空間裏，這一小鍋牛奶便是救世的觀音。小小的廚房只點一支白蠟燭，她像獵人看守自己的獵物那樣看守著將沸的牛奶，心裏發慌、發怒，又像被獵的獸。

香港從來未曾有過這樣寒冷的冬天。那以後，只要聞到牛奶燒糊了的焦香，她就會覺得餓。

〈燼餘錄〉裏，她用得最多的一個詞就是「自私」，且十分冷靜地描寫了自己的自私：

「有一個人，尻骨生了奇臭的蝕爛症。痛苦到了極點，面部表情反倒近於狂喜……眼睛半睜半閉，嘴拉開了彷彿癢絲絲抓撈不著地微笑著。整夜他叫喚：『姑娘啊！姑娘啊！』悠長的，顫抖的，有腔有調。我不理。我是一個不負責任的、沒良心的看護。我恨這個人，因為他在那裏受磨難，終於一房間的病人都醒過來了。他們看不過去，齊聲大叫『姑娘』。我不得不走出來，陰沉地站在他床前，問道：『要什麼？』他想了一想，呻吟道：『要水。』他只要人家給他點東西，不拘什麼都行。我告訴他廚房裏沒有開水，又走開了。他歎口氣，靜了一會，又叫起來，叫不動了，還哼哼：『姑娘啊……姑娘啊……哎，姑娘啊……』

這人死的那天，我們大家都歡欣鼓舞。是天快亮的時候，我們將他的後事交給有經驗的職業看護，自己縮到廚房裏去。我的同伴用椰子油烘了一爐小麵包，味道頗像中國酒釀餅。雞在叫，又是一個凍白的早晨。我們這些自私的人若無其事地活下去了。」

　　「時代的車轟轟地往前開。我們坐在車上，經過的也許不過是幾條熟悉的街衢，可是在漫天的火光中也自驚心動魄。就可惜我們只顧忙著在一瞥即逝的店鋪的櫥窗裏找尋我們自己的影子──我們只看見自己的臉，蒼白，渺小：我們的自私與空虛，我們恬不知恥的愚蠢──誰都像我們一樣，然而我們每人都是孤獨的。」

　　「不負責任的、沒良心的看護」、「蒼白」、「渺小」、「自私與空虛」、「恬不知恥的愚蠢」，她毫不留情地批判著人性包括她自己，然而她最終悲憫地將這一切歸於「孤獨」。

　　每個人都是孤獨的。孤獨，而且饑餓。

　　是饑餓將善良、博愛、正義這些個大題目從身體裏一點點地擠出去，最終只留下口腹之欲──那是生命最本原的欲求。

　　她仍然是每天躲在屏風後讀書，在宿舍樓梯上丟棄的書叢裏尋找《易經》──五經裏屬《易經》最玄秘古奧，學校也不教，她從前沒有看過。

　　眼見許多生命在面前死去，她只沉浸在古中國玄奧文化裏，並不覺得感傷或者可怖。中學畢業時她填的最怕一欄是「死」，然而這時候「死」如同水龍頭裏的水一樣涓細而流之不斷時，她倒夷然了。

　　隨時都可能死去，隨時都面對死亡，於是死亡便成了最稀鬆平常的事情，不值得恐懼，也不值得同情。將死的人已經不算人，痛苦與擴大的自我感切斷了人與人的關係。彷彿是傷口上慢慢長出厚厚的痂，有一層「隔」的感覺。又彷彿累極了的人坐在冷板凳上打瞌睡，極不舒服，可到底也睡著了。

　　──便是這樣子一天天堅強，便是這樣子一天天冷漠。

4

　　因爲太多地面對了死亡，活著便益發顯得是件具體而瑣碎的事情。剛剛解除了對空襲的恐懼，張愛玲便同炎櫻迫不及待地往街上跑，一心一意地惦記著在哪裏可以買到霜淇淋。她們站在攤頭吃著油煎蘿蔔餅，尺來遠的地方就橫著窮人的青紫的屍首。

　　一個挑著蔬菜的農夫正過馬路，遇到盤查。那矮胖的青年日本兵就像安著隻機械臂，一言不發就摑了幾個嘴巴子。農夫也不吭聲，說了反正也不懂，只是陪著笑臉。針織帽，藍棉襖，腰上繫著繩子，袖子又窄又長。

　　張愛玲愣愣地看著，耳光像是摑在她臉上，冬天的寒氣裏疼得更厲害。回家！她心裏現在只有這樣一個念頭，回到上海去！雖然那裏也淪陷了，但上海終究是上海，那裏有自己熟悉的空氣，親愛的人，終歸不一樣。

　　校園裏總有一對對的日本兵走來走去，有時候隨意地便推開門走進張愛玲的宿舍裏來。好在他們在大學裏扮演的角色是校園警察，倒沒有什麼暴行。然而那種惘惘的威脅是時刻存在的。她只想回家！

　　她越來越頻繁地去淺水灣找人問船票的事——上次同逸梵一起來香港的朋友中，有兩個留了下來沒走，已經在戰爭中同居了。因爲寂寞，因爲恐慌，因爲剝去一切浮華的裝飾後，直見真心。於是，相愛成了唯一選擇。空襲最緊張的時候，他們躲在淺水灣飯店裏避彈——完全是〈傾城之戀〉裏的故事。

　　在〈小團圓〉面世之前，張愛玲給了明確的香港背景的小說主要就是〈第一爐香〉、〈第二爐香〉、〈茉莉香片〉這三炷香，再帶著半部〈傾城之戀〉——說是半部，因爲故事的前半截發生在上海。〈連環套〉也寫的是香港，然而已經很「隔」了。

　　從這些小說裏，可以清楚地看到戰爭帶給張愛玲作品的影響。我們不妨把〈傾城之戀〉和〈燼餘錄〉對照著看：

　　「戰爭開始的時候，港大的學生大都樂得歡蹦亂跳，因爲十二月八日正

是大考的第一天，平白地免考是千載難逢的盛事。那一冬天，我們總算吃夠了苦，比較知道輕重了。可是「輕重」這兩個字，也難講……去掉了一切的浮文，剩下的彷彿只有飲食男女這兩項。」——張愛玲：〈燼餘錄〉

「那天是十二月七日，一九四一年，十二月八日，炮聲響了。一炮一炮之間，冬晨的銀霧漸漸散開，山巔、山窪裏，全島上的居民都向海面上望去，說『開仗了，開仗了』。誰都不能夠相信，然而畢竟是開仗了。」——張愛玲：〈傾城之戀〉

——不僅時間選在了一個於她記憶最深的前夜，而且連心態也相類。

「我覺得非常難受——竟會死在一群陌生人之間麼？可是，與自己家裏人死在一起，一家骨肉被炸得稀爛，又有什麼好處呢？有人大聲發出命令：『摸地！摸地！』哪兒有空隙讓人蹲下地來呢？但是我們一個磕在一個的背上，到底是蹲下來了。飛機往下撲，砰的一聲，就在頭上。我把防空員的鐵帽子罩住了臉，黑了好一會，才知道我們並沒有死，炸彈落在對街……」——張愛玲：〈燼餘錄〉

「正在這當口，轟天震地一聲響，整個的世界黑了下來，像一隻碩大無朋的箱子，啪地關上了蓋。數不清的羅愁綺恨，全關在裏面了。流蘇只道沒有命了，誰知道還活著。一睜眼，只見滿地的玻璃屑，滿地的太陽影子。」

「子彈穿梭般來往。柳原與流蘇跟著大家一同把背貼在大廳的牆上……流蘇到了這個地步，反而懊悔她有柳原在身旁，一個人彷彿有了兩個身體，也就蒙了雙重危險。一子彈打不中她，還許打中了他，他若是死了，若是殘廢了，她的處境更是不堪設想。」——張愛玲：〈傾城之戀〉

——因為女人的戰時記憶確與衣服有關，所以是「羅愁綺恨」。

至於書中那十八天的圍城，更是原音重現，並且因為附麗在虛構的人物身

上，更容易發揮，表現得也更為具體細緻：

「圍城中種種設施之糟與亂，已經有好些人說在我頭裏了。政府的冷藏室裏，冷氣管失修，堆積如山的牛肉，寧可眼看著它腐爛，不肯拿出來。做防禦工作的人只分到米與黃豆，沒有油，沒有燃料。各處的防空機關只忙著爭柴爭米，設法餵養手下的人員，哪兒有閒工夫去照料炸彈？接連兩天我什麼都沒吃，飄飄然去上工。當然，像我這樣不盡職的人，受點委屈也是該當的。」——張愛玲：〈燼餘錄〉

「淺水灣飯店樓下駐紮著軍隊，他們仍舊住到樓上的老房間裏。住定了，方才發現，飯店裏儲藏雖豐富，都是留著給兵吃的。除了罐頭裝的牛乳、牛羊肉、水果之外，還有一麻袋一麻袋的白麵包，麩皮麵包。分配給客人的，每餐只有兩塊蘇打餅乾，或是兩塊方糖，餓得大家奄奄一息。」——張愛玲：〈傾城之戀〉

關於「去掉了一切的浮文，剩下的彷彿只有飲食男女這兩項。」兩文的對照更加鮮明：

「香港重新發現了『吃』的喜悅。真奇怪，一件最自然、最基本的功能，突然得到過分的注意……在戰後的香港，街上每隔五步十步便蹲著個衣冠濟楚的洋行職員模樣的人，在小風爐上炸一個鐵硬的小黃餅……所有的學校教員、店夥、律師幫辦，全都改行做了餅師……我們立在攤頭上吃滾油煎的蘿蔔餅，尺來遠腳底下就躺著窮人的青紫的屍首……因為沒有汽油，汽車行全改了吃食店，沒有一家綢緞鋪或藥房不兼賣糕餅。香港從來沒有這樣饞嘴過。宿舍裏的男女學生整天談講的無非是吃。」——張愛玲：〈燼餘錄〉

「柳原提了鉛桶到山裏去汲了一桶泉水，煮起飯來。以後他們每天只顧忙著吃喝與打掃房間。柳原各樣粗活都來得，掃地、拖地板、幫著流蘇擰絞沉重的褥單。流蘇初次上竈做菜，居然帶點家鄉風味。因為柳原忘不了馬來菜，她又學會了作油炸『沙袋』、咖哩魚。他們對於飯食上感到空前的興趣。」——張

愛玲：〈傾城之戀〉

　　自然最牽動人的還是愛情故事——

　　「圍城的十八天裏，誰都有那種清晨四點鐘的難挨的感覺——寒噤的黎明，什麼都是模糊，瑟縮，靠不住。回不了家，等回去了，也許家已經不存在了。房子可以毀掉，錢轉眼可以成廢紙，人可以死，自己更是朝不保暮。像唐詩上的『淒淒去親愛，泛泛入煙霧』，可是那到底不像這裏的無牽無掛的虛空與絕望。人們受不了這個，急於攀住一點踏實的東西，因而結婚了。」——張愛玲：〈燼餘錄〉

　　——這解釋了白流蘇與范柳原故事的源頭。

　　「在這動蕩的世界裏，錢財、地產、天長地久的一切，全不可靠了。靠得住的只有她腔子裏的這口氣，還有睡在她身邊的這個人。她突然爬到柳原身邊，隔著他的棉被，擁抱著他。他從被窩裏伸出手來握住她的手。他們把彼此看得透明透亮。僅僅是這一剎那的徹底的諒解，然而這一剎那夠使他們在一起和諧地活個十年八年。

　　他不過是一個自私的男子，她不過是一個自私的女人。在這兵荒馬亂的時代，個人主義者是無處容身的，可是總有地方容得下一對平凡的夫妻。」——張愛玲：〈傾城之戀〉

　　張愛玲也將他們「看得透明透亮」了。她那時候還沒有戀愛過，自然也沒有結婚，可是她眼看了那些戰時的鴛鴦如何在炮火中執子之手，與子成說。她為之感動，也為之歎息；為之祝福，也為之蒼涼。

　　後來翻譯家傅雷先生曾化名迅雨寫過一篇〈評張愛玲〉，認為〈傾城之戀〉不如〈金鎖記〉，因為柳原與流蘇的人性領悟是「籠統的感慨，不徹底的反省。病態文明培植了他們的輕佻，殘酷的毀滅使他們感到虛無，幻滅，同樣

沒有深刻的反應。」他推測：「〈金鎖記〉的材料大部分是間接得來的：人物和作者之間，時代、環境、心理，都距離甚遠，使她不得不丟開自己，努力去生活在人物身上，順著情欲發展的邏輯，盡往第三者的個性裏鑽。於是她觸及了鮮血淋漓的現實；至於〈傾城之戀〉，也許因為作者身經危城劫難的印象太強烈了。自己的感覺不知不覺過量地移注在人物身上，減少客觀探索的機會。她和她的人物同一時代，更易混入主觀的情操。」他且指出「唯有在眾生身上去體驗人生，才會使作者和人物同時進步，而且漸漸超過自己。」

　　然而傅雷並不瞭解張愛玲的身世，只是僅僅看過她的作品，知道她曾「身經危城劫難」，故推測〈傾城之戀〉裏「自己的感覺不知不覺過量地移注在人物身上」，而以為「〈金鎖記〉的材料大部分是間接得來的」。

　　事實上，〈傾城之戀〉固然沒有虛構，刻劃了陪伴黃逸梵住在淺水灣的那一班貴族男女間優雅的遊戲，發出了張愛玲在戰亂圍城中最真摯的感慨；而〈金鎖記〉亦同樣並非虛構，它是有著深厚的家庭背景和生活積澱在支撐著，張子靜後來的回憶錄裏明確指出，〈金鎖記〉裏所有的場景、人物，乃至細節、對白、穿著，都是有本可依的，他看到姐姐的文字，就想起現實中的二爺、三爺、七巧、長白、長安是怎樣的——

　　「我一看就知道，〈金鎖記〉的故事、人物，脫胎於李鴻章次子李經述的家中。因為在那之前很多年，我姐姐和我就已走進〈金鎖記〉的現實生活中，和小說裏的『曹七巧』、『三爺』、『長安』、『長白』打過照面……」

　　「『姜公館』指的就是李鴻章的次子李經述家……」

　　「姜家分家那年，姐姐兩歲我一歲。所以，〈金鎖記〉前半部分最重要的情節……」

　　「我姐姐是從小說中姜府的大奶奶玳珍那裏聽來的；有一部分則是我姐姐追根究柢問出來的。……」

　　「〈金鎖記〉裏的『大爺』，真名李國傑，做過招商局局長、董事長兼總經理，一九三九年遭國民黨軍統特務暗殺，他的妻子出身清末御史楊崇伊的家中……」

　　「我姐姐就是從她的閒談中，得知外人不知道的李鴻章大家庭中的秘密韻

事。⋯⋯」

「李國傑的三弟李國熊，天生殘廢（軟骨症），又其貌不揚，不易娶到門當戶對的官家女子。眼看找不到媳婦，這一房的香煙就要斷絕。不知是誰給出了一個主意：去找個鄉下姑娘，只要相貌還過得去，收了房能生下一兒半女傳續香火即可。這就是曹七巧進入李侯府的由來。⋯⋯」

「〈金鎖記〉的後半部情節，多在寫七巧愛情幻滅後怎樣以金錢和鴉片控制她的兒子長安，女兒長白。到了那時，姐姐和我才進入這篇小說第二階段的歷史現場，和他們在現實生活裏打了照面。⋯⋯」

「姐姐和我喊這曹七巧『三媽媽』，喊長白『琳表哥』，喊長安則是『康姐姐』⋯⋯」

張愛玲的確和七巧隔著時代與身分，她同樣也和白流蘇隔著身分與經歷──那時的她只有二十三歲，別說結婚，她還沒有戀愛過呢。在危城劫難之後，她並沒有在現實中握住任何一隻手就此結婚了去，只是讓小說裏的范柳原和白流蘇結婚了──那不是一個簡單的羅曼蒂克的愛情故事，那是戰爭與和平的燼餘人生。

她曾在〈燼餘錄〉裏誠心誠意地感慨著：

「到底仗打完了。乍一停，很有一點弄不慣，和平反而使人心亂，像喝醉酒似的。看見青天上的飛機，知道我們儘管仰著臉欣賞它而不至於有炸彈落在頭上，單為這一點便覺得它很可愛。冬天的樹，淒迷稀薄像淡黃的雲；自來水管子裏流出來的清水，電燈光，街頭的熱鬧，這些又是我們的了。第一，時間又是我們的了──白天，黑夜，一年四季──我們暫時可以活下去了，怎不叫人歡喜得發瘋呢？」

「這些又是我們的了」──從前她有過一回這樣的感覺，是因為逃出了父親的家，重新活過；這一次，這感覺來得更真實而更正大了，因為可以大聲地說出來，和有著共同經歷的人一起感慨──彷彿感慨著大家的感慨，那麼這感慨便可以來得理直氣壯，也更偉大些。

個人是渺小的，而群眾才偉大，即使是苦難與悲哀，也是群眾的苦難和悲哀才偉大。

那麼這「群眾」中的兩個，躲起來靜靜地結了婚，為什麼就不偉大了呢？

傅雷在評論中說：「毫無疑問，〈金鎖記〉是張女士截至目前為止的最完滿之作，頗有《狂人日記》中某些故事的風味。至少也該列為我們文壇最美的收獲之一。」

似乎自他之後，人們便往往喜歡拿張愛玲與魯迅作比，認為魯迅是時代的旗手，是偉大的作家；而張愛玲則只反映身邊的生活，夠不上「偉大」。

然而倘若換一個角度來看呢？魯迅的文字自然是好的，深刻的，發人警省的，並且充滿著時代的力量——唯其太有時代感了，也就打上了固有的烙印；而張愛玲的文字，在四十年代初期不用說是好的，引領一代風騷，開創「張愛玲的風氣」，一時模仿者眾，一度形成「「張愛玲體」，因為模仿她的人大多是中產階級出身的大學生，故又稱「少爺小姐派」；八十年代，港台文學來襲內陸，張愛玲的名字又熱了一次，被當成港台作家讓不明底細的內陸讀者們小小地騷動了一回，〈小艾〉的出土一度引發「張愛玲震撼」，柯靈也適時適機地寫了篇〈遙寄張愛玲〉，溢美之餘又不忘了批判兩句，令人不能不懷疑他不是真的憐張，而只是要「借張」；九五年張愛玲於美國洛杉磯公寓猝逝，文壇震驚，人們這才真正重新注意到這個不同凡響的作家，在追悼之餘開始回顧和討論她的人生傳奇與作品；二十世紀初，「小資」一詞泛濫，需要一個牌位來供著讓人頂禮膜拜，輝煌於半個多世紀前的張愛玲遂被奉為了「小資鼻祖」，「祖師奶奶」，再次成為大熱門——一個作家，像這樣子轟轟烈烈地熱了大半個世紀之久，如果這還不叫「偉大」，那麼「偉大」這個詞本身就變得太「狹小」了。

兩千年十月下旬在香港舉行的「張愛玲與現代中文文學」國際研討會，第一場討論的話題便是：張愛玲是否已經成為魯迅之後，中國現代文學史上的又一個「神話」？

研討會由嶺南大學中文系主辦，召集人是劉紹銘、梁秉鈞和許子東。在第一場學術討論會上發言的有鄭樹森、王德威、溫儒敏、劉再複、夏志清和黃子

平。劉再複認為「這兩位文學天才，一個把天才貫徹到底，這是魯迅；一個卻未把天才貫徹到底，這是張愛玲。張愛玲在去國後喪失藝術獨立性，成為『夭折的天才』。」夏志清則認為張愛玲如果夭折，魯迅更加失敗。張愛玲「夭折」是為了生活，魯迅晚年為人利用做左翼領袖更不可取。

但是這個時候，他們都還沒有看過被稱作「張愛玲自傳三部曲」的《小團圓》、《雷峰塔》和《易經》，甚至也避開了《秧歌》和《赤地之戀》的存在。不全面的討論，結論也就很難公正了。但是張愛玲是個死後連棺材也不要留下來的異人，自然也不在意人家的「蓋棺定論」。

然而在她過世後方出版的英文自傳《雷峰塔》中，我們終於第一次看到她對魯迅文章的評價：

「古書枯燥乏味。新文學也是驚懾於半個世界的連番潰敗之後方始出現，而且都揭的是自己的瘡疤。魯迅寫來淨是鄙薄，也許是愛之深責之切。但琵琶（書中張愛玲自己的替身）以全然陌生的眼光看，只是反感。」

第六章　上海的公寓生活

1

　　我的靈魂不知疲倦不舍晝夜地追著張愛玲的影子飛，從上海到香港，再從香港回上海，一直飛進重重迷霧裏去——海上的霧太大了，不僅有海霧，還有硝煙。此時的上海已經淪陷，陰雲瀰漫。

　　這是一九四二年的五月，張愛玲回到了上海，炎櫻跟她一起。

　　從香港到上海的船期正常是四天，她們卻足足走了八天，繞了好大的彎子，還在基隆停了一夜。張愛玲沒想到自己會看見祖父戰敗的地方，只見高高的天上懸著兩座遙遠的山峰，翠綠的山蒙著輕紗，一刀刀削下來，形狀清峭，遠望去像幅古中國的水墨山水畫。

　　她在《易經》裏寫到自己回來時竟與梅蘭芳同船，彼此擦肩而過，「他高個子，灰色西裝纖塵不染，不知怎的卻像是借來的。臉上沒有血色，白淨的方臉，一雙杏眼，八字鬍不齊不足，謙讓似的側身而行，彷彿唯恐被人碰到。還有三個日本人隨行，頂巴結的模樣。」——但因為只有這一處描寫，別無旁證，也不知道是紀實，還是小說的杜撰。

　　由於戰爭，學業未能完成，那兩個獎學金和「畢業後免費送到牛津大學讀博士」的許諾也成了太陽下的彩虹，看著七彩奪目，卻走不進去。

　　但無論如何，她終於是回來了，她是這樣的熱愛著上海。

　　「古人說：『富貴不歸故鄉，如錦衣夜行，誰知之者！』她並不是既富且

第六章　上海的公寓生活

124

貴了。只是年紀更長，更有自信，算不得什麼，但是在這裏什麼都行，因為這裏是家。她極愛活著這樣平平淡淡的事，還有這片土地，給歲月滋養得肥沃，她自己的人生與她最熟悉的那些人的人生。這裏人們的起起落落、愛恨輾轉是最濃烈的，給了人生與他處不一樣的感覺。」——張愛玲：《易經》

從香港回來，愛玲對上海人的第一個印象就是白和胖。在香港，廣東人都是又黑又瘦的，像糖醋排骨，印度人還要黑，馬來人還要瘦；上海人卻是粉蒸肉，飽滿渾圓，肥白如瓠，簡直隨時可以上報紙做奶粉廣告，每一個都是長不大的孩童。她不由微笑，把學業未完的煩惱暫時放到腦後。

上海不是個讓人看的地方，而是個讓人活的世界。打從小時候開始，這裏就給了她一切的承諾，她拚了命地要回來，爲了它冒生命的危險，這使得上海愈發親切，血肉交融一樣的親。

仍舊住在愛丁頓公寓，只是從五樓搬到了六樓；仍舊是每夜枕著電車回家的聲音睡覺，每早聞著咖啡館的麵包香起床；仍舊跟姑姑住在一起——和姑姑在一起，即使是租的房子，也是家，有種天荒地老的感覺。

一切都和離開前一樣，連面臨的問題也是一樣——嫁人，抑或工作。不然，何以爲生？

錢，仍是生活中頭件大事，最磨挫人志氣而不容迴避的。

自從日本人進了租界，姑姑張茂淵在洋行裏的工作就留職停薪了，一天三頓吃蔥油餅，過得很省。爲了省房租，把公寓分租給兩個德國人，自己只留下一間房。如今愛玲投奔了來，就越發窘。

回來前張愛玲有過很多不切實際的設想，但這時候才覺得三年大學裏學到的知識其實派不上什麼用場，如果要工作，仍然只好做女店員、女書記員，最好的也不過是做個女教員，或是女編輯員。

她考慮過或許可以靠賣畫生活，那個白俄教師不是曾經出過五塊錢想買她的畫嗎？等她成名以後，叫價可以再高些。又或者可以寫文章，從前給《大美晚報》投稿，曾經獲得過成功的。可是寫什麼好呢？自己最熟悉的好像便是電影，大學裏最經常的記憶就是同炎櫻兩個到處去看電影，連戰時也不放過。

也罷，就寫電影吧。於是她開始拚命地寫稿，用英文，寫影評，投給《泰

晤士報》，評的是「梅娘曲」、「桃李爭春」、「萬世流芳」、「新生」、「漁家女」、「自由魂」、「秋之歌」、「兩代女性」、「萬紫千紅」、「回春曲」……

寫這種小文章，簡直不需要構思創意，只是隨筆寫來就好，那是她自小最喜歡的營生，嘻笑怒罵皆成文章，簡直再輕鬆不過了。

天下最輕鬆最可愛的工作，莫過於做一件自己喜歡的事情而還可以把它換成錢了。所以後來張愛玲在〈童言無忌〉裏寫著：「苦雖苦一點，我喜歡我的職業。」

而我在我書的扉頁自我簡介裏往往寫著：「生平三大嗜好：讀書，寫字，寫字換錢。」屢被出版編輯罵為惡俗。

有天弟弟子靜來看她，姐弟三年未見，見了，卻也不覺得怎麼親熱，仍是淡淡地招呼。在他，是覺得這個姐姐已然遙遠，同自己不再生活在同一屋簷下，甚至不在同一片天空下，三年不見，她好像更瘦了，也更高了，長髮垂肩，衣著時髦，十分飄逸清雅；在她，則是因為覺得抱歉——當年母親收留了她而拒絕了他，使她覺得彷彿欠了弟弟，面對他就彷彿面對債主，有種不知如何的拘泥和窘縮。

她沏了一壺紅茶，切了塊從樓下咖啡館叫的五角星形蛋糕，同弟弟兩個分著吃，有一搭沒一搭地說些閒話。多半只是子靜在說，她只是聽著，心裏風起雲湧，表面上卻只波瀾不驚。

他說：「父親還是老樣子，抽煙片，抽得很凶，家裏也很緊張，越來越緊。」

愛玲點著頭，並不搭腔。

子靜搭訕著問：「姑姑今年有四十歲了吧，還沒打算？」

愛玲淡淡地笑笑，仍不說話。

子靜又問：「你有媽媽的消息嗎？」

愛玲臉上閃過淡淡憂鬱：「姑姑說，二嬸去新加坡後，開始還有一兩封信寄來，後來太平洋戰爭爆發，就再沒消息了。」她沒同他說母親去香港的事，因為不願意他問得更多。

子靜也是擔憂，然而憂傷於他從來都是不深刻的，所以很快又轉了話題：「姐姐最近看了什麼電影沒有？」

姐弟倆這才打開話匣子，從電影、書，聊到街景、市場。愛玲絮絮地講起去靜安寺廟旁的亞細亞副食品店買菜的事，那些賣肉、賣菜、賣雞蛋的人都使她興趣盎然。她喜歡聽他們討價還價，精明俐落，又世故圓滑，有點小奸小壞，可是壞得有分寸。而且文理清順。有一次她排隊買肥皂，聽到旁邊一個小學徒向同伴解釋：「喏，就是『張勳』的『勳』，『功勳』的『勳』，可不是『薰風』的『薰』。」

她不由笑出來，現在說起來還要笑：「到底是上海人呢！」

子靜也笑了：「姐姐也是上海人呀。」過一下又補充，「不過不大像。」

不知道是說長得不像上海人那麼肥白呢，還是說性情不像上海人那麼精明。

愛玲並不深究，只是笑問：「做什麼老瞪著我看？」

「你的衣服……」子靜不好意思地說，「真怪。是香港最新式的樣子？」

愛玲這天穿的，正是她在香港做的那件紅地藍白花的布旗袍，「奇裝異服」中的一件。她笑：「你真是少見多怪，在香港這種衣裳太普通了。我還嫌不夠特別呢！」

子靜的臉上掠過一絲惆悵：「從前媽媽第一次回國來，穿著洋服，大家也都說怪……」

提到下落不明的母親，姐弟倆又沉默下來。半晌，是張愛玲先拾起話頭：「你呢？你現在怎麼樣？」

子靜靦腆地說：「我去年夏天考進復旦大學了，是中文系。」看見姐姐面有鼓勵讚許之色，自覺得意，又補充，「教英文的是顧仲彝，教中國文學的是趙景深，都是很有名的教授。我在復旦念了兩個多月，可是因為戰爭……」他的聲音低下來。

愛玲嗟哦：「因為戰爭……」不禁長歎一口氣，想起自己未完成的學業。

子靜接著說：「大學停課內遷，不願遷到內地的學生可以拿到轉學證。爸爸不贊成我離開上海，所以叫我拿了轉學證在家自學復習，讓我今年轉考聖約翰大學。」

「哦？」張愛玲注意起來，「聖約翰大學很好呀。」

「是，與姐姐從前讀的聖瑪利亞學校齊名的。」

「是的。」

「姐姐呢，姐姐的學業怎麼辦？就這麼荒廢了，太可惜了。」

「是呀，只差半年就要畢業了呀！」愛玲憤憤地說，就是學業這件事叫她耿耿於懷——多麼艱難周折才能上學，好容易考進倫敦大學，因為戰爭去不了；轉入香港大學，卻又因為戰爭，連港大也畢不了業——老天爺好像存心與她為難！賈寶玉銜玉而生，她卻是打著傘出世，無論走到哪裏，陽光怎麼燦爛也好，屬於她的永遠是傘下的陰涼。

子靜靈機一動，鼓動著：「其實姐姐也可以想辦法轉入聖約翰大學呀，這樣，我們就可以做同學了，可以常常在學校碰面。」

愛玲面色一動，轉又黯然：「不過——學費。」她歎了一口氣，「姑姑沒錢的。」

子靜也跟著歎了口氣，沒有說話。

停了一下，愛玲猶豫地說：「我現在這樣子赤手空拳地來投奔，已經很拖累了，如今再鬧著要上學，多加一筆學費，那是怎麼也說不過去的。林黛玉吃燕窩——故事倒多。不過上學的事，姑姑也曾提過，說是當年二叔和二嬸離婚的時候有過協定，我的教育費該由二叔負擔，港大三年的學費和生活費都是二嬸拿的，現在剩下半年，理當該由二叔拿出來。可是……」

她沒有把剩下的話說完，然而子靜已經明白了——自從四年前姐姐在冬夜裏逃出父親的家，至今都沒有再回去過。父女倆斷絕往來已經四年多了，如今要姐姐回去向父親低頭，開口談錢，那真是很委屈磨折的。

他於是自告奮勇：「不如我替你跟爸爸說，探探他的口風也好。」

愛玲點了點頭。

張家這時已經搬出別墅，住進了一幢小洋房，光景一年不如一年。然而子

靜避開繼母跟父親婉轉地提起姐姐的轉學申請時，張廷重倒也沒有拒絕，沉吟了一下說：「你叫她來吧。」算是同意了。

過了幾天，張愛玲登門了。這是父女反目後第一次見面，也是他們一生中的最後一次見面。

整個會見過程不足十分鐘。

她木著臉提出她的請求，一無笑容。

他木著臉叫她先去報名考轉學，「學費我再叫你弟弟送去。」

然後她便走了。

自始至終，她沒有對他笑過，他也沒有對她發脾氣。他們都沒有提及她的母親黃逸梵。而後母孫用蕃，則一直躲在樓上沒有下來。

在這一次見面之前，他們都是設想過和解的，一個是為了贖罪，一個是為了釋懷——無論是罪孽還是仇恨，背負得太久，都會令人疲憊而窒息。他們都希望可以借著這次見面來解脫自己，也釋放對方。

然而他們都不能夠。她從父親的囚室裏逃了出來，可是她的記憶還鎖在那裏；他已經不見他的前妻十幾年，然而在女兒的臉上卻仍讀到她的神氣。

他沒有忘記她曾經是怎樣地叛逆，她也沒有忘記他曾經是怎樣地暴虐。

他們兩個，都不能忘記。

　　我也無法忘記，在我父親去世後，他的那些同父異母的兄弟是怎樣欺負我母親，侵吞了所有的家產，趕我們孤兒寡母流落街頭的。我恨他們，那仇恨淹沒了我的童年，在夢裏我都會看見自己拿一頂機關槍向他們掃射。

　　然而十年後，有一次我去哈爾濱探親，有位長輩告訴我：一個心中有恨的人，臉是不會美的。她的心事，全都寫在臉上。是那句話震撼了我，也提醒了我，要我自己記得，不可以總是懷恨不休，想著不愉快的事情。我須得學會愛人，用愛做武器，來引導自己健康地成長。懂得愛人，才是真正的自愛。從那天起，我開始努力地有意識地糾正自己的心態，讓自己學著去愛，去包容，去寬恕，永不仇恨。

> 恨一個人，要花費很大的力氣；復仇，更是耗精竭慮的事情。往往在對方還沒得到任何報應之前，自己就壯志未酬身先死了。太不划算。

一九四二年秋天，張愛玲轉入聖約翰大學文學系四年級，弟弟張子靜進入經濟系一年級。姐弟倆終於達成了「同學」的願望。

其中有個小插曲很讓人啼笑皆非——文學天才張愛玲在轉學考試時居然國文不及格，要去補習國文。真不知是她在香港對國文生疏太久了，還是考卷的內容與形式實在八股？

不過張愛玲倒也沒放在心上，只當成一件笑話說給弟弟聽，並且開學不久便從國文初級班跳到高級班。

姐弟倆終於可以常常在校園裏見面了，而炎櫻也一同轉入了聖約翰，繼續與愛玲同學。兩個人一個矮、胖、活潑不羈，一個高、瘦、沉默寡言，相映成趣的畫面再次成為校園內的一道風景。炎櫻還計議著要做兩件衣裳，各寫一句聯語，在路上遇見了，上下句便忽然合成一對。

她們兩個仍然喜歡在穿上下功夫，從中國傳統和民俗中獲取服裝設計的靈感，齊聲批評時下看不入眼的裝束。

那時有許多女人用方格子絨線毯改製大衣，毯子質地厚重，又做得寬大，方肩膀，直線條。炎櫻形容：「整個地就像一張床，簡直是請人躺在上面！」她自己則喜歡穿西式裙子和上衣，搭配一些中國古香古色的裝飾；或穿連衣裙，在脖子下加一繡花的像兒童圍嘴的裝飾；或都上穿杭紡絲襯衣，下為西式裙子，腰間繫一條猩紅的流蘇。總之是中西混雜，能夠披掛上身的零件通統拿來，絕不浪費。

張愛玲則是鵝黃緞子旗袍，下擺掛著長達四五寸的流蘇，那種打扮只有在舞台上才看得到，即使大學周六下午開舞會，也不會有人穿那種衣服，亮晶晶地耀眼。她那樣招搖地走在校園裏，在場女生都相互又好奇又有趣地看著，異口同聲地問：「她是誰？」「是新插班生嗎？」「哪來的？」「穿得好怪！」

那一大堆從香港帶回來的奇裝異服出盡了風頭，其中有一匹廣東土布，最刺目的玫瑰紅印地子上，墨點渲染出淡粉紅花朵，嫩黃綠的葉子，料子卻很

厚，可以穿一輩子似的。還有同樣的花草印在紫色和翠綠地子上，她也各樣買了一匹。那樣樸拙豔麗的花色，鄉下也只有嬰兒會穿，她卻用來做衣服，自覺保存劫後的民間藝術，彷彿穿著博物院的名畫到處走，遍體森森然而飄飄欲仙，完全不管別人的觀感。

姑姑曾經拆了祖母的一床夾被的被面保存著，米色薄綢上灑淡墨點，隱著暗紫鳳凰，愛玲看了，又是驚豔，立即捧了去給裁縫改成衣裳，雖說「陳絲如爛草」，那裁縫居然也答應了。

做了不少衣服，卻連件冬大衣都沒有，舅舅見了，著人翻箱子找出一件大鑲大滾寬大的皮襖叫她拆掉面子，裏子夠做件皮大衣。然而愛玲怎麼捨得割裂這件古董，拿了去如獲至寶。

她最愛的就是這種有著深厚古意的錦衣了。有一次她穿著一件前清老樣子的繡花襖褲去參加同學哥哥的喜宴，滿座賓客都為之驚奇不止。

——她仍然這樣堅持於著裝的「特別」，把穿衣服當成寫文章，「語不驚人死不休」。

而她的文章也是越寫越多，越寫越好，不僅接連在《泰晤士報》上發了多篇劇評和影評，也寫了些關於服裝與時尚的稿件。最長一篇是發在《二十世紀》雜誌上的〈Chineses Life and Fashions〉（〈中國人的生活與服裝〉，後譯成中文在《古今》雜誌上再發表時改名為〈更衣記〉），篇幅足有八頁之多，還附了她自己親繪的十二幅關於髮型與服裝的插圖，真個不鳴則已，一鳴驚人。

她的同學劉金川曾應《萬象》之邀寫過一篇〈我所知道的張愛玲〉，這樣回憶她們在聖約翰的見面：

「一九四二年我在上海聖約翰大學英文系念書。秋季開學後，有一天下課走向女生休息處時，遇到好朋友潘惠慈（她已去世，她三嫂即早期電影明星蝴蝶）對面走來說：『金川，我今天給你介紹一個你的同道，她叫張愛玲，你們一定會談得來。』又說，『她寫中英文都很好。』

那時，我一面讀書，一面還得工作，也擠著時間寫些文章，做些翻譯投稿。張愛玲因在《西風》雜誌上微文〈我的天才夢〉得過獎，所以我也聽聞過

她的大名。惠慈和我走到女生休息室時，裏面沙發上、椅子上已經坐了很多人，有的在吃點心喝咖啡，有的在輕聲談話。惠慈領著我向靠窗邊坐著的一位戴很厚眼鏡片的女生招手。經介紹後，張愛玲微微起身後又坐下，笑睞睞地不發一言。張愛玲是一個長臉、身材高大、動作斯文的女生。張和我只聽惠慈兩面介紹。我才知張那時因在《二十世紀》雜誌上刊登過一篇〈Chineses Life and Fashions〉（〈中國人的生活與服裝〉）而聞名……

惠慈有課走了，留下我們兩個人。張既不說話，彷彿連眼睛也不看我。由於很窘，我只好打開書本看書，直到快到下一節課時，我才向張打招呼走出休息室。

過後，惠慈問我與張談得如何，我以實情相告，她怪我說：『應該自己湊上去談話呀！張愛玲現在很有名呢。』

而我，當時自己心事重重，也不知錯過這個機會而覺得可惜，也不在乎什麼名人不名人的，反怪張有點驕傲。沒多久，在課室裏就再也見不到她了，可能已經輟學。」

——從這段話裏可以看到，在一九四二年初回上海不久的張愛玲，已經很有名了。

可惜她沒在聖約翰待多久就又退學了。

然而驚鴻一瞥，聖約翰已經留下了她的雪泥鴻爪，她的同學們也記住了那綠野仙蹤——為了她的特立獨行，為了她的奇裝炫人，更為了她的才情與盛名。

關於張愛玲轉入聖約翰大學只兩個月復又休學，原因有幾種版本。

最有說服力的自然還是張子靜在《我的姐姐張愛玲》裏所寫的，說張愛玲曾將聖約翰古板的教學方式與香港大學做比較，認為「與其浪費時間到學校上課，還不如到圖書館借幾本好書回家自己讀」；然而她後來又無奈地說，她輟學最重要的原因是錢的困擾。她想早點賺錢，經濟自立。

子靜曾經天真地向姐姐建議：「你可以去找個教書的工作。」

愛玲搖搖頭，說：「不可能的。」

「為什麼呢？你英文、國文都好，怎麼不可能呢？」

「哪有你說得那麼容易？教書不止程度要好，還得會表達，能把肚子裏的

墨水說出來——這種事情我做不來。」

「這倒也是。」子靜笑了，這個姐姐什麼都能幹，可是論到說話，可是的確夠不上伶俐的。又怕見陌生人，讓她去和一群嘰嘰喳喳的中學生打交道，確實為難。他想了想，又說，「姐姐的文章寫得好，或者可以到報館找個編輯的工作。」

張愛玲仍然搖頭，淡淡地說：「我替報館寫稿就好。這陣子我寫稿也賺了些稿費。」等一下又說，「寫稿要全身投入，花費不少精力，到學校上課就覺得很累，所以，不想上學了。」

談話就此為止。似乎張愛玲已經給了自己的輟學一個充分的理由——想早點自立，而且寫稿太費神，需要時間與精力。

而我以為最重要的原因是她不願意再向她父親伸手。

她再次走進父親的家時，曾經是想過要原諒他、也釋放自己的，可是她做不到。當她站在父親的籐椅前，當她嗅到那若有若無的鴉片香，當她看見客廳牆上陸小曼的油畫，她就想起了自己曾經的那一場毒打——她不能面對他。她更不能面對自己向他低頭。

我跟自己說了幾十年「忘記仇恨」，說已經不再恨我那些血緣上的叔叔們。然而我永遠不要見到他們。如果看見，我不可能不重新想起他們幾個大男人是怎樣合力將母親逼在牆角，一掌打得她嘴角流血；不可能不想起當舅舅找上門來替母親出頭時，他們是怎樣襲擊了他，用穿著皮鞋的腳向他身上輪流踢去。而九歲的我就瑟縮在牆角裏，在那些腿的間隙裏看到舅舅臉上的血流下來，嚇得連哭也忘記。

我聽說我姐姐和他們似乎還有過來往，覺得十分不可思議。也許她那時年齡較我為長，所以感受到的痛苦、恐懼、憤怒與仇恨反而沒有我來得強烈吧？父親的三十年祭日，我們姐妹為父親遷墳。大姐提出要請幾位叔叔來觀禮，我也激烈地拒絕了。我可以不報復，不仇恨，但不能不介意。父親已經死了，這遺憾永遠無法彌補，於是這恩怨也同父親的墓碑一樣立成了石頭，不可磨滅。

我有時會瞧不起自己，覺得自己原諒他們不是因為寬容，而是因為無可奈何——因為沒本事學基督山伯爵那般快意恩仇，於是只好含糊過日，假裝忘記。我在大學時自編自導自演話劇「基督山伯爵」，把台詞寫得極其鏗鏘華麗，借著美茜蒂絲之口將基督山大大地讚美——我自己演美茜蒂絲。有一位老師看了演出後，對我說：你這樣的學生，應該可以免去考試，直接領取畢業證。——他絕想不到，我的靈感與激情是來自於仇恨。

3

　　終於又坐上心心念念的電車了，張愛玲充滿欣喜地看著電車上形形色色的芸芸眾生：

　　——有個穿米色綠方格兔子呢袍子的年輕人，腳上穿一雙女式紅綠條紋短襪，嘴裏銜著只別致的描花象牙煙斗——當然是仿象牙的「西貝」貨——煙斗裏並沒有煙，然而他津津有味地吮著，吮一會兒拿下來，把煙斗一截截拆開來玩，玩一會兒再裝回去，繼續像模像樣地吮——張愛玲不由看得笑起來——那年輕人真是高興。她也真是高興。

　　——還有電車上沒完沒了數落男人的女人，不住口地咒罵著自家男人，可是口口聲聲都離不了他，那番精彩的談話，略整理一下就是篇好文章。

　　——即使遇到封鎖，也是一種小小的奇遇。電車停了，馬路上的人卻開始奔跑，在街左面的人們奔到街的右面，在右面的人們奔到左面。一個女傭企圖衝過防線，一面掙扎著一面叫：「不早了呀！放我回去燒飯罷！」而電車裏的人卻相當鎮靜，見慣不怪地討論著諸如「做人處世」這樣的大道理，或是擔心著「乾洗、薰魚」這些實在的煩惱，甚至還有小小的豔遇作為插曲，在短暫的封鎖的密閉空間裏演出了一場浪漫劇。

　　秦可卿房裏有對聯：世事洞明皆學問，人情練達即文章——果真如此，上海人便個個都是大學問家了。

這一切，張愛玲都一一地看在眼裏，記在心上，寫入筆下。

她微笑地用「外國人」的眼光饒有興趣地來看待自己的故鄉與「鄉親」，覺出許多新的意味——弄堂裏長竿挑著小孩子的開襠褲，娘姨坐在堂門口一邊摘菜一邊嘰嘰呱呱地話家常；店裏櫃檯的玻璃缸中盛著「參鬚露酒」，隔壁酒坊在風中挑起「太白遺風」的旗子，有人蹣跚地走來打酒，卻是料酒；小孩子在冬天裏穿上棉襖棉褲棉袍罩袍，一個個矮而肥，蹣跚地走來，小黃臉上飛起一雙神奇的吊梢眼，十分趣致可愛；黃昏的路旁歇著人力車，一個女人斜簽坐在車上，手裏挽著網袋，袋裏有柿子，車夫蹲在地下，點那盞油燈，天黑了，女人腳邊的燈亮了起來；烘山芋的爐子的式樣與黯淡的土紅色極像烘山芋；小飯鋪常常在門口煮南瓜，味道雖不見得好，那熱騰騰的瓜氣與照眼明的紅色卻予人一種『暖老溫貧』的感覺……

街景更是美麗而多彩的，彷彿「生命的櫥窗」，意味無窮：寒天清早，人行道上常有人蹲著生小火爐，搧出滾滾的白煙，路人忙不迭地躲避，然而愛玲卻最喜歡在那個煙裏走過，心頭有茫茫然飄飄然的夢幻感。

門口高地上有幾個孩子在玩。有個八九歲的女孩，微黃的長長的臉，淡眉毛，窄瘦的紫襖藍褲，低著頭坐在階沿，油垢的頭髮一絡絡披到臉上來，和一個朋友研究織絨線的道理。她的絨線大概只夠做一截子小袖口，然而她非常高興的樣子，把織好的一截粉藍絨線的小袖口套在她朋友腕上比試著。她朋友伸出一隻手，左右端詳，也是喜孜孜的。愛玲一路地走過去，頭也沒回，心裏卻稍稍有點悲哀。

有人在自行車輪上裝著一盞紅燈，騎行時但見紅圈滾動，流麗至極，坐在自行車後面的，十有八九是風姿楚楚的年輕女人，再不然就是兒童，可是有一天她看見一個綠衣的郵差騎著車，載著一個小老太太，多半是他的母親罷？她便覺得感動起來。

晚上走在落荒的馬路上，聽見炒白果的歌：『香又香來糯又糯』，是個十幾歲的孩子，唱來還有點生疏，未能朗朗上口。愛玲聽著，也是一種難言的感動，她看過去，一整條長長的黑沉沉的街，那孩子守著鍋，蹲踞在地上，滿懷的火光，那真是壯觀……

「小別勝新婚」的上海即使滿目瘡痍，在愛玲的眼裏，卻處處都可以看到

故鄉獨特而親昵的美。

　　亂世裏的親情，這樣地稀罕，更是彌足珍貴。

　　連帶姑姑住的房子都有一種可敬畏的力量，彷彿神明不可欺。有一天愛玲打碎了桌面上一塊玻璃，要照樣賠償，一塊玻璃六百塊，好大一筆款項，她手頭已經很緊，卻還是急急地把木匠找了來，不敢怠慢。

　　報紙上登著一首周作人譯的日本詩：「夏日之夜，有如苦竹，竹細節密，頃刻之間，隨即天明。」張愛玲拿給姑姑看，姑姑照舊說不懂，然而又說：「既然這麼出名，想必總有點什麼東西罷？可是也說不定。一個人出名到某一個程度，就有權利胡說八道。」張愛玲大笑——真不知道姑姑對「出名」這件事是太不敬還是太看重。

　　姑姑也從不覺得侄女聰明，有文采，並且一天比一天有名氣，她只管抱怨她，說：「和你住在一起，使人變得非常嘮叨而且自大。」嘮叨，是因爲張愛玲笨，一件事總要同她說很多遍，不時地嘀嘀咕咕；自大，也是因爲張愛玲笨，顯得周圍的人都成了高智商全能的超人。

　　姑姑其實很怕別人嘮叨，她有一個年老嘮叨的朋友，說起話來簡直叫人覺得歲月綿長如線，恨不得拿起把剪刀來剪斷她的話頭。姑姑因而歎息：「生命太短了，費那麼些時間和這樣的人一起是太可惜——可是和她在一起，又使人覺得生命太長了。」

　　愛玲自己寫文章，也勸姑姑寫，她不同意，說：「我做文人是不行的。在公事房裏專管打電報，養成了一種電報作風，只會一味的省字，拿起稿費來太不上算。」

　　她形容她自己：「我是文武雙全，文能夠寫信，武能夠納鞋底。」然而這樣文武雙全的姑姑，在亂世裏卻是有點無用武之地，時時面臨著失業的危險——但也許是因爲挑剔的緣故。

　　從洋行出來後，她在無線電台找了份新工作，報告新聞，誦讀社論，每天工作半小時。這時候她們已經不用頓頓吃蔥油餅了，一個掙薪水，一個賺稿費，比起愛玲剛搬來的時候，境況是好了許多，德國租客也搬了出去。但是姑姑很快又有了新的抱怨：「我每天說半個鐘頭沒意思的話，可以拿好幾萬的薪

水；我一天到晚說著有意思的話，卻拿不到一個錢。」然後便把工作辭了。

愛玲有些替她可惜，張茂淵卻理直氣壯地很：「如果是個男人，必須養家活口的，有時候就沒有選擇的餘地，怎麼苦也得幹，說起來是他的責任，還有個名目。像我這樣沒有家累的，做著個不稱心的事，愁眉苦臉賺了錢來，愁眉苦臉活下去，卻是為什麼呢？」日子實在過不下去的時候，便賣珠寶。她手裏賣掉過許多珠寶，只有一塊淡紅的披霞，還留到現在，因為欠好的緣故。戰前拿去估價，店裏出十塊錢，她沒有賣。便一直留下了，卻又不知道留著派什麼用場。便歎息：「看著這塊披霞，使人覺得生命沒有意義。」

然而張愛玲不這麼以為，她正活在興頭上。在她心裏眼裏，只覺得「值得一看的正多著」，夏天房裏下著簾子，龍鬚草席上堆著一疊舊睡衣，折得很齊整，翠藍夏布衫，青綢褲，那翠藍與青在一起有一種森森細細的美，她無心中看到了，高興了好一會；浴室裏的燈新加了防空罩，青黑的燈光照在浴缸面盆上，一切都冷冷的，白裏發青發黑，鍍上一層新的潤滑，而且變得簡單了，從門外望進去，完全像一張現代派的圖畫，她又覺得新奇且喜悅，彷彿愛麗絲走入仙境；晚上在燈下看書，離家不遠的軍營裏的喇叭吹起了熟悉的調子，樓下小孩子拾起那喇叭的調子吹口哨，也都叫她歡喜，彷彿亂世逢知己……

便是這樣地容易高興，即使在亂世中，即使沒有工作，前途茫茫，然而她還有青春，有天份，有著生命的期待與無限的可能性，有姑姑的陪伴和炎櫻的友愛。

炎櫻的父親在上海成都路開著一家門面很有規模的珠寶店，店名就叫摩希甸，和他的姓同音。招牌上中英文對照，前門開店，後門出入，店堂的玻璃櫃裏陳列著鑽石鑲嵌的各色飾物，熠熠生輝，光彩奪目，那些寶石價格不菲，沒多少人買得起，所以店裏的客人總是寥寥無幾；住家在樓上，拐彎處是亭子間，擺著八仙桌、凳椅等家具，用以進餐或會客——張愛玲來了，便在這裏與炎櫻聊天。她後來在〈色戒〉裏把刺殺地點安排成一間珠寶店，描寫細緻，大抵就是這摩希甸給的靈感。

那時期炎櫻正在積極學習中文，愛玲從百家姓教起，「趙錢孫李」，剛教了一個「趙」字，炎櫻已經等不及地有妙論：「肖是什麼意思？」愛玲說：

「就是『像』。」炎櫻說：「那麼『不肖子孫』，就是說不像，那意思是不是說他不是他父親養的？」說完不住擠眼。愛玲目瞪口呆，這炎櫻，統共不識得幾個字，倒已經先學會俏皮，開中國字的玩笑了。

　　兩人在馬路上走著，一看見店鋪招牌，大幅廣告，炎櫻便停住腳來研究，隨即高聲讀出來：「大什麼昌。老什麼什麼。『表』我認得，『飛』我認得──你說『鳴』是鳥唱歌，但是『表飛鳴』是什麼意思？『咖啡』的『咖』是什麼意思？」中國字是從右讀到左的，她知道。可是現代的中文有時候又是從左向右。每逢她從左向右讀，偏偏又碰著從右向左。炎櫻十分懊惱，卻仍然笑著，不知是笑中文的深奧還是笑自己的笨拙。

　　經過書報攤，炎櫻將報攤上所有畫報統統翻遍之後，一本也沒買。報販諷刺地說：「謝謝你！」炎櫻答道：「不要客氣。」

　　她們有時也相約著一起去看越劇、聽評彈，還到後台去看西洋景，也有時一起會朋友。聚會上，有一位小姐說：「我是這樣的脾氣，我喜歡孤獨的。」炎櫻立即補充：「孤獨地同一個男人在一起。」張愛玲坐在一邊，忍不住大聲地笑了起來。幸虧那位小姐也是相熟的，經得起玩笑。

　　炎櫻的一個朋友結婚，她去道賀，每人分到一片結婚蛋糕。他們說：「用紙包了放在枕頭下，是吉利的，你自己也可以早早出嫁。」炎櫻說：「讓我把它放在肚子裏，把枕頭放在肚子上面罷。」

　　她還是這樣地口無遮攔，又貪吃甜品，和愛玲出來，不管做什麼也好，最後的保留節目一定與吃有關，坐在咖啡館裏，每人一塊奶油蛋糕，另外要一份奶油；一杯熱巧克力加奶油，另外再要一份奶油。然後便開始聊天。

　　她給愛玲講三角戀愛的故事：「永遠的三角在英國：妻子和情人擁抱著，丈夫回來撞見了，丈夫非常地窘，喃喃地造了點藉口，拿了他的雨傘，重新出去了；永遠的三角在俄國：妻子和情人擁抱，丈夫回來看見了，大怒，從身邊拔出三把手槍來，給她們每人一把，他自己也拿一把，各自對準了太陽穴，轟然一聲，同時自殺了。」

　　故事講完了，她長吁短歎地感慨：「妒忌這樣東西真是──拿它無法可想。譬如說，我同你是好朋友。假使我有丈夫，在他面前提起你的時候，我總是只說你的好處，那麼他當然，只知道你的好處，所以非常喜歡你。那我又不

情願了。又不便說明，悶在心頭，對朋友，只有在別的上頭刻毒些——可以很刻毒。多年的感情漸漸地被破壞，真是悲慘的事。」

——這些，後來都被愛玲寫進了文章裏。

4

張愛玲是從靜安寺路愛丁頓公寓離開上海去香港的，一九四二年夏天從香港回到上海，也仍是住的愛丁頓公寓，只不過從五樓遷到了六樓，這真是給靜安寺這個原本已經藏龍臥虎之地更增添了幾分神秘色彩。

顧名思義，靜安寺路得名自然是由於那座相傳建於三國時代的佛教古寺，據說三國時孫權曾在這裏打了一口井，可以通海，湊近井口可以聽見「噗噗」的湧水聲，所以人們把這一帶稱作「湧泉路」；外國人叫作「Bubbling Well」，意思是「會吹泡的井」，音譯作「白令威爾路」；一八五四年上海英商跑馬總會在泥城河建了一個跑馬場，修了一條從跑馬場通靜安寺的馬道，便將這條路取名「跑馬廳路」，又因它是通往靜安寺的馬道，又名「靜安寺路」。

自從二十世紀三十年代以來，這裏更成為上海一個繁華的商業和文化中心，一九三三年，仙樂斯舞宮建成開業，號稱「遠東第一影院」的大光明戲院經重建落成；一九三四年，國際飯店開業；一九三五年，培羅蒙西服公司開業；一九三八年，是金門飯店，此外還有鴻翔時裝公司、夏令配克影院、平安大戲院、大理石大廈、中國照相館、凱司令，以及曾經舉辦過蔣宋盛大婚禮的大華飯店……使這裏與東面的南京路連成一道「十里洋場」。其中最富盛名的自然還要屬「百樂門」舞廳和哈同花園。

然而這些還不足夠，使靜安寺路增彩添色的還因為這裏住過許多名人——「創造社」元老郁達夫住在數百米遠的赫德路嘉禾里，寫《楚霸王自殺》的郭沫若常常出沒於緊鄰的民後南里，「文學研究會」發起人鄭振鐸長期棲身靜安寺廟弄，拐角愚園新村七五〇弄原為康有為家產，「新月派」詩人徐志摩仿照印度詩人泰戈爾的榻榻米房間，也在距此不遠的福煦路四明村……有著這麼樣輝煌的歷史這麼些閃亮的名字，又怎能怪後世的書癡們一而再再而三地尋芳探

佚而來呢？

　　而這些地名與住宅，被詢問得最多的，又要屬張愛玲住過的靜安寺路（今南京西路）與赫德路（今常德路）口的愛丁頓公寓了。這座公寓英文名字叫作Edingburgh House，通常音譯作愛丁頓或者愛丁堡，如今則叫常德公寓。

　　二〇〇四年十一月我在上海，約了一位朋友在靜安寺附近銅仁路北京西路口一家茶館見面，據說是由上世紀二十年代號稱遠東第一豪宅的「綠房子」改建而成，是建築大師貝聿銘的故居，也是目前上海保留最完整的古老建築。

　　正趕上下雨，一路急行，十分局促倉皇。途中經過一座米黃色小樓，我看到門牌，驚訝地叫起來：這不是常德公寓嗎？心怦怦跳，忍不住跳進門洞去，有個胖胖的阿姨在守電梯，看到我濕淋淋的怪樣子，瞠目以對，我狼狽地笑：沒事，隨便看看。隨即又跳了出來，不過已經看清那架著名的電梯，還有那排著名的信箱。

　　於是又去尋找記憶裏的起士林咖啡館，是張愛玲以前常去的地方。我一家一家地辨認著公寓對面街上那排咖啡館的招牌，在幾乎絕望的時候，街拐角處，終於看到「ALWAYS COFFEE」，曾經在書上看過，有「張迷」考證這就是當年的起士林。我有些激動，恨不得在雨裏歌嘯。

　　兩天後回到西安，飛機著陸的一剎那，再想上海，已是遠在天邊，那些當時覺得尷尬或者狼狽的情節此時忽然有了一種溫柔的意味，並讓自己感動起來：天呀，我竟然無意中走進了多年來心心念念、魂牽夢縈的張愛玲故居，並在那條記憶中無比熟悉可是生平從未踏過的路上留下了自己的腳印，在雨中，多麼像我自己的一部小說《尋找張愛玲》裏面的情節，而這一切，竟不是我刻意安排或計劃的。這是怎樣的契機與冥冥中的感動。

　　不禁有一點後悔——應該再鼓足些勇氣，說不定那司梯會送我上樓的，說不定那室主人會延我進屋的，說不定我可以穿堂過室，細細玩味那浴室，那客廳，還有那張愛玲筆下一再提及的陽台。從陽台上望出去，整個舊上海都在眼前了吧？

　　那以後便喜歡留意別的「張迷」們探訪愛丁頓的歷險記，看看他們是比我勇敢還是更膽怯，幸運還是更冤枉。真是有很多同好的：

——一九八七年，《張愛玲在美國》的作者司馬新專門拜訪張愛玲舊居，「新房客很客氣，容許我們內進參觀，並准許在陽台上拍照。」他的勇氣和運氣都要比我好得多。

——寫《張愛玲的上海舞台》的李岩煒曾一處處地考據張愛玲住過經過的地方，到了常德公寓六樓六五室門前，直接按鈴，出來「一位上了年紀的清秀老太太，手裏揣著個熱水袋。我說明來意，她略微猶豫了片刻，還是讓我進去了。」運氣也是真好。她描寫門裏的情形：「門廳是狹長的一條，但是也有一定的寬度，因爲四面都是門，光線也不顯得暗淡，就像一個開放式的通道，西洋派的彬彬有禮又無遮掩忌諱，隨時準備待客的風度……門廳的左邊，是兩間帶浴室的臥室，這是當年張愛玲與她的姑姑各自的臥室。現在仍做臥室……在陽台上，扶著欄杆望出去，是周圍林立的高樓大廈擋住了天際，可是在當年，從這裏可以望見大半條靜安寺路的繁華和遠處的天際雲影……」

——寫《上海的風花雪月》的陳丹燕也是曾經登堂入室的，「我站在她曾經用過的浴室裏，看著那裏的老浴缸，看到那上面的老熱水龍頭H字樣，還有四周牆上貼著的瓷磚，那裏龜裂著細小的裂紋……那些被深藏在牆壁裏面的老管子們，已經有五十年沒有流出過一滴熱水了，可一直到現在，還不時發出『嗡……赫赫赫』的響聲，震動了整個樓房。張愛玲說它是一種空洞而悽愴的聲音……有一個老太太在陽台上陪著我，她在張愛玲的時代是個年輕的醫生，也愛看〈流言〉。」電梯工人、一個紋了兩條藍細蛾眉的女人還得意地告訴她：「老是有人來問張愛玲什麼的，他們都找錯了，那些台灣人什麼的，還在錯了的地方看，拍照片，像真的一樣。我都沒有告訴他們。」

——然而台灣女作家蕭錦綿卻在離開上海的最後兩個小時，終於找到了念念不忘的「張愛玲陽台」：「此刻，從這方陽台望出去，右前方的哈同花園，只剩下一點點邊。隔著馬路的正對面，古舊厚實的圍牆內，是『公安局』。隔壁的起士林咖啡店，目前是一個衛生防疫處。」她見到的顯然與我的眼見不一樣。

——一九九〇年張愛玲考據專家陳子善先生也終於登上這著名的陽台，「極目遠眺，儘管四周尚未高廈林立，卻突然發現對面不遠剛剛落成的，三十七層上海商城的雄姿，已使眼前的天地縮小了整整一大截，畢竟今非昔比

了。」

——一九九四年十一月的一天，台北「中國作家身影」攝製組在愛丁堡公寓拍攝年輕的張愛玲身影，一位來自上影廠的女演員穿著四〇年代的「張愛玲式」服裝，孤傲中帶著憂鬱，驚鴻一瞥，是短促的還魂。

——爲了寫作《張愛玲地圖》而煞費苦心的淳子女士說自己想找張愛玲陽台，「又怕打攪了別人，站在樓梯的轉彎處，正惶恐猶豫，電梯工人來了，我看著他面善，便說明了來意。正好沒有客人，他就領了我去大街上，把張愛玲的陽台指給我看。」這個運氣，也就和我差不多。

——聽說還有更差的，有位報社編輯爲了趕稿，專門包了計程車帶她一處處尋訪張愛玲舊居，可是又說不清地址，從前的現在的地名纏夾不清，最後竟從常德公寓門前經過而不知這裏就是當年的愛丁頓公寓……也許不能怪她無緣，只是功利性太強，心切而不誠，所以才會入寶山而空手回吧？

——李黎在《浮花飛絮》裏說，他起先去長江公寓（**張愛玲離開中國前住過的另一公寓，原名卡爾登公寓**）的時候曾在張愛玲舊居前摔過一跤，便自嘲地想：是祖師奶奶不喜歡被打擾，故意小施懲罰吧？再去愛丁頓公寓的時候就有些犯怵，「到時日已西斜，這兒的門禁比長江公寓森嚴得多，大門深鎖，訪客非按鈴根本不得入……我站在門外路邊照相，兩名年輕女子走過，聽到其中一個低聲咕噥：『……張愛玲的。』好似見怪不怪了。」

——李黎便是這樣地錯過了，然而她的表弟卻不放棄，仍然一路追考，竟然被他找到了張愛玲在愛丁頓公寓的戶籍：常德路一九五號內六〇號十區十三保十四甲貳九戶；戶主是姑姑張茂淵，祖籍河北豐潤，教育程度「大學」，業別「商」，服務處所「新沙遜洋行」，家庭狀況「未婚」；侄女張愛玲的業別卻是「其他」——可見「作家」那時還不算是一項職業，當然也是「未婚」——表格大約填寫於一九四五年抗戰結束，上海市政府在全市範圍內建立規範戶籍。

……

我回到西安後，將上海之行寫了一篇文章發在自己主編的雜誌《愛人時尚》上，原本想把樣刊寄給住在常德公寓六五室的主人，請求他允許我下次去上海的時候或可登門拜訪，如此方不冒昧。然而後來想了想，已經有那麼多雙

眼睛幫我看過，那麼多支筆詳盡地描寫備述，而房主人終究已經不是張愛玲，又何必按圖索驥、刻舟求劍呢？

從常德公寓往西走不多遠就是靜安寺，進門一回頭，「靜安古寺」背後一句「爲甚到此」，石破天驚，彷彿是替張愛玲問的。

第七章　海上奇人錄

1

　　我的靈魂日日夜夜地追著張愛玲的影子飛，然而時時忍不住要開溜一下，去探望從前的自己。

　　當我與從前的「我」相遇，總覺得一種尷尬的熟悉，彷彿看到了不願意見到的熟人，不知話頭從何處說起。顧曼楨想了沈世鈞一輩子，劫後重逢，也只是相看無語——回憶總是不自覺地加入主觀的虛幻，從前的自己對於今天的真身而言，也便如舊情人般疼痛而不可碰觸吧？

　　我一向佩服那些寫自傳的人，佩服他們無懼無遮地面對自己的過去的那種勇氣——尤其那過去如果是傷痕累累的，怎麼下得了決心揭開舊傷疤去將它看得清晰？傷口是早已癒合了，皮肉蹙縮成某種不規則的形狀，同周邊的皮膚融為一體而略有參差，我們小心地保護著自己的痛處，等待它一點點平復，於是同自己的傷口也發生了感情——過去的回憶對於今天的真身而言，也是這樣略帶殘忍而變態的一種憐惜吧？

　　我總是與過去的自己匆匆地打一個照面便轉身飛去，如蜻蜓點水般，不能忘懷，卻不敢深究，只怕溺斃在其中。都說為別人作嫁衣是件悲哀的事情，然而為他人作傳，卻是比自己寫《懺悔錄》要來得輕鬆。

　　我重新追上張愛玲的腳步，看到她穿著一件鵝黃緞半臂旗袍站在一戶人家的門前猶豫。門裏透出馥郁的花香，還有一個老人的吟哦聲，我不禁微笑，知道她找對了人。

——那是「畫蝴蝶於羅裙，認鴛鴦於墜瓦」的鴛蝴派「五虎將」之一（其餘四位是張恨水、包天笑、徐枕亞、李涵秋）周瘦鵑老先生的家。我自小就看過他的一些言情小說，內容大多記不清了，無非是才子佳人，緣淺情深，聽評書落淚，向海棠泣血的舊橋段。我那時因為迷張恨水而迷上「鴛鴦蝴蝶派」，找了許多同時期小說來讀，然而始終認為只有張恨水最好，而張恨水的小說又以《啼笑因緣》和《金粉世家》最好，看了不止一遍；後來看了林語堂的《京華煙雲》，覺得比《金粉世家》更好，便又轉舵去迷林語堂；至於周瘦鵑的小說，卻一部也記不起來了，倒是他有一部《拈花集》，將平時蒔花心得記錄其中，至今仍擱在我書架上常用書的那一欄，不時拿出來翻一翻，彷彿可以沾一點花香……

門開了，有隻蝴蝶從裏面率先飛出來，彷彿招呼，然後才是一個小姑娘稚氣的臉，她問：「你找誰？」

「是周先生的家麼？」張愛玲微微頷首行禮，「我叫張愛玲，冒昧來訪，請您把這個給他過目。」是她母親的故交岳淵老人的推薦信，如今權作敲門磚。

稍頃，她被延入客廳——那是一九四三年的春天，她與周瘦鵑第一次見面。

案頭宣德爐中燒著的一枝紫羅蘭香青煙嫋嫋，旁邊是一隻古香古色的青瓷盆，盆裏是淺淺的清水，水面上漂著各色花朵，隨季節不同——春天是玉蘭，或者牡丹，或者杜鵑，夏天是整朵整朵的美人蕉，秋天是甜香誘人的桂花，冬天是臘梅香飄滿室——都是花兒凋謝或者隨風飄落到地上再被撿起的。

周瘦鵑是種花人，更是惜花人，從不在枝頭採摘盛開的花朵。他常常輕輕地撫摸或是叩擊著那瓷盆的邊沿低吟淺唱，推敲一首新賦的詩詞的韻腳和節奏。因此他寫的詩，大多有花香，還有水盆的清音。

這天他正望著那紫羅蘭香和水盆沉思，小女兒煐匆匆跑上來，遞過一個大信封來，說是有位小姐來訪。信是黃園老人岳淵寫來的，介紹一位作家張愛玲女士給他認識，希望同他談談小說的事。

他於是下樓來，那客座中的小姐聽到樓梯響，立即長身玉立，站起來鞠

躬，如同一個誠惶誠恐的女學生。在年近半百的周老面前，她的確也就是一個小學生——打小兒便讀他的文字長大的。

周老答了禮，招呼她坐下，指著給她開門的女孩介紹：「你們見過了——這是我小女兒，叫煐。」

愛玲驚奇地瞪大眼睛，說：「我從前的小名也叫煐。愛玲是我母親領我入學報名時隨手填的名字。」她也好奇地打量著這位聞名已久的前輩作家，瘦長的個子，清瘦的臉，清瘦的長袍，像一竿竹。她害羞地告訴他，「我母親是您的讀者，還給您寫過一封信呢。說請您不要再寫下去了，太令人傷感。」

「噢？」老人不置可否地笑了，這樣稚氣而感性的來信，於他是讀得太多了，已經不記得。便是這樣登門拜訪的習作者，也實在是太多了，他見她，不過是給黃園老人面子，不得不敷衍一下，因問：「你從前寫過些什麼？」

「給《泰晤士報》寫過些劇評影評，也給《二十世紀》雜誌寫過一些文章；中文的作品，就只從前給《西風》寫過一篇〈天才夢〉；最近才又重新開始中文寫作，寫了兩個中篇小說，是講香港的故事，想請教老師。」說著，將一個紙包打開來，將兩本稿簿雙手捧著恭恭敬敬地奉上。

周老接了，隨手打開，先看了標題〈第一爐香——沉香屑〉，先就覺得別致，贊道：「有味。」笑著說，「不如把稿本先留在我這裏，容細細拜讀。」

這一次見面，他們談了一個多鐘頭，方始作別，也算得上深談了。

雖是初見，然而老人已經清楚地感覺到，這是一個難得的天才。她身上自然流露出來的那種清貴之氣，她舉止言談裏的華美細緻，都讓他覺得一種莫名的興奮與喜悅，彷彿面對一枝花，又彷彿我佛拈花一笑。

這天吃過晚飯，他照舊指揮著自己的幾個女兒排著隊把案台上、茶几上、架子上的盆景、盆花一個個搬到花園裏去——這是周家姐妹每晚必做的功課，為的是讓它們「吃露水」。

然後，他便迫不及待地坐在書桌前挑燈夜讀，將兩爐香一氣看完，一壁看，便一壁擊節稱讚。

「草坪的一角，栽了一棵小小的杜鵑花，正在開著，花朵兒粉紅裏略帶些

黃，是鮮亮的蝦子紅。牆裏的春天，不過是虛應個景兒，誰知星星之火，可以燎原，牆裏的春延燒到牆外去，滿山轟轟烈烈開著野杜鵑，那灼灼的紅色，一路摧枯拉朽燒下山坡子去了。杜鵑花外面，就是那濃藍的海，海裏泊著白色的大船。這裏不單是色彩的強烈對照給予觀者一種眩暈的不真實的感覺——處處都是對照，各種不調和的地方背景，時代氣氛，全是硬生生地給摻糅在一起，造成一種奇幻的境界。」

　　周瘦鵑不禁被這「奇幻的境界」給迷住了。他寫了那麼多關於花卉的文章，還從沒這樣描寫過杜鵑花呢。這樣奇美詭譎的文字，既有《紅樓夢》的典籍蘊藏，又有英國作家毛姆的風趣詼諧，這哪裏是一爐香，簡直是滿世界香氣四溢。這些日子來，他一直在籌畫著重出《紫羅蘭》，這兩爐香燒得太是時候了，簡直是神兵天降，是比轟炸更為震撼的兩個重磅炮彈。

　　讀完小說，已是黎明，周瘦鵑毫無倦意，獨自來到花園做伸展，那些昨晚還拳起的花蕾，在一夜的露水滋潤後已經爭奇鬥豔地開放出來；那懸崖式的老樹椿，也抽出新枝，暴出一兩片鮮嫩的芽葉。他興奮地拿起花鏟和竹剪，依次地給那些盆景盆花修枝、理花、翻盆，並情不自禁對著一株杜鵑看了許久。

　　杜鵑花又名映山紅，此外又有紅躑躅、謝豹花、山石榴等名，都霸氣有力，只是日本稱之為皋月，不知所本。日本人取杜鵑花種，將花粉交配，異種很多，著名的有王冠、天女舞、四海波、寒牡丹、殘月、曉山等等。他從前曾搜羅過幾十種，可惜在戰爭中東奔西避，疏於培養，竟先後枯死了，引為生平憾事。尤其戰前重價購得的一本盆栽杜鵑，蒼古不凡，似逾百年，枯乾粗如人臂，下部一根斜出，襯以苔石，活像一頭老猿蹲在那裏，花作深紅色，鮮豔異常。他十分喜愛，還特地為它寫了首絕句來讚美。卻也因避亂而失於調養，竟被蟻害毀了花根，以致枯死。年來到處物色，無奈「佳人難再得」！雖然一再自我勸慰：覆巢之下，焉有完卵。命且不保，何況於花？然而始終不能釋懷。

　　今夜看了張愛玲筆下的杜鵑花，卻彷彿重見那株百年杜鵑——張愛玲的文采，是真正的奇花異草，瑯苑仙葩，是絳珠仙草下凡！也是送給《紫羅蘭》的一份厚禮，是錦上添花，更是雪中送炭。

　　他簡直要等不得地馬上再見到張愛玲，當面告訴她這個好消息。

可是直等了一個星期，她才再次登門——大概是以為他要抽時間看完她的小說，怎麼也要至少等一個星期之後吧——當他告訴她《紫羅蘭》復活的消息，並說決定把這兩爐香在《紫羅蘭》上發表時，她十分高興，再次說：「我母親，還有我姑姑，從前都是您的讀者，一直都有看《紫羅蘭》，還有《半月》、《紫蘭花片》。當時母親剛從法國學畫回國，為您的小說流了不少眼淚呢。」

聽她再次談起母親，周瘦鵑也只有禮貌地問：「令堂……也在上海麼？」

「她前些年去了新加坡，先還通信，可是從前年十二月八號太平洋戰爭後就再沒消息了，前不久聽見人說，好像是去了印度，也不知真假。」

張愛玲的臉上又流露出那種慣常的憂戚彷徨之色，她的生命中，永遠圍繞著這樣茫茫的威脅，無論陽光照在哪裏，傘下的陰影總是一路跟著她，躲也躲不開。

然而《紫羅蘭》復刊以及周先生願意發表自己的小說這件事，怎樣說來也是生活中的一縷陽光吧，至少也是窗外的陽光，便走不進去，也是看到了那一片太陽金。

這天回到家裏，張愛玲眉飛色舞地向姑姑說起謁見周先生的過程，言語間難禁得意之色。

張茂淵也笑了：「被人誇兩句，便這麼高興？」想一想又說，「周先生是名人呢，肯這樣對你，也的確難得，該好好謝謝人家的——請他來家喝頓茶可好？我也借你的光，見見我從前的偶像——真是看了他不少文章呢。」

「請他來家裏？」愛玲一愣，「不知道人家答應不答應？」

「答不答應，問問不就知道了。禮多人不怪，就是不答應，也是我們一片心意，至少人家知道你心裏是感激的。」

「也是。」愛玲心動起來。

她想起八歲時，媽媽第一次從國外回來，很喜歡看小報，看鴛鴦蝴蝶派的舊小說。那時《小說月報》上正登著老舍的《二馬》，雜誌每月寄到了，黃逸梵坐在抽水馬桶上看，一面笑，一面讀出來，她也靠在門框上笑。還有父親，也是喜歡章回小說的……

姑姑的話彷彿把塵封的記憶攪動了起來，攪得滿天煙霧，溫馨而陳舊的煙

霧。

她的心柔柔地酸酸地牽動。

說做便做，當晚便又匆匆跑去周家，鄭重其事地邀請周老師及師母「光臨寒舍」——「想請老師參加我們舉辦的一個小小茶會。」

見她這般熱情稚氣，周先生倒笑起來，一口應承說：「好呀，不過不是今天，等《紫羅蘭》創刊號出版，我拿樣版去瞧你，就不算空手上門了——省得辦禮。」

果然隔了不久，周瘦鵑便拿著《紫羅蘭》的樣本親自登門了——夫人因為家中有事，未能同來。

說是「茶會」，其實只有他一位客人，主人倒有兩個，就是張茂淵和張愛玲姑侄倆。茶是牛酪紅茶，點心是甜鹹俱備的西點，精美潔致，連同茶杯與點碟也都是十分精美的，可見主人的用心與重視。

胡蘭成曾說張愛玲喜歡用大玻璃杯喝紅茶，我總覺得煞風景。因為我自己是喜歡講究茶具的，功夫茶自然是全套茶船茶道聞香品茗各有其杯，紅茶是用海格雷骨瓷，綠茶才會用玻璃杯，或者蓋碗亦可。

所以相比之下，我更願意相信周瘦鵑的回憶。牛酪紅茶，當然是用西式茶杯茶碟，可以想像雪白瓷碗裏，血紅茶汁上浮著白而輕的奶酪，一點點化開，如雲霧繚繞，那是一種心境。

周瘦鵑且清楚地記得，張愛玲的客廳亦是潔而精的，壁上掛著照片，愛玲指著其中一張鑲在橢圓雕花金邊鏡框裏的照片說：「這就是我母親。」孺慕之情溢於言表。

因為她是這樣一而再再而三地提到母親，周瘦鵑也不禁認真地將照片看了又看，那是一位豐容盛鬋的太太，雖然燙了頭，但還是民初的前留海，蓬鬆地一直搭到眉毛上，五官清秀，輪廓分明，有點像外國人。他看得出，面前這位天才少女對母親的愛是一種近乎宗教般的崇拜，並且深受影響。

他們談文學，也談園藝，張愛玲拿出《二十世紀》上自己寫的那篇〈中國人的生活與服裝〉請老師指教，羞澀地說：「插圖是我自己畫的。」

周瘦鵑不禁驚訝，贊道：「原來你的英文這樣好，美術也好，畫筆很生

動。」

愛玲嘻嘻地笑了，完全是個得了老師誇獎的好學生。

——畢竟只是二十三歲的女孩子。

我一直認爲，二十三歲，是一個女孩子最好的時光，是一朵花開在盛時，喝飽了水與陽光，剛剛脫去局促與羞縮，而又未來得及沾染半分塵埃與霧氣，開得興興頭頭，香得清純正大，彷彿整個世界都是她的。一旦過了二十五歲，那花開得再好，也有些衰敗的意味了，從此便是一路的下坡，再奮起直追，也來不及了。

2

二十三歲的張愛玲，年輕，飛揚，才思如湧，盛名如花，雖然早已深諳世事沉浮，人情滄桑，卻還不諳愛情的苦。懷抱著無數關於愛與理想的美夢，期待地走過生命的每一個轉角，小心地打開各式鑲金嵌玉的潘朵拉匣子，不知道自己會遇到什麼，看到什麼——壽怡紅群芳開夜宴，輪到黛玉抽籤，心裏暗暗祈禱：不知道還有什麼好的留給我？是「只恐夜深花睡去」，還是「開到荼蘼花事了」？是「竹籬茅舍自甘心」，還是「日邊紅杏倚雲栽」？

她那樣毫無準備地紅了起來，一紅沖天，不可收拾，便如同她筆下的杜鵑花，「那灼灼的紅色，一路摧枯拉朽燒下山坡子去了」，從牆裏燒到牆外，燒紅了孤島的天空。

上海文壇的一九四三、一九四四兩年被稱爲「張愛玲年」，〈第一爐香〉連載未完，她的才情已經引起了整個上海灘的注意；〈第二爐香〉的發表，更是鮮花著錦，烈火烹油；接著是〈茉莉香片〉，是〈心經〉，是〈傾城之戀〉、〈琉璃瓦〉、〈封鎖〉、〈金鎖記〉，都是這樣的奇思構想，異香撲面；〈到底是上海人〉、〈洋人看京戲及其他〉、〈更衣記〉、〈公寓生活記趣〉、〈道路以目〉、〈必也正名乎〉，又都是這樣地清新醒目，鞭辟入理，不能不叫人一則以喜，一則一驚：這橫空出世的女子太像一個傳奇了！

而這期間，她也陰差陽錯地先後認識了許多個堪稱「傳奇」的人物——周

瘦鵑自然是第一位；柯靈是第二個。

柯靈原名高季琳，是魯迅的同鄉，浙江紹興人，一九三一年「九一八」事變後跟隨老師來上海辦報，在南陽橋殺牛公司附近租了間舊式弄堂房子的前樓，在報攤上訂了《申報》和《新聞報》做資料，聯繫了一家印刷廠，一個報販的小頭目，就此開張，辦了份《時事周刊》，只出了五六期就太太平平地壽終正寢，連一點泡沫也不曾泛起，然而柯靈卻就此走入了辦報人的行列。

初見張愛玲那年，他剛接手著名報人陳蝶衣成為《萬象》雜誌的主編。自看到《紫羅蘭》上張愛玲的〈第一爐香〉，他便一直惦記著怎麼能約到這位海上文壇新起之秀的文章，想過要托羅蘭庵主人周瘦鵑介紹認識，卻又覺得冒昧。不想天隨人願，那一天，張愛玲竟主動登門了。

正是七月流火的天氣，蟬在樹枝葉杈間疾聲嘶鳴，暴躁地壞脾氣地一聲接著一聲，震得人耳朵發木。張愛玲穿著一襲色澤淡雅的絲質碎花旗袍從天而降，像一縷清涼的風，吹開那暑氣，將一卷〈心經〉手稿及親繪的插圖交給他手中——

「出版《萬象》的中央書店，在福州路畫錦里附近的一個小弄堂裏，一座雙開間石庫門住宅，樓下是店堂，《萬象》編輯室設在樓上廂房裏，隔著一道門，就是老闆平襟亞夫婦的臥室。好在編輯室裏除了我就只有一位助手楊幼生，不至擾亂東家的安靜。舊上海的文化，相當一部分就是這類屋簷下產生的。而我就在這間家庭式的廂房裏，榮幸地接見了這位初露鋒芒的女作家……會見和談話很簡短，卻很愉快。談的什麼，已很難回憶，但我當時的心情，至今清清楚楚，那就是喜出望外。雖然是初見，我對她並不陌生……」——柯靈：〈遙寄張愛玲〉

所謂「一見如故」，無疑是形容柯先生這番感慨的最恰當不過的一個詞了。

彼時的柯靈剛剛三十四歲，風流才子正當年，見了張愛玲這樣清新尊貴的奇女子，有沒有一點仰慕之心，不得而知——若是全然沒有，也好像不大合乎人情的。且也不好解釋他為什麼那般厭惡胡蘭成為人，卻又把他所寫的《今生

今世》和《山河歲月》也都孜孜地找來讀了——要知道，從前那在國內可是「禁書」，想要找來讀，可是要大費一番周章的。他後來在〈遙寄張愛玲〉中說：「我自己忝爲作家，如果也擁有一位讀者——哪怕只是一位，這樣對待我的作品，我也就心滿意足了。」——他同時也是魯迅、巴金、錢鍾書的熱心讀者，且和傅雷更是數十年的摯交，他可沒有在悼念文章中這樣地寫過他們。

張愛玲先後在《萬象》上發表了小說〈心經〉、〈琉璃瓦〉、〈連環套〉（未完成），散文〈到底是上海人〉，都是由柯靈經手。

一九四三年底，她編了一齣戲「走！走到樓上去！」，也是先拿給柯靈看，請他提意見。柯靈覺得結構太散漫了，末一幕完全不能用。她十分感激，一次一次地改。

後來，《萬象》老闆平襟亞想要出版張愛玲的小說集《傳奇》，她又是向柯靈詢問意見。

「張愛玲在寫作上很快登上燦爛的高峰，同時轉眼間紅遍上海。這使我一則以喜，一則以憂。因爲環境特殊，清濁難分，很犯不著在萬牲園裏跳交際舞。——那時賣力地爲她鼓掌拉場子的，就很有些背景不乾不淨的報章雜誌，興趣不在文學而在於替自己撐場面。上海淪陷後，文學界還有少數可尊敬的前輩滯留隱居，他們大都欣喜地發現了張愛玲，而張愛玲本人自然無從察覺這一點。鄭振鐸隱姓埋名，典衣節食，正肆力於搶購祖國典籍，用個人有限的力量，挽救『史流他邦，文歸海外』的大劫。他要我勸說張愛玲，不要到處發表作品，並具體建議：她寫了文章，可以交給開明書店保存，由開明付給稿費，等河清海晏再印行。那時開明編輯方面的負責人葉聖陶已舉家西遷重慶，夏丏尊和章錫琛老闆留守上海，店裏延攬了一批文化界耆宿，名爲編輯，實際在那裏韜光養晦，躲雨避風。王統照、王伯祥、周予同、徐調孚、周振甫、顧均正諸位，就都是的。可是我對張愛玲不便交淺言深，過於冒昧。也是事有湊巧，不久我接到她的來信，據說平襟亞願意給她出一本小說集，承她信賴，向我徵詢意見。上海出版界過去有一種『一折八扣』的書，專門翻印古籍和通俗小說之類，質量低劣，只是靠低價傾銷取勝，中央書店即以此起家。我順水推舟，給張愛玲寄了一份店裏的書目，供她參閱，說明如果是我，寧願婉謝垂青。我

懇切陳詞：以她的才華，不愁不見於世，希望她靜待時機，不要急於求成。她的回信很坦率，說她的主張是『趁熱打鐵』。她第一部創作隨即誕生了，那就是《傳奇》初版本，出版者是《雜誌》社。我有點暗自失悔：早知如此，倒不如成全了中央書店。」

──鄭振鐸固然是好意，然而對於當時的張愛玲來說，一則沒有能力「舉家西遷」，二則尚不夠資格「韜光養晦」，不過是個文壇新秀，若非「趁熱打鐵」，真不知道要等到何時才能「河清海晏」？何況，若不是張愛玲的鋒芒畢露，「紅遍上海」，又何來文學界前輩「欣喜地發現」呢？「先有雞還是先有蛋」的問題從來都是見仁見智的。

事實上，河清海晏之後，張愛玲唯一能做的便是離開，但不知道算不算「史流他邦，文歸海外」。

但是張愛玲畢竟是領了柯靈的好意。後來為了「腰斬〈連環套〉」與「一千元灰鈿」的事，她與《萬象》鬧得很不愉快，然而同柯靈的友誼卻保持了下來。

一九四四年秋，張愛玲將〈傾城之戀〉改編為舞台劇本，柯靈提供了不少意見，並將她引薦給大中劇團的主持人周劍雲（戰前是明星影片公司的三巨頭之一）。在餐館裏見面。張愛玲穿著「一襲擬古式齊膝的夾襖，超級的寬身大袖，水紅綢子，用特別寬的黑緞鑲邊，右襟下有一朵舒卷的雲頭──或許是如意。長袍短套，罩在旗袍外面。」如此奇光異彩，連見多識廣的周劍雲在她面前也不禁顯得拘謹。

柯靈寫，「張愛玲顯赫的文名和外表，大概給了他深刻的印象。」而給他自己的印象呢，想必是更加深刻吧？所以事隔三十年後還記得。無論他承認與否，他後來的寫作風格受到張愛玲的影響甚深，且不說他在〈遙寄張愛玲〉一文開頭便是「不見張愛玲三十年了」，然後長篇大論地引了〈金鎖記〉關於月亮的文字；便是他寫自己的回憶錄，《文字生涯第一步》，一開篇也是「生活很像連環套，常常一環一環地互相牽引著」。「連環套」一詞顯見由張愛玲而來，那件「腰斬」的往事給他的印象太深了……

「傾城之戀」上演後，張愛玲為了答謝柯靈，送了他一段寶藍色的綢袍

料。柯靈拿來做了皮袍面子，穿在身上很顯眼，柯靈夫人陳國蓉回憶：「這塊衣料的顏色呢，是個寶藍的，真是的，又不是藏青，也不是深藍，是個寶藍的，鮮豔得不得了。他做了個皮袍子穿在身上，可滑稽了，但是他因為是張愛玲送給他的，穿著也很高興。」

柯靈穿著這鮮豔的皮袍子到處走，導演桑弧看見了，用上海話取笑說：「赤刮刺新的末。」

桑弧是張愛玲所識上海奇人中又一個重要角色——「但這是後話」。

3

蘇青是在四十年代中期，與張愛玲被譽為「上海文壇上最負盛譽的女作家」、「目前最紅的兩位女作家」。

然而蘇青的成名，還早在張愛玲之前，以長篇小說《結婚十年》和散文集《浣錦集》聲名雀起。尤其《結婚十年》，出版之際，文壇譁然，毀譽參半，半年內再版九次，大有洛陽紙貴之勢，而她也從此得了個「大膽女作家」的頭銜。

蘇青本名馮允莊，一九一四年出生於浙江寧波城西浣錦鄉一個富有之家，祖父曾經中舉，家裏有幾千畝田，家門前有一座浣錦橋，所以後來她的散文集出版，就叫作《浣錦集》；至於《結婚十年》，則是一部自傳體小說，是她從戀愛到結婚、產子、婚外戀情、離婚、分家、終於自立的親身經歷。

一九四三年十月十日，蘇青擔任主編的《天地》創刊，地址在愛多亞路（今延安東路）一百六十號六〇一室，她在發刊詞裏寫著「天地之大，固無物不可談者，只要你談得有味道」，「最後，我還要申述一個願望，便是提倡女子寫作，蓋寫文章以情感為主，而女子最重感情。」《天地》作者陣容十分強大，把當時活躍在淪陷區文壇的自由派作家，從元老級的周作人到初露頭角的施濟美一網打盡，自然也不會放過如日中天的張愛玲。於是寫去一封約稿信，開篇即云：「叨在同性……」

張愛玲不由得看著要笑，然而她是喜歡蘇青的，因為她覺得自己懂得她，

通過《結婚十年》，通過《浣錦集》，也通過她發在《天地》創刊號上的散文〈論言語不通〉：

「言語不通自有言語不通的好。第一，言語不通就不會得罪人；這又可分開兩方面來講：一方面是因為你自己說不通就不愛多說，不多說便不會多錯；他方面是即使你說錯了人家也聽不懂，即使聽懂了也會因彼此言語不同而原諒你。……第二，言語不通，照樣也可以達意。在電影盛行默片時代，張張嘴，霎霎眼睛，諸般動作，都可以代替語言。……第三，若是言語不通的兩個人發生戀愛起來，倒應當可以說是『情之正宗』。因為我對於戀愛的見解，總以為是『心心相印』『脈脈含情』來得深切而且動人，否則若只一味講究『談』情『說』愛，用嘴的動作來代替眼的表情，實在索然無味而且易流於虛偽。」

愛玲自己也是不喜歡多話的人，這一番〈論言語不通〉，彷彿是在替她辯護，然而又截然不是她的風格——從言語交流拉扯到電影默片，又七扯八扯地說到戀愛，這樣任性的話卻不是她可以說得出來的。她不禁想起關於蘇青的一則軼事：古人云「飲食男女，人之大欲存焉。」蘇青改動標點斷句，變成「飲食男，女人之大欲存焉」，諸君一時譁然。如今想起來，也是要笑——這個蘇青，的確是個精彩的人兒呢。

她於是欣然地拿起筆來，為蘇青寫了第一篇小說〈封鎖〉——她可不知道，就是這篇〈封鎖〉替她引來了胡蘭成，引來了半世的寒風冷雨，不白之名……

自《天地》第二期起，從此幾乎每期都有張愛玲的作品刊出，有時甚至一期兩篇。

兩人漸漸熟起來，愛玲知道了許多蘇青的事，對她只有更加喜歡——事業，戀愛，小孩在身邊，母親在故鄉受苦，弟弟在內地生肺病，妹妹也有許多煩惱的問題，這些許許多多的牽掛，然而蘇青仍然活得興興頭頭，熱烈積極，她一個人辦著一個雜誌，集策劃、編務、發行於一身，已是夠忙了，但她並沒有放下自己的筆，依然寫著小說，寫著散文，而成績又是那麼可觀。

——這樣的女人，是叫人憐惜，更叫人敬重的。彷彿紅泥小火爐，有它自

己獨立的火，看得見紅焰焰的光，聽得見嗶哩剝落的爆炸，可是比較難伺候，添煤添柴，煙氣嗆人。

蘇青同炎櫻一樣，與張愛玲也是既有相同愛好又有不同性格的，她比愛玲大不了幾歲，然而經歷卻豐富十倍——當然是指飲食男女方面的經歷。她曾經考入國立中央大學（即南京大學），也是沒畢業就輟學了，卻是因為早婚的緣故，且是三子之母。一九三五年，她為抒發生產之苦，寫了篇散文〈產女〉投給《論語》雜誌，署名馮和儀，這是她創作的開始。

她有點粗線條，家門口有兩棵高高的柳樹，初春抽出了淡金的絲，張愛玲同她說：「你們那兒的楊柳真好看。」她一愣，瞪大眼睛驚詫地說：「我每天走進走出的，倒是從來就沒看見。」她長得俊，為人爽直豪放，有男子氣，所往來的朋友異性遠比同性為多，因為她不喜歡女人的瑣碎。然而她對張愛玲的好，卻是托心寄誠的好，不含絲毫勉強塞責。

一九四四年一月十日《天地》第四期發表張愛玲的散文〈道路以目〉，她專門寫了一篇〈編者的話〉：「張愛玲女士學貫中西，曾為本刊二期撰〈封鎖〉一篇，允稱近年來中國最佳之短篇小說。在三期刊載〈公寓生活記趣〉亦饒有風趣。本期所刊〈道路以目〉尤逼近西洋雜誌文格調，耐人尋味。」

二月十日《天地》第五期發表張愛玲的散文〈燼餘錄〉時，她又寫道：「張愛玲女士的〈燼餘錄〉描摩香港戰時狀態，淋漓盡致，非身歷其境者不能道出。」

十一月一日《天地》第十四期發表張愛玲散文〈談跳舞〉，她再次高度肯定了張愛玲的成績，並且為她的新書大打廣告：「張愛玲女士蜚聲文壇，眾口交譽，其作品價值已不必編者贅述。觀乎其最近出版之小說集《傳奇》暢銷情形，已可見南北讀者對其熱烈擁護之一斑。今日編者更有一好消息可以搶先報告，原來張女士又集其年來所寫的散文鄭重付刊了，書名《流言》，預料其出版後的暢銷情況又必是空前的。本期所刊〈談跳舞〉一文，其藝術見解自有獨到之處，幸讀者諸君之精於此道者多注意焉。」對張愛玲可謂讚譽有加，推崇備至。

而張愛玲之於蘇青，也是鼎力相助，不僅撰文，而且手繪插圖，還替《天地》設計了新的封面——浩瀚長空，寫著「天地」二字，舒卷著兩三朵輕雲，

下面是一個女子仰著的面孔，似乎熟睡，或者冥想，有一種坦然的態度，不知是蘇青的寫照還是她自己——人家是睥睨天地，她卻是連睥睨也不屑的，逕自閉目養神，把天地做被、做枕、做衾席而已矣。

另則她為蘇青散文〈救救孩子！〉所繪的同題插圖，風格也與以往的寫意全然不同，是一幅罕有的工整素描——親厚之意，溢然筆尖。

她且在〈我看蘇青〉裏堂而皇之地寫著：「低估了蘇青的文章的價值，就是低估了現代的文化水準。如果必須把女作者特別分作一欄來評論的話，那麼，把我同冰心白薇她們來比較，我實在不能引以為榮，只有和蘇青相提並論我是甘心情願的。」

人家說君子之交淡如水，然而這兩個女子之交，卻是濃如酒，醇如茶，如果一定要用水來打比方，那也一定是「香水」。因為她們之間的往來與談話總是帶著閨閣的脂粉氣，狎而昵，既大氣又小器，時不時地便扯到衣服穿戴以及男女情愛上。

秋天，蘇青做了件黑呢大衣，張愛玲和炎櫻陪著她一同去試樣子。古人說：三人行，必有我師。俗語又說：三個女人一台戲。這互為師友的三個女人試衣裳，自然更是一齣好戲。

到了時裝店，炎櫻第一個開口：「線條簡單的於她最相宜。」一邊轉來轉去地審視著，一邊便向裁縫發號施令：把大衣上的翻領去掉！裝飾的褶襇也去掉！方形的大口袋也去掉！肩頭過度的墊高也減掉……唔，前面的一排大鈕扣也要去掉，改裝暗鈕！

蘇青漸漸不以為然了，在鏡子裏端詳著自己，用商量的口吻說：「我想……鈕扣總要的罷？人家都有的！沒有，好像有點滑稽。」

張愛玲兩手插在雨衣袋裏站在一旁看戲，看得笑起來。

鏡子上端的一盞燈，強烈的青綠的光正照在蘇青的臉上，下面襯著寬博的黑衣，背景也是影幢幢的，更顯明地看見她的臉，有一點慘白。她難得有這樣靜靜立著，因為從來沒這麼安靜，一靜下來就像有一種悲哀，緊湊明倩的眉眼裏有一種彷彿橫了心的鋒稜。張愛玲感動地看著，不禁想：「這是一個亂世佳人啊。」

亂世佳人，當然是一個傳奇。

4

　　還有一個女人，本來實在不願意提她名字的，不過她的文字倒也給我們提供了許多關於張愛玲的鮮明性格的輔證，算是可殺中的可恕。

　　她曾於四十年代與七十年代兩次寫過關於張愛玲的文章，文中說：「張愛玲的自標高格，不要說鮮花，就是清風明月，她覺得好像也不足以陪襯她似的。」她是想諷刺，然而我看著，卻只當作是一種讚揚，並且想起《紅樓夢》裏形容黛玉的兩個詞：孤高自許，目無下塵。張愛玲，便是這樣的尊貴清傲。

　　這個酸溜溜的女人叫作潘柳黛，也是在舊上海寫字為生的女人，然而總不肯老老實實地寫字，總想著鬧出些什麼事故來使人注意她，可又不能夠，於是便嫉妒別的比她更引人注意的女性，比如張愛玲。

　　她與張愛玲的相識，當是由蘇青介紹，所以她後來會顛三倒四地記成「張愛玲的被發掘，是蘇青辦《天地月刊》的時候，她投了一篇稿子給蘇青。蘇青一見此人文筆不錯，於是便函約晤談，從此變成了朋友，而且把她拉進文壇，大力推薦，以為得力的左右手。果然張愛玲也感恩知進，不負所望，邁進文壇以後，接連寫了幾篇文章，一時好評潮湧，所載有聲，不久就大紅大紫起來。」

　　不過這女人慣會東拉西扯，夾七夾八，究竟是孤陋寡聞，此前不知張愛玲的作品與文名；還是故意把張愛玲的成名寫成是蘇青抬舉，從而抹煞她從前的成績，可就不得而知了。

　　倒是她的文章中提到的幾件小事很值得我們玩味——

　　比方與人約會，如果她（張愛玲）和你約定的是下午三點鐘到她家裏來，不巧你若時間沒有把握準確，兩點三刻就到了的話，那麼即使她來為你應門，還是照樣會把臉一板，對你說：「張愛玲小姐現在不會客。」然後把門砰的一聲關上，就請你暫時嘗一嘗閉門羹的滋味。萬一你遲到了，三點一刻才去呢，

那她更會振振有詞的告訴你說;「張愛玲小姐已經出去了。」她的時間觀念,是比飛機開航還要準確的。不能早一點,也不能晚一點,早晚都不會被她通融。所以雖然她是中國人,卻已經養成了標準的外國人脾氣。

張愛玲喜歡奇裝異服,旗袍外邊單件短襖,就是她發明的奇裝異服之一。有一次,我和蘇青打個電話和她約好,到她赫德路的公寓去看她,見她穿著一件檸檬黃袒胸露臂的晚禮服,渾身香氣襲人,手鐲項鏈,滿頭珠翠,使人一望而知她是在盛妝打扮中。

我和蘇青不禁為之一怔,問她是不是要上街?她說:「不是上街,是等朋友到家裏來吃茶。」當時蘇青與我的衣飾都很隨便,相形之下,覺得很窘,怕她有什麼重要客人要來,以為我們在場,也許不太方便,便交換了一下眼色,非常識相地說:「既然你有朋友要來,我們就走了,改日再來也是一樣。」誰知張愛玲卻慢條斯理道地:「我的朋友已經來了,就是你們兩人呀!」這時我們才知道原來她的盛妝正是款待我們的,弄得我們兩人感到更窘,好像一點禮貌也不懂的野人一樣。

還有一次相值,張愛玲忽然問我:「你找得到你祖母的衣裳找不到?」我說:「幹嗎?」她說:「你可以穿她的衣裳呀!」我說:「我穿她的衣裳,不是像穿壽衣一樣嗎?」她說:「那有什麼關係,別致。」張愛玲穿著奇裝異服到蘇青家去,使整條斜橋弄(蘇青官式香閨)轟動了,她走在前面,後面就追滿了看熱鬧的小孩子。一面追,一面叫。

她為出版《傳奇》,到印刷所去校稿樣,穿著奇裝異服,使整個印刷所的工人停了工。她著西裝,會把自己打扮成一個十八世紀少婦,她穿旗袍,會把自己打扮得像我們的祖母或太祖母,臉是年輕人的臉,服裝是老古董的服裝,就是這一記,融合了中外古今的大噱頭,她把自己先安排成一個傳奇人物。有人問過她為什麼如此?她說:「我既不是美人,又沒有什麼特點,不用這些來招搖,怎麼引得起別人的注意?」

──這個潘柳黛,可謂不知好歹之至。

在她的《退職夫人自傳》中見過她一張照片,圓肥的臉,橫著向兩旁延伸出去,彷彿女媧摶土造人後又在臉上多拍了一掌,再寬厚也無法稱她是美女

的。張愛玲建議她找祖母的衣裳來穿，顯見是推心置腹，把自己的經驗悉心相授。而她非但不領情，還要倒打一耙，攻擊人家是「壽衣」。

她倒是不大敢得罪蘇青，想來因為蘇青是主編，她還要沾她的光，發表文字領些稿費，也用來維持自己的文名。而張愛玲名氣雖大，畢竟不能給她實在的好處，便不如罵她一罵來抬高自己了。

文如其人。也是潘柳黛的經歷注定了她的氣度與品格：她從十九歲就不明不白地跟著一個比自己大二十二歲的有婦之夫私奔，從北方到南方，每天一塊兩塊地從對方手裏要生活費，後來同別人結了婚，又離了婚，先後與許多個男人發生關係，然而不以為恥，反以為榮，還寫了部《退職夫人自傳》來炫耀，是最早的「用身體寫作」。

> 我看書有個不知是好是壞的毛病，就是喜歡在書上寫字，隨手記下當時的所思所想，有時甚至是某部正在構思的小說的草稿斷句。
>
> 《退職夫人自傳》不是我買的，是我先生在廣告裏看見說此人與張愛玲齊名，便以為我會喜歡，自作主張替我買了來。而我並不喜歡這個人這本書，於是在扉頁上寫著：「但我心裏是感激的。感激的意思，也許就是有一個人要對你好，而你領略了他的好。」這次為了查資料又重新找出這本書來，看到這幾行字，倒笑起來，益發感激——要不是他早已買了，這會兒用起來，還真不知道去哪裏找。

潘柳黛雖可惡，但她的文字讓我們更加親近地嗅到了那個時代的空氣，也更加清晰地看到了張愛玲的倩影——固執、獨特、萬事都有自己的一套原則、神采飛揚、如一顆鑽石般寶光流轉，引人注目。

如果不是遇到胡蘭成，也許她的光芒會更加璀璨，會繼續平心靜氣地寫完她的第三爐香，第四爐香，也許她會遇到別個稍微「正常」而「合適」的男子，結一段亂世情緣，也許她的生命軌跡會有所不同，當世及後世對她的評價都會改觀，甚或中國文學近代史也會因她而改寫……

如果不是遇到胡蘭成。

第八章　遇到胡蘭成

1

　　我的靈魂飛在天上，時而清晰，時而迷茫。幸好有斷續的胡琴聲為我引路，有「克林克賴」的電車線為我引路，有靜安寺的鐘聲和百樂門的樂曲為我引路，還有那清渺的第一爐香，第二爐香……

　　我的靈魂漫步於四十年代的上海靜安寺路上，身邊滔滔地經過著面目模糊的熟人：王嬌蕊挽著佟振保的胳膊走在路上，他們要去看電影，可是半路遇見了一位相熟的英國太太，不得不立下來攀談幾句；二喬和四美騎著自行車從旁邊掠過，一路不住口地數落著新嫂嫂玉清的破落家世；南宮嬙剛散戲歸來，黃包車夫囉囉嗦嗦地要加錢，她忽然不耐煩起來，乾脆跳下車步行，一邊踽踽地走著，一邊百無聊賴地看櫥窗；王佳芝也在摩西路口下了三輪車，走進咖啡館裏等老易，他們約好了要一同去買戒指；忽聞得汽車鈴聲一響，卻不是老易，而是白流蘇陪著七小姐相親回來了，一臉的心虛與得意，一低頭鑽進門，死不出來；一隻貓從門洞裏溜出來，豎直著尾巴嗖一下不見，門洞裏黑黝黝，看不清是不是小艾東家五奶奶的那隻「雪裏拖槍」，也或者是濼珠祖父匡老太爺的……

　　我的靈魂跟著那隻貓一閃身飄進公寓，看到鏤花鐵門的電梯和綠色的郵筒，靈魂不曉得乘電梯，只好一級級地盤旋遊上，有人家開著無線電，在唱「薔薇薔薇處處開」，偶爾插一段新聞社論，我看一眼那無線電匣子，方方正正的，在「太太萬歲」裏見過，丈夫送給妻子的那一種，於是猜這家的女主人

大概就是陳思珍；然而也未必，或是孟煙鸝也說不準，她也喜歡整天開著無線電聽新聞，想在空屋子裏聽見人的聲音；再上一層樓，蘇州娘姨阿小在廚房裏招呼兒子百順吃飯，百順說：「姆媽，對過他們今天吃乾菜燒肉！」不等說完，頭上早著了阿小一記筷子；靈魂再向上飄，樓上的門也是開著的，客廳裏掛著結婚證書，配了框子，上角突出了玫瑰翅膀的小天使，牽著泥金飄帶，歐陽敦鳳坐在框子底下織絨線，米晶堯搭訕著走過去拿外套，含含糊糊地說：「我出去一會兒。」敦鳳和我都知道，他是要去前妻的家……

我的靈魂一直地飄上頂樓，看到六五室門前有個男人在敲門——長衫、禮帽，相貌清癯，身形蕭索，彬彬有禮地問：「張愛玲先生在麼？」然後自門洞裏塞進一張字條去……

那便是胡蘭成！

我的靈魂躲在那樓道裏哭泣，極力地呼喚愛玲，呼喚她不要開門。——她果然沒有開門，然而後來卻又打電話，說願意去看胡蘭成。

有張報紙也塞在門縫裏，那上面明明白白寫著：一九四四年二月四日。

對於胡蘭成其人，最常見的定位是「高級文化漢奸」，所謂「高級」，是因他做過汪偽政府宣傳部政務次長；所謂「文化」，因他是一個學問人，而且還是大學問人，辦過雜誌，出過書，並且涉獵面甚廣，推為「民國第一才子」也當之無愧；所謂「漢奸」——對不起，我不是歷史學家，對政治又極不敏感，若不是因為張愛玲，是斷不會對胡蘭成這樣一個人感興趣的。而除了他對於張愛玲的辜負之外，我對他也說不上有什麼惡感。雖然我痛恨漢奸，尤其痛恨幫助日本人殘害同胞的漢奸，然而對胡蘭成，我找了許多資料，也並未找到明確的事例來舉證他的賣國行徑，所看到的，無非是「為日本人搖旗吶喊」、「違背良知」、「無恥之尤」之類概念性的辭彙，他的《山河歲月》與《今生今世》我是跳著看的，專挑與張愛玲有關的文字來讀，至於隱含在字裏行間的政治傾向，卻不大讀得明曉。

李鴻章從前也被稱為「賣國賊」，周作人一九三八年被正式定性為「漢奸」，而一九四五年出版的《女漢奸醜史》裏也把張愛玲稱為「女漢奸」，曾與張愛玲齊名的女作家關露更是蒙冤半世才得昭雪，連柯靈都在「文革」中被

當成「漢奸」來鬥……

　　還是那句話，歷史的出爾反爾，只好留給歷史去遊戲。我們這裏且只談風月也罷。

　　言歸正傳——胡蘭成，一九○六年出生於浙江嵊縣，一九二七年從燕京大學退學，一九三六年應第七軍軍長廖磊之聘，兼辦《柳州日報》，五月，兩廣兵變失敗，胡被第四集團軍總司令部監禁三十三天。一九三七年因在《中華日報》上寫了兩篇文章，一篇論中國手工業、一篇分析該年關稅數字，並被日本《大陸新報》譯載，遂被《中華日報》聘爲主筆，去上海。一九三八年初，被調到香港《南華日報》任總主筆，用筆名流沙撰寫社論，一九三九年離開香港回上海，任《中華日報》總主筆，次年就任汪僞政府宣傳部政務次長——這就是他「漢奸」之名的來由了。

　　據聞胡蘭成爲文，從不起草，一揮而蹴，倚馬可待。稿成，亦極少改動，故有「大筆如椽」之譽。辦報時，每周至少兩篇社論，都由他自己執筆，因其文筆犀利，常言旁人所不敢言，每令報紙原刊社論之版面出現空窗——因社論觀點激烈而被抽起不發，又並無預稿替補，遂只得留白，是謂「空窗」。

　　同仁有規勸其稍事隱諱以免觸犯當道禁忌者，他回答人家：「報紙版面有『空窗』，正是胡某報刊之特色。」可謂狂狷本色，自負之極。

　　汪僞司法行政部長羅君強在回憶錄《僞廷幽影錄》中提到胡蘭成的一節這樣說：

　　「在汪精衛發表『豔電』（作者按：回應日本近衛首相招降聲明的電稿，發表於一九三八年十二月廿九日的《南華日報》）後，胡蘭成忽然大談漢奸理論，連續發表文章。林柏生（汪僞宣傳部部長）就用他的文章充社論，其中〈戰難和亦不易〉一文，極爲陳璧君（汪精衛之妻）所欣賞，認爲他是個人才。經過打聽，才知道他還是一個月支薪水六十元的小編輯，一家生活很不易維持，且眼病甚重，無法應召去見『夫人』。陳璧君狠狠地責備了林柏生，認爲他埋沒真才。林受此訓斥，大爲惶恐，馬上升胡蘭成爲主筆，加大薪水，送他上醫院治眼病。由於陳璧君的推薦，汪精衛也加以青睞，後到上海賜以『中央委員』頭銜，在汪僞行政院宣傳部當次長。」

羅君強與胡蘭成同為汪偽政權的人馬，後來一直幹到安徽省長，也算是來頭不小的人物，他的回憶錄應當是較為真實的。從他的文字中可以清楚地看到胡蘭成投誠汪精衛的完整過程，然而胡蘭成似乎對汪精衛的提拔也沒有怎樣感激，仍然撰文大批汪偽政府的無能，特別攻擊林柏生的宣傳部。林柏生於是向汪精衛哭訴，汪精衛也很惱火，對林柏生說：「看著辦吧。」林柏生遂獨斷獨行，竟將胡蘭成密押在特務組織的「政治局」，囚禁起來。後因周佛海、陳公博等人說勸干涉，遂讓胡蘭成寫了一紙悔過書了事。

汪偽政府成立於一九四〇年三月三十日，胡蘭成就任宣傳部次長當是這之後的事，然而同年夏天即辭去《中華日報》之職，不肯再作汪精衛的代言人，並於一九四一年二月廿八日發表〈國民新聞發刊辭〉，完全脫離《中華日報》，轉而經營《國民新聞》，任副社長兼總主筆，隨即被免去宣傳部次長之職──連頭帶尾，胡蘭成的次長位子也坐了不足半年，然而這個頭銜卻跟了他一生。

這年正值日本紀元二千六百年，汪精衛派了一個龐大的代表團百餘人前往東京參加盛典，由農礦趙毓松做團長。胡蘭成亦隨行在團。在日本期間，胡蘭成除了剛到時出席了日本外相松岡洋右暨日華文化協會的宴會外，其後各省大臣甚至近衛首相的請帖都一概回絕。

日本人久聞他鐵劃銀鈎，寫得一筆好字，拜求不已。胡蘭成便以草書寫了首詩：

我遊蓬萊山，神仙徒聞名；
唯見刑天舞，干戚敵八寅；
欲致交聘禮，無主焉有賓；
我心實慍怒，拂衣亦遄行；
所過郊與市，仍惜其民勤；
但恐再來日，鼇翻寂滄瀛；
郵亭一宿意，不覺淚已盈。

他輕視日本人不懂得書法，亦不懂中國詩詞，遂在詩裏諷刺他們只知大動

干戈，開疆拓土，卻不顧自己大好沃土在窮兵黷武中日漸貧瘠。預言日本侵華戰爭必敗，昔日蓬萊仙境，將來滿目瘡痍，到那時再悔悟，就晚了。

從這首詩看來，他倒是相當有氣節的。而且慶典之後，他便獨自離團，率先回國了。

次年十二月汪精衛訪日，有日本人拿著這首詩向汪精衛告密，說胡蘭成可能是抗日分子，汪精衛雖然不信，卻從此對胡蘭成失了信任。回國後召見胡蘭成，又因胡蘭成不贊成對英美宣戰，兩人再生齟齬，這是他們的最後一次單獨見面。

胡蘭成所投奔的《國民新聞》後台人是汪偽「七十六號」特務總部負責人李士群，然而胡蘭成的狂狷性格依然故我，對李士群也仍然並不感恩戴德。一九四三年春，李士群就任江蘇省省長，胡蘭成又與周佛海及其左右羅君強、熊劍東密商奪權。李士群獲悉後，很快從蘇州趕回上海，對胡蘭成說：「你如識相離開《國民新聞》，我可以發給你們一些遣散費，否則……」胡蘭成向來是信奉「三十六計走為上」的，又是生來的無所謂脾氣，自然說走便走了。而李士群卻在幾個月後被毒死。

這期間，胡蘭成的日本朋友清水董山與池田篤紀（**日本駐南京大使館管理文化事務的一等書記官**）正奉命舉辦「日中懇談會」，請他出席會議。他也不客氣，當著滿座日本人大膽預言：「按我的預測，第二次世界大戰日本必敗，汪先生的政權也無法存在。如要挽救，除非日本斷然在華撤兵，實行昭和維新……」

這篇說辭後來形成文字，即是著名的〈日本應實施昭和維新〉一文。文中雖然預言日本侵華戰爭必敗，然而日本當局竟然頗為欣賞，以為見解獨到；倒是汪精衛沒那麼大度，認為胡蘭成背恩負義，詛咒他「汪政權也無法存在」，遂下令立即扣押，於一九四三年十二月七日再次將胡蘭成關進南京政治局牢房，長達四十八天。

胡蘭成在自己的回憶錄中寫：「英娣那晚等到九點鐘見我不回家，就去找池田……英娣則年少不更事，她理直氣壯的發話了，池田乃投袂而起，連夜與清水見谷大使……」非常的唱本氣。

然而多年後台灣作家李黎探訪到胡蘭成的侄女胡青芸，才發現這裏記了一筆錯賬。

　　事實上，胡蘭成被抓的當夜，南京家裏的男傭人老炸便連夜乘火車趕到上海美麗園，向青芸報信——因爲此前胡蘭成對自己的被捕早有預感，出門前便對老炸說過：我十點鐘不回來，你就去找我侄女。

　　青芸得訊，第一個便去找熊劍東。熊劍東立即猜到是南京政府抓的他，除了汪精衛，別人也不會有這麼大膽子。他打了幾個電話，果然證實是在南京政府，遂對青芸說：「不好救啊。別人抓的都還好辦，被汪精衛捉的去，沒有人救得了。」青芸無奈，只得同老炸兩個又坐火車趕到南京來，又去向池田求救。青芸對池田的印象是「池田從前是日本到中國來的留學生，在北京學堂裏（同胡蘭成）認得的，常常來去，兩個人老好的。這個人在大使館做啥，不曉得。」

　　到了大使館，說池田不在，只要到一個住家地址，於是又按著地址找到池田家裏去，仍是不在。池田夫人說，不知道什麼時候回來。青芸急得哭起來，說：「我沒有別的辦法了，等到天亮也要等他回來的。」池田夫人被纏不過，當著青芸的面給林柏生打電話：「胡蘭成在你那兒吧？他的生命安全可要你保障，你要負責到底，要是有什麼事，我對你不客氣。」放下電話，又安慰青芸說：「你放心好了，回去吧，沒事的。要有什麼事，我拿憲兵隊轟他們。」青芸這才放下心來，走了。

　　至於胡蘭成爲什麼會以爲是英娣救了他，青芸猜那是因爲英娣曾去獄中探望、送衣服之故。

　　後來的各種資料表明，青芸的版本是可信的，但沒她說的那麼容易——或者說沒有池田夫人講得那麼容易。後來還是池田偕同清水多方奔走營救，由日本大使與軍方聯手向汪僞施壓，才救出胡蘭成的。

　　至此，胡蘭成與汪精衛算是徹底鬧翻了，甚至從某種意義上來說，他還是奮筆疾書明目張膽地大罵汪僞無能、預言汪政必敗的勇士呢。

　　——然而後世一直把這解釋成「投機」，就好比肅清革命隊伍時一切資本家少爺小姐參加革命也都是「投機」一樣，便讓人不好置評了。

一九四四年一月二十四日，是舊曆的除夕，胡蘭成彼時剛從獄中釋放，賦閒在家，百無聊賴，遂隨手翻開本雜誌消遣，一段孽緣，就此展開──

「前時我在南京無事，書報雜誌亦不大看。這一天卻有個馮和儀寄了天地月刊來，我覺和儀的名字好，就在院子裏草地上搬過一把藤椅，躺著曬太陽看書。先看發刊辭，原來馮和儀又叫蘇青，女娘筆下這樣大方俐落，倒是難為她。翻到一篇〈封鎖〉，筆者張愛玲，我才看得一二節，不覺身體坐直起來，細細的把它讀完一遍又讀一遍。見了胡金人，我叫他亦看，他看完了贊好，我仍於心不足。

我去信問蘇青，這張愛玲果是何人？她回信只答是女子。我只覺世上但凡有一句話，一件事，是關於張愛玲的，便皆成為好。及《天地》第二期寄到，又有張愛玲的一篇文章，這就是真的了。這期而且登有她的照片。見了好人或好事，會將信將疑，似乎要一回又一回證明其果然是這樣的，所以我一回又一回傻裏傻氣的高興，卻不問問與我何干……

及我獲釋後去上海，一下火車即去尋蘇青。蘇青很高興，從她的辦公室陪我上街吃蛋炒飯。我問起張愛玲，她說張愛玲不見人的。問她要張愛玲的地址，她亦遲疑了一回才寫給我，是靜安寺路赫德路口一九二號公寓六樓六五室。

翌日去看張愛玲，果然不見，只從門洞裏遞進去一張字條，因我不帶名片。又隔得一日，午飯後張愛玲卻來了電話，說來看我。我上海的家是在大西路美麗園，離她那裏不遠，她果然隨即來到了。」──胡蘭成：《今生今世──民國女子》

2

一九三八年的冬天，張愛玲離家出走，從蘇州河往靜安寺，是逃出生天；然而一九四四年的春天，她從靜安寺往美麗園的這段路，卻是一條死巷。

關於胡蘭成的情事，早已被他自己在《今生今世》中寫得爛熟了。後來各種版本的張愛玲傳記的華彩部分，也都是以這部《今生今世──民國女子》為底

稿，幾乎沒有任何超乎其外的細節。

張愛玲在一九六六年十一月四日致好友夏志清的信中說：「胡蘭成書中講我的部分，纏夾得奇怪，他也不至於老到這樣。」——顯見是不贊成的。

但是後來她自己寫《小團圓》，其間的大致脈絡與情節卻是與〈民國女子〉一般無二，並沒有太多出入的。比並來看，倒是胡蘭成充滿了溢美之辭，努力去描繪她的柔、善與聰慧；而張愛玲克己甚嚴，著力描寫自己人性中的自私與冷漠，以及愛情的虛無。就像她在寫給宋淇的信裏所說的那樣：「我在《小團圓》裏講到自己也很不客氣，這種地方總是自己來揭發的好。」——太不客氣了些。

我於是又努力地尋找有關胡張之戀的另外記錄，片言隻語都視為珍寶。然而發現當時見過他們兩個在一起的人並不多，又或是格於時局，見了也不肯寫下來；肯寫的，又多半「纏夾得奇怪」，紕漏百出，不足為信；唯有作家李黎對胡蘭成侄女胡青芸的採訪最為珍貴難得，也最樸實可信。

青芸說：張愛玲第一次到美麗園，是到三層樓胡蘭成房間談的話——朝南的一間，其他給別人做辦公室。

又說：張愛玲長得很高，不漂亮，看上去比我叔叔（胡蘭成）還高了點。服裝跟別人家兩樣的——奇裝異服。她是自己做的鞋子，半隻鞋子黃，半隻鞋子黑的，這種鞋子人家全沒有穿的；衣裳做的古老衣裳，穿旗袍，短旗袍，跟別人家兩樣的；這個時候大家做的短頭髮，她偏做長頭髮，跟人家突出的；後來兩家熟了，叔叔帶我去常德路，帶我去認門兒，這樣認得了。跟我很客氣，我比她大，喊她「張小姐」，她喊我名字，叫我「青芸」。

果然是一個鮮活的張愛玲！沉靜、疏遠、奇裝炫人、不漂亮。

——然而胡蘭成卻依然驚豔了，卻驚也不是那種驚法，豔也不是那種豔法。愛玲的清逸含蓄，超出了他以往對於女性美的所有的經驗與想像。

他後來一再用「柔豔」這個詞形容張愛玲，而他眼中的張愛玲也確與我們想像的不同，是一個道地的美麗的既聰明靈透又溫柔多情的女人！是玉女！也是九天玄女！他自她手裏得來無字天書。

他把她來比桃花女，比樊梨花，比哪吒——然而其實他自己才是哪吒，素人無情。小時候，家鄉發大水，牛羊稻穀都在水中漂，家人拖男挈女站在房

頂，愁苦對泣，他卻只是放歌，對著湯湯洪水高聲嘯吟，氣得他娘罵他：「你是人是畜牲！」

愛玲沉靜地聽著，聽到他母親罵他的話，不說對也不說錯，卻講起炎櫻在炮彈中潑水唱歌的事。

於是他知道，她懂得了他，在替他辯護，也在稱讚。他著實感激，於是又同她講自己在南京的事情，問她每月的稿費收入，批評時下流行的作品，談看〈封鎖〉的感受……

她聽著，也漸漸吃驚了，因為他同樣是她從來沒見過的那種人，甚至也從沒在想像裏出現過，也從沒在筆下描摩過，這個人就是這個人，無法描述，無法評價。他在她面前時，是真實的，獨特的，性情鮮明的；然而他一轉身，她便覺得茫然，覺得生疏，覺得不認識。

她生平從來沒有不能形容的人與事，然而對於他的一言一行，她竟然有些辭窮了。

時間過得真快，來時豔陽高照，轉瞬暮色四合，她站起來告辭。

他送她，從美麗園到靜安寺路，抄捷徑，走外國公墓。疊疊重重的青白石碑，碑上站著張開翅膀的小天使，瞪著石白的眼珠子看著他們。這情形其實是有點磣人的，然而敏感的她竟然忘了害怕，只顧聽他說話。

他的話可真多，也有趣，尋常說話也像在做演講，極有煽動力。他說童年往事和求學經歷，說日本文化與中國的不同，說自己對歌舞與繪畫的見解，也說《紅樓夢》與《金瓶梅》……一直送到愛丁頓樓下，話還沒有說完，他看著她，有些戀戀不捨；她亦看著他，是鼓勵的眼神。

於是他說：「明天我來看你吧。」是詢問的語氣，其實已是約定。

在他們對望的瞬間，有什麼事情已經在他們不知道的時候，悄悄地發生了。

第二天，果然等著他，淡淡地塗了口紅，灑了香水。

她平時見女客也要打扮過的，並不只是為他——然而為他打扮，心情多少不一樣，既不是不修邊幅，亦不肯太過隆重。於是挑了寶藍綢襖褲，戴著嫩黃邊眼鏡，鮮荔枝一樣半透明的清水臉，搭著桃紅色的唇膏，是家常的打扮，可

是豔，柔豔。像一朵花含苞欲放，香氣卻已然馥郁，揚滿一室。

　　孤標傲世偕誰隱，一樣開花爲底遲？

　　同齡的女生早在大學裏已經個個都成了調情高手，香港戰亂時學校停課，男生整日膩在女生宿舍裏玩紙牌，玩到半夜還不肯走。第二天一早，女生還沒起，那男生倒又來了。隔壁只聽見女生嬌滴滴的欲迎還拒：「不嘛，我不，不嘛。」旁若無人。一直糾纏到下床穿衣爲止。愛玲在隔壁聽得清楚，倒替人家臉紅半晌，有種莫名的羞恥感，恨不得回到孔子座前去默書。

　　對於愛情，她曾經耳濡目染，也曾經筆下生花，現實中，卻是「沾衣欲濕杏花雨，吹面不寒楊柳風」；不知怎的，今天卻有些不同尋常，港大宿舍的情形忽然翻起在心頭，便是那女孩子的聲音也響在耳邊：「不嘛，我不嘛。」好不驚心。

　　坐在書桌前寫字，腦子裏滿滿，卻寫不出；於是又看一回書，終究也不知看了些什麼。每一次門響，既盼著是他，又怕是他，因爲總覺得沒有準備好；及至他真個來了，她卻只是默然，仍似第一次見面。

　　他也比昨日拘謹，是被她房裏的佈置擺設所震壓，覺得滿屋裏文明清爽，而又兵氣縱橫。她這個人，也是帶著殺氣的 —— 不是「殺無赦」的殺，而是碧羅春茶又稱作「嚇殺人香」的殺，正大仙容，淹然百媚。

　　他走後，她仍然坐在原位一動不動，彷彿吸收他留下來的空氣。盤裏的煙蒂捨不得倒，都收在一隻舊信封裏。

　　中國人的月老是花白鬍子的糟老頭兒，西洋人的愛神丘比特是個乳臭未乾的神箭手。

　　他是被西洋的箭射中了，血濺桃花扇，久了，卻像蚊子血；而她卻是被古老的紅線縛住了，從此千絲萬縷，扯不斷，理還亂。

3

　　張愛玲在認識胡蘭成一個月後曾寫了一篇短文〈愛〉，彷彿爲這一段情佐證 —— 是風吹簾櫳，看到美人半面。

文章開篇先巴巴地寫著「這是真的」，然後才講故事——

「這是真的。

有個村莊的小康之家的女孩子，生得美，有許多人來做媒，但都沒有說成。那年，她不過十五六歲罷，是春天的晚上，她立在後門口，手扶著桃樹。她記得她穿的是一件月白的衫子。對門住的年輕人同她見過面，可是從來沒有打過招呼的，他走了過來，離得不遠，站定了，輕輕地說了一聲：『噢，你也在這裏嗎？』她沒有說什麼，他也沒有再說什麼，站了一會，各自走開了。

就這樣就完了。

後來，這女子被親眷拐子，賣到他鄉外縣去做妾，又幾次三番地被轉賣，經過無數的驚險的風波。老了的時候，她還記得從前那一回事，常常說起，在那春天的晚上，在後門口的桃樹下，那年輕人。

於千萬人之中遇見你所遇見的人，於千萬年之中，時間的無涯的荒野裏，沒有早一步，也沒有晚一步，剛巧趕上了，那也沒有別的話可說，唯有輕輕地問一聲：『噢，你也在這裏嗎？』」

「這是真的。」是強調故事是真的，還是強調心是真的，情是真的？

這個故事是她從胡蘭成那裏聽來的，故事中的女孩即胡蘭成髮妻的庶母。他的過去，並沒有刻意瞞她，她亦不是不知道他劣跡斑斑，背景又有點不清不楚——結過兩次婚，目前又與舞女同居——然而女人總以為壞男人會因她而改變。越是在別的方面聰明的女子於此越癡。

他的多情，他的狂妄，他的放蕩不羈，對於她都是一種新鮮的刺激。而他的才華橫溢與溫情款款，更是不能拒絕的毒藥，比鴉片尤為致命。

對於侄女的反常，張茂淵十分不安，她同愛玲深談了一次——台灣作家三毛以張愛玲為原型編劇的電影「滾滾紅塵」裏有句台詞：「這種人說好聽點，是文化官；說難聽點，是漢奸。你乾乾淨淨的一個大小姐，惹這種人幹嘛？」——是替姑姑問的吧？

愛玲是敬重姑姑的，於是寫了一張字條叫人送給胡蘭成：「明天你不要來了。」

送去了，又覺得後悔，覺得失落——走了這麼遠的路，經歷了這麼多的面孔，才終於遇見他，同他說：「你在這裏。」這麼快，又要分開了嗎？

就這樣擦肩而過，就這樣失之交臂，就這樣永不再見？怎麼甘心！

一整天都是恍惚的，老是側著耳朵聽電梯響。每一次電梯「空啌空啌」地上來，心也跟著「嘭唪嘭唪」地提上來，一直提到了嗓子眼兒，聽到敲門聲，更是驚得目瞪口呆，直看著姑姑發愣。

張茂淵問：「是送牛奶的來了。你怎麼不開門？」

她低了頭不說話。她不敢開門。既怕開門看不到他。更怕開門看到他。

「於千萬人之中遇見你所遇見的人，於千萬年之中，時間的無涯的荒野裏，沒有早一步，也沒有晚一步，剛巧趕上了。」

這是一段情的緣起，也是一段情的結局——若果然是「就這樣就完了」倒也罷了。

可惜沒完，完不了。

他到底還是來了。她看見他，立時笑了，臉上開出一朵牡丹花。張茂淵看在眼中，心頭暗暗歎息，一聲不出，拿起皮包便出門了。

於是小小斗室裏又只剩下他同她了。他終於明白地對她說：「我們永遠在一起好不好？」

「你太太呢？」

「我可以離婚。」

她有點震動，卻推拒地說：「我現在不想結婚，過幾年我會去找你。」

——她從認識他那天起已經預知了他將來有一天會逃亡，或是鄉村，或是某個邊遠小城，而她會山長水遠地去找他，他們在昏黃的油燈影裏重逢。

但是晚上姑姑回來，她卻帶笑報告：「他問我可不可以永遠在一起，說他可以離婚。」

張茂淵看著侄女喜滋滋待笑不笑的樣子，不禁再歎了一聲，半晌，輕輕說：「你同他在一起，我是不贊成的。然而你也大了，自己的事，自己有數罷。」

這樣一來，算是過了明路了。從此後，胡蘭成索性天天來了，坐在愛玲房

中，談詩看畫，一坐便是整日。

「她永遠看見他的半側面，背著亮坐在斜對面的沙發椅上，瘦削的面頰，眼窩裏略有些憔悴的陰影，弓形的嘴唇，邊上有稜。沉默了下來的時候，用手去撚沙發椅扶手上的一根毛呢線頭，帶著一絲微笑，目光下視，像捧著一滿杯的水，小心不潑出來。」

「她覺得過了童年就沒有這樣平安過。時間變得悠長，無窮無盡，是個金色的沙漠，浩浩蕩蕩一無所有，只有嘹亮的音樂，過去未來重門洞開，永生大概只能是這樣。這一段時間與生命裏無論什麼別的事都不一樣，因此與任何別的事都不相干。她不過陪他多走一段路。在金色夢的河上划船，隨時可以上岸。」──張愛玲：《小團圓》

他說她：「你跟你姑姑在一起的時候像很小，不跟她在一起的時候又很老練。」她想一想，低頭微笑，覺得他說得很對。

有時炎櫻來了，三個人說說笑笑，更是熱鬧——因為得不著姑姑的祝福，炎櫻的支持，便成了張愛玲最大的依傍。她有時要胡蘭成陪著去炎櫻家玩，彷彿親戚竄門，是在閃閃躲躲裏尋找光明正大的感覺。

胡蘭成是見著女人便要獻殷勤的，嘴上抹油，甜言蜜語不斷。愛玲坐在一旁，聽兩人鬥嘴取樂乃至調情，卻只是笑著，覺得好，絲毫沒有不快。

炎櫻把張愛玲昵稱「張愛」，把胡蘭成昵稱「蘭你」，配成一對。夏天時，胡蘭成去武漢，炎櫻給他寫信，還是愛玲替她翻譯的：「親愛的蘭你，你在你那個地方，是要被蒸熟了吧？」

後來張愛玲在遊記散文〈異鄉記〉裏寫一個女子千里迢迢去溫州尋夫，那男人的名字叫作「拉尼」，想來就是由「蘭你」音譯的——逃亡、尋找、小城的重逢，一切都照應了她的預感，只是沒有了油燈影裏的溫存，現實永遠比預想更加殘酷。

但那已經是後話。

如今是他們最好的時光，兩個人可以在公寓小屋裏擁坐整個下午而不嫌煩絮，有時候也一同去看蘇青，胡蘭成仍是一種含情調笑的態度，張愛玲也只是

處之泰然。

胡蘭成在《今生今世》裏說：「我已有妻室，她並不在意。我有許多女友，乃至挾妓遊玩，她亦不會吃醋。她倒是願意世上的女子都歡喜我。」

我驚心於張愛玲的大方，抑或是一種無奈的自矜？——吃醋也無效，反而有傷風度，索性只得大方。

那樣的瀟灑，於我是不可想像的，我自己在感情上向來是霸道自私的，我要的，是「一生一代一雙人」的愛，而且是全部的愛，不能攙一點兒假。有讀者投信求助，聲言愛上已婚男人，痛苦不堪，試圖自殺。我回信說：你要是死了，也是賤死的。被編輯們群起而攻之，以為太過刻薄，不符合主編身分。

然而想到張愛玲的家史，卻又覺得容易理解——張佩綸何嘗不是挾妓嘯遊的風流才子，張廷重也因娶姨奶奶惹得太太生氣，還有她的那些大爺們——她家裏的男子都是娶著一個以上姨太太的，她都從來沒見過癡心專情的男子，又如何可以期冀？

她是擅長寫愛情故事的，並且堅信「有目的的愛都不是愛」，在《易經》裏甚至說：「真正的愛是沒有出路的，不會有婚姻，不會有一生一世的扶持，一無所求，甚至不求陪伴。」

胡蘭成無疑是最接近她愛情理想的一個，風流瀟灑，才華橫溢，連缺點也是迷人的——他是結了婚的人，且做過汪偽的官員，和日本人又過從甚密。她與他在一起，世人都要反對的，連同自己的親姑姑也不予祝福。這使得他們的愛情一來就帶著悲劇的色彩，因為不可能、無目的，而使得這愛益發堅忍不拔。

她心甘情願地為他煩惱，為他傾心，為他委屈，為他堅持，甚至送他一張照片，在後面寫著：

「見了他，她變得很低很低，低到塵埃裏，但她心裏是歡喜的，從塵埃裏開出花來。」

寫出這樣文字的女子，是尤物；辜負這樣女子的男人，是該殺！

4

去國之後，張愛玲先寫了英文自傳《雷峰塔》和《易經》，後又寫了中文自傳《小團圓》，卻都未拿出發表。倒是晚年所寫的《對照記》，一九九五年獲得了台灣《中國時報》「文學獎特別成就獎」。

於是，此前我一直都以爲那是張愛玲唯一的自傳，是她對自己一生人的總結，而由於兩任夫君胡蘭成與賴雅都未能留照其中，使我以爲張愛玲對於自己的婚姻往事是不願提及的。

——這解釋了我最初看到《小團圓》時爲什麼會那樣抵觸與震驚。相比於《小團圓》裏她對於自己情感的剖析，連親吻與床戲也要拿來刻薄一番的冷漠，我寧可偏向於胡蘭成《今生今世》裏的金童玉女，相信胡蘭成眼中的民國女子才更像是二十四歲時的她。

《今生今世》翻開來，劈面第一句便是「桃花難畫，因要畫得它靜」，只這一句已經將我征服了。有大氣，有詩意，有悟性，還有柔情——當年張愛玲也是被這些征服的吧？那一剎那我覺得理解了她。

他是真的懂她，敬她，欣賞她；而她也不由得要爲他的才情傾倒——或者說「跌倒」。

他們談詩，論詞，說畫，講音樂，她每一句話都使他心動，是小和尚被師傅用木魚當頭一喝；而她亦驚訝於他對她的知與解，彷彿在他的話裏重新看到一個新的自己，更好更美更純粹的自己。

他的話經她一開解，便有了新的意思與境界；而她的人經他一描述，亦有了新的形象與精神——是她，又不是她，如「花來衫裏，影落池中」，別人見不到的她的好，都一一落在他眼裏，並且清切地懂得，於是花更美，影更豔。他形容她「柔豔剛強，亮烈難犯」，是「民國世界的臨水照花人」，又說：

「張愛玲的頂天立地，世界都要起六種震動。」

「張愛玲是使人初看她諸般不順眼，她決不迎合你，你要迎合她更休想。你用一切定型的美惡去看她總看她不透，像佛經裏說的不可以三十二相見如

來，她的人即是這樣的神光離合。偶有文化人來到她這裏勉強坐得一回，只覺對她不可逼視，不可久留。好的東西原來不是叫人都安，卻是要叫人稍稍不安。」

「可是天下人要像我這樣喜歡她，我亦沒有見過。誰曾與張愛玲晤面說話，我都當它是件大事，想聽聽他們說她的人如何生得美，但他們竟連慣會的評頭品足亦無。她的文章人人愛，好像看燈市，這亦不能不算是一種廣大到相忘的知音，但我覺得他們總不起勁。我與他們一樣面對著人世的美好，可是只有我驚動，要聞雞起舞。」

讚美的話是一張作畫的宣紙，一旦由男子的口裏說出，而被女子服貼地聽在耳中，那女子也就變成了紙上的畫，被固定在讚美的詞語裏，徒具色相，失了本真──她便是這樣地傻了一回。

她說：「因爲懂得，所以慈悲。」

──是他更懂得她，還是她更懂得他？

他說：「桃花難畫，因要畫得它靜。」

──他是懂畫的人，卻不是惜花的人，於是，他一生桃花，難描難畫。

張愛玲，是胡蘭成的第幾枝桃花？

一部《今生今世》，先後寫了與胡蘭成有關的八個女子：唐玉鳳、全慧文、應英娣、張愛玲、周訓德、范秀美以及一枝和佘愛珍。

唐玉鳳爲胡蘭成原配，這是沒有什麼異議的。唐玉鳳病故後，他又經人介紹娶了全慧文爲妻，生了二子二女。然而全慧文患有精神病，於是他在旅館包了房子與應英娣同居，後來又接去南京，另成了一個家。認識張愛玲時，他正值賦閒，卻還是上海南京兩頭走，便是爲了應付兩頭家。

胡蘭成之子胡寧生在《有關父親胡蘭成》中回憶說：

「胡蘭成早年娶妻唐玉鳳，生子胡啟。唐玉鳳病故後，胡蘭成在廣西南寧娶妻全慧文。自一九三四年至一九四一年間，全慧文生長子寧生、長女小芸、次子紀元、次女先知。自一九四一年後，胡蘭成生活、工作在南京，偶爾回上

海大西路家中，我等子女尚年幼，對當年的生活均印象不深，上海家中事全由侄女胡春雨（即青芸）料理。全慧文因語言不通，少與人交往，常日讀古書，彈風琴度日。一九四三年前後，張愛玲曾來大西路我家作客。胡蘭成也曾帶著子女去張愛玲的寓所訪問。張愛玲當時應該知道胡蘭成與全慧文並未感情破裂，也沒有離婚。全慧文當時雖然不怎麼需要用錢，但胡蘭成仍然經常給她頗多的私房錢。」

這裏面，全不承認應英娣其人的存在，而正面說明了張愛玲與胡蘭成往來時，是很清楚他的家庭情況的。

胡蘭成幼子胡紀元則回憶：

「那時美麗園二十八號（現延安西路三七九弄二十八號）全為我家居住，三樓東間是我母親全慧文和寧生住，西間有陽台，常有鄉下客人來住。二樓東間是青芸和我住，西間是書房，一樓東間是阿啟住，西間是飯廳。兩個亭子間是兩位女傭與小芸、先知住。有時鄉下來人多時，汽車間也能住人。父親回家常到戶外空地上打太極拳，我和一些小孩跟著學。父親常在書房寫毛筆字，喜歡下圍棋，逗小孩玩。母親喜歡吟誦古文，詩詞，用洞簫吹『蘇武牧羊』等古曲。」

無論是胡蘭成還是他的兩個兒子都不肯說明的一點是：全慧文患有精神病，無法持家，所以胡蘭成才將侄女青芸從鄉下接出來，幫他管家、照料全慧文及一幫子女。全慧文生胡紀元時已經得病，在月子裏欲給嬰兒餵奶，被青芸將孩子一把奪過，她擔心全慧文的病理基因會通過奶水影響下一代。

胡蘭成雖然用情不專，然而對全慧文卻是盡了一個做丈夫做父親的責任的。他與應英娣的關係，也是建立於全慧文患病之後。

因此，他與愛玲交往的時候，與全慧文的婚姻其實已經事實作廢；而與英娣，則只是同居。

據青芸回憶說，那時候胡蘭成辦報，夜裏寫稿子，累得連對著桌上的香煙都沒力氣伸手去拿。全慧文偏在這個時候發病，又吵又鬧，於是胡只好住到旅

館裏去。後來，就有了個舞女英娣來陪，他乾脆不回家了。

青芸去問司機：「胡先生在啥地方？」司機先是說不曉得，後來又說：「這不好講給你聽的，講給你聽我工作沒了。」

青芸再三保證他的工作丟不了，又悄悄跟蹤他，這才在「新新公司」的旅館裏找到了胡蘭成，理直氣壯地問：「你在外面住了這麼久，家裏的事不管啦？」

胡蘭成說：「我現在跟這個女人成家了。」

青芸說：「噢，成家啦？住旅館多貴呀。要不，你帶這個女人回去吧。」轉身又對英娣說：「帶你回去，但不許干涉我家裏的事情，不能管弟弟妹妹，我嬸嬸有神經病，你不能虐待她。」

至於英娣與胡蘭成的分手，青芸也記得很清楚：「叔叔到武漢去，英娣來了上海，住在熊劍東家。叔叔跟我說：『熊劍東太太叫我跟英娣分開，讓她另外嫁出去。』我說：『這人早就該嫁出去了。你要這麼多人做什麼？』後來便聽說熊劍東讓英娣嫁出去了。」

胡蘭成在《今生今世》裏輕描淡寫一句「但英娣竟與我離異」，將此事一言帶過，彷彿無辜。而事實上是他的好友熊劍東夫妻很強勢地給英娣施了壓力，又付了一筆贍養費，才迫她離開的。或許是因為大家都更贊成張愛玲的緣故吧。胡在後文中提及在日本時又與英娣見過面，說「應小姐原是我的前妻，昔年為了張愛玲，發脾氣離了我。」明說是為了張愛玲。

然而將愛玲與英娣相提並論已經是委屈了，所以愛玲才會在給夏志清的信裏說：「胡蘭成會把我說成他的妾之一，大概是報復。」完全不屑與諸人為伍。

她當然不肯答應。便連青芸也不答應，英娣算什麼，一個姘居的舞女而已。

青芸對英娣的態度與胡寧生完全一致——不承認！她且明白地說：「英娣不算夫妻。（婚約）紙頭不看見，伊拉（張胡）結婚我看見的。」

這真是一言既出，石破天驚，雲垂海立。

第九章　與子相悅

1

　　我的靈魂行走在愛情的荊棘路上，孤獨地行走著，舉步維艱，尋找一條不受傷的捷徑。我沒有找到，張愛玲也沒有找到；我沒有替張愛玲找到那捷徑；我的靈魂在哭泣。

　　張愛玲不哭。她選擇了自己要走的路，便已決定面對荊棘。她是坐在水晶球裏看未來的預言者，並且早已在〈紅玫瑰與白玫瑰〉裏爲自己寫下了愛的預言：

　　「也許每一個男子全都有過這樣的兩個女人，至少兩個。娶了紅玫瑰，久而久之，紅的變了牆上的一抹蚊子血，白的還是『床前明月光』；娶了白玫瑰，白的便是衣服上的一粒飯黏子，紅的卻是心口上的一顆朱砂痣。」

　　她把人情世故看得這樣透，唯獨不能看穿她自己——或者，她把自己也看透了，卻不能左右。

　　他和她相遇。兩個世故而精刮的人。

　　他的世故在心裏，她的世故全寫在臉上了。然而她的心底無助而渴望激情，他的臉上則充溢著過分的熱烈，那刻意製造的返樸歸真恰恰是一種矯飾和偽裝。

　　他們都是這樣在意「活著」的人，但她的熱情是旁觀，他卻是充滿了興頭

要參與。他曾說過：假如她是個男人，他也一定會來找她，所有能發生的關係都要發生。

他喜歡將她抱在膝上，輕輕撫摸她，歎息：這樣好的人，可以讓我這樣親近。

一九四四年三月十五日出版的《新東方》上，有一篇胡蘭成的評論文章〈皂隸、清客與來者〉，高度評價了張愛玲的〈封鎖〉，這是他與她的第一次公開「牽手」，在某種意義上亦可說是一種預言——

「張愛玲先生的〈封鎖〉，是非常洗練的作品。在被封鎖的停著的電車上，一個俗不可耐的中年的銀行職員，向一個教會派的平凡而拘謹的未嫁的女教員調情，在這謀生的短短一瞬間，男的原意不過是吃吃豆腐消遣時光的，到頭卻引起了一種他所不曾習慣的惆悵，雖然僅僅是輕微的惆悵，卻如此深入地刺傷他一向過著甲蟲一般生活的自信與樂天。女的呢，也戀愛著了，這種戀愛，是不成款式的，正如她之為人，缺乏著一種特色。但這仍然是戀愛，她也仍然是女人。她為男性所誘惑，為更潑辣的人生的真實所誘惑了。作者在這些地方，簡直是寫的一篇詩。

我喜歡這作品的精緻如同一串珠鏈，但也為它的太精緻而顧慮，以為，倘若寫更巨幅的作品，像時代的紀念碑式的工程那樣，或者還需要加上笨重的鋼骨與粗糙的水泥。」

〈封鎖〉是張愛玲與胡蘭成相識相見的「媒妁之言」，而胡蘭成在這篇文章裏對〈封鎖〉的解讀，則太像是一篇比擬二人關係的寓言：一個過著甲蟲生活的男人在封鎖時期吃吃豆腐消遣時光，而一個沒有戀愛經驗的女人被這潑辣的人生的真實所誘惑了。然而一旦封鎖解除，電車照開，兩人分道揚鑣，這一段愛情插曲也便無疾而終。

冰雪聰明的張愛玲是水晶心肝玻璃人兒，她看了這篇文章，不會毫無所感的吧？

後人公推傅雷在《萬象》五月號上發表〈論張愛玲的小說〉是有關張愛玲評論文章的第一篇，並認為張愛玲〈自己的文章〉是對傅雷的回應，這主要是由於柯靈的〈遙寄張愛玲〉的誤導：

「《萬象》上發表過一篇〈論張愛玲的小說〉，作者『迅雨』，是傅雷的化名，現在已不成為秘密，這是老一輩作家關心張愛玲明白無誤的證據……張愛玲的反應，是寫了一篇隨筆，遠兜遠轉，借題發揮，實質是不很禮貌地回答說：『不！』很久以前，文壇上流行過一句玩笑話：『老婆人家的好，文章自己的好。』張愛玲這篇隨筆的題目，就叫做〈自己的文章〉。」

然而〈皂隸、清客與來者〉叫我們知道，胡蘭成評張愛玲，還在傅雷之前，早了兩個月。而張愛玲的〈自己的文章〉，與其說是回應「迅雨」的評論，勿寧說是對胡蘭成說「不」，且看：

「一般所說『時代的紀念碑』那樣的作品，我是寫不出來的，也不打算嘗試，因為現在似乎還沒有這樣集中的客觀題材。我甚至只是寫些男女間的小事情，我的作品裏沒有戰爭，也沒有革命。我以為人在戀愛的時候，是比在戰爭或革命的時候更素樸，也更放恣的。戰爭與革命，由於事件本身的性質，往往要求才智比要求感情的支持更迫切。而描寫戰爭與革命的作品也往往失敗在技術的成分大於藝術的成分。和戀愛的放恣相比，戰爭是被驅使的，而革命則有時候多少有點強迫自己。真的革命與革命的戰爭，在情調上我想應當和戀愛是近親，和戀愛一樣是放恣地滲透於人生的全面，而對於自己是和諧。」

這裏特地將「時代的紀念碑」標了雙引號，因為是明明白白地套用了胡蘭成的字眼並予以反駁，並非對準傅雷，也沒有「不很禮貌」的意思，更非「遠兜遠轉」，依我說倒是頗為「直截了當」、「理直氣壯」的。

而且這篇文章發表於《新東方》一九四四年五月，從時間和媒介上也更合乎情——是看了三月《新東方》胡蘭成的〈皂隸、清客與來者〉做出的反應。如果是回覆傅雷，大可在《萬象》上予以回覆，總不成柯靈不給她說話的版面

吧？

　　至於題目叫做〈自己的文章〉，也未必是因為柯靈所說的「老婆人家的好，文章自己的好」，倒有可能是同蘇青開的一個玩笑，因為蘇青早在一九四三年十月已於《風雨談》第六期發表過一篇〈自己的文章〉。所以張愛玲的這篇稿子，很有可能是照搬了蘇青的題目，遊戲筆墨的意味占了很大比重，是夫妻朋友間的一個文字遊戲。與傅雷無干，更與柯靈無干，實在是旁人自作多情了。

　　蘇青是張愛玲與胡蘭成的介紹人，他們倆的交往瞞著全世界，卻不瞞蘇青與炎櫻。胡蘭成在雜誌上評論愛玲，她或許拿著那雜誌又笑又罵地同蘇青議論過，又借了蘇青的一個標題寫了篇回覆文章——這三個人之間常相往來，以文會友，戲謔無拘，把報刊當自家客廳鬥鬥嘴取取樂也是很可能的。若然不信，將胡蘭成的〈談談蘇青〉和張愛玲的〈我看蘇青〉比並著看就知道了。

　　蘇青曾在《天地》創刊號上寫了〈論言語不通〉，而胡蘭成接著在第二期裏寫了〈「言語不通」之故〉；第六期裏張愛玲和蘇青各寫了一篇〈談女人〉，彼此應和，這就像張愛玲和胡蘭成曾經各寫過一篇〈中國人的宗教〉一樣，是較技，也是唱和；十八期上登了張愛玲的〈雙聲〉，是她與炎櫻的談話記錄，但是彷彿怕對不起蘇青似的，同期又發了〈我看蘇青〉……

　　還有一個輔證，是《新東方》五月號在發表張愛玲〈自己的文章〉同時，還發了一篇胡蘭成的短文〈瓜子殼〉。在這篇文章裏，他一改平時犀利理性縱論天下的文風，竭盡調侃之能事，寫了篇極輕巧精細的小文章：

　　「我是喜歡說話，不喜歡寫文章的。兩個人或者幾個人在一道，隨意說話，題目自然會出來，也不必限定字數，面對面的人或是摯友，或是仇敵，親密或者泛泛之交，彼此心中雪亮，而用語言來曲曲表達，也用語言來曲曲掩飾，有熱情，有倦怠，有謙遜，有不屑，總之有濃厚的空氣。倘是兩個十分要好的人在一道，於平靜中有喜悅，於親切中有一點生疏，說的話恰如一樹繁花，從對方的眼睛裏可以看出最深的理解和最高的和諧。又倘是夾在一些不相干的人群裏，他知道自己是為誰而說話，知道有誰是在替他辯護，也有一種高

貴的感覺……

然而寫文章，是把字寫在白紙上，沒有空氣沒有背景，所以往往變成自說自話。那麼把談過的記錄下來怎樣呢？記錄下來也不過是瓜子殼，雖然撒得一地，可是瓜子仁已經吃掉了。然而又非寫不可，好吧，就拿瓜子殼出來待客。」

胡蘭成在《今生今世》裏一再說自己的作文受了張愛玲的影響，彷彿在吃張愛玲的唾沫水，從這篇「習作」中已可以看到端倪。

這是他剛認識張愛玲三個月寫的文章，是在努力地學習「張愛玲的風氣」，連立意也是張愛玲給的——因同月《萬象》上載的張愛玲長篇小說〈連環套〉裏，剛好有一句：「照片這東西不過是生命的碎殼；紛紛的歲月已過去，瓜子仁一粒粒咽了下去，滋味各人自己知道，留給大家看的唯有那滿地狼藉的黑白的瓜子殼。」

胡蘭成大概很為這句雋秀的比喻喝彩，遂延展開來，寫了〈瓜子殼〉自娛，同時也是「曲曲表達」：他同她在一起，是「平靜中有喜悅，親切中有一點生疏，說的話恰如一樹繁花」，他們之間，有「最深的理解和最高的和諧」。文中且說：「一次和一位朋友說：你的那一篇關於中國人的宗教文章我讀了，不知怎的我的心只是往下沉，有一種淡淡的哀愁與深刻的不愉快。」——這「朋友」是誰，呼之欲出。

一面學習著張愛玲的技巧，另一面便對張愛玲的作品做出更深刻的評析——是對迅雨的回應，還是因「她的文章人人愛，好像看燈市，但我覺得他們總不起勁」，所以要聞雞起舞，讓眾人明曉她的好？

《雜誌》五、六月分期連載了胡蘭成長達萬言的評論文章〈評張愛玲〉，文中說：

「這故事（〈傾城之戀〉）結局是壯健的，作者刻畫了柳原的與流蘇的機智與伶俐，但終於否定了這些，說道：『他不過是一個自私的男子，她不過是自私的女人。』而有些讀者卻停留於對柳原與流蘇的俏皮話的玩味與讚賞，並

且看不出就在這種看似鬥智的俏皮話中也有著真的人性，有著抑制著的煩惱，對於這樣的讀者，作者許是要感覺寂寞的吧！」

這裏的「有些讀者」倒有可能是「不很禮貌」地直指「迅雨」，因其曾在〈論張愛玲的小說〉裏批評〈傾城之戀〉不夠深刻，所以他要替張愛玲「感覺寂寞」。他且在文章中又驚天動地地寫道：

「魯迅之後有她。她是個偉大的尋求者。和魯迅不同的地方是，魯迅經過幾十年來的幾次革命和反動，他的尋求是戰場上受傷的鬥士的淒厲的呼喚，張愛玲則是一株新生的苗，尋求著陽光與空氣，看來似乎是稚弱的，但因為沒受過摧殘，所以沒一點病態……

魯迅是尖銳地面對著政治的，所以諷刺、譴責。張愛玲不這樣，到了她手上，文學從政治走回人間，因而也成為更親切的。時代在解體，她尋求的是自由、真實而安穩的人生。

她是個人主義的，蘇格拉底的個人主義是無依靠的，盧梭的個人主義是跋扈的，魯迅的個人主義是淒厲的，而她的個人主義則是柔和、明淨的。」

這亦可看作是回應迅雨的「〈金鎖記〉頗有《狂人日記》中某些故事的風味」這一觀點。

至於張愛玲本人，她以悲憫的眼神看待世人，而後妙筆生花，把一枝一葉都描勒得清楚剔透；然而她的人卻是不染纖塵，對坊間評論向來不放心上，「報上雜誌上凡有批評她的文章的，她都剪存，還有冒昧寫信來崇拜她，她亦收存，雖然她也不聽，也不答，也不作參考。」（胡蘭成語）

對於迅雨的評論，胡蘭成已經積極地替她在《雜誌》上做了回覆，以她的個性與為人，當不至於窮追猛打地自己還要再補一篇文章來對抗，弄得並肩上陣似的——如果她果真這麼計較，也不會不關心「迅雨」是誰了。她與柯靈是那麼熟的朋友，也沒向柯靈打聽過此人是誰，可知對這件事並未掛心。直到一九五二年，的張愛玲離開上海，再度赴港讀書，結交了宋淇夫婦，才聽宋淇

說迅雨就是傅雷。然而知道了，也只是微覺驚訝，並沒有當作一件大事。

　　──從這一點也可以推測，當年她那篇〈自己的文章〉並非衝著迅雨去的，所以也不覺得自己得罪了誰。

　　柯靈在一九七八年九月的〈懷傅雷〉和一九八四年的〈遙寄張愛玲〉中兩次提到這件事，念念不忘，耿耿於懷，其實是有點過慮了。

　　「四十年代初，我和傅雷開始交往，冷不防就爆發了一場不大不小的衝突。那時我們祖國正處於艱苦的抗戰年代，上海已經淪陷，用傅雷的話說，那是『一個低氣丈夫的時代，水土特別不相宜的地方』。他用化名給《萬象》寫了一篇洋洋灑灑的論文，其中有一段話涉及到他和我都很尊敬的一位前輩作家（西按：即巴金）。傅雷在法國專攻的學科之一是藝術批評，這篇文章的重點就在於探討文學創作的藝術技巧。這類問題，本來完全可以各抒己見，無關宏旨。但一則我以為他的意見未必允當，再則這位前輩遠在重慶，而我又一向主張，在淪陷區的刊物上，為避免敵偽利用，不宜隨便議論身在抗戰前線的戰友，哪怕這種議論無傷大雅也罷。鑒於傅雷的倔勁相當出名，我採取先斬後奏的權宜措施，發表時把他這一段文字刪掉了。這惹得傅雷非常生氣，提出要我在報刊上更正，並向他公開道歉。但我通過朋友向他作了懇切的解釋，也就取得了諒解。」──柯靈：〈懷傅雷〉

　　這篇文章寫於一九七八年，那時國內對「張愛玲」三個字還態度模稜，這使被「文革」嚇怕了的柯靈在提起舊事時不但要著意避開張愛玲的名字，並且為了不讓人看出痕跡來，連巴金的名字也隱去了，用「前輩」代替。由此可見柯靈為人的小心謹慎。

　　然而他在一九八四年，終於大起膽子，把事情說得更明白了──

　　「其實傅雷的議論，還有個更高的立足點，那就是以張愛玲之所長，見一般新文學作品之所短，指出『我們的作家一向對技巧抱著鄙夷的態度。五四以後，消耗了無數筆墨的是關於主義的論戰。彷彿一有準確的意識就能立地成佛似的，區區藝術更不成問題。』一揚一抑，有一段還涉及巴金的作品。我以為

未必公允恰當，利用編輯的權力，把原稿擅自刪掉一段，還因此惹惱了傅雷，引起一場小風波。」──柯靈：〈遙寄張愛玲〉

　　不過，如果一定要說張愛玲有什麼回應的話，那麼我以為《傳奇》的出版大概是多少含著些負氣的意思的。因為傅雷曾在〈論張愛玲的小說〉結束語裏寫著：「一位旅華數十年的外僑和我閒談時說起：『奇蹟在中國不算稀奇，可是都沒有好下場。』但願這兩句話永遠扯不到張愛玲女士身上！」

　　這兩句話說得相當嚴重。而張愛玲在三個月後出版自己的第一部小說集，書名就叫做《傳奇》，四天之內全部銷光。大概算是給迅雨的一個答覆吧。

　　再則，就是一年後她將〈傾城之戀〉搬上舞台，並在公演前寫了篇文章，有意無意地回覆：

　　「〈傾城之戀〉因為是一年前寫的，現在看看，看出許多毛病來，但也許不是一般的批評認為是毛病的地方……

　　我喜歡參差的對照的寫法，因為它是較近事實的。〈傾城之戀〉裏，從腐舊的家庭裏走出來的流蘇，香港之戰的洗禮並不會將她感化成為革命女性；香港之戰影響范柳原，使他轉向平實的生活，終於結婚了，但結婚並不使他變為聖人，完全放棄往日的生活習慣與作風。因之柳原與流蘇的結局，雖然多少是健康的，仍舊是庸俗；就事論事，他們也只能如此。

　　極端的病態與極端覺悟的人究竟不多。時代是這麼沉重，不容易那麼容易就大徹大悟。這些年來，人類到底也這麼生活了下來，可見瘋狂是瘋狂，還是有分寸。」──張愛玲：〈關於「傾城之戀」的老實話〉

　　一九四四年八月二十六日新中國報社舉辦了一場「《傳奇》集評茶會」，席中有人問張愛玲：「對《萬象》上所刊的批評（迅雨文章）和《雜誌》上所刊的批評（胡蘭成文章），以為哪一篇適當？」

張愛玲答：「關於這，我的答覆有一篇〈自己的文章〉，刊在《新東方》上。」

為了這句話，後人便都以為她的〈自己的文章〉是答覆迅雨的了，然而綜合當時的情形就可以想明白，這明顯是耍花槍，不想正面解釋，因怕越描越黑。

——她總不能明說：不關迅雨的事，我是在跟胡蘭成對話呢！

倒是在〈我看蘇青〉裏，她借蘇青之口把自己要說的話給說出來了：「前兩天的對談會裏，一開頭，她發表了一段意見關於婦女職業。《雜誌》方面的人提出了一個問題，說：『可是……』她凝思了一會，臉色慢慢地紅起來，忽然有一點生氣了，說：『我又不是同你對談——要你駁我做什麼？』」

〈我看蘇青〉發表於《天地》雜誌一九四五年四月號。但我以為，這篇文章應該寫在一年前，是回應胡蘭成一九四四年八月發表的〈談談蘇青〉的。可是由於一連串的筆墨官司，加之她在這個月已與胡蘭成秘密結婚，而小報記者對她的韻事亦有所風聞，不住旁敲側擊，她不得不處處小心，於是把發表時間推遲了一年，免得又被人拿來做文章。還有一種可能，是這篇文章已經在別家雜誌發表過，在《天地》只是二稿，只不過我們還沒有找到更早的版本罷了——張愛玲那時以稿費為生，發重稿的現象是經常性的。一稿多投並不是今日文人的發明。

在這一年裏，關於張愛玲的筆墨官司實在是太多了。

迅雨〈論張愛玲的小說〉和胡蘭成〈評張愛玲〉還只是開端，止於文學創作，沒多少火藥味，並且對她的文學創作與聲名是不無裨益的。然而接下來與《萬象》老闆平襟亞的口角可就煩惱得多了。這要從「腰斬〈連環套〉」與「一千元灰鈿」的公案說起：

從一九四四年一月起，張愛玲在《萬象》雜誌連載長篇小說〈連環套〉，六期後忽然「腰斬」。這原因與傅雷的批評有沒有關係不得而知，但是張愛玲自己在後來的解釋是因為寫得差，「寫了半天還沒寫到最初給我印象很深的電影院的一小場戲，已經寫不下去，只好自動腰斬。同一時期又有一篇〈創世紀〉寫我的祖姨母，只記得比〈連環套〉更壞……自己也知道不行，也腰斬

了。」

　　我最初看〈連環套〉和〈創世紀〉時，只覺沉香綺豔，文句是典型的張愛玲式的精緻，令人玩味無窮。看得出那段時間是張愛玲的創作全盛期，警句妙語簡直像銀河落九天那樣飛濺出來，有種跳躍可喜的生命力，諸如：

　　「她今年三十一歲，略有點顯老了，然而就因為老相變粗糙了些，反而增加了刺激性。身上臉上添了些肉，流爍的精神極力地想擺脫那點多餘的肉，因而眼睛分外的活，嘴唇分外的紅。」

　　「她伸直了兩條胳膊，無限制地伸下去，兩條肉黃色的滿溢的河，湯湯流進未來的年月裏。她還是美麗的，男人靠不住，錢也靠不住，還是自己可靠。窗子大開著，聽見海上輪船放氣。清冷的汽笛聲沿著胳膊筆直流下去。」——張愛玲：〈連環套〉

　　「道上走著的，一個個也彎腰曲背，上身伸出老遠，只有瀠珠，她覺得她自己是屹然站著，有一種凜凜的美。她靠在電線桿上，風吹著她長長的鬈髮，吹得它更長，更長，她臉上有一層粉紅的絨光。愛是熱，被愛是光。」

　　「旁邊的茶几上有一盆梅花正在開，香得雲霧沌沌，因為開得爛漫，紅得從心裏發了白。老爹爹坐在那裏像一座山，品藍摹本緞袍上面，反穿海虎皮馬褂，闊大臃腫，肩膀都圓了。」——張愛玲：〈創世紀〉

　　——看著這些句子，人物早迫不及待地跳出來，簡直連眉毛鬍鬚都根根可數。花承節鼓，月落歌扇，這些句子彷彿不是寫出來，而是從鋼琴鍵子上彈出來的，一個個音符節韻都伶俐脆落，粒粒清圓。

　　然而也就是因為寫得太順了，又因是連載，趕得太急，疏於推敲，也就有了許多硬傷，其中陳腔濫調是最大的弊病。比如〈連環套〉裏霓喜侍候雅赫雅洗腳一段，問了句：「今兒個直忙到上燈？」雅赫雅道：「還說呢！……」完全是賈璉向王熙鳳抱怨她兄弟王仁的口吻；說著說著吵起來，雅赫雅「水淋淋的就出了盆，趕著霓喜踢了幾腳」，又成呆霸王追打香菱了——身分原也有幾分像，都是買來的妾；霓喜哭鬧著，跳腳撒潑，冷笑道：「我索性都替你說了

罷：賊奴才小婦，才來時節，少吃沒穿的……」倒又轉入《金瓶梅》的調調兒了。

張愛玲顯然是對《紅樓夢》和《金瓶梅》都熟爛得太過，隨手拈來，順流而下，簡直避都避不開。胡蘭成在這前後有兩篇短文討論讀書感想，說「看《紅樓夢》是很久以前的事了，近來忽又翻了一遍，覺得有些話說」；「這兩天閒來無事，我又看了一遍《金瓶梅》」——為什麼會忽然想要重讀呢，八成是因為和張愛玲常常談論，又多半敵不過張的嫻熟，遂發奮圖強，欲「溫故而知新」吧。而隨著他的重看，張愛玲想必也跟著溫習了一遍，即便不會完整地再看一遍，討論之際也少不得找出幾段精彩的來重新誦讀。浸淫其中，便不經意地流淌在文字中，作就了〈連環套〉的「紅樓遺風」。（〈創世紀〉是隔了一年才寫的，這風氣已經洗去許多，卻也腰斬了，我以為原因大抵是「影射」之故，該不是紅樓蔥的禍。）

重複前人是鬱悶的，寫上兩三萬字過過癮還可以，久了便覺茫然；然而《紅樓夢》那樣的語言風格分明又不能用來寫短篇，注定了是要長篇大論，寫一部隋唐演義那樣的巨著來的。〈連環套〉可說是當年未盡興的《摩登紅樓夢》的再一次嘗試，卻也像「話說隋末唐初時候」的有始無終了。

這當然會使買方，也就是《萬象》老闆平襟亞十分不滿，非但在報紙上撰文影射，而且公開登報，在《海報》上寫了篇〈一千元的灰鈿〉，說張愛玲虧欠了他一千元稿費。張愛玲於是去信辯白，後來又寫了篇〈不得不說的話〉寄給《語林》的錢公俠，而錢又讓平襟亞再寫了一篇〈一千元的經過〉，在報上同時發出，現各引一段——

張愛玲：「三十二年（一九四三年）十一月底，秋翁先生當面交給我一張兩千元的支票，作為下年正月份二月份的稿費。我說：『講好了每月一千元，還是每月拿罷，不然寅年吃卯年糧，使我很擔心。』於是他收回那張支票，另開了一張一千元的支票給我。但是不知為什麼賬簿卻記下的還是兩千元。……平常在報紙上發現與我有關的記載，沒有根據的，我從來不加以辯白，但是這件事我認為有辯白的必要，因為有關我的職業道德。我不願我與讀者之間有任何誤會，所以不得不把這不愉快的故事重述一遍。」

平襟亞：「當時曾搜集到張小姐每次取款證據（收條與回單），匯黏一冊，曾經專函請其親自或派人來社查驗，一一是否均為親筆，數額是否相符。乃歷久未蒙張小姐前來察看，迄今置之不問。物證尚在，還希張小姐前來查驗，倘有誣陷張小姐處，願受法律裁制，並刊登各大報廣告不論若干次向張小姐道歉。……尤以最後一次——五月八日深晚，張小姐本人敲門向店夥親手預支一千元，自動書一收據交由店夥為憑（現存本社）。自此次預支之後，竟未獲其隻字。故就事實言，迄今仍欠本社國幣一千元。」

單就這兩篇文章而言，各執一詞，莫衷一是，因而這件事枉打了許久的筆墨官司，到現在也沒有定論，也不可能會有什麼定論。但我以為無論真相是怎樣都好，平襟亞多少有些不厚道，張愛玲的小說已經替他賺了不少錢，莫說她不至於貪他一千塊灰鈿，就算是真，也不至於這樣紅眉毛綠眼睛地叫罵，真是越富越慳，為富不仁。

> 我個人因為做著雜誌主編，不免既要同作者打交道又要同稿費發生糾纏，有個網路推手新成立了間文化公司，為了炒作，竟然把我當靶子，也是拿稿費問題大做文章，無中生有地說已經將我告上法庭，並且把一張自製的所謂律師信在網上覆蓋了幾乎所有的論壇，一時炒得沸沸揚揚，讓我著實傷神，厭倦得想辭職，又怕更加坐實謠言，只得繼續與不喜歡的人與事糾纏下去。讓事實說話，讓時間證明——這說起來聽上去倒是很剛硬亮烈的，可是做起來，卻著實需要一點時間和毅力。而且也是沒有辦法中的唯一辦法。雖然事實和時間最終證明了空穴來風，然而我已經七癆八傷，一度幾乎對人性要失去信心。再見到張愛玲的這段軼事，心有戚戚，格外悲涼——文人天生就該隱居孤島，免得沾著人就沾著髒，沾著錢就更髒。可是我們又不能沒有錢。

事隔半個世紀，張愛玲在美國的好友、大學教授劉紹銘先生又提起這件事，認為：「張愛玲在錢財方面是講原則的，是她的，她堅決爭取；不是她

的，她堅決不要。」並舉了一例爲張愛玲鳴冤：電影「哀樂中年」歷來被認爲是桑弧與張愛玲合作的又一經典名片。一九九〇年，台北《聯合報》副刊在連載「哀樂中年」劇本時，署名爲張愛玲，並要寄稿費給她。然而張愛玲回信給編輯蘇偉貞寫：「這部片子是桑弧編導，我雖然參與寫作過程，不過只是顧問，拿了些劇本費，不具名。稿費謹辭，如已發下也當璧還……」

那時候，張愛玲在美國孤苦伶仃，生活窘困，然而不屬於自己的錢，仍然分文不取，可見其清貞。這篇文章，如果被平襟亞看到，不知道會不會有一點感想。

當然還有一種可能性——平襟亞這樣仇恨張愛玲，或是因爲《傳奇》沒有交給他出版的緣故（請見前文第七章所引用之柯靈回憶）。不過我們這些隔了六十年的旁觀者是不便妄測了。

但不管怎麼樣都好，假使張愛玲曾經真的欠了平襟亞一千元灰鈿也好吧，那麼六十年後，她也清還得有餘了，而且一直還到了她死後——張愛玲作品的版權後來一直是交給平襟亞的侄子平鑫濤打理的。即便在她死後，平鑫濤還是隔年便推出一部張愛玲「新作」來，賺得盆滿缽滿。

還是那句話：文如其人。從文字上看，平襟亞實在不是一個大度的人。當時有刊社組織作家寫接龍小說《紅葉》，他便假託一個老園丁的話寫出：

> 「某家園中，每逢月夜，時常出現一妖狐，對月兒焚香拜禱，香焚了一爐，又焚一爐，一爐一爐地焚著，直到最後，竟修練成功，幻爲嬋娟美女，出來迷人。」

讀者們自然都知道張愛玲寫過〈第一爐香〉、〈第二爐香〉，文章裏又一再地出現月亮，這狐仙是影射誰，不言而喻。平襟亞的雜誌是發過張愛玲多部小說的，一旦反面立即便罵人家是「狐仙」，也夠沒口德的。

小說寫到這裏，他又點自己的好友鄭逸梅續寫下去，然而鄭逸梅卻一筆撤開，不復提「狐仙」之事，顯然是不以平襟亞之舉爲然。

更不厚道的是，平襟亞且公開了張愛玲在一九四四年六月十五日寫給他的商榷小說宣傳問題的信件內容：

「我書出版後的宣傳，我曾計劃過，總在不費錢而收到相當的效果。如果有益於我的書的銷路的話，我可以把曾孟樸的《孽海花》裏有我祖父與祖母的歷史，告訴讀者們，讓讀者和一般寫小說的人去代我宣傳——我的家庭是帶有貴族氣氛的。」

關於張愛玲的貴族血統，是當時她面臨的又一樁筆墨官司，且又引出另一個更加卑賤的人物——潘柳黛。

3

張愛玲寫〈私語〉，寫〈童言無忌〉，寫〈燼餘錄〉，寫〈存稿〉，寫〈公寓生活記趣〉，將自己的故事說了許多，但並沒有任何文字提及自己的貴族血統。直到一九九二年的《對照記》裏才寫道：

「我弟弟永遠比我消息靈通。我住讀放月假回家，一見面他就報告一些親戚的消息。有一次他彷彿搶到一則獨家新聞似地，故作不經意地告訴我：『爺爺名字叫張佩綸。』……

又一天我放假回來，我弟弟給我看新出的歷史小說《孽海花》，不以為奇似地撂下一句：『說是爺爺在裏頭。』厚厚的一大本，我急忙翻看，漸漸看出點苗頭來，專揀姓名音同字不同的，找來找去，有兩個姓壯的。」

另則，她在〈憶胡適之〉一文裏也寫過：

「他（胡適）講他父親認識我的祖父，似乎是我祖父幫過他父親一個小忙。我連這段小故事都不記得，彷彿太荒唐。原因是我們家裏從來不提祖父。有時候聽我父親跟客人談『我們老太爺』，總是牽涉許多人名，不知道當時的政局就跟不上，聽了兩句就聽不下去了。我看了《孽海花》才感到興趣起

來，一問我父親，完全否認。後來又聽見他跟個親戚高談闊論，辯明不可能在簽押房撞見東翁的女兒，那首詩也不是她做的。我覺得那不過是細節。過天再問他關於祖父別的事，他悻悻然說：『都在爺爺的集子裏，自己去看好了！』我到書房去請老師給我找了出來，搬到飯廳去一個人看。典故既多，人名無數，書信又都是些家常話。幾套線裝書看得頭昏腦脹，也看不出幕後事情。又不好意思去問老師，彷彿喜歡講家世似的。」

然而這兩篇文字都是離開中國以後寫的。張愛玲在上海發表的作品裏，並沒有關於自己血統的炫耀，倒是《古今》主編周黎庵曾經寫過一篇〈《孽海花》人物世家〉，載於一九四三年十二月《古今》第三十七期，其中提到了他與愛玲見面的情形，說明他是從平襟亞那裏聽說了張愛玲的文名，並得知其身世與《孽海花》頗有淵源。

「近頃有以女作家名海上者，有張愛玲女士，吾友《萬象》主者平君襟亞揄揚甚力，嘗見平君之文於文章，謂女士南海人，方返自香港，其先人為《孽海花》說部中人物云云……既而某小姐介張（愛玲）女士來謁，既《古今》以數文（張愛玲的〈洋人看京戲及其他〉和〈更衣記〉就是發在《古今》上的），均清麗可誦，詢其家世，初頗茫然，僅謂先祖父母在《孽海花》中頗有一段ROMANCE（羅曼史）云。余大疑……乃詢其籍貫，則河北也；詢其父之外家，則合肥也。遂告女士以豐潤之後，亦既恍然……」

這裏面可以看出，張愛玲從前對於自己的身世並不深知，只是恍惚知道與李鴻章以及《孽海花》有關。直到周黎庵明確地告訴她，這才有了確定的瞭解。

這段話也同樣叫我們知道，此前平襟亞本來是很欣賞張愛玲，並且很以結交貴族後裔為榮的，並且早在一九四三年已經親自撰文大書特書張愛玲的身世——這也就是張愛玲出版《傳奇》時曾與他商量，要以《孽海花》為自己做宣傳的緣故，還是受了平襟亞與周黎庵的啟發才有的念頭。

後來張愛玲對於自己的身世越來越清晰，是一點點考據得出的成績，「因

為是我自己『尋根』，零零碎碎一鱗半爪挖掘出來的，所以格外珍惜。」——張愛玲：《對照記》

但是在此前，她大概與胡蘭成說起過這些事。而胡蘭成對張愛玲的貴族出身顯然很在意，還專程去南京大中橋裏府巷踏看過：

「張家在南京的老宅，我專為去踏看過，一邊是洋房，做過立法院，已遭兵燹，正宅則是舊式建築，完全成了瓦礫之場，廢池頹垣，唯剩月洞門與柱礎階砌，尚可想見當年花廳亭榭之跡。我告訴愛玲，愛玲卻沒有懷古之思。她給我看祖母的一隻鐲子，還有李鴻章出使西洋得來的小玩意金蟬金象，當年他給女兒的，這些東西，連同祖母為女兒時的照片，在愛玲這裏就都解脫了興亡滄桑。」

這座府邸，就是當年張佩綸續娶李菊耦時、李鴻章陪嫁給女兒的大宅，張廷重與張茂淵都是在那裏出生。這回「訪古」，張愛玲有沒有同去，不得而知。

不過第一次明確地披露了張愛玲天潢貴胄身世的人，的確是胡蘭成，但也只是在〈評張愛玲〉裏一筆帶過：

「和她相處，總覺得她是貴族。其實她是清苦到自己上街買小菜。然而站在她跟前，就是最豪華的人也會感受威脅，看出自己的寒傖，不過是暴發戶。這決不是因為她有著傳統的貴族的血液，卻是她的放恣的才華與愛悅自己，作成她的這種貴族氣氛的。

貴族氣氛本來是排他的，然而她慈悲，愛悅自己本來是執著的，然而她有一種忘我的境界。」

原本是夫子自道，不想卻惹惱了善妒的潘柳黛。

嫉妒是女人的天性，而張愛玲也實在太招人妒恨了，居然處處都比她強——文章比她好，當然這個她並不承認；身世比她尊貴，這個卻是著實惹惱了她

的；更關鍵的，是交往的男人也比她認識的那些阿貓阿狗們有名氣。

這可真是叫張愛玲說中了：「一個女人，再好些，得不著異性的愛，也就得不著同性的尊重，女人們就是這點賤。」

——潘柳黛就是這點賤。

在《退職夫人自傳》裏，潘柳黛洋洋得意地宣稱：「這一個時期，我有很多的男友，我不明白他們為什麼常常來找我。在這些男朋友裏，有詩人、有新聞記者、有畫家、有小說家、有理論家、有不上舞台的戲劇家、有沒有作品的作家……」——但是這些人裏，顯然沒有一個比胡蘭成更有名。

她且自詡：「我在上海文化界的地位，彷彿隨著天氣，一天比一天有名了。我認識了許多有名的人，有當時的達官，新貴，和舞台上數一數二的紅女伶，銀幕上熠熠刺人的明星。我幾乎每天都要出席一個以上的宴會，在那些宴會裏我總是身分最高貴的，唯一的執筆桿的小女人。」——這些宴會，顯然張愛玲沒有參加，一則張愛玲懶於應酬，極少拋頭露面；二則凡有張愛玲出席的宴會，也就輪不到她潘柳黛出風頭——看看這年三月十六日下午《雜誌》舉辦的女作家聚談會實錄就知道了。

聚談會在新中國報社社宅舉行，一座洋式住宅的石階上，圓圓地放著十來張椅子，主持人是《雜誌》的魯風、吳江楓，參與者有張愛玲、蘇青、關露、潘柳黛、汪麗玲、吳嬰之、譚正璧、藍業珍，喝著茶，磕著瓜子，不拘形式，隨便地談著。

也就在這次會上，張愛玲說自己的第一次作品是發在一九三八年英文《大美晚報》上的個人歷險，而第一篇中文作品是〈我的天才夢〉。她以為「女人的活動範圍較受限制，幸而直接經驗並不是創作題材的唯一泉源。」「好的作品裏應當有男性美與女性美的調和。女性的作品大都取材於家庭與戀愛，筆調比較嫩弱綺靡，多愁善感，那和個人的環境教育性格有關，不能一概而論。」至於取材，則是「也有聽來的，也有臆造的，但大部分是張冠李戴，從這裏取得故事的輪廓，那裏取得臉型，另向別的地方取得對白。」

她說話不多，然而一句是一句，言之有物，擲地有聲。問到「最喜歡的女作家」這個問題時，明明白白地說「最喜歡蘇青」。「踏實地把握生活情趣的，蘇青是第一個。她的特點是『偉大的單純』。經過她那俊潔的表現方法，

最普通的話成為最動人的，因為人類的共同性，她比誰都懂得。」

而蘇青也說：「女作家的作品我從來不大看，只看張愛玲的文章。」

潘柳黛坐在一旁，焉得不惱？如何不驚？

她記起與蘇青一起去張愛玲家做客的情形，當時她是怎麼樣地嘲笑譏諷張愛玲的裝腔作勢，她曾向蘇青饒舌，而蘇青亦是無可無不可地附和著的，於是她以為蘇青同自己是一路。卻原來不是！蘇青居然「只看張愛玲的文章」。那不消說，大抵自己背後詆毀張愛玲的話，蘇青也是不贊成的、甚至可能透露給張愛玲的了。

一個人恨另一個人，往往並不是因為對方做了對不起自己的事——可能恰恰相反，是因為自己先做了有負對方的事情，預料對方是會知道而且會被得罪，於是先就把對方當作假想敵，恨起他來。

潘柳黛便是這樣莫名其妙地同張愛玲結了樑子。

「女作家聚談會」完整的談話記錄刊登在一九四四年四月《雜誌》第十三卷第一期，滿城爭說的，卻只是「張愛玲」三個字；緊接著五月號《萬象》上迅雨的評論與《雜誌》上胡蘭成的文章同期登場，更是掀起一股「張愛玲熱」。

潘柳黛終於發飆了。

她痛恨張愛玲的引人注目，痛恨胡蘭成對張愛玲的青睞，更痛恨張愛玲的高貴，這心理就好比賈環明知不如寶玉，卻又偏自取其辱地處處要同寶玉比，並且給自己找了個理由：「欺負我不是太太養的。」

一個妒忌的女人是不可理喻的，可以把對別人的尊重與友誼一起當炮彈射出去，哪怕陪葬了自尊也在所不惜。她不顧撕破面皮，寫了篇〈論胡蘭成論張愛玲〉，先是張冠李戴地把李鴻章和張愛玲的關係說成是「李鴻章的妹妹嫁給了某姓之後，生了一個女兒，這女兒長大之後，嫁給了姓張的男人，這姓張的男人又生了一個女兒，這女兒就是張愛玲。」

事實上，明明是李鴻章的女兒嫁給張佩綸，而張愛玲是張佩綸獨子張廷重的女兒，關係相當近。但潘柳黛根本弄不清，也沒想要弄清，存心東拉西扯，把關係拉遠兩層，然後再在一個偽造的姻親關係上開罵，說「李鴻章既然入過

清廷，對『太后老佛爺』行過三跪九叩禮，口稱道：『奴才李鴻章見駕』，受過那拉氏的『御旨親封』，那麼她的父親既要了李氏的外孫女，所謂『外甥像舅』，張愛玲在血液上自然不免沾上那點『貴族』的『仙氣兒』了……這點關係就好像太平洋裏淹死一隻雞，上海人吃黃浦江的自來水，便自說自話說是『喝雞湯』的距離一樣。八竿子打不著的一點親戚關係。」

又說，「最可笑的卻是當時文壇上有一個大名鼎鼎，頗受汪精衛賞識的作家胡蘭成，本來一向是專寫政治論文的，但由於他賞識了張愛玲的文章，便因而賞識了張愛玲，並且托『仙風道骨』的邵洵美介紹相識，驚爲天人，所以不惜揮其如椽之筆，寫了一篇〈論張愛玲〉。文中除了把張愛玲的文章形容成『橫看成嶺側成峰』外，更把她的身染『貴族血液』也大大的吹噓了一番。」

「對於她的標榜『貴族血統』，我從來未置一詞過。但是這次忽然看了一向兩眼朝天的胡蘭成，竟用政論家的手筆，寫了這樣一篇神魂顛倒的軟綿綿的捧場文章，居然也一再強調張愛玲的貴族血液，便不禁一時心血來潮，以戲噱的口氣，也發表了一篇〈論胡蘭成論張愛玲〉的遊戲文章，以『幽他一默』的姿態，把胡蘭成和張愛玲都大大的調侃了一場。」

司馬昭之心，路人皆知——潘氏最痛恨的原來是「文壇上大名鼎鼎」、「本來一向是專寫政治論文」、「兩眼朝天」的作家胡蘭成居然也會對張愛玲「神魂顛倒」，「驚爲天人」，這才真叫潘柳黛坐立不安——吟風弄月本是文壇中事，張愛玲名氣再大、風頭再健也還是圈中遊戲，然而現在政壇上的人也被驚動了出來，「揮其如椽之筆，寫了一篇〈論張愛玲〉」，那可真叫人是可忍孰不可忍了！

於是，潘柳黛醋意橫流地先把胡蘭成的獨佔當時「政論家第一把交椅」的事，大大捧場了幾句。而後斷章取義，問胡蘭成對張愛玲的讚美「橫看成嶺側成峰」，是什麼時候「橫看」？什麼時候「側看」？

——話說到這一步，已經一路往下作裏走了。這種「幽默」，簡直浪蕩！

很顯然，潘柳黛雖然在文章裏將胡蘭成大大調侃了一番，用詞卻貶中帶褒，遠不如對張愛玲的刻薄，又是「大名鼎鼎」，又是「如椽巨筆」，還要涉及人家閨闈之事，與其說是調侃，不如說是調情，帶著撒嬌拋媚眼的意味，有意要引起人家的注意。

然而胡蘭成並不領情，不理會她的這番做作，所以到了三十年後，她仍然耿耿於懷，再次撰文將這些個陳芝麻爛穀子給翻出來，並在其中酸溜溜地說：「當時我是只顧好玩，說得痛快，誰知以後不但胡蘭成對我不叫應了，就是張愛玲也『敬鬼神而遠之』，不再與我軋淘。以後隔了十年。再到香港來時，據說有人向她談起我，她還餘怒未消地跟人說：潘柳黛是誰？我不認識她。」

——這真叫人好笑，為什麼是「胡蘭成也不叫應我了」，難道胡蘭成此前很待見她嗎？而且張愛玲已經不屑她到了不願提起，只說「不認識」的程度，她幹嘛還巴巴地貼上來，事隔三十年仍然不依不饒地將自己此前與她的交往再炫耀一番，並用到了「軋淘」這麼親昵的字眼，說得好像她從前曾與張愛玲並駕齊驅、平起平坐似的。這才是真正的奴才嘴臉呢。

雜誌圈子裏有個女編輯，同我沒打過任何交道，連面也沒見到過。可是總沒完沒了地說我壞話，在任何一個業內聚會中都要有意無意地提起我，從我的衣著品味說到我的工作軼事，無一不批評。於是有人問她：「你同西嶺雪很熟嗎？」她沉默了一下，半晌說：「我有很多朋友認識她，她的事我都知道。」

但是這也還不算最離譜的，更奇是有個男作者也總是拿我做話題，極盡刻薄之能事。終於有一天他誇誇其談時，惹惱了一個真正同我相熟的朋友，於是質問他：「你究竟對西嶺雪瞭解多少？」他居然理直氣壯地回答：「我經常在她的部落格留言罵她，只是她假裝看不見！」

不過由此可知，當年張愛玲身邊雖然簇擁著鬧轟轟一堆贊好捧場的人，卻沒什麼真心對她，就連得過她好處的平襟亞與同行女友潘柳黛也是這樣想方設法地踩她，害她，貶她，那麼胡蘭成的相知相惜也就更襯得難能可貴了。

同時也可以想像當年張愛玲所承受的壓力——潘柳黛在文中暗示胡蘭成與她的曖昧關係，她不可能不刺痛。

她與胡蘭成是在這年八月結的婚，有些倉促，或許也與這件事多少有些關係的吧——即使不想對世人交代，也要給自己一個明白！

這便是張愛玲。

也許世人都認為她錯了，也許她自己也曾悔過 —— 她在最後的自傳《對照記》整個抹煞了胡蘭成這個人的存在，至少是並不以他為傲的罷 —— 然而，一個人一生中從沒做過一件錯事，那又有什麼趣味？年輕的時候不任性，不犯錯，又要等到什麼時候？

犯錯是和出名一樣，都是要趕早的事，寧可做錯，也不要錯過，不然，就來不及了。

「秋涼的薄暮，小菜場上收了攤子，滿地的魚腥和青白色的蘆粟的皮與渣。一個小孩騎了自行車衝過來，賣弄本領，大叫一聲，放鬆了扶手，搖擺著，輕倩地掠過。在這一剎那，滿街的人都充滿了不可理喻的景仰之心。人生最可愛的當兒便在那一撒手罷？」—— 張愛玲：〈更衣記〉

張愛玲，也不過是在菜市場一般的亂世客途中短暫地撒了一把手而已。

第十章　一紅傾城

1

　　我的靈魂，歎息歎息再歎息——愛玲結婚了，就在愛丁頓公寓她的房中。

　　大紅帖子寫著雙方的生辰八字，一對紅燭插在饅頭裏——沒有燭台，沒有鳳冠霞帔，沒有賓客盈門，鑼鼓喧天，只有炎櫻的主婚，青芸這唯一的賓客，還有我的靈魂徒勞地說著祝福的言語——她們聽不見我的話，而我自己亦知道這祝福的虛無——悲劇已經注定，無人可以改變。

　　是桂子香飄的八月，蟬聲叫得驚天動地，嘔心瀝血——牠們只有這一個夏天的生命，不得不放歌來爭取。

　　胡蘭成正摩拳擦掌地要在政治上大展拳腳，有一番作為；張愛玲亦聲名大噪，如日中天。然而兩個人，卻都有種惘惘的危機感，只覺得一切都脆弱不可信，倉促不可待，有如蟬聲，叫得越響，生命越短——要快，遲了就來不及了，他們無法從容，只好因陋就簡，抓住這一刻的鍾情，惜取這一寸的歡娛。

　　青芸是自己摸上門來的。那天，胡蘭成出門時一定表現得很特別，穿著新衣，站在鏡子前轉左轉右，照了又照，莫名興奮。所以青芸才會覺得好奇，非要跟著他一起去，看他到底去哪裏，做什麼。

　　結果便一直跟去了靜安寺路愛丁頓公寓張愛玲的家，看到錫蘭女子炎櫻也在那裏，都穿得簇簇新，屋子也重新佈置過了——這才知道今天是叔叔的大喜日子。

　　青芸咧開嘴哈哈地笑了，問：「你們準備結婚啦？」

胡蘭成也笑著，卻認真地警告：「你不許多講閒話啊！」這個侄女活潑好動又心直口快，他怕她輕舉妄言得罪了愛玲。

　　他和愛玲在一起，總是要侍候她的顏色，與人會面，總擔心她不高興；一起看書看畫，也老是揣摩她喜不喜歡。有朋友求他引薦要與愛玲見面的，他多半是拒絕，只有池田是例外。因爲池田於他有大恩，也因爲池田對愛玲是真心敬重。有一次池田借給他一本珍貴的日本浮世繪畫冊，張愛玲贊了句好，池田立刻便要送給她。然而愛玲卻拒絕——她連別人的好也是不輕易接受的。

　　又或者，她是有意要同他身後所牽連的一切人與事分開，不肯參與到他的人際關係中去；就好像她並不要他與她身後的一切人與事發生聯繫一樣。

　　她與他結婚，連弟弟張子靜也不知道，姑姑張茂淵也不參加。她便是這樣的清爽決絕，一意孤行了。

　　紅燭點起來了，妖嬈地舞，是吃夢的貘——愛玲的青春夢想就這樣被那燭光吃掉了，此後，她的光輝一點點褪下去，黯淡成大紅帖子上淡淡的金箔。

　　然而這時候她還不知道，她看著眼前的人，一心一意地要愛他，對他好，把自己的八字交給他，把自己的命運交給他，與他捆綁在一起，一生一世。她看著他，那麼癡心癡情，快活得心裏好像要炸開一樣。

　　他們並肩站著，拜天，拜地，再對面拜過，抬起頭來，滿眼滿臉都是笑。

　　炎櫻也笑著，將象徵祝福的米粒撒在他們身上。

　　青芸也笑，「嘎拉嘎拉」，毫無顧忌，然而笑得古怪。

　　胡蘭成忍不住問她：「你笑什麼？」

　　「等下送新娘入洞房，你怎麼抱呀？」青芸說著又笑，因爲叔叔比張愛玲還矮。她且揭叔叔的短兒，「你第一次結婚拜堂時，新郎倌落脫了。那時候我還小。」

　　那時候她還小，可是記得很清楚——文弱書生的六叔拜過堂，要抱新娘子入洞房，可是抱不動，結果喊了幾個青年人幫忙扛上去的。扶梯很窄，三四個人抱牢一個新娘子，大夥兒扛了上去，新郎硬是沒插上手。於是小青芸就一路跟在後頭叫著：「新郎倌落脫了。」

　　想著往事，青芸忍不住又要笑：「今朝新郎倌不落脫了。」

西望張愛玲之

張愛玲傳奇

胡蘭成也笑起來，將食指和中指曲起來在侄女額頭敲了一記：「不許多話！」又搓著手說：「去哪裏吃飯呢？」話是朝炎櫻說的，眼睛卻看著愛玲。

　　愛玲只笑盈盈地看著他，卻不說話——她知道他必有下文。

　　果然胡蘭成又自說自話：「只好找間小飯店。去大飯店，怕人多，不方便，會暴露身分。」是商量的口吻，帶著些抱歉的意味，因為去小飯店，對愛玲總是有些委屈的。

　　——她所委屈的又豈止是這些！

　　她的筆下曾經寫過那麼多次婚禮，中式西式老式新式都有，卻沒有一次像她自己這樣。她從沒想過會有人是這般地舉行婚禮吧？

　　　　我的婚禮，也簡單得不合常理——當時並不覺得，後來每每回憶起來，或是參加別人的婚禮再與自己對照，才覺得是有些不大尋常的。

　　　　是在一九九七年九月七日，大連。並未宴客，也沒有喜帖、喜糖，也沒穿例常的婚紗，甚至也不要家人參加。只請了三五知己，搭了兩輛計程車，在濱海路上尋了一處背山面海的幽靜之地，開了香檳，擺了蛋糕，接受友人的祝福。主持婚禮的是我的閨密露兒，就是我從前離家出走時投奔的好朋友，她大大咧咧地指揮：「一拜天作之合，二拜大海作證，三拜夫妻同心，要背靠背，心貼心——完了。」

　　　　後來人家批評她：「主持婚禮要大吉大利，怎麼好『背靠背』，又怎麼能說『完了』呢？」她卻也委屈：「我晚上回家跟我媽說今天替雪姐姐主持婚禮，我媽問：喜糖呢？我才發現，人家做司儀好歹賺個大紅包，我這個司儀卻連塊喜糖也沒撈著。」

　　　　這樣簡陋的婚禮，倒也不妨礙我們一下子就牽手過去了十三年，照這樣子下去，白頭偕老也是一眨眼間的事吧。上月我們在大唐西市買了新房子，先生去付訂簽約出來，看著高樓就要封頂，忽然想起八個字來：歲月靜好，現世安穩。他向來壞記性，對於張愛玲的故事更不見得有多麼熱衷。要是考他，必定是記不住的。可是那一刻，卻福至心靈般，清清楚楚想起了我曾經提過的那八個字。雖然我知道這並不是多麼好的預言，因為愛玲的婚姻緣薄之至，卻也仍然覺得稀奇，因而無端歡喜。

2

「我為顧到日後時局變動不致連累她，沒有舉行儀式，只寫婚書為定，文曰：胡蘭成張愛玲簽訂終身，結為夫婦，願使歲月靜好，現世安穩。上兩句是愛玲撰的，後兩句我撰，旁寫炎櫻為媒證。我們雖結了婚，亦仍像是沒有結過婚。我不肯使她的生活有一點因我之故而改變。兩人怎樣亦做不像夫妻的樣子，卻依然一個是金童，一個是玉女。」——胡蘭成：《今生今世——民國女子》

為了胡氏這段不清不楚的描寫，也為了張愛玲的諱莫如深，導致這段低調的婚姻在後世引起無數猜疑與說辭，有不以那紙婚約為然、以為二人僅是同居關係的；有論證張愛玲「妾身未明」，把她當作胡蘭成「妾之一」的。如此，李黎與表弟張偉群對胡青芸的採訪就彌足珍貴了，它讓我們清楚地知道——胡蘭成與張愛玲的婚姻並非「一面之辭」，更非「妾身未明」，而是明媒正娶，明明白白的正式夫妻！

炎櫻為媒，青芸作證！

拜堂、簽字、媒證、賓客、洞房花燭、甚至還有侄女青芸的鬧洞房、以及行禮後的請客吃飯，雖然簡省，可是一樣程序也不少，完整地走過整個婚禮應有的儀式，一絲不苟。是實實在在舉行了婚禮的！

這些，胡蘭成都沒有寫進《今生今世》裏去。

他只提了炎櫻。是不僅怕「日後時局變動」連累了張愛玲，也怕連累了侄女胡青芸吧。他一生無情，唯對青芸卻仁至義盡，比對親生子女還好，便是後來遠去日本，也不時寄錢物回來；而青芸對這個六叔，亦是盡心盡意，無怨無悔。

青芸又說：「姑姑在隔壁，伊不出來咯。」「姑姑一眼不講，不過，姑姑我沒有碰著過。」

張茂淵清貞堅決的態度一目了然，她對愛玲如此疼愛，可是對她與胡蘭成的事十分不贊成，卻又本著各人獨立的原則並不干涉，於是連一聲「祝福」也

欠奉。

　　作爲張愛玲的監護人，身邊最信任的長輩，她這樣地不給面子，愛玲心裏難免會傷感的吧？然而她已打定主意，既選擇了他，便心甘情願面對全世界的唾棄與冷眼。

　　世上最幸福的婚姻有兩種：一是遇上一個你真心要對他好的人，一是遇上一個真心肯對你好的人。

　　遺憾的是，這兩者從來都不可能是同一個人。

　　張愛玲選的，顯然是她一心想對他好的那個。好到不計名份，不問將來，不求回報，不指望衆人理解，甚至不奢望親人的祝福。

　　她還特地去拍了照片留念，又是炎櫻陪著，兼任導演，一邊同攝影師商量取鏡，一邊對張愛玲發號施令：「現在要一張有維多利亞時代的空氣的，頭髮當中挑，蓬蓬地披下來，露出肩膀，不要笑，要笑笑在眼睛裏。」

　　——這使我想起，維多利亞風從去年起已經重新大熱，再次引領時尚舞台，炎櫻與張愛玲的走在時代前面，是足足早了大半個世紀。

　　照片也是炎櫻去取的，大熱天裏騎個腳踏車跑了很遠的路，取出來，直奔愛丁頓拿給愛玲看，說：「吻我，快！還不謝謝我！」

　　張愛玲看見照片，大喜，不理炎櫻，先對著自己的照片吻了一下。氣得炎櫻大叫：「哪，現在你可以整天整夜吻著你自己了！沒看見過這樣自私的人！」

　　照片裏有一張放大了，是攝影師最滿意的，光線柔和，面目朦朧，沉重的絲絨衣褶，有古典畫像的感覺。炎櫻看著，又覺技癢，說：「讓我在上面塗點顏色吧，雖然那攝影家知道了要生氣，也顧不得這些了。」

　　遂將大筆濃濃蘸了正黃色，先塗滿了背景，照片不吸墨，顏料像一重重的金沙披下來；然後是頭髮與衣服，都用暗青來塗沒了；單剩一張臉，發光的，浮在紙面上。

　　炎櫻自己看著很滿意，東張西望，結果看中牆上凹進去的一個壁龕，遂將照片嵌在裏頭，下角兜了一幅黃綢子，兩邊兩盞壁燈，因爲防空的緣故，在蕊形的玻璃罩上抹了密密的黑條子，燈光照下來，就像辦喪事。

愛玲大笑起來：「這可太像遺像了，要不要趴下去磕頭？」

炎櫻看著，也覺不妥，於是撤去黃綢子，另外找出愛玲小時候玩的那把一搧就掉毛的象牙骨摺扇倒掛在照片上端，湖色的羽毛上現出兩小枝粉紅的花，不多的幾片綠葉，宛如古東方的早晨的蔭翼，溫柔安好。

愛玲看著，慢慢地點頭，輕輕說：「古代的早晨就是這樣的吧？紅杏枝頭籠曉月，湖綠的天，淡白的大半個月亮，桃紅的花，小圓瓣個個分明……」

她的聲音低下去，有了淚意。她想起她新婚時寫在大紅喜帖上的那句話了——歲月靜好，現世安穩。

外面敲起了「嗆嗆嗆」的打鑼聲，是防空信號，遠遠的一路敲過來，又敲到遠處去了。屋頂的露台上，防空人員向七層樓下街上的同事大聲叫喊，底下也往上傳話——歲月，焉得靜好？現世，何時安穩？

後來張愛玲在一個賣糖果髮夾的小攤子上買了兩串亮藍珠子，極脆極薄的玻璃殼，粗得很，兩頭有大洞。她將兩串絞在一起，做成葡萄狀，放在照片前，沒事便自己看著自己祈願：有這樣美麗的思想就好了。

對著自己的照片親吻，對著自己的照片祈禱——因為這不安的世道裏，除了自己，別無宗教。

這樣的自戀，這樣的清高自許，卻為著一個不忠的男人而落了紅塵——像她自己喜歡的那句話：「洗手淨指甲，做鞋泥裏踏」。

——真是人生莫大的悲哀。

3

張愛玲結婚是在一九四四年八月，沒找到準確的日子；然而《傳奇》出版卻有明確日期，是八月十五日。我因此猜測她的婚禮也是在十五號。

出書和婚禮撞在同一個月，是巧合，還是著意的安排？

書前題詞：「書名叫傳奇，目的是在傳奇裏面尋找普通人，在普通人裏尋找傳奇。」——她終究是希望公告天下，希望全世界的人陪她開心，為她舉杯。她以她自己的方式來廣而告之，為她「傳奇」的婚姻不悔！

她怕人家知道，又想人家知道，於是借著《傳奇》告訴人家：我得意，我真得意！

四面楚歌怎麼樣？天理不容又如何？她愛了，她嫁了，她要做她喜歡做願意做的事情，哪管世人誹謗？從來都是只有別人拜她，讀她，追慕她的世界她的心靈她的腳印，她才不要理會別人。

這是她的第一次婚姻，形式是她自己選擇的；這是她的第一本書，封面是她自己設計的，用她最喜歡的藍綠色給上海的夜空開了一扇小窗戶——

「整個一色的孔雀藍，沒有圖案，只印上黑字，不留半點空白，濃稠得使人窒息。以後才聽見我姑姑說我母親從前也喜歡這顏色，衣服全是或深或淺的藍綠色。我記得牆上一直掛著的她的一幅油畫習作靜物，也是以湖綠色為主。遺傳就是這樣神秘飄忽——我就是這些不相干的地方像她，她的長處一點都沒有，氣死人。」——張愛玲：《對照記》

書一出版，銷路特別好，每冊兩百元，四天內全部銷光，於是著手再版。

再版前，雜誌社在八月二十六日於康樂酒家舉辦了一次《傳奇》集評茶會，仍是由魯風和吳江楓主持，參與人裏有蘇青、譚正璧、南容、哲非、陶亢德、班公、實齋、錢公俠等，但已經沒有潘柳黛了；也沒有胡蘭成的名字，可是流傳下來的文字記錄，署名卻是胡蘭成，想來是參加了的。倘如是，那麼這當是他們結婚後的第一次亮相人前。

張愛玲穿著橙黃色綢底上衫，和《傳奇》封面同色的孔雀藍裙子，頭髮在鬢上卷了一圈，其他便長長地披下來，戴著淡黃色玳瑁邊的眼鏡，搽著口紅，沉靜端莊。陪她同來的是炎櫻，穿大紅上裝，白色短褲，戴著象牙鐲子，服飾與人一樣熱辣鮮活，與張愛玲一冷一熱，一動一靜，然而站在一起，卻偏是和諧。

會上各人說了些不鹹不淡的奉承話，多半是老調常彈，無甚精彩，還有的此前根本沒讀過張愛玲，卻也附庸風雅地來湊趣，來了，又覺不甘心，非得提出點意見不可，於是便問了那句頂無聊的「為什麼一定要用朵雲軒的信紙呢，榮寶齋的有何不可？」

真正用心的還是蘇青，她或是怕自己的寧波口音表達不清，又或是擔心「言語不通」，辭不達意，故把意見先寫在紙上再由吳江楓念出來的：「我讀張愛玲的作品，覺得自有一種魅力，非急切地吞讀下去不可。讀下去像聽淒幽的音樂，即使是片斷也會感動起來，她的比喻是聰明而巧妙的，有的雖不懂，也覺得她是可愛的。它的鮮明色彩，又如一幅圖畫，對於顏色的渲染，就連最好的圖畫也趕不上，也許人間本無此顏色，而張女士真可以說是一個『仙才』了，我最欽佩她，並不是瞎捧。」

　　炎櫻則在散會前才發了一次言，然而十分中肯：「張小姐寫小說很辛苦，所以有這點成功是應該的。她的作品像一條流水，是無可分的，應該從整個來看，不過讀的人是一勺一勺地吸收而已。她寫作前總要想二三天，寫一篇有時要三個星期才能完成。」

　　九月《傳奇》再版，這次的封面是炎櫻設計的，像古綢緞上盤了深色雲頭，又像黑壓壓湧起了一個潮頭，輕輕落下許多嘈切喊嚓的浪花。細看卻是小的玉連環，有的三三兩兩勾搭住了，解不開；有的單獨像月亮，自歸自圓了；有的兩個在一起，只淡淡地挨著一點。炎櫻只打了草稿，張愛玲一筆一筆地臨摹著——同在香港時剛剛相反，那時是張愛玲畫圖，炎櫻著色。

　　而張愛玲那句惹了半世議論的名言「出名要趁早」，也便是寫在〈傳奇再版序〉裏——這話後來不知被多少人引用過，被多少人批判過，被多少人質疑過，又被多少人當作座右銘或者墓誌銘……這些，大概是張愛玲寫這篇序時沒有想到的吧？

　　「以前我一直這樣想著：等我的書出版了，我要走到每一個報攤上去看看，我要我最喜歡的藍綠的封面給報攤子上開一扇夜藍的小窗戶，人們可以在窗口看月亮，看熱鬧。我要問報販，裝出不相干的樣子：『銷路還好嗎？——太貴了，這麼貴，真還有人買嗎？』呵，出名要趁早呀！來得太晚的話，快樂也不那麼痛快。最初在校刊上登兩篇文章，也是發了瘋似地高興著，自己讀了一遍又一遍，每一次都像是第一次見到。就現在已經沒那麼容易興奮了。所以更加要催：快，快，遲了來不及了，來不及了！

個人即使等得及，時代是倉促的，已經在破壞中，還有更大的破壞要來。有一天我們的文明，不論是昇華還是浮華，都要成為過去。如果我最常用的字是『荒涼』，那是因為思想背景裏有這惘惘的威脅。」

　　「炎櫻只打了草稿。為那強有力的美麗的圖案所震懾，我心甘情願地像描紅一樣地一筆一筆臨摹了一遍。生命也是這樣的罷——它有它的圖案，我們唯有臨摹。所以西洋有這句話：『讓生命來到你這裏。』這樣的屈服，不像我的小說裏的人物的那種不明不白，猥瑣，難堪，失面子的屈服，然而到底還是淒哀的。」

　　「出名要趁早呀！來得太晚的話，快樂也不那麼痛快。」
　　「快，快，遲了來不及了，來不及了！」
　　其實這樣的想法，這樣的句子，在張愛玲的散文和小說裏比比皆是，她的思想背景裏總是有這樣「惘惘的威脅」，總是覺得來不及，生平第一首古體詩就寫著「聲如羯鼓催花發，帶雨蓮開第一枝。」也是倉促的語氣。

　　小時候守歲，叮囑老傭人記得叫她起來，然而醒的時候「年」已經過了，她便一直哭一直哭，穿鞋的時候哭得尤其厲害——因為穿上新鞋子也趕不上了。
　　來不及了，遲了就來不及了！要快！再快！

　　「一面在畫，一面我就知道不久我會失去那點能力。從這裏我得到了教訓——老教訓，想做什麼，立刻去做，都許來不及了。『人』是最拿不準的東西。」

　　「在炮火下我看完了《官場現形記》……一面看，一面擔心能夠不能夠容我看完。字印得極小，光線又不充足，但是，一個炸彈下來，還要眼睛做什麼呢？——『皮之不存，毛將焉附』？」——張愛玲：〈燼餘錄〉

　　「這一切，在著的時候也不曾為我所有，可是眼看它毀壞，還是難過的——對於千千萬萬的城裏人，別的也沒有什麼了呀！一隻鐘滴答滴答，越走越響。將來也許整個的地面上見不到一隻時辰鐘。夜晚投宿到荒村，如果忽然聽見鐘

擺的滴答，那一定又驚又喜──文明的節拍！文明的日子是一分一秒劃分清楚的，如同十字布上挑花。」──張愛玲：〈我看蘇青〉

過去的，一去不回頭；未來的，渺茫不可期；能夠把握的，不過是現在罷了。

她急於把握住一點實實在在的東西，那時候物資緊缺，大家都在囤米囤油，她便也囤了一些紙，因爲害怕將來出書沒有紙印──卻不想，世道壞到那一步時，還有誰會看書呢？

又有一次，聽一個朋友預言說：近年來老是沒有銷路的喬琪絨，不久一定要入時了。她的錢已經不夠用，還努力地省下幾百元買了一件喬琪絨衣料，隔了些時送到寄售店裏去，卻又希望賣不掉，可以自己留下它。

心理學上說，喜歡囤積東西的人是對現實沒有安全感──這可以解釋張愛玲的喬琪絨生意經。

4

我的靈魂像一彎上弦月那樣掛在張愛玲的窗口，久久地凝視著那抹檸黃的燈光。她在燈下寫作，剪影投在窗紗上，如梅花照壁，有說不出的靜美與憂傷。

胡蘭成不在這裏。他去南京了。日本人出錢，叫他辦一本雜誌，《苦竹》。這題目來自她喜歡的那首詩：「夏日之夜，有如苦竹，竹細節密，頃刻之間，隨即天明」──她與他，都在如蒸如煮的夏夜裏盼望天明。

封面是炎櫻設計的，以大紅做底子，以大綠做配合，紅是正紅，綠是正綠。肥而壯大的竹葉子佈滿圖面，大白竹竿斜切過畫面，有幾片綠葉披在上面，在整個的濃郁裏是一點新翠。

臨走之前，他特地來了一趟，隨隨便便地提了只箱子，打開來，滿滿的都是鈔票──此前她同他說過立誓要還母親的錢，他記住了，這次是把辦刊的經費拿來送了她。她是他的女人了，他要對她負責任。

她沒有什麼可以回報他，於是盡心盡意地替《苦竹》趕稿子，想到他凝眉看稿的樣子，猜測他的神氣與考語，就覺得歡喜。寫到得意的句子，知道他一定也會覺得好——他總是讀得出她的好，而且懂得欣賞，這是她最感激於他的。

　　因他見到她的好，她的美；她便願意為了他而更加好，更加美。她穿一件桃紅色單旗袍，他說好看，她自己便也得意，誇耀說桃紅色聞得見香氣；她去靜安寺逛廟會時買了雙繡花鞋，鞋頭連鞋幫都繡有雙鳳，他看了喜歡，贊那線條柔美，又贊她的腳生得好，她於是每每穿著，在他面前走來走去。

　　她是個戲劇型的人。隨便說一句話，都是咳珠唾玉，像對白般詞句警人，做一個手勢，又是柔豔有韻致，便連穿的衣裳，也是隨身攜帶著的一部小型話劇。

　　而他，無疑是最好的看客，讀者，聽眾，知音人。

　　她的人坐在這裏，可是心已經飛了去南京，依附在他身邊。稿子寫好了，最後定標題，她寫著〈桂花蒸——阿小悲秋〉，笑了，同時在心裏做了一個決定——親自去南京，當面交給他。

　　關於張愛玲的暫住南京，台北《中國時報》有一篇署名古之紅的〈往事哪堪回味〉其實是「頗堪回味」的：

　　「認識胡氏伉儷，緣由蘭成先生令侄胡紹鍾學長引薦……胡氏居處，在南京市區石婆婆巷二十號，雖非豪宅巨邸，但其屋宇建構，採用歐洲南部風格，極為雅致，而其建材選擇、色澤搭配，均為一時之最，一望即知居住在此的主人，其生活品味，必定是列於高雅層級之流。

　　步入胡宅大門，即見一片碧綠，芳草如茵，草地周邊排列著五六個小花圃，其中栽著幾叢玫瑰和鳳仙，而兩株體形稍大的臘梅，則散發出淡淡的幽香。草坪中央為網球場，只要掛上球網，即可打球活絡筋骨。

　　第一次進入胡宅，正巧遇見他們打球方歇，因係初見，紹鍾為我們做了簡單的介紹，我也乘機打量他們：那位男士約莫四十來歲，氣宇軒昂，眉目之間，英氣煥發；女士年齡略輕，面容娟秀，顯露出一股青春鍾靈的活力。

在此之前，我對蘭成先生，完全陌生；但對愛玲女士，則是因為她曾被筆者之恩師傅彥長教授讚譽，將來極可能是震驚文壇的名小說家，故而在心中對她已早有了一分景仰之意。此後，在紹鍾陸續的談話中，才知道當時張愛玲在文藝圈，雖已相當馳名，其實，他的六叔蘭成先生，在文化、學術、新聞各領域，更是盛名遠播，如若不然，他怎麼能那麼輕易就贏得美人的芳心。

當時，正值張、胡兩人熱戀高峰，無論居家閒談，抑或戶外漫步，均以格調高雅是尚，偶爾啟窗望月，持螯賞菊，在在展現文士風範；至於談經論道，規劃人生，則必炫其禪味，境界高不可攀。前人喜用『鰜鰈』二字以喻夫婦情誼深厚，張、胡當之無愧。

張、胡之戀，雖為人譽為『神仙美眷』，唯華服美食，終難恒久保持不墜。當時，胡供職之『公司』營運成績不佳，勢將改組，因之，蘭成先生之情緒、言行常見不耐之狀，愛玲女士雖勸慰再三，然而效果不彰。

就我個人觀察，張對胡仍是一往情深，多方體貼；而胡之待張，則似乎與往昔稍有不同。

稍後，胡感覺環境逼迫之壓力愈見沉重，乃辭職匿居鄉間，而愛玲則仍居上海，因為在此期間生活所需，全賴愛玲一人鬻文所得。而蘭成則因愛玲不在身邊而又結識了一位年齡很輕的周姓護士小姐。後來，周女受胡牽連被拘。胡見事態緊急，乃欲前往日本，投奔日籍友人暫避。臨行之際，愛玲親赴黃浦江濱送別，並贈以兩部電影之稿酬與版稅，供胡旅居日本時作生活費用。」

這是迄今為止，我所見到的唯一一段第三者記述的有關張愛玲婚後生活的文字記錄，卻又叫人將信將疑，忍不住要問——人家「啟窗望月，持螯賞菊」，你看見了？「談經論道，規劃人生」，你聽見了？「勸慰再三，而效果不彰」，向你訴苦了？

然而我又希望他寫的全是真的——至少，張愛玲曾經開心過，快樂過。

猜想時間應該是九月以後的事情，因為這年九月，胡蘭成在南京創辦雜誌《苦竹》，十月出創刊號。張愛玲撰稿力撐，大概也會去陪他在南京石婆婆巷住上一段；其後不久胡蘭成便去了武漢，且又有了小周，光景便不同了。

關於那南京住宅，倒是有跡可尋的——沈啟無在《南來隨筆》中也提了一

筆：

　　「我住在我的朋友家裏。朋友的家住在一個背靜的小巷子裏。我喜歡進門靠牆根的一排紅天竹，密密地叢生著一簇簇的紅果子，累累地快要墜下來了，真是生命的一個沉重。客廳前面是方方半畝大小的一片草地，隨意生長一點野花，卻無大樹遮蔽天日，這小園，我感覺它有樸素與空疏之美。沒有影子的太陽，曬滿全院，坐在客廳裏開門一望，草地的綠彷彿一齊爬上台階似的，人的眼睛也明亮起來了。」

　　「朋友讚美一個印度女子寫的句子，『秋是一個歌，桂花蒸的夜，像在廚裏吹的簫調。』想到這樣的夜，沒有月亮也是美的，暗香浮動，你試用你意象的手，輕輕也可以摸得出的。」

　　這個「朋友」，便是胡蘭成了；這片草地，便是他躺在籐椅上第一次看〈封鎖〉的地方；而這個「印度女子」，便是炎櫻（炎櫻是伊斯蘭卡人，但胡蘭成一直錯記成印度人，後來張愛玲在《對照記》裏特意點明，似有澄清的意味）；那句「秋是桂花蒸的夜」，便是張愛玲小說〈桂花蒸——阿小悲秋〉的題記，便登在《苦竹》雜誌上。

　　沈啟無且讚美炎櫻設計的《苦竹》封面，說：「我喜歡這樣的畫，有木板畫的趣味，這不是貧血的中國畫家所能畫得出的。苦竹兩個字也寫得好，似隸篆而又非隸篆，放在這裏，就如同生成的竹枝竹葉子似的，換了別的字，絕沒有這樣的一致調和。」

　　他是胡蘭成的朋友，也是同事，常常聽到胡蘭成讚美張愛玲。一個陰雨天，兩人站在廊下，聽到巷裏有鼓吹，胡蘭成想起舊時胡村人家娶親的吹打來，漸漸聊到《金瓶梅》裏的婚嫁，胡蘭成說：「這兩天閒來無事，我又看了一遍《金瓶梅》，覺得寫的欠好，讀了只有壅塞的憂傷，沒有啟發。」

　　於是沈啟無說了些明朝萬曆天啟年間的事來助興。聊到投機處，胡蘭成便又提起張愛玲來，說她如果在這裏，一定另有絕高見地。又說：「《金瓶梅》裏的人物，正如陰雨天換下沒有洗的綢緞衣裳，有濃濃的人體的氣味，然而人已經不在這兒了，也有熠熠的光輝，捏一捏還是柔滑的，可是齷齪。就像張愛

玲在〈談跳舞〉裏說的：『齷齪永遠是由於閉塞，由於局部的死。』是這樣的爛熟。」說過了，才覺出這一個絕妙的比喻十足是張愛玲的風格，不禁越想越得意，只說還不盡興，於是提筆記下來。又逼沈啓無也來寫一寫張愛玲。

沈啓無遂寫道：

「張愛玲，蘭成說她的文章背景闊大，才華深厚，要佔有一個時代的，也將在一切時代裏存在。這話我並不以為是過譽，看她文章的發展，是有著多方面的，正如蘭成說的，『青春能長在，自由能長在，才華能長在的』。生活對於她，不是一個故事，而是生命的渲染。沒有故事，文章也寫得很美。因為有人生作底子，所以不是空虛的浮華。她不像西洋厭世派，只寫了感覺，在他們的手下，詞藻只做成『感覺的盛筵』。而她，把感覺寫繪成感情，幾乎沒有一樣感覺不可以寫出來的，沒有一樣感覺不是感情的。她走進一切的生命裏去，一切有情無情在她的作品裏也『各正性命』，得到一個完全的安靜。所以，她的文章是溫暖的，有莊嚴的華麗，也有悲哀，但不是慘傷的淒屬，所謂『眾生有情』，對人間是有著廣大的愛悅的。」

「一個人有著廣大的慈悲，在時代的面前，沒有所謂屈服，他可以低眉，可以俯首，偉大的愛是活在別人的生命裏，偉大的藝術也是不滅的，永生的，不像一枝蘆葦輕易在暴風雨裏就被摧折的。

所以，『讓生命來到你這裏』這句話，還是很可意味的一句話。」——沈啟無：《南來隨筆》

「讓生命來到你這裏」是張愛玲在〈傳奇再版序〉裏引用過的話。這本書，是他陪胡蘭成在南京建國書店買的。只是看了序，已經被驚動了。只覺每一篇都有異彩綻放，「彷彿天生的一樹繁花異果，而這些花果，又都是從人間的溫厚情感裏洗煉出來的。她不是六朝人的空氣，卻有六朝人的華瞻。」

在關於張愛玲的評論文章裏，這其實也是相當不錯的一篇，然而由於沈啓無的身分問題，文章很少被人提及。

胡蘭成一向惜才愛才，他之追求張愛玲，後人多以為是附庸風雅，沽名釣譽，然而他第一次看見她的文章是在南京，彼時剛剛出獄，未必知道她的文

名；而他與她的交往，亦努力瞞過世人的耳目，又有什麼名譽可釣呢？

　　且他並非是只對女作家這樣熱情，有詩人路易士，原名路逾，又名紀弦的，曾出版《紀弦回憶錄》，其中有這樣一段：

　　「一九四二年秋，我曾去南京看過胡蘭成。散文家胡蘭成大我幾歲，是個『紹興師爺』型的文人……我的作品，他說他曾讀過不少，居然能夠當著一群朋友的面，背誦我的名作〈脫襪吟〉、〈傍晚的家〉和〈在地球上散步〉，一字不差。這一點，很是令人高興……他知道我很窮，家累又重，離港返滬，已身無分文了，於是使用適當方法，給我以經濟上的支持，而且，盡可能地不使我丟面子──例如暗中通知各報刊給我以特高的稿費；逢年過節，和我夫婦的生日，他都會派人送來一份厚禮，除了蛋糕，還有個紅包哩。」

　　──這個例子，大概充分可以形容胡蘭成的為人，仗義疏財，且心細如髮。他是真的愛才。沈啓無，是他重才憐才的另一個例子。

　　沈啓無原為偽北京大學文學院院長，原為周作人的四大弟子之一，一九四四年三月周作人發表「破門」聲明後，被逐出師門，也被排擠出文化圈，於是投奔了胡蘭成。胡蘭成管吃管住，並於當年秋天邀請他同赴武漢淪陷區接手《大楚報》，胡蘭成任社長，沈啓無任副社長。

　　這情形，頗有點像多年之後的朱西寧供養胡蘭成。

　　羅君強《偽廷幽影錄》回憶說：「胡（蘭成）曾受池田支持，主編謀略性刊物《苦竹》月刊。以後應日本人之聘，在漢口任華文《大楚報》社長，得到日本駐武漢『呂』部隊參謀人員的同意，發表擁蔣媾和、日軍撤退的謀略文章。並公開講演，從事鼓吹，使陳公博、周佛海為之頭痛。」

　　這裏沒有提到汪精衛，因為他已經死於一九四四年十一月十日。

　　此時主戰的東條英機已經下台，日本方面有人希望胡蘭成組織一個政府，池田看中了華中地區，於是資助胡蘭成在武漢辦《大楚報》，同時著手籌辦一個政治軍事學校，培植黨羽。

　　然而胡蘭成居然還是一如既往的素人無情，童言無忌，首日社論即是告日

本人，說日本人的傲慢其實渺小，要他們明白這裏是在中華民國的地面上，而且戰爭形勢對日本已臨到了天命不可兒戲；又在武漢發動「人民和平運動」，以「撤軍、和平、統一」爲口號，宣稱不要蔣、不要汪、不要日本，要中國人自己說了算，並親自在萬人大會上發表演說，惹得當地日本憲兵要出動來襲擊《大楚報》──這便是羅君強所說的「公開講演、從事鼓吹」。

胡蘭成竟是天生的反骨，他辦《柳州日報》時因宣稱對日抗戰必須與民間起兵的氣運相結合，以致兩廣兵變後被第四集團軍總司令部監禁三十三天；他給汪精衛做宣傳次長的時候發表文章說汪政府必散，又被關了四十八天；給李士群做幕僚，差點惹來殺身之禍；如今身受日本人「隆恩」，卻又發動萬人演講來抗日。想來「爲之頭痛」的應當不只是陳公博、周佛海，當還有日本人吧。

《大楚報》在長江航運斷絕的情況下，發行量最高時竟達一萬四千份──可見當時抗日情緒之激昂，亦可見胡蘭成審時度勢之準確。拋開「動機」與「立場」不言，胡蘭成，總是一個才子。

是才子，更是浪子，因爲就在這種漫天炮火、日理萬機之際，他居然還有心思談情說愛，節外生枝，又在與張愛玲新婚不久，勾搭上了漢陽縣醫院的護士、十七歲的周訓德。

5

張愛玲嫁了胡蘭成，卻仍然一個是金童，一個是玉女。胡蘭成說他在政治上的種種作爲，都不肯牽扯到張愛玲，亦不使她的生活因他而發生種種改變；而張愛玲也絕少去胡蘭成在美麗園的家，偶爾去南京，也不會久待。

張茂淵有一次忽然問她：「要是有孩子了怎麼辦？」

愛玲笑笑說：「他說要是有孩子就交給青芸帶。」非常胸有成竹的樣子。

但是幸而一直沒有懷孕，或許是因爲忙的緣故──真是很忙，出書，排話劇，雙管齊下。

《傳奇》的成功鼓舞了張愛玲，她是主張「趁熱打鐵」的，於是十二月又

出版了自己的第一部散文集《流言》，自作插圖多幅。

「流言」是寫在水上的字，也是傳奇的表現方式，都是從人的舌尖上生出，又在舌尖上傳播和重複，由一個人的口說給另一個人的耳。那被說的主人公通常總不會是個平凡之輩，庸人俗事不值一哂，只流過，不留痕。因此人們在傳說著流言蜚語的同時，語氣裏除了獵奇與偷窺之外，難免不帶一點豔羨之意——既稱之為傳奇，自然是有些驚世駭俗出奇制勝之處。也許那個人原本是平凡的，然而因為有了流言，便也有了不凡的傳說。或是一個女人不平凡的愛情使某個男人與眾不同，或是一個男人的不平凡的地位使某個女人成為傳奇。

——歷史上所有的「傳奇」，也不過都是一些男人與女人的「流言」罷了。

流言飄送在風裏，這風便有了形也有了色，香豔而妖嬈起來。無論是流言還是傳奇，其來源都是捕風捉影，而渠道都是道聽途說，其結果則有時候三人成虎，有時則畫虎不成反類犬。

流言利用得好了，可以成為武器，而且是自相矛盾的武器。用於對付敵人時，它們可以變成一柄劍，且是一柄殺人於無形的利劍，所謂「舌頭底下壓死人」就是了；用於保護自己時，便是一面好盾，可以放煙幕彈虛張聲勢，也可以作擋箭牌偷樑換柱，可以草船借箭，也可以混水摸魚，口蜜腹劍，陽奉陰違，巧言令色，積毀銷骨，幾乎三十六計沒有一條不可以借助流言來完成。你是一條龍，流言便是畫龍點睛的筆；你是一隻虎，流言便是如虎添翼的翼；哪怕你只是一塊頑石，流言也可以讓你成為眾口鑠金的金。

——就衝著這書名，《流言》也注定會成功，不落於它的姐姐《傳奇》之後。

書裏且放了三幀照片，其中就有新婚時炎櫻導演的那張，算是給婚姻的紀念，照片裏的她，帶著藐然的笑容，旁邊題著字：「然而現在還是清如水明如鏡的秋天，我應當是快樂的。」

她再一次向世人宣告她的快樂，她的不悔。

——這樣強烈地給自己打著氣，是明知道將來有一天會被人非議的吧？

印照片比想像中麻煩，不是糊了就是描得太假，看著陌生得很。她一次次

地陪笑臉，央求師傅幫忙改過；又親自去印刷廠看校樣，看見散亂的藍色照片一張張晾在木架上，一架架的機器上卷著大幅的紙，印著自己的文章，不由得覺得溫暖親熱，彷彿這裏可以住家似的。

印刷工人們都停了工看她，熟絡地招呼說：「哪！張小姐，都在印你的書，替你趕著呢。」

她不由地笑了，說：「是的嗎？真開心！」覺得他們好像自家人一般親切。

一個職員說：「沒電了，要用腳踏機器，印這樣一張圖你知道要踏多少踏？」明明是訴苦，可是語氣裏是得意的口吻，彷彿報告一個驚天祕密。

愛玲又要笑，只得問：「多少？」

「十二次。」

「真的？」愛玲歡吒著。其實踏多少次她根本沒有概念，也不是真在意，可是這麼多人在忙著她的事，就好像都是她的親戚朋友似的，便叫她覺得溫暖感動。

立在印刷所那灰色的大房間裏，立在凸凹不平搭著小木橋的水泥地上，強烈的人氣撲面而來，外面的炮火聲、防空警報聲都遠去了，只有這鬧嚷嚷滿當當的印刷車間才是真實的，只有這些汗騰騰笑盈盈的排字工人才是可親的。

——後來，她替〈小艾〉的男人安排了在印刷廠工作，實在是喜歡那個環境。

《流言》出版後，又同《傳奇》一樣，當月售完，一版再版。

出名要趁早啊，遲了就來不及了。

在緊鑼密鼓地出版自己的文集同時，張愛玲又親自執筆，將〈傾城之戀〉改編話劇，由柯靈牽線，介紹給大中劇團排演。導演朱端鈞，當時與費穆、黃佐臨、吳仞之並稱爲上海話劇界「四大導演」。

話劇分四幕八場，第一幕的背景是白流蘇的家裏，開場即有幽咽低啞的不斷的胡琴聲，如泣如訴地流淌出來，淹沒了整個戲院。三爺四奶奶等人在打牌，白流蘇獨自躲在陰黯黯的角落裏扎鞋底子——這時候的她是孤獨的，怯弱的，幽冷的，卻也是倔強的，在隱忍和沉默裏等待自己的機會來臨，是藏在冰

下的火種。

　　第二幕是香港的淺水灣飯店，全屋都是橙黃一類的顏色，連同橙黃的流蘇，她與范柳原在橙黃的月亮下談心。

　　第三幕又回到白公館，第四幕再回香港，但已經是范柳原和白流蘇租的房子，戰爭爆發，以流蘇的手將日曆掛上牆壁，燈光裏打著「十二月八日」，給了一個強烈的時代背景。

　　最末一場，是柳原與流蘇在街道毫無顧忌的長吻，他們相擁在一起，密不透風；周邊是動亂的一群，詫笑，竊議，滿臉嘲諷，然而熱戀的人兒卻毫不理會，沉浸在愛情裏，眼裏只有對方，沒有世界。

　　──這是最搶眼的一齣重頭戲。後來引起褒貶參半，以為大膽。然而於張愛玲來說，卻不僅是「炒噱頭」，「生意眼」，她是要男女主角替她向全世界公告：我自愛我所愛，無視世人諷笑。

　　在蘭心大戲院排演。排練期間，張愛玲幾乎天天到場，就和普通的影迷一樣，關注著男女演員的選角，並且興高采烈地透露出去──女主角白流蘇由羅蘭扮演，男主角范柳原由舒適飾演，其餘還有端木蘭心飾的四奶奶，陳又新的三爺，豐偉的徐太太，海濤的印度公主，都是名噪一時的大明星，男女主角更是紅得發紫。

　　連蘇青偷偷向她打聽內幕，聽說女主角是羅蘭時，也長吁一口氣，說：「這最合適不過了。」

　　第一次看到羅蘭排戲，她穿著一件藍布罩袍，怯怯的身材，紅削的腮頰，眉梢高吊，幽咽的眼，微風振簫樣的聲音，完全是流蘇。張愛玲看著，不由得驚動，一路想：如果早一點看到她，小說原可以寫得更好一些的。

　　在第一幕第三場相親歸來那一場戲裏，白流蘇挨身低頭地往門裏一溜，導演說：「不要板著臉……也不要不板著臉。你知道我的意思……」羅蘭立即領會了：「得意？」再來時，還是低著頭，掩在人身後奔了進來，可是有一種極難表現的閃爍的昂揚。走到幕後，羅蘭誇張地搖頭晃腦地一笑，說：「得意！我得意！」大家也都笑了。

　　張愛玲看著，十分鼓舞，回到家立即寫了〈關於「傾城之戀」的老實話〉和〈羅蘭觀感〉，坦白地表達自己的心願：

「因為是我第一次的嘗試，極力求其平穩，總希望它順當的演出，能夠接近許多人。」「羅蘭演得實在是好——將來大家一定會哄然贊好的，所以我想，我說好還得趕快說，搶在人家頭裏。」「我希望『傾城之戀』的觀眾不拿它當個遙遠的傳奇，它是你貼身的人和事。」

而蘇青也緊接著寫了〈讀「傾城之戀」〉，誠心誠意地評價：

「我知道一個離過婚的女人，求歸宿的心態總比求愛情的心來得更切，這次柳原娶了她，她總算可以安心的了，所以，雖然知道『取悅於柳原是太吃力的事』，但她還是『笑吟吟』的。作者把這些平凡的故事，平凡的人物描寫得如此動人，便是不平凡的筆法，料想改編為劇本後也仍舊是很動人的。」

「尤其要緊的，這篇文章裏充滿了蒼涼，抑鬱而哀切的情調，我希望在戲劇演出時仍不會失掉它，而且更加強。這是一個懦怯的女兒，給家人逼急了才幹出來的一件冒險的愛情故事，她不會燃起火把淺盡自己胸中的熱情，只會跟著生命的胡琴咿咿啞啞如泣如訴的響著，使人倍覺淒涼，然而也更會激起觀眾的憐愛之心。」

張愛玲與蘇青並稱滬上最紅的女作家，這樣並肩聯手大張旗鼓地炒作，自然引人關注。戲未上演，上海的宣傳媒體已經紛紛開動，各種報導連篇累牘，有撰詩預祝演出成功的，有鑽營報導花邊新聞的，造足聲勢。

到了一九四四年十二月十六日首演這天，上海新光大戲院的門票一早售罄，接連幾天的戲票也都預售一空。

這晚天氣奇寒，滴水成冰，戲院裏更是森冷徹骨，觀眾們都是裹著大衣不敢脫，然而熱情卻依然高漲，掌聲如雷。

著名報人、詩人、影人陳蝶衣和導演桑弧是在首演當晚就看了的，都是一邊看一邊贊，桑弧從這時便有了合作之心；而陳蝶衣則寫了篇文章盛讚演出的精彩，並風趣地稱自己「回家的時候因踏在冰塊上面摔了一跤，然而這冷與跌

並沒有冷掉或跌掉我對於『傾城之戀』的好印象。」

一時報上好評如潮，白文、霜葉、司馬斌、董樂山、童開、無忌、左采、金長風等都紛紛撰文作評，各抒己見。

沙岑評價：「導演對於劇的處理，位置的安排，表現得非常風趣，小動作尤佳。至於音樂，毫無成績可言，音樂的目的，是強調劇情，使劇情上不容易表達處，藉音樂之力可以表達出來。裝置和燈光都很佳，裝置的四景，都有很好的成績。」

應賁則說：「從小說裏我們對白家有一個破落卻仍不失大家風範的印象。而現成的裝置卻只能顯出中人之家。」

左采也說：「至於舞台裝置，第一幕與第四幕都很好，尤其第四幕確已夠得上是一個『洋派』家庭的住宅，色彩也非常優美。第二幕是柳原給流蘇開的旅館房間，卻不夠華麗，是應該再考究一些的，至少衣櫥是要的，也用得著。至於燈光和音樂的配曲，則沒有太大的毛病。」

漢學大師柳存仁（柳雨生）的看法則是：「以香港為背景的幾幕幾場，我就覺得都微有缺憾。到過淺水灣、淺水灣飯店、香港，以及看過原著的人，都想像那飯店並不是這個樣子。即以家具裝潢來說，也缺乏一種寬厚的瑰麗之感。」他是蒙張愛玲贈了十七號夜場戲票的，可是急於先睹為快，十六日夜就迫不及待地自己掏腰包買票入場了。

然而這所有的人，包括張愛玲自己，對於羅蘭的演技卻是一致好評的。讓今天的我實在好奇得心癢難搔，巴不得可以親眼看一下羅蘭是怎樣再現那白流蘇的清冷與伶俐的。

在當時上海劇本奇缺，話劇不景氣的前提下，『傾城之戀』竟然連演八十場，場場爆滿，不可不謂是一個「傳奇」！然而這一幕，卻未能以文字的形式留在中國話劇近代史上，未免讓人有「掩耳盜鈴」、「一葉障目」之歎。

眾多評論文章中最特別的，是冷漠淡然的張茂淵也一改不聞不問、各不相關的態度，署名「張愛姑」，湊熱鬧地以流蘇和柳原的口吻寫了一篇文章，這大概也是最讓愛玲高興的事了——

「流蘇的話：人人都以為這『傾城之戀』說的就是我。所有的親戚朋友們

看見了我都帶著會心的微笑，好像到了在這裏源源本本發現了我的秘密。其實剛巧那時候在香港結婚的，我想也不止我一個人。而且我們結婚就是結婚了，哪兒有小說裏那些囉囉嗦嗦，不清不楚的事情？根本兩個人背地裏說的話，第三個人怎麼會曉得？而且認識我的人應該知道，我哪裏有流蘇那樣的口才？她那些俏皮話我哪裏說得上來？

柳原的話：我太太看了『傾城之戀』，非常生氣，因為人家都說是描寫她，她也就說是描寫她。我說何苦呢，自找著生氣，怎麼見得就是編排你？我向來是不看小說的，後來也把『傾城之戀』仔仔細細看了一遍。不相干——怎麼會是我們呢？——就算是吧，不也很羅曼蒂克，很好的麼？反正沒有關係。隨便吧！」

張愛玲在劇院裏感受到了空前的熱烈與成功，然而回到家，卻仍是孤清的。

大寒天氣，屋子冷如冰窖，她第一次穿上皮襖，獨自坐在火盆邊，仍然覺得冷，冷得瑟瑟縮縮，偶爾碰到鼻尖，冰冰涼，像隻流浪的小狗。擁有萬千觀眾的掌聲又如何？滾滾紅塵，茫茫人海，她仍是孤獨一個人。

火盆裏的炭一點點燃盡了，黯淡下去——「每到紅時便成灰」，像不像她自己？

「香港的陷落成全了她。但是在這不可理喻的世界裏，誰知道什麼是因，什麼是果？誰知道呢，也許就因為要成全她，一個大都市傾覆了。成千上萬的人死去，成千上萬的人痛苦著，跟著是驚天動地的大改革……傳奇裏的傾國傾城的人大抵如此。」

「到處都是傳奇，可不見得有這麼圓滿的收場。胡琴咿咿呀呀拉著，在萬盞燈火的夜晚，拉過來又拉過去，說不盡的蒼涼的故事——不問也罷！」

何必問呢？她早已在文字裏預言了自己與上海的將來，同時，她似乎從未渴望過平常人所謂「圓滿的人生」，在她的小說裏、散文裏，處處是對「真

心」的欺訝，帶著悲天憫人的語調，評價那是一件多麼稀罕難得的事情：

〈金鎖記〉裏，七巧在老時不無自傲地想，「如果她挑中了他們之中的一個，往後日子久了，生了孩子，男人多少對她有點真心。」那一點真，是帶著俯就之意，自欺欺人來湊數的。

〈傾城之戀〉裏，柳原對白流蘇「許諾」：「有一天，我們的文明整個的毀掉了，什麼都完了——燒完了、炸完了、坍完了，也許還剩下這堵牆。流蘇，如果我們那時候在這牆根底下遇見了……流蘇，也許你會對我有一點真心，也許我會對你有一點真心。」——這裏的真，是以毀滅為代價，因為厭倦、疲憊、劫後餘生，而照見的一點點本心。

她自己的愛情，也正是這樣，見證了時代，也被時代所見證。

這是一九四四年末，「張愛玲」年，湯湯地流過了，「傾城之戀」話劇的成功，是她在上海最後的輝煌，此後雖然亦時有佳作，引起波瀾，卻總是褒貶參半，憂喜相隨。

時代的車輪，漸漸把所有的暗香異豔都碾作虀粉，零落成泥，面目全非。

6

〈傾城之戀〉是張愛玲的成名作，它的獨特性，不僅在於戰時香港的情景再現，更在於張愛玲寄予文中的那份深深的孺慕之情——小說裏的白流蘇是一位二十八歲的離婚少婦，這同張愛玲母親去法國是一樣的年紀；她第一次去香港，所看到的情景是張愛玲看見的；她住在淺水灣飯店，是黃逸梵住過的；她在戰爭中的所聞所見，所想所為，也都是張愛玲親眼所見，親耳所聞。

張愛玲後來把〈傾城之戀〉搬上話劇舞台，又想改編電影，但未如願，可見她對這部小說的喜愛。

——是邵逸夫替她還了願。

一九八四年邵氏的關門之作便是許鞍華導演的「傾城之戀」。當時淺水灣酒店已經拆了，許鞍華就把酒店陽台那部分搬到清水灣邵氏片場重新搭了起來，昂貴的投資扔出去，劇本也已經搞定，就要開拍了，才想起來版權問題尚

未解決。後來到處找到處問，終於找到張愛玲在香港的好友宋淇，這才得到了授權。

我喜歡尋舊片，但不至於舊到無聲時代，即使是黑白片也大多不喜歡，當然周璇主演的「紅樓夢」除外。自從聽說邵氏拍過一部「傾城之戀」，由我少年時最愛的影星周潤發主演，便發了瘋地尋找，找了許久才想方設法弄了來，卻略略有些失望。周潤發也還好，一慣的倜儻風流，瀟灑得來又似有點苦衷；可是女主角繆騫人太不得人意，瘦削，陰鬱，受氣小寡婦的樣子，直把個白流蘇演成小白菜了，穿旗袍露出兩截小腿，像腫起的胡蘿蔔，更是倒足胃口。

劇情倒是一字一句照著張愛玲小說原文來解讀的，從最初的胡琴聲到最後踢蚊香的小動作，一個細節一句形容也不肯放過，再玄的比喻也都落在實處。編劇蓬草是位「張迷」，寫完後自己覺著得意，輾轉托人想請張愛玲提意見。然而張愛玲不見人，也不關心，只回了一句話：別改動〈傾城之戀〉的題目就是了。

前兩年內地編劇鄒靜之也編了一部電視連續劇「傾城之戀」，幾乎用上了這幾年時代戲的所有常見橋段，唯獨與張氏風韻沒太多關係，真應了張愛玲自己的話──不過是沒改動〈傾城之戀〉的題目罷了。記得有一幕講七小姐被拐賣，好容易逃出魔爪回到家中的戲，蓬頭垢面，破衣爛衫，嘴裏直說：「我帶了一身的蝨子回來。」我看得難受，跑去洗澡了。洗完澡洗完頭出來，見那七小姐還沒脫下那身衣裳，還在跟不同的人哭訴自己的遭遇。我忍不住歎了口氣，對著電視自言自語：「我都洗完澡回來了，你是不是也洗個澡去呀？」

倒是「傾城之戀」的話劇每隔幾年便一再重排，屢有佳績。二〇〇六年「傾城之戀」的話劇因為用了金像影帝梁家輝做男主角，且還大火了一陣子。可惜女主角名不見經傳──羅蘭之後，再無白流蘇了。

張愛玲也曾試圖把〈金鎖記〉搬上銀幕，劇本都已經做好了，導演是桑弧，女演員也預定了張瑞芳，一九四七年十二月上海文華影片公司還打了廣告出來，影片卻終未拍攝。後來出國的時候她未能把劇本帶出來，也不知道如今那本子流落在哪裏？

──這一次替她還願的是但漢章。

但漢章的「怨女」是我認爲迄今爲止所有根據張愛玲小說改編的電影中最好的一部。由夏文汐主演，道具細節十分考究，演員發揮得也大開大闔，淋漓盡致。最記得銀娣在廟裏向三爺陳情的一幕——沒有盡頭的重門疊戶，卍字欄杆的走廊，兩旁是明黃黃的柱子無止境似地一重接一重。他從那柱子的深處走來。她在那柱子的深處站立著等候，有心不去看他，可是眼睛出賣了心，滿臉都是笑意，唇邊盛不住了，一點點泛向兩腮去，粉紅的，桃花飛飛，燒透了半邊天。非關情欲，只是饑渴。生命深處的一種渴。

說是但漢章把「怨女」拍到一半，才發現這是根據〈金鎖記〉改寫的，而〈金鎖記〉其實還比《怨女》的故事更好。然而已經開機，總不能把拍過的片子都作廢，只得儘量把後半部的故事往〈金鎖記〉上靠，將彼此的意向融合。所以夏文汐可以說是七巧和銀娣的兩位一體。也許這也是人物形象特別飽滿的一個緣故。拍完之後，但漢章覺得色彩方面不盡人意，想在美國重新沖印，可惜壯志未酬身先死。

後來內地電視連續劇「金鎖記」也是多少將兩部小說各取了一些題材，然而宣傳稿裏卻一再強調編劇把三萬字小說改編成二十幾集電視劇是多麼偉大，完全不承認《怨女》的十幾萬字，不禁令人蹙眉齒冷；而且戲裏把曹七巧與姜季澤演繹成一段曲折婉約的愛情故事，也完全失了作品的原味；整部戲，就只有程前演的姜伯澤還可以看一點，許是因爲原著裏關於大爺的描寫甚少，演員發揮餘地反而大的緣故吧。

其實張愛玲筆下從來沒有完整的人，也從來不想寫絕對的浪漫故事，范柳原與白流蘇的結局算是美滿了，也是因爲戰爭，炮火促成了一對亂世夫妻，可並不是神仙眷侶。

想來許鞍華應該是位忠實的「張迷」，拍了「傾城之戀」不算，多年後又將「半生緣」搬上螢幕，由梅豔芳飾姐姐曼璐，倒也十分恰宜；然而吳倩蓮飾曼楨，卻粗線條得令人難受，尤其她那震聾發饋的大嗓門，更叫人聽了連喉嚨都跟著不舒服，哪有一點點上海里弄小家碧玉的婉約。

但是影片的演員陣容十分強大，由陸港台三地精英列班上陣。黎明飾男主角沈世鈞，黃磊的男配角許叔惠，葛優演姐夫祝鴻才，吳辰君演富家女翠芝，

王志文演曼璐的舊情人張豫瑾——光看演員也值回票價了。怎麼樣都好過內地電視連續劇「半生緣」，李勤勤和林心如飾顧家姐妹花，演員倒也賣力，無可指責，可是本子太爛，同「金鎖記」一樣，直接演成了瓊瑤劇。那才真是背道而馳呢。

再說關錦鵬的「紅玫瑰與白玫瑰」，陳沖的紅玫瑰王嬌蕊，葉玉卿的白玫瑰孟煙鸝，趙文瑄的佟振保，都有七八分勁道，勢均力敵，佈景也差強人意，林憶蓮的主題曲「玫瑰香」尤其蕩氣迴腸。聽說還是葉玉卿從豔星向演技派過度的轉型之作，那麼算是碰到了好本子，很成功的了。

但是後來我看到一篇蔡康永的文章裏說，這部片子最早的提案是由林青霞分飾兩角，扮演雙玫瑰。又叫我遺憾起來，因為最喜歡的男女演員就是周潤發與林青霞，周已經演了范柳原，林卻始終沒拍過一部張愛玲的片子，不能不叫我覺得遺憾。

好在她後來主演了三毛編劇的「滾滾紅塵」，同樣是香港湯臣公司出品，由嚴浩執導，雖不是由張愛玲小說改編，卻是以張愛玲本人為原型編的一部劇。三毛也是我小時候至愛的作家，由我愛的一位作家編寫另一位我愛的作家的故事，又由我喜愛的女明星來扮演，這真是一場視覺兼心靈的盛宴。三毛曾經寄了票子給張愛玲，但是張沒有理會，後來也曾在信中說「我不喜歡」，是不喜歡別人演繹她的故事，使她面目全非。

然而拋開真實性不言，那片子是部經典，林青霞不負我心，演得絲絲入扣，淒豔動人，讓我看一次哭一次；秦漢的扮相也很接近我心目中的胡蘭成，是儒將的姿態。後來他們雙雙得了第二十七屆金馬獎的最佳男女主角。電影主題曲是三毛自己填的詞，淒婉纏綿，與電影一起成為經典。

余秋雨在悼念張愛玲的文章裏寫，林青霞曾對他說過，是張愛玲叫她瞭解並喜愛了上海——只不知道這句話是說在電影拍攝前還是後，所以也無法確定林此前是否「張迷」。

劉若英是自認張迷的，她主演過電視連續劇「她從海上來」中的張愛玲，編劇和美術都是用了心的，演得也還中規中矩，可是太過低眉順眼，小家碧

玉，無論形象氣質比起林青霞都差得遠；而趙文宣的男主角，從佟振保到胡蘭成，就更是變味了。這時候張愛玲已經去世，倒是胡蘭成的侄女胡青芸看了電視，只評了一句：「劉若英太矮了。不像的。」

有一次與黃磊夫妻吃飯，席間送了他們一本《西望張愛玲》，黃磊指著封面對孫莉說：「看，張愛玲應該是這種大女人的形象。」那一刻，我忽然想，其實最適合演張愛玲與胡蘭成的人，就應該是孫莉與黃磊這對夫妻檔，一個高挑冷豔，一個溫文爾雅，而孫莉又是黃磊的學生，年齡差距亦相當，豈非「張胡戀」天造地設的最佳拍檔？

放眼中國影視圈的男演員，如果要選一個最佳的胡蘭成扮演者，既張揚又隱忍，既儒雅又風流，學者風範，才子脾氣……除了黃磊，還有誰？

近年來最轟動的「張味電影」要屬李安導演的「色戒」了，影響波及海內外。片子上映前，我曾經宣佈「拒看」，因為廣告裏早已說明在國內上映的內容剪掉了約三十分鐘鏡頭，這讓我覺得被捉弄──好萊塢導演的製作，全歐洲觀眾都可以看到完整影片，為何到了中國，我們卻被迫要接受清洗過的刪節版？

但抗議歸抗議，到了首映日，還是乖乖地買票去了──怎麼忍得住？兩小時的片子，只覺從開片便提著一口氣，到片子結束都沒有真正呼出來，幾乎要窒息。那種張力像一根弦繃住了不能鬆弛，讓我很久之後再想起來都不由自主要提起一口氣。「色戒」之後，再不曾因為哪部影片而被這樣地震撼過。

男主角是梁朝偉，算不得多帥，可實在是有型，有種氣場壓得住陣；曾演過紅玫瑰嬌蕊的陳沖在片中飾梁太太，也頗有氣勢，映襯得陪打麻將的何賽飛完全成了一樽中年花瓶。女主角捧紅了新人湯唯，卻也給她帶來無妄之災──「色戒」自小說發表之日便頗受爭議，拍出電影來也是爭議不斷。湯唯還因此被封殺，沸沸揚揚鬧了好一陣子。

真讓人歎息，雖然愛玲過世已經十五年了，然而她隨便的一道手勢，仍足以攪動風雲。

這細數下來，近年來被不斷搬上螢幕的張愛玲小說，相對來說電影都還

好些，因為那麼曲折的故事要在一百分鐘的長度裏表現出來，總是容易體現精髓；長篇電視劇卻是一種道地的荼毒，導演與編劇們為了加長片集拉廣告，往往不惜昧著良心地扭曲注水——若只是摻些清湯寡水也還好些，又都是造假工廠排出的污水。

倒是有一部極老的連續劇「儂本多情」，是張愛玲〈第一爐香〉和〈心經〉兩部小說揉在一起的，由哥哥張國榮飾男主角喬琪，那可真是像到極點，看得人盪氣迴腸。不知是喬琪還魂，還是哥哥附身。可又是女主角商天娥演得弱了，拿喬拿致的，帶累得張國榮發揮得也有些累，孤身奮戰似的，便顯得游離。

還有一部侯孝賢導的電影「海上花」不可不提。

幾乎所有由古典名著改編的電影都讓我有這樣那樣的失望與不滿，唯有「海上花」，是令我覺得有高出原著之處，驚豔到目瞪口呆的地步。這故事不是張愛玲的，但她曾嘔心瀝血將它譯為白話本，而電影開篇字幕，也端端正正寫著：《海上花列傳》，韓子雲原著，張愛玲注釋。可見與張愛玲不無關係。

編劇朱天文，更是一位超級張迷，且與張愛玲聯繫微妙，是胡蘭成的私淑弟子，這在後文會詳細談及。

午夜，只點一盞小燈，開著電視，在幽幽的光裏看另一個時代的故事，想到不僅是作品的原創者張愛玲，便是拍「不了情」和「太太萬歲」的導演桑弧，合作「情場如戰場」的岳楓與林黛，拍「怨女」的導演但漢章，編「滾滾紅塵」的三毛，演喬琪的哥哥張國榮，演曼璐的梅姐梅豔芳，以及幫助張愛玲接洽了多部劇本的宋淇……也都已魂遊太虛，不禁叫人唏噓感慨，彷彿聽得遠處有依稀的樂聲響起，不是主題曲，而是黛玉「冷月葬花魂」之時的天際綸音，將我帶離自己的軀殼，跟隨畫中人遊了一回離恨天……

倘若天國裏也有電影院，而他們於彼重逢，當有新的宏片巨制奉獻給上帝與諸天使。

第十一章　亂世佳人

1

我的靈魂在風裏顫慄，不僅僅是因爲冷。

這是一九四五年的正月十五，元宵節，然而月亮卻不夠圓滿，彷彿被凍住了，有雲朵緩緩地飄過來，在圓月上遮出陰影，而且沒有散去的意思。人們形容美女是花容月貌，那麼這晚的月亮便好比是一個憂鬱的美女，恰應著「亂世佳人」的俗語。

張愛玲和蘇青這兩位亂世佳人並排站在窗前，都不說話。元宵節，是團圓的節日，然而她們兩個，卻都是孤獨的：蘇青是離了婚的，愛玲雖在新婚中，丈夫卻在別的女人身邊──她已經知道了小周的事，他並沒有瞞她，並且頗有納小周爲妾的意思，她一直沒有回答是或否，是希望他自己會曉得分寸，並同情他在內地客邸淒涼，或許需要一些生活上的情趣與安慰。

「夜深聞私語，月落如金盆。」對著月亮，人們不由地要剖心置腑，說些私己的話。然而她的心腹話，是能同別人說的麼？

在去年的一年裏，她遇上一個夢想中的男子並與之結了婚，出了兩本書《傳奇》和《流言》，還把自己的小說〈傾城之戀〉編成話劇搬上舞台──人生沒有一個時期比這一年更加快樂精彩了。

「天上一輪才捧出，人間萬姓仰頭看。」這是賈雨村寫在月圓之夜的句子。張愛玲也曾有過這樣的壯志凌雲，她的生命之花，絢爛盛開如焰火。然而她知道，悲哀要來了，雖然眼前還沒發生，但總是會來的。

每個人都可以在《紅樓夢》裏找到自己，把自己套在大觀園人物的行頭裏如魚得水；可是很少人可以在張愛玲的筆下人物裏看到自己的影子，流蘇、小寒、七巧、薇龍……每個形象都那麼鮮明，那麼獨立，那麼真實具體，有血有肉，卻又那麼隔膜，不可親近，是放在蠟像館裏供人參觀的。

連蘇青也問張愛玲：「怎麼你小說裏從來沒有一個人像我的？我一直留心著，總找不到。」

愛玲苦笑，沒有相似的人，也有相似的命運，左不過月滿則虧，樹倒猢猻散。

她沒有回答蘇青，卻忽然說起一件不相干的閒事來：「我們家的女傭，男人是個不成器的裁縫。前幾天鬧空襲，過後我在馬路上遇見他，急急忙忙奔我們的公寓來，見了我，直打聽他老婆孩子怎樣了，倒是很感動人的。」

蘇青聽了，說：「是的……」逃難起來，她是只有她保護人，沒有人保護她的——稍稍沉默一下，忽然說，「如果炸彈把我的眼睛炸壞了，以後寫稿子還得嘴裏念出來叫別人記，那多要命。」

愛玲一愣。從前在香港戰亂時，她躲在防空洞看書，也是擔心有炮彈下來炸壞了眼睛——無話可說，只得安慰似地歎了一句：「這是亂世。」

「這是亂世。」蘇青附和著，也是輕輕的一聲歎息。

愛玲又說：「人家說對月亮許願，是有效驗的……你的願望是什麼？」

「有個丈夫，有個家。」蘇青微笑，緩緩地說，「丈夫要有男子氣概，不是小白臉，人是有架子的，即使官派一點也不妨，又還有點落拓不羈，職業性質是常常要有短期的旅行，那麼家庭生活也不至於太刻板無變化……」

愛玲心裏一動：這倒有點像是蘭成的樣子。官派，落拓不羈，常常不在家。

蘇青接著說：「夫妻倆住在自己的房子裏，常常請客，來往的朋友都是談得來的，女朋友當然也很多，不過年紀要大一點，容貌麼，也不必太漂亮……」

愛玲笑了：「總之是年齡比你大兩歲，容貌比你差一點，才可以放心。」

蘇青也笑著，解釋似地說：「免得麻煩麼……丈夫不在的時候，我可以勻出時間來應酬女朋友；偶然生一場病，朋友都來慰問，帶了吃的來，還有花，

電話鈴聲不斷。」

愛玲笑不出來了。她也被蘇青形容的境界所誘惑著，卻又覺得悲哀，這亂世裏，去哪裏尋那種平安寧靜的生活空氣呢？那是同桃花源一樣理想而虛無的所在。蘇青對著月亮輕聲慢語的樣子，同她以往乾脆俐落的作風很不同，果然像是對著神祇在許願，那情形也令她覺得悲哀。

蘇青反問：「你呢？還沒說你的願望是什麼？」

「也同你是差不多的吧，總要有一個家。」愛玲遲疑地說，「我將來想要一間中國風的房子，雪白的粉牆，金漆桌椅，大紅椅墊，桌上放著豆綠糯米瓷的茶碗，堆得高高的一盆糕團，每一隻上面點著個胭脂點。中國的房屋有所謂『一明兩暗』，這當然是明間。」

一邊說，一邊聲音便低下去，越來越覺得悲哀，因為知道不可能——其實都是些簡單渺小的期望，然而卻也是一樣的不可能。這亂世裏，沒有什麼是真正地切實地屬於她們的，因此迫不及待地想握住一些什麼，即使明知握不住，也還是要努力。

隔著半個多世紀再看這些言論，讓人覺得淒涼，張愛玲與蘇青，都是辛苦的自立的女人，為了能夠活下去，活得稍微好一點，拚盡了力氣與才智。她們的願望其實不算奢侈，然而最終這些願望一項也沒有實現——蘇青後來飽受世人冷眼譏嘲，鬱鬱而終，直到八十年代末九十年代初，她的作品才在海峽兩岸重見天日；而張愛玲漂泊了一生，從來也沒有過一所屬於自己的房子，一個真正的家。

我自小深受漂泊之苦，先是看到那些人為了奪家產占房子大打出手，一家人隨時面臨露宿街頭的危險；後來離家出走，那些冒著風雨四處奔走租房的日子，是到現在仍會在午夜重來的噩夢。所以手上一有點錢，第一件事就是買房子，買了一套，又第二套，現在計劃買第三套——是叫房子給嚇怕了。

朋友都笑話我有做地主的傾向，而我把它當成一種祝福，只要千萬

別再來一次土地改革或是劃分成份就好。

可是姨媽也來嘲笑我，說只有農民才一有點小錢就惦記著買房買地呢，真是惡俗。我聽著可氣，你們怎麼說都是深宅大院裏走出來的，就算後來吃了苦頭，從前也還實實在在地輝煌過，可我呢？——那年為了寫《那時煙花》向媽媽打聽家族舊事，想感受一些民國大家庭的氣氛，她想了想，說單是她見過的祖產已有二十幾處——我卻是連一片瓦也不曾見過。

最記得陪媽媽逛古玩店，看見玫瑁屏風，她說：從前我們家的那塊，比這個更大，更細緻；看到玻璃盒子裏鑲著的巨幅魚翅，她又說：那時許多人送魚翅來，吃不完，扔在廚房裏，漚爛了。

——聽聽這話，氣不氣得死人？真叫張愛玲說著了：瀠珠家裏的窮，是有背景，有根底的，可是瀠珠走在路上，她身上只是一點解釋也沒有的寒酸。

只是寒酸。

後來有雜誌舉辦了一次關於蘇青和張愛玲的談話專訪，再次問及理想丈夫的人選，這時候兩個人都好像有所準備似的，答得很痛快。

蘇青的答案尤其清楚明白：「第一，本性忠厚；第二，學識財產不在女的之下，能高一籌更好；第三，體格強壯，有男性的氣魄，面目不要可憎，也不要像小旦；第四，有生活情趣，不要言語無味；第五，年齡應比女方大五歲至十歲。」

而張愛玲卻似乎比她更實際些，謙抑地說：「常常聽人家說要嫁怎樣的一個人，可是後來嫁到的，從來沒有一個是像她的理想，或是與理想相近的。看她們有些也很滿意似的。所以我決定不要有許多理論。像蘇青提出的條件，當然全是在情理之中，任何女人都聽得進去的。不過我一直想著，男人的年齡應當大十歲或是十歲以上，我總覺得女人應當天真一點，男人應當有經驗一點。」

她不肯務「虛」，實際的標準只說了一條「男人的年齡應當大十歲或是十

歲以上」，那是因為她已經結了婚，嫁了胡蘭成，沒資格再奢談「標準丈夫的條件」，也不便有「許多理論」。而關於年齡的條件，胡蘭成總是符合的——他大她十四歲。

而且，這是第一個肯給她錢的男人。他說過：「經濟上我保護你好嗎？」——聽到「保護」兩個字，她的心都柔了。想起小時候在老房子裏遭到父親的囚禁，巴望著有王子來搭救；想起港戰時飛機隆隆響，身邊卻沒有一個憐惜的人。現在好了，她有了他，他會保護她。

她對他的愛裏一直都有帶著點崇拜的，尤其喜歡他這一向產量驚人的散文。她看他坐在她的書桌前寫東西，凝眉端神，沙沙沙一路筆響，像是案頭一座絲絲縷縷質地的暗銀雕像。

胡蘭成於這年四月又在南京辦了一本《大公周刊》，其主旨是反對列強在華作戰，提出日軍撤出中國，還登了延安、重慶的電訊，一經創刊，銷路特別好，一再加印。

《大公周刊》在上海設有辦事處，於是他又得以武漢、上海兩頭跑，享盡齊人之福——在武漢，是小周的婉孌嬌媚；在上海，則是張愛玲的妙語佳音。

每次回來，他總會再給張愛玲一些錢，倒也不全是為養家。他曾經含蓄地暗示：「你這裏也可以有一筆錢。」像是存在她這裏的。她心裏一凜，有不祥的預感——她早知道他有一天會逃亡，然而臨近來，卻還是不願相信。

同時，她聽他越來越多地講起小周，知道自己擔心的另一件事也正在一天天逼近，落實，卻束手無策——如果還是愛著他，想保留他，就只得忍受，忍受他的博愛，也忍受他講小周，無論聽了有多麼心痛，也仍然微笑地聽著。心裏像有亂刀砍出來，一刀刀砍得血肉模糊，人身變得稀薄，終於連影子都沒有了。

但是他們也有好的時光。有一次他陪愛玲去看崔承喜的舞，愛玲很是喜歡，歎息說：「諷刺也是這麼好意的，悲劇也還能使人笑。一般的滑稽諷刺從來沒有像這樣的有同情心的，卓別林的影片算不錯的了，不過我還是討厭裏面的一種流浪人的做作，近於中國的名士派。那還是不及崔承喜的這支舞。到底是我們東方的東西最基本。」

回來時下雨，兩人在戲院門口叫了一輛黃包車，擠上去，放下雨篷子，愛玲穿著雨衣坐在胡蘭成身上，在這密閉的空間裏，多少有些不自在。就好像小時候第一次被母親牽著手過馬路，有種陌生的刺激，只覺怎麼樣的姿勢都欠妥，可是兩個人挨得這樣近，呼吸相聞，又有異樣的親。

　　又有一次，胡蘭成要出席一處時事座談會，因是明媚的春天，張愛玲好像特別有興致，便也願意同去。

　　「我們兩人同坐一輛三輪車到法租界，舊曆三月豔陽天氣，只見遍路柳絮舞空，紛紛揚揚如一天大雪，令人驚異。我與愛玲都穿夾衣，對自己的身體更有肌膚之親。我在愛玲的髮際與膝上捉柳絮，那柳絮成團成球，在車子前後飛繞，只管撩面拂頸，說它無賴一點也不錯。及至開會的地點，是一幢有白石庭階草地的洋房，這裏柳絮越發濛濛的下得緊，下車付車錢，在門口立得一會兒，就撲滿了一身。春光有這樣明迷，我竟是第一次曉得，真的人世都成了仙境。」——胡蘭成：《今生今世》

　　這段捉柳絮的描寫，一直被「張迷」們公認是她愛情生活中最婉約動人的場景，以爲春光明迷，旖旎如畫。

　　然而我只覺得不祥——張愛玲與胡蘭成都熟讀《紅樓夢》，這時候不會想不起大觀園詩社詠柳絮的一幕吧？如果是，那麼他們當時最徘徊於心的句子該是什麼呢？

　　「林黛玉重建桃花社，史湘雲偶塡柳絮詞」，那是大觀園的最後一次風花雪月，其後緊接著便是「鴛鴦女無意遇鴛鴦」、「來旺婦倚勢霸成親」、「懦小姐不問累金鳳」、「惑奸讒抄檢大觀園」……一路往凋零衰敗裏走了。

　　所有的事都有預兆，柳絮詞寫出了大觀園的悲劇，也寫了張愛玲與胡蘭成的悲劇——那也是張胡戀最後的繾綣，那以後，他們的緣分便一天天地走向盡頭。淒風苦雨，勞燕分飛，背井離鄉……

　　這些，都已早早地寫在了前人的詞裏：

　　「落去君休惜，飛來我自知。鶯愁蝶倦晚芳時，縱是明春再見——隔年期。」

「飄泊亦如人命薄，空繾綣，說風流。」

「萬縷千絲終不改，任他隨聚隨分。」

「三春事業付東風，明月梅花一夢。」

……太多的讖語。張愛玲與胡蘭成，想起的是哪一句呢？

我猜愛玲多半想的是林黛玉的「嫁與東風春不管，憑爾去，忍淹留。」而胡蘭成，這時候還做著飛黃騰達的春秋夢，他想到的，必然是薛寶釵的那句「好風憑藉力，送我上青雲」吧？

青芸，恰便是在這年結的婚。

不知是不是胡蘭成早有所慮，急急安排自己的身後事。

這年胡青芸三十歲，還沒談過戀愛，為了照顧六叔一家，連終身大事也耽擱了，如今六叔做主，將她許給自己的部下沈鳳林；沈鳳林大她六歲，是胡村近地清風嶺沈家灣人，五年前從家鄉出來跟著胡蘭成做事，先後做過汪偽中央電訊社助理編輯，杭州分社主任，偽浙江日報採訪主任，記者工會理事，民眾娛樂審查委員會委員等等，是文化官員。他又特別喜歡看書，舉止言談斯斯文文，青芸見了，說不上有多麼好也說不上有什麼不好，便無可無不可地應允了。

胡蘭成又親自陪她到杭州，婚禮在興亞俱樂部（現人行浙分行）舉行，場面相當大，幾十桌，賓客有偽保安隊業務處等的中級漢奸，還有特務大隊長吳傑，保安處科長張士奎，保安第一大隊長賀勁生，獨立營營長王忠林等，辦得十分熱鬧，與胡蘭成同張愛玲的婚禮形成鮮明對比。還拍了婚紗照。新娘盛妝端坐，捧著一束馬蹄蘭，矜持而美麗地微笑著。

那也是胡青芸一生中唯一的青春華章。

婚後，青芸照舊住在美麗園，照顧弟弟妹妹；而沈鳳林照舊跟著胡蘭成，東奔西跑地做事。這倒有點像胡蘭成與張愛玲的光景——結了婚，仍是各不相干的，一個是金童，一個是玉女。

2

　　張愛玲在文字上是個天才，「物華似有平生舊，不待招呼盡入詩」，在她眼中一切都是詩意的，也都可入詩。詩意的柳絮，詩意的歌劇，詩意的墓園，詩意的公寓生活，當然還有詩意的上海人。晚霞，流螢，魅人的黃昏以及寧謐的薄夜，睡意朦朧，心醉意動，戀愛中的人不問寒暑。

　　但是政治上，她卻著實嗅覺遲鈍，感知麻木。

　　一九四五年七月二十一日，距離日本無條件投降只有二十幾天，《新中國報社》舉辦納涼晚會，邀請她與電影明星李香蘭座談生活與藝術，與會者還有「華影」副董事長川喜多長政，以及其他文藝界人士。

　　從前寫影評時，張愛玲就曾在〈鴉片戰爭〉一文中評價：「影片中想當然的愛情故事大概是為安排滿映的李香蘭的演出而加上去的。李小姐的歌藝使她成為片中所演角色最適當的人選。」她愛電影，也和普通人一樣對電影明星有著好奇心，所以這次晚會邀請，她欣然答允了，還拉了炎櫻作伴。——那後來成了她「親日」的重要罪證，並給她帶來了「漢奸」的不白之名。

　　一曲「夜來香」，使李香蘭的名字直到今天都為人所熟知，她是日本人，原名山口淑子，卻自小生活在中國，並取了中國名字李香蘭。還在她的學生時期，有人問她：「如果中國和日本開戰你會怎麼辦？」她猶豫良久，回答說：「我將站在北京的城牆上。」她後來進了「滿映」，在四十年代初期主演過「白蘭之歌」、「支那之夜」之類親日影片，也飾演過愛國影片「萬世流芳」中的賣糖姑娘——那是一部描述清末林則徐燒鴉片抵抗英軍的進步影片，李香蘭那首愛國愛民族的「賣糖歌」傳遍全國，讓她大紅大紫。

　　李香蘭也是久聞張愛玲之名的，一直以為張愛玲是位年長的文人，見了面才知道竟是位二十四歲的妙齡女子，不由驚訝地說：「比我還小呀！」——她那年已有二十六歲。

　　愛玲微微一笑，謙遜地說：「您就是到了三十歲，一定還像個小女孩那樣活潑吧！」

　　李香蘭說：「是啊，演了太多淺薄的純情戲，實在沒多大意思，我倒想演

點不平凡的激情戲！」

《雜誌》主編陳彬趁機撮和：「假定請張小姐以你一年來的生活經驗寫一個電影劇本，而以李小姐作主角，這個女主角該是怎樣一個人物？」

張愛玲淡淡地說：「這樣一個本子，恐怕與李小姐是不相宜的。李小姐唱『支那之夜』，就像歌裏面說到的東方的小鳥，人的許多複雜問題與麻煩她都不會有。為她寫劇，一定得十分風格化，但是以中國電影的現況，甚至日本或好萊塢電影的程度都還不夠配合，所以替李小姐著想，現在暫時還是開歌唱會的好。」說得天花亂墜，似乎把李香蘭捧得很高，然而中心思想其實只是一個字：不！

陳彬又問：「最近小報上紛傳您的戀愛故事，請問張小姐，你的戀愛觀是怎樣的？」

張愛玲又是微微一笑：「就是我有什麼看法，也捨不得輕易告訴您吧？我是個職業文人，而且向來是惜墨如金的，這樣隨便說掉了，豈不損失太大了麼？」

這四兩撥千金的巧妙回答博得滿堂哄然大笑。陳彬也不好意思再刨根問底了。

最後，與會諸人合影，因為張愛玲個子太高的緣故，只好請她坐在中間，餘人俱站著，有種侍立一旁的感覺，是眾星捧月，百鳥朝鳳——愛玲那天穿著的，又正是用祖母被面改製的那件鳳凰衣。

記者又建議張愛玲與李香蘭單獨合影，兩人照做了。這張照片，後來張愛玲收進了《對照記》——她坐著，李香蘭站在她身後，和前面她祖母未嫁時的一張小照相映成趣——那張照片裏，是小姐時代的李菊耦端坐著，丫環侍立在身後，姿勢配搭一模一樣。兩張照片比並著看，令人不禁莞爾。

抗日戰爭勝利後，李香蘭曾經也被指為漢奸，差點被國民政府判了叛國罪，但是後來證實了她是日本人，便不存在「奸」的概念了，只是遣返回國；然而張愛玲卻是不折不扣的中國人，於是仍是「奸」的——這種判斷是非的標準多少有些戲劇性，是「角度」或者「立場」的問題，站在不同的立場上便有了不同的定位。

然而倘若我們站在一個淪陷區平民的立場上，大概所奢求的也不過是活下去，文人要寫字，且不論她的內容是不是叛國，只要文章發在「不乾不淨的雜誌」上，便是漢奸；那麼車夫要拉活，如果拉了「不乾不淨」的人，是否也是漢奸呢？還有那些賣米賣油的，不僅賣給中國人，也賣給日本人——不見得日本人都是從本土背了足夠的糧米漂洋過海來中國的，總還是要吃中國米——吃飽了中國米飯再打中國人，那些賣米的人更是漢奸，更該趕盡殺絕了；根本淪陷區的人從淪陷那天起，如果不拿起武器來反抗，就該一根繩子把自己吊死，不然做了亡國奴，也和漢奸差不多了。

3

日曆翻到了一九四五年八月十五日，日本投降了！

然而這舉國狂歡的大喜日子，於胡蘭成來說卻是驚弓。他知道他的噩運近了，遂決定孤注一擲。蔣介石因一時來不及接收淪陷區，又怕落入共產黨軍隊手中，遂委任葉蓬為第七路軍總司令，暫控鄂贛湘秩序。而胡蘭成卻趁葉蓬由南京返武漢任職之前，便聯合了汪偽第二十九軍軍長鄒平凡連夜把葉蓬的特務營繳械，宣佈武漢獨立，並成立了武漢警備司令部，以鄒平凡為司令，又收編了汪偽李太平師與汪步青師，並向日軍要了一萬人的武器裝備，擁兵自重，據地為王，打算學習儒將周公瑾的羽扇綸巾，要運籌幃幄之中，決策千里之外，拚死一搏。

偏偏在這時，他好死不死地得了場登革熱。大睡七天七夜。待得醒來，鄒平凡已經改弦易轍，投靠了蔣介石，並自重慶請來了接收大員袁雍。

胡蘭成心知大勢已去，一邊與袁雍虛以委蛇，一邊暗自布署逃亡計劃。其間袁雍送來國民政府的委任狀，他置之不理；中共領導李先念派人勸投，他也不見——事隔六十年，我們不妨做一個設想，倘若他當時接受了勸投，也許便不會離開中國，雖然免不了在後來的「運動」中受些磨折，然而只要能活得過，或者和張愛玲還有聚首之日——然而，這也只是假設罷了。

臨行前，胡蘭成最後一次召集報館眾人聚會，「端坐飲酒如平常」，接著

與小周訣別：「你的笑非常美，要為我保持，到將來再見時，你仍像今天的美目流盼。」又把剩下的薪水和十兩黃金、一箱衣裳乃至吃剩的一麻包半米都留給了她——之前他一直想要讓她受教育，甚或像張愛玲那樣，遠行去讀書，現在自然都談不上了，但他也還是希望能夠多給她一些——與女人相交，在錢上若是能夠不辜負，他總是願意付出的。同全慧文和應英娣登報離異，他也都沒有虧待了她們兩個。

最後他又交給小周一封信，叮囑等他走後再寄出。那是寫給袁雍的信，是他給自己留的又一步棋，信中寫道：「國步方艱，天命不易，我且暫避，要看看國府是否果如蔣主席所廣播的不嗜殺人，而我是否回來，亦即在今後三五個月內可見分曉。士固有不可得而臣，不可得而辱，不可得而殺者。」——他還指望蔣介石求他回來，然而他後來等到的，是一紙通緝令。

那天，胡蘭成換了日本人的衣裳，坐了日本船悄悄離開武漢，渡漢水時，解下隨身帶的一枝手槍沉入中流，到這時，他才有了種「漢臯解佩」的悲壯感，也才清楚地意識到：自己的逃亡生涯，從此開始了。

第一站是南京，住了兩日後又乘火車偷偷回上海，藏在虹口一個日本人的家裏，差人去美麗園通知青芸來見面。青芸去了，見到六叔，問：「你怎麼回來了？」

「日本人投降了。」胡蘭成平淡地說：「你不懂這些，不要多問。我在上海待不久，你替我去愛丁頓帶句話。」

張愛玲去了，有些悲喜交集。她知道他終究還是要逃亡，從認識他的時候起便已經預知的事終於還是要發生了。亂世萍水，今朝別後何時再聚全無定數，然而縱有萬語千言，卻不知從何說起。

半晌，她幽幽地說：「我要跟你去。」

他一驚，隨即從容地笑笑地說：「那不是兩個人都繳了械嗎？」

「我現在也沒有出路。」

「那是暫時的事。」

但又什麼是長遠的呢？她覺得無助，像在大海裏漂浮的舢板，連只是隨波逐流也做不到。

回來的路上遇到遊行，慶祝的人流剛好與她方向相反，她在人叢中捱捱擠擠地蹭蹭著，走得冰河一樣慢。知道自己是泥足了，違反世界潮流。

——這簡直就像上天給她的一個比喻。她是在逆天而行。

又隔了一天的晚上，青芸忽然帶著剪短頭髮、換了襯衫的胡蘭成偷偷來到愛丁頓公寓，約定明天早晨來接他。

愛玲知道這有可能就是他們的訣別之日了。連張茂淵也特地出來打了個招呼，比平日親切。卻又都沒有別的話。連胡蘭成也是反常地沉默，站在窗邊，拉開窗簾一角向下看，幸好路上倒沒有可疑的行跡。

月亮已經升起來好一會兒，可是依然朦朧不清爽。蛩聲有點怯，有點淒涼，帶著探試的意味，響一下，又靜一下，彷彿被夜的深重給嚇住了，不敢放歌，又不甘心完全收聲。

一隻貓沿著牆根走了一會兒，又折回身向後，卻並不走，只是張望著，彷彿什麼人在叫牠。然而空蕩蕩的街上，商鋪都打了烊，連燈也昏昧不明，只有一隻癩皮狗在街尾垃圾箱裏翻騰，影子被拉得長長的，顯得益發瘦。

胡蘭成回過身，慢慢地說起自己在武漢的情形以及今後的打算，並且說池田和清水想送他去日本，只是沒決定乘船還是飛機，不過他擔心日本人目標太大，自身難保，他跟他們走，可能反招其禍，所以還在猶豫。

愛玲不置可否，卻忽然講起祖父李鴻章的一則舊事來：李鴻章雖曾代表清廷與日本簽訂馬關條約，心裏卻感屈辱，發誓「終身不復履日地」。一八九六年清廷派他赴俄賀俄皇加冕並簽訂中俄條約，其間要在日本換船。日本人早在岸上準備了行館招待，可他拒不上岸，寧可夜宿船中。次日換乘的船駛來，需先用小船銜接，他聽說小船是日本船，便又不肯登船，接待人員只好在兩船中間架設飛樑，他才登樑換船，直駛俄國。

愛玲很隨意地講著，語氣輕描淡寫，末了還輕輕笑了一聲，說：「那年他已經七十二歲高齡，倒恁的倔強。」

胡蘭成聽著，半晌不語。他對她的貴族出身向來敬慕，平日裏最喜歡聽她講起這些清廷重臣的舊聞軼事，然而從未有一刻，像今天這樣刺耳，幾乎要惱羞成怒起來，咕噥一句：「明天還有得忙呢。」獨自先睡了。

街尾的狗在垃圾箱裏翻了一回，到底被牠揀著一根骨頭，心滿意足地叼著

走了。貓歎了一回，也走了。月亮升至中天，蛩聲漸漸響成一片，有了理直氣壯的意味。

大難來時，口乾舌燥。說什麼都遲了。

月光透過窗櫺照進客廳，捎著些雲影風痕，落在地上，像一個看不清讀不懂定不住的魘。

愛玲睡不著，蜷在沙發上，抱膝坐著，不看月亮，只看地上的影子，彷彿想從那婆娑搖擺中判斷吉凶。她知道，他必會逃脫，她相信他有這個本領。然而，到底用什麼方式逃脫，又向什麼方位逃脫呢？她卻全無主意。

抗戰勝利，舉國歡騰，她也很開心，與炎櫻手挽手地走在街道上，和人流一起喜笑顏開。從前在香港，戰爭方歇，她們死裏逃生，第一件事就是想著上街買霜淇淋吃；現在也還是那樣的心情，特別熱衷於逛街，似乎這是慶祝的最佳方式。那些沿街的欄板上，從前都是大明星的照片，周璇、李麗華、周曼華，對著街上的行人不知疲倦地倩笑，人們稱之為「招貼女郎」；如今卻統統換了蔣介石的標準照，整齊劃一、趾高氣昂、不苟言笑，炎櫻咬著愛玲的耳朵說：「看，招貼男郎！」愛玲立刻揚聲大笑了，著實欣賞炎櫻的機智與大膽。

然而此時，她卻笑不出來了，她終於知道，原來抗戰勝利對她而言是有著些不同的，不盡是可慶賀的事情。

從前同他在一起，雖然喜歡，卻在茫茫中也感到隱隱恐懼，時時刻刻都像是離別，只覺得不久長。他們總歸是聚少離多的，每一次分手都像是最後一次——這一次最像，這大概真的就是最後一次了。她當然不願意他去日本，他去了，大概他們就再也見不到了。然而她要他去哪裏呢？

她最終決定去測字。她是個坐在水晶球裏看未來的預言者，可是為著胡蘭成，關心則亂，全無自信，只得依賴起巫力亂神，病急亂投醫了。

測的是「朝東」。

次日青芸和丈夫沈鳳林來與六叔相會，聽說了測字的結果，都默然了一回。往時人坐在黃昏裏，無端地便要悲哀起來，如今悲劇真的來了，卻只是一個淡然。

還是青芸的丈夫說：那便去我姐姐家躲躲吧，她家在東關。胡蘭成無可無不可的，說一聲：也好。便這樣決定下來了。其實他對陌生人沒什麼信任，可

是反正是要走，去哪裏倒是無可無不可的。既然愛玲特地爲他去測字，又特地報告測的結果是「東」，那他便遂她的意，朝東去吧。

後來果然同鳳林去紹興皋埠他姐姐家住了幾天，終究住不慣，便又轉去諸暨，投奔中學同學斯頌德。斯家人帶著他東躲西藏，仍覺得不安全，此時國民政府頒佈了「處置漢奸條例草案」，他亦榜上有名。又風聞周佛海被蔣介石軟禁，陳公博在日本開槍自殺未遂，不禁膽顫心驚，唇亡齒寒。斯家的人大概也是怕受牽連，便讓小娘范秀美送他去溫州秀美的娘家躲藏。

范秀美比胡蘭成大兩歲，從前是斯家老太太的丫頭，很會侍候人，後來收了房，與斯家老爺生有一女。沒幾年，老爺死了，她便守了寡，在一家蠶桑場工作。此時與胡蘭成千里同行，一個是怨女久曠，一個是浪子多情，竟然烈火乾柴，一拍即合——任是逃亡途中，有今天沒明天，胡蘭成竟然仍忘不了採花！

也沒忘了寫作，他便是在溫州的深山僻野之間，一天一段，慢慢寫成《武漢記》和後來的《山河歲月》。

4

當胡蘭成與范秀美在遠山僻野中男歡女愛的時候，張愛玲卻在上海公寓裏提心吊膽。

舉國檢舉討伐漢奸，蘇青也被抓捕了一回，李香蘭則演出一幕「捉放曹」，她無法不起兔死狐悲之歎。報紙上含沙射影地指責她是「海上文妖」、「漢奸之妾」，說她在《雜誌》、《天地》、《古今》、《新中國報》這些漢奸報刊上發表作品，還參加親日活動。年末上海大時代書社出版的《女漢奸醜史》，更是明明白白把她和李香蘭、陳璧君（汪精衛之妻）、莫國康（與陳公博有染）、佘愛珍（汪僞特務頭子吳四寶之妻，後與胡蘭成結合）相提並論，咒罵「無恥之尤張愛玲願爲漢奸妾」。

口水大戰於她不是第一次，卻是最嚴重的一次——在「文非」之外，更加添了政治的色彩，總是駭人的。

她已經不可以再寫字，寫了，也沒處發表。

潘柳黛在《退職夫人自傳》中，曾提到重慶人辦的報紙上編了整版的「掃妖特輯」，並且抗議：「我固然是淪陷區活過來的老百姓，然而我在淪陷時活得那麼悲苦，可憐，我是苟延殘喘的掙扎著活到現在；而現在，就連苟延殘喘也不讓我活了。我真想對誰去控訴，假若我有禍國殃民的罪行，那麼任何人都可以到有司去檢舉我，假若我沒有禍國殃民的罪行，那麼就應該停止了無聊的謾罵，使我還能憑我的能力生存下去。那些唱高調的人說：『餓死事小，失節事大。』那是因為他們還不至於『餓死』，所以才樂得冠冕堂皇唱這種高調。」

——這段話，也可以代表張愛玲的處境與心聲。

她第一次想到了離開。

去哪裏？最先湧上的念頭自然是去找胡蘭成，同他在一起，再不分開。他逃亡，她也跟他一起逃亡；他受苦，她也跟他一起受苦；就是他遇難死了，她也要跟他一起赴死。

一九四六年二月，愛玲跋山涉水，過諸暨，走麗水，竟在這亂世中不遠千里地往溫州尋夫來了。出發前一天，她去錢莊賣金子，不禁想起她的母親。

這並不是她第一次出遠門，卻是第一次要自己籌資遠行，而籌措的方式，如此老套——仍然是靠典當。她真不愧是她母親的女兒。

換了錢，買了氈鞋、牙膏、餅乾、奶粉、凍瘡藥——她腳上的凍瘡發了，且在感冒，卻仍然義無反顧地出發了。

一路火車、貨車、獨輪車、船，她的臉被太陽曬塌了皮，大腿也磨破了。卻仍不畏辛苦，只是想著他，憂著他，不知道他過得好不好，瘦了還是胖了，下一步有什麼打算。

她躺在異鄉的床上思念著他，想像重逢的悲喜，心裏只有他，沒有自己。後來她在遊記〈異鄉記〉裏詳細地寫下了這段旅行，並借主人公之口寫出自己的心事：

「我把嘴合在枕頭上，問著：『拉尼，你就在不遠麼？我是不是離你近了些呢，拉尼？』我是一直線地向著他，像火箭射出去，在黑夜裏奔向月亮；可

是黑夜這樣長，半路上簡直不知道是不是已經上了路。

　　我又抬起頭來細看電燈下的小房間——這地方是他也到過的麼？能不能在空氣裏體會到……但是——就光是這樣的黯淡！」

　　她一直線地向著他，像在黑夜裏奔向月亮。然而再也沒想到，會在見到那彎瘦得可憐黯淡無光的下弦月的同時，竟也看到了月亮旁邊的小星星——范秀美，她丈夫的新歡！中等身材，三十幾歲，樸素的旗袍上穿件深色絨線衫，一張淡白的靜靜窺伺的臉。

　　她全明白了。

　　在她為了他受牽連，蒙被不白、柔腸寸斷的時候，他卻辜負她，欺騙她，背信棄義，停妻再娶！好像聽到一聲炸裂，她的心彷彿突然被什麼敲碎了，山崩地裂般坍塌下來，剎時間摧為齏粉。

　　而他毫不顧惜，還要粗聲粗氣地吼她：「你來這裏做什麼？還不快回去！」眼中是這樣地冷，冷得令人發抖。早春二月，河裏的冰也化了。可是他的眼神，卻仍然結冰。

　　這自私的人，任何時候先想到的都是自己，他只知道他自己還在受苦中，他可不管愛玲為他受了多少委屈辛酸，他甚至暗自埋怨她的來訪叫他不安——為什麼不老老實實待在上海呢？倘若他翻得了身，自會去尋她；倘若這輩子便這樣凋落了，也留給她一個傲岸的背影。他不願意自己的失意落在她眼中，更不願意她目睹他的齷齪薄情。

　　他以恐怕有人查房為由，將她獨自安置在旅館中，自己卻仍是回到范秀美處。

　　入夜，愛玲待在冰冷的旅館裏，看著冷冷的月光穿窗越戶，冷得打顫。她從那月光裏看見了胡蘭成，他已經不是她的親人了，眼裏面沒有一絲溫情，一絲親昵。她想起小時候，被父親囚禁，也是這樣的殺機四伏。刻骨的孤獨。

　　她看著那充滿殺機的月光，整顆心空洞洞的，好像靈魂被抽掉了一樣，心彷彿被什麼牽動著，抽搐般地一下下悸痛著。她的眼淚無止無息地流下來，完全不受控制。

　　她這次來，是抱了生死之心的：或是死在兵荒馬亂的途中，或是隨他就此

海角天涯去亡命——他是通緝犯，她同他在一起，被捉到了可能會被槍斃的，她來溫州尋他，是飛蛾撲火。然而她豁出去，只要同他在一起。卻不料，他並不需要她，另有陪他同甘共苦的人——便是死了，她也不是他的唯一，他也不是她的歸宿。他不過是她的歧途，引她走上絕徑——她迷路了。

她想起從前最喜歡的那幅畫，「永遠不再」，如今她成了畫裏的人了。那畫裏的女子橫臥在沙發上，靜靜聽著門外的一男一女一路說著話走過去。門外的玫瑰紅的夕照裏的春天，霧一般地往上噴，有昇華的感覺，而對於這女人來說，卻是一切都完了。完了。永遠不再。一個女人，如果與情愛無緣了還要去愛，一定要碰到無數的不如意，齟齬的刺惱，把自尊心弄得千瘡百孔，終究被人棄如敝屣。

然而她總是不肯相信他是這樣的絕情，她總還是要替他找理由開脫——她想他向來都是風流不羈處處留情的人，這一次也只是逢場作戲，不論他的旅途中遭遇多少驛路桃花，她終還是他的妻，他始終還要回到她身邊；她想他不要她留下，是為她著想，不願意拖累了她，也是不願意讓她見證他的狼狽與落魄。

戰爭中，兩個人比一個人更危險。這是她在香港被困時就深深瞭解的，她此時便也這樣瞭解了他。

她在溫州住了二十天，一天更比一天心冷，越是留戀，便越是心傷。然而她還是要一再地努力，一再地點醒他。他們一同去遊廟觀，聽嵊戲，她便如十八相送的祝英台之於梁山伯，借著事事物物來印證她和他。

他們一同去街上走，看到沿街有個紡織工場，就站在窗口看女工織布。那女工襟邊佩一朵花，坐在機杼前，恰如古詩裏的「木蘭當戶織」，只見織的布如流水，好像她的人是被織出來的，歲月也是織出來的。胡蘭成讚歎：「真真是如花美眷，似水流年。」愛玲看了他一眼，當時並沒說什麼，回到旅館裏卻說：「我要寫點東西來紀念。」然而想了想，卻只錄了杜甫的兩句詩：「香稻啄餘鸚鵡粒，碧梧棲老鳳凰枝。」

又一次，他們去賣木器的街上看舊式床櫥——明明在流亡途中借宿，她卻偏喜歡看這些眼前用不著、或許以後也永遠沒有機會用得上的家具。但她喜歡

給自己一種假像，給自己一個關於天荒地老的夢——床圍板上刻著垂髫女與總角男對舞，又一幅是書生與少婦對舞，全身塗金，一種溫厚的金色，線條亦厚墩墩，頭上是南方炎熱的藍天，地下階砌分明，一男一女就在階砌上房櫳前，一個執扇，一個捧茶盤，很家常的光陰，那男的很調皮，那女的眼睛非常壞，會誘惑人。愛玲看著，不自禁地歎息：「這樣現世的，卻又是生在一個大的風景裏，人如曉風白蓮。」

他們一同在旅館的房裏聽唱片，方玉娘祭塔，唱著：「上寶塔來第一層，開下了，一扇窗來一扇門，點起了，一枝清香一盞燈。禮拜南海觀世音，保佑兒夫文子敬，中得高官步步升。」愛玲聽了，心動神馳，滿臉都是哀傷眷慕。方玉娘一層層拜著求著，她也在心底一聲聲念著禱著，方玉娘為丈夫祈過，又為公婆為姐妹祈禱，最後為生身父母：「保佑去世雙父母，暗暗赫赫百年春。」愛玲眼圈濡濕，輕聲讚歎：「真是有人世的安穩。」

——那織女，那床櫥，那嵊戲，處處都映射著她對安穩生活的渴求。

她終於明白地問他：「你與我結婚時，婚帖上寫現世安穩，你不給我安穩？」

他不能不心驚，然而終是無言。這是一個太偉大的靈魂，太珍貴的愛情，誰得到她都是三生求來的福分。可這是亂世，而他是窮途末路的失敗者，如今一心想的，只是鑽營尋隙，苟且偷生。他負擔不了她的偉大的愛情。

他終究是不肯回答她。然而多年之後，他卻在《山河歲月》裏曲曲表達了那一份悔恨：

「在溫州時我和愛玲遊廟觀，經她一指點，原來那些神像有許多是雕刻得極好的。一個龕裏塑有雷公電母，雷公坐著，卻非猴子嘴臉，而是一尊金臉的神，使人看了即刻覺得風雨陰晦，宇宙間充滿了原始的大力。電母站在那一邊，是個婦人，穿的金繡綠襖，細花紫褲，腰繫青帶，手擎一面鏡，下照世人，眉目姣好而嚴峻，下唇微微咬緊，非常殘忍。中國東西有一種新鮮的刺激性，很像是現代西洋的，但沒有恐怖與不吉。南京古宮陳列館裏有唐朝的壁繪，著色及筆調很像西洋新浪漫主義的畫法，但亦到底不同。」

「京戲聽唱武家坡，愛玲詫異說，怎麼可以是這樣的？薛平貴從軍回來，

見了寒窰受苦十八年的王寶釧，不當時安慰她，反向她說如何娶了代戰公主，還這樣得意，竟不想想三姐聽了會生氣，因為他仍是昔年分別時三姐的薛郎呀，他是多麼的能幹，現在是回來看她了，三姐理該誇獎他，這樣的糊塗，真是叫人拿他無奈。」——胡蘭成：《今生今世》

看著這些描寫，愛玲幽怨的眼神如在眼前，比任何的傳記都更清切。她悲憫王寶釧的委屈，胡蘭成便跟著說薛平貴糊塗——他並不是不懂得愛玲的心，他只是不肯改，要使人無奈。

她終於決定回上海。

上海，至少還有姑姑，還有愛丁頓公寓——即使不是家，住得久了，總也有點感情。

她離去的那天，是個雨天——連天也為她的癡情一掬同情之淚！她對他說：「我想過，我倘使不得不離開你，亦不致尋短見，亦不能再愛別人，我將只是萎謝了。」

她撐了傘坐船離開。來時一個人，但滿含著希望和決心；去時一個人，心已經碎了。

5

對於大多讀者來說，關於張愛玲的溫州尋夫，都是從胡蘭成《今生今世》裏看到的。這之後，才會想到〈華麗緣〉其實也是那時間的見聞，她不僅寫了在一九四六年正月去溫州途中、路過諸暨時看的一場社戲，也寫出了那時自己的真實感受與出路：

「每人都是幾何學上的一個『點』——只有地位，沒有長度，寬度和厚度。整個的集會全是一點一點，虛線構成的圖畫；而我，雖然也和別人一樣地在厚棉袍外面罩著藍長衫，卻是沒有地位，只有長度，闊度與厚度的一大塊，所以我非常窘，一路跌跌衝衝，踉踉蹌蹌地走了出去。」

文章隔了一年才發表，使許多讀者包括我都一直在猜測她究竟什麼時候、什麼地方看的這齣戲，還是胡蘭成的《山河歲月》為我解開了這個謎：

　　「愛玲去溫州看我，路過諸暨斯宅時斯宅祠堂裏演嵊縣戲，她也去看了，寫信給我說：『戲台下那樣多鄉下人，他們坐著站著或往來走動，好像他們的人是不占地方的，如同數學的線，只有長而無闊與厚。怎麼可以這樣的婉順，這樣的逍遙！』」

　　又過了許多年，同樣的文字在《小團圓》完整地重複了一次，讓我們終於落實那猜測──《小團圓》第九章在全書中顯得突兀，切斷故事，用了一整章描寫來那場戲，並點出書名的來歷，最後寫：

　　「九莉無法再坐下去，只好站起來往外擠，十分惋惜沒有看到私訂終身，考中一併迎娶，二美三美團圓。
　　一個深目高鼻的黑瘦婦人，活像印度人，鼻架鋼絲眼鏡，梳著舊式髮髻，穿棉袍，青布罩袍，站在過道裏張羅孩子們吃甘蔗。顯然她在大家看來不過是某某某，別無特點。
　　這些人都是數學上的一個點，只有地位，沒有長度闊度。只有穿著臃腫的藍布面大棉袍的九莉，她只有長度闊度厚度，沒有地位，在這密點構成的虛線畫面上，只有她這翠藍的一大塊，全是體積，狼犺的在一排排座位中間擠出去。」

　　──這一場行頭華麗的過路戲，顯見是給張愛玲留下太深的印象與刺激了。

　　再後來，才知有〈異鄉記〉，其實張愛玲早已完整地記錄了自己從上海去溫州的全過程。
　　〈異鄉記〉遲至二〇一〇年才在《皇冠》四月號上首發出來，附了宋淇之子宋以朗的介紹文章，文中引用張愛玲寫給宋淇夫婦的信說：「除了少數

西望張愛玲之

張愛玲傳奇

247

作品，我自己覺得非寫不可（如旅行時寫的〈異鄉記〉）其餘都是沒法才寫的。」

稱之為「非寫不可」，多少是有些文人強迫症。我每次旅行，尤其是去埃及、印度這樣的古老國家旅行，總是要隨身帶著紙和筆，每天玩得筋疲力盡眼睛都睜不開，也還是要勉力記下這一天的見聞，唯恐過後便不再記得，即便記得也不再是這樣的真切了。每次寫出來都覺得枯燥，不滿意，然而事後整理筆記時，卻又總是讚歎，覺得旅行時寫得再爛的筆記，也好過事後閉門回憶時雕琢的文章。

張愛玲說過她對於真實幾乎有些偏執的癖好，於是我猜想她必定是同我一樣患有這樣的「遊記強迫症」，後來她去台灣驚鴻一瞥，也曾專門寫下〈重訪邊城〉。

遊記的重要，還不僅在於記下旅途見聞，更是為日後的寫作提供了豐富素材，〈異鄉記〉尤其是這樣。

比如書中第二章寫在異鄉遇到瞎子彈弦算命：

「有琵琶聲，漸漸往這邊來了，遠迢迢叮呀咚地，在橫一條豎一條許多白粉牆的街巷裏玲瓏地穿出穿進。閔先生說是算命的瞎子彈的。自古至今想必總有許多女人被這聲音觸動了心弦，不由得就撩起圍裙暗暗數著口袋裏的錢，想著可要把瞎子叫進來問問，雖然明知道自己的命不好。」

然後寫閔先生和老媽子都讓這瞎子算了一回，瞎子邊彈邊唱，從「算得你年交十八春」一路唱下去，老媽子還只管問：「那麼，到底歸根結局是怎樣的呢？」聽得旁邊的人倒吸一口涼氣，一個七八十歲的人，好像她這時候的貧窮困苦都還不算數，還有另一個歸根結局似的。

——這段故事，後來照搬到了《怨女》裏，但經過修飾的描寫，反而像是不如這裏平鋪直敘來得更見俐落寒薄，直見生命的蒼涼。

〈異鄉記〉是紀實，因此在自傳小說《小團圓》裏就引用得更加頻繁，後來寫《秧歌》也大量挪借了這一路的見聞。評論家們說張愛玲平生從沒去過鄉

下，在《秧歌》裏所寫的全是臆測，是因爲此前沒有看過〈異鄉記〉，也並不知道張愛玲去溫州的這段經歷。

那個時候，張愛玲的「異鄉」還只是指的溫州，然而到了後來，她越走越遠，異鄉也越來越冷。

張愛玲是擅長預言的，她是早已寫出了後來自己與這時代越來越明顯的格格不入，唯有倉皇逃離，從戲台下，從集會中，從她熱愛的上海人裏，從中國大陸，走出去，一路跌跌撞撞，踉踉蹌蹌，直至永遠地埋身異鄉⋯⋯

第十二章　俠骨柔腸有誰知

1

我的靈魂透過傳奇的窗口，看那晚清人家的女子在燈下抹骨牌，或是起課？

「不了情」裏的虞家茵也是會起課的，夏宗豫第三次來她的陋室看她時，便遇上她正在玩牌，一時手癢，便也試了一回。洗三次牌，翻開牌面，卻是「上上、中下、下下：莫歡喜，總成空，喜樂喜樂，暗中摸索；水月鏡花，空中樓閣。」

這是愛玲在替家茵問卜，還是家茵在替愛玲算命？

我又飄去陽台，看愛玲赤著腳踝，站在黃昏的霞光裏篦頭，垂肩的長髮絲絲縷縷地落下來，在手臂上披披拂拂，如同夜雨，看得我心疼不已——這萬千煩惱絲，是為誰掉的呢？時局？愛情？事業？

遠遠近近有許多汽車喇叭倉皇地叫著；逐漸暗下來的天，四面展開如同煙霞萬頃的湖面。對過一幢房子最下層有個窗洞裏冒出一縷淡白的炊煙，非常猶疑地上升，彷彿不大知道天在何方。

露水下來了，頭髮在夜光裏顯得濕濡鋼亮。愛玲轉身回了房，我也跟著進去了。

回到上海的張愛玲，有種轉世為人的悲涼，又好像是把魂魄丟在了溫州，便如一朵脫水的鮮花，迅速地憔悴了。報紙上關於「漢奸」、「文妖」的聲討

此起彼伏，一九四六年三月三十日上海《海派》周刊竟刊出〈張愛玲做吉普女郎〉的新聞，無中生有的憑空捏造，真是聳人聽聞。

——於此種種，她只是沉默。她已經無力反駁。

一柄傘撐開著搭在陽台上，是在那裏晾乾一直忘記收的，她每每見了它便覺得刺心，想起自己在雨中撐著傘坐船離開溫州的情形，忍不住眼裏含了淚別轉了臉不忍再看——然而一再地忘記收。

從前，她愛上他的時候，滿心滿眼都是他，還有等待、猶豫、傷心、彷徨、擔憂、憐惜……把心裏塞得滿滿的，幾乎不勝重負；然而如今決意把他放下，心裏空空的，卻比從前更加沉重。

原來，愛他想他念他憂他已經成了她生命的一部分，與呼吸共存。要她放下這一切，那不是和讓她窒息一樣可悲嗎？

春天在窗外漸漸地流過去，夏天在窗外漸漸地流過去，她都沒有在意。

青春在書桌旁漸漸地流過去，生命也在書桌旁漸漸地流過去，她坐在書桌旁，可是寫不出字來。

便在這時，黃逸梵第三次回國來了。

又是個雨天，愛玲和姑姑一起去碼頭接船，看著母親顫微微地走下舷梯，就好像從烏雲裏走下來，穿著黑色的衣裳，戴著墨鏡，整個人都被一種黑色的雲霧籠罩著，比女兒還要瘦，還要憔悴。

張茂淵先迎上去，攙住逸梵一條胳膊，憐憫地說：「好慘！瘦得唷！」

愛玲站在一旁不作聲，可是眼圈一層層地紅了。然後，她走過去和母親擁抱，都是默默地流淚——她們都失去了自己心愛的男人。

黃逸梵帶回十七件行李，裏面大多是皮件。她同美國男友維葛斯托夫一起去新加坡，本來是要做皮貨生意的，然而維葛不幸死在炮火中，她獨自在新加坡苦撐著，後來去了印度，做過尼赫魯兩個姐姐的社交秘書。

逸梵一行說，一行哭。愛玲聽著，心驚意動——無論怎麼說，她愛的那個人還活著，這便比什麼都好。她忽然便原諒了他。也許，她從來都沒怪過他，只是一直在等待一個原諒的理由。

她去了溫州，終於明白自己這樣一個人陪著他流亡天涯是不可能——太引人注目了。她總是那樣若無其事，我行我素慣了的，完全不懂得小心避忌；而

他也總不肯露出懼色來，跟她在一起時，興致一來就要免不了高談闊論。連他們在旅館裏時，關著門談講，聲音都傳出去，引起隔壁的探問——他們兩個在一起，想要銷聲匿跡太難了。即使沒有范秀美，他也仍然不會帶了她一起跑；即使沒有范秀美，他也還是會遇見別的女人。

她又一次認命了。

《紅樓夢》是怎麼來的？——有一天，「轟「的一聲，支撐著天穹的極柱倒了一根，於是天塌下來，地陷下去，誰也承載不了誰，誰也覆蓋不了誰。天也不肯再「罩」著地了，地也不肯再「頂」著天，一切都亂了，火漿翻湧，民不聊生，天碎了，地破了，都疼得很，灰飛煙滅，生靈塗炭。女媧看不下去，於烈火如漿中煉就五色石，將天穹一塊塊補齊。補好了，卻多了一塊石頭出來，隨手扔棄——世間便這樣多了一部《石頭記》出來。

如今張愛玲的天空也塌了一塊，也黑暗，也翻滾，也疼痛，也燒灼，可是，誰會幫她補呢？她低下頭，看著自己的胸腔空蕩蕩一個洞，兀自流血，卻無人理會，唯有自己一手拿針，一手引線，一針一線地將千瘡百孔縫補起來——補好了又怎樣，仍是一顆「傷」了的心。

傷口仍在疼著，卻已經又在掛念他了。在馬路上聽到店家播送的京戲，唱鬚生的中州音很像他的，她立刻眼睛裏汪著眼淚。坐在桌邊吃飯，想到他如今寄人籬下，飯菜吃在嘴裏簡直像吃紙，咽不下去。

張茂淵看在心裏，不免心疼，冷冷地說：「沒有一個男人值得這樣。」她自己當年也是因為愛上了表侄，明知不會有結果，還是傾家蕩產地幫他，為他花光了所有的錢。但是眼看同樣的命運如今又落到了愛玲的頭上，還是覺得痛心。

張愛玲到底完成了她預想中的油燈影裏的重逢，然而情味全不是那樣。她卻沒有恨，仍是一封又一封地寫去長信：「你沒有錢用，我怎麼都要節省，幫你度過難關的。今既知道你在那邊的生活程度，我也有個打算了，不要為我憂念。」又託人帶去外國香煙和時髦的安全剃刀片。

胡蘭成在書裏寫，香煙他抽了，刀片卻一直不捨得用，包得嚴嚴實實——割不斷，理還亂，是離愁，別有一番滋味在心頭。

2

　　爲了母親，張愛玲不得不振作自己，努力讓自己從灰暗的情緒裏走出來。

　　而這期間給她幫助最大的人，就是桑弧。

　　桑弧原名李培林，原籍寧波，一九一六年生於上海，畢業於浙江大學新聞系，後任銀行職員，一九三五年結識周信芳和電影導演朱石麟，開始嘗試文藝寫作。一九四一年創作電影劇本處女作「靈與肉」，並自「當年蓬矢桑弧意，豈爲功名始讀書」一詩中取得筆名「桑弧」。一九四六年八月進入文華電影公司擔任編導。

　　一九四六年七月，桑弧在石門一路旭東里家中請客，邀請的人有柯靈，龔之方，魏紹昌，唐大郎，管敏莉，鴛鴦蝴蝶派作家胡梯維及夫人金素雯等。之前特地請柯靈代邀張愛玲──愛玲許是爲了柯靈的面子，又許是想爲母親重新振作，難得地應邀而至。

　　來了，卻又一時不能融入人群，只是沉默地坐在一隅，落落寡歡，神情寂寂，彷彿沙漠苦旅踽踽獨行，又似月宮嫦娥遺世獨立。她的人坐在這裏，可是她的心神和魂靈兒不在，她看著人群，然而當他們是透明，可以筆直地穿過去，一望無際，幾千里地沒有人煙──她的眼睛裏便是有這樣的一種荒漠的神氣。

　　桑弧遠遠地看著，猶豫了好一會兒才提起勇氣走過去，謙恭地說：「張小姐改編的話劇『傾城之戀』我看了首演，非常佩服，一直希望有機會能與張小姐合作劇本。」

　　她抬頭看著他，這是一個瘦高的男人，甜淨的方圓臉，濃眉大眼長睫毛，穿一件毛烘烘的淺色愛爾蘭花格子呢上衣，有種稚氣。他講了自己與吳性栽合辦文華影業公司的事，再次提出請張愛玲編劇的願望。

　　然而張愛玲猶豫著，說：「可我沒寫過劇本，很陌生。」

　　桑弧不善言辭，見張愛玲淡淡然地不甚兜攬，便有些尷尬，卻也並未走開，就只沉默地對坐。這沉默使得愛玲暗暗驚心，心裏知道他們是一路的人。

然而落在旁人的眼裏，卻只覺得他們怪，於是能言善道的龔之方走過來救駕，誇張地說：「張小姐錦心繡口，一點就通，沒寫過，寫寫就會了嘛。」

　　龔之方是負責文華電影公司宣傳工作的，他滔滔不絕地講了一番對張愛玲的景仰之情，介紹了文華影業的雄厚班底，一再力勸張愛玲開拓寫作領域。

　　愛玲低頭思忖，算下來，從一九四五年八月到一九四六年八月，已經整整一年了，她一個字也沒有寫，是沒心情，也是沒條件——沒地方讓她寫。

　　可是寫字是她的天賦，這樣長久的封筆於她是有如慢性自殺一般的痛苦。「愛是熱，被愛是光。」她把她的熱給了人家，她卻失了自己的光。這一年來，整個人都活得灰撲撲的。如果可以為文華寫劇本，倒不失為重拾山河的好辦法，而且她有過改編話劇『傾城之戀』的經驗，當時囿於舞台局限，只覺得有許多不足，拍電影，是比舞台表演的空間大得多了。而且之前也聽說過桑弧的名字，不無好感。

　　她終於點了頭：「好，我寫。」一諾千金。

　　龔之方和桑弧從這一天起便成了張愛玲的朋友，一直到她離開上海。

　　此前街面上出現了《傳奇》盜印本，張愛玲氣得去警察局投訴，可是不得其法——文人的利益，從來都得不到法律的保障，至今猶然——她於是想自己重出，以正視聽。而龔之方的另一身分是山河圖書公司老闆，於是便請他幫忙。

　　龔之方自是一口答應，還與桑弧一起去求當時馳名滬上的金石名家鄧翁題寫了書名：《張愛玲傳奇增訂本》。

　　一九四四年雜誌社出版的《傳奇》，收了七篇小說，約二十多萬字，定價偽幣三百元；一九四七年山河圖書公司出版的增訂本，收了十六篇小說，約五十萬字，定價法幣三千元。

　　封面還是炎櫻設計的，主體是一幅點石齋石印的晚清仕女圖，尋常家居生活的場景，桌上有茶壺茶杯，地上有痰盂，頭上有一盞高高吊起的裝飾性花燈，大概是節日掛上去未來得及取下的。奶媽抱著孩子坐著，看女主人在燈下抹骨牌——或許是起課——那時節張愛玲六神無主，茫然無措，漸漸迷信起來，不僅曾為了胡蘭成去測字，後來在「不了情」裏也加了男女主角弄骨牌起課的細節——畫面右上角，很突兀地開了一個窗口，有個都市女子從窗裏好奇地探

頭出來窺望，是現代的靈魂在遙望著古代的影像，因爲現代已經沒有這樣的傳奇了。

張愛玲親自編排，每一頁校樣都仔細校訂，書印了三千本，她在每本版權頁都蓋上自己的圖章，絲毫不馬虎。——然而這麼有版權意識的張愛玲，在最窮困的日子裏，面對內地盜印她的小說逾千過萬，卻是無能爲力。

在增訂本裏，她鄭重其事地寫下了「有幾句話同讀者說」，第一次明明白白地替自己辯護：

「我自己從來沒想到需要辯白，但最近一年來常常被人議論到，似乎被列爲文化漢奸之一，自己也弄得莫名其妙。我所寫的文章從來沒有涉及政治，也沒有拿過任何津貼。想想看我唯一的嫌疑要末就是所謂『大東亞文學者大會』第三屆曾經叫我參加，報上登出的名單內有我；雖然我寫了辭函去（那封信我還記得，因爲很短，僅只是『承聘爲第三屆大東亞文學者大會代表，謹辭。張愛玲謹上。』）報上仍舊沒有把名字去掉。

至於還有許多無稽的謾罵，甚而涉及我的私生活，可以辯駁之點本來非常多。而且即使有這種事實，也還牽涉不到我是否有漢奸嫌疑的問題；何況私人的事本來用不著向大眾剖白，除了對自己家的家長之外彷彿我沒有解釋的義務。所以一直緘默著。同時我也實在不願意耗費時間與精神去打筆墨官司，徒然攪亂心思，耽誤了正常的工作。但一直這樣沉默著，始終沒有闡明我的地位，給社會上一個錯誤的印象，我也覺得是對不起關心我的前途的人，所以在小說集重印的時候寫了這樣一段作爲序。……」

柯靈這時是《文匯報》的主編，便在一九四六年十月一日的副刊上撰寫了一篇推薦文章〈張愛玲與《傳奇》〉：

「上海在淪陷時期出了一個張愛玲，她的小說與散文頗爲讀者所稱譽。但是正因爲她成名於淪陷期間，發表作品較多，而又不甚選擇發表刊物，所以勝利以後，她不免受了『盛名之累』。張愛玲的小說集《傳奇》兩年前曾經刊行，最近市上發現了偷印本。從這件事上可以看出市儈的伎倆，和他們的『乘

人之危」的居心。但據筆者所知，目前正有一家出版社在重新排印這本書，其中添收張愛玲後期所作小說數篇，聞書前有她的新寫的題記，說明兩點：（一）她在淪陷的上海寫過文章，可是她從不跟政治發生任何關係。（二）她所寫的文章，從沒有涉及政治，她的兩本書（《傳奇》和《流言》）可為明證。也就是說，要求社會還她真實的評價。」

署名「甲文」，已經是抱了提防之心，而且文章措辭十分嚴謹，然而發表後，柯靈還是遭到了「左派」人士的嚴厲批評，承受了很大的壓力。直到半個多世紀過去，他提起時還耿耿於懷。

3

一九四七年二月，「不了情」作為文華公司的開山之作正式開拍，男主角劉瓊，女主角陳燕燕，都是一時之選。值得一提的是，如今已經大名鼎鼎的導演黃蜀芹（曾導演電視連續劇「圍城」）當時也曾在片中飾演了一個只有幾個鏡頭的小女孩——男主人公的女兒夏亭亭。

當時劇組的工作人員回憶，張愛玲當時並不去片場，只是偶爾會到文華公司走一走，從不理人。他們只有坐在一旁眼巴巴看著的份兒，大氣也不敢出。——然而我想，那並不是張愛玲不理人，只是她不擅交際、不知道該怎麼應酬而已。豈知她也正為人家的眼巴巴看著而窘迫不已呢。

「不了情」是桑弧與張愛玲的首次合作，一炮打響，賣座極佳。影片開幕鏡頭即是張愛玲最熟悉且喜愛的電影院，那由彩色玻璃、厚絲絨、與仿雲石建築共同構成的廉價王宮，那樣一種光閃閃的幻麗潔淨，在售票窗口邂逅相逢的男女主角……

這部片子現在已經不容易見到了，我也只在資料片中見過幾個片段，劉瓊還好，那陳燕燕可真是胖壯，一望而知是已婚女人。

張愛玲最初看了電影，只覺得這樣那樣的不滿意——通常作家看到自己小說改編出來的故事，總是覺得「不對」；又或是她看慣了好萊塢電影，另有一

種標準。

　　桑弧問她觀感，她只含糊說：「過天再談吧。」一面往外走。桑弧急得攔住了說：「沒怎樣糟蹋你的東西呀！」他是真急了，平時那樣謹慎斯文的人，竟然忘形。她不禁又震了一震。

　　他其實還比她大幾歲，但是或許因為熱情，便顯得天真，比她年輕。而她見了他，也有一種青梅竹馬的感覺，彷彿是童年錯過的一個男孩子，如今又找了回來。

　　從前她將〈傾城之戀〉搬上舞台的時候，看著話劇表演，便常常想：其實可以更好一些的，這裏還可以再這樣改一下，那樣改一下。

　　如今看了「不了情」，又是這感覺。於是決意把它改寫成小說，取名〈多少恨〉──幸好有這小說，可以讓我沒看過電影，也終於瞭解到劇情：女家庭教師虞家茵愛上了有婦之夫夏宗豫，終因不願破壞對方的家庭而悄然離去，是最常見的第三者故事。

　　「若說沒奇緣，今生偏又遇著他；若說有奇緣，如何心事終虛話？」

　　張愛玲寫得一字一淚。

　　有情無緣，有緣無分，緣淺情深，緣盡情猶未了，這大概便是愛情故事裏至大的悲劇了。

　　〈多少恨〉最早發表在龔之方與唐大郎所創山河圖書公司出版的《大家》月刊一九四七年五、六兩個月號上。三十多年後收入《惘然記》，並特地加了前言，可見張愛玲對它的喜愛：

　　「一九四七年我初次編電影劇本，片名『不了情』，當時最紅的男星劉瓊與東山再起的陳燕燕主演。陳燕燕退隱多年，面貌仍舊美麗年輕，加上她特有的一種甜味，不過胖了，片中只好盡可能的老穿著一件寬博的黑大衣。許多戲都在她那間陋室裏，天冷沒火爐，在家裏也穿著大衣，也理由充足。

　　此外話劇舞台上也有點名的潑旦路珊演姚媽，還有個老牌反派演提鳥籠玩鼻煙壺的女父──似是某一種典型的旗人──都是硬裏子。不過女主角不能脫大衣是個致命傷。──也許因為拍片辛勞，她在她下一部片子裏就已經苗條了，氣

死人！」

　　值得玩味的是，電影的名字叫「不了情」，並且已經大獲成功；按理說長於噱頭的張愛玲在改編成小說時不該再換名字，然而她卻另闢蹊徑，很沒生意頭腦地改了題目〈多少恨〉——從〈不了情〉到〈多少恨〉，也是一段曲曲的心理路程吧？

　　小說裏寫：「難道他們的事情，就只能永遠在這個房裏轉來轉去，像在一個昏暗的夢裏。夢裏的時間總覺得長的，其實不過一剎那，卻以為天長地久，彼此已經認識了多少年了。原來都不算數的。」

　　這可是張愛玲的真實心聲？愛丁頓公寓裏轉來轉去的舊時旖旎，就只是一個昏暗的夢麼？

　　一切都不算數的。便如寶玉初次悟道寫的偈子：「從前碌碌卻因何？到如今，回頭試想真無趣。」

　　她終於決定離開——離開了，便不必再等——等他來找她。

　　她是要他絕念，更是要自己絕念。她和他，便這樣決絕了。

　　青芸後來回憶：「伊（張愛玲）到溫州去過，有消息，不靈了——回來不要好了，不來噻了。後來張愛玲搬脫了，跑脫了，到香港去了。」

　　一句話把半生情事都兜完了，彷彿天上只一日，人間已十年。事實上，這「不要好了」、「不來噻了」、「搬脫了」、「跑脫了」、「到香港去了」之間，還有許多事情發生。

　　先是胡蘭成又回了一次上海，約在一九四七年十一月，在張愛玲家裏住了一夜，然而兩人分處別室。胡蘭成在《今生今世》裏說是因為小周的事嘔氣，但我寧願相信是因為愛玲的清貞。她不肯在他難中棄他於不顧，卻又不肯委屈自己的心，是以別室另居，孤衾冷枕，拒絕這「小別勝新婚」的狎昵……

　　那是他們的最後一次見面。

　　胡蘭成於第二天早晨離開，再回上海時，愛丁頓已經人去樓空。

　　這其間，范秀美也來過一次上海，帶著胡蘭成的條子找青芸，條子上簡單地寫著：「范先生來看病，儂帶伊去看病。」再無別語。

青芸問：「你是什麼病啊？」

范秀美眼圈紅了，忸怩一回才說：「我身上有了。」眼淚流下來。

青芸微微愣了一愣，不好說什麼，只得先把她在旅館裏安頓下來——斯家的人正住在美麗園，不能叫他們知道六叔又搭上了他們家的寡婦嬸娘。

找醫生又是件麻煩事。那時候流產手術是違法的，都是私人醫生偷著做。成都路有家婦科醫院，是大醫院。做手術的是一個男醫生，要一百元做手術。

范秀美急了：「我沒鈔票哦。」頓一頓，又拿一張條子出來，卻是胡蘭成寫給張愛玲的。

青芸於是又帶著范秀美來了愛丁頓。

愛玲看到秀美，自是一震，卻什麼都不問；看了條子，轉身進屋去，隨即拿了一隻金手鐲出來，交到青芸手上，說：「把它當掉吧，換了錢給范先生做手術。」再多一句都沒有。

至此，張愛玲才算是徹徹底底地冷了心，遂給了胡蘭成一封訣別信，那正是在〈多少恨〉小說完成的當月。

從前還一直是「不了情」，從此卻只剩「多少恨」。

既然決定分手，便不再給他也不給自己留下一絲一毫重圓的可能性——她且隨即與姑姑遷出愛丁頓公寓，先後在錦江飯店北樓（原名華懋公寓）和南京西路重華新村小住，其後又搬到黃河路上的卡爾登公寓，即現在的長江公寓，直至一九五二年離國遠去。

到了香港後，亦從不提起胡蘭成，她的好友宋淇也說，胡蘭成是他們談話的禁區。

然而胡蘭成卻是一直津津樂道於張愛玲的，也正因如此，我們才得以瞭解那封絕情信的內容：

「我已經不喜歡你了。你是早已不喜歡我了的，這次的決心，我是經過一年半的長時間考慮的。彼時唯以『小吉』故，不欲增加你的困難。你不要來尋我，即或寫信來，我亦是不看的了。」

信中的「小吉」，指的是時局動盪，胡蘭成流離失所，死裏逃生，是爲

「小劫」。彼時的張愛玲，在隻身遠赴溫州千里尋夫，尋到的卻是失望與背叛後，已是決定了分手的，卻還是一心一意地要為他謀算，擔當風險，傾囊相授，甚至心甘情願去幫助自己的情敵——范秀美的來滬著實讓她受了刺激。自小，她家的男人總是養著不止一個姨太太，她看慣了男人的花心，可是，她卻不能原諒男人無行。她母親曾經對她父親說：我不會管你在外面有多少女人，但只不許把她們帶到家裏來。

而胡蘭成，他這樣赤裸裸地把自己的不忠攤開在她面前，先是大肆渲染他與小周通姦的〈武漢記〉，現在又送來了挺著大肚子登門求助的范秀美，雖然她知道他也是真的沒辦法才會求她，然而這樣一次又一次，他明目張膽地展示著自己的多情，挑戰著她的極限——她是終於崩潰了。

如果說從前她是一直在自欺欺人地編織著為胡蘭成開脫的理由，那麼這一次，是胡蘭成借著范秀美之手硬生生地把神話撕碎給她看，終究讓她再也留不下半分幻想。

即便如此，她仍然不願意在他危難中絕情分手，故一再延俄，寧可受池魚之災被人誤會，也要等到胡蘭成安全後才致信正式離異；隨信附著的，是她的兩部電影「不了情」和「太太萬歲」的編劇費三十萬元，這兩年裏她全部的收入所得，她全給了他。

三十萬元金圓券。有好事者考證過，相當於那個年代裏一個中學教師耕耘一生的所得。

她曾經說過：「每一個男子的錢總是花在某一個女子身上。」然而她的錢，卻是全部地花在一個男人，且是一個不忠的男人的身上。

4

後人愛張的，自然稱讚她對於愛情的堅貞與無私；反張的，卻認為她資助漢奸，罪不可恕，並且百般嘲弄她的自私，吝嗇，冷淡，孤僻，不近人情。

也許要怪愛玲自己，她總是在文章裏自嘲，形容自己「自私」、「小氣」，使人忽略了她的俠義和大度。

其實不僅是對胡蘭成，張愛玲對許多人的好亦是不問回報的。對蘇青、炎櫻自不消說了，這裏另舉幾例：

一九四五年六月，柯靈被捕，囚在「貝公館」。就在上海貝當路國際禮拜堂的對面，是一座白色建築，巍峨華美，高聳入雲，曾是一所美國學堂的舊址，裏面時時飄出莘莘學子的琅琅書聲，與禮拜堂的聖樂遙相呼應，繪就出一幅人間天堂的優美畫卷。然而日本憲兵隊偏偏挑中了這優雅的處所，把它改做施暴的刑室，在此上演一幕又一幕的現世慘劇，天堂轉眼變地獄。人們談虎色變，隱晦地稱它做「貝公館」。

關於柯靈被捕的原因，《二十世紀上海大博覽》分析：

「一九四五年六月，著名作家柯靈因主編《萬象》被捕，該雜誌被迫於六月號終刊。《萬象》創刊於一九四一年九月『孤島時期』的上海。一九四三年五月，柯靈主編後，開闢了『萬象閒話』、『文藝短訊』等新欄目；『閒話』欄重振了魯迅雜文之風，以雜文為匕首與敵人進行鬥爭，表現形式則更隱晦曲折，編排技巧也更為講究。……

在『文藝短訊』、『竹報平安』等欄目中，用通訊報導方式直接向上海讀者敘述各地發生的重要事情，或用遊記的方式反映淪陷區各地的慘情，激發讀者對侵略者的仇恨。

《萬象》還開闢了一個憶舊性的遊記專輯名曰『屐痕處處』，以日人習用『屐』隱喻日軍的鐵蹄。一九四四年夏，柯靈第一次被日軍憲兵隊逮捕，因抓不到什麼把柄，一星期後只得釋放。發行人為免是非，想就此結束《萬象》。但是在一批文學青年積極擁護和大力支持下，《萬象》又延續了一段時間。本月，柯靈再次被捕，《萬象》終告停刊。」

且不言因為幾個遊記、雜文的欄目便將《萬象》定位為一份抗日雜誌是否牽強——因為曾被柯靈形容為「不乾不淨的」《雜誌》後來也有材料證明其實是清白的，《雜誌》隸屬於有日本駐滬領事館背景的《新中國報》系統，主要負責人袁殊還在敵偽憲政實施委員會、清鄉地區黨務辦事處等部門兼任要職，所以長期被指為「漢奸雜誌」。但實際上這兩種報刊的工作人員幾乎都是從事

情報工作的中共地下黨員，包括翁永清、惲逸群、劉幕清（魯風）、吳誠之（哲非）、丘韻鐸等。當代有研究者指出：該刊作者「以上海愛國作家和地下抗日工作者為主」。

這些內情，卻是柯靈等左翼作家所不知的。而柯靈自己，因為寫過一篇〈促駕〉同周作人有關，在「文革」也當了一回「漢奸」——翻雲覆雨啊！

這裏只說柯靈被捕這段故事，後來在柯靈的〈遙寄張愛玲〉裏也有詳細的記載：

「回到家裏，又看到張愛玲的留言，知道她在我受難時曾來存問，我立即用文言覆了她一個短箋，寥寥數行，在記憶裏是我最好的作品之一。原因是平常寫作，很難有這種激動的心情。這事情過去整四十年了，直到前年，我有機會讀到《今生今世》，發現其中有這樣一段：『愛玲與外界少往來，唯一次有個朋友被日本憲兵隊逮捕，愛玲因〈傾城之戀〉改編舞台劇上演，曾得他奔走，由我陪同去慰問過他家裏，隨後我還與日本憲兵說了，要他們可釋放則釋放。』我這才知道，原來還有這樣一回事。一時間我產生了難分難解的複雜情緒。在此之前，我剛好讀過余光中針對胡蘭成的人品與文品而發的〈山河風月話漁樵〉。抗日戰爭是祖國生死存亡的關頭，而胡蘭成的言行，卻達到了顛倒恩仇、混淆是非的極致，余光中對他嚴正的抨擊，我有深切的共鳴。因為我個人的遭遇就提供了堅實的論據。」

第一次看到這段話時，我年紀還小，不禁覺得迷惘，不大理解柯靈的心理——有人曾經不論為了什麼都好，總之是想方設法救過他，即便未遂，也是一份情意。縱不能感恩圖報，總也該一分為二吧？一萬分可殺裏，也還有一分可惜，除非他自己的命是不足惜的。為什麼知道真相後，反而「產生了難分難解的情緒」，並且因為自己的經歷而對指責他的話「有深切的共鳴」，還說是「我個人的遭遇就提供了堅實的論據」？難道是怪胡蘭成多事搭救，讓他不能夠在貝公館裏寧死不屈，成全一世英名？

後來又看了許多關於柯靈的經歷生平，以及他自己的文字，漸漸地懂了——這人小心慣了，又寫了多年的檢查報告，言不由衷成了本能，寫一段文章就要

表兩句決心的，他自己也未必知道哪一句是真心，哪一句是套路了。

再說《萬象》老闆平襟亞，他的女兒初霞曾回憶說，當年張愛玲是她家的常客，平襟亞因得罪日本人而入獄後，就更常見到張愛玲到訪，為愁雲慘霧的家庭帶來許多溫暖的友誼。在初霞的印象裏，張愛玲一直是個又漂亮又可親的大姐姐。

只可惜這段話語焉不詳，弄不清這件事是發生在「一千元灰鈿」之前還是之後。

—— 照《二十世紀上海大博覽》裏的分析，平襟亞被捕應該和柯靈是一樣的原因，一樣的時間，《萬象》停刊也不是因為主編柯靈被捕，而是因為老闆平襟亞被捕。《博覽》裏不提平襟亞而只寫了「《萬象》的發行人」，是因為平襟亞沒有抗日志士的頭銜；這就像他列舉了許多當時曾在《萬象》上發表文章的作者，卻沒有張愛玲的名字一樣，因為張愛玲當時還頂著「漢奸」的帽子。

倘若是張愛玲對平襟亞有恩在先，那麼平襟亞後來對張愛玲的不厚道就近乎可殺了；如若張愛玲探訪在後，則可見她的不計前嫌。

總之，無論前後，都足以看出平襟亞的不義與張愛玲的大氣。

關於不計前嫌，還有一個例子，便是著名戲劇家洪深，另一位「進步人士」——這也是當時文壇的一宗疑案。

「不了情」的極大成功，使桑弧十分鼓舞，於是想乘勝追擊，又同張愛玲商量再做一部喜劇，而且他已經有了腹稿。這便是「太太萬歲」——那是一九四七年冬天，還允許這題目的出現。解放以後，「萬歲」成了專屬形容詞，便再也用不到「太太」這樣渺小的人物身上了。最多也只可換個從俄語借用過來的新詞「烏拉」，「太太烏拉」。

「烏拉」太太芳名陳思珍，機智活潑，任勞任怨，既有中國婦女共有的委曲求全，又有上海女子特有的精明世故，她幫助丈夫騙父親的錢，又幫他躲過情婦的勒索，為他做盡了一切可以做的事，然後決定離開。

—— 既然決定離開一個人，為什麼還要堅持為他做最後一件事。這樣的瀟

灑，究竟是因爲不愛還是太愛？

　　所有的傳奇都不過是略微變化的重複。張愛玲在主角身上，再一次寄託了自己的女性理想——偉大的犧牲；同時，她也在女主角身上寄予了自己在現實中未做到的第二種選擇——陳思珍提出與丈夫離婚，最後發現丈夫對自己的真情，兩人重歸於好——也許，這才是愛玲真心的希望？

　　一九四七年十二月十四日，「太太萬歲」在上海的皇后、金城、金都、國際四大影院同時獻映，這是文華出品的第二部作品，也是張愛玲與桑弧的「第二次握手」。該劇主要演員有蔣天流、石揮、張伐、上官雲珠、韓非等，連攝影師都是大牌黃紹芬和許琦，星光亂濺，花團錦簇，想不賣座都不行。

　　整整兩周，場場狂滿。上海各報競相報導，稱其爲「巨片降臨」、「萬眾矚目」、「精彩絕倫」、「回味無窮」、「本年度銀壇壓卷之作」；然而同時，卻也給張愛玲帶來了許許多多的流言蜚語，不白之冤——早在片子上映前，張愛玲特地寫了一篇〈「太太萬歲」題記〉，發在一九四七年十二月三日的《大公報》「戲劇與電影」上，權作廣告。

　　從前張愛玲寫影評時，曾評價：「中國電影的題材通常不是赤貧就是巨富，對中產階級的生活很少觸及。」「對受了四分之一世紀外國電影和小說薰陶的中國年輕知識份子來說，片中沒有多少是中國的東西，這種情形是令人著惱的。」

　　而「太太萬歲」，便是她親自撰寫的「中國的東西」，是中國電影關於「中產階級的生活」的補白。片中所表現的婆媳關係、翁婿關係、姑嫂關係、以及中產階級夫妻的恩恩怨怨，都是時代中國所特有的。太太是中國式的太太，離婚亦是「中國式離婚」——鬧離婚鬧到一半，多半是鬧不成的；夫妻合好，於是既往不咎，大團圓結局。

　　〈「太太萬歲」題記〉便是她對於自己的這種意圖的解釋：

　　「『太太萬歲』是關於一個普通人的太太。上海的弄堂裏，一幢房子裏就可以有好幾個她。

　　……陳思珍畢竟不是《列女傳》上的人物。她比她們少一些聖賢氣，英雄氣，因此看上去要平易近人得多。然而實在是更不近人情的。沒有環境的壓

力，憑什麼她要這樣克己呢？這種心理似乎很費解。如果她有任何偉大之點，我想這偉大倒在於她的行為都是自動的，我們不能把她算作一個制度下的犧牲者。

……像思珍這樣的女人，會嫁給一個沒出息的丈夫，本來也是意中事。她丈夫總是鬱鬱地感到懷才不遇，一旦時來運來，馬上桃花運也來了。當初原來是他太太造成他發財的機會的，他知道之後，自尊心被傷害了，反倒向她大發脾氣──這也都是人之常情。觀眾裏面閱歷多一些的人，也許不會過分譴責他的罷？

……出現在『太太萬歲』的一些人物，他們所經歷的都是些注定了要被遺忘的淚與笑，連自己都要忘懷的。這悠悠的生之負荷，大家分擔著，只這一點，就應當使人與人之間感到親切的罷？『死亡使一切人都平等』，但是為什麼要等到死呢？

生命本身不也使一切人都平等麼？人之一生，所經過的事真正使他們驚心動魄的，不都是差不多的幾件事麼？為什麼偏要那樣地重視死亡呢？難道就因為死亡比較具有傳奇性──而生活卻顯得瑣碎，平凡？」

身為《大公報》主編的洪深很欣賞張愛玲的才情，特意給這篇文章加了一段〈編後記〉，充滿溢美之詞：

「好久沒有讀到像〈「太太萬歲」題記〉那樣的小品了。我等不及地想看這個『注定了要被遺忘的淚與笑』的IDYLL如何搬上銀幕。張女士也是『不了情』影劇的編者；她還寫有厚厚的一冊小說集，即名《傳奇》！但是我在憂慮，她將成為我們這個年代最優秀的high comedy（高級喜劇）作家中的一人。」

然而「題記」發表後，「左派」們跳出來大肆謾罵，其中一位署名胡坷的更是寫了篇〈抒憤〉發表在十二月十二日的《時代日報》「新生」版，直接進行人身攻擊：

「寂寞的文壇上，我們突然聽到歇斯底里的絕叫，原來有人在敵偽時期的

行屍走肉上聞到high comedy的芳香！跟這樣的神奇的嗅覺比起來，那愛吃臭野雞的西洋食客，那愛聞臭小腳的東亞病夫，又算得什麼呢？」

這時「太太萬歲」還未公映，這位胡坷卻已經跳出來謾罵了，顯然是對人不對事的，他稱張愛玲是「敵偽時期的行屍走肉」，以其作品為「歇斯底里的絕叫」，真不知是誰在歇斯底里！

然而顯然他是有些來頭的，緊接其後，各報刊也都紛紛回應，登出評論文章，一面倒地批評「太太萬歲」的低級趣味，這包括一九四七年十二月十四日上海《大公報》方澄的〈所謂「浮世的悲歡」〉：

「一個坐在鏡台前畫夢的女人，你還願望她對人生，引起一點痛苦的感受嗎？最多不過是一陣淒然罷了！『人生原來不過如此』，因為自己原不過如此，衰老了的嫵媚，她恐懼與青春的歡樂去比美。因此什麼『浮世的悲歡』，就自然成了她的裝飾……看起來，張愛玲是說得那樣飄忽，說得那樣漂亮，好像她真能這樣通達了人生，我們卻忘不了她還在對鏡哀憐。我們且讓她如願以償吧！看一看那鏡中的影子。」

十二月十九日上海《中央日報》上沙易的〈評「太太萬歲」〉：

「張愛玲所以想寫這個戲也許只是憑了現實中一個觸覺，意識到人類有這樣一個奇異的現象；然而電影藝術的作品是應該不同於一般迎合小市民的禮拜六派的小說的，它還有它的教育任務，作者不但要反映客觀現實中的矛盾，而且還要意識到他的作品會起怎樣的作用？是否能對現社會、人民有深切的矯正？……電影最要緊的是主題，如果作家僅僅憑著聰明的技巧，賺取了小市民的眼淚，它的最終的目的──藝術價值，是一定非常低下的。」

十二月廿八日《新民晚報》上王戎的〈是中國的又怎麼樣〉：

「在中國這塊被凌辱了千百年的土地上，到處都是膿皰，到處都是疔疤。

一個藝術工作者，是不是就玩弄、欣賞、描寫、反映這些膿瘡與疔疤呢？這是不應該的。而張愛玲卻是如此地寫出了『太太萬歲』。」

而洪深在沉默了整個月之後，大概是迫於壓力，也提筆自己打自己嘴巴地寫了一篇〈恕我不願領受這番盛情〉發在自己主編的《大公報》一九四八年一月七日〈戲劇與電影〉版上：

「在我出其不意地收到〈「太太萬歲」題記〉那篇稿子的時候，我不是不解這是作家對於自己作品的自我欣賞。但因它或多或少地記錄了一個作者的工作經驗，又且或少或多地透露了一個作者的寫作心情，應可幫助批評者更準確地更充盈地理解作者的戲劇創作，我便欣然把它發排。」

開篇先解釋並開脫了自己，接著將「太太萬歲」批得一無是處，很違心地聲稱「它不夠成爲『高級喜劇』！因爲高級喜劇應當是對人生的『健全與清明的批評……『太太萬歲』夠不上是真正的喜劇！」最後，他又點出了寫這篇文章的原故，很接近於現在小學生們的「寫檢討」或是「決心書」之類的東西：

「卅六年（一九四七年）十二月十二日本埠《時代日報》『新生』版胡珂先生所作『抒憤』一文，隨時隨事鞭策我，勸告我勿輕於褒揚，以致引起預期的流弊，言者的用意與友情，我是感激的。但我乃不能不有那年老人的幻想——『人老先從哪裏老？』先從『頭腦』老！——我以為一個人『從前種種，譬如昨日死；以後種種，譬如今日生』，不是不可能的。我至少此刻不急欲支持劇壇中某某人的『從前』與『今日』，完全否定他或她的『以後』。我還在幻想著，他們會慢慢地懂得重視每個人自己的戲劇工作的教育作用與社會效果的！」

文人無行，至此爲極！然而也是夠悲哀的了。

在《大公報》同日同版，還有一篇顯見是胡珂化名的「莘薤」的〈我們不乞求也不施捨廉價的憐憫〉，以女人也即「太太」的口吻再次實施人身攻擊：

「穿了美國貨的高跟鞋是否遮掩得了纏過的小腳，玲瓏鏤空的花鞋樣能夠時新到幾時？死去的骸骨是否還應該迷戀？攔住路的活屍是否能活一萬年？」翻來覆去，還是那幾個詞兒，無非小腳、活屍，豈不知他在這樣叫罵著的時候，已經成了一具徒有形骸沒有靈魂的行屍走肉！

究竟「胡珂」是何阿物兒，今天已經不得而知，但無疑他是具有相當勢力的，不僅可以左右評論的導向，而且可以讓「著名劇作家」洪深這樣的大人物前矛後盾，語無倫次，可見權勢之威！

我無法設想洪深寫這篇文章時的心情——他自己相信自己所說的話麼？

後世提起洪深，莫不稱之為「偉大的劇作家」、「著名影劇人」，給予極高評價，若是他的信徒們乃至他自己，重新看到這前後判若兩人的影評，不知道又該作何感想？

那麼，「太太萬歲」真的是「藝術價值低下」麼？它到底算不算得是一部「高級喜劇」，一部「真正的喜劇」呢？

法國電影評論家揚·托平曾指出這「是一部相當出色的風俗喜劇」；《亞洲週刊》在一九九九年評出二十世紀一百部中文電影中，就包括了「太太萬歲」——是當時的影評家們瞎了眼，還是那時文藝批評的尺規和後來不一樣？

不過這已都是後話。只說隔年在無錫，文華老闆吳性栽邀請張愛玲、桑弧、龔之方、唐大郎等人在太湖遊船，吃「船菜」。船菜是地方特色，魚蝦在太湖中現打撈現涮洗，當場烹煮。張愛玲吃得津津有味，連贊「別致」。

船至湖心時，迎面也駛來一條船，眾語喧嘩聲中，吳性栽聽出其中一位是洪深，便叫船老大駛過去，叫了一聲，果然不錯。兩船捱近，洪深搭手跳過來，參與到船菜席中，見了張愛玲，多少有些尷尬。然而張愛玲卻十分理解他處境為難，對影評的事一字不提，只是同他探討一些文學藝術的問題，還談得很投機。

多年後提起這一幕，龔之方等人感慨不已，張愛玲卻只說對船菜「印象深刻」，洪深的事，緘口不提。

那麼，她從不提起的俠義大度之舉還有多少不為人知的呢？

5

一九四八年三月，胡蘭成再回上海，住在熊劍東家。

他沒有回美麗園，仍是差人叫青芸來熊家與自己相會。然而千頭萬緒中，卻還是冒險去了一次愛丁頓公寓。六五室來應門的是一個陌生婦人，問張愛玲小姐，答說不知道。

昔人已乘黃鶴去，此地空餘黃鶴樓。

至此，胡蘭成知道今生今世，已經與愛玲終於緣盡了。其實早在來之前，他已是猜到了這結果的，然而總要來一次，哪怕看不到她的人，只是看看她住過的地方也好。

此後，他回到溫州中學教書。一九四九年二月上旬，張愛玲編劇的電影「太太萬歲」在溫州上映，胡蘭成與全校員生包了場去看，邊看邊贊，又不住地要前後左右的人隨他一起稱讚，還總覺得別人贊得不到位，不是真的知己。

在他心中，唯覺得螢幕上映出的「張愛玲」三個字才是知己，雖然他已經失了她的芳蹤，卻從影片裏看見了她的心。

隨後溫州解放，胡蘭成轉到甌海中學教書。其間一直與梁漱溟通信。一九五〇年三月，他接到梁漱溟的來信，遂動身去北京。去之前也大約猜到不會有什麼結果，所以也不甚積極，一路遊山玩水，十四日看望時在浙江大學的夏承燾，在杭州的五天裏還拜訪馬一浮等人，到上海後仍住熊劍東家，商議之下，到底決定取消北上打算，轉投香港。

從熊家出發，青芸夫婦來送行。胡蘭成對青芸說：「幫我去買頂帽子，遮一下。」又同侄婿說：「不如一道走，你留下來，怕有危險的。」

沈鳳林猶豫著，還是說「不」——「不了，家裏好多人呢，總得有個照應。」

那時，不僅胡蘭成留下子女五個，沈鳳林和胡青芸也有了五個孩子，的確是走不開。

青芸轉了一圈回來，說：「就要走了麼，一時三刻去哪裏買。車子也叫好了，帽子哪買得著？」

這是胡青芸最後一次看見自己的六叔。

自此後，胡蘭成去了香港，後來又在熊太太的資助下於一九五○年九月十九日乘漢陽輪離開香港往東京，與清水董山、池田篤紀會合，以演講與撰稿爲生。其間曾回台灣執教寫書，但再也沒回過大陸。

而沈鳳林就是這一念之迂，後來到底於一九五九年八月以「反革命」罪被押，當時住址未變，仍是延安西路三七九弄二十八號，被捕前的職位是「大隆機器廠車間統計員」。

判決書指出：「沈犯於一九四○年在僞中央講習所受訓結業後，去日本『參觀』，在大阪新聞界召開座談會上發表反共親日言論；回國後又參加僞『中央宣傳團特種訓練講習會』，沈犯在此期間即充清鄉分隊長，到蘇州等地進行反革命宣傳活動；在擔任『中國青年模範團』副聯隊長等職時，亦同樣積極進行反動宣傳，對廣大青年灌輸親日思想，還利用民眾娛樂審查委員會名義對各種進步戲曲加以刪改和限制。綜上罪行，沈犯在充漢奸時，積極效忠日寇，出賣民族利益，對共產黨進行百般污蔑，離間人民與共產黨之關係，毒害青年，擴大親日勢力，解放後長期隱瞞，拒不交代，在證據面前仍百般狡賴，情節嚴重……」

於是判處十年徒刑，解送安徽勞改。三年後，即一九六二年九月，沈鳳林因肺結核死在勞改場，得年五十三歲。安徽省第三勞動改造管教隊在次年三月才填發了一份公函，請上海市公安局通知家屬他的死訊及死因，並稱屍體已「妥善埋葬於單縣馬家山」。

是怎樣的「妥善」呢？不得而知。

第十三章　倘若她留在中國

1

我的靈魂坐在舊上海的電車裏。電車一路「克林克賴」地駛著，駛過長歌短調，駛過柳淡煙輕，駛過燈紅酒綠，駛過粉黛脂濃，駛過冷雨淒風……車窗裏戳出一大捆白楊花，是一種銀白的小絨花朵，遠望像枯枝上的殘雪；車窗外，是鱗次櫛比的街道，臨街的商店，商店的櫥窗，櫥窗裏的模特兒。然而，總有一點什麼不同了。

一路到了電車總站靜安寺路，這才恍然那一點不同究竟是什麼 ── 張愛玲已經不住在這裏了。然而我的靈魂還是熟門熟路地往靜安寺打了一個轉，一路經過愛玲買繡花鞋的集市，瀠珠上班的集美藥店和毛耀球的商行，虞家茵初遇夏宗豫的電影院，還有王佳芝色誘老易的珠寶店……這樣子一路來到了愛丁頓公寓。

從一九三九至一九四七年，拋開在香港的三年不算，愛玲在這裏斷斷續續地生活了六年，寫出了〈傾城之戀〉和〈金鎖記〉這樣的傳世名作，出版了《傳奇》與《流言》這兩部她生平最重要的作品集，她曾在這裏招待蘇青、潘柳黛、許季木、李君維、董樂山這些文壇好友，在這裏與胡蘭成簽下「歲月靜好，現世安穩」的海誓山盟 ── 當年的她與他，坐在那織錦的長沙發上，頭碰頭地同看一幅日本歌川貞秀的浮世繪，或者吟詩賭茶，笑評「倬彼雲漢，昭回於天」這樣的警句，她穿著繡鳳凰的拖鞋拿茶給他，臨近了笑著將腰肢一閃，他贊她的這一下姿勢真是豔。

然而現在，她走了。她說過倘若離開他，將是萎謝。萎謝了的張愛玲，如一片落花，隨波逐流，漂離了愛丁頓，漂去了卡爾登，後來又漂到香港，漂去海外，嘗盡人間風雨，海外滄桑，直至孤獨地死在陌生的洛杉磯公寓裏——她說她想要一間中國風的房，一明兩暗，然而她一生裏，從這座公寓到那座公寓，從來都沒有過自己的家。

　　到死，她遺囑裏猶寫著不要築墳，只將骨灰撒入大海——連靈魂，都將永世漂泊……

　　我的靈魂覺得了一種難言的悲哀，於是飄入上海的雲層深處，像一隻迷途大鳥張開翅膀在風裏舞動。我嗅到幽微而熟悉的鴉片香，忽然想起已經久違了的愛玲的父親，於是追著那煙霧飄至華山路一間三室一廳的公寓裏，看見那對阿芙蓉的信徒面對面地臥在煙燈下吞雲吐霧，臉上有木然的微笑。

　　這是一九四七的秋天。任世界日新月異，滄海桑田，他們的日子竟是靜止的。房子越搬越小，手邊的錢越來越少，然而鴉片的煙卻仍瀰漫不散。昏黃的煙燈裏，張廷重瞇縫著眼，茫茫地微笑著。他的唯一的兒子站在煙榻旁，仍同從前一樣的削瘦單薄，卻似乎長高了一些，也微微黑了點。

　　張子靜去年隨大表姐與姐夫去了中央銀行揚州分行工作，這次回上海是因公出差，暫住家裏。他囁嚅地告訴父親：「我昨天去看表哥，聽說我母親回來了，住在國際飯店。」

　　張廷重微微動了一動，發出一聲不知是疑問還是感歎的「哦」，便不響了。「我母親」？是說黃逸梵了。這名字聽來好不陌生，彷彿上輩子的一個熟人。他們已經完全生活在兩個世界裏，他甚至無從猜測她的生活與思想，也不關心。

　　孫用蕃打鼻子裏「哼」了一聲，現在他們當她的面談論黃逸梵，已經不忌諱了。她倒也不介意，因爲早已不再擔心她會重新回到這個家，她只是給了張廷重一個催促的眼神，似在提醒他什麼大事。

　　張廷重又呼嚕呼嚕地抽了幾口，清清嗓子，這才慢慢地說：「上次在信裏跟你說的事兒，你想得怎樣了？」

　　子靜語氣委婉恭敬，態度卻倔強：「兒子的意思，也在信裏寫了，父親想

得怎樣了？」

張廷重臉上僵了一僵，悻悻地說：「先不說這個。我看到你這次回來，帶了不少差旅費，現在不同從前，家裏獨門獨戶的，關起門來都是一家人；如今在公寓裏，少不得行動要小心些。你別帶著那麼多錢到處跑，不如我替你收起來，穩妥些……你要出去，就趕緊去吧。」

張子靜不疑有他，也急著出門去看母親，果然將裝錢的紙袋子取出來交給父親保管，自己興沖沖地走了。

張廷重拿過紙包來清點了一下，臉上忽然露出一個陰陰的笑。他知道，這個兒子從小優柔寡斷，這回忽然堅強獨立起來，竟然跑去揚州那麼遠的地方工作，目的就是爲了要離開他，離開這個煙霧不散的家——妻子，妹妹，女兒，兒子，都巴不得要離他遠遠兒的。黃逸梵和張茂淵去了歐洲，愛玲也去過香港，子靜個性這樣柔弱，卻也到揚州轉了一回。他幾次寫信給他，說是家道艱難，要他設法調回上海，共同負擔生活費用。然而子靜堅持，說除非他和後母答應戒掉鴉片，才願意負擔家用——竟是跟他較上勁兒了。

張廷重緊緊地握著那疊錢，恨不得攥出水來。子靜的性格是懦弱的，再倔強也有限，他看死他走不遠。不肯負擔家用？逼他戒煙？哼，倒看誰能強得過誰！

我的靈魂透過煙霧看到張廷重陰險的笑容與張子靜單純的笑容互相疊映，覺得無比悲哀。子靜一生孱弱多病，孤獨終老，除了極小的時候，他幾乎沒有快樂過。

他的母親那樣早就離開了他，他的姐姐光輝而遙遠，他的父親與繼母只惦記著他的錢，又一心怕他分薄了他們的錢，把他當敵人那樣防著——他在這些人中間一天天成長，可是他的心卻逃避到一個密不透風的地方藏躲起來，永遠不肯長大。到老，到死，他都是一個長不大的孩童。

我的靈魂隨著他一路飄往國際飯店，看見黃逸梵。她憔悴多了，彷彿蒙塵的美玉，失了亮光。然而同兒子的久別重逢，使她畢竟也煥發出些光彩來了。

她坐在兒子的對面，眼睜睜地看著他，不住地問長問短。子靜問一句答一句，和母親久不見面，竟有些生疏不自在，期期艾艾地問：「姐姐現在怎樣？

我好久沒見她，聽說她搬家了。」

黃逸梵憂心忡忡地說：「她們從愛丁頓出來，一直沒找到合適的房子，華懋公寓很不理想，最近才在重華新村找了房子。我過幾天也要搬過去，你來吃飯吧。」又問他要吃多少飯，喜歡吃些什麼菜，到時可以準備。

子靜不禁鼻酸，眼圈發紅──他這年二十六歲，已經十多年沒和母親一起吃飯了。

過了幾日，張子靜果然依約來到重華新村二樓十一號找母親「吃飯」，這是坐落在南京西路梅龍鎮酒家弄堂內的公寓樓，兩房一廳的典型格局，一梯兩戶，沒有電梯，窗子沿街。姑姑和姐姐都出去了，只有母親在家。

吃飯的時候，黃逸梵一直看著兒子，彷彿看不夠，不時問：「要再添飯不？合不合口味？平時是吃幾碗飯？」從飲食居行一直問到婚姻大事上來。

子靜窘了片刻，老老實實地說：「我想等有了較好的工作和收入，積蓄一點錢再做打算。」

「沒有戀愛麼？」

「沒有戀愛。」

「沒有中意的女孩？」

「沒，沒想過。」

黃逸梵看兒子實在是窘，便轉而問起工作的情形，聽他答待遇還不錯，頗覺安慰，又叮囑他如何與上司和同事相處。慈母拳拳之心溢於言表，然而她能為子女做的實在有限。

這次見面，讓張子靜久失母愛的心頗覺安慰，可惜只是匆匆一會，又要回揚州了。

臨行前向父親要錢，張廷重竟然若無其事地說：「已經花掉了呀！你自己想辦法好啦。」張子靜氣得青筋暴露，然而他從來都不是一個剛性的人，也只有委委屈屈地忍氣吞聲，向朋友借錢買了車票。

回去的路上，他看著滔滔流過的風景，想著母親的柔情與父親的冷血，不禁淚流滿面。

我的靈魂也在哭泣，不止是為他，而是為了這動盪的人世。

都是孤獨的，又何止張子靜，甚至愛玲呢？他們的漂泊了一生的母親，沉

迷於鴉片的父親，甚至一生無所出的繼母，又有誰是快樂幸福的？

不久，張廷重賣掉了上海最後一處房產，得手一筆美鈔和黃金。八月，國民黨政府進行「幣制改革」，發行大面額金圓券，一時物價飛漲，人心惶惶，張廷重也坐不住了，雖然親友們都勸他把美鈔和黃金藏在手邊，要用的時候再一點點地換。然而他不聽，全部換成了金圓券。

一九四八年八月二十日，國民黨政府為了防止通貨膨脹，通令「限價」，張廷重手裏的錢成了廢紙，只得再次搬家，搬到江蘇路一間只有十四平米的小房間裏，又小又簡陋，是亭子間加蓋的，廚廁都需與同樓的十多戶人家共用，比他家從前的傭人房還不如——他大概生下來到現在，也從未吃過這樣的苦。

這時候，鴉片不戒也不行了——他倒是不等新中國來到，便洗心革面，做了一個新的人。

這年子靜再次從無錫回上海，又去看母親，見了面，說起自己只能在同學家暫住的苦楚，忍不住抱怨。黃逸梵也說，上海環境實在太壞，也太吵了，讓她老是靜不下心來，也讓愛玲無法寫作。

子靜以為母親不喜歡重華新村處在鬧市，房間又小，於是建議：「不如好好找所房子，從此定居，可以把姐姐接來一起住，以後我回上海時也有個安身之處。」

黃逸梵仍然淡漠地說：「上海的環境太骯髒，我住不慣，還是國外環境比較乾淨，不打算回來定居了。」

子靜仍未聽出這話的弦外之音，只覺理由牽強——環境骯髒？他可不覺得。他生於斯長於斯，將來大概也要老於斯死於斯，他可沒母親和姐姐那麼敏感，也沒她們那麼有本事，更是從來沒有打算要離開。他想母親在國外是不是有了要好的男朋友，或者準備在國外再婚也說不定。只是問不出口，想著以後再說吧。

他哪裏想到，這竟是最後一次見到母親——黃逸梵不久再次出國，再也沒有回來過。

張子靜在回憶錄裏悲哀地寫著：「一九三八年，我姐姐逃出了我父親的

家。一九四八年，我母親離開了中國。她們都沒有再回頭。」一詠三歎，痛心不已。

2

黃逸梵還在國外的時候，就一直寫信催促女兒回到香港去讀完大學，但是張愛玲回信說想繼續寫作。黃逸梵恨鐵不成鋼地罵她「井底之蛙」。這次回來，又舊話重提，勸她：「你不如回去把學業完成，也是找個由頭離開這裏。待在上海，終不是長久之計。」

愛玲有些猶豫，低著頭久久不語。「霽月難逢，彩雲易散」。一生中，她與母親相伴的年份幾乎屈指可數，每一段，都是人生至為金貴的記憶，幾乎不肯輕易啓齒，怕人家偷聽了去。

——在這一點上，她總比她的弟弟張子靜幸運得多。

只可惜時間也太短了。有限清歡，無限辛酸。她好像命中注定無緣與至愛的人長相廝守。

與母親再度相伴的日子，是愛玲在這段動蕩歲月裏最大的安慰。然而現在母親又要離開了，她的心裏十分彷徨，比小時候猶甚。冰心在詩裏寫：「自然的風雨來了，鳥兒躲進牠們的巢裏；人間的風雨來了，我躲進媽媽的懷裏。」現在風大雨大，而她要躲去哪裏呢？不能和媽媽在一起，難道也不能和姑姑在一起嗎？這麼些年來，她沒有家，於是姑姑在哪裏，哪裏就是家了。她不想連這一點依傍也放棄。

而且，她心裏已經另有了一個人。於是她低低地說：「我想再觀望一陣子。」

這時候上海的政治氣氛是雖然風吹草動不息，但還不至於上升到「洗禮」的地步，而張愛玲的名氣還在，餘威猶存。這從李君維發表於一九四七年十二月電影特刊上的〈張愛玲的風氣〉中便可以清楚地感覺到：

「某太太，就像『太太萬歲』裏的一樣的一位能幹太太，告訴我一段故

事，接著她說：『說出來你不信，完全跟那個張愛玲寫出來的一模一樣，天底下竟有這樣的事！』我妹妹穿了件灰背大衣，穿了一件黃緞子印咖啡色渦漩花的旗袍，戴了副銀環子，誰見了就說：『你也張愛玲似的打扮起來了。』

其實張愛玲沒有真正創造過什麼時裝，可是我們把稍為突出一點的服式，都管它叫『張愛玲式』。有一次我問張愛玲：『短棉襖是您第一個翻出來穿的吧？』她謙遜地說：『不，女學生騎腳踏車，早穿了。』這是我們目之為『怪』的一點，就是張愛玲喜歡穿『怪』衣裳，其實她之穿『怪』衣裳，也多少含了點玩世不恭的態度。她有一件裝竹圈的大衣，底下鼓出來像一隻皮球，一天在炎櫻家問起她，她說那個竹圈已經拿掉了，說的時候漠不關心，一如說著旁人的事。正如章太炎喜歡偶然用古字一樣，無非是文字的化裝而已。無論如何，張愛玲雖不欲創造一種風氣，而風氣卻由她創造出來了。」

當年張愛玲的祖父張佩綸喜著竹布長衫，一時引得京都人士爭相效仿，幾成脫銷之勢；而今她的奇裝炫人，儼然竟成張愛玲風氣，卻是時人模仿不來的。

一旦離開，這些辛苦經營的虛名兒便都將風流雲散，都說「白手起家」，那指的是本來便一無所有；若要放棄現有的一切從頭再來，談何容易？

母親走後，張子靜似乎預感到了一家人相聚的日子越來越少，時時來探望姐姐，並且擔憂地問她有什麼打算？

愛玲避重就輕地說還在找房子打算搬家，又拿出一小包紅藍寶石說：「這是二嬸給你的，說等你結婚的時候給新娘子鑲著戴。」然後便如常閒談，說剛看完趙樹理的小說《李有才板話》，《小二黑結婚》，很不錯，建議他有機會也找來看看；《小二黑結婚》還拍了電影，她也說很好，叫他去看。

——從這裏也可以看出，她仍在觀望中，「張看」中。

一九四九年五月二十七日，上海解放。張愛玲親眼看到了解放軍進城。

這時上海的十多家小報都已在解放之前自動停刊，夏衍接管上海市文化工作的時候，上海成了一個沒有小報的城市。夏衍向龔之方說，「新中國」並不是不能容許小報存在，只是要端正風氣，提供讀者有益的、多樣化的趣味性內

容。要龔之方和唐大郎組織一個「能力較強、素質較好的小報班子」。

於是《亦報》應運而生，龔之方任社長，唐大郎任總編輯。八開對折，邀請了許多著名作家如豐子愷、周作人等人執筆支持，自然也會向老朋友張愛玲約稿。

愛玲自「太太萬歲」的風波之後，已經又擱筆近兩年了，一是因為不斷搬遷，沒有心情；二則也是新中國成立，她還抱著觀望的態度，「懷疑一切的眼神」；直到一九五〇年搬入黃河路上的卡爾登公寓三〇一室，生活略為安定，這才重新提起筆來，寫了〈十八春〉，發表在《亦報》上，署名「梁京」——為了躲避莫須有罪名的轟炸，她連自己的名字也不敢要了。可是又不甘全盤放棄，於是同讀者們做了個文字遊戲，借「玲」的子音「張」的母音切為「梁」，「張」的子音「玲」的母音切為「京」。

而桑弧亦化名「叔紅」，在〈十八春〉連載前一天寫了一篇〈推薦梁京的小說〉：「彷彿覺得他是在變了，我覺得他仍保持原有的明豔的色調，同時，在思想感情上，他也顯出比從前沉著而安穩，這是他的可喜的進步……」用的是「他」而非「她」，有意掩人耳目。

在小說連載期間，他又繼續以「叔紅」為名寫了〈與梁京談「十八春」〉，其中提到小說連載至曼璐設計讓祝鴻才污辱了曼楨以後，許多讀者既同情又憤慨，認為非把這對狗男女槍斃不可，於是紛紛寫信給「梁京」，請她「筆下超生」，讓曼楨的悲劇停止。

此前張愛玲與桑弧本來計劃第三度攜手合作，拍攝電影「金鎖記」，然而由於時局動盪，終究未能如願。其原因為何，至今是個謎，倒是各種傳說滿天飛，有說張瑞芳為此幾次登張愛玲的門求演女主角的，也有說桑弧找張瑞芳出演而未得的，而曾經飾演「太太萬歲」中女主角陳思珍的蔣天流也回憶說：「聽說（要拍）的，後來怎麼沒拍我也不知道，我也不好意思問，我以為他（桑弧）要找別人演的，後來又不是。要是我演，該多好呀！」

然而不管怎麼說，「叔紅」可謂桑弧「變身」與張愛玲秘密交往的一個見證。他這樣的積極推崇〈十八春〉，除了視張愛玲為知己的緣故，或許抱著借此再度合作的心願也未可知吧？

還有一則佚聞也是有趣的：據說〈十八春〉連載時，有個和曼楨同樣經歷

的女子從報社打聽了張愛玲的住址，跑到她家門口倚門大哭，弄得張愛玲手足無措。

——事情本身其實是悲哀可同情的，然而隔著三十年的月光看去，也便蒙上了一層朦朧的紗，變得溫柔。

關於《十八春》的書名，後人考證，以為「十八」指的是她從一九三二年到上海至一九五〇年完成這部作品，剛好十八年；也有人說是影射胡蘭成的，不知怎麼算出的十八年；但我個人以為，那指的是她逃離父親的家時，是十八歲。

囚禁與出走帶給張愛玲的刺激是深刻而長遠的。她說過她要報仇，但她沒有少時想像的雙劍，只有一支筆。

同年《亦報》舉辦的關於《十八春》的作品討論會上，曾有人提出這部小說太過傳奇，哪有親姐妹反目，竟可以將妹妹囚禁大半年的？可見是虛構。連周作人也說「我看《十八春》對於曼楨（小說女主人公）卻不怎麼關情，因為我知道那是假的」。

然而張愛玲寫的卻是自己親身經歷的事實。小說裏顧曼楨的所思所想，所見所哀，其實正是十八歲的張愛玲囚在空房時的所思所想，所見所哀——

「她扶著窗台爬起來，窗櫺上的破玻璃成為鋸齒形，像尖刀山似的。窗外是花園，冬天的草皮地光禿禿的，特別顯得遼闊。四面圍著高牆，她從來沒注意到那圍牆有這樣高。花園裏有一棵紫荊花，枯藤似的枝幹在寒風中搖擺著。她忽然想起小時候聽見人家說，紫荊花底下有鬼的。不知道為什麼這樣說，但是，也許就因為有這樣一句話，總覺得紫荊花看上去有一種陰森之感。她要是死在這裏，這紫荊花下一定有她的鬼魂吧？反正不能糊裏糊塗地死在這裏，死也不伏這口氣。房間裏只要有一盒火柴，她真會放火，乘亂裏也許可以逃出去。」

這是虛構麼？是誇張麼？是杜撰的秘聞？是獵奇的戲劇？還是張愛玲親身經歷的一次映射？

那顧曼楨在幽禁期間也生了一場病，是感冒——

「她忽然覺得身體實在支持不住了，只得踉踉蹌蹌回到床上去。剛一躺下，倒是軟洋洋的，舒服極了，但是沒有一會兒工夫，就覺得渾身骨節酸痛，這樣睡也不合適，那樣睡也不合適，只管翻來覆去，鼻管裏的呼吸像火燒似的。她自己也知道是感冒症，可是沒想到這樣厲害。渾身的毛孔裏都像是分泌出一種黏液，說不出來的難受。天色黑了，房間裏一點一點地暗了下來，始終也沒有開燈。也不知道過了多少時候，方才昏昏睡去，但是因為手上的傷口痛得火辣辣的，也睡不覺，半夜裏醒了過來，忽然看見房門底下露出一線燈光，不覺吃了一驚。同時就聽見門上的鑰匙嗒的一響，但是這一響之後，卻又寂然無聲。她本來是時刻戒備著的，和衣躺著，連鞋也沒脫，便把被窩一掀，坐了起來，但是一坐起來便覺得天旋地轉，差點沒栽倒在地上。定睛看時，門縫裏那一線燈光倒已經沒有了。等了許久，也沒有一點響動，只聽見自己的一顆心嘭通嘭通跳著。」

顧曼楨後來懷了孕，終於借著生產的機會逃出了醫院，是一個同時生產的女人的老公幫了忙——是平民階級，何干的化身麼？

對於各種各式的作品研討，張愛玲通常較為沉默，極少就自己的作品多做辯解，只是有一次有人提及為什麼她形容三十年前的月亮一定要是「朵雲軒信箋上落了一滴淚珠」，為什麼不能是榮寶齋或者別的什麼紙，這是不是在玩弄字眼時，她淡淡地回了一句「因為我小時候家裏用就是朵雲軒」；然而這次有人批評《十八春》情節奇詭不可信，她卻抿緊了嘴一言不發——要她苦口婆心地解釋那是她的親身經歷麼？要她把她童年的傷痕暴露給大家看？那就不是張愛玲了。

有句話叫作「寧為不知，勿為人見」，而張愛玲是「寧願寫出，不願說白」。張愛玲是喜歡用「手勢」這個詞的，手勢太難看，贏了也沒意思。

去國之後，張愛玲將《十八春》幾度增刪，光題目就想了五六個，又以〈惘然記〉為名在《皇冠》雜誌上連載，分六期刊完——時為一九六八年，距離

一九五〇年在《亦報》發表，剛好又隔了十八年，不能不感慨冥冥中的巧合。

文中最顯著的幾個改變包括：一、把原有的十八年改成了十四年，將小說結局提早到解放前；把原來的十八章改成十七章，前三分之二內容無大變化，但從第十三章開始改動較大；二、去掉了原文中「光明的尾巴」，叔惠的赴延安也變為到美國留學——抹去了原文中鮮明的政治意味和「進步思想」。她對於政治，到底還是諱莫如深的。

她在題記裏寫著：此情可待成追憶，只是當時已惘然。

——「當時」，是故事發生的一九三八年，還是初稿完成的一九五〇年？「惘然」，是情感還是意識？而隔了十八春後的今天，她「恍然」了麼？

小說的單行本後來由皇冠出版社出版，名字又改為《半生緣》。然而《惘然記》的名字也沒捨得丟，拿來做了另一部散文集的題目。

又隔了許多年後，香港導演許鞍華將《半生緣》搬上螢幕，而內地也隨後出品了一部電視連續劇……這些，都已是後話了。

3

《十八春》自一九五〇年三月廿五日開始連載，至次年二月十一日載完，由《亦報》出版單行本，這是張愛玲真正完成的第一部長篇小說；接著，自一九五一年十一月四日起至次年一月廿四日又連載了中篇小說〈小艾〉，這卻是張愛玲在上海最後的作品。

文章發表，滿城轟動，讀者們紛紛猜測「梁京」究係何人，那圓熟的文筆分明不是新人。有人撰文指出，這不是張愛玲就是徐紆，作者的真實身分呼之欲出。

夏衍此前遠在內地，對孤島時期的上海文壇並不瞭解，也不知道張愛玲的名字；然而《十八春》的轟動引起了他的注意，於是找到龔之方詢問「梁京」乃是何方神聖，並且說，這是個值得重視的人才啊！

一九五〇年七月廿四日，上海召開第一屆文藝代表大會，夏衍擔任主席，指名請張愛玲參加。

那天，大會人才濟濟，大名鼎鼎，副主席梅蘭芳、馮雪峰，執行副主席周信芳，秘書長陳白塵，哪個名字不是提起來響噹噹，如雷貫耳的？然而誰也沒有張愛玲顯眼。

倒不是因為她才華過人，而是她著裝出眾——與會諸人都穿著藍色或灰色的列寧裝，只有她穿旗袍，外面罩了件有網眼的白絨線衫，這大概是她最樸素的打扮了，然而在人群中還是顯得刺眼，既使坐在後排，亦好像展示在主席台上一樣，高處不勝寒，讓她和別人都感覺彆扭，格格不入。

格格不入，這也是她與新中國的關係。她也曾努力改變自己，力求融入，然而終究是力不從心。正如她在〈華麗緣〉中所寫的：每人都是幾何學上的一個「點」——只有地位，沒有長度，寬度和厚度。而她，卻是沒有地位，只有長度，闊度與厚度的一大塊，所以非常窘，只得一路跌跌衝衝，跟跟蹌蹌地走了出去。

大會之後，在夏衍的安排下，張愛玲隨上海文藝代表團到蘇北農村參加土改工作。她親眼目睹了轟轟烈烈的土改，收田，檢舉，批鬥，觸目驚心。尤其聽到那些農民滿口說著溢美之辭，就更令她難受，覺得刺耳。

記得小時候，每到年節莊子上送糧果來，照例要抱怨天氣壞，收成不好，這幾乎已經是他們的口頭禪，習慣了的語氣套話。一是農民本來的謙抑，不願意太志得意滿了惹老天妒忌；二是要訴苦裝窮，免得有人借貸、加租、徵稅等等一切麻煩，反正誇富從來都不是農民的習慣。

然而這次參加「土改」來鄉下，明明眼見那些人窮得衣不蔽體溫飽難顧，卻還結巴地誇說良辰美景，有田有地有收成，不知是騙人還是哄鬼——然而人也是願意聽的，不但自己聽了信了，還要寫出來讓大家也都來聽來信。

張愛玲做不到。她無法勉強自己寫出連自己也不相信的話。她在「寫、不寫、寫什麼」之間徘徊掙扎，她無法「歌頌」，卻不敢「批判」，她終究是「革命」不起來，因為不曉得要革誰的命。

有人問她：「無產階級的故事你會寫麼？」

她想了想，說：「不會。要麼只有阿媽她們的事，我稍微知道一點。」

「老媽子」是她所熟悉的最窮的人，張干，何干，她們的窮苦和敦厚給了她最深刻的童年記憶。還有「共產黨」這個詞，也是她們灌輸給她的。夏天的

晚上，老媽子們在院裏乘涼說古記，偶爾會說：「又在殺共產黨了。廚子今天上舊城，看到兩個人頭裝在鳥籠裏，掛在電線桿上。」

她們常常道聽途說地講一些共產黨共產共妻的傳聞。小說裏，解決情敵最快最便利的方法，就是向軍閥舉報他是共產黨。感覺上說某人是共產黨就等於「扣他一頂紅帽子」，是掉腦袋的事。

早在一九四五年六月，胡蘭成就曾寫了〈張愛玲與左派〉，說明了張愛玲與「革命」、與「無產階級」的關係：「有人說張愛玲的文章不革命，張愛玲文章本來也沒有他們所知道的那種革命。革命是要使無產階級歸於人的生活，小資產階級與農民歸於人的生活，資產階級歸於人的生活，不是要歸於無產階級，是人類審判無產階級，不是無產階級審判人類。所以，張愛玲的文章不是無產階級的也罷。」

張愛玲曾說自己是一個乏善可陳的人，重點在一個「乏」字。而對於無產階級的故事，她顯然更是「乏」的。她曾寫過〈桂花蒸——阿小悲秋〉，是「阿媽她們的事」，然而阿小是給外國人幫傭的，而且好像也沒體現出來怎樣受壓迫被欺辱，不符合「無產階級」的標準；於是這次用盡力氣，寫了〈小艾〉，一個被凌辱被剝削的小女傭的故事，可是文章有明顯的斷層——前半部是女傭小艾在張愛玲所熟悉的舊家族裏的災難，五爺五奶奶在生活中都是有原型的，她忠實地記錄了他們的半生；但後半部寫女工小艾在新社會所受到的禮遇，套一句當年時髦的話，叫「舊社會把人變成鬼，新社會把鬼變成人。」則是張愛玲頗不擅長的虛構了。

——顯然，張愛玲更適合寫舊社會的「鬼」，而且是「有血有肉」的鬼；至於新社會的「人」，卻虛飄飄的空具其殼，是「失魂落魄」的人。

〈小艾〉後來由陳子善於一九八六年打撈出來，發在一九八七年一月號香港《明報月刊》上，並由此引發了一場「張愛玲震撼」。然而張愛玲本人對這件事並不高興，在《續集》自序裏寫道：「前些日子有人將埋藏多年的舊作〈小艾〉發掘出來，分別在台港兩地刊載，事先連我本人都不知情。」並說自己「非常不喜歡這篇小說，更不喜歡以〈小艾〉名字單獨出現」。

——為什麼會不喜歡呢？理由可想而知，當時寫〈小艾〉多少迫於時局，寫了許多言不由衷的話，也寫了許多力不從心的情節；同期創作的《十八春》

是她同意出版的，但已改成《半生緣》，去掉了那個「光輝的尾巴」，由此便可知她的心意了。

陳子善堪稱張愛玲打撈大師，先後打撈出張愛玲的舊作十數篇，長短不等，對於張迷們來說，居功至偉。然而張愛玲對此似乎並不感激，除了《續集》自序裏對〈小艾〉的「出土」頗有微詞外，《惘然記》的序言中也寫道：

「最近有人從圖書館裏的舊期刊上影印下來，擅自出書，稱為『古物出土』，作為他的發現；就拿我當北宋時代的人一樣，著作權可以逕自據為己有。口氣中還對我有本書裏收編了幾篇舊作表示不滿，好像我侵犯了他的權利，身為事主的我反而犯了盜竊罪似的。」

然而那兩個月的土改工作，也著實給她帶來了非凡的靈感，這便是後來《秧歌》和《赤地之戀》的誕生——那時候她已經身在海外，不必再理會革不革命的問題了。

4

一九五○年七月廿五日《亦報》創刊一周年之際，張愛玲特地寫了一篇〈《亦報》的好文章〉祝賀，稱其是「一個極熟的朋友」，「有許多文章是我看過一遍就永遠不能忘懷的」，特別讚揚了十山先生（即周作人）的文章。

由此也可以看出張愛玲與龔之方的友誼。於是龔之方也是恃熟賣熟，竟想起要為張愛玲做媒來。

那日，他登門拜訪，先是東拉西扯地聊了些時局、作品的閒話，然後便婉轉地提到了桑弧——他也許是並不知道張愛玲與胡蘭成有過婚約，也許是聽說了他們已經分手——總之，他完全忽略胡蘭成這個人的存在，只是拿朋友間的議論來說事兒。

「大家都說——」他這樣開口，彷彿就把責任推在了別人身上，比較容易轉圜，「大家都說，你和桑弧男才女貌，年齡相當，是很理想的一對佳偶呢。吳老闆也說你們合適，大家都很看好你們。你考慮一下啊。」又把文華老闆吳性栽的話引了幾句來加強語氣。

張愛玲靜靜聽著，並不意外，然而臉上卻現出淒然的神色來，沉默良久，搖頭，再搖頭，三搖頭。

龔之方不死心，又提起另一件事來：「我聽說你最近在聯繫去香港復學的事，是不是有打算要離開上海呀？夏衍讓我勸你留下。他是個重才的人，他剛創立了電影劇本創作所，自己任所長，柯靈是副所長。他還想安排你去做編劇呢。」

張愛玲又默然了好一會兒，夏衍的賞識，龔之方的好意，她是感激的。她一生中，但得別人一些兒好意，都心存感激，恨不得縫個袋袋兒裝好，長長久久地擱在心上。

然而，她可以留下來嗎？做編劇的這件事未必可以成功，一定會引起很多說辭與爭議，對那些無中生有的口水戰她是早已厭倦了；而即便成功又怎麼樣呢？她能寫得出「無產階級的故事」嗎？「太太萬歲」被大肆批評，〈金鎖記〉被冷藏封殺，《十八春》與〈小艾〉已經是她的極限，要她更加違心地寫出自己不願意的文字，那是再也不能的了。

她終於開口：「恐怕這兩件事都不大可能了。」連前一件事也一併否決了。

第一次看到這番資料時，我真是頓足不已。倘若她不要拒絕，答應和桑弧玉成其事，該有多麼好呀！他們年貌相當，婦編夫導，琴瑟和鳴——不僅是文壇佳話，更是影壇韻事，多麼好！多麼好！

可是她卻拒絕了。

是因為對胡蘭成餘情未了？我想不會，她能寫出那樣絕情的信來，就不會拖泥帶水。

是她對桑弧看不上？應當也不是，她與他兩度合作，惺惺相惜，即使沒有愛情，也是知音，她曾說她寫劇本有個條件，就是非桑弧導演不可，別的導演她寧可不寫，那時有無數導演上她的門，她見也不見，就只見桑弧一個，可見青睞。

那麼，便只有一種解釋了：她去意已決，且不願拖累桑弧。她知道，她與他在一起，決不會有好結果。

——「不了情」裏家茵離開了宗豫，而愛玲離開桑弧，亦是一段「不了

情」。

　　同時做創作所的編劇這件事對於張愛玲來說，也未必是種抬舉，可能反而是種為難。——多年後，她在《紅樓夢魘》的自序中寫著：「集體創作只寫得出中共的劇本。」可見對奉旨寫作「新時期文藝」的恐懼。

　　是以她只能搖頭，再搖頭，三搖頭——「恐怕這兩件事都不大可能了。」

　　猜測了那麼久，直到多年後看見《小團圓》，通過女主人公盛九莉（張愛玲的化身）和電影演員燕山（桑弧的化身）的故事，我們才窺見張愛玲與桑弧之間，原來真的曾經有過一段「不了情」。而且照時間算來，張愛玲斷然與胡蘭成決絕，甚至以搬出愛丁頓公寓來斷後患，也多半是為了桑弧的關係。

　　「有時候晚上出去，燕山送她回來，不願意再進去，給她三姑看著，三更半夜還來。就坐在樓梯上，她穿著瓜楞袖子細腰大衣，那蒼綠起霜毛的裙幅攤在花點子仿石級上。他們像是十幾歲的人，無處可去。」

　　「其實他們也從來沒提要守話，但是九莉當然知道也是因為她的罵名出去了，連罵了幾年了，正愁沒新資料，一傳出去勢必又沸沸揚揚起來，帶累了他。他有兩個朋友知道的，大概也都不贊成，代為隱瞞。而且他向來是這樣的，他過去的事也很少人知道。」

　　為桑弧著想，也許他未與張愛玲結縭也是對的，因為後來他的事業與仕途一直都很好——一九五三年任上海電影製片廠導演，編、導影片十餘部，其中「梁山伯與祝英台」於一九五四年獲第八屆卡羅維發利國際電影節音樂片獎；「祝福」於一九五七年獲第十屆卡羅維發利國際電影節評委會特別獎；「她倆和他倆」、「郵緣」分別獲文化部一九七九年和一九八四年優秀影片獎。《亞洲周刊》評選二十世紀一百部中文電影，桑弧的作品就占了三部，包括「梁山伯與祝英台」、「祝福」和「太太萬歲」，數量比蔡楚生和張藝謀都多。

　　桑弧在圈中的口碑也一直很好，一是因為他作為一個大導演幾乎從不發脾氣，二是拍攝時很少加拍鏡頭——行中人謂之「下蛋」。分鏡頭本設計好幾個鏡頭，到現場就拍多少個，甚至到剪接台上完成影片，全片的總鏡頭數和拍攝前的分鏡頭本基本沒有大差——這一條，實在值得王家衛大導演學習。

　　幾十年來，桑弧對自己和張愛玲的往事一直諱莫如深，隻字不提，不知先

後有多少記者、學者、張迷去採訪過他，詢問過他，然而他只是回答：不記得了。

陳子善曾向柯靈詢問桑弧願不願意談談他跟張愛玲的一些往事，柯靈認為桑弧什麼也不會說。九十年代初期，陳子善終於有機會與桑弧面談，果然桑弧在對待張愛玲的事情上很小心，未容他多說，便連連表示對以前的事情不記得了。陳子善與桑弧的兒子李亦中原先是華中師大的同事，李亦中對他父親與張愛玲交往的事一無所知。

正如張愛玲說的：「他向來是這樣的，他過去的事也很少人知道。」

一九九五年，桑弧撰寫長篇回憶文章〈回顧我的從影道路〉，分四期在《當代電影》上開始連載，雖然避不開張愛玲三個字，卻著墨很少，她的名字只是一帶而過，而關於「哀樂中年」，更是連她的名字也沒提。

張愛玲後來在香港結識的好友宋淇曾說過「哀樂中年」有張愛玲的筆觸，「張愛玲的TOUCH，桑弧寫不出來，沒有那個靈氣。我問過張愛玲，她說你不要提，你不要提。她大概和桑弧有相當的感情，幫桑弧的忙。」

張愛玲逝世後，桑弧也並沒有寫什麼悼念和回憶性的文章。

然而我倒覺得這是一個男人對女人的最高敬意，不是誇誇其談，而是緘默如金──只把她放在自己的心坎上，絕不輕宣於口，輕示於人，免得被塗抹，弄到最後變成面目全非。

桑弧於二○○四年九月一日在上海瑞金醫院病逝，享年八十八歲。

靈堂設在茂名路老公寓樓內的家中，佈置得十分簡單：小小的遺像旁供奉著幾部他生前的代表作VCD，「太太萬歲」也在其中，於冉冉燭光中與他默默相對。

更戲劇化的是，同日晚，導演石峻新排的話劇「太太萬歲」正在劇院演出，石峻且致辭提醒大家九年前的今天，當年電影「太太萬歲」的編劇張愛玲辭世，今天的演出也是對她的紀念。（*一九九五年九月八日，張愛玲的屍體被發現於美國洛杉磯公寓裏，而法醫檢測，有可能死於一星期前。*）

他還不知道，桑弧導演也在這天走了。

他們相隔九年，竟然死在同一天。

這太像是一種約定或者儀式，他也許可以借著「太太萬歲」作憑證，與張愛玲的靈魂在天堂相認，在那裏，他終於肯說出壓抑了六十年的心裏話了麼？

5

一九五一年春天，張子靜最後一次與姐姐張愛玲見面，再次問過她對將來的打算。然而她深沉的眼光盯著牆壁，良久的沉默後，答非所問：「人民裝那樣呆板的衣服，我是不會穿的。」

隔年子靜再來的時候，姑姑一見他便說：「你姐姐已經走了。」便關了門。

從此他再也沒有見過姐姐，也沒見過媽媽和姑姑。

張愛玲是在一九五二年七月離開上海去香港的，對外公佈的理由是「繼續因戰事而中斷的學業」。臨行，與姑姑約定：不通信，不聯繫，只當死了一樣。

她大概已經預感到「還有更大的破壞要來」，離去是唯一的辦法，而且為姑姑計，還是不聯繫的好。

黃逸梵走的時候，也曾經明白地表示：不打算再回來了；她是母親的女兒，也做了同樣的選擇——這堅貞決絕流淌在血液裏，由母親遺傳給她。

值得一提的是，在她臨走之前，李開第回到上海來了，還曾來她所住的卡爾登公寓探望，愛玲特地下樓去飯店叫了小菜來招待——她亦好像預知這位昔日的監護人在三十年後將成為她的姑夫，於是提前把酒祝賀。

她便是這樣地走了，沒有向任何人告別——那時她最好的朋友炎櫻已經先她一步離開中國，去了日本；而炎櫻的兩個弟弟也都先後考入香港大學，一個攻讀工程學，一個讀醫學。

後來有人姍姍然地說如果張愛玲留在中國，輾轉內地，再多經過幾年歷練，「給生命加強一點受過折磨的活力」，或者會更加成熟，文采飛揚；又說她離開上海這片生她養她的土壤，文字便失了水靈與生命感，枯萎失色，並以此認定她的離開是錯誤選擇。

然而倘若張愛玲一九五二年沒有離開，而是一直留在中國會怎麼樣呢？

這裏我不想做無謂的猜測，只是要平實地記錄一些與她多少有些干係的人的命運：

——先說說曾寫過洋洋萬言〈論張愛玲的小說〉的傅雷。他是偉大的翻譯家，一絲不苟的治學之人，一生翻譯外國文藝名著三十三部，包括巴爾扎克的小說十四部，羅曼羅蘭的作品《約翰克里斯朵夫》和關於米開朗基羅、貝多芬、托爾斯泰的傳記。

解放以後，「黨出於對他的愛護，動員他走出書齋，接觸一下沸騰的生活，安排他參加了一些宣傳部門的全國性重要會議，還選他當了上海市政協委員。他一面埋怨浪費了時間，耽誤了工作，一面還是積極地參加社會活動。他的眼睛一向在雲端裏，對許多事情要求嚴格而偏激，又心直口快，勇於提意見。」這樣的人，注定是逃不過政治浩劫的，「反右」一開始，他就被捲進去了，寫了大量筆記、檢查，「但是幾次檢查都沒有通過。他思想不通，對有些過火的批判非常反感。於是他向領導聲稱：如果他有罪行，願意接受懲處，但以後不再出席會議了。」

柯靈在〈悼傅雷〉一文中披露，一九五八年春天，某上海文藝主管部門的領導將他招回上海，給了他一個任務，「以朋友身分勸說傅雷，正視自己的缺點錯誤，實事求是地作一次自我批評。」柯靈以為這是為好友開脫的好機會，可以從此一了百了，於是百般勸說傅雷識時務者為俊傑，然而他怎麼也沒想到，自己被利用了——他們只是要他逼傅雷認罪，坐實「右派」的帽子。

後來傅雷在給他的信中寫道，「處在這樣的大時代大風浪中，犧牲區區一個傅雷，算不了什麼。」然後回到書齋，杜門謝客，繼續自己的翻譯工作。從一九五八年到「文革」前夕，共翻譯了泰納的《藝術哲學》，巴爾扎克的《賽查皮羅多盛衰記》、《攪水女人》、《都爾的本堂神父》、《比哀蘭德》、《幻滅》，重新修改了《高老頭》——這份書目足以看出他的惜時如金，彷彿追日的夸父，因為知道時日無多，只得奔跑不停，未敢稍歇。

然而「文革」的風雨來了，沒有人可以再堂堂正正安安靜靜地活著，即使躲在書齋裏也不可以。「文革」的任務是要掃除一切天才，一切純真，一切

善良與正直，在「文革」一開始，傅雷就成了標靶。經過四天三夜的查抄、罰跪，紅衛兵們變著花樣的毆打、凌辱，他覺得已完全失去了活著的尊嚴。

一九六六年九月三日凌晨，五十八歲的翻譯大師傅雷坐在自己的躺椅上吞服了巨量毒藥，輾轉而亡。兩小時後，他的夫人朱梅馥在最後一次服侍了丈夫，確信他已經決然地死去後，這才洗身淨面，從一塊浦東土布做成的被單上撕下兩條長結，打圈，繫在鐵窗橫框上，追隨丈夫而去。

——長袖善舞爲人謹慎的柯靈自己又怎麼樣了呢？

他一直兢兢業業地聽黨的話，說每一句話都要三思而後言，又儘量說得圓滑平淡，模稜兩可。他曾因爲怕傅雷的文字傷害了巴金的形象而擅自刪去，又因爲張愛玲對傅雷意見的不接受而覺得她「不甚禮貌」、「遠兜遠轉」；趙丹在逝世前幾天，在《人民日報》上寫了〈管得太具體，文藝沒希望〉，言辭十分大膽，振聾發聵：「哪個作家是黨叫他當作家，就當了作家的？魯迅、茅盾難道真是聽了黨的話才寫？黨叫寫啥才寫啥？那麼，馬克思又是誰叫他寫的？」「層層把關、審查不出好作品，古往今來沒有一個有生命力的好作品是審查出來的！」他拍案叫絕，情不自禁地引用，卻又特地注明「我並不全部贊同這篇文章的論點」；甚至在「文革」中，他的妻子在醫院病危，他格於工宣隊的命令，「連給妻子送終的權利也不敢斷然爭取」（柯靈《回首相看血和淚》）……

這樣小心謹慎步步爲營的一個人，在一九六六年九月三日傅雷夫妻雙雙慘死的同時，也被一個電話召至作協，被告知：「外面形勢對你很不利，現在上面給你一個機會，一個環境，讓你去考慮考慮自己的問題。」門一開，進來兩位武裝公安人員，架著他便上了汽車。他被囚入斯南路第二看守所（那從前在租界時代是對付中國人的法國監牢），面壁三年，在獸籠式的鐵欄後面度過六十華誕。「還連累了我的妻子國容，陪著我在外面加倍地受罪，幾乎賠上了性命。」「她沒完沒了地受審訊，被迫揭發交代。她無法編造我的罪行，不願意和我劃清界線，爲了維護我的清白，被那種出名的『逼供信』的酷虐遊戲糾纏得幾乎神經錯亂。一次又一次的抄家，破『四舊』，搶房子，別有用心的人幸災樂禍，肆無忌憚地上門搗亂……」「她曾經割過腕動脈，只是爲了不願拋

下我在不明不白的誣陷中獨自掙扎，她才自己動手包紮，在生死一髮間救活了自己。」

三年後，柯靈釋放了，「我雖然經國家的專政機關查明無罪在案，卻依然是無罪的罪人，每天到作協勞動，交代檢查，一切照舊。也依然到處遊鬥，『特務』、『漢奸』的帽子向我亂扣。我釋放那天，作協的工宣隊先把國容找去，向她嚴厲警告：我罪行嚴重，拒不交代，在監獄裏逃避鬥爭，現在要對我實行群眾監督，她必須幫助我徹底坦白。這對她顯然是又一次沉重的打擊，把她推到了絕望的深淵。我和國容歷劫重逢，怎麼也沒想到，她會發生這樣劇烈的變化。不但容貌變得我不認得了，而且喪失了語言能力，說話詰屈聱牙，格格不吐，完全像洋人生硬地說中國話。她本來健談，卻變得沉默寡言。又學會了抽煙，一枝一枝，接連不斷，沒日沒夜，把自己埋在煙霧瀰漫中……」「那天將近破曉，我在睡夢中被一陣鈍重的抨擊聲驚醒，開了燈，只見國容躺在長沙發上，用毯子蒙著頭，我過去揭開一看，我一生也沒有經過這樣的打擊，天崩地裂也不會使我這樣吃驚。就在我寫詩的紙上，她寫了兩行字：『親愛的，我們是無罪的。我先走了，真抱歉。』……慘劇幸而沒有醞成，又招來了新的罪愆，因為這是『自絕於人民』的萬惡行為。聲勢浩大的鬥爭大會，還有繽紛的冷言惡語，鄙夷輕蔑的眼色……」

——蘇青是不能不提的。抗戰勝利後，她作為「落水作家」被傳訊，建國後留居上海，擔任越劇團專職編劇，曾編寫「江山遺恨」、「賣油郎」、「屈原」、「寶玉與黛玉」、「李娃傳」等劇目。其中「寶玉與黛玉」一九五四年曾連續演出三百多場，創造了劇團演出的最高記錄；一九五五年，她因與賈植芳先生就「胡風事件」通了一次信，而被懷疑為「胡風分子」並關進提籃橋監獄一年多，就此在文壇上沉寂下去；文革中，她又遭到多次批鬥，從此百病纏身，至親骨肉亦都與她劃清界限，斷絕往來；平反後，她在一個區屬的小劇團——紅旗錫劇團當編劇，除了整理、改編老戲之外，也寫些新戲，卻沒有再寫小說、散文，也不再署名蘇青，而用她的本名馮和儀了。

據說她在世的最後幾年裏，一直想再看一遍自己的《結婚十年》，卻因該書被視作禁書，遍求不得；一九八二年，她於貧病交加中寂寞離世，享年

六十九歲。靈堂裏沒有哀樂，沒有花圈，前來送行的親友只有四五個，整個送葬過程才七八分鐘，十分淒涼。

三年後，女兒和外孫將她的骨灰帶到大洋彼岸——她是想留在國內的，然而到底還是和張愛玲一樣遠走重洋了。

——還有曾在舊上海文壇與張愛玲、蘇青齊名的女作家關露，堪稱最悲哀的戰士。

她曾於一九四二年五月至一九四五年七月間，在日本駐僞中華民國大使館和日本駐華海軍報導部合辦的《女聲》擔任助編、主編，並寫過一篇隨筆時論，是關於出席日本東京「第二次大東亞文學者大會」（一九四三年八月二十五日至二十七日）的發言稿〈中日婦女文化交流之我見〉，其中有這樣的言辭：「我希望今後中國婦女學一點日文，日本婦女也學一點中文，往後見面的時候，就能用對方的語言來交談了。」這樣的言行，自然逃不了「漢奸」的罪名。

然而可悲的是，她卻是經「組織」安排介入日僞機構的地下黨，並爲此中斷了與當時在南京中共代表團任職的王炳南的戀情，從此獨抱終身。自解放到文革，她兩次被公安機關關入秦城監獄的單人牢房，幾度神經失常。其實她在淪陷時期的經歷，是上至周恩來、下至一大批左翼作家都瞭如指掌的，可是卻無人也無力還她清白。直到一九八二年，她的長達三十七年的磨難才最終得以結束，還得清白之名。

同年，她在文化部機關一間擺了三架單人床的十平米見方的宿舍裏，服用過量安眠藥結束了苦難的人生旅途，終年七十五歲。「質本潔來還潔去」，然而，爲了這個「潔」字，她付出的代價也未免太大了。

由張愛玲小說〈色戒〉改編的電影熱映後，有人考據王佳芝的原型就是關露。然而她是比王佳芝的命運還要慘澹得多了。

——周瘦鵑是將張愛玲引入上海文壇的第一人。

一九六三年和一九六四年，周恩來和朱德先後光臨紫蘭小築參觀遊覽。喜愛種植蘭花的朱德委員長看到周瘦鵑家這麼多盆景和花卉精品讚不絕口，還將

自己培育的兩盆蘭蕙贈給了周瘦鵑。周瘦鵑拜領之下，即興寫下兩首絕句向朱委員長致謝：「蘭蕙爭榮壓眾芳，滋蘭樹蕙不尋常；元戎心事關天下，要共群黎賞國香。」「雪蘭夏蕙生巴蜀，喜見分根到我鄉；此日拜嘉勤養護，年年香溢愛蓮堂。」

然而「文革」期間，周瘦鵑和他的紫蘭小築也屢遭衝擊和摧殘。蘭花已成毒草，世間沒有桃源。一九六八年，周瘦鵑跳井自殺，終年七十三歲。

——老舍是張愛玲自幼熱愛的作家，她熟讀他的《二馬》、《離婚》，並且曾和母親討論過它們。然而「文革」來了，首當其衝受其害的就是文藝界的精英們，他於一九六六年八月廿四日因不堪迫害投北京太平湖自殺。

——還有主演過「太太萬歲」的上官雲珠，也在一九六八年跳樓自殺。

——「小二黑結婚」是張愛玲曾經特地向弟弟推薦過的好片子，這部影片的導演顧而已，因為三十年代與江青有過交往，瞭解「藍蘋」的歷史而備受迫害。也於一九七〇年六月十八日，在五七幹校自縊身亡。

我們甚至可以簡單地開具一張在「文革」中自殺的名人名單：

鄧拓，曾任中共北京市委宣傳部部長、《人民日報》總編輯，一九六六年五月因「三家村」冤案受迫害，五月十七日晚寫下〈致北京市委的一封信〉和〈與妻訣別書〉後，於次日自縊身亡，成為非常歲月裏第一個以死抗爭的殉道者。

田家英，一九四八年八月起擔任毛澤東的秘書，解放後任中央辦公廳秘書室主任、中央政治局主席秘書、中共中央辦公廳副主任等職。一九六六年五月廿二日下午，王力等到中南海住地，令他停職反省，第二天他即自縊而死。

李平心，歷史學家。一九四六年與馬敘倫、許廣平等籌組中國民主促進會；解放後任華東師大歷史學教授並當選為上海歷史學會副會長。文革前夕即遭圍攻和迫害，一九六六年六月廿日自殺。

陳笑雨，著名文藝評論家。解放後歷任《文藝報》副主編、《新觀察》主編、《人民日報》編委兼文藝部主任。文革初期即遭批鬥，因不甘屈辱，於一九六六年八月廿四日投永定河自盡。

陳夢家，考古學家，古文字學家。十六歲開始寫詩，師從徐志摩、聞一

多，一九三一年出版《夢家詩集》，爲新月派重要成員之一。解放後先後在清華大學、中國科學院考古研究所工作，曾任考古所學術委員、《考古通訊》副總編，在考古及古文字研究方面著述甚豐，頗多創見。一九六六年九月三日自縊身亡。

言慧珠，著名京、崑劇表演藝術家。言菊朋之女，梅蘭芳之徒，俞振飛之妻。曾任上海市戲曲學校副校長，擅演「玉堂春」、「遊園驚夢」等。文革中遭批鬥、毆打，身心俱傷，一九六六年九月十一日晚，接連寫下三封絕命書後自殺身亡。

葉以群，著名文藝理論家。解放後曾任上海電影製片廠副廠長、上海文聯副主席、上海作協副主席等職。一九六六年跳樓自殺。

劉盼遂，古典文學研究專家、語言學家。一九二五年入清華大學國學研究院，問教於王國維、黃侃、梁啓超門下；一九四六年起在北京師範大學中文系任古典文學教授。一九六六年自殺身亡。

陳璉，蔣介石高級幕僚有「文膽」之稱的陳布雷之女。一九三九年入黨，解放後曾任林業部教育司副司長、全國婦聯執行委員。文革開始後，造反派誣衊她是叛徒、特務，並揚言要開除她的黨籍。一九六七年十一月十九日，爲示清白，從十一層樓上跳樓自殺。

趙慧深，著名表演藝術家，以在「雷雨」中成功飾演繁漪聞名。文革中，因電影劇本「不怕鬼的故事」及家庭成分不好而被打成「三反分子」，屢遭批鬥；又因曾在「馬路天使」中飾演過妓女小芸而受到造反派的嘲弄和侮辱，於一九六七年十二月四日含恨自殺。

羅廣斌，解放前參加反抗國民黨的地下鬥爭，是「重慶中美合作所集中營」的倖存者。解放後曾任共青團重慶市統戰部長。與楊益言合作的長篇小說《紅岩》影響巨大。文革中受到迫害，於一九六七年跳樓自殺。

嚴鳳英，表演藝術家，以黃梅戲「天仙配」而聞名。文革中被指爲「文藝黑線人物」、「宣傳封資修的美女蛇」、國民黨特務，一九六八年四月七日夜自殺身亡。死後被剖屍檢查，因懷疑她腹中藏著特務密電和微型收發報機。

楊朔，著名作家，其〈荔枝蜜〉至今都是我們的中學課文。文革開始後，被中國作協的造反派列爲重點批鬥對象，一九六八年七月底楊朔要求上書毛主

席和要求與單位領導談話，均遭拒絕。絕望中於八月三日吞服安眠藥自殺。

翦伯贊，著名歷史學家。有《中國史綱》等十八部著作行世。曾任北京大學副校長、中國社科院哲學社會科學部委員、《北京大學學報》主編等職。一九六八年十二月十八日偕妻戴淑宛雙雙自殺。

吳晗，歷史學家。清華大學史學系畢業，解放後，先後任清華大學歷史系主任、文學院院長，後又任北京市副市長。一九五九年起先後寫了《論海瑞》、《海瑞罵皇帝》和京劇「海瑞罷官」等，一九六九年十月十一日自殺身亡。其妻被袁震芳送去勞改，不久去世；女兒吳小彥，亦被牽連入獄，一九七六年自殺身亡。

聞捷，著名作家、詩人。解放後曾任新華社新疆分社副社長、中國作協蘭州分會副主席。文革一開始即遭批鬥，一九七一年一月十三日，張春橋、姚文元正式任上海市委第一、第二書記，聞捷於當晚寫好遺書後開煤氣自殺。十餘年後，作家戴厚英據此寫成長篇小說《詩人之死》。

……

還有太多太多不白而死的人，以及沒死也脫半層皮的人。如果想把他們的故事一一道來，那真要用到一個古老的成語「罄竹難書」——這似是一個貶義詞，常常用來形容罪惡，然而我實在也找不出更恰切的詞了。

差點忘了，還有一個不是名人的畏罪自殺者，就是胡蘭成之子胡啓，他爲胡蘭成與原配夫人唐玉鳳所生，解放後曾在湖南株州某軍工廠任俄文譯員，文化大革命初期，因懼家庭出身不好、即將遭到全廠大會批鬥而自殺——胡蘭成算是及時地逃了，只苦了他的子侄們。

倘若張愛玲不走，這樣的抄家破壞、檢舉揭發、面壁審查、批鬥大會、甚至勞教改造……只怕也是免不了的吧？而她的姑姑張茂淵女士也難免會受牽連。難怪她要說：「從此之後，便通信也不必，只當我是死了。」

在她離開上海的第二年，她的父親張廷重因肺病去逝，在靜安公墓火化——他也躲過了那場浩劫。

而弟弟張子靜算是留下了一條命，似乎也沒受到什麼重大的衝擊。他一生未婚，完成《我的姐姐張愛玲》之後不久辭世。

最後說說和張愛玲毫無關係，卻與我血肉相親的人——我的父親。

母親告訴我，「運動」開始時，並不是毫無風吹草動的，父親身邊的人、那些比他更加德高望重的清華大學的教授、還有那些曾經對他的發明給過指導的工程師們先遭了殃，他有些想不通，也有些驚訝，對母親說：他們竟然做過那麼多壞事，我從來都不知道。

母親憂心忡忡，她有點預感到：未必是他們真的做了什麼壞事，很可能是莫須有的罪名羅織，而父親這個「保皇派」只怕也逃不脫。果然不久就有人通風報信，對父親說：躲一躲吧，下一個可能是你。

父親非但不以為然，反而憤怒：你當我是什麼人？我有什麼可躲的？我又沒做過虧心事！——他仍然天真地以為那些獲罪的師長們是真的做了什麼壞事，他還等著他們交代了錯誤後就會獲准釋放，他更沒想到自己也會有什麼「壞事」！

他不肯走，他要留下來，讓時間和事實證明自己的無辜與清白。然而無所不能的革命小將們是不需要證據的，父親那些各國文字的技術資料書籍就是罪證，沒有人能看得懂那些文字，甚至有些語種他們根本認不出是哪國文字，他們也不需要看懂，他們直接定罪——父親有了新的罪名，「國際聯邦特務」、「遼南戰役黑後台」——不然，他何以藏著那麼多別人看不懂的文字？一個人要懂那麼多國外語幹嘛，只有間諜才這樣！

道理就是這麼簡單，邏輯就是這麼明確，父親就是這麼多項罪名：發明中國第一台半自動機床，所以是「反動技術權威」；懂得五種以上外文，所以是「國際聯邦特務」；至於「反動資本家的賢子孝孫」，那是生來就有的罪名，不必舉證；只是「遼南戰役黑後台」從何而來，連媽媽也不能明白，父親又不是武將，如何發動一場戰役？

父親去逝於一九七九年十月二十五日。和關露一樣，他到死才還了清白。然而直到死的那一天，他的「罪名」雖已澄清，卻還沒來得及書面平反，他的前領導趕到醫院裏，徵求了醫院院長的同意後，在病房裏為他舉行了一個小型的口頭平反儀式，當眾宣佈：劉嘉順同志是無辜的，是黨和人民的好同志。然後，當著父親的面，燒掉了那些所謂的「舉證材料」。

那時，父親已經處於彌留之際，昏迷多日，早已沒有了意識。可是就在宣佈平反的一刹那，奇蹟出現了——父親居然神奇地睜開了眼睛，一一將身邊的人看了一遍，然後眼神便不動了。

　　他沒有闔上眼睛。雖然平反，他依然不能瞑目！爲了他的無依無助的妻子女兒，爲了他未曾實踐的心願，爲了他不甘心的半生蹉跎——他永不瞑目！

第十四章　揮手自茲去

1

我走在時間的永巷裏，尋覓著張愛玲的蹤影。

愛丁頓公寓沒有她，卡爾登公寓沒有她，上海沒有她。

她去了香港，我一時找不到她了。

我的靈魂翻山越海，來到香港大學的半山，一路經過著生死契闊的舊友：范柳原與白流蘇在短牆下執手相看，用如歌的聲音顫抖著念「與子偕老」；葛薇龍站在姑姑的巨宅前猶豫著要不要敲門，如火如灼的杜鵑花從門裏一直開到門外；愫細促聲哭泣著一路狂奔下山，羅傑安白登捏著他的帽子失魂落魄地尾隨其後；言丹朱的斗篷在風中飛舞，聶傳慶專注地望著她的眼神漸漸陰鬱；霓喜眼睜睜地看著湯姆生和他的英國新娘從身前走過，一張臉煞青空白……

那麼多的人，那麼多的事，它們生於張愛玲的筆下，活在字影墨痕間，又一次次地被搬上螢幕。

可是我看見他們，仍然覺得陌生。因為我見過他們的不同的影像，漸漸辨不清哪個才是他們的真面目。

我也辨不清愛玲的真面——許是連她自己也辨不清。

一百個人讀出了一百個張愛玲，寫出了一百個張愛玲，於是她迷路了，在不同的人對她的不同的演繹裏。

我在迷霧中行走，兢兢業業地追隨著張愛玲的腳印，或許，她也在紅塵之外注視著我，借我的手還原一段傳奇。我以為我找到了她的方向，然而發現自

己走進死胡同……

回到香港的張愛玲已經沒有了初次來港時的興奮，那時她只有十九歲，有無盡的生命的可能性，有對未來的數不清的夢想；如今她已經三十二了，也還不老，可是傷痕累累，疲憊不堪。

上次是母親安排她報考大學的，也是母親托了李開第做她的監護人；這次，仍是母親爲她籌劃設計，並且介紹她去找自己的老朋友吳錦慶夫婦——他們兩人均爲港大講師，分別教授機械工程與科學，於是幫愛玲寫信給文學院院長貝查，代她申請復學助學金，又督促她早日註冊入校。

愛玲這次來港，復讀其實只是藉以離國的幌子，然而爲了給吳錦慶夫婦一個交代，她還是順從地去學校註了冊，一九五二年九月——距離她一九三九年八月二十九日第一次註冊香港大學，隔了整整十三年。

舊地重來，物是人非，當年港大的許多文件與紀錄包括張愛玲的資料都在戰火中不知所終，雖然校方許諾會補助她一千元助學金，卻遲遲見不到準信兒，這使她對自己的前途與目前的窘困十分焦慮。

依舊是照眼分明的野火花，依舊是半山的校園，和下了山一拐彎就柳暗花明又一村的集市，流蘇和柳原曾在那裏與小販討價還價——這些，都是曾在她夢中筆下一再重溫的景象，然而久別重逢，卻顯得陌生而疏遠了，連海天一線的黃昏也不復溫柔。校園後面小山上的樹長高了，中間一條磚砌小徑通向舊時的半山女生宿舍，比例不同了。

走在舊日的校園裏，可是再也看不到熟悉的面孔，炎櫻、蔡師昭、蘇雷珈、還有納塔麗亞，她們都在哪兒呢？

納塔麗亞是個俄國女孩，她的耳朵會動，最喜歡跟著唱片唱：「我母親說的，我再也不能……」兩臂上伸，一扭一扭地在雨中跳舞；還有暹羅女孩瑪德蓮，她會跳他們盤谷家鄉的祭神舞，纖柔的棕色手腕，折斷了似地別到背後去，腰腿手臂似乎各有各的生命，翻過來拗過去，靈活得不可能；還有馬來亞的金桃，她常常學給大家看馬來人是怎樣跳舞的，她捏著大手帕子悠悠揮灑，唱「沙揚啊！沙揚啊！」沙揚是愛人的意思；當然還有炎櫻，她最喜歡躺在帳子裏赤著兩隻胳膊模擬中東豔舞，並稱之爲「玉臂作怪」。

愛玲悠然長歎，她不能不想念炎櫻。沒有炎櫻的大學算什麼大學？時間的重量壓得她抬不起頭來，廢學十年，再坐在教室裏做超齡學生真不情願，她已經嚐過出名的甜頭，對於能不能得到一紙文憑早已不計較了。

炎櫻來信了，說會在日本替愛玲找工作，並答應幫她辦理出境手續；又說她自己很快就要到美國去，再延遲就見不著了。

快，快，遲了就來不及了。愛玲只得一邊留書知會註冊處報備離港之事，一邊便急三火四地去了東京。身在異鄉爲異客，老朋友便顯得格外重要。她急不可待地要與炎櫻會合，似乎抓住了她，便抓住了一些舊時生活的空氣。

前後只在香港大學待了兩個月——九月報到，十一月便又離開了。

又一次身在茫茫的海上了。

這艘挪威船似乎特別小，二等艙，沒有上下鋪，就只是薄薄一隻墨綠皮沙發，牆上裝著白銅小臉盆，冷熱水管。西崽穿著白長衫，低眉順眼，十分恭敬殷勤的樣子，把她當上賓侍候。

愛玲便裝簡行，分明寒酸，倒對這西崽的熱情覺得驚訝起來，然而拎箱子進倉房時卻恍然大悟——他大概是看到箱子上花花綠綠的各國郵船招紙，把她當成周遊列國的老船客了。

那其實是母親的舊箱子。她帶了它從上海到歐洲，到過法國，到過新加坡，到過印度，差不多把半個地球也走遍了。母親才真正稱得上是見多識廣。

愛玲蹲下來，不急著開箱，卻輕輕撫摸著箱子上的招紙，彷彿在撫摸母親的手臂。就只有它陪著她了。

二等艙除了她只有一個上海裁縫，毛髮濃重的貓臉，文弱的中等身材，中年，穿著灰撲撲的呢子長袍，看見張愛玲，點頭一笑，心照不宣地說：「我每次去日本，總是等這隻船。」他在東京開店，時常到香港辦貨，常來常往慣了的，最會算計。

這隻船是這家公司最小的一隻貨輪，載客更少，所以也不另外開飯。頭等就是跟船長一起吃，二等艙客人跟船員一桌，一日三餐都是闊米粉麵條炒青菜肉片，天天不換樣。走走停停，一直航行了十天，便吃了十天的炒米粉。

然而她倒挺喜歡這種真空般的生活——如果生命就此漫無盡頭地直駛下

去，至少她可以不必再爲它犯愁。

快到日本時，遇到風浪，餐桌是釘牢在船板上的，大家忙不迭地搶救杯盤，許多人吐得七葷八素，她卻飲啖如常。有得吃趕快吃，誰知明天會怎樣呢？倘若這隻船就此沉了，那麼這便是她最後的晚餐，至少可以做個飽鬼。

然而到底還是活下來了——沒那麼容易完，完不了。

從上海到廣州，由深圳羅湖橋出境入香港，再從香港到日本，這條路線同胡蘭成走過的一模一樣。

然而愛玲的境遇卻不如胡蘭成，許是因爲炎櫻的勢力畢竟不如池田篤紀吧。白在日本耽了兩個月，錢用光了，工作還沒有著落；而炎櫻卻就要去美國了。她與愛玲相約在美國再見，愛玲答應著，心裏卻茫然：誰知道她什麼時候才能去美國，又去不去得成呢？

即便如此，她也從沒有想過要向胡蘭成求助。雖然，她並不知道，胡蘭成這時候已經又搭上了日本女子一枝，正躲起來一心一意地撰寫《山河歲月》。

胡蘭成說過，「我在愛玲這裏，是重新看見了我自己與天地萬物，現代中國與西洋可以只是一個海晏河清。」「我給愛玲看我的論文，她卻說這樣體系嚴密，不如解散的好，我亦果然把來解散了，驅使萬物如軍隊，原來不如讓萬物解甲歸田，一路有言笑。」「我若沒有她，後來亦寫不成《山河歲月》。」

他自負一枝筆橫掃千軍，然而愛玲素手點撥——驅動千軍萬馬，不如解馬歸田，令山河各入其道，各隨其流，還以生命本來的面目。這番精神胡蘭成是否領略，看官見仁見智；然而這種結構技巧，他卻是吃透了的。書裏談音樂，談歌舞，談中國的宗教與禮法，處處都是張愛玲的痕跡。他從她那裏求得了無字天書，他卻背叛了他的神。

從前他第一次逃亡的時候，就曾有意去日本，她雖沒反對，卻也不贊成，還特地跑去測字要他「朝東」；然而現在，她自己也沒了根，且陰錯陽差地也踏了一回日本的土地——雖然最終沒有留下來。

一九五三年的元旦，他們兩人在同一個地方，聆聽新年鐘聲敲響，那時，可有一點心動？

日本人過年不及中國的熱鬧繁華，元旦卻極重視，要參拜神社，叫做「初

詣」，女人們穿著絢麗繁重的和服，一個個如同布帛紮的絹人兒一般，登著高屐，走路像碎步舞。

愛玲是喜歡研究服裝的，亦喜歡觀歌舞，從前即使在去溫州看胡蘭成這樣的倉皇中亦不忘去看了一場社戲，還寫了〈華麗緣〉的文章。然而她去了一趟日本，卻沒有留下任何文字，也不知道在新年時有沒有隨喜一番日本著名的伎樂。

她甚至不等櫻花開，便又匆匆獨自回香港了。時為一九五三年二月。

然而這一回反覆，已經把港大和貝查都得罪了。雖然她帶了一套祖傳稀世搪瓷琺瑯銀茶杯親自登門向貝查道歉，也未能令他的怒火完全平息——倒白白浪費了母親的古董。

愛玲很生自己的氣，既氣自己三十幾歲了還要仰賴祖恩，學母親用古董開路；又氣自己不如母親，送了古董也仍然得罪了人。註冊主任梅勒且來信追討她第二學期的學費，她只好交了學費，同時去信抗議，說明除非保留她應得的獎學金，否則不會回到港大；另一面，她開始積極地找工作。

那時她仍住在何東女子宿舍，應徵工作時留的也是這個地址，然而雇主上門調查時，卻被告知她可能是共產黨特務——就這樣，張愛玲在港大待了兩個月，非但欠下四百五十七元學費及一大堆無法償還的人情債，還三度被警方傳訊，工作也丟了。真是淒風苦雨，投助無門。

她一直都是孤單的，卻沒有一個時期如此時這般孤單。別說求助，甚至連個可以訴苦的人都沒有。

她打開報紙，照著上面的招聘廣告，打了一封又一封求職信，一邊打，一邊便想起姑姑從前的話來：「業務信比文學創作另有一功，寫得好並不容易。措辭、文法、連留空白的比例也大有講究。有人也寫得好，就是款式不帥。」

眼淚滴落在信紙上。

姑姑，媽媽，都離她這樣地遙遠，在這舉目無親的土地上，她還擁有誰的溫情？

2

　　憑著過硬的文學功底與語言特長，愛玲得到了美國駐港總領事館新聞處的翻譯工作，美新處處長理查德・麥卡錫說：「她是文學天才。我認識的兩位文學天才之一。」——另一位是羅伯特・佛洛斯特，曾四次獲普利茲詩作獎。

　　麥卡錫畢業於愛荷華大學，主修美國文學。一九四七至一九五○年曾派駐中國，任副領事，後轉至美新處服務，一九五○至一九五六年派駐香港，歷任資助訊官、美新處副處長及處長等職，主持「中國報告計劃」，包括報紙新聞記事的製作與傳播、雜誌專題報導、電台難民訪問、以及學術論文——這些，被左派統稱為「反共宣傳」，然而麥卡錫個人認為他們雖有立場上的偏頗，卻努力做到誠信，拒絕一切虛假唬人的報導，比如有人宣稱全家人在廣東受拷刑，在雪地裏跪了一整天，麥卡錫就曾批語：廣東的雪，該是北京運來的？

　　此外美新處也有正常的出版業務，主要是美國書籍的中文翻譯——他便是這樣認識了張愛玲。

　　張愛玲先後為「美新處」翻譯過多部作品，包括海明威的《老人與海》、瑪喬麗・勞林斯的《小鹿》（重版時更名為《鹿苑長春》）、馬克・范・道倫編輯的《愛默森選集》、華盛頓・歐文的《無頭騎士》等。

　　其中海明威《老人與海》一經出版，立即被稱為中譯本的經典之作。張愛玲在譯序中寫道：

　　「這是我所看到的國外書籍裏最摯愛的一本。……老漁人在他與海洋的搏鬥中表現了可驚的毅力——不是超人的，而是一切人類應有的一種風度，一種氣概。海明威最常用的主題是毅力。他給毅力下的定義是：『在緊張狀態下的從容。』書中有許多句子貌似平淡，而充滿了生命的辛酸，我不知道青年的朋友們是否能夠體會到。這也是因為我太喜歡它了，所以有這些顧慮，同時也擔憂我的譯筆不能達出原著的淡遠的幽默與悲哀，與文字的迷人的韻節。但無論如何，我還是希望大家都看看這本書，看了可以對我們這時代增加一點信心，因為我們也產生了這樣偉大的作品，與過去任何一個時代的代表作比較，都毫無

愧色。」

海明威因創作《老人與海》而於一九五四年獲諾貝爾文學獎，這也是張愛玲當年應「美新處」之約及時翻譯成中文本的原因。迄今為止，這是《老人與海》最早的中譯本。

面對喜愛的外國著作，她有強烈的寫作衝動，而且是英文寫作的衝動，因為只有英文，才能表現出西方文學中特有的「淡遠的幽默與悲哀」。

文章的風格與所使用的語言是密不可分的，照章直譯的翻譯是不成功的翻譯。翻譯大師傅雷曾有經驗之談：「譯書的標準應當是這樣：假設原作者是精通中國語文的，譯本就是他使用中文完成的創作。」他在譯書之先總要再四精讀原作，吃透原作的精神和全部細節後才著手翻譯，使閱讀者像看本國故事一樣親切流暢。

換言之，翻譯不只是炒冷飯，而應當是一種再創作。張愛玲在這一點上，顯然是與傅雷不約而同的——雖然，許多批評家認為，他們此前曾於上海的報刊上就寫作技巧有過一次不著面的交鋒。這裏舉一首愛默森的詩為例：

我喜歡教堂；我喜歡僧衣；我喜歡靈魂的先知；
我心裏覺得僧寺中的通道
就像悅耳的音樂，或是深思的微笑；
然而不論他的信仰留給他多大的啟迪，
我不願意做那黑衣的僧侶。

張愛玲說過：「我逼著自己譯愛默森，即使是關於牙醫的書，我也照樣會硬著頭皮去做的。」——然而說歸說，她的翻譯卻仍然是毫不含糊的。我們從這首詩裏，不難看出張愛玲的風格。

張愛玲是借著翻譯外國名著在暗暗積蓄，準備一次寫作上的大突破。

翻譯是工作，是謀生的手段；創作才是心頭好，是初衷。張愛玲翻譯之餘，一直在尋求新的寫作題材。

那些年，幾乎每隔些日子就有從內地逃出來的人，大家難得聚在一起，說

起來都是些血淋淋的故事：「土改」運動為了充數，把普通中農升格做富農，又做地主，後來就給槍斃了；農民的麥米桑麻都要統一賣給公家，標準隨幹部來定，說聲「不合格」，又怕他們再次來纏，便潑一桶紅水上去，打個記號，農民一年的心血就此作廢，挑麻回去的路上，紅水滲過麻筐一路滴滴噠噠，簡直是條血路；繳完了公糧又要做軍鞋，捐款支前，捐飛機大炮，這還只是經濟上的損失，最慘的是那些被動員上了前線的志願兵，連槍都不會開就上了戰場……

每個人說過了，就會長歎一聲，慶幸地歎息：「幸虧是出來了。」

張愛玲默默地聽著，開始構思一部新小說，並且決定嘗試更新的寫作方法，題材、角度、文字的風格，乃至結構的模式，都勢必要革舊求新。從前改了名字「梁京」仍然被人認出文筆來，真是失敗；這次用英文寫作，一定要像浴火的鳳凰一樣，活出新的生命。

——這就是《秧歌》的誕生，英譯本的書名為《The Rice Sprout Song》。

她向麥卡錫提出自己的創作計劃，並報告了故事梗概。麥卡錫從前在中國北方待過，親眼目睹北京解放，對中國農村的情形也有相當的瞭解，聞言只覺這個提議好得不得了。

《秧歌》是先有英文版後有中文版的。開篇的場景完全照搬了她去溫州途中的見聞，幾乎是從〈異鄉記〉裏直譯過來的。

完成前兩章後，愛玲拿給麥卡錫看，麥卡錫大為驚異佩服，又羨慕又忌妒——因為一個中國人的英文竟可以好到這樣，叫他覺得慚愧。

這期間恰好美國作家馬寬德（John P. Marquand）來香港訪問，麥卡錫負責招待，便引薦愛玲認識。

馬寬德曾於一九三八年獲得地位頗高的普利茲文學獎，小說《普漢先生》英文原名《H. M. Pulham, Esquire》，一九四〇年初版，一九四一年被米高梅公司拍成電影，中文譯名為「富家子的婚姻」。張愛玲就讀於香港大學，大概曾讀過原著，又或是看過電影，她的《十八春》就脫胎於此。這使得後來一些故做驚人語的批評者們竟指她抄襲。

事實上愛玲自己對這一點從未諱言，她在給宋淇的信中，曾明確提及《半生緣》（《十八春》改寫後的題目）借鑒《普漢先生》。《普漢先生》的原著

我沒見過，聽說沒有中譯本，自然也沒在大陸出版過，不過我看了許多相關的介紹，知道那是一個關於四角戀愛的故事——批評者便是根據這一點非議《半生緣》的。

其實同題創作的例子比比皆是，李太白〈鳳凰台〉全套〈黃鶴樓〉，納蘭容若的詞中常常照搬前人舊句，而毛澤東那句膾炙人口的「山舞銀蛇，原馳蠟象」也是套的《紅樓夢》詠雪聯句「伏象千峰凸，盤蛇一徑遙。」然而誰敢說他老人家抄襲？

愛玲十分重視這次見面，盛裝前往。馬寬德大為驚豔，以至於把她的一言一行都視為時尚，連看到張愛玲的綠趾甲也當成某種流行，悄悄問麥卡錫：「為什麼她的腳趾頭要塗綠彩？」麥卡錫也不知道，於是又問愛玲。愛玲發窘，哭笑不得地回答：「那是我塗的外用藥膏啊。」麥卡錫忍不住揚聲大笑起來。

餐畢，麥卡錫將《秧歌》前兩章給馬寬德，請他評鑒。馬寬德於這種門面功夫顯然不耐煩，委婉地說自己應酬多，大概沒功夫看。然而當夜大雨，他在香港半島酒店房間裏便連夜將稿子看完了，次日一大早便打電話給麥卡錫，說：「我肯定這是一部好作品。」

——後來《秧歌》在美國的出版，也多承他的推介幫忙。

張愛玲在「美新處」工作的這段歷史，給她再次帶來負評和非議，《秧歌》和《赤地之戀》也因而被懷疑是美帝支持的反共宣傳。然而麥卡錫曾在答記者高全之時表示，張愛玲只是為他們做翻譯工作，翻譯一本就算一本的薪水，她的小說創作並不在合作計劃內，他們從未要求她命題寫作，小說題材與內容完全由張愛玲獨立完成。

《秧歌》的英文版首頁上寫著「獻給理查德與莫瑞」，理查德便是麥卡錫，而莫瑞·羅德爾女士是張愛玲在美國的出版代理人。這使得許多人都認為這部作品是在他們的授意下完成。然而事實上，愛玲只是要感激他們在她最困窘的時候給予的幫助。

麥卡錫說，他和莫瑞都很關心愛玲的生活，把她當女兒一般看待，愛玲在美國結婚時，莫瑞打電話來報喜，麥卡錫聽了十分高興，以為這下子她的生活

有著落了，不禁脫口而出：「那好極了！」莫瑞知道他的意思，立即說：「我們女兒沒嫁出門，倒招進個窮女婿。」他這才知道賴雅窮途潦倒，比張愛玲更不如。

麥卡錫對張愛玲的賞識與關心是真誠的，除了在她初到香港時接納她為美新處兼職翻譯人員外，在一九五五年張愛玲到美國後也仍延請她為香港美新處和「美國之音」做翻譯，張愛玲一九六一年訪台，也由麥卡錫接洽安排。

麥卡錫且反問：「我瞭解這些批評。然而我懷疑當時如果我們不關注她，誰會及時施援！」

誰會？

3

「美新處」的工作不僅為愛玲解決了溫飽，並且給她帶來了兩位終生摯友——就是同在美新處做翻譯的宋淇與鄺文美夫婦。

宋淇筆名林以亮，比張愛玲大一歲，原籍浙江吳興，是著名戲劇家宋春舫之子，畢業於燕京大學西語系，獲學士學位並留校任助教。一九四八年到香港，先後任美新處書刊編輯部主任、電影懋業公司製片部主任、邵氏公司編審委員會主任等。擅長寫詩與劇本創作，並有多部翻譯作品與文學批評傳世。其《〈紅樓夢〉西遊記》別出一格，影響頗廣，《怡紅院的四大丫鬟》更是為襲人晴雯之流豎碑立傳，多發人所不能發之議論——這可以想像他為什麼會成為張愛玲的終生好友了。

同事，同鄉，同好，這樣的雙方遇到一起，自然一見如故；而宋淇夫婦可以與張愛玲成為莫逆之交，除了在學問上有許多共同話題之外，還在於他們為人的分寸得宜——早在上海時，他們便已聽說張愛玲的大名，對她的風流綺事自然也有所耳聞，然而從不向張愛玲打探，偶然提及胡蘭成，張愛玲只道「我不想說」，談及桑弧，張愛玲又說「不要提了」，於是他們便從此緘口，不說，不提。

這年胡蘭成的《山河歲月》出版，有記者找到張愛玲的住處，要訪問她對

此書有何感想。愛玲閉口不言，並且爲免糾纏，決定從速搬家，也是宋淇夫婦幫的忙。

孟母三遷，是爲了避免鄰居教壞兒子；愛玲一次又一次地搬家，是不僅要躲壞孩子，還要躲他的壞影響。

她搬到了英皇道，就在宋家附近，毗鄰而居，益發親近。街尾有家蘭心照相館，「蘭心」，和從前在上海排練話劇「傾城之戀」的戲院同一個名字。

房間很小，家具也簡陋，連書桌也沒有，愛玲就伏在床側的小几上寫作，日用的雜物也像擺地攤一樣地隨意散落——這個習慣後來一直延續到老，後來在洛杉磯，也一直沒用過書桌。

她一邊翻譯詰曲枯燥的《無頭騎士》一邊同鄺文美聊天，抱怨說：「我譯華盛頓·歐文的小說，好像同自己不喜歡的人說話，無可奈何地，逃又逃不掉。」——所以要同自己喜歡的人說話來補償。

鄺文美幾乎每天都要到她屋裏坐一兩個小時，然後趕在晚飯前回家——她是個賢妻良母，天下第一大事就是爲丈夫做晚飯。愛玲爲此送了她一個綽號：八點鐘的辛德瑞拉。

而宋淇則是不折不扣的才子，身材高大，玉樹臨風，說一口道地的京片子，而時有雋語，是冷幽默一派。他與張愛玲談論上海的流行歌曲，認爲：「陳蝶衣作的詞爲典型鴛鴦蝴蝶派，與易文的濫調各有千秋。此中才子是陶秦，另一位是李雋青，他的黃梅調和帶有山歌味道的小曲真不含糊。我總覺得作詞一定格調要低於詩，而高於一般濫調。」

說到高興處，大家居然唱了起來：

> 上海沒有花，大家到龍華，龍華的桃花也漲了價。
> 你也賣桃花，我也賣桃花，龍華的桃花也搬了家。
> 路不平，風又大，命薄的桃花斷送在車輪下。
> 古瓷瓶，紅木架，幸運的桃花都藏在闊人家。
> 上海沒有花，大家到龍華，龍華的桃花回不了家。

龍華的桃花回不了家。張愛玲也回不了家。

香港好比望鄉台——回首故國，已是月色朦朧中；遙望美國，還在重山隔水外。回路斷了，前途卻還迷茫，明知香港不是久留之地，然而下一站在哪裏，毫無頭緒。是蝴蝶在雨裏折了翅膀，又好似南飛的大雁在中途被颶風吹落——異鄉的淒風冷雨，比故鄉更為難耐。她好似睡在冰河的底層，漂移維艱。

即便如此，她也不肯回國。羅孚〈悵望卅秋一灑淚〉文中說：「我一九五三年從北京經過上海，帶了小報奇才唐雲旌（即唐大郎）給她的一封信，要我親自給她，替我打聽她住址的人後來告訴我，她已經到美國去了。這使我為之悵然。那封信，正是唐大郎奉夏衍之命寫的，勸她不要去美國，能回上海最好，不能，留在香港也好。四十二年以後，我才知道自己當時受了騙，騙我的不知道是張本人，還是我托他打聽的人。」

這封信叫我們知道，早在離開上海前，張愛玲已經有意借香港搭橋去美國，這番意思大概曾向一些交近的朋友如龔之方唐大郎等透露過，所以夏衍才有此一勸。然而張愛玲既然已經離開上海，就沒打算再回頭。那是她的傷心地，不但在感情上曾受重創，而且在文壇上也違心受制，如果回去，人們少不得還是要拿她的私生活說事兒，繼續謾罵侮辱。她已經在《傳奇》增訂本寫了要和讀者說的話，言盡於此，不想再說了，也不願意再聽。

「悵望卅秋一灑淚」的題目來自張愛玲在《對照記》中的一句照片自題：悵望卅秋一灑淚，蕭條異代不同時。

那張照片攝於一九五四年離港前，鄺文美陪她去蘭心照相館拍的；一九八四年她在洛杉磯整理舊物時看見這張照片，感慨之餘，題了那兩句話。

然而我覺得最恰當的詩句應該是「金陵十二釵正冊」裏探春的判詞：「才自精明志自高，生於末世運偏消。清明涕送江邊望，千里東風一夢遙。」——這四句話形容愛玲的身世與遭際最合宜不過了。

一九五五年秋，張愛玲離開香港去美國，並在那裏締結了第二次婚姻，這情形也恰如探春的遠嫁：「一帆風雨路三千，把骨肉家園，齊來拋閃。恐哭損殘年，告爹娘，休把兒懸念。自古窮通皆有定，離合豈無緣？從今分兩地，各自保平安。奴去也，莫牽連。」

比探春更不如的是，她甚至沒為自己懸念牽連的爹娘。

4

後世許多人評價張愛玲離開大陸後沒有佳作問世，那是因為沒看過《秧歌》和《赤地之戀》，也是不肯正視傷痕，借著否定這兩部作品的文學價值來否定歷史。

《秧歌》主要寫了「土改」後的農村，在不斷的「捐前」與「繳公糧」壓力下，饑寒交迫，為了能在過年時吃頓飽飯的願望而簇擁在大隊糧倉前，由「借糧」到「搶糧」，終於與民兵發生衝突，釀成械鬥慘劇；《赤地之戀》則從「土改」、「三反」、一直寫到「抗美援朝」，展現了不同階層不同人物的命運交織。

兩書相比，我更喜歡《秧歌》，因為《赤地之戀》的追求平淡已經到了矯枉過正的地步，更像一部寫作大綱。

《秧歌》寫在《赤地之戀》前，初次嘗試往往最用心，新舊雜糅，更接近「張愛玲風」，而且多次修改錘煉，讀起來似乎更加親切有味。

張愛玲曾為《赤地之戀》寫了篇〈自序〉，亦可以看作是《秧歌》的序：

「我有時候告訴別人一個故事的輪廓，人家聽不出好處來，我總是辯護似地加上一句：『這是真事。』彷彿就立刻使它身價十倍。其實一個故事的真假當然與它的好壞毫無關係。不過我確是愛好真實到了迷信的程度。我相信任何人的真實的經驗永遠是意味深長的，而且永遠是新鮮的，永不會成為濫調。

《赤地之戀》所寫的是真人實事，但是小說究竟不是報導文學，我除了把真正的人名與一部份的地名隱去，而且需要把許多小故事疊印在一起，再經過剪裁與組織。畫面相當廣闊，但也並不能表現今日的大陸全貌，譬如像『五反』，那是比『三反』更深入地影響到一般民眾的，就完全沒有觸及。當然也是為本書主角的視野所限制。同時我的目的也並不是包羅萬象，而是盡可能地複製當時的氣氛。這裏沒有概括性的報導。我只希望讀者們看這本書的時候，能夠多少嗅到一點真實的生活氣息。」

正如張愛玲所說，「小說究竟不是報導文學」，必有題材上的取捨剪裁與合理虛構，是「把許多小故事疊印在一起，再經過剪裁與組織」，比如有一段：

「但是他想起小時候和他妹妹在一起的情形，不由得心裏難過。他們一直是窮困的。他記得早上躺在床上，聽見他母親在米缸裏舀米出來，那勺子刮著缸底，發出小小的刺耳的聲音，可以知道米已經快完了，一聽見那聲音，就感到一種徹骨的辛酸。

有一天他知道家裏什麼吃的都沒有了，快到吃午飯的時候，他牽著他妹妹的手，說，『出來玩，金花妹！』金花比他小，一玩就不知道時候。他們在田野裏玩了許久。然後他忽然聽見他母親在那裏叫喚，『金根！金花！還不回來吃飯！』他非常驚異。他們回到家裏，原來她把留著做種子的一點豆子煮了出來。豆子非常好吃。他母親坐在旁邊微笑著，看著他們吃。

現在他長大了，而且自己也有了田地，但是似乎還是和從前一樣地默默受苦，一點辦法也沒有。妹妹流著眼淚來求他，還是得讓她空著手回去。」

——這個將豆種煮飯的故事完全是胡蘭成的童年往事，可以從《今生今世》找到相同情節。

後來的批評家們便以此為據，說張愛玲道聽途說，以偏蓋全，把解放前的故事安在解放後，誣衊社會主義——倒不知誰在「以偏蓋全」！

但是從這一段描寫中我們已經可以看出，張愛玲在努力嘗試自我突破，一改從前的綺詞麗句，而追求「平淡而近自然」的風格。因是首度嘗試，又是以英文寫作，未免心裏沒底，深怕不合讀者口味。初稿完成，先拿給宋淇夫婦看，請他們提意見，然後才把稿子寄給美國經紀人。

宋淇曾在〈私語張愛玲〉裏形容：「在寄到美國經紀人和為出版商接受期間，有一段令人焦急的等待時期。那情形猶如產婦難產進入產房，在外面的親友焦急萬狀而愛莫能助。我們大家都不敢多提這事，好像一公開談論就會破壞了成功的機會似的。」

不久代理人回覆意見，嫌太短，認為這麼短的長篇小說沒有人肯出版。於是張愛玲又添寫了第一二兩章，描寫金花妹出嫁，然後才是月香回鄉，又夾敘了王同志過去的歷史，以及殺豬的一章。

　　因為英文本的出版相當不順利，張愛玲便又把小說譯成中文，從一九五四年一月起在香港《今日世界》半月刊連載——比較容易接受張愛玲小說的，還是中文讀者。

　　許多張愛玲傳記中，常把《秧歌》和《赤地之戀》的中英文版寫成同時出版或者先出英文版後譯成中文，事實上，《秧歌》最早雖以英文寫作，然而中文版早於一九五四年七月已由今日世界社出版單行本；十月《赤地之戀》由香港天地出版社出版；英文版則幾經周折後，一九五五年方由美國紐約州 Charles Scribner's Sons 出版公司出版，內容與中文版亦有所不同——從這一點也可以看出，這兩部書的創作不可能是出於麥卡錫的授意；《秧歌》寫於《赤地之戀》前，然而《赤地之戀》的中文本都已經出版了，《秧歌》的英文本還在商榷之中，若說是麥卡錫授意張愛玲寫作「反共小說」，那麼麥卡錫也未免太蠢而且沒能力了；而《赤地之戀》英文本的出版更是張愛玲去美以後的事情，一九五六年方由香港友聯出版社出版，若說由麥卡錫操作，那他又好像神通廣大得無遠弗屆，豈不矛盾？

　　某些人故意混淆兩書的出版時間，並非出於無知，而是有意誤導，為了推出「反共」的論點而歪曲論據。

　　宋淇回憶，《秧歌》英文本一經出版，好評如潮，但張愛玲更在意的是《時代》周刊有無反應。因為該刊選書極嚴，評價極苛，一般作品難以上榜。有一天，宋淇手持一份新出的《時代》周刊，要給張愛玲一個驚喜。她似乎有預感似的，搶先就問：「是不是《時代》終於有書評了？」

　　她在意《時代》周刊，卻不理會中文報刊，並非因為不在乎中文讀者，而是因為中國的評論家們永遠注重意識超過技巧，便如她在給胡適的信中所說：「您問起這裏的批評界對《秧歌》的反應。有過兩篇批評，都是由反共方面著眼，對於故事本身並不怎樣注意。」

　　其實這些批評也早在張愛玲意料之中，她在寫著的時候大概已經想像得出

將來會受到怎樣的非議了，所以略帶自嘲地借主人公顧岡的視角和心理說：

「他想搜集一點材料，可以加一點渲染，用來表現土改後農村的欣欣向榮。他總自己告訴自己，此時的情形大概總是局部現象。一般地說來，土改後的農村一定是生活程度提高了，看看報上的許多統計數字就可以知道。他和許多人個別地談過話……這些人大概是摸不清他的來歷，以為他是個私行查訪的大員，有權力改善他們的生活。他們吞吞吐吐的，囁囁地訴起苦來，說現在過得比從前更不如了。遇到這樣的人，顧岡發現了一個很有用的名詞，『不典型』。他們都是『個別現象』，不能代表人民大眾的。但是在這無數的『不典型』的人物裏，更想找出一兩個『一般性』的典型人物，實在是像大海撈針一樣的困難。」

「顧岡告訴自己說，他正在面對著一個嚴重的考驗。他需要克服他的小資產階級溫情主義。當然這次農民的暴動不過是一個偶然的事件，一個孤立的個別現象，在整個的局面裏它是沒有地位的。」

──後來，人們批評《秧歌》時果然用的就是這些個詞語，這些個罪名，認為她是以「偶然的事件」、「孤立的個別現象」作為「典型」，是「不能代表人民大眾的」。

張愛玲，還是那個擁有預言能力的水晶球主人！

5

提起張愛玲與胡適的交往，堪稱文壇最感人的一段佳話。

一九五四年《秧歌》中文本出版，張愛玲拿到樣書後，先寄了一本給遠在美國的胡適先生。

她這樣做有兩個原因，一是因為這本書在技巧上是個新的嘗試，努力做到胡適在評「海上花」裏所稱許過的「平淡而近自然」；二是因為她正在努力籌劃去美國，到時或可與胡適相見，這本書就權作敲門磚了，這便如同當年她抱

著〈第一爐香〉和〈第二爐香〉的手稿拜見周瘦鵑一樣。

張愛玲在給胡適的信中說：「很久以前我讀到您寫的《醒世姻緣》和《海上花》的考證，後來我找了這兩部小說來看，這些年來前後不知看了多少遍，自己以爲得到不少益處。很希望你肯看一遍《秧歌》。假使你認爲稍稍有一點接近『平淡而近自然』的境界，那我就太高興了。這本書我還寫了一個英文本，由Suibueio出版，大概還有幾個月，等印出來了我再寄來請您指正。」

「海上花」之於《秧歌》的最大影響體現在文風和結構兩個方面：

前者自是張愛玲一再重複的「平淡而近自然」的境界；後者則是指穿插的寫法和切入的視角——《海上花》是通過一個外鄉少年趙樸齋在上海的見聞來描寫風月生活的；而《秧歌》亦是通過月香和顧岡的視角來看鄉村生活。月香在上海做幫傭，做了許多年，已經不再是一個道地的鄉下人；導演顧岡來鄉下冬學裏教書，搜集電影創作題材，更是上海人看農村，他看到了難以想像的饑餓與貧窮，然而「無法打聽這到底是這幾個縣份的局部情形，還是廣大的地區共同的現象。報紙上是從來沒有提過一個字，說這一帶地方——或是國內任何地方——發生了饑餓。他有一種奇異的虛空之感，就像是他跳出了時間與空間，生活是一個不存在的地方。」

通過這種特殊視角的切入與剪裁，張愛玲使自己的筆鋒避開了那種因爲疏於生活原型而會遇到的諸如取材不便之類的種種阻礙。就像她後來在《海上花》的譯後序裏總結的：「劉半農惋惜此書沒多寫點下等妓院，而掉轉筆鋒寫官場清客。我想這是因爲劉先生自己不寫小說，不知道寫小說有時候只要剪裁得當，予人的印象彷彿對題材非常熟悉；其實韓子雲對下等妓院恐怕知道的盡於此矣。」是替韓子雲解釋，也是夫子自道。

她通篇都使用著一種白描的手法，極少抒情議論，摻雜主觀意見——當然她的視角是主觀的，沒有人能夠真正客觀地描寫人情世故，連攝影師的鏡頭都帶著主觀的色彩，去截取和表現他所想表現的。

然而這在文風上的確是她的一個可喜的改變。

不久，她收到了胡適的回信——

愛玲女士：

謝謝你十月二十五日的信和你的小說《秧歌》！請你恕我這許久沒給你寫信。

你這本《秧歌》，我仔細看了兩遍，我很高興能看見這本很有文學價值的作品。你自己說的「有一點接近平淡而近自然的境界」，我認為你在這個方面已做到了很成功的地步！這本小說，從頭到尾，寫的是「饑餓」——也許你曾想到用《餓》做書名，寫的真好，真有「平淡而近自然」的細緻工夫。

你寫月香回家後的第一頓「稠粥」，已很動人了。後來加上一位從城市來忍不得餓的顧先生，你寫他背人偷吃鎮上帶回來的東西的情形，真使我很佩服。我最佩服你寫他出門去丟蛋殼和棗核的一段，和「從來沒注意到（小麻餅）吃起來喀嗤喀嗤，響得那麼厲害」一段。這幾段也許還有人容易欣賞。下面寫阿招挨打的一段，我怕讀者也許不見得一讀就能瞭解了。

你寫人情，也很細緻，也能做到「平淡而近自然」的境界。如一三一～一三二頁寫的那條棉被，如一七五、一八九頁寫的那件棉襖，都是很成功的。一八九頁寫棉襖的一段真寫得好，使我很感動。

「平淡而近自然的境界」是很難得一般讀者的賞識的。「海上花」就是一個久被埋沒的好例子。你這本小說出版後，得到什麼評論？我很想知道一二。

你的英文本，將來我一定特別留意。中文本可否請你多寄兩三本來，我要介紹給一些朋友看看。

書中一六〇頁「他爹今年八十了，我都八十一了」，與二〇五頁的「六十八嘍」相差太遠，似是小誤。七六頁「在被窩裏點著蠟燭」，似乎也可刪。

以上說的話，是一個不曾做文藝創作的人的胡說，請你不要見笑。我讀了你的十月的信上說的「很久以前我讀你寫的《醒世姻緣》與《海上花》的考證，印象非常深，後來找了這兩部小說來看，這些年來，前後不知看了多少遍，自己以為得到了不少益處。」——我讀了這幾句話，又讀了你的小說，我真很感覺高興！如果我提倡這兩部小說的效果單止產生了你這一本《秧歌》，我也應該十分滿意了。

你在這本小說之前，還寫了些什麼書？如方便時，我很想看看。

匆匆敬祝平安

胡適敬上 一九五五、一、廿五

胡適在信中提到小說裏多處精彩的描寫，那恰也是我最喜歡的幾個段落，看完後一再地學給身邊的人聽。因篇幅有限，不能一一附錄，然而最精彩的「棉襖」一段是曾令我落淚的，不抄不快。那段寫的是月香與丈夫參與搶糧，女兒被擁擠的人群踩死了，丈夫也腿部中槍。他們逃到山上，她把棉襖裏著他叫他倚在樹下歇息，自己下山向他嫁到周村的妹子求助，卻被拒絕，只好又回山上找他，找來找去找不見，簡直懷疑他是不是被狼吃了，這時候卻看見了他和她的棉襖。

　　「她用麻木的冰冷的手指從那棵樹上取下一包衣服，是他的棉襖，把兩隻袖子挽在一起打了個結，成為一個整齊的包袱。裏面很小心地包著她的棉襖，在這一剎那間，她完全明白了，就像是聽見他親口和她說話一樣。

　　那蒼白的明亮的溪水在她腳底下混混流著。他把他的棉褲穿了去了，因為反正已經撕破了，染上了許多血跡，沒有用了。但是他那件棉襖雖然破舊，還可以穿穿，所以留下來給她。

　　他要她一個人走，不願意帶累她。他一定是知道他受的傷很重，雖然她一直不肯承認。他並沒有說什麼，但是她現在回想著，剛才她正要走開的時候，先給他靠在樹根上坐穩了，她剛站直了身子，忽然覺得他的手握住了她的腳踝，那時候彷彿覺得那是一種稚氣的衝動，他緊緊地握住了不放手，就像是不願意讓她走似的。現在她知道了，那是因為他在那一剎那間又覺得心裏不能決定。他的手指箍在她的腿腕上，那感覺是那樣真確，實在，那一剎那的時間彷彿近在眼前，然而已經是永遠無法掌握了，使她簡直難受得要發狂。

　　她站在那裏許久，一動也不動。然後她終於穿上她的棉襖，扣上了鈕子。她把他那件棉襖披在身上，把兩隻袖子在領下鬆鬆地打了個結。那舊棉襖越穿越薄，僵硬地豎在她的臉龐四周。她把面頰湊在上面揉擦著。」

　　張愛玲描寫得這樣平實，同她以往綺麗濃豔的文風截然不同，這是她努力求變的明證，卻被人別有用心地說成是「退步」，「文思枯竭」，「出國之後再無佳作」，真不知那些人的眼睛是怎樣長的。

　　胡適在信裏提出的多處小瑕疵，張愛玲在後來的再版中一一做了訂正，並

在一九五五年二月回覆胡適的信中寫道：

「我寄了五本《秧歌》來。別的作品我本來不想寄來的，因為實在是壞——絕對不是客氣話，實在是壞。但是您既然問起，我還是寄了來，您隨便翻翻，看不下去就丟下。一本小說集，是十年前寫的，去年在香港再版。散文集《流言》也是以前寫的，我這次離開上海的時候很匆促，一本也沒帶，這是香港的盜印本，印得非常惡劣。還有一本《赤地之戀》，是在《秧歌》以後寫的，因為要顧到東南亞一般讀者的興味，自己很不滿意。而銷路雖然不像《秧歌》那樣慘，也並不見得好。」

——就因為這句「自己很不滿意。而銷路雖然不像《秧歌》那樣慘，也並不見得好。」使得後來許多的內地批評者認定《秧歌》與《赤地之戀》反應平平，並且說連張愛玲自己也不喜歡這兩本書，這真讓人哭笑不得。

其實《秧歌》固然算不得暢銷書，卻是常銷書，它的外語版權賣出了二十三種，光是這個數字已經令多少大家巨著望塵莫及。而且張愛玲也在信裏說自己別的作品「實在是壞——絕對不是客氣話，實在是壞。」這些作品裏也包括了〈金鎖記〉和〈傾城之戀〉，那麼批評家們是否也要一併肯定張愛玲的自謙之語，從而否定這些作品的存在價值呢？

張愛玲又寫道：

「《醒世姻緣》和《海上花》一個寫得濃，一個寫得淡，但是同樣是最好的寫實的作品。我常常替它們不平，總覺得它們應當是世界名著。《海上花》雖然不是沒有缺陷的，像《紅樓夢》沒有寫完也未始不是一個缺陷。缺陷的性質雖然不同，但無論如何，都不是完整的作品。我一直有一個志願，希望將來能把《海上花》和《醒世姻緣》譯成英文。裏面對白的語氣非常難譯，但是也並不是絕對不能譯的。我本來不想在這裏提起的，因為您或者會擔憂，覺得我把事情看得太容易了，會糟蹋了原著。但是我不過是有這樣一個願望，眼前我還是想多寫一點東西。如果有一天我真打算實行的話，一定會先譯半回寄了來，讓您看行不行。」

後來，她到底譯了《海上花》白話本，然而胡適已經看不到了，這真是令人抱憾。她在多年後寫了〈憶胡適之〉，一唱三歎，百轉千迴：

「看到靈耗，只惘惘的。是因為本來已經是歷史上的人物？我當時不過想著，在宴會上演講後突然逝世，也就是從前所謂無疾而終，是真有福氣。以他的為人，也是應當的。

直到去年我想譯《海上花》，早幾年不但可以請適之先生幫忙介紹，而且我想他會感到高興的，這才真正覺得適之先生不在了。往往一想起來眼睛背後一陣熱，眼淚也流不出來。要不是現在有機會譯這本書，根本也不會寫這篇東西，因為那種愴惶與恐怖太大了，想都不願意朝上面想。」

看張愛玲的〈憶胡適之〉，我的眼圈一直是紅的。尤其因為文章裏引用了兩個人的書信來往，他們的形象就在那字裏行間顯露得清楚生動，比他們的小說和散文裏表現出來的他們更「平淡而自然」，也更真實。

一個已經是大師，卻自謙「沒搞過文藝創作的人」，那時的胡適許是並不知道張愛玲在上海的文名，因為還要問她以前是否寫過東西，寄來看看，然而他仍然一慣的謙和，是真的虛懷若谷；那時的張愛玲已經一紅傾城，可是面對自己的偶像，完全是個小學生，彷彿又回到了周瘦鵑的門前徘徊，拿著〈第一爐香〉的手稿第一次敲門——兩個人，一樣的可愛，一樣的可敬，令人「不勝低迴」。

而最讓我感動的，還是胡適曾寄還給張愛玲的一本《秧歌》，通篇圈圈點點，做了許多評注，又在扉頁上題字。張愛玲說，震動得無法言語，寫都無法寫。

我最不喜歡把自己的書送人，總覺得真心想看的人，自然會買來看，不必等我送。偶爾卻情不過送了人書，便一定會追著問：「說說感想，說說看。」但得一兩句回覆，總是自己掂量再三，哪怕是批評的話也很開心，因為對方是用了心的。

從《紅樓夢》第八十回起重新續寫的《黛玉之死》完成後，將列印稿呈給了紅學家鄧遂夫老師，希望鄧老師以脂硯齋評《石頭記》的格式加以評注，出版後定名為《釋夢齋評西續紅樓夢之黛玉之死》，編輯覺得長得可怕，我卻堅持保留了，因為實在是感激。書出版之後，有一位讀者買了書，也學鄧老師那樣，自己用鉛筆從頭至尾寫滿了點評後又把書寄回給我，我高興地一邊喝酒一邊翻看，竟至不知不覺喝完了整瓶紅酒。

6

如果胡適的評價仍不足以讓我們正視《秧歌》的價值，那麼不妨看看小說英文本出版時的其他評論——

一九五五年四月三日《紐約時報》讚譽：「極佳的精短的長篇小說……張愛玲既是共產中國隱秘世界的透察的評論者，也為令人興奮的新起的藝術家，我們殷切希望再度讀到她的作品。」

五月一日紐約《圖書館雜誌》評論：「張小姐是成功的中文劇作家與短篇小說家，這本動人而謙實的小書是她首部英語作品，文筆精練，或會令我們許多英文母語讀者大為欽羨。更重要的是，本書展示了她作為小說家的誠摯與技巧。」

宋淇在〈私語張愛玲〉中說：「《秧歌》出版後許多大報雜誌都有佳評……大可以借用『好評如潮』之類的濫調，來形容各方的反應。」

高全之曾總結：「美國紐約威爾遜公司自一九○五年開始，每年出版年度性的大部頭書評文摘，近百年來，歷久不衰。該公司一九五六年出版的《一九五五年書評文摘》，列了八篇有關《秧歌》英文版的書評。」

而一九九五年張愛玲去逝之際，九月十六日《洛杉磯時報》再次特別提及：「張愛玲享年七十四歲，是廣受歡迎的中國小說家。作品風靡台港讀者，最近才在中國大陸解禁……她最受歡迎的長篇為《秧歌》以及《赤地之戀》。作品如〈傾城之戀〉、《怨女》、〈紅玫瑰與白玫瑰〉，曾拍成電影。文評家

特別讚賞她早期短篇故事。南加大東亞語文系張錯教授說，張女士非比尋常，如果不是生逢國共政治分裂之際，必然已經贏得諾貝爾獎。」

華人作品的優秀，竟要異國讀者來告訴我們，而我們卻還扭扭捏捏地不願意承認，這是怎樣的可悲！

批評這兩部小說的話連篇累牘，我不想引用，免得替那起閒人揚名，這裏只摘錄一下自詡為張愛玲知己的柯靈的評價吧：「對她的《秧歌》和《赤地之戀》，我坦率地認為是壞作品，不像出於〈金鎖記〉和〈傾城之戀〉的作者的手筆。」「致命傷在於虛假，描寫的人、事、情、境，全都似是而非，文字也失去作者原有的美。」「張愛玲一九五三年就飄然遠引，平生足跡未履農村，筆桿不是魔杖，怎麼能憑空變出東西來！這裏不存在什麼祕訣，什麼奇蹟。」

這篇文章裏前後矛盾，不打自招之處甚多。首先張愛玲出國的時間不是一九五三年而是一九五二年，這當然可以解釋成事隔三十年，記不準了。然而柯靈在前文說他為夏衍的劇本創作所任副所長，夏衍想請張愛玲做編劇，他還來不及轉告，張愛玲便遠行了。這話大謬不然！

——在張子靜《我的姐姐張愛玲》中，這件事亦有提及。看來夏衍對張愛玲的確很賞識，跟許多人讚譽過她。龔之方就兩次受夏衍之托向張愛玲傳話，並且話已帶到，只是被張愛玲「搖頭，再搖頭，三搖頭」地拒絕了；而柯靈是創作所副所長，當然是第一時間得到消息，甚至他自己都應當有權力邀請張愛玲，卻怎麼會「來不及把消息透露給張愛玲，就聽說她去了香港」呢？前面所引羅孚的文章裏也提到，夏衍在一九五三年曾令唐大郎寫信給已在香港的張愛玲，再次勸她別去美國，回上海參加劇本創作所，但被張愛玲的朋友詿過，說她已經離開香港——這些，柯靈竟然都不知道，夏衍明知柯靈是張愛玲的好朋友，為何不讓他勸說愛玲，卻一再轉托他人呢？

之前我曾揣測是因為柯靈當年替張愛玲的《傳奇》增訂本在報上匿名登廣告時曾被「左派」批評，「一朝被蛇咬，十年怕井繩」；二則如他所寫，「（夏衍）要邀請張愛玲當編劇，但眼前還有人反對，只好稍待一時。」柯靈明哲保身，當然不肯蹚這渾水——他大概怕「井繩」怕到已經與張愛玲劃清界線、不復聯繫了，要不這麼親密的朋友，怎麼會連張愛玲何時離開上海都不知道呢？

不過後來看《小團圓》，其中一個叫荀樺的明顯可以看出是脫胎於柯靈的原型。張愛玲在裏面寫他有兩個老婆，還同另一個女人同居著，生了一大堆孩子。解放後又都離掉了，另娶了一個年輕的，可見在女色這件事上頗有興趣。他被盛九莉和邵之雍（小說中張愛玲自己和胡蘭成的原型）搭救出獄後，會錯了意，以爲九莉對自己有情，三番四次地登門拜訪；後來邵之雍事敗，他與九莉在電車上相遇，居然大膽調戲她，因爲「漢奸妻，人人可戲」。——倘若真是這樣，那就難怪後來張愛玲一直遠著柯靈了。

不過，即便是這樣，夏衍邀請張愛玲去農村參加「土改」工作，體驗生活，柯靈不可能不知道，甚至很有可能也在其列，而他說「張愛玲平生足跡未履農村」，這根本就是撒大謊！——好，姑且就當他不知道張愛玲去過農村吧，甚至姑且就當張愛玲真的「平生足跡未履農村」，那又如何？柯靈枉爲作家，難道不知道親身經歷並非是寫作的唯一源泉？果然如此，這世上就沒有浪漫主義文學作品這一派系，寫歷史演義或者武俠神怪小說的人就更要死絕了。

柯靈曾在〈文品與人品〉中寫道：「創作必須忠於現實，但觀察要深些，表現手段要豐富些，不能太老實——當然絕對不要扭捏作態。人應當有品，文也應當有品。文字形成個性的過程是艱苦的，但更艱苦的是個性的突破，從統一中追求多樣，從純淨中追求多采。」這番話說得挺明白，可爲什麼這一觀點到了張愛玲這裏就不靈了呢？爲什麼張愛玲「觀察深些，表現手段豐富些」就成了「虛假」的「壞作品」，張愛玲追求「個性的突破」就成了「文字也失去原有的美」了呢？

最可恨的，是其後的多部關於張愛玲的傳記也持同一觀點，說些不著邊際如出一轍的套話，諸如張愛玲沒在農村生活過、又遠在香港、不瞭解真相、所以偏聽偏信之類，不知是替張愛玲解釋還是在替自己留後路——那麼你這個爲張愛玲著書立傳的寫書人也沒有生活在三四十年代的上海，沒見過張愛玲本人，你寫這部書又是在做什麼？

我自己是「張迷」，自然一心一意地認爲她好，她的作品好；如果有人說她不好，我覺得不中聽，可還是會認真地聽，認真地想。然而我討厭那些人云亦云的假張迷，明明自己是喜歡張愛玲的，喜歡到要爲她著書立說的地步，可是不知出於什麼原因，時不時要拿出一副歷史達人的腔調來，若真是條分縷

析地拿出不同見解也罷了，卻又不是自己在分析，而是抄襲別人的話，左一句「見解的局限性」，右一句「意識的偏激」，以為自己是法官，隨便一句話就可以為張愛玲以及張愛玲作品定性了似的。

《秧歌》與《赤地之戀》迄今在內地都難得一見，一直認為是「反共小說」，不實報導，是把個別案例當成社會普遍現象。然而它們所寫的故事，真的是不實報導、虛構詆毀嗎？

當時的人大多都還活著，是個中國人都知道，我們的民眾曾經經歷過怎樣漫長的一段饑餓的時期。那非但不「特別」，簡直太「一般化」而且「典型」了。而且當代的許多文學作品中，同類題材的描寫也屢見不鮮，正如劉登翰先生在《香港文學史》中所說：「實際上，站在今天的立場上看，《秧歌》和《赤地之戀》對建國初期那些政治失誤，以及平民和知識份子受傷害的描寫，和後來大陸作家的『傷痕文學』相比較，顯然還是要溫和得多。只是在當時，在新中國成立之時，這兩部小說就未免顯得過分地刺眼了。」

在張愛玲筆下的農村，並沒有誇張貧窮與饑餓，甚至可以算得上溫飽。因為至少還有稀粥可喝，那可是米飯呀，陝西農民在那些年月裏，可是終年都見不到幾粒米的，有些地方連苞米芯、榆樹皮都吃不上。

我這些年在西安，每每去鄉下同老人家聊些舊事，都會震撼得幾天不能平靜。這些人裏有上過朝鮮戰場卻連槍也不會開的志願軍人，有為了逃避捐征而把豬養在深溝裏、寧可長年與世隔絕的「野人」，有全家只有一條褲子、一旦丈夫出門妻子就只能躲在炕上裝病的老夫妻——他們哪一個不比《秧歌》裏的農民更典型，更悲苦？

他們所講的那些令人髮指的故事，可是實實在在都發生在解放後！

至於「搶糧」的故事，問問身邊的長者吧，幾乎沒人不知道的。比如張一弓《犯人李銅鐘的故事》，就是根據河南信陽發生的一起「搶糧事件」的真實故事改寫而成的，當時也是「爭鳴作品」，現在給予了什麼樣的評價，我沒找到資料。然而它告訴我們，《秧歌》並不是孤立的，並不是獨家學說，張一弓可以寫信陽農民，張愛玲當然也可以寫南方的農民。

我常常想，可惜張愛玲遠在美國，對內地的「鬥爭」瞭解得還很有限。而且也只是寫了「土改」、「三反」、「抗美援朝」的事情，如果她再寫寫「文

革」，那一定要比《秧歌》和《赤地之戀》還夠勁得多。

我父親就是因爲「文革」獲罪不瞑而逝的。他生前受過的罪，母親到現在都不能完整地說利索，總是一提就哭，然後擺著手對我說：「別問了，別提了。」

然而我知道，父親還不算什麼，比他受罪的人多著呢。

歷史，對於不相干的人來說只是故事，然而切膚相親者，卻是永遠不能過去的傷痕。

偏偏那些隔岸觀火的評論者們，大多是時代的弄潮兒，風吹不著浪打不翻的，自然可以輕鬆地點撥一句這個「反動」那個「不實」，因爲說實話的人都已經被打倒了，無法辯白。

真理，往往掌握在少數人手裏──少數掌握著話語權的人的手裏。

《秧歌》和《赤地之戀》在內地每出必禁，這不僅是廣大讀者的悲哀，更是中國出版界的悲哀。

一天不能正確地面對《秧歌》與《赤地之戀》，就是一天不能正確地面對歷史。

第十五章　美國的忘年之戀

1

我行走在夜的海上，跟隨著張愛玲一路顛簸漂流。這是第幾次陪她飄洋過海？

還記得她八歲時一路經過綠海洋黑海洋從天津到上海時的興奮，也還記得她十九歲時從上海來香港的緊張，還有二十二歲從香港輟學回上海的失落，三十二歲從香港到日本投奔炎櫻的忐忑——這一次的海航，又會給她的人生帶來什麼樣的轉變？

這是一九五五年的秋天。在這一年裏，各種糧食票證開始進入中國社會，揭開了中國「票證經濟」的帷幕，並一直延續到八十年代；我軍實行了歷史上的第一次授銜，共設六等十九級，中國人民解放軍開始佩帶軍銜肩章、軍兵種和勤務符號，並按新的服裝制式著裝；這一年，亞非會議在印度尼西亞的萬隆舉行，周恩來在會上發言，提出了「求同存異」方針；桑弧導演的越劇彩色電影「梁山伯與祝英台」，在英國舉辦的第九屆國際愛丁堡電影節上獲得映出獎，這是新中國電影史上第一部自力更生搞出來的彩色片；這一年，新中國成立後的第一家劇場人民劇場開幕，中國京劇院院長梅蘭芳先生演出了「穆柯寨」；這一年，愛因斯坦因主動脈瘤破裂逝世於普林斯頓。遵照他的遺囑，不舉行任何喪禮，不築墳墓，不立紀念碑，骨灰撒在永遠對人保密的地方，為的是不使任何地方成為聖地——同樣的遺囑，張愛玲在整整四十年後做了驚人相似的拷貝……

彼時，張愛玲站在甲板上，手扶欄杆，看著四十年後將吞沒她骸骨的大海波濤翻滾，她有想過愛因斯坦的遺囑會同她發生什麼聯繫嗎？

——她對海沒有什麼好感，總覺得這世界上的水太多，最贊成的就是荷蘭人的填海。然而，四十年後，她怎會願意將自己的骨灰撒入大海，做永生永世永不停息的漂泊？

她乘坐的是克里夫蘭總統號，自香港去美國——美國在一九五三年頒了一個難民法令，允許學有專長的人士到美國，並申請永久居留。張愛玲就是根據這個法令提出移民申請的，理查德・麥卡錫擔任她的入境保證人。

去年《秧歌》與《赤地之戀》的中英文本次第出版，部分舊作也結集為《張愛玲短篇小說集》，由香港天風出版社出版。這給了她極大的信心，少時的宏願再次抬頭——她要像母親那樣周遊列國，要比林語堂還出風頭，要把中國畫的作風介紹到美國去，要過一種乾脆俐落的生活。

抬頭是天，低頭是海，觸目都是幽黯翻滾的藍，藍得讓人絕望。看厭了那無窮無盡的藍色，她回到艙裏，攤開信紙給文美寫信，題頭「親愛的文美」，眼圈不禁一紅——剛剛離開，已經在想念了。

這封信斷斷續續，從香港一直寫到美國，寫了整整六頁之長——旅途中的人話特別多。

記得從前年輕的時候，我也有這個習慣，不知是因為寂寞還是興奮，一遠行就忍不住要在旅途中寫信，然而後來漂泊慣了，便不再寫。到了近些年，更是除了在編輯們的發稿簽上簽發意見外，每寫一個字都恨不得拿來賣錢。連日記也有十年沒寫了。有時候把舊時的十幾本厚厚的日記拿來翻一翻，看裏面那個傻姑娘情感充沛地哭哭笑笑，真想摘兩段塞在小說裏充當某個主人公的心理，不然實在太浪費了。

張愛玲那年三十五歲，然而很明顯她還保持著相當的童真和熱情。

她成名得比別人早，成熟得比別人晚，成長期好像特別長。

這是她人生嶄新的階段，在那陌生的國度裏，寄予著她後半生的全部期望。

友誼，事業，名利，愛情，都要在那裏重新拾起。

第一站自是同炎櫻相會。

見了炎櫻，就像見了上海，見了從前熟悉安穩的一切。

紐約，同上海一樣，是另一個繁華的世界性大都市，紅香綠玉，車水馬龍，令人目不暇給。

張愛玲抱著大幹一番的勁頭來到紐約，暫且投宿在炎櫻家中，來不及領略紐約的花花世界，剛抵美一個星期，便去拜訪胡適先生了。

炎櫻陪她一同去。東城八一街一〇四號公寓，白色的水泥方塊房子，門洞裏現出樓梯來，完全是港式公寓建築。讓人覺得好像又回了香港。

下午的太陽曬得人有些昏然，暖洋洋的似在夢中，張愛玲恍惚地笑了，走進那門洞，彷彿走進一個熟悉的舊夢中去——她要見到的，本來就是夢裏的人。

胡先生這年已經六十二歲了，仙風道骨，儒雅俊拔，瘦削的身子穿著舊式的長袍，儼然古人。胡夫人圓圓的臉，端麗嫺靜，年輕時顯然是個美人兒。她交握著手站在客廳裏招呼她們坐下，是安徽口音，愛玲自小便聽熟了的何干的鄉音，這叫她益發恍惚。

愛玲不擅言辭，全靠炎櫻打開局面。她一向快人快語，可是離開上海久了，國語已經不靈光，便像小孩子學說話似的，又像是林黛玉取笑史湘雲的話——偏是咬舌子愛說話。

胡夫人問炎櫻是哪裏人，在上海待了多久，什麼時候來美國的。聊得好不熱鬧。

愛玲卻仍沉浸在時空交疊的恍惚裏，連室內的陳設也似曾相識，紅木家具，中式案几，都讓她覺得依稀彷彿，如在夢中。靜靜地抿著泡在玻璃杯裏的綠茶，看那旗槍分明簇立如叢，她不禁想起極小的時候，在父親的書桌上第一次看見《胡適文存》，立刻坐下來一氣讀完，茶飯不思。

記得父親說過，《海上花列傳》是看了胡適的考證才專門去買了來的；而《醒世姻緣》，卻是她向父親要了四塊錢買來的。

她微笑地告訴胡適：「我還記得，《醒世姻緣》買回來，我弟弟要搶去看，捨不得放手，我看書從來不肯與人分享，那回忽然大方起來，讓他先看第一二本，自己從第三本看起。就是因為先讀了您的考證，故事大致知道了，倒不在乎要從頭看起。」

胡適也微笑著，實心實意地稱讚：「你的《秧歌》，我看了兩遍，近年所出中國小說，這本可算是最好的了。的確已能做到『平淡而近自然』的境界。」

愛玲心中感激，可是這樣面對面地被誇獎著，反而不好意思說話了。

胡適又說：「我父親認識你祖父，當年很得他的幫助。」

「是嗎？」愛玲一震，在她眼裏，胡適宛如神明，是遙遠而不可及的。即使如今面對面了，也仍然覺得遠，覺得神秘。然而原來她家與他家有過這麼多的淵源。這使她忽然覺得兩人的關係近了。

她想起來，姑姑曾經說過，和母親還有胡適一起同桌打過牌；抗戰勝利後胡適有一次回國，報上登出照片來，笑容滿面的像個貓臉的小孩，打著個大圓點的蝴蝶式領結。姑姑看著笑了起來，說：胡適之這樣年輕；姑姑同父親鬧彆扭不來往了，可是兩個人的藏書卻還混在一起分不清楚，有一次姑姑看到《胡適文存》，不好意思地說：「這還是你父親的。」——這些事就好像發生在昨天一樣，連姑姑說話時那羞澀的笑都如在眼前。哦，不見姑姑已經三年了。

她看著胡適，彷彿要從他的臉上尋找親長的氣息。她分明是第一次見到他，可是卻好像很熟悉，好像生下來就認得這位長者了，由他看著她長大。同他說著這些前人往事，父親那間陰沉沉的大書房，房裏層層格格的書架子，還有架上累累的藏書，書籍中散發出的幽幽冷香，立刻就好像在鼻端眼前了。她把《歇浦潮》、《人心大變》、《海外繽紛錄》這些，從父親的書房裏一本本地拖出去看，就這樣漸漸地長大，離開家，離開上海，離開中國，來到這陌生的異鄉。

然而見到胡適先生還有他的家，倒使她覺得自己又回到上海了。胡先生的書房裏也有這樣的書架子，這樣陰沉沉的冷香，她看見他，就好像看到了父親——另一個父親，比張廷重更接近她心目中理想的父親。

父親，已經去逝了，而她早已原諒了他。當她滿街尋找從前父親帶她吃過的小香腸麵包時，她才清楚地知道，她也是愛他的。

那次拜會回來，愛玲久久不能平靜。

然而炎櫻去打聽了一圈，有些失望地說：「你那位胡博士不大有人知道，

沒有林語堂出名。」——她是失望他大概幫不到愛玲什麼。

胡適是一九四九年四月來美國的，比愛玲早六年，也是乘的克里夫蘭總統號；胡夫人江冬秀則是第二年才有條件過來。胡適一生才華蓋世，享譽天下，卻沒什麼積蓄，這位昔日的「新文化運動」領袖，「中國白話文運動之父」，三十五個榮譽博士學位的擁有者，二戰期間還擔任過中國駐美大使，然而來到紐約，卻連傭人也雇不起，又沒有固定收入，不得不自己學起做家務來。後來胡適在普林斯頓大學葛斯德東方圖書館謀得館長一職，權當過渡。一九五八年他就任台灣中央研究院院長，再也沒有來過美國。張愛玲這次來拜訪，正是他生平最落魄的時候，他連自身也難保，更不要說給愛玲什麼幫助了。

然而張愛玲卻仍然再去拜訪了胡適先生一次。她真心敬仰他，倒不全爲求助。這次她是一個人，沒有了炎櫻的插科打諢，她與胡適談得更加長久，也更加深入。

而胡適在張愛玲上次來訪後，也特意查了一回資料，理清了胡張兩家的淵源：光緒七年（一八八一年），張佩綸曾寫信介紹胡適的父親胡鐵花去見吳大澄，這是胡鐵花事業成功的開始；而張佩綸後來被貶謫，胡鐵花感恩圖報，專門寄信並封了二百兩雪花銀接濟於他。這樣的世交往復，使他再看見愛玲的時候，覺得更親近了。

兩個來自內地的人，談話總是避不開內地的那些鬥爭，胡適憤慨地說：「純粹是軍事征服。」愛玲一頓，沒有回答。她已經被政治嚇怕了，只想遠離所有的派系，永遠活在潮流之外。

胡適見她默然，將臉一沉，立即換了話題，說：「你要看書可以到哥倫比亞圖書館去，那兒書很多。」

愛玲不由微笑——初來乍到，衣食無保，哪裏還有時間心情去大圖書館觀光呢。

胡適見了，也似有所悟，馬上又說到別處去了。

那是愛玲與胡適的第二次見面。

轉眼感恩節到了。炎櫻約愛玲一起去個美國女人家裏吃飯。卻不是火雞，是烤鴨，人很多，但都是異鄉客，說著英語，過著洋節，吃著西餐——張愛玲

待在人群中，卻比在海船上更加孤獨寂寞。

她是一個沒有根的人，即使從前有過，也已經被連根拔起了，像蒲公英的種子被風吹送，卻找不到落腳的土壤。

吃完飯，天已經黑下來，滿街燈火櫥窗，深灰色的街道特別乾淨，霓虹燈也特別晶瑩可愛。愛玲有些神經質地快樂，她想起在舊上海的冬天的街上看櫥窗的情形，霞飛路的霓虹燈閃閃爍爍，和紐約的好像。好像。可是紐約不是上海，她沒有家，沒有家了。

一陣心悸，胃也跟著抽搐地疼起來，統共也沒吃多少，可是倒已經滿滿的。

好容易撐著回去，她便吐了，胃裏倒江倒海一般難受。

這時候電話鈴響起來，說是找她的。她有點驚訝，誰會在這異鄉的節日夜裏想著她呢？

竟是胡適先生。他怕她一個寂寞，約她吃中國館子。

愛玲彷彿受了委屈的小孩子被親人安慰了一句反而更加委屈，忍不住眼圈都紅了，她向來不喜歡訴苦的，這時卻忍不住對著聽筒向胡適訴起苦來，說自己剛才吐了，好難過，又說不能和胡先生一起過感恩節，很遺憾。

那頓飯雖然沒有吃上，然而那種關懷，卻使得愛玲的胃裏終於有一點暖起來。

長期被救濟是可憐的。貧窮，是對自尊心最難堪的蠶蝕，一點點吞噬著風度與友誼。

愛玲是習慣同人算得清清楚楚的，這樣子一直寄人籬下終不是她的性格，因此一有機會就搬了出去——炎櫻有認識的人住過一個職業女子宿舍，是救世軍辦的，座落在哈得遜河岸，是一個救濟難民的處所，便介紹了愛玲去，同一班流浪漢、酒鬼、等死的胖太太和小老頭子住在一處。那樣寒酸的處境，誰聽見了都會駭笑，然而虎落平陽，又怎麼講究得起呢？

那天，胡適竟然來這魚龍混雜的救難所探訪小友來了。愛玲覺得窘，請他到客廳裏坐，裏面黑洞洞的，有學校禮堂那麼大，還有個講台，台上有鋼琴，台下空空落落放著些舊沙發，曠大得叫人害怕。

愛玲無可奈何地微笑，彷彿主人因為拿不出一點像樣的東西待客而覺得抱歉，又或是小戶人家被人穿堂入戶的那種窘。然而胡適卻不以為意，只是贊：「這地方很好啊，不錯不錯。」坐了一會出來，一路四面看著，仍舊滿口說好，倒不像是敷衍話。

　　過江風撲頭蓋臉地吹來，胡適的大衣在風裏微微擺蕩，成年的男子，自有一種蕭瑟的美。愛玲望著，如視神明，連冷也忘了。

　　「天冷，風大，隔著條街從赫貞江上吹來。適之先生望著街口露出的一角空曠的灰色河面，河上有霧，不知道怎麼笑瞇瞇的老是望著，看怔住了。他圍巾裹得嚴嚴的，脖子縮在半舊的黑大衣裏，厚實的肩背，頭臉相當大，整個凝成一座古銅半身像。我忽然一陣凜然，想著：原來是真像人家說的那樣。而我向來相信凡是偶像都有『黏土腳』，否則就站不住，不可信。我出來沒穿大衣，裏面暖氣太熱，只穿著件大挖領的夏衣，倒也一點都不冷，站久了只覺得風颼颼的。我也跟著向河上望過去微笑著，可是彷彿有一陣悲風，隔著十萬八千里從時代的深處吹出來，吹得眼睛都睜不開。那是我最後一次看見適之先生。」

　　──那是愛玲最後一次看見胡適。那一幕，會永遠留在她的記憶中，並通過她的〈憶胡適之〉，留給所有人。

2

　　自古長安不易居。紐約也一樣。

　　愛玲在紐約盤桓了兩個月，全然看不到前景。一九五六年二月十三日，在她的美國出版代理人莫瑞‧羅德爾女士的提議下，張愛玲向愛德華‧麥克道威爾基金會投去了一封求助信：

　　「親愛的先生，夫人：

我是一個來自香港的作家，根據一九五三年頒發的難民法令，移民來此。我在去年十月份來到這個國家。除了寫作所得之外，我別無其他收入來源。目前的經濟壓力逼使我向文藝營請免棲身，俾能讓我完成已經動手在寫的小說。我不揣冒昧，要求從三月十三日到六月三十日期間允許我居住在文藝營，希望在冬季結束的五月十五日之後能繼續留在貴營。

張愛玲敬啟」

莫瑞和另外兩名文壇名宿做了她的保證人。

三月二日，愛玲接到文藝營回信，同意接納她入住。

麥克道威爾文藝營建於一九〇七年，由著名作曲家愛德華‧麥克道威爾的遺孀瑪琳‧麥克道威爾所創立，贊助有才華的文學家和藝術家暫時擺脫世俗干擾，在一種寧靜的環境下專門從事創作。它坐落在新罕布夏州的山谷之中，占地四百二十英畝，包括四十多棟大小房舍、別墅、工作室和圖書館，是一座莊園式的文藝營。

這裏的氣候十分寒冷，爐裏的柴火必須終日不息才能維持溫暖，這使長期生活在中國南部的張愛玲很難適應，但這裏遠離塵囂，環境清幽，的確是個適宜寫作的好地方。

她分配到一間獨立的工作室，這比什麼都重要。

文藝營的作息很有規律，每天上午各式各樣的藝術家聚在一起共進早餐，之後各自工作，午餐由服務人員把食物籃送到工作室門口，由人自取；下午四點以後是自由活動時間，然後共進晚餐，給大家一個交流的平台。

這聚會更像是一個文藝沙龍，有人朗誦自己的新詩或是舊作，有人表演一段戲劇片段，有人出個刁鑽的謎語讓大家猜，也有人剛杜撰了一個別致的笑話或是遊戲——而這些節目的選擇，往往由一個叫賴雅的老人決定。

張愛玲的寫作習慣是晝伏夜出，所以極少參加集體活動。然而偶爾興致來了，也會到大廳裏坐坐，她立即便注意到了這位幽默睿智的老人，他身形胖大，花白鬍子，像個聖誕老人。而他的舉止言談也像是聖誕老人帶給大家快樂，他是人群的中心，那風趣的談吐，蓬勃的興致，隨時隨地都引得眾人與他一起揚聲大笑，隨便一件事，經他敘述出來，便有了詩樣的意境，戲劇般的魔

力。愛玲坐在角落裏，靜靜地聽他說話，會心地笑了——她是懂得欣賞幽默的藝術的，她同時也欣賞了這個老人。

而賴雅，也同樣注意到了這個神秘的東方女子，她說話不多，而言之有物，端莊大方，和藹可親。東方詩詞以敦厚含蓄爲美，而她便是這種美德的具體表現。

他走向她，帶著話劇腔鄭重而風趣地說：「請允許我介紹我自己……」

他們便這樣相識了。

那一天，是一九五六年三月十三日，張愛玲生命中又一個值得紀念的重要日子。距離她一九四四年二月第一次見到胡蘭成，整整十二年過去了。

十二年，一道輪迴。

斐迪南‧賴雅（Ferdinand Reyher）原是德國移民後裔，一八九一年出生於美國費城，其父母是德國移民。他同張愛玲一樣，是個文學天才，在孩提時代就嶄露頭角，可以在眾人前即興賦詩。愛玲在〈天才夢〉的自述，也好像是替賴雅寫的：「我是一個古怪的小孩，從小被目爲天才，除了發展我的天才外別無生存的目標。」

賴雅家境小康，自小到大就讀的都是貴族名校，這使他自小便懂得什麼是生活的好品味。他於一九一二年進入哈佛大學攻讀文藝碩士學位，畢業後曾在麻省理工大學任教，後來辭去教職，成爲一名自由撰稿人，寫過不少詩與劇本。他從一九三一年進入好萊塢，曾是好萊塢最受歡迎的劇作家，得到一周五百美元的高薪，導演和演員也都十分欣賞他的劇作。他的作品，常以社會底層小人物的遭遇爲主題，爲美國勞工和普通民眾說話，也實際參與勞工運動，爲勞工辯護，這使他越來越走近馬克思主義，被稱爲「左翼劇作家」。他的劇作「以色列城堡」和長篇「我聽到他們唱歌」都受到很高的評價。

他在好萊塢拋擲了人生最好的十二年，衣著講究，風度瀟灑，他的慷慨與才華使他交到了許多朋友，卻也使他傾盡了萬貫家財。朋友們總是說：「斐迪南在錢上夠爽快。」他總是一有錢就立即花光，沒錢了就隨時寫些稿子，連婦女雜誌和烹飪的稿子也寫。

這樣的任性，使他始終沒有什麼積蓄，也始終沒有停下來，寫出一部真

正讓自己滿意的傳世之作。一九四三年，他不慎摔斷腿，得了輕度中風，治癒後每每復發，健康與經濟狀況都開始走下坡路。爲生活所迫，也因爲想認識更多的同好，給自己一段完整的時間來全心投入創作，他開始向各大文藝營求助。——這番經歷，也正如愛玲的自述：「當童年的狂想褪色的時候，我發現除了天才的夢之外一無所有——所有的只是天才的乖僻缺點。」

也許所有早熟的天才都有著大同小異的人生經歷。這使得賴雅和愛玲一經相識，便互相引爲知己，相見恨晚。

異性相吸的「性」，可以指「性別」，亦可以指「性格」。而賴雅與愛玲，無疑在這兩點上都符合了「異性相吸」的定律。

賴雅性格色彩強烈而豐富，知識淵博，口才出眾，豪爽愛交際，並有很強的戲劇化特徵和政治傾向，是熱烈的馬克思主義者，對社會主義國家和共產主義理論都抱有一種近乎理想主義的熱情；而愛玲個性內斂，清淨無爲，不喜歡主動交際，亦不喜歡同許多人應酬，對政治尤其厭惡，力求置身於一切潮流之外。

他們共有的，是出眾的才華，與一顆善良的心。

「因爲懂得，所以慈悲。」

他憐憫她的孤苦，她同情他的落魄。兩個人同病相憐而惺惺相惜，雖形同水火，而相融相諧。

賴雅在當晚的日記中對愛玲莊重大方、和藹可親的東方美德充滿溢美之詞。他失眠了，閉上眼，總看見她月亮一般的臉在眼前晃動。

第二天，他正式拜訪愛玲的創作室，在那間爐火溫暖的小木屋裏，他與這位東方才女初次單獨會晤，知道她正在創作一部用英文書寫的中國故事《PINK TEARS》（《粉淚》）。只草草看了幾行，他就被那精彩的比喻和幽豔的畫面吸引住了，那不只是小說，簡直是一部驚才絕豔的劇本。

這時他還並不瞭解這位年輕女子在中國時曾擁有怎樣的聲名和榮光，然而文章字裏行間以及愛玲舉手投足所散發出的一種共同情調——上海情調著實扼住了他，令他目奪神給，震驚到窒息。

看到太美好的事物，往往會使人感到害怕，一種面對真神的恐懼。

賴雅此刻覺得的，便是這種如對神明的恐懼。他知道，他已經愛上了這年

輕的東方女子。

　　他在那脆薄的稿紙上尋找著她的身影與氣息──

　　那南中國的清幽幽的深巷里弄，青石板沁透著水意，不下雨也像下雨，月光堂堂的晚上，人影子斜斜地拉長在石板路上，時而跳到東，時而跳到西。那人許是醉了，唱著荒腔走板的中國京劇，來到一間香油鋪子前，敲著鋪門板叫著：「大姑娘，打香油啊。」鋪門板卸下，露出一張堪描堪畫的桃花臉，人字形的瀏海下是水汪汪的杏核眼，榴齒櫻唇，卻偏偏巧利如刀，一邊脆聲罵人，一邊便把只油燈伸到吃豆腐的醉漢手下去灼……

　　賴雅「哎喲」一聲，彷彿被燙著了，笑贊：「好厲害的小姐！」
　　愛玲微笑：「我不喜歡寫太徹底的人物，不喜歡寫你們西方小說裏那種近乎聖母或者天使一樣的女人，太臉譜化了，有的像神，有的像鬼，就是不像人。」
　　賴雅對上海這個古老的東方魔都充滿了好奇，爐裏的火光照亮了他的臉，而愛玲的雋語照亮了他的心，他忍不住要對她、對上海有多一點的瞭解，不由問：「你們上海的小姐們是怎麼樣打扮的？聽說不像美國小姐這樣開放，她們不交際麼？」
　　張愛玲便細細地說給他聽，上海女孩子怎樣化妝，怎樣梳頭，怎樣講究旗袍的料子與款型──「一言以蔽之，上海這些年的服裝流行是在一路地做減法，先是把衣領矮了，袍身短了，裝飾性質的鑲滾也免了，改用盤花鈕扣來代替，不久連鈕扣也捐棄了，改用撳鈕，只在花色料子上爭些不同；到了我走的時候，就更加簡單劃一，大街上一色的灰藍中山裝，直線條，領子是領子袖子是袖子，沒有任何裝飾，也沒任何取巧之法──總不成用喬其紗料子來做中山裝。」
　　她無聲地歎了口氣，又湊近柴火搓一搓手說：「從前的女人衣裳才是真講究。穿百褶裙子，走路時蓮步姍姍，裙褶子不可稍有動蕩；小家碧玉飛上枝頭變鳳凰，最過不了便是這一關，稍一行動便是驚濤駭浪；尤其新娘子的紅裙飄帶上給繫著鈴鐺，行動時只許有一點隱約的鈴聲，要像遠山寶塔上的風鈴才是

好；若走得急了，叮叮咚咚像千軍萬馬在打仗，不消別人說她沒規矩，新娘子自己先就羞死了。所以出嫁前，最重要的功課就是先要練習走路。」

「是嗎？」賴雅瞪圓了他藍灰色的眼睛，「你可不可以走給我看看？」

愛玲笑：「我是紙上談兵的人。從前我母親訓練我走路的姿勢，累得我腰也彎了腿也疼了，可還是沒學會。」

賴雅不信，搖搖頭認真地說：「我看過你的走路姿勢，真是很好看的。」

「你什麼時候看過我走路？」

「昨天啊，你離開大廳的時候，我看著你的背影，就想：這位美麗的東方小姐，真像從一部好萊塢的戲劇裏走出來的人物。」

喜歡一個人便是這樣，她的每句話都是一支歌，每個動作都是一幅畫。

愛玲知道，他愛上了她。

然而老天爺似乎對這場異國之戀並不贊成，在他們相識的第三天，一場當年度最猛烈的暴風襲擊了紐德堡。

大家聚集在大廳中憂心忡忡，議論紛紛，然而張愛玲和賴雅卻依然春風滿面，只是坐在餐桌旁喁喁對談，旁若無人。他們每交談多一次就更多一分驚喜，哪有閒心去在意風急雪大，他們巴不得這場風雪可以把這個山谷埋了，一生一世都不要和外面的世界再連通。

風雪稍歇，他們便肩並肩地去幽谷中散步，看松鼠在枝頭跳來跳去，又或是鳥雀從巢裏驚飛出去，震落積雪，撲得她一頭一身，她便仰臉笑起來，臉兒如月亮，在白雪地黑森林間閃亮。

知更鳥啁啾宛轉，鳴聲裏含有一種怨懟的意味；吱吱叫著的山鳥成群飛著，像一片片的黑雲；還有那金色翅膀的啄木鳥，篤篤地敲打著樹幹，好像月宮裏的吳剛伐桂；藍色的堅鳥則是穿著明快淡藍色外衣與白色襯衣的花花公子，搖搖擺擺地鞠著躬，在群鳥中尋找晚會的舞伴。

這魅人的黃昏，看在有情人的眼裏，處處都是風景，都是傳奇，甚至山坡上怪鴟的哀號與貓頭鷹淒涼的鳴聲聽起來都像個湮沒在山谷中等人揭開的古老傳說。

他對她說：「我讀你的《秧歌》或是《粉淚》，就好像看電影，裏面的人

物都有血有肉有聲有色的。」

她微笑，終於說：「我以前寫過劇本的。」是不好意思的笑，彷彿覺得在賣弄。

「真的？那為什麼不再寫起來呢？」他不遺餘力地讚美她，「你很適合做編劇，你編的電影一定很好看。」

她的心活起來，猶豫地說：「其實也不是沒有機會，我的朋友宋淇，在香港電影懋業公司做製片部主任，他說可以代我接洽劇本業務的。」

「很好啊。我可以在這方面給你建議。」

她不禁笑了。現在她已經很瞭解他了，他聰明，然而頭腦簡單，輕信人言，總希望能夠給予別人幫助，付出比得到更快樂；他有非凡的靈感與領悟力，性格中充滿戲劇性，滿腦子不切實際的幻想而缺乏生活的計劃，是永遠長不大的孩童；他說她是從戲劇裏走出來的人物，然而他自己，才更像是一個從童話裏走出來的人——聖誕老人。

她看著茫茫的雪野，穿過他的眼睛看向他的身後，彷彿要找出他的雪橇藏在哪裏，還有那拉雪橇的麋鹿。

他彷彿讀出了她的思想，攤開手做一個無奈的表情，說：「對不起，親愛的小女孩，我把你的禮物忘在袋子裏，袋子忘在南極了。」

她再次揚聲笑起來。笑聲震落了樹枝上的積雪，這次輪到松鼠被驚嚇了。

3

他們相愛了。愛情如壁爐中的火溫暖了異國的冬天。

真正的愛情是沒有理由也沒有目的的，真正的愛情也超越國籍與年齡，並不以任何諸如金錢、地位這些世俗標準為前提，這對相隔二十九歲的異國情侶，把麥克道威爾當成了世外桃源。

女人的愛情裏總是要有些崇拜的成份。從胡蘭成到桑弧再到賴雅，愛玲欣賞於一個男人的，同是一個「才」字。除此之外，似乎其餘的一切條件都可置之度外。

賴雅開始每天造訪愛玲創作的小屋，在壁火裏添一塊柴，兩個人擁爐絮話，彼此交換作品與身世，越說就越覺得有話要說，說不完的說，簡直恨不得陪對方重活一次。

　　他知識淵博，興趣廣泛，對於戲劇、電影、小說、詩歌、攝影、旅遊甚至政治都有很深的介入和獨到的認識，讀張愛玲的小說，也總能提出自己的看法，一如當年的胡蘭成。

　　論起來，賴雅與胡蘭成其實有很多的相似點：都對政治敏感而又文采斐然，都喜歡交朋友，都有過婚姻經歷並且育有子女，性格都有強烈的戲劇性，最關鍵的，都比愛玲大──胡蘭成大了十四歲，賴雅則又翻了一倍。

　　愛玲的孤獨的心在這柴火邊的相聚中一點點溫暖起來。早在中學時，她就曾在校刊上發表〈心願〉一文，「如果我能活到白髮蒼蒼的老年，我將在爐邊寧靜的睡夢中，尋找早年所熟悉的穿過綠色梅樹林的小徑。」

　　如今這情形，就好像心願提前得到了完成──她雖然還年輕，爐邊的人倒已經老了。

　　她的寫作忽然變得順利流暢，非但不覺得賴雅的來訪是種打擾，反而很歡迎這種新思想的介入──讓異國情調來增強《粉淚》的畫面衝擊力，不正是她的創作初衷嗎？

　　《粉淚》其實並不是一個新故事，早在一九四三年上海，張愛玲已經以同題材的中篇小說〈金鎖記〉一紅傾城；但是那樣宏大的場面，那麼豐富的人物，那麼深刻的感情，又豈是一部三萬字的中篇小說可以容納得了的？因此她忍不住要一寫再寫，而爲了不重複前作，她決定以英文來寫作，追求一點異國的情調與筆觸，給這故事輸些新血。

　　重複自己是辛苦的，然而張愛玲從去國之後，雖然雙腳踏在異鄉土地上，她的心、她的筆觸卻一直留在中國大陸，而且是解放前甚至更早的中國，早到明清時代。

　　她後半生所做的，一直是文字的不斷深化，這包括：（一）重新整理和改寫她的舊小說──將〈金鎖記〉改爲英文版的《粉淚》，後來改作《北地胭脂》，再後來又譯作中文的《怨女》，人物與結構都有了很大的改變，並加入了〈異鄉記〉的內容；將《十八春》部分刪改，更名《半生緣》重新出版；將

〈五四遺事〉、〈色戒〉、〈浮花浪蕊〉等小說題材一再改寫並發表，結集為《惘然記》出版。

（二）對中國古典文學的研究與宏揚——將吳語的《海上花列傳》譯為白話本《海上花開》、《海上花落》；窮十年時間五詳《紅樓夢》並終於完成《紅樓夢魘》。

（三）用英文寫了長篇自傳小說《雷峰塔》和《易經》，後來說譯未譯，卻又合起來改成了中文自傳小說《小團圓》，但一直沒有拿出來發表，晚年倒又全盤推翻，縮寫成了大散文隨筆《對照記》。

她的人生也是在重複著自己的小說，自己小說裏描寫過的場景與命運，無時無處不在暗合回應——生命自有其本來的圖案，個人唯有臨摹。

便是她與賴雅聚在柴火邊聊天的情形，也是她的小說〈留情〉裏出現過的：

「小小的一個火盆，雪白的灰裏窩著紅炭。炭起初是樹木，後來死了，現在，身子裏通過紅隱隱的火，又活過來，然而，活著就快成灰了。它第一個生命是青綠色的，第二個是暗紅的。」

賴雅便是那伐倒了的參天大樹，他的生命已經由青綠色時代走到暗紅，雖然活著，然而就快成灰了。來不及了，再遲就不來及了。

她的心裏充滿了悲憫。

而賴雅的心裏，則是悲哀——東方女子本來就不顯年齡，愛玲在他眼中，簡直就是個羽毛未豐的雛燕。他第一次為自己的年齡產生了巨大的遺憾，簡直覺得此生虛度，怎麼好日子剛開始，倒已經老了呢？

好日子總是短暫的，五月十四日賴雅在麥克道威爾文藝營的期限就要到了。他已經獲准了去紐約州北部的耶多文藝營，三天後就要離開了。

這幾天見面時，他們的談話總是圍繞著離別這個題目兜兜轉轉。他看著愛玲那細緻的皮膚飽滿的嘴唇，由衷地說：我老了。倘若我可以早一點遇見你，倘使我還年輕，我一定不會錯過你。

她不語，只靜靜地蜷伏在爐邊的角落裏聽那木柴爆響的聲音，她想她已經一無所有了，如今還要失去他，這異國冬天裏的唯一安慰。這些日子裏，有了

他的陪伴，她比從前開朗了許多，笑容也多起來。然而從今往後，她又是孤零零的一個。

他後天便要走了，離開文藝營，離開她。

萍水相逢的他們，也許以後都不會再見面，就這樣留下一道蒼涼淒美的手勢，從此天各一方。

如果是那樣，他會有多麼遺憾。

他愛了她一回，她也幾乎愛上了他，她好想給他一點什麼。

他看她久久不語，故意地要想些她喜歡的題目來逗她說話，問她：「你們在上海的時候，冬天裏，燒什麼取暖？」

「燒煤球。蜂窩煤，每次那煤燒成通紅的一團，我都捨不得夾碎它。碎了，轟一下格外紅熱起來，接著就……」她的聲音低下去，充滿了悲哀。

他莫名其妙：「你是在說中文？我聽不懂。」

她猛然醒悟，恍惚地笑了：「沒有什麼比木柴更好的了，相信我，沒有比這爐火更溫暖的了。」

她沒有趕上他的青綠色時代，她只有守著他由暗紅到灰白。

世人都以為她是精刮計較的女子，豈不知在她一生的情史裏，所謂愛，就意味著付出與奉獻，最無私最徹底的奉獻。

「愛就是不問值得不值得。」她僅有的，只是一點點積蓄，還有她自己──她決定了，把這些，都奉獻給他，還報他對她的愛。

她回身擁抱他，緊緊地擁抱住他：「我是多麼捨不得你走。」

「我也一樣。」他被她的突如其來的熱情弄得又興奮又緊張，幾乎手足無措。

木柴在火爐中輕輕爆響著燃起火焰，有如炮竹，那火光映得小木屋一片通紅，宛如洞房花燭。

好吧，今夜便是他們的洞房花燭。

這一天，是一九五五年五月十二日，張愛玲把自己再一次完整地奉獻了。

4

第三天，張愛玲將賴雅一直送到車站，臨別，塞給他一隻信封，裏面是幾張綠色的鈔票。

賴雅驚訝了。他一生交遊廣闊，揮金如土，然而從來都只有他爲別人會鈔，這還是第一次有人主動給他送錢，而且還是一個比他小了近三十歲的異國情人，一個孤身投奔的新難民。

從前得過他資助而在成功後卻涼薄無情的人太多了，相比之下，這溫柔敦厚的東方女子帶給他的，不僅僅是驚喜，不僅僅是讚歎，還有深深的感動甚至愧疚——她給予他的太多，而他能回報她的太少了。

他在耶多給愛玲寫了一封接一封的情書，訴說自己的思念與盼望——愛玲在麥克道威爾的日期也要到了，雖然遞交了延期申請，但是文藝營名額已滿，要到十月份才可以續約。賴雅希望，到時候他們可以在麥克道威爾重逢。

就在這時，他收到愛玲的來信：她懷孕了！

這是一九五五年七月五日，賴雅懷揣著愛玲的來信，在微雨中散了一會兒步回來，做了一個決定：向她求婚。

這不是賴雅的第一次婚姻，也不是賴雅的第一個孩子。

早在一九一七年七月，他已與美國著名女權運動家呂蓓卡結婚，並生有一女霏絲。他與呂蓓卡性情相近，都熱衷政治而鬥志昂揚，然而婚後生活卻並不和諧。因爲賴雅是個天生的流浪者，灑脫、豪爽、酷愛自由、追求享樂、不停地東奔西跑，雖然寫文章和劇本賺了不少錢，卻總是很輕易地花費在旅行和交際上；而呂蓓卡也在爲她的主義而熱血沸騰耽精竭慮，對家庭甚少溫情，與丈夫聚少離多。

於是，一九二六年，兩人友好地協定分手了。此後賴雅雲遊各地，任意揮灑著他的熱情與才華，正是人生最得意的當兒，再不肯被婚姻與家庭所束縛，雖有過幾段或長或短的曖昧史，卻再也沒有結過婚。直到遇見張愛玲。

張愛玲，一個九天玄女般的天仙人物，簡直是上帝派來救贖他的最好的禮

物。她是擅於低頭的，有一種東方女子特有的溫柔敦厚，然而偶一揚頭，便是一種睥睨世界的傲然，一種頤指氣使的高貴。

她說她不喜歡西方文藝裏臉譜化的完美女性，時而像神時而像鬼，可是她的確像一位天使，一個聖女——除了天使和女神之外，還有什麼詞可以形容她的美與高貴呢？

他能奉獻給他的女神的唯一的禮物，就是一個身分，以及一張證書——用婚姻為她換取在美國長期居留的綠卡。

當月，張愛玲來到耶多，與賴雅詳細計議了將來的安排。賴雅提出不想要這個孩子，愛玲略作猶豫，然而也答應了。她向來不喜歡孩子，連小貓小狗也不喜歡，雖然懷孕一度給她帶來些許不同尋常的緊張與興奮，然而賴雅既然不想要孩子，他也不願意使他為難。

而且，他為她描繪了一幅好美的前景，並決意同她一起大展拳腳，共同登上創作的高峰。而她來到美國，不正是為了開始生命的第二個春天嗎？這個時候的確不適合養兒育女，把自己拖累成一個家庭婦女。何況，生一個混血兒的孩子，她有什麼能力給她幸福的保障呢？來了美國幾個月了，可是她仍然有一種「隔」的感覺，好像月光照在白手套上，隔得叫人難受。混血兒，更是「隔」的吧？

那個小生命，來得太不是時候，注定與紅塵無緣。

花四百美元請了個黑市醫生，用的是藥線，過了幾個鐘頭還不見發作，她打電話去診所，一個護士接的電話，只簡單地教導賴雅：「握著她的手。」說了等於沒說。

肚子疼得翻江倒海。孩子終於打下來，四個多月，已經成型了，連眼睛都看得到。她不禁覺得心驚。

這次流產手術使愛玲的健康受到很大的損失，她躺在臨時公寓的榻上，清切地感到那小小的生命離開了自己的身體，甚至連一個手勢一聲歎息都來不及做。

然而，這是她自己的選擇，與人無尤。

自始至終，她對賴雅沒有半分抱怨，甚至還主動付給他三百美金，作為自

己這段時間的生活費──她仍然習慣於同人在經濟上分得清清楚楚，只有她幫人，沒有她欠人。

她答應嫁給賴雅，與其說是愛，不如說是倦──她太飄零，太孤單，她彷彿一直漂在海上，卷在浪裏，好想抓住一根浮木，讓自己稍作停息。

賴雅，便是這根浮木──「香稻啄餘鸚鵡粒，碧梧棲老鳳凰枝」，是她喜歡的詩句；而「歲月靜好，現世安穩」，則是她對於婚姻的理想，這些，如今都要落實在他身上。

他安慰她，鼓勵她，給她講解紐約的掌故與軼聞，對她說：等你好起來，我們就立刻結婚。將來，我會幫你多介紹一些美國的出版人，我相信，你一定會比你說的那個林語堂更有名的。等我們有了一點積蓄，就一起去旅遊，增廣見識。我知道你還是想念東方，我也想去看看古老的中國。

她被這美好的前景描繪給迷住了，這些，只要能實現一半，也是好的。

一九五六年八月十四日，賴雅與張愛玲在紐約市政府公證結婚，正式結為夫婦。

按照美利堅合眾國法律，結婚至少需要兩位證婚人。賴雅請了自己的一位好友馬莉‧勒德爾，而愛玲則請炎櫻為自己證婚。

炎櫻誠心誠意地說：我祝福……然而她的心裏是虛浮的，她想起當年那位「親愛的蘭你」，那時他們三個人相處得多麼開心。當愛玲致信與他正式離異時，他還特地寫了一封半文半白的信向她求助，信上說：「愛玲是美貌佳人紅燈坐，而你如映在她窗紙上的梅花，我今唯托梅花以陳辭。佛經裏有阿修羅，采四天下花，於海釀酒不成，我有時亦如此驚悵自失。又《聊齋》裏香玉泫然曰，妾昔花之神，故凝；今是花之魂，故虛。君日以一杯水漑其根株，妾當得活，明年此時報君恩。年來我變得不像往常，亦唯冀愛玲日以一杯漑其根株耳，然又如何可言耶？」

她看了信，有些著惱又好笑，他明知她看不懂卻又寫信給她，還不是要她拿信給愛玲看。然而愛玲卻不想看，只說：別理他。於是她便不理他。從那以後，她們再也沒有提起過他。

現在，愛玲又要結婚了。仍是她做她的證婚人，第二次見證了好友的婚

姻；這第二次婚禮同第一次一樣，仍是那麼簡單，而又鄭重。

生命到處都在重複。

然而炎櫻多麼希望，愛玲這一次的選擇是對的，再也不要重複從前的路，再也不會受到傷害。

這一年，賴雅六十五歲，張愛玲三十六歲。

今人評價張愛玲是漢奸的主要依據就是說她曾嫁了個漢奸丈夫胡蘭成，那麼她後來改嫁了有著狂熱的共產主義信仰的左派丈夫賴雅，是否說明她「棄暗投明」，也是位共產主義者了呢？

胡蘭成這時也已在日本再婚，卻不是一枝，而是吳四寶的遺孀佘愛珍。從前胡蘭成在香港時曾向佘氏求助，她只給了他二百元港幣，倒訴了半日苦，便打發了他；然而她到日本後他才知道，其實在香港時她相當威風，簡直稱得上揮金如土。

他不由要怨恨，然而也無法可想，不過是夫妻鬥嘴時翻翻舊帳來鬧嘔氣罷了。

不知他有沒有拿佘愛珍與張愛玲比較過，然而又如何比呢？三十萬金圓券同二百元港幣，簡直天上地下——倒不僅僅是錢。

胡蘭成一生好色，最愛是桃花，並且以己心度人心地在《山河歲月》裏寫：

「中國人除了金色為尊，最喜歡的還是桃紅。桃花極豔，但那顏色亦即是陽光，遍路的桃花只覺陰雨天亦如晴天，傍晚亦如曉日，故豔得清揚。日本人喜歡櫻花，櫻花像桃花，只是輕些淡些。故又印度的是金蓮世界，中國的是桃花世界。蓮花世界金色熠熠，無跡可求，桃花世界亦有這種好的糊塗。

金蓮深邃，沒有一點危險性，而桃花飛揚，有危險性。瑤池王母的蟠桃會，及劉伶阮肇入桃源，桃花不免要思凡。還有晉人的桃葉歌與桃葉答歌，比起來，就覺得印度的蓮花只是顏色，而桃花則真是花，印度的是佛境與五濁惡世，中國的是仙凡之境，但桃花種在閒庭裏又很貞靜，那貞靜比金蓮的深邃更好。

金蓮而且冷清，桃花則有李花來相配，這亦是中國文明比印度文明更有人事的爛漫，桃李競妍，金蓮則要競亦無可競。而亦因這熱鬧，中國人愛了桃李亦還愛蓮花。桃李與蓮花成了漢朝及六朝唐朝的風景。」

胡蘭成，便是這樣「愛了桃李還要愛蓮花」，如果將愛玲比作那「深邃」而「無跡可求」的金蓮，佘愛珍便是「有危險性」的「飛揚」的桃花吧？

胡蘭成與佘愛珍的婚後生活並不平靜，因為佘愛珍容易惹事生非，又大手大腳，每每手頭窘困，就拿了胡蘭成的字去賣錢。胡蘭成這些年又是講學又是出書，一九六八年二月還辦了一場書法展「胡蘭成之書」，次年又出版了《書寫真輯》，名氣日熾，日本著名作家川端康成就曾經評價：「於書法今人遠不如古人，日本人究竟不如中國人。當今如胡蘭成的書法，日本人誰也比不上。」

如此，佘愛珍也就膽子愈壯，反正丈夫大筆一揮，宣紙上就會生出錢來，她怕什麼呢？

吵吵鬧鬧，一輩子很容易就過去了。他後來便是一直同她一起，再沒有朝三暮四拈花惹草——也許只有佘愛珍這樣飛揚跋扈的潑辣貨，才能真正壓服得住胡蘭成這種浪子——男人，就是這點賤。

第十六章　綠衣的母親

1

　　我的靈魂遊走在紐約的上空，看到那個天堂和地獄並在的人間。有人說：愛一個人，就送他去紐約；恨一個人，就送他去紐約──愛玲來到了紐約，這是她的地獄，還是天堂？

　　這西方的魔都，這西方的月亮，照著我們東方的新娘。她在紐約迎來她的第二次蜜月，然而她的臉上殊無悅色，形影裏有無法形容的憂傷──她的新婚丈夫剛剛發作了一次小中風，這給他們的婚姻生活蒙上了一層濃重的陰影。她在賴雅身上寄予的感情，不是單純的男女之歡，而是把他當成了朋友、丈夫、父親和師長的混合體。她尊重他，欣賞他，更依賴他。然而看著他的虛弱與無助，她才知道，他比她更需要依賴。

　　──她以為自己是找到了依靠，卻不料把自己變成了拐杖！

　　一九五六年十月，賴雅與張愛玲再次回到麥克道威爾文藝營，這是他們相識相愛的聖地，曾經留下那麼刻骨銘心的美好記憶，然而還來不及重溫舊夢，賴雅又在營地大廳再次發病，此後一直時好時壞。十二月十九日，賴雅發作了這年裏最嚴重的一次中風，並因臉部麻痺而不得不送進醫院，差點失音。這使愛玲變得神經質起來，幾乎要崩潰了，她每天提心吊膽守在賴雅的病榻旁，常常徹夜不眠地祈禱著：讓他好起來吧，讓他快一點康復吧。

　　早在聖瑪利亞女校讀書的時候，她已經被訓練每天早晚要祈禱，那時候，

她把祈禱視為不得不做的一項繁瑣枯燥的功課。然而如今，她是多麼虔誠，全心全意地祈望真有一位無所不能的天神可以垂憐於她，幫助她可憐的丈夫。她閉上眼睛，讓赤子之心穿過昔日校園那梅林遮蔽的縱橫的小徑，站在那飽經風霜的古老鐘樓下，聆聽那熟悉而遙遠的鐘聲低沉地迴響，彷彿回答她的祈告：我的女兒，我的上海的女兒，你過得好嗎？

她是不喜歡哭泣的，然而她的心在流淚，家鄉與親人都遠在天邊，除了同樣遠在天邊的渺茫的神仙外，她可以求助誰？

這年的耶誕節，便在這哀淒而脆薄的氣氛中度過了。愛玲特地去超級市場買來食品，親自動手做了幾道中國菜助興，賴雅也撐著下床，強作歡顏地陪嬌妻度過了婚後的第一個聖誕夜。

新年時，賴雅已經可以起床行走，愛玲扶著他去林中散步，看那些鳥兒如去年一樣地啁啾，松鼠如去年一樣地蹦跳，她輕輕將頭依在他的臂膀上，心中無限茫然：他們終於依偎著從一九五六走到了一九五七，他們還可以相牽相伴走多遠？

在愛玲的精心照料下，賴雅的身體漸漸好起來。頻繁的中風讓他自知去日無多，剛剛恢復健康，便迫不及待地要出一趟遠門。

一九五七年一月二十日，賴雅帶著愛玲來到了波士頓，探望他的兄弟愛恩斯脫。他們還去了當地最大的費倫百貨公司觀光。愛玲喜悅地欣賞著那些華麗的商品，不時向賴雅指指這個又點點那個，十分雀躍。

賴雅有些傷感，她喜歡的東西，他沒有能力買給她。愛玲卻微笑：「欣賞的快樂是多過擁有的。我喜歡看櫥窗，就是因為那是可以不花錢的享受。」她給他描述從前在上海看過的一些過目不忘的美景與飾物，還有一匹美麗的日本布，說，「我特地去虹口看了幾次，不買也是高興的。」

此後，賴雅一有可能就陪愛玲去逛商場，三月，他們一同去紐約看望炎櫻，打聽《赤地之戀》的出版情況，還在紐約最大的商場裏買了一雙約翰・華德出品的皮鞋，和一副義大利產的真皮手套。皮鞋是給賴雅的，手套是愛玲的。他們終於在婚後擁有了各自的第一件奢侈品。

一九五七年四月，賴雅和張愛玲在麥克道威爾文藝營的時限再次到期，而

且已經不能繼續申請。賴雅向耶多文藝營提出的再次申請也遭拒絕。幸好哥倫比亞廣播公司打算將愛玲的《秧歌》改成劇本，支付了一千三百五十美元的改編費和九十美元翻譯費，總算可以讓他們有錢租房了。

於是他們在離文藝營不遠的彼得堡松樹街二十五號看中了一處帶家具出租的公寓，從住處去小鎮集市不到十分鐘，交通很方便。這是一幢三層樓公寓，他們租的是第三層，房租六十一美元，不包括電費。

由於是舊房子，公寓裏常常能發現螞蟻，於是便常常可以看到這樣的一幕，每當賴雅大包小卷地從集市上購物回來，便看見張愛玲全副武裝，拿著殺蟻劑如臨大敵地滿屋噴灑，賴雅因此送了她一個綽號「殺蟻刺客」——像一部好萊塢片名。

愛玲還買來油漆和工具，親自動手把兩個人的房間都漆成了藍色。她說，每天睡在這藍色小屋裏，就好像睡在大海上，有種「風雨同舟」的味道。她想起小時候在上海，母親剛剛從巴黎回來，買了新房子，許她自己挑選臥室和書房的顏色。她歡喜得胸口像要炸開，最終選了橙紅同孔雀藍——如今就好像舊夢重溫。

她仍然喜歡逛街，但購物就只逛得起「跳蚤市場」。公寓是帶家具出租的，但還是需要添置許多生活必需品，最好的選擇自然是去跳蚤市場淘二手貨。美國各城都有廉價的舊貨市場，貨源主要來自搬家、清倉甩賣等，只要運氣好，這裏常常可以用兩三成的價錢買到八九成新的好貨。有些平民小夫妻結婚置家具，也常常會光顧這些地方，不到半天時間就可以建起一個家了——當然也適合遷入新居的人，比如愛玲和賴雅。

賴雅常常隔三差五地淘回一些麵包烘爐、三夾板桌子、木製小床等，愛玲偶爾也會跟著一同去，有一次她用三元七毛五分買到了四件漂亮的絨衫和一件浴袍，回到家後興致勃勃地試穿——苦中作樂，便指的是這種情狀吧。

小鎮的生活寧靜而溫馨，賴雅與愛玲這段時期的生活頗有規律，是最像過日子的一段時期。愛玲喜歡晚睡晚起，夜間工作；而賴雅則喜歡早睡早起，並且承擔了大部分家務工作，包括購物、去銀行、去郵局等。他從前是喜歡流浪的，然而現在卻很享受平靜的家庭生活，寧願花一上午的時間去研磨咖啡，親手烹煮最道地的義大利咖啡，因為愛玲有喝咖啡的習慣，卻不喜歡自己煮。

我嗜咖啡到了寫字會手抖的地步，時時擔心有胃穿孔的危險，卻只是戒不掉。招聘新編輯後，第一件事就是培訓他們磨咖啡豆和煮咖啡，一斷頓就精神萎靡。有時候他們同我搗蛋，會故意向我隱瞞咖啡快喝完了的事實，好等我滿室抓狂時，再自告奮勇去別的辦公室幫我「借」咖啡。

看書，看碟，喝咖啡，在夕陽西下時一邊散步一邊等著看日落，都是我生活中最快樂的事。有一天有記者問我：為什麼你只喜歡看夕陽而不喜歡看日出呢？我深沉地思索了半天，幽幽地說：「因為……」看到記者眼巴巴等著我拋出一個浪漫答案的專注表情，再裝不下去，忍不住笑著說了實話：因為要睡懶覺，起不了床。

　　賴雅與愛玲這對忘年之戀，與其說是夫妻，勿寧說更像合作夥伴，或者說，她是他的家庭醫生，而他是她的生活助理——頻繁的中風使得賴雅身體狀況越來越差，又患上了背痛，每當他發病，她便會徹夜細心地照料他，幫他按摩，放鬆背部肌肉，減輕痛楚；而當他身體好起來的時候，她便可以偷一點懶，把家務都交給他做，自己賴在床上等他侍候。

　　賴雅有記日記的習慣，他這段時間的日記內容瑣碎平常，都是些關於今天吃了什麼做了什麼的小事，卻透出濃郁的生活意味。早餐通常是咖啡、核果、牛奶和麥片；午餐有牛排、玉米、義大利麵、現煮咖啡；晚上前有時候會喝一點香檳或紅葡萄酒，並且邊喝邊聊一些關於剛讀過的某本好書的看法，彼此寫作的進度，或是對某部影片的觀感。他們最共同的興趣就是寫作與看電影。鎮上有家小電影院，他們很少錯過新片上映。

　　電影是愛玲從小到大的愛好，她一直都將坐在電影院裏看電影視為最佳享受，好比一場約會那麼重要。電影院是廉價的宮殿，那層疊厚重的垂幔，那金碧輝煌的廊柱，那華麗浮誇的雕飾，都因為不真實而格外令人嚮往。站在電影院裏，不必對面的銀幕上打出光怪陸離的影像，也不必音響裏奏響音樂，她已經可以感受到某種戲劇的特有的氛圍，有一種被誇張了的神秘感和愉悅感。於是一切現實的煩惱都去得遠了，這一刻，這一處，她是電影世界的皇后，可以心無旁騖地做一個銀色的夢。

電影世界裏的一切都是被誇張而後凝縮了的，倘若人生可以如電影這般濃縮在兩個小時裏，喜怒哀樂轉瞬即逝，再悲苦些又有什麼了不起呢？可惜人生是漫長的，痛苦來得瑣屑而冗長，不能痛快，不能悲壯，只如蚤子咬齧一般煩惱而無可奈何。

看完電影，他們一起散步回家，他問她：「前幾天你那位香港朋友來電話，說想請你寫劇本，你準備得怎麼樣，想好題材了嗎？」

「想了一些，還沒有定。」她知道，當他這樣問的時候，就是有話要說，於是問：「你有什麼建議給我嗎？」

「我只是想給你講一個故事……」

於是賴雅繪聲繪影地講起來，一邊打著手勢加強語氣，像在指揮樂隊。月亮的光柔柔地灑落下來，照在落葉飄拂的街道上，兩個人的影子拉得長長的，一會兒前，一會兒後。

愛玲安靜地聆聽，同時看那地上的影子跳躍著為賴雅的講述伴舞，彷彿一場即興演出。她想起從前在蘭心看羅蘭排演「傾城之戀」的情形，也想起去文華與桑弧談劇本的往事。這次同宋淇合作，劇本全用航遞，想交流感想也難，真是沒有寫作的樂趣，單只為了賺錢了。她深深歎了口氣，說：「真想再見見他們。」

「見面？那不是要回去香港？」賴雅一驚，再也講不下去了。

張愛玲急忙抱歉地說：「我只是說想……你接著講。」

然而念頭已經被種下了，並且在她心裏生根發芽，她知道，她要回香港，回到中國人間去，總要再回去一次的，再聽一次鄉音，再一次用中文寫作。

當她這樣想著的時候，耳邊彷彿已經聽到上海人的吳儂軟語了。

2

自從黃逸梵一九四八年離開上海，張愛玲不見母親已經十年了。然而她們一直保持著聯絡，她去香港復學這條路也是母親替她籌劃的，還特意讓她赴港後找自己的老朋友吳錦慶夫婦幫忙。她的一生都有母親在替她做安排，不論她

們離得多麼遙遠，並且也不像其他的母女那樣親密，可是愛玲知道，她母親在那裏，當她需要的時候，她便會出現。她是她母親，是她的守護天使，隨時會向她伸以援手，指導她，幫助她。

然而一九五七年秋，一封加急電報來自倫敦——母親病危，馬上就要做手術。這可真是晴天霹靂。愛玲幾乎被打暈了，她知道，這電報與其說通知，不如說央求——母親希望見她最後一面——誰都明白，手術意味著什麼。然而，她買得起去英國的機票麼？她連美國身分都還沒得到，又哪是說走就能走的呢？

她唯一可以做的，只是寫了封情辭懇切的信並附了一百美元的支票寄給母親，此外，便唯有每晚誠心的祈禱與祝福了——主啊，請保佑我的母親和丈夫吧，讓他們的愛不要這麼快地離開我！

然而祈禱未能留住母親的生命，恐懼到底成真了——黃逸梵在手術後不久與世長辭，永遠地離開了愛玲。只留給她一隻箱子，從遙遠的倫敦漂洋越海而來。

箱子運到的那一天，愛玲坐在地毯上，久久地坐著，依傍著母親的箱子，彷彿依著她的手臂，不語，不動，然而眼睛漸漸瞇起，並沒有淚，卻凝著一個夢樣的微笑。

她好像一直望見了很早很早以前那個藍綠色的母親，是一個陰天的下午，年輕的黃逸梵坐在窗前的桌子邊，專著地替女兒的照片著色，一筆一筆，彷彿在勾勒她的人生。後來，她就穿著藍綠色的衣裳坐上輪船走了，走之前，曾伏在床上慟哭，肩膀一抖一抖，像不平靜的海洋，那是小煐四歲的記憶中的母親。

八歲時，母親第一次回國，穿著時髦的衣裳，梳著漂亮的髮型，說著流利的英語，扶著姑姑的肩在唱歌或吟詩；後來，她牽著女兒的手，急惶惶地過馬路，彷彿在說，來不及了，來不及了，要快，遲了就趕不上了。原來是要送她去上學，還替她取了個名字叫愛玲，她手托著下巴給女兒取名字的樣子多麼嬌憨，那是小煐十歲記憶裏的母親。從那以後，小煐便叫愛玲了。

愛玲的眼睛漸漸蓄滿淚水，彷彿聽到有人在遠遠地親昵地叫她：「煐。」

煐，再也沒有人叫她煐了。母親去了，再也不會為她的照片著色，再也

不會牽著她的手過馬路，她留給她的，只有一個惡俗的名字和這只熟悉的舊箱子。

她撫摸著那箱子，輕輕地依偎，尋找著母親的臂膊與溫存。

記得她十八歲那年，從父親家逃出來，投奔母親，母親的生活已經很拮据，卻仍然摳出錢來為她聘請老師補習，替她籌學費讓她去香港，還托了老朋友李開第做她的監護人；她讀港大的時候，母親經香港去歐洲，在淺水灣小住，常接她過去玩，介紹她給自己的朋友認識；母親最後一次回國是一九四六年，瘦而憔悴，讓她好不心痛，直到現在，想起母親來還是會記得那憔悴的模樣，還會恍惚聽到姑姑哀歎：「好慘！瘦得唔！」

愛玲的眼淚終於滴落，無聲無息地流下來，她一直覺得，母親總是在的，不管她離得有多麼遠，然而當她需要她的時候，母親會來的，會幫助她的，會替她安排的。如果她當真走投無路的一天，總還可以去投奔母親。

然而現在，母親去了，再也不會為她安排人生的道路，不會指正她走路的姿勢或者看人的眼神，不會替她分析男人與政治，她不肯再陪她走下去了，只給她留下了這個箱子。

這是母親最後的身影，她真捨不得打開它，像是害怕一旦打開，母親的氣息就會很快消散。

母親的氣息，母親的身影，母親的藍綠色。

張愛玲的一生中，雖然與母親聚少離多，然而母親的影子是一直陪伴著她的，並且在她的作品裏處處留下影子，到此一遊——

〈傾城之戀〉的女主人公白流蘇是一個窮遺老的女兒，快三十的離婚女人，身分已經先有七分像，也是從上海去香港，也是住在淺水灣，她第一次來香港，坐在旅舍的廊簷下等范柳原，身後撐著的粉紅地子石綠荷葉圖案的傘；第二次來香港，是下雨天，她穿著綠色玻璃雨衣，柳原去碼頭接她，形容她像一隻藥瓶；後來她們租了房子，門窗也是塗著綠油漆，她把指尖貼在牆上，一貼一個綠跡子——小說裏的綠衣女總是有點任性，這也像逸梵。

〈紅玫瑰與白玫瑰〉裏的王嬌蕊，更是「穿著一件曳地的長袍，是最鮮明的潮濕的綠色，沾著什麼就染綠了。她略略移動一步，彷彿她剛才所占有的空氣上便留著個綠跡子。」多麼霸道的綠色，沾染了愛玲一生的空氣。這還不

夠，還要在袍子「兩邊迸開一寸半的裂縫，用綠緞子十字交叉一路絡了起來，露出裏面深粉紅的襯裙。那過分刺眼的色調是使人看久了要患色盲症的。」

——愛玲的一生便也被這樣的綠緞子給絡了起來，她一生都看到那鮮明的潮濕的綠色，潮濕，是因爲帶了太多的淚意，所以盲了。

母親所有的衣裳裏，愛玲最喜歡的一件是墨綠麻布齊膝洋服，逸梵自己在縫衣機上踏出來的，Ｖ領，窄袖不到肘彎，毫無特點，是幾十年來世界各國最普遍的女裝，然而母親穿著卻顯得嬌俏幽嫻——她本來就是這樣一個國際型的美人兒。

於是，愛玲小說裏所有的美人都喜歡用綠色來打扮自己，尤其喜歡風中的綠色，那「飄」的意境：

〈第一爐香〉裏的薇龍出場是滿清末年款式的翠藍竹布衫，後來做了交際花，換上瓷青薄綢旗袍，與喬琪約會，是赤銅色襯衫灑著鏽綠圓點子，一色的包頭；〈茉莉香片〉裏言丹朱從舞會上出來，披著翡翠綠天鵝絨的斗篷，上面連著風兜；《十八春》的顧曼楨也在起風時用綠色羊毛圍巾包著頭；〈年輕的時候〉裏，更是明明白白寫著，沁西亞穿一件「細格子呢外衣，口袋裏的綠手絹與襯衫的綠押韻」

——綠色之於張愛玲，是有如古詩裏合轍押韻之美的。

到處都是綠美人，到處都是母親的影子。

然而從今以後，綠美人永遠地離開了她。只留下這只箱子。

愛玲把手放在箱子的撳鈕上，終於下定決心似，緩緩地、緩緩地掀開來，是滿滿的一箱古董，還有其他的遺物與照片，琳琅滿目，沉香藹藹。

那箱子一經開啓，彷彿有一股憂傷的氣息迅速逸出，立即瀰漫開來，籠罩了整個屋子。

愛玲再也忍不住，伏在箱沿上慟哭失聲。直要到這一刻，她才可以相信，她的母親，是真的離開了她。而這箱子裏瀰漫籠罩的憂傷氣息，就是她給她的最後的擁抱。

她一直都是孤獨的，然而從這一天起，她是名副其實的孤兒了。

賴雅躲在門後偷看著他的妻子，爲了她的哀傷與柔弱而衷心痛惜，然而他

知道，她需要發洩，需要獨處，他不可以打擾她與她母親最後的相處。

他曾聽愛玲說過，她的母親的母親去逝時，她母親與孿生兄弟分家產，分到了一箱子古董。後來，她漂洋過海，雖然也嘗試做過許多工作，然而最主要的生活來源卻一直是靠賣古董爲生。她曾在馬來西亞買了一鐵箱蛇皮，預備做皮貨生意；珍珠港事件後逃難到印度，曾經做過尼赫魯姐姐的秘書；後來在馬來亞僑校還教過半年書；在英國最落魄時甚至曾經下過工廠做製皮包女工……

——真沒想到，她賣了一輩子古董，竟然還能餘下這一箱給女兒，可見一直是在苦苦掙扎著，想要自力更生的。她也一直在掙扎地追求愛情，然而也同樣沒有好的結局。

她的一生，真是孤獨而滄桑。

如今，她把這些餘下的古董留給了女兒，她的孤獨與滄桑呢，是否也隨著這箱子一起遺傳給了她的女兒？

> 我一出生就隨父母下放去了農村，最初的記憶是在土屋，恍惚記得門前有條河。大約五歲的時候才回城，因為姥姥死的那年我是六歲，這個總不會錯。姥姥是在我們回城後才搬來我家的，直至去世。
>
> 記得很清楚，進城後剛安頓下來，母親便捧了滿滿十幾盒古錢幣去文物收購店。是錦盒，每盒裏大約十枚左右銅錢，有方有圓，有刀有斧，都嵌在度身訂做的襯底裏，嚴絲合縫地卡著，十分精緻尊貴的樣子。
>
> 沉甸甸的一大摞錦盒進了店，換回薄薄的幾張鈔票——媽媽帶我們去吃了一次館子，叫了一盤炒大蝦——那是我第一次吃大蝦，也是第一次下館子，從那天起，才明確地意識到我是進城了。
>
> 後來很久都記得那蝦的美味，直到長大了，才懂得為那摞精美的錦盒還有錦盒裏珍貴的古幣惋惜——口腹的欲望總是放在第一位的。在肚子沒被填飽之前，誰會理文物是什麼呢？
>
> 母親靠賣東西撐了很多年，而且是偷偷摸摸地賣，因為沒有當鋪。我後來看李清照的《金石錄》，哭得很厲害，看見我不曾瞭解的舊日好時光在母親的指縫間慢慢流去，不可收拾。

> 　　母親從前在錢上對我很苛刻，等我工作後又總是想方設法向我要
> 錢，我曾經怨尤，然而這些年來越來越可以理解並儘量滿足她。俗話說
> 「天下無不是的父母」，並不是說父母不會做錯事，而是父母有再多的
> 「不是」，也仍是血緣至親，子女也只能說「是」——況且我走得這樣
> 遠，除了錢，也並沒有別的辦法可以回報養育之恩。
>
> 　　我只希望母親能夠健康長壽，容我在她有生之年——補償她所吃過
> 的苦。

3

　　賴雅的健康與經濟的壓迫是張愛玲在婚後面臨的兩大困窘，她的生活與精
神狀況大致可以用四個字來形容：疲於奔命。更痛苦的是，她的寫作也遭遇瓶
頸，作品的出版極其不順。她非常看重的《粉淚》被出版社拒絕了，這對於張
愛玲來說，無疑是一種否定。

　　她可以承擔生活予她的種種困厄，卻不能忍受自己的創作被質疑——她從
小就是天才，二十三歲便已成名，她是文字的精靈，唾金咳玉，字字珠璣，難
道這一切，都永遠不再了嗎？

　　自從聽說母親去逝的消息後，愛玲便大病一場，萎靡了兩個多月才有勇氣
整理母親的遺物。而這次來自創作上的打擊，又使她再度病倒，不願意進食也
不願說話，要靠注射維生素B來支撐，又過了一個多月才漸漸平復。

　　賴雅看著落落寡歡的妻子，不知道該怎麼樣安慰她才好，他一直希望能給
她一個驚喜，至少是在生日那天。他知道中國人是習慣過農曆生日的，而農曆
生日之於西曆是每年都不一樣的。

　　然而最難不過有心，他最終還是推算清楚了，愛玲在這年的生日應該是
十月一日。他鄭重在日記裏記下了這個日子。正是這篇日記，讓我們這些後世
「張迷」有據可依，能夠精確地推算出張愛玲的生日——西曆一九五八年的十月
一日正是中國農曆的八月十九；而一九二○年的農曆八月十九，則是西曆的九

月三十日——由此可知，張愛玲的陽曆生日應該是一九二〇年九月三十日，而陰曆則是八月十九。

有些傳記中把張愛玲的生日寫成是九月十九日，依據是張愛玲在香港大學入學時填的表格，然而曾有《聯合報》記者推算她的生日應該是九月三十日，張愛玲回信說：「陽曆生日只供填表用，」顯然不確定。很可能她當時是照農曆來填寫，只大致知道農曆八月應是西曆的九月，卻不能具體到準確日期，於是順手寫個九月十九。她於這些日常小節向來馬虎，填表時隨手填個日子是非常可能的。

我一直記不清自己的生日，因為母親總是說不準，就連說起我出生的情形也每次都不同。但身分證上寫的是一月十八日。後來我寫《最後的詞人——納蘭容若之死》，查到他的出生日是順治十一年十二月十二日，也就是陽曆一六五五年一月十九日，與我相差一天。一時興起，打電話問媽媽：我的陰曆生日是多少？媽媽說：是臘月十二。

我有點開心，想我與納蘭的陽曆生日雖不同，陰曆卻是同一天。然而查萬年曆，卻發現一九六九年的臘月十二，陽曆應該是七〇年一月十九日，而並非一月十八日。

我再次向媽媽確認：我到底是哪一天生的？如果是一月十八日，那麼陰曆就不可能是臘月十二。媽媽想了半天，還是不做準，只說：那就按陰曆吧，當時都是記陰曆，陽曆生日是回城後人口普查才報的。

我真是驚訝：我不但與納蘭容若同一天生日，而且隔了三百一十五年，陰曆與陽曆居然都重合了。不禁飄飄然，這是否有點什麼特別的寓意呢？——到底還是改不了與名人沾親帶故的心理。

也越發覺得賴雅的可敬——連我都分不清陽曆陰曆，他作為一個西方人，竟然能夠把中國的農曆同西曆推算清楚，真是用心良苦。

十月一日這天下雨，上午有個聯邦調查局的人員來查核有關賴雅所欠的債務問題，一直囉嗦到中午才肯走。賴雅心裏好不耐煩，總算等他走了，這才長出一口氣，鄭重地拿出提前準備好的生日蛋糕和一束紅玫瑰來，大聲說：「親

愛的，祝你生日快樂！祝我們的愛情天天美麗！」

愛玲愣住了，她根本不知道今天是自己的生日，也完全沒料到賴雅竟會記得，且為她做了這麼精心的準備。她微笑著，然而眼圈有些濕，不住說：「謝謝你，親愛的，我很快樂。」

他們共進午餐，並且興致勃勃地商議著下午的節目。賴雅說：「放心吧，我都計劃好了。」老天爺也在幫助他們，午餐後，天竟然放晴了。賴雅與愛玲一起手挽手地出門散步，順便到郵局去寄了幾封信。

落葉滿徑，陽光和煦，他們散了步後回家，小睡片刻後，賴雅端出親手做的肉餅、青豆和飯，與張愛玲情意綿綿地共進晚餐。然後各自換上最體面的衣服，一起去電影院看了一場艾迪‧格里菲絲主演的喜劇片「刻不容緩」，愛玲看得笑出了眼淚。

這天晚上，愛玲告訴賴雅，這是她三十八年來最快樂、也最難忘的一個生日！

賴雅則默默地祈禱：希望每年都能給她最滿意的生日慶，希望能夠陪她多一天！

一九五八年十月中旬，由胡適作保，張愛玲申請到南加州亨亭頓‧哈特福基金會為期半年的居住資格，那裏，可以俯瞰整個浩瀚的太平洋。

在文藝營期間，賴雅還是和以前一樣喜歡社交，常於飯後到大廳裏和營友們聊天玩牌，小賭怡情；愛玲則比從前更加深居簡出，整日躲在房間裏寫作或看電視。

一天晚上，賴雅走進愛玲的工作室，神秘地說：「我們來了一位老朋友，你出來見一下吧。」

愛玲立即推辭，任憑賴雅怎麼勸也不肯出去。賴雅本來想賣個關子，給她一個驚喜的，至此不得不說明謎底：「我說的朋友，是隻小山羊。」愛玲這才高興地跑了出來，摸著小山羊的犄角開心地笑著，還同牠玩了許久。

賴雅無奈地搖著頭，憐愛地說：「真是個小孩子。」

從她寫給宋淇和鄺文美的信來看，這一段時間，她開始著手寫自傳。

我猜想那時節張愛玲正處於寫作低谷，寫劇本的東抄西湊使她進入瓶頸，再也編不出屬於自己的新的故事。她也意識到這一點，於是矯枉過正，走向另一個極端，要寫出絕對的「自己的文字」來。

　　她開始重看自己早年的記錄隨筆，〈私語〉、〈童言無忌〉、〈燼餘錄〉、〈雙聲〉、〈華麗緣〉，還有不曾發表的〈異鄉記〉，然後實斧實鑿地開始寫回憶錄。為了追求真實，甚至摒棄結構與技巧，顧不得那些串場的人物有多麼繁雜而沒有「正戲」，也顧不得讀者是不是要看愛看，只管把它寫下去，寫完整。哪怕寫完了再改，或是不發表，或是毀掉也好，她總要先寫完它，自虐一樣地，把自己的人生重走一遭。

　　《雷峰塔》是自傳三部曲的第一部。開篇時琵琶只有四歲，把小小的身體裹在綠絲絨門簾裏向屋子裏張望：客廳的沙發椅子上，坐著一對雙妹嘜般的清倌人，互相勾著肩膀玩著對方的首飾，輕言低笑。不管她怎麼樣想引起她們注意，她們只是不肯朝她看，也不理睬她……

　　那情形，像極了一幕無聲電影，光線昏魅而瑰麗，讓人不由地就聯想到「蕾絲邊兒」這樣的曖昧字眼裏去。但也許那正是張愛玲的淺意識也說不定。她的姑姑與媽媽，她與炎櫻，多多少少都有些同性之愛的傾向。

　　書中洋溢著她對母親的眷慕，就像她後來同宋淇說的：「裏面的母親和姑母是兒童的觀點看來，太理想化，欠真實。」

　　──她就是這樣浪漫地愛著母親，並用一種理想的筆調寫著她的回憶錄，四歲到十八歲的故事。

　　父親，母親，弟弟，何干，甚至繼母，父親的姨太太……這些人都去得遠了。他們曾經給過她傷害，卻也給過她愛。

　　那些她曾經厭惡的舊習氣都去得遠了，她才曉得懷念：藤心硬木的家具，織錦圍邊的畫軸，永遠低垂的厚絲絨窗簾，甚至簾子裏終日不散的鴉片香。

　　春歸杜宇紅樓夢，酒醒荼蘼鴉片香。

　　她不知道去哪裏才能再尋回她的童年？即使那裏滿是傷痕與磕碰，也仍然是她熟悉的、深憶的、真實擁有的血脈世界。

　　從〈私語〉、〈童言無忌〉，到《雷峰塔》、《易經》，再到《小團圓》，直到臨終前的《對照記》，她不厭其煩地一遍遍回憶重述著自己的童年

生活。彷彿在畫一幅記憶的畫，每一次塗抹，加重或減去一筆，都只會使色彩更加厚重，濃郁。

她終究是忘不了父親的家。

她再也沒有家了。

看著那些瑣屑遙遠的記憶，總是忍不住覺得張愛玲的可憐。她回憶得越深，越真切，就越顯得孤單。

4

她再也沒有家了，整個後半生都是漂泊與動蕩。

半年期滿，他們像辛勤的候鳥一樣再次搬遷，這回，他們把家安到了舊金山。這是一座美麗的濱海城市。漁人碼頭熱鬧非凡，唐人街的夜晚燈火輝煌，比起彼德堡的小鎮可是繁華得多了。

愛玲不喜歡社交，卻喜歡住在繁華都市，枕著市聲入睡。她討厭待在人群中，卻又離不開人的聲音，這看起來很矛盾，然而卻是文人的共性——寫作是為了自己的心，但希望得到讀者的共鳴。

他們把公寓選在了布希街六百四十五號，月租金七十美元。賴雅還在離家不遠的鮑斯脫街（Post Street）為自己找了一間小小的辦公室，每天去那兒寫他那本永遠也寫不完的長篇小說《克利斯汀》。他有一個龐大的寫作計劃，包括一部傳記、兩部戲劇和兩部小說，可惜由於健康問題，除了關於辛克萊‧劉易士的傳記外，其餘的計劃都沒能完成。

在這段時間裏，他們外出的次數較多，同人群很接近，有時還一起參加舞會。而愛玲也交了來美國後的第一個好朋友，一位研究藝術的美國女子愛麗斯‧琵瑟爾，她們常常一起攜手到華盛頓廣場公園裏小坐，呼吸著晚風中吹送的花香，談論藝術或是情感。

愛玲在內心裏始終是個小女孩，是聖瑪利亞中學那個帶著輕微的「蕾絲情結」的教會女生。她不喜歡同很多人在一起，卻需要至少一位親密閨友，在上海時是炎櫻，去香港後有鄺文美，如今則是愛麗斯。

在公園的長椅上，在飄墜的秋葉中，在薄涼的暮色裏，張愛玲與愛麗絲肩並肩坐著，看細彎的月亮一點點升高，脆亮。也許是因為愛麗絲完全不瞭解中國，不瞭解上海的文壇，於是張愛玲難得地第一次同人談起了自己的過去，講自己正在寫的自傳小說：「在上海的時候，我曾經愛過一個男人，他很有才華，也有些名氣，很懂得欣賞我的寫作和服裝設計，可是他後來傷害了我……」

記憶的匣子一旦開啓，便再也合不上。她把自己的身世與經歷對愛麗絲傾盤托出，還送給她自己的英文小說，又把自己用中文寫的菜譜送給了她。一個個圓圓的中國字各不黏連，像一隻隻小巧的水餃，整整齊齊地排列著，寫著十幾道中國菜的做法，色香味俱全似的。

愛麗絲不懂中文，可是一直小心地保存著那本張愛玲的手抄菜譜，當它是一件珍貴的藝術品——事實也正是如此。

一九五九年底，張愛玲將《粉淚》重新改寫的《北地胭脂》又再次被出版商拒絕，這使她對自己越來越沒有信心。

年輕時那個關於「要比林語堂更出名」的夢想破碎了，西方文壇的大門如此沉重難以敲開，這使她要回到中國讀者中去、重新寫作中文作品的念頭越來越強烈了，還特地跑到英國海外航空公司打聽去香港的費用，約需一千美元。這可真是一筆鉅款，簡直天文數字。

然而她並沒有死心，一直在默默地積蓄，她計劃要寫一部關於以西安事變為背景的長篇小說，相信中英文讀者都會同樣地感興趣的，連題目都想好了，就叫《少帥》。她想去台灣搜集更多的材料，最好能採訪少帥張學良本人。她還想去香港探望宋淇，尋求更理想的寫作題目。而她的最終目標是要搬去紐約，在大都市裏揚眉吐氣，過一種亮烈灑脫的生活。

賴雅的日記裏寫道：「長期居住在紐約可以宣告愛玲的成就，這是她最後的願望，對她來說是中國人的文明病。」

——其實與國籍無關，而是張愛玲在骨子裏，是個都市人，她始終更願意生活在最繁華的都市裏。「大隱隱於市」，她喜歡離人群遠一點，卻又活在城市的芯子裏。

一九六〇年七月，愛玲正式獲得美國公民身分。這年，她滿四十歲，是中國的「不惑」之年。賴雅送她的生日禮物，是陪她一起去看了場脫衣舞。

好友炎櫻在這年結婚了，嫁得不錯，年初來信說要去日本，經過舊金山時會來探訪她。愛玲很是盼望了一陣子，炎櫻卻爽約了；到了一九六一年三月，炎櫻再次來信，又說將在從日本返回的路上來拜訪他們。這是我們所知道的兩人的最後一次見面。

她們見面的情形，從張愛玲早已完成卻遷延不肯發表的遺作《同學少年都不賤》中，大約可以看到一點端倪。當然小說不是報告文學，不可以太生搬硬套，然而恩娟是炎櫻的化身，趙珏是愛玲的投影，這倒是一致公認的。《同學》中關於恩娟探訪趙珏一幕，描寫得相當生動細緻——

「那天中午，公寓門上極輕的剝啄兩聲。她一開門，眼前一亮，恩娟穿著件豔綠的連衫裙，翩然走進來，笑著摟了她一下。名牌服裝就是這樣，通體熨貼，毫不使人覺得這顏色四五十歲的人穿著是否太嬌了。看看也至多三十幾歲，不過像美國多數的閨人，曬成深濃的日光色，面頰像薑黃的皮製品。頭髮極簡單的朝裏卷。

趙珏還沒開口，恩娟見她臉上驚豔的神氣，先自笑了。

趙珏笑道：『你跟從前重慶回來的時候完全一樣。』顯然沒有再胖過。

……

『此地不用開車，可以走了去的飯館子只有一家好的。』趙珏說：『也都是冷盆。擠得不得了，要排班等著。』讓現在的恩娟排長龍！『所以我昨天晚上到那兒去買了些回來，也許你願意馬馬虎虎就在家裏吃飯。』

她當然表同意。

公寓有現成的家具，一張八角橡木桌倒是個古董，沉重的石瓶形獨腳柱，擦得黃澄澄的，只是桌面有裂痕。趙珏不喜歡用桌布，放倒一隻大圓鏡子做桌面，大小正合式。正中鋪一窄條印花細麻布，芥末黃地子上印了隻橙紅的魚……

她從冰箱裏搬出裝拼盆的長磁片，擱在那條紅魚圖案上。洋山芋沙拉也是那家買的，還是原來的紙盒，沒裝碗。免得恩娟對她的手藝沒信心。又倒了兩

杯葡萄牙雪瑞酒，比上不足比下有餘。

　　沒有桌布，恩娟看了一眼，見鏡面纖塵不染，方拿起刀叉。」

　　曾在張學專家水晶的文章裏看到，張愛玲的起居室猶如雪洞一般，牆上沒有任何裝飾和照片，纖塵不染，桌面如鏡，且沒有鋪桌布，刀叉便只是直接擺在桌子上——由此也可以看到文章裏多多少少有她自身的影子。

　　事實上張愛玲的小說大多是依據真實生活而昇華的，她自己的、朋友的、家人的、親戚的、甚至祖宗的故事，如大珠小珠落玉盤一般散擲於她的各種作品中，彷彿星子落在井裏，恍惚聽得見響聲。

　　比如《同學》裏，恩娟和趙玨是從小到大的密友，然而如今貧富懸殊，恩娟對趙玨的說話總有一種敷衍的態度，似乎不信任。愛玲在小說裏憤憤地發出「人窮了就隨便說句話都要找鋪保」的感歎，是她一慣的犀利，而更見蒼涼。文章最後寫道「那雲泥之感還是當頭一棒，夠她受的」，應該是憑心而論。

　　她把小說手稿寄給了夏志清，卻又囑他不急發表，這一擱便是數年，結果變成了「遺作」。我猜原因有兩個：一是作品牽涉人名甚多，卻多是一筆帶過，似乎在起筆之初本來有個很宏大的計劃的，可是寫下來，卻終究靜不下來，於是倉促完稿。張愛玲說過自己寫小說是擅長寫詳細大綱的，《同學》很可能就是由一部詳細大綱連綴而成；第二個原因則是顧慮炎櫻的感受，寫的時候信馬由韁，只圖創作快感，寫完了卻又覺得抱歉，畢竟擔心相關的人看到了會有所感觸，因此踟躕著不急發表。就像後來的《小團圓》，她也曾經寫信說要銷毀。

　　張愛玲說過：「寫小說，是為自己製造愁煩……剛剛吃力地越過了阻礙，正可以順流而下，放手寫去，故事已經完了。這又是不由得我自己做主的。」

　　《同學少年都不賤》便很有這種感覺，故事剛出來，倒已經完了。

　　然而影響卻是深遠的。

　　這次與炎櫻的見面顯然給了張愛玲很大的刺激，便不是「雲泥之感」，也多少有點「當頭一棒」的意味，且使她終於下定了回香港的決心——回去尋找自己丟失的威風，重振山河。她這時已經入了美國籍，多少有些穩定感，積聚了些元氣，不再那麼害怕動蕩。

她同賴雅認真地深談了一次，賴雅又震驚又痛苦，沮喪得大病一場，整個身體都刺痛不已，輾轉難安。他在日記中寫著：「死亡一樣的重擊，心臟被重創，身體在發抖，閉上眼，有如長眠，不再醒來。」

　　愛玲十分內疚而爲難，徹夜地守候他，照料他，又計議著要請好友約・培根和愛麗斯幫忙照顧他。但賴雅不願成爲別人的拖累，出於自尊而拒絕了；他寫信給亨亭頓・哈特福文藝營申請居住，但遭到了回絕；於是又寫信給女兒霏絲。幾天後，霏絲回信說，他可以住到華盛頓她家附近，這總算讓愛玲放下心來。

　　現在，她可以大膽地起飛了。

第十七章　台港行

1

　　我的靈魂無比欣喜地看著張愛玲在闊別國土六年後，又再次飛來中華大地——雖然她是第一次來台灣，可這畢竟是中國人的地方，她曾在從香港回上海的船上遠遠地看過一眼基隆碼頭，那淺翠綠的秀削山峰直聳入雲，映在雪白的天上，像古畫的青綠山水，是這輩子都忘不了的美景。如今隔了二十年，她的雙腳終於踏上這片中國的土地，觸目都是黃皮膚黑頭髮的同族同宗。

　　我的靈魂聽到她激動地脫口而出：「真像是在夢中。」這一聲，倒把我從夢中喚醒過來。

　　那是一九六一年十月十三日，張愛玲這次來台，是她從前在香港美新處做翻譯時的老上司麥卡錫幫忙安排的，麥卡錫回憶說：「我協助安排邀請，可是我已不記得詳情了。與我們合作出書的台大年輕作家們推動此事，因為他們敬張愛玲如神。」

　　當時麥卡錫是美國駐台北領事館的文化專員，他將愛玲接至自己在台北陽明山公園附近的大別墅中，香車豪宅，僕從如雲。這是愛玲久別內地之後，第一次重新接觸到豪華的生活，心中百感交集。夜裏憑窗遠眺，那天邊的月亮，和美國看到的，是同一個月亮嗎？

　　她後來在〈重訪邊城〉中寫：

　　「到處是騎樓，跟香港一樣，同是亞熱帶城市，需要遮陽避雨。羅斯福路

的老洋房與大樹，在秋暑的白熱的陽光下樹影婆娑，也有點像香港。等公車的男女孩子學生成群，穿的制服乍看像童子軍。紅磚人行道我只在華府看到，也同樣敝舊，常有缺磚。不過華盛頓的街道太寬，往往路邊的兩層樓店面房子太蒌瑣，壓不住，四顧茫茫一片荒涼，像廣場又沒有廣場的情調，不像台北的紅磚道有溫暖感。」

——有溫暖感的，怕不僅僅是因為紅磚道吧？

次日正午，麥卡錫在國際戲院對面的大東園酒樓設宴，為愛玲接風，陪客有白先勇、王文興、歐陽子、陳若曦、王禎和、戴天等，他們都是台大的學生，共同創辦了一本《現代文學》，正是「出名要趁早」的浪漫青年。他們後來也都在文壇上聲名雀起，如今均已著作等身。白先勇和陳若曦的小說我都看過的，並且喜歡，尤其白先勇傾家蕩產排演青春版「遊園驚夢」的氣概，真令我佩服而且感激——不是這樣的人，還有誰會愛惜崑曲呢？

約好十二點見面，主人卻久久不至。天很熱，好在餐廳裏的空調開得很足。大家沒見過張愛玲，於是紛紛猜測她的外貌。陳若曦問白先勇：「你想她是胖還是瘦？」

「她準是又細又瘦的。」白先勇毫無考慮地說。

陳若曦不同意：「我想她一定是既豐滿又性感。」她很早以前就看過《流言》，對照片上的張愛玲印象很深，那樣的有一種燃燒的生命力的女子，應該是既豐滿又性感的吧？

等了又等，猜了又猜，張愛玲終於來了——她削瘦清絕，行雲流水，周身是一種脆薄如藍色花霧般的優美氣氛，給所有人的第一印象就是瘦，真瘦。

她羞怯地向眾人問好，聲音低而輕，但每個字都咬得很仔細，許是說久了英語，說起中文來生怕人錯會了意，像個較真兒的小女孩，完全不是人們心目中那豐滿性感、有著燃燒的生命力的大女人形象。

陳若曦覺得意外，卻並不失望，只是向麥卡錫悄悄說：「她真瘦呀！」

麥卡錫說：「我認識她時，她就是瘦瘦的，最近她剛剛完成一部八萬字的英文小說，日以繼夜地寫，一定很辛苦，所以更瘦了。在台灣待兩個禮拜後，她就要到香港去，開始另一部小說，同時寫點電影劇本，以維持生活。像她那

樣認真寫作，恐怕要永遠瘦下去。」

陳若曦自己也很瘦，因此對於瘦總是耿耿於懷，她在〈張愛玲一瞥〉裏清楚地寫出了自己對張愛玲的印象：

「她真是瘦，乍一看，像一副架子，一由細長的垂直線條構成，上面披了一層雪白的皮膚；那膚色的潔白細緻很少見，襯得她越發瘦得透明。紫紅的唇膏不經意地抹過菱形的嘴唇，整個人，這是唯一令我有豐滿的感覺的地方。頭髮沒有燙，剪短了，稀稀疏疏地披在腦後，看起來清爽俐落，配上瘦削的長臉蛋，頗有立體畫的感覺。一對杏眼外觀滯重，閉合遲緩，照射出來的眼光卻是專注，銳利，她淺淺一笑時，帶著羞怯，好像一個小女孩。配著那身素淨的旗袍，她顯得非常年輕，像個民國二十年左右學堂裏的女學生。渾身煥發著一種特殊的神采，一種遙遠的又熟悉的韻味，大概就是三十年代所特有的吧。

這便是我看她第一眼時的印象，她並不健談，說話很慢，嗓門不高。一個字一個字咬出來，你必須凝神聽，因為她專心一志地說一句話。酒席間，吃飯和回答她兩旁人的問話便佔據了她全部的精神。她看來非常過敏，羞怯。據麥先生說，任何一個場合，若超過五個人，她便感到不安，手腳無所措。那天，我們一共十二個人，她看起來倒沒有被嚇壞的樣子。」

白先勇則記得，愛玲就坐在他身邊，把一件紫色夾衣搭在椅子上，透明的手背露出淺淺的青筋，原來以為她是道地的上海人，卻並沒有上海口音，而是普通話，帶著淺淺的京腔。令他惆悵的是，張愛玲雖然就坐在他身邊，卻談得很少——她與王禎和更投機。

她對王禎和說：「我在《現代文學》上看過你的〈鬼‧北風‧人〉，真喜歡你寫的老房子，讀的時候感覺就好像自己住在小說中的古老房子裏一樣。」也許她真正的意思是：看你的小說，我彷彿回到了少年時，住在祖宅的老房子裏的情形。

然而王禎和不及他想，聞言熱心地說：「您若喜歡老房子，不如去花蓮住一陣子，我家在花蓮，是典型的老房子，我可以陪您好好逛一逛。」

他們當即決定下來。王禎和特地寫了限時專送回家，又向學校請了一個禮

拜假，專陪愛玲遊花蓮。

　　吃過午餐，張愛玲請陳若曦陪她上街買衣料送給王禎和的母親。她們坐三輪車逛街，看著台北街頭的景象，張愛玲不住地說：「好幾年了，台北一直給我不同的印象。到過台北的朋友回到美國，便描寫台北的樣子給我看，每一次都不一樣。這一次，我自己看了，覺得全同他們的不一樣，太不一樣了，我看著竟覺得自己忙不過來！」

　　和席間不同的是，她顯得很健談，滔滔不絕地討論著老式的髮髻，香港的旗袍，女人的腰肢等──她始終更欣賞中國女性的美，對服裝、髮式、衣料、色彩等都見解獨到。

　　──這短短的半日相處，讓陳若曦記了半個世紀，她後來在文章中一字一句地描繪著自己心目中的張愛玲，動情地評價：

　　「她以世界人自居，超越地域。她是一個天塌了也面不改色的人，每個動作遲緩而穩當，極具有耐性。」

　　「她是個極不拘小節的女子，有人認為是迷糊，我想她完全是豪邁，率性，超越繁文縟節，最具赤子之心。」

　　「無論走到哪裏，張愛玲都是一個特殊的人物。她的敏感和率真造成她的不平凡。這真是我見到的最可愛的女人；雖然同我以前的想像不一樣，卻絲毫不曾令我失望。」──陳若曦：〈張愛玲一瞥〉

2

　　張愛玲在花蓮住了一個星期，就住在王禎和中山路的家中。久違了的矜貴的感覺使她意興飛揚，神清氣爽，又因為她身形清瘦，衣著時髦，竟被人當成是王禎和的女朋友。

　　心情好，腳力也健，她不顧長途乘坐飛機而微微腫脹的腿，遊了許多地方，但花蓮有條「上海街」，不知她去過沒有。她是好奇心很強的，而且無所忌畏，聽說花蓮有個「大觀園」，也要起興一遊。

那其實是酒家集中地，有點像美國的「紅燈區」，就在南京街與仁愛街轉角，王禎和稱之爲「甲級妓女戶」。俗豔的裝修，彩色的玻璃窗，琳琅的美酒，嘻笑調情的酒客與酒娘。愛玲穿著輕薄的花襯衫，東張西顧地走在人群中，鶴立雞群的姿態，風行水上的形容，又因爲走不慣路，一隻腳磨破了，便在那隻腳上穿了厚厚的襪子，另一隻腳裸著，引得眾人矚目——他們大概也像當年的馬寬德一樣，把愛玲腳趾上塗藥膏也當成一種流行了。

　　窗內燈光雪亮，放著搖滾樂，酒娘們坐在酒客的腿上，連賣笑也忘記，只顧對著張愛玲看，或許在想：只穿一隻襪子，是外國流行的打扮麼？明天倒要試一下。

　　從前張愛玲一直有點羨慕炎櫻，她是一輩子都用外國人的眼光來看待中國，超然物外的觀光客一般，便沒有她那些難以言宣的苦悶與自省。如今她來到台灣，便也有這種逍遙的心態，置身事外。

　　她跟著王禎和看了一座座廟，又去看古屋，倚在棕櫚涼亭裏慢慢地剝柚子吃，只覺從來沒吃過這麼酸甜多汁的柚子。每每有高山族土著經過，王禎和就碰碰她的臂彎，低聲說：「山地山地。」提醒她看那異景——纖瘦的灰色女鬼頰上刺青，刻出藍色鬍鬚根根上揚，背上背著孩子，在公路小店前流連；吉普賽人似的兒童穿著破舊的T恤，西式裙子，抱著更小的孩子，向她呆呆地看——在對方的眼裏，她們都是異類。

　　農曆十月十五，是阿美族的豐年祭，儀式在花崗山舉行，萬人爭睹，愛玲當然也不會錯過。她本來作爲貴客被安排坐在主席台上，可是覺得遠，看不清，便跑到最前面的草地上席地而坐，看著鄉野風格濃郁的阿美族歌舞，她笑得很開心。

　　散會後，興致不減，又同王禎和及王禎和的母親去他家附近的金茂照相館合照留念，並在照片上寫著「張愛玲小姐留花紀念　五〇、一〇、一五」。那是張愛玲與王家唯一合拍的照片，照片上的張愛玲穿著花的低領襯衫，皮膚白嫩，顯得年輕而漂亮，神清氣爽。

　　直到這時，她的台灣之行的色彩仍是明朗而輕快的，可是接下來的一個電話卻給塗抹上了濃郁的灰色——本來遊完花蓮，還計劃要從台東去屏東參觀矮人祭，然後再搭金馬號去高雄。然而剛抵台東車站，便聽到站長轉告，說麥卡

錫先生來電話，她的先生賴雅在美國重病。

愛玲只覺得當頭一棒，一腔歡喜煙消雲散，化作漫天陰霾。生活的窘困竟然坐著飛機從美國一直追到台灣來了，壞運氣總是不肯放過她！來台灣這幾天，她在華人世界裏所受到的隆重的歡迎使她幾乎已經忘記了在美國的潦倒與不如意，然而這個電話，就好像十二點的鐘聲，將灰姑娘打回了原形。

為了趕時間，張愛玲連夜乘巴士從屏東到高雄，再換夜間火車開往台北。

見到麥卡錫，才終於瞭解到詳情——電話是賴雅的女兒霏絲打來的，說賴雅在張愛玲飛往台北一星期後，也啓程乘巴士去華盛頓，途經賓夕法尼亞的比佛瀑布時再一次中風昏迷，被送進當地醫院。醫院趕緊通知霏絲趕來，此時霏絲已把父親接到了華盛頓她家附近的一所醫院。

愛玲略略放心，卻仍滿面愁雲——接下來的事，是要馬上做一個決定：趕回美國，還是留在台灣？

留下來，對於賴雅來說無疑是殘忍的，賴雅在她離美前後兩次發病，多少帶著點賭氣的成份，是在心理上對自己放棄了，才導致身體的不合作。他是否恃病乞憐，希望她可以回去看望他照顧他呢？他一定很盼望她可以守在他的身邊吧？

可是，她身上的錢還不夠買一張機票，固然可以先向朋友借錢回去，可是她這次回國是為了賺錢來的，沒有賺到錢，倒搭上高昂的來回機票，豈不是讓原已拮据的生活雪上加霜？何況，她回去又能幫得上什麼忙呢？難道她回去了，他就可以立即從病床上跳起來，奇蹟般復原嗎？他有女兒照顧，總算是不幸中的萬幸。當務之急，不是趕回去守著病榻同他牛衣對泣，倒是要趕緊賺一筆錢來應付今後必然更加困窘的生活。

採訪張學良的申請已被台灣當局駁回，誰也不知道到底什麼時候才可以獲得允准。而張愛玲再也無心、也沒有時間等待了，她必須馬上、立刻、儘快地賺到儘量多的錢，用最有保障的方法。

相比之下，最好最可信的選擇莫過於老朋友宋淇。此前她已經應他之邀為香港電懋公司寫過好幾個劇本，還算合作愉快。這次他請她創作《紅樓夢》上下集的電影劇本，答允稿酬為一千六百到兩千美元左右。那可是一筆鉅款！而

且《紅樓夢》是她一生的熱愛，她寫了這麼多劇本，喜歡與不喜歡的，這次終於等到一個機會可以寫自己一生中最想寫的劇本，就這樣放棄，不是太遺憾了嗎？

許多人對於張愛玲的「冷漠」覺得不理解，我在這裏打個或許並不恰當的比方：慶祝生日是人們約定俗成的習慣，我每年離生日好遠，就故意嚷嚷得滿世界知道，爲了騙禮物。然而從前窮的時候，二十歲以前，我什麼時候過過生日？更不要說是切生日蛋糕了。

對於生命中必將遇到的種種抉擇，諸如悲歡離合，生老病死，最重要的永遠是生存本身。而加諸其上的一切諸如關懷、陪伴、安慰、溫情，都是生命這塊大蛋糕上的花邊點綴。

張愛玲迅速做出抉擇：去香港！立即動身！爭取時間，賺錢！

3

六年不見香港，高樓更多，霓虹燈更亮了。然而她的心情，卻只是黯淡。

在宋淇家附近的東亞旅館租了個小房間，幾乎是立刻投入到電影劇本的創作中，夜以繼日地寫寫寫，寫完了就拿給宋淇看。一切都彷彿回到六年前，只是她現在已經不是一個人，她還背負著她丈夫的生活所需，她要爲他們兩個人拚搏，因此她也比以往更辛苦。

這是她第三次來香港——第一次是讀書，第二次是復讀，這一次，純是來討生活。

香港到處都在拆建，到處生出新的白色的高樓來，她想香港大學半山的杜鵑都被砍光了吧？但既沒時間也沒心情去探一探。每天的工作時間從早晨十點開始，一直要寫到凌晨一兩點鐘才休息。屋頂有個大洋台，晚上空曠無人，她寫得悶了就會上去走走，那麼大的地方竟走得團團轉，就像當年她父親飯後總是在屋廳裏走趟子，滔滔長吟。

由於疲勞過度和壓力太大，愛玲的眼睛患了潰瘍並且出血，醫生要她休息，可是她每天寫作時間超過十小時，哪裏能夠得到休息呢？她來台灣時乘的

是經濟艙，因為飛行時間長座位又狹窄，使她的雙腿浮腫痠痛，加之長期伏案寫作，血液得不到循環，腫脹非但沒有消退，反而更嚴重了，每次坐久了再站起來，都跟打一場仗似地難過，這時候，她是多麼希望有人可以扶她一把啊。

可是，她卻連買一雙稍微大點的鞋子來包容腫脹的雙腳都不捨得，苦苦地捱著，要等到年底大減價再說。這期間她寫給賴雅的六封家信後來被公佈開來，信中閒話家常，卻時刻露出一種捉襟見肘的窘況，看得叫人恨不得坐了時光機過去，送她一雙溫暖的鞋。

「試試看找一個小巧便宜的公寓吧，暖氣不是問題，但不要爬太多樓梯；廚房呢，最好可以用餐桌延伸到另一個房間。我現在起得早，所以沒有時間衝突的問題。況且我現在可以很快地出門了（因為眼睛的毛病，我不能戴隱形眼鏡，也不能用化妝品了），只要天氣好隨時可以出去走走。據我所知，我們的運氣會在六三年中好轉，可是我卻為了如何度過六二年而失眠。美國航空不直飛華盛頓，所以得在紐約換機，我原想順便到彼得堡去拿我的箱子，帶回華盛頓去拍賣，不過所花的旅費可能超過那口箱子的價值，所以作罷……甜心，愛你，期望三月初能回到你身邊。如果能趕上二月三十日的班機的話。你還疼嗎？告訴霏絲我愛她。」

這是她在一九六二年一月寫給賴雅的信，此前她也一直有寫信給他，可是由於她在日常生活上的驚人的糊塗使她接連犯了幾個不大不小的錯誤，先是因為搞錯地址，她寫給賴雅的前五封信都丟失了；而這一封信又說，如果趕得上二月三十日的班機就會回美國——可是，二月是沒有三十號的呀！這真讓人哭笑不得。

難怪賴雅會以為她是有意開玩笑，說一個永遠不可能趕得上的班機起航日期來拖宕他。同時，從這封信上亦可以看出，賴雅此時已經康復，且打算定居華盛頓。

他在霏絲家附近找到了一座滿意的公寓房子，還在來信中描繪了房子的草圖。

愛玲回信說：

「你的來信加上那張藍圖真讓我開心，那就是我真心想要的家。上星期天終於完成了第二集，可是眼睛因為長時間工作，又出血了……我預計可在三月十六日離開香港。不過到時候情形跟現在的可能差不多，因為不可能馬上拿到稿費，所以我的錢要留在身邊付機票的預付款。你可以維持到三月二十左右嗎？……醫生已安排了一個十二支針劑的療程，治療我眼睛不斷出血的毛病。為了填滿這幾天的空檔，我替MCGARTHY出版社翻譯短篇小說，一想到我們的小公寓，心裏深感安慰，請把錢用在持久性的用品上，不要浪費在消耗品上，如果你為了我去買些用品，我會生氣的，不過，一個二手的柳橙榨汁機不在內。我最需要的是一套套裝、一套夏天的西服、家居服一件、一副眼鏡，大概不超過七十美元，可是得等兩星期才能做好，又得先付錢……」

滿紙都是「錢」字。她被錢壓得要虛脫了，不僅為自己擔憂，還得為賴雅謀算，問他手頭的錢可不可以維持到三月二十號她回來。賴雅年輕時大手大腳慣了，這份「瀟灑」到老年也沒改淨，還是喜歡買些華而不實的東西，把錢「浪費在消耗品上」。他卻一點也不體諒，那一張張鈔票，可都是愛玲眼睛裏滴出來的血呀！

賴雅接到這封信後，在日記裏寫：「真好，她喜歡我描述的公寓！只是她被那部香港電影纏住了，不得不等著拿到錢後才可以回來。她已經很累了！又孤單又疲倦，想回家，她說最遲三月中會回來。這好像給我打了一針強心劑。無論是收到愛玲的信還是寄信給她，都是一種快樂。」——他當然快樂了！

二月初，《紅樓夢》上下集劇本終於完成。然而愛玲把劇本交給宋淇後，宋淇卻說自己做不得主，因為對《紅樓夢》太熟悉了，評論時難免主觀，要給老闆們看過，因為他們沒讀過《紅樓夢》，評價會更客觀些，要等他們讀過之後才能修改。

我以小人之心度君子之腹，以為宋淇這話大抵有推託之意。每個「紅迷」都有他自己心目中的《紅樓夢》，無論是誰來改編它，都會看出許多不滿與不足。我從小到大將《紅樓夢》讀了不下十遍，改編的電影或電視也都儘量找來

看，每次都覺編劇剪裁不當，導演理解不到位，邊看邊頓足，有時為了一句台詞、一個稱謂、甚至一個手勢也會鬱悶半晌，近日更是為了五十集新版「紅樓夢」電視劇的事屢屢對媒體公告我的不滿，弄得一個不知什麼人要問我有幾條命——我所見不同版本、劇種的「紅樓夢」中，自以為最美的林黛玉應該是三十年代初周璇的扮相，卜萬蒼導演；最好的寶玉是一九七七年邵氏出品、李翰祥導演的「金玉良緣紅樓夢」之林青霞；而最好的編劇則是岑范導演的越劇「紅樓夢」，唱詞華美雅麗而又流暢易懂；至於大陸八十年代拍攝的兩個版本，對於《紅樓夢》故事的普及倒也功不可沒，然而都給人寒酸小戶的艱澀感，全無大觀園的從容，相比之下，電視劇要強於電影，至少陳曉旭的林黛玉扮相是深入人心了，結局的修改也是融合建國後的紅學研究使足了力氣的；之後台灣華視拍了七十三集連續劇「紅樓夢」，張玉燕的林黛玉，仍是在程高本基礎上結合脂批線索進行改編，是又一次對紅樓探佚的努力嘗試。

張愛玲編劇的「紅樓夢」會從何處著眼、又會做怎樣的選材呢？她是反對「掉包計」橋段的，那麼她將如何處理寶黛的結局？

「綠蠟春猶卷，紅樓夢未完」。所以無人可以解讀。我的「西續紅樓夢」第一部《黛玉之死》出版後，曾經懸帖聲明：哪怕能找出我一字一詞或者任意一件家俱器皿飾物錯用者，也會立即贈書。結果吸引了一大堆紅迷，其中不乏高手名家，然而煉字用詞的錯誤並未挑出多少，卻多在某一句話或某一個情節上有所執疑，總覺得他心目中的林妹妹不是這樣說話，賈寶玉不會那樣動作，幾乎關於每個橋段的設計都會有兩種意見相持不下，而我嘗試用這種放大鏡的眼光去挑剔前八十回，發現簡直沒有幾章是「合理」的——我們實在愛紅樓愛過了頭，竟把它當成數學題來解了，結果是無論如何得不出答案來，就算有人忽然出土了《紅樓夢》原稿的下半部，我們也會當贋品來看，因為心目中總有更好更完美的一部。

宋淇和張愛玲都是紅迷，他信任張愛玲的才華，所以請她編劇，可是他更崇拜《紅樓夢》的高山仰止，而張愛玲畢竟是人不是神，還不能與他心目中的《紅樓夢》精魂相比，因此他總也會在劇本中看出許多不足來，卻又不便定論，於是想讓旁的人來替自己做決定。

然而這樣一來，愛玲就必須得再等些日子。宋淇為了不讓她白等，建議她

再留一個月，寫下一個劇本，可以多得八百美元，相當於他們在舊金山四個月的生活費。

然而賴雅卻不予理解，而且來信抱怨她「無限期地延後」，愛玲只是回信解釋：

「是因為要多賺八百美元——我稱它為『有回報的兩周』。我工作了幾個月，像隻狗一樣，卻沒拿到一分酬勞，那是因為一邊等一邊修改的緣故，為了省時間，所以許多劇本會在最後一分鐘完成。剛完成第三和最後部分的大綱，並且剛送去宋家，想在農曆年前給他完成審稿，因為過年期間他會很忙，加上一個明星的訴訟案，根本找不到他的人。我真為你感到驕傲，能找到這麼適合、這麼便宜的公寓，真驚訝你是怎麼做到的。從來不認為你是浪費的，然後逼你只能買家用品，你的弱點加上我的小小的恨意。目前請不要對我如此超級敏感。」

真正是一字一淚，令人不忍卒讀。她如此辛苦而狼狽，自稱「像隻狗一樣」，卻還要小心翼翼地誇獎他，安慰他，也哀求他：不要再這麼敏感，不要再對我施加壓力，不要再指責誤解我了！

這是她第二次形容自己「像隻狗」。

第一次是在散文〈氣短情長及其他〉中寫著：「今年冬天我是第一次穿皮襖。晚上坐在火盆邊，那火，也只是灰掩著的一點紅；實在冷，冷得瑟瑟縮縮，萬念俱息。手插在大襟裏，摸著裏面柔滑的皮，自己覺得像隻狗。偶爾碰到鼻尖，也是冰涼涼的，像狗。」

那時，她還沒同胡蘭成離婚，不過他們不常在一起。她大概感覺到冷，孤單，由衷自憐。而這一次，還是這樣地冷，這樣的孤單，卻比從前更狼狽。

農曆年到了，宋淇為了演員官司的奔波總算告一段落，然而《紅樓夢》的劇本卻還是沒有敲定，他一時同張愛玲說邵氏公司可能會提前拍攝《紅樓夢》，如果是那樣，電懋便有可能要放棄；一時又請了另一位李編劇來吃飯，言下有換刀之意。

這令張愛玲又焦慮又難堪，面臨山窮水盡的窘況，她不得不向宋淇借錢，而這無疑對雙方都是一種痛苦而屈辱的折磨。在宋淇，多少會覺得這是某種暗示，是張愛玲對於他們遲遲不付稿酬的抱怨與施壓；在愛玲——唉，伸手豈是那樣容易的？

雖然說朋友有通財之誼，然而其實借錢是最傷害友誼的一件事。我姐姐有句名言：你要想得罪一個人，就借錢給他，然而再向他要。

張愛玲不擅交際，卻並非不懂得人情世故，她對於世情的觀察和瞭解其實是最深刻的，而且因其敏感而倍受折磨，因為自卑而不能忍受一點點輕怠。風燭殘年的丈夫，搖搖欲墜的婚姻，租來的公寓，借來的工作，還有賒來的生活費，這世上到底有什麼是屬於她的、可以真實擁有的呢？

元宵節的前夜，站在東亞旅館的陽台上，看著天上一輪滿月如燒，張愛玲感覺到自己被拋棄了，被整個世界、被時代、被人群、被朋友拋棄了。她在給賴雅的信中淒然寫下「他們不再是我的朋友了」這樣激憤的句子：

「跟宋家借錢是件極痛苦的決定，而且破壞了我們之間的一切，我無法彌補這種艱困的關係。……宋家冷冷的態度令人生氣，尤其他認為我的劇本因為趕時間寫得很粗糙，欺騙了他們。宋淇告訴我，離開前會付新劇本的費用，言下之意是不付前兩部，即《紅樓夢》上下集。當我提議回美國再繼續修改時，他們毫無回應……

我無法入眠，走到陽台，站在一輪紅紅的滿月下，今夜是元宵節前一天，他們已不是我的朋友了，不過我會從如此惡劣的交易中存下幾百元。我打算再留兩周，跟他們協商後續問題，按原定計劃三月十六日離開。」

一九六二年三月十六日，張愛玲飛離香港，回到了美國。

臨走前，張愛玲約了一位表親在香港飯店見面，散席後，她一個人往後街去，想買點廉價金飾帶回去送人。七拐八拐，忽然進來一條街，那不是從前擺綢布攤的街嗎？戰後她和炎櫻離港前，在這裏買了紅的藍的布料，回去做衣裳，像流動的國畫。如今居然劈面重逢了？

往事如潮，像湧動的無聲畫布將她擁裹，四周褪成了喧鬧的鬼市，故人舊情，熙攘其間。最終她買了兩隻小福字頸飾，串在細金鏈條上，疑真疑幻地走回去，看到攔街有一道木柵門，倒又想起《紅樓夢》來——

　　「傳說賈寶玉淪為看街兵，不就是打更看守街門？更鼓宵禁的時代的遺跡，怎麼鹿港以外竟還有？當然，也許是古制，不是古蹟。但是怎麼會保留到現在，尤其是這全島大拆建的時候？香港就是這樣，沒準。從前買布的時候怎麼沒看見？那就還是不是這條街。真想不到，臨走還有新發現。」

　　「我覺得是香港的臨去秋波，帶點安撫的意味，看在我憶舊的份上。在黑暗中我的嘴唇牽動著微笑起來，但是畢竟笑不出來，因為疑心我跟香港訣別了。」——張愛玲：〈重訪邊城〉

　　一語成讖，此後三十多年，她再也沒有踏上過中國的土地。

4

　　張愛玲與電影的因緣非淺，除了她既是影迷又是編劇、她的作品也多次被搬上螢幕外，她本人的故事更成為多部電影與電視劇的主題，並且「還魂」在演員身上客串了多回女主角。而她與電影人的交往，亦往往比電影本身更像傳奇而值得玩味。

　　張愛玲為電懋創作的第一部劇本是「情場如戰場」，早在一九五六年十一月號的《國際電影》（國際電懋的官方畫報）上，已經預先廣告：「著名女作家張愛玲，以寫《傳奇》、〈傾城之戀〉等小說名馳文壇……她的寫作才能是多方面的，所寫的舞台及電影劇本，另有她的獨特風格。去年國際公司成立劇本編審委員會，她被邀擔任編審委員之一。」「林黛的演技，她是非常欣賞的，本來她預定專程給寫一劇本，恰巧美國某出版公司聘她擔任編輯，立即要她赴美就任，於是編劇的事，因她突然離港而耽擱了下來。直至前月，張愛玲自美國寄給國際公司一個劇本，她說是在百忙中寫好的，並且一再叮囑，這個

戲無論如何要由林黛主演，因為女主角的個性與外形，她是以林黛作對象來創作的⋯⋯」，岳楓接受這任務後，常約林黛共同研讀劇本，他們覺得張愛玲的故事劇本、人物創造，果然不同凡響⋯⋯」

「情場如戰場」於一九五七年上映，創下香港國語片最高票房紀錄，並榮獲「金鼎獎」。其導演岳楓，不是別人，正是當年話劇「傾城之戀」中女主角羅蘭的丈夫，後來還曾執導過電影「紅樓夢」。這夫妻倆竟於上海和香港兩地與張愛玲以不同的方式合作，也算一段奇緣；而女主角林黛，我不知道她本人同張愛玲見過面沒有，《國際電影》上的宣傳稿是為了搞噱頭，不可以太當真──然而倘若那是真的，若是張愛玲果真這樣欣賞林黛，並指定她做這部劇的女主角，那我不禁要歎息再三了，因為林黛與張愛玲這兩個人的故事，都太像一部戲了。

林黛原名程月如，一九三四年出生於廣西桂林。她的身世與張愛玲頗為類似，也是名門之後（其父為著名的政協副主席原李宗仁秘書程思遠先生），而父母離異，其後隨母親流落香港，因被大導演袁仰安看到照相館櫥窗裏她的一張照片而從此進入電影圈，改名林黛，是由英文名LINDA音譯而來；她也很符合張愛玲「出名要趁早」的理想，十九歲便以拍攝第一部作品「翠翠」一炮而紅，從此成為香港兩大電影公司「電懋」和「邵氏」的爭奪對象，並在七年間蟬聯四屆奪得「亞洲影后」的桂冠，這紀錄至今無人能破；看鄭佩佩的《與你談心》，形容林黛「不管她周圍圍著多少人，而且每個人都對著她『恭維細語』的，她都只是敷衍點頭而已，只要人群一散，她就又回到她那個屬於她自己的世界裏。有時候她可以在她的那張專用帆布椅子上，一坐就好幾個小時，靜到讓人忘記她的存在。」這性格也像極了愛玲；而她的結局則更是張愛玲所謂「蒼涼的手勢」，一九六四年七月十七日，林黛在寓所服食過量安眠藥兼吸入煤氣雙料自殺，年僅三十歲；林黛的電影迄今並沒有一部在內地公映，然而這並不影響她在電影史上的卓越成就，一九九五年，她被評為中華影星，而張愛玲則在這一年與世長辭⋯⋯

日前我特地找來了「藍與黑」的碟片懷舊，想從林黛的音容裏尋找一點那個時代的氣息，而從那個時代的氣息裏揣摩張愛玲的心思。

這是林黛的最後遺作。那年她三十歲，然而已經有些顯老了，而且微微發

福。化濃妝，長眉與眼角都斜飛入鬢，一招一勢有話劇腔，但眼神仍然足以魅人亦懾人。是她慣常的悲情戲，電影剛開始，舞廳大班請她不要急著告假，好歹過了新年再說。她回答：「對不起，醫生說我再不休息就要死了。你說怎麼辦？」

我聽著，真有些驚心動魄的感覺——結果她是電影沒有拍完便香消玉殞了。

至於「情場如戰場」，我只看過劇本，電影卻無緣得見，據說改動甚大，從故事大綱到人物性格、對白，都與原創有很大出入。女主角美豔動人而頗有心機，喜歡俘虜天下男人的心，連姐姐的心上人也不放過，她的表哥決意要與眾不同，但最終仍然不能躲過她「溫柔的陷阱」——這角色讓林黛來演，是很有說服力的。

繼「情場如戰場」之後，張愛玲又一連為電懋創作了「人財兩得」（一九五八）、「桃花運」（一九五九）、「六月新娘」（一九六○）、「南北一家親」（一九六二）、「小兒女」（一九六三）、「一曲難忘」（一九六四）、「南北喜相逢」等多部劇本。宋淇為她爭取到了每部八百至一千美元的優厚報酬，這是張愛玲在那段時間最主要的經濟來源。

從這些影片的取材上，不難看出賴雅對張愛玲的影響——「情場如戰場」的故事大綱是由美國麥克斯舒爾曼的舞台劇「溫柔的陷阱」改編而成；「一曲難忘」顯然脫胎於「魂斷藍橋」，而「魂歸離恨天」則與「呼嘯山莊」係出一轍，還有後來影響深遠的南北系列也都由好萊塢影片改編而來，這些都可說是美國文化或者好萊塢文化對張愛玲最大的影響，而更有可能的是來自賴雅的主意。

其中頗值得一提的是，她在給賴雅的信中提到的「一個明星的訴訟案」中之明星，指的其實是尤敏，張愛玲寫這封信時與她尚無交往，然而次年她的劇本「小兒女」在香港首映，卻是由王天林導演，雷震與尤敏主演的。後來還獲了一九六三年台灣金馬獎優秀劇情片獎。

看劇本時，我總是一再地想起張愛玲從前編劇的「不了情」以及由此改寫的小說〈多少恨〉，總覺得「小兒女」似是「不了情」的續集，或者說結局的

另一個版本。

不過，尤敏可比陳燕燕漂亮得多了。我看過一點「小兒女」的片花，尤敏是我看過的所有張愛玲編劇的電影中最漂亮的女主角。

這是一個關於兩代人的愛情故事。少女王景慧與同學孫川因為一簍蟹而在公交車上邂逅重逢，繼而戀愛。景慧之父王鴻琛喪妻多年未娶，與女教師李秋懷彼此傾慕，卻因顧忌女兒而不敢言及婚嫁。李秋懷傷心遠行，去了青洲島教書，卻與來找工作的景慧不期而遇，兩人在不知道對方身分的前提下互訴心事，取得了最深刻的理解——故事是大團圓結局。

「不了情」裏，女教師虞家茵愛上了有婦之夫夏宗豫，卻為了不破壞對方家庭而灑淚遠行，跑去天涯海角教書；而「小兒女」中，王鴻琛終於死了老婆，女兒替他找回了愛人李秋懷。

——張愛玲在「不了情」裏使用分身術，既是那個失去母親的孤女王景慧，也是愛上別人父親的李秋懷。而她童年時曾為之落淚的那朵夾在書本裏的小花也於此出場，成為電影中一個意味深長的道具：孫川與王景慧一家郊遊，景慧打開一本書來，看到裏面壓著一朵乾枯的花，深思地說：「這還是媽媽在這兒採的花。」

這小小的細節，讓我們再一次看到貌似無情的張愛玲在內心深處，對母親的深切的思念。

而她在香港創作「紅樓夢」之餘完成的另一劇本「南北一家親」，於一九六二年開拍，九月《娛樂畫報》中有這樣的報導：「故事大綱由秦亦孚執筆，編劇由名女作家張愛玲執筆。這是電懋當局早與張愛玲取得默契者，但張愛玲僑居美國多年，對香港現實環境有了生疏，所以遲遲未能下筆。電懋當局俯候再三，張愛玲決定來港編撰，抵港之後，張愛玲即深入各階層實地觀察，搜集素材，準備充分，才開始動筆……」

這些顯然是廣告語，因為從張愛玲家信可知，她忙得像「一隻狗」，每天寫作從上午十點到凌晨一點，根本沒有時間去「深入各階層實地觀察」。但是至少可以由此得知，張愛玲雖與宋淇離齬，與電懋的交情至少表面上卻仍是維持著的，而且劇本裏的香港風情以及俚語典故也都是由宋淇代為填加改寫。

——世人如果以一句「他們已不是我的朋友了」的負氣之語便推斷張愛玲與宋淇交惡，那是對兩個人的心胸與德行都太低估了。

人畢竟不是神，夫妻尚且鬥嘴吵架，何況朋友？我們不能要求朋友像耶穌那樣博愛，那樣完美，所謂「水至清則無魚，人至清則無徒」，而愛玲與宋淇，都是清者，卻非至清者。

事實上，在愛玲離港前，還搬到宋家住了兩個星期，雖然由於自卑與拘謹，這兩個星期的「同居」生活想必不甚愉快；張愛玲離港後，和宋淇也還一直保持著聯絡，不時報告自己寫作《雷峰塔》與《易經》的進展，直到一九六四年夏天，電懋老闆、一個新加坡富商在六月二十日的空難中喪生，電懋公司隨後解體，張愛玲與宋淇的劇本合作才被迫中斷。

但此後他們也一直有聯繫，張愛玲與台灣皇冠出版社的合作，也是由宋淇牽線；一九八四年香港邵氏公司拍攝「傾城之戀」，還是宋淇搭橋，並且因為宋淇與邵逸夫的老朋友關係，還替張愛玲爭取到了一筆不菲的稿費；後來但漢章一九八八年拍「怨女」，關錦鵬一九九○年拍「紅玫瑰與白玫瑰」，走的也都是宋淇的路子。

而張愛玲身後，更是把所有遺產都交與宋淇——他們的友誼，不折不扣維持了一輩子。

5

張愛玲在台灣雖然只是驚鴻一瞥，緣分卻從此結下，當大陸青年正齊齊洗腦，每天高唱語錄歌、大跳忠字舞，蒙受著「史無前例」的洗禮時，台灣青年卻幾乎人手一本張愛玲，讀得如醉如癡。

難怪台灣女作家朱天文不無自豪地說：「關於張愛玲，大陸是比台灣晚了至少三十年。在台灣可以說，我們是讀張愛玲長大的，弱水三千取一瓢飲，每人都從張愛玲那裏取得了他的一瓢。這樣的文化構成，跟大陸，的確不同。一言以蔽之，個人的自為空間。」

張愛玲作品「回到」大陸是八十年代以後的事——而且不是「全部」！——

彼時港台文學襲擊內地，張愛玲隨之回流，讀者們驚喜而茫然，不是把她當成「出土文物」就是認作「美籍華人」，而主流文學更是帶著一絲本能的拒絕對其諱莫如深。有些自封「張迷」的讀者更是連《秧歌》和《赤地之戀》的題目都沒聽說過。

直到今天，「張愛玲」的名字已經如日中天，大陸作家們卻仍然不能有平和的心態、客觀的視角來看待，即使私心裏真正喜愛，也要在言辭間修飾辭令來遮掩提防，欲蓋彌彰。一旦被人冠以「張派作家」之名，更是要忙不迭地出來解釋分辯，雖然文章裏既用了張愛玲的文法也常常引用著張愛玲的典故，可是著書立說之際卻不住劃清界線，左一句「一分為二」、右一句「去蕪存精」，扭扭捏捏，裝腔作勢，真令人啼笑皆非。

香港許子東先生問得好：「有趣的是，一般當代作家如被人評為有『魯迅精神』、『老舍語言』或『沈從文風格』等，大都會感到光榮自豪。何以被認為是張派的作家，卻不是『劃清界線』就是『叛逃前身』，甚至有意無意都對張的影響感到焦慮？是否因為作家們不願被太有魅力的前人身影湮沒？或許人們對張愛玲的文學史地位仍有困惑？」

而台灣作家就沒有這些顧慮，早在六七十年代時自稱「張派」作家的已經不乏有人，並奉張愛玲為「祖師奶奶」。這大紅大紫，究本溯源有兩大原因：一是一九六一年夏志清《中國現代小說史》（**英文本**）的出版；二是台灣皇冠出版社對張愛玲作品的系統推薦。

夏志清，江蘇吳縣人，一九二一年出生於上海浦東，一九四二年六月自滬江大學畢業，一九四五年十月離滬去台北，據他自己回憶，從大學畢業到赴台中間的三年裏，「只參與過兩個像樣的文藝集會：一九四三年秋天我在宋淇兄嫂家裏見到了錢鍾書、楊絳夫婦和其他上海的文藝名流；一九四四年夏天我在滬江英文系低班同學家裏見到了張愛玲和不少滬江、聖約翰大學的學生，他們都是仰慕張愛玲而來的。」

那位「低班同學」，指的是滬江大學英文系畢業生章珍英女士；見面地點，是在章同學巨籟達路六六一號的家中；一九四四年，正是轟轟烈烈的「張愛玲年」。不過當時的夏志清正在埋頭專攻英美文學，抱定宗旨不讀中國當代

作品，因此對張愛玲所知有限。參加這樣的一個文藝集會，目的只是想「見到幾位愛好文藝的聰明女子」，倒不是為了慕張愛玲之名。在那天的見面會上，他的視線一直被一位美麗的寧波小姐劉金川所吸引，後來追求了許久而未果；對張愛玲反而印象不深，只記得「她穿的是一襲旗袍或西服，站著談話，笑起來好像給人一點缺乏自信的感覺。聽眾圍著她，好像也都是站著的。」

此後夏志清在胡適的鼎力推薦下，得到一筆助學金，得以赴美留學，成為耶魯大學的英美文學博士生。在耶魯期間認識了第一任美國妻子，生了個女兒，可後來離婚了；第二任妻子是台大畢業來美的王洞，又生一女，可惜天生癡呆，不會講話，生活完全不能自理，這是夏志清生平至大憾事。

一九六一年完成《中國現代小說史》一書，第一次讓美國人知道了魯迅、茅盾、老舍、錢鍾書、沈從文、張愛玲的名字。認為：「張愛玲應該是今日中國最優秀最重要的作家。僅以短篇小說而論，堪與英美現代女文豪曼殊菲爾、安泡特、韋爾蒂、麥克勒斯等相比，某些地方恐怕還要高明一籌。《秧歌》在中國現代小說史上是本不朽之作。」而《金鎖記》則「是中國自古以來最偉大的中篇小說。」

該書一經出版，立即成為研究中國現代文學的熱門書，也是許多歐美大學的教科書。然而這時的夏志清與張愛玲其實並無交往，此前雖在上海有過一面之緣，張愛玲早已不記得了；他們的第二次見面，是在一九六四年三月的華盛頓，由「美國之音」中文部編輯高克毅作東，請陳世驤、吳魯芹、夏氏兄弟同張愛玲在一家館子相會。這在後文會有更詳細的介紹。

此後，夏志清與張愛玲正式建交並開始通信。二○○四年十月，曾以一部自傳體勵志小說《曼哈頓的中國女人》蜚聲文壇的周勵女士兩次採訪夏志清先生，第一次在飯店見面，第二次則在他紐約哥大附近一一三街公寓的家中，並帶去了王蕙玲編劇的「她從海上來」碟片。

夏志清向周勵出示了張愛玲的多封來信，張愛玲用打字機打出的地址，既沒有用Eileen，也沒有用賴雅Fedinomd Reyhor的姓氏，只是一個「Chang」。信都是豎式書寫的，用的是薄薄的白信紙，黑色鋼筆字很清秀，每封信的最後總是要提夏太太王洞的名字。夏太太說：「張愛玲真懂禮貌，每一封信都要問問我和月珍（癡呆女兒）好。」

談起張愛玲的兩任丈夫，夏志清餘怒未消，認爲：「這個賴雅，因爲窮得涮涮滴，一定要張愛玲去流產！孩子對於女人就像生命一樣重要啊。張愛玲流產後真真是萎謝了。如果她有個一男半女，在以後寡居的幾十年中會給她帶來多大的欣慰快樂！我想，這可能是她在最後的《對照記》中既沒有胡蘭成，也沒有賴雅的照片文字的原因。這二個男人實在都不值得她愛戀思念！」

　　《中國現代小說史》將張愛玲第一次寫進文學史，這對於張愛玲作品而言，無疑是具有著里程碑般的意義；然而對於張愛玲本人來說，卻似乎波瀾不興，草木依舊，她的英文小說的出版仍然很困難，她的經濟情況也絲毫不見好轉，而她的丈夫賴雅則更在經受著生死之危。

　　她給宋淇夫婦寫信，抱怨《易經》一直「賣不掉」，並說自己打字打得天昏地暗，現在還沒有打完……

　　看到這種地方，我真是恨不得跳進書裏說：我替你打！

　　真正對她的經濟狀況與作品出版具有直接改善之功的，是台灣「皇冠」出版社老闆平鑫濤。

　　平鑫濤的名字，對於大陸讀者並不陌生，不僅因爲他是《皇冠》雜誌的負責人，還因爲他是「愛情教母」瓊瑤阿姨的丈夫；而對於本書來說，他的另一重身分更值得玩味──他同時還是當年中央書局老闆平襟亞的侄子。

　　二十年前在上海，張愛玲的第一本書《傳奇》沒有交給中央書局出版，從此與平襟亞結了樑子，還惹下了「一千元灰鈿」的官司；二十年後，她終於還是把出版權交給平家人了，而且，這一合作便是三十年，直至死後。

　　平鑫濤回憶：「一九六五年在香港，我遇到了宋淇先生，他是一位溫文爾雅的讀書人，我們一見如故，他很熱心地推薦了好幾位香港的作家給我，尤其是張愛玲。那時，張愛玲已旅居美國。聽到張愛玲的名字，我覺得又親切又高興，出版她的作品，絕對是一個很大的榮幸。《怨女》在一九六六年四月出版，彼此合作愉快，從此張愛玲的全部作品，都由『皇冠』獨家出版。年輕時期的張愛玲和平襟亞先生的《萬象》雜誌結下深厚的文學之緣，而後又和『皇

冠」愉快地長期合作，前後五十年，與兩個平氏家族的出版事業緊密攜手，這樣橫跨兩代的淵源，也許正如她第一本書的書名一樣，可說是另一則『傳奇』吧。」

一九六六年四月，《怨女》由台灣皇冠出版社出版，不久又接連出版《秧歌》、《流言》、《張愛玲小說集》，以及《半生緣》等，遂掀起台灣的「張愛玲熱」。而「皇冠」的版稅亦成了張愛玲此後最主要的經濟來源，在一九八三年十二月廿二日張愛玲給夏志清的信中曾明確提到：「我一向對出版人唯一的要求是商業道德，這些年來皇冠每半年版稅雖有二千美元，有時候加倍，是我唯一的固定收入……」肯定之情，溢於紙上。

一九八四年一月，她又在《皇冠》創刊三十周年紀念專號上公開發表隨筆散文〈信〉，聲稱：「《皇冠》我每一期從頭看到尾，覺得中國實在需要這樣一個平易近人而又製作謹嚴的雜誌。」「《皇冠叢書》近年來大量譯暢銷書，我一直私底下在信上對朋友說這條路走得對，推遠了廣大讀者群的地平線。」

平鑫濤回憶：「張愛玲的生活簡樸，寫來的信也是簡單之至，爲了不增加她的困擾，我寫過去的信也都三言兩語，電報一般，連客套的問候都沒有，真正是『君子之交淡如水』。爲了『快一點聯絡上她』，平日去信都是透過她住所附近一家雜貨店的傳真機轉達，但每次都是她去店裏購物時才能收到傳真，即使收到了傳真，她也不見得立刻回信，中間可能相隔二三十天。我想她一定很習慣這種平淡卻直接的交往方式，所以彼此才能維持三十年的友誼而不變。」

我深深覺得：對於一個作家來說，最可怕不是寫不出故事來，也不是寫完了賣得好不好，而是怎麼賣——如果賣書需要耗費比寫書更多的心神，那真是最痛苦的酷刑。

我目前出版書目超過五十部，其中半數都是與同一位出版人合作。許多人建議我出書時應該貨比三家，要懂得討價還價的技巧，然而我生平最怕的就是同生意人打交道，把出書當成出貨那樣斤斤計較。

我只是喜歡寫，並且希望寫了能夠出版，出了會有讀者願意看，重

西望張愛玲之 張愛玲 傳奇

383

　　夏志清曾在〈超人才華，絕世淒涼——悼張愛玲〉裏寫道：「張愛玲這幾年來校閱了皇冠叢書爲她出版的『全集』，並新添了一本《對照記》，把所有要留傳後世的自藏照片，一一加以說明，等於寫了一部簡明的家史。去年底她更獲得了《中國時報》頒給的文學『特別成就獎』。張愛玲雖然體弱不便親自返國領獎，向多少敬愛她的作家、讀者見面，但她已爲他們和世界各地的中國文學讀者留下一套校對精確的『全集』，可謂死無遺憾了。」

　　——她的第一本書《傳奇》沒有交給平襟亞，然而她的最後一本書《對照記》與生平作品「全集」卻交給了平鑫濤，這已經不僅是「傳奇」，簡直是「拍案驚奇」！

　　更讓人感慨的是，張愛玲在去世前遺囑將所有財產交付宋淇。而宋淇則在四個月後（一九六六年一月一日）簽署了一份「委任授權書」：「本人茲委任台灣皇冠文學出版社有限公司獨家代理有關本人所擁有之張愛玲女士著作權在全世界任何地區之一切版權事宜，包括任何出版授權及其他以任何形式、任何媒介之一切改作和衍生授權。」同年，宋淇去世，其夫人宋鄺文美成爲張愛玲作品法定繼承人。

　　「皇冠」遂成了張愛玲著作版權的合法代理人與最大受益人。二〇〇三年九月十一日，平鑫濤發表「版權聲明」：「所有張愛玲著作依照世界著作權公約和伯爾尼公約之規定，其著作權均仍有效存續，並未成爲公共財產。本公司於張愛玲女士過世後，即獲宋淇夫婦委任全權獨家代理所有張愛玲著作之相關版權和法律事宜。」並申明除了他曾授權的哈爾濱出版社外，「所有未經授權或授權早已期滿之張愛玲著作版本均屬非法之盜印版」。

　　此前，他曾先後授權給花城出版社和上海古籍出版社出版過張愛玲的作品，授權期爲兩年。

　　我手上便有一套花城出版社一九九七年三月第一版的「張愛玲作品集」，共十一本，慣例地沒有收入《秧歌》與《赤地之戀》，似乎這樣便可以掩耳盜

鈴地當作壓根沒有這兩部書，遂在開頭堂而皇之地加了一篇某人的「前言」，將張愛玲和魯迅相比較著，然後得出結論說：「（魯迅）從《狂人日記》到《故事新編》中的作品，沒有一篇是重複的。相比之下，張愛玲從〈沉香屑第一爐香〉到〈五四遺書〉（西按：其實應該是《五四遺事》，不知是作序人錯了還是校對紕漏）似乎始終沒有『長大』，唱的仍是同一種腔調。一個不能不斷地突破自我的作家，終究難以以『偉大』來形容。張愛玲只是一位創造了一種獨特風格的優秀作家。」

——我也由此得出兩種推斷：要麼此人沒有讀過《秧歌》與《赤地之戀》，八成也不知道《紅樓夢魘》，更不會瞭解張愛玲的戲劇；要麼，他就是個瞎子！

有意抹殺一部分作品，然後再來以偏蓋全地說明張愛玲沒有「長大」，不夠「偉大」，這真是欲加之罪，何患無辭？與「莫須有」何異？而這樣一篇狗屁不通的序竟在十一本書的每一本前面都占著五頁紙，翻開一本書就要看見他，真讓我恨不得撕書。

這樣一邊曝骨一邊鞭屍般的行徑，就難怪平鑫濤要收回版權了。

我在翻查有關張愛玲的各種資料中，曾經忍不住站起來兩次——

一次是因為看到桑弧原來就是越劇「梁山伯與祝英台」的導演，頓覺遺憾不已——原來是他！我媽媽是越劇迷，我從小跟著她聽得最熟的兩部越劇，一部是徐玉蘭、王文娟的「紅樓夢」，另一部便是這「梁山伯與祝英台」，可從沒注意過導演是誰。原來便是桑弧。這可真叫我失神，那他可真配得過她了！倘若她嫁了他，可有多麼好！

另一次是看到浦麗琳寫的〈張愛玲、夏志清點「海上花」〉裏說：「張錯從書架上取下一大一小兩個紙盒，抽出台灣皇冠出版社複印的相片、中文手稿影印本、書籍、卡片、英文稿《少帥》……」

——看到此我不由得一震而起，從前只知道她曾經赴台採訪張學良而未得，原來已經動筆了，還有英文手稿留下來，那麼如今那手稿在哪裏呢？打算何時印行？又打算請何人譯成中文？

張愛玲寫的《少帥》！一個我最敬愛的作家來描寫一個我最敬愛的長輩，

我多麼期待它！

　　第一次聽說少帥的故事，也是從媽媽那裏。她稱于鳳至作姑姑，講起于、張兩家的淵源，與後來我在歷史課本上讀到的頗為不同，以至於我在歷史課上聽到「東北易幟」、「西安事變」這些大事件時，竟沒有把兩個張學良聯繫起來。陰差陽錯從大連來了西安後，一直對這個城市沒有親切感，直到接受貝塔斯曼邀請寫作遊記散文《緣分的西安》，赴西安事變紀念館拍照時，才忽然意識到：我竟是踩著前人的腳印在亦步亦趨呢。後來送外甥女就讀西北大學，看到少帥立的石碑，才知道西大原是張學良創建，不禁撫碑歎息良久。先生也是西大畢業，我對他笑言：我們兩人經歷背景沒半點相似處，追本溯源，一線因緣卻在這裏。

　　多年來，我對張愛玲的「紅樓夢」劇本及《少帥》草稿好奇至死而又無可奈何。這兩年「張學」們一再打撈舊作，一會兒是〈鬱金香〉出土，一會兒是《同學少年都不賤》遺作問世，今年剛出了個中文版自傳《小團圓》，明年又出了英文版自傳《雷峰塔》和《易經》，另一邊還叫賣著另有一本《描金鳳》未完和部分《少帥》英文稿……卻偏不肯痛痛快快地一次性示眾，非要抻著拖著，隔兩年拋一本「佚作」出來，這花槍耍得真是有點讓人膩煩。

　　然而我不明白的是，從一九六四年張愛玲陸陸續續投遞給宋淇夫婦這些信件及手稿，一直到一九九五年張愛玲過世，其間三十多年過去了，這些書稿，就從來沒有人問津嗎？不錯，宋淇夫婦是曾勸阻張愛玲出版《小團圓》。但是當張愛玲絮絮地在信中訴說《雷峰塔》「賣不掉」的煩惱時，他們可曾勸過她改成中文出版？總不會認為中文版也一樣「賣不掉」吧？

　　張愛玲並不是古人，她死於一九九五年。而在此之前，八九十年代，內地有陳子善自稱「張學」專家，台灣有朱西甯父女等眾多自身已經有很強影響力的作家「張迷」，宋淇去信時也一再對張愛玲說「你是一個偶像」。各種關於張愛玲小說的盜版風行於世，甚至某些舊雜誌上的佚名小說也被冠以張愛玲的名字印行──此時，張愛玲尚在世，雖然由於自閉的生活而可能不瞭解自己對華文世界的影響，但是身在台灣的宋淇夫婦，尤其是出版家平鑫濤與瓊瑤夫婦，難道他們也不瞭解張愛玲的影響力？而一定要等到張愛玲去世之後，才每隔一年推出一本新的張愛玲遺作來製造轟動效應？

答案只可能有兩種：一是張愛玲在生前確實不願意出版自傳，於是平鑫濤等人也便不去「觸霉頭」，只好等她死後再來做文章；二是如平鑫濤所說，張愛玲在臨終前幾年一直想完成《小團圓》卻始終未完成，而她的遺稿中也並沒有她所說的一直在寫的《小團圓》，於是平鑫濤一邊出具張愛玲在九十年代寫給他的信為證，一邊讓宋以朗翻出她在七十年代寫成的草稿為據，廢物利用，大撈一筆。

　　作為張迷，只要能搜尋到張的片言隻字，自然都是欣喜的；然而這樣的熱鬧，張愛玲自己卻是看不到了；當她不斷地在信中向宋淇抱怨書稿「賣不掉」時，當她孤寂地死在美國洛杉磯公寓裏時，大概是不會想到這些書稿在身後十五年的繁華似錦吧？

　　活著，就是這點佔便宜！

第十八章　永失我愛

1

書寫到這裏的時候，我的靈魂感到疲憊了，很想隨著身體一起放個假。那麼巧，雜誌社有個會議在蘭州召開，會後，老闆忽發慈悲，給我們一星期假去敦煌旅遊——那是我嚮往了許多年的聖地哦。於是一向神不守舍的我難得靈肉合一，同時奔赴敦煌曝曬了幾天。

然而行程安排得太緊，爲了多玩兩天，我決定訂機票回去，免得把時間浪費在路上；同時，也是厭倦了二十四小時與同事親密相處。平日裏我行我素獨來獨往慣了，各自辦公，並沒有機會過多交談，不過是寫字間走廊裏遇見了點頭招呼而已。而在這長途的汽車旅行中，呼吸相聞，朝夕相見，竟是窘促難安的。

終於到了分別的時候，一車人喧囂地來，一車人喧囂地去，將我獨自留在賓館裏，世界驀地安靜下來，巨大的幸福感滿山滿谷地擁圍過來——只有在人群中逼擠到窒息之後，才會瞭解到孤獨是多麼可貴的一件事。

這一刻，我再次想起張愛玲。我無比理解張愛玲。

她對於擁擠的承受能力顯然比我更低十倍，而對於孤獨的需求空間則比我更大百倍。是以她在她的最後時間裏選擇了一種自閉的生存方式，與世隔絕。

當然，在她的刻意而完整的孤獨之前，也曾是經過了一番努力與掙扎的。

我的靈魂非常清楚地看到了那一切。甚至無需再度飛越時空，當我在莫高窟面對飛天彩繪和周圍的喧嘩之際，就徹底地明白了她——她也曾和我一樣在寫

字樓裏謀生，爲了不懂得與同事相處而覺得抱歉與窘迫，然後坐在辦公室裏瘋狂地渴望孤獨與自由。

那是一九六六年，她的英文自傳《雷峰塔》和《易經》完成後，四處投遞，卻始終賣不掉。而高額的醫藥費如債主般逼上門來，於是不得不向當時正在美國大學教書的年輕講師劉紹銘求助，托他爲自己在大學裏謀一份差事。

劉紹銘曾以〈落難才女張愛玲〉爲題撰文，回憶說，「張愛玲那段日子不好過，我早從夏志清先生那裏得知。這也是說，在初次跟她見面前，我已準備了要盡微力，能幫她什麼就幫什麼。」

──張愛玲的日子不好過，竟然成了美國華人圈子裏公開的秘密，聽來真令人唏噓！

從前在上海，有一次愛玲去舅舅家，舅母看她衣衫單薄，隨口說：「改天翻箱子找兩件你表姐的舊衣服送你穿。」她一愣，強烈的自卑感與自尊心同時發作，漲紅了臉說：「不，不，真的，舅母不要！」連眼淚也滾下來了。心裏說：何時輪到我被周濟了呢！

然而如今的事實卻不得不叫她低頭──在她回美國後不久，賴雅在從華盛頓國會圖書館回家的路上摔了一跤，導致癱瘓。愛玲日以繼夜地守候著他，在起居室裏支起一張軍用床，一邊寫作，一邊護理。而這期間，他們的生活來源就是張愛玲的版稅，加上賴雅每月五十二美元的社會福利金。

爲了節源開流，她只得把家從皇家庭院的簡樸公寓搬到黑人區中的政府廉價租屋肯德基院（Kentucky Court），同時到處尋找工作機會，貼補家用。

那時，麥卡錫已從台北調回美國，供職於「美國之音」，通過他的介紹，張愛玲得到了一些寫廣播劇本的機會，這包括陳紀瀅的《荻村傳》和蘇聯作家索爾仁尼琴的成名作《伊凡生命中的一天》及《瑪曲昂娜的家》等。

負責接洽約稿工作的「美國之音」中文部編輯高克毅後來在〈張愛玲的廣播劇〉一文中回憶了自己與張愛玲的三次見面：

「第一次，她到華府西南區『美國之音』的總部來交稿，果然是一位害羞、內向的女作家，她不肯涉足我們的辦公室。我接到外邊接待處的電話，出來迎迓，只見一位身段苗條，穿著黑色（也許是墨綠）西洋時裝的中年女士，

在外廳裏徘徊，一面東張西望，觀看四壁的圖畫。那天我回家告訴太太，梅卿說：『啊呀！張愛玲是我在上海聖瑪利的中學同學呀。』當時我們就跟她接頭，要請她吃飯聚一聚，可是被她委婉而肯定地推辭掉。」

——張愛玲素來內向，不喜見人，推拒約會也是意料中事。不過她對母校情感深厚，難得他鄉遇故知，卻連舊同學之約也推掉，除了生性孤僻之外，我猜最主要的原因還是因為她這段時間生活窘困、自覺潦倒，故而不願應酬他人，免得那些「同學少年都不賤」的故人再給她來一下狠的。何況，席間大家敘舊之際難免問起現狀，讓她如何向人交代自己癱瘓在床的丈夫與窮困到要改寫廣播劇來謀生的窘況呢？而且吃飯之後，要不要還請？要不要禮尚往來？這些，都是注重禮儀的張愛玲所深為忌諱的。

寧為人知，勿為人見。張愛玲知道，人們對於她一向是有著許多傳言的，而她因為向來覺得自己乏善可陳，難得有些什麼給人家講，倒也不願意去分辯。不過要她自己登台演說，有問必答，卻是做不出來的。

嫁給一個年長三十歲的過氣作家，總不是什麼光榮的事吧？老已經夠難堪的了，還要窮；只是窮也還捱得過，還要病；別的病也罷了，又是中風，而且癱瘓，真是說起來也覺得膩煩。

人與人之間最安全的距離就是最好只是相識，而沒有關係。一旦人們的關係被某種概念所定義，就會不安全而且有壓力，諸如同事、同學、朋友、親戚、上下級、合作方，甚至夫妻、家人、對手、仇人……倘若這些關係不得不發生，那麼唯一可以做的就是刻意維持空間的距離，將交往機會與危險係數降至最低。

高克毅接下來的回憶可以佐證我的這一猜測——

「第二次，也是為了談稿子的事，我去東南區賓夕法尼亞大道附近她和她先生租居的公寓，登門造訪。我以為總可瞻仰一下那位老作家的丰采，也就是跟張愛玲在麥克道威爾文藝營結識以至結婚的賴雅先生。可是她告訴我，他臥病在床，不能會客。」

——「不能」會客是原因，「不願」會客是根本。這時的賴雅已經病入膏肓，原本健壯的他如今瘦得皮包骨頭，是脫水的聖誕老人。不要說高克毅這樣的「無謂閒人」，有一天他的表親哈勃許塔脫來探望他，往日熱情好客又喜歡說話的賴雅尚且一言不發，把頭默默地轉向牆壁——驕傲的賴雅與張愛玲，都不願意面對旁人驚訝而憐憫的目光，不願意把自己的傷口赤裸裸地展現人前。

　　至於高克毅與張愛玲的第三次見面，也就是前文提及的夏志清與張愛玲的第二次見面——

　　「第三次，也是值得回味的一次，那年『亞洲學會』在華盛頓舉行年會。夏志清兄從紐約來宣讀《西遊記》論文，他的兄長夏濟安從台北來美不久，也自加州趕來開會，並提出討論《西遊記》的論文，哥兒倆珠聯璧合。我的同事吳魯芹是夏氏昆仲的好友，告訴我他們很想一見張愛玲。我於是在會後約了他們兩位，還有老友加大教授陳世驤，駕車同往東南區，好不容易接了張愛玲出來。我同濟安是初次也是唯一的一次見面。我早年曾為上海《西風》雜誌撰稿；濟安在車上說，他也經常投稿該雜誌，用的是筆名『夏楚』。我們兩人同聲記起，張愛玲在《西風》上登過一篇文章〈我的天才夢〉。」

　　命運，總是在不知不覺的街口拐彎，高克毅這個人的出現，彷彿只是為了促成夏志清與張愛玲的重逢，此後，他的任務完成，再也沒有見過張愛玲；而夏志清，卻與張愛玲的友誼維持終生……

　　改編廣播劇的菲薄收入對於應付日常消費與賴雅的醫療費無異杯水車薪，張愛玲不得不四處求助，想再多找幾份工作，得到一份相對穩定的收入。劉紹銘辛酸地記述，「如果不是在美舉目無親，她斷不會貿貿然的開口向我們三個初出道的毛頭小子求助，托我們替她留意適當的差事。」

　　這裏的「三個毛頭小子」，指的是劉紹銘、莊信正和胡耀恒。那是一九六六年六月，劉紹銘時任威斯康辛大學駐校講師，與張愛玲同獲邀請參加印第安那大學中西文學關係研討會，而莊與胡當時都是印第安那大學的研究生，他們三人在會後一起去客房拜訪了張愛玲。劉紹銘回憶：「那天，張愛玲

穿的是旗袍，身段纖小，叫人看了總會覺得，這麼一個『臨水照花』女子，應受到保護。」

其實張愛玲身形高挑，纖則「纖」矣，小卻不「小」。想來所以會給劉紹銘留下這樣的印象，是因爲她的「窘」與「弱」落在他眼中，有一種「寒酸」的感覺，連個子都跟著「小」起來。

對於這些鑽研學問的人而言，最「適當的差事」當然是教書，然而要在美國大學教書，總得有個博士學位，連學士、碩士都不管用。可是張愛玲別說博士學位了，由於在香港大學兩進兩出，連張正規的大學畢業證書也沒有，因此找差事十分困難。而張愛玲與香港大學的樑子也就是這麼結下的——她一再寫信回港大要求校方出示學歷證明，明明只是舉手之勞，港大卻偏不肯行以方便。

幸好皇天不負有心人，在劉紹銘發出的多封求助信中，終於有一封得到了肯定的回覆，即是他從前在邁阿密大學任教時的老闆John Badgley教授，願意請張愛玲駐校七個半月，月薪千元。而劉紹銘一九六四年在邁阿密拿的講師年薪是七千元，合月薪不足六百，除房租和日常開支外，還可分期付款買二手汽車。相比看來，張愛玲在邁阿密的待遇還是不錯的。

然而帶著老公上班顯然是不方便的，張愛玲因此曾試圖委託霏絲暫時照顧賴雅，卻被生硬地拒絕了。

霏絲且很不客氣地說：「我也要上班，還有兩個十多歲的兒子要照顧。你不能這樣把他留給我就走人！你在當初和他結婚的時候就應該曉得他的健康情況！」——她分明在暗示，張愛玲嫁給賴雅另有謀圖，是爲了謀一張綠卡！

張愛玲一言不發。她一直都明白，她是孤獨的、孤獨地行走在這個世界上，無人可以分擔她的痛苦。她果斷地帶著癱瘓的賴雅離開了華盛頓，霏絲再來的時候，只看到幾個紙箱和張愛玲的一張字條：「我帶不走所有的東西，這幾箱垃圾麻煩你幫忙處理——最後一件事！」

霏絲打開紙箱，裏面竟然都是父親的手稿和日記，她氣憤地說：「她把它丟在這裏當垃圾！」

——很多人把這理解成張愛玲對賴雅作品的不尊重，然而我卻以爲，這是

她的無言的抗議，是給霏絲的最直白的回覆：我對你父親，毫無所圖。我已經把他的所有財產提前留給了你！

張愛玲是於一九六六年九月來到大學所在地的俄亥俄州牛津市的，然而一到就得罪了校長。她在九月二十日寫給劉紹銘的信中寫道：「病倒了，但精神還可支撐赴校長為我而設的晚宴，去了，結果也糟透了。我真的很容易開罪人。要是面對的是一大夥人，那更糟。這正是我害怕的，把你為我在這兒建立的友好關係一筆勾銷。」

事後劉紹銘向朋友打聽，朋友說那天校長專為她接風設宴，而張愛玲遲遲赴會還不算，到場後還冷冷淡淡，愛理不理，顯見是不會做人。

而且又不習慣於遵守規矩，不懂得「要坐在辦公室裏看書」這最起碼的演技——「周曾轉話來叫我每天去office坐，看看書。我看書總是吃飯與休息的時候看。如衣冠整齊，走一里多路到MaCracker Hall坐著看書，再走回來，休息一下，一天工夫倒去了大半天，一事無成。」

她的的確確是不大適合OL工作的。無論白領金領，都不是張愛玲的風格。

她從前說過：「教書不止程度要好，還得會表達，能把肚子裏的墨水說出來——這種事情我做不來。」現在逼上梁山，終究還是「做不來」。

繼邁阿密大學駐校作家之後，張愛玲的第二份工作是在哈佛大學雷德克里芙女子學院，在洛克菲勒基金會的資助下翻譯晚清小說《海上花列傳》。這次，是得益於夏志清的推薦。

抵達不久，即一九六七年十月八日，賴雅在麻州病逝，遺體火化後沒有舉行葬禮，骨灰轉交給霏絲安葬——張愛玲是不喜歡身外物與身後儀式的，她對自己這樣，對自己至親的人也是這樣。

在張愛玲的所有文字中，提到賴雅之處極少，連《對照記》中也缺席，只有她身後「出土」的《小團圓》裏有兩頁紙輕描淡寫了她在美國墮胎的經歷，賴雅一邊吃烤雞一邊等她發作的情形，留給我難以言喻的觸痛。

然而她在給台灣作家朱西寧的信中卻寫道：「賴雅不是畫家，是文人，也有人認為他好。譬如美國出版《秧歌》的那家公司，給我預支一千元版稅，同一時期給他一部未完的小說預支三千。我不看他寫的東西，他總是說：『I'm good company。』（我是個好伴侶。）他是粗線條的人，愛交朋友，不像我，但是我們很接近，一句話還沒說完，已經覺得多餘。」

又說：「我結婚本來不是為了生活，也不是為了寂寞，不過是單純的喜歡他這人。」

——我也希望是那樣。如果是那樣，一切的苦，也都還是值得的。

2

站在莫高窟的壁畫前，看到那些斑駁空白的牆壁，我的靈魂在哭泣。解說員每說明一段輝煌成就，就補充一句：這裏原有一尊最精緻的塑像，但是被外國人鑿下來運走了；這裏的壁畫色彩特別鮮豔，可是被外國人連牆壁黏掉了；這裏是藏經洞，洞中經卷浩瀚，可是大部分都已被外國人用幾塊馬蹄銀便騙走了；這裏的佛像的眼睛都是貼金的，可是金子被外國人刮去了，佛的眼睛也盲了……

心一路地疼著，疼得說不出話來。我們詛咒那貪婪混沌的敗家子王道士，詛咒巧取豪奪的盜墓賊斯坦因、伯希和、鄂登堡、華爾納……然而我們更該氣憤的是清政府的麻木昏昧。

「史流他邦，文歸海外。」我們失去了我們的敦煌，我們也失去了胡適與張愛玲，以及那麼多那麼多文歸海外的中華精英。莫高窟沒有腳，是被人背走的，撬走的；胡適與張愛玲是自願出走，甚至可以說是逃亡，可是他們為什麼要走？走了之後，又為什麼不肯回來？

他們在國外，都過得並不好。他去了台灣中央研究院做院長，而她關起門來研究《紅樓夢魘》，他們都並沒有背叛自己的文學，自己的根，然而他們都不肯回來。

一九六九年，張愛玲接受了她的第三份工作——赴柏克萊加州大學中國研究中心去研究大陸政治術語。這次仍是由於夏志清的推薦，然而夏志清卻不願邀功：「張愛玲名氣如此之大，我不寫推薦信，世驤自己也願意聘用的。但世

驥兄嫂喜歡熱鬧，偏偏愛玲難得到他家裏去請安，或者陪他們到舊金山中國城去吃飯。她也不按時上班，黃昏時間才去研究中心，一人在辦公室熬夜。」

張愛玲的助手陳少聰亦說：「張先生自從來過陳（世驥）家兩次之後，就再沒見她出來應酬過。陳先生和夫人再三邀請，她都婉拒了。陳教授儘管熱情好客，也不便勉強，只好偶爾以電話致候。」

——唉，她終是不會做人。

不過也許不是不會，是不願意。

Office裏一向分爲兩種人：一是做事的人，二是做人的人。

對於做事的人來說，做人是令他們爲難而且不屑的事；而對於做人的人來說，做事則同樣是令他們爲難而且不能的事。

可悲的是後者往往比前者事半功倍。他們只要搞定了「人」，才不管會不會做「事」，他們的「事」只是投機取巧、拍馬逢迎、拉幫結夥、狐假虎威、巧取豪奪、勾心鬥角、栽贓陷害……這些，是做事的人看不懂也學不會的。於是他們只有逃離，迴避，用消極的敬而遠之來自我保護。

然而有些人，是即使你疏遠他他也會被得罪的。比如上司。倘若他認爲你應該去親近他而你沒有，那麼他便會感到受傷，這心思與戀人有一點相似。

頂頭上司陳世驥就是這樣被得罪了。陳世驥是衝著張愛玲的名氣而雇傭她的，自然是爲了奇貨可居炫以友朋，然而她卻拒絕被人當作「奇貨」展覽，豈不教主人家敗興？

這一年，張愛玲四十九歲，將近「知天命」之年。可是天不假年，人不逢時，卻又奈何？

這一年，中國文化大革命進行得轟轟烈烈，如火如荼，六十九屆畢業生浩浩蕩蕩下雲南；這一年，美國首都華盛頓及舊金山等地共計百萬人參與反戰遊行，抗議尼克森政府侵越；這一年，七十一歲的劉少奇被送往河南開封，秘密關押於開封市革命委員會院內，並於十一月十二日逝世；這一年，我正在媽媽的肚子裏面猶豫著要不要出世，卻已經隨著父母一起「下放」了；這一年，美國發生了一件對於整個人類歷史都有巨大影響的大事——一九六九年七月二十日，太空人阿姆斯壯登月，在月球上邁出了人類的第一步——那可是張愛玲在文章裏寫了無數次贊了無數次的月亮啊，她曾對它寄予多少夢想，如今終於要

通過太空人的眼睛與腳步幫她揭開那神秘的面紗了嗎？

那天下午，張愛玲站在加州聖保羅大街一根電線桿下面，努力地仰頭瞇眼向上面的木牌張望。恰好陳世驤教授開車經過，問她在這裏做什麼，她說在找公共汽車站，想買電視機準備看晚上的登月轉播。原來高度近視的她誤把電線桿子當作公車牌了……

加大同事曾經形容，張愛玲是「辦公室的靈魂」，一語雙關，既是說她的深邃，也是說她的飄逸。她總是穿旗袍，或灰色，或紫色，或淡青，或素花，絲質的料子，傳統的滾邊，沿途灑下淡淡幽香；皮膚白得透明，化淡妝，至少會塗口紅，中度長短的鬈髮，有時是「五鳳翻飛」；步態優雅輕盈，走路時總是若有所思，有時也會一個人在校園裏散步，見到工人修理電線，能專注地仰視半天。

——卸去了賴雅的包袱，又有了皇冠的固定版稅，張愛玲這段日子的經濟狀況大為好轉，對於自己的穿戴打扮也精心起來。而且她始終都喜歡穿旗袍，無論走到哪裏，姓了誰的姓，入了哪國籍，她總歸是上海的女兒。

她曾說過：衣服好比隨身帶著的「袖珍戲劇」，是可以改變的「貼身環境」。又說，「我們各人住在各人的衣服裏。」——她的一生，是住在旗袍裏的。

眾多的回憶與採訪文字中，要屬與張愛玲同為研究所「語文部門僅有的兩個工作人員」中的另一個——陳少聰在〈與張愛玲擦肩而過〉中的描寫最為親切真實：

「第一次見到張愛玲是在陳（世驤）先生為她接風的晚宴上，陪客還有三四位其他教授。我的全副注意力都聚焦在張愛玲的身上，那時期我是不折不扣的『張迷』。她所有著作我沒有不讀的。在她身邊我變得小心翼翼，羞怯乖巧。儘管我的內心萬般希冀著能與她接近，與她溝通，當時我卻連話也不會說，也不敢說。」

「那晚張很文雅地周旋於賓客之間。她不主動找人說話，好像總在回答別人的問題。說話時臉上帶著淺淺禮貌性的微笑。她穿著一襲銀灰色帶暗花的

絲質旗袍（後來她一直都穿顏色保守的素色旗袍）。那年她四十九歲，身材偏高，十分削瘦。中度長短的鬆髮，看得出是理髮師的成品。她臉上略施了些粉，淡紅的唇膏微透著銀光。她的近視眼度數不淺，以至看人時總是瞇著眼睛，眼光裏彷彿帶著問號，有時讓你不敢確定她是否在看著你。」

「張先生總是過了中午才到，等大家都下班了，她往往還留在辦公室。平日難得有機會與同事見到面，也沒有人去注意她的來去，大家只是偶爾在幽暗的走廊一角驚鴻地瞥見她一閃而過的身影。她經常目不斜視，有時面朝著牆壁，有時朝地板。只聞悉悉索索、跌跌撞撞一陣腳步聲，廊裏留下似有似無的淡淡粉香。」

「有好幾次我輕輕叩門進去，張先生便立刻覷覰不安地從其座椅上站起來，瞇著眼看我，卻好像看不見我，於是我也不自在起來。她不說話，我只好自說自話。她安靜地聽我語焉不詳囁囁嚅嚅地說了一會，然後答非所問神思恍惚地敷衍了我幾句，我懵懵懂懂惶惶惑惑地點點頭，最後狼狽地落荒而逃。這類『荒謬劇場』式的演出，彩排了幾次之後，我終於知難而退，沒法再續演下去。魯鈍的我終於漸漸覺悟了這個事實：對於張先生來說，任何一個外人釋放出的恭敬、善意、乃至期望與她溝通的意圖，對她都是一種心理壓力與精神負擔。」

「從此我改變了做法。每過幾個星期，我將一疊做好的資料卡用橡皮筋扣好，趁她不在時放在她的桌上，上面加一小字條。除非她主動叫我做什麼，我絕不進去打擾她。結果，她一直堅持著她那貫徹始終的沉寂。在我們『共事』將近一年的日子裏，張先生從來沒對我有過任何吩咐或要求。」

「深悉了她的孤僻之後，為了體恤她的心意，我又採取了一個新的對策：每天接近她到達之時，我便索性避開一下，暫時到圖書室去找別人閒聊，直到確定她已經平安穩妥地進入了她的孤獨王國之後，才回歸原位。這樣做完全是為了讓她能夠省掉應酬我的力氣。」

「隔著一層板壁，我聽見她咳嗽，她跌跌衝衝的腳步聲。我是張愛玲周邊一名躡手躡腳的仰慕者。方圓十尺之空間內我們扮演了將近一年的啞劇。我是如此地渴望溝通與相知；而她，卻始終堅守她那輝煌的孤絕與沉寂。」

然而張愛玲並非無情，亦非堅冰，對於別人發自真心的關切與體貼，她是心知而且感激的。有一次張愛玲患感冒，請假不能上班，陳少聰打了電話去問候，又特意到中藥房配了幾付草藥送去她的公寓。然而明知她不喜人家打擾，故而只是撳了下門鈴，就把藥包留在門外離開了。

　　隔了幾日，張愛玲來上班，雖然並沒說什麼。然而陳少聰卻在自己的書桌上看到一張寫著「謝謝」的小字條，壓在一瓶香奈兒五號香水下面。

　　張愛玲似乎對香奈兒五號情有獨鍾，香港記者水晶也曾在〈夜訪張愛玲〉裏寫道：「她早已準備了禮物，因為知道我去年訂婚了，特地購買了八盎司重的香水，送給我的未婚妻。這讓我惶愧，因為來得匆忙，沒有特別預備東西送給她。」時間大約是一九七一年六月。

　　彼時張愛玲去意已決。她在這年六月十日有長信給夏志清，從這封信中不難看出，她在柏克萊大學的工作是舉步維艱而且殊不得意的：「我剛來的時候，就是叫寫glossary（詞語彙編），解釋名詞。剛巧這兩年情形特殊，是真沒有新名詞。包括紅衛兵報在內。Ctr（研究中心）又還有別人專做名詞，把舊的隔幾個月又出個幾頁字典。所以結果寫了篇講文革定義的改變，追溯到報刊背景改變，所以顧忌特多，沒有新名詞，最後附兩頁名詞。」

　　陳世驤對這份報告顯然不滿，拿給研究中心其他三位學者讀了，都說不懂。張愛玲只得通篇改寫一遍，然而陳世驤仍說看不懂。張愛玲笑著說：「加上提綱、結論，一句話說八遍還不懂，我簡直不能相信。」陳世驤生氣地說：「那是說我不懂囉？」命令張愛玲再度改寫，去掉報告只要名詞解釋。且說去年要不是研究中心主任交代了，早就不會再續聘她，隨即解雇了她。

　　這是張愛玲的最後一份工作，此後她再也不肯委屈自己寄人籬下。不用再替賴雅付醫藥費，再艱苦也還有限。於是她決意回歸自己酷愛的孤獨與自由，回到晝伏夜作的生活習慣中去，守望她愛了一輩子的月亮。

　　水晶先生形容：「我想張愛玲很像一隻蟬，薄薄的紗翼雖然脆弱，身體的纖維質素卻很堅實，潛伏的力量也大，而且，一飛便藏到柳蔭深處。」

　　一九七三年，這隻蟬自柏克萊搬到洛杉磯，深藏柳蔭，從此開始了長達二十二年的隱居生活。

3

在張愛玲決定歸隱的時候，胡蘭成卻決意復出了。一九七四年五月，胡蘭成應邀赴台灣陽明山文化學院任教，開設「華學、科學與哲學」課程。

這一次，是他按照張愛玲的路線在亦步亦趨──比愛玲來台灣晚了十三年。

這時的張愛玲在台灣熱度正高，追崇者眾，聽說她的前任丈夫在台灣，焉有不好奇之理？於是來訪者不斷，各有所圖，沈登恩與朱西寧就是其中最著名的兩位。

遠景出版公司出版人沈登恩如此回憶自己與胡蘭成的第一次見面：「我十分不禮貌地把話題一直環繞著張愛玲，問東問西，胡先生也不以爲意，臨走前，他從床底下的旅行袋中取出兩本書：《山河歲月》和《今生今世》送我，要我看看有沒有出版的價值。我連夜讀完《今生今世》，第二天一早，即開車上陽明山找胡先生，告以我的想法和出版計劃，胡先生十分高興，但他希望我先印《山河歲月》，再印《今生今世》。」

而朱西寧，素有台灣「首席張迷」之稱。原名朱青海，祖籍山東，畢業於杭州國立藝專，後投筆從戎，參加國民黨軍隊，從軍之際，隨身攜一本張愛玲的《傳奇》，一有時間就拿來翻翻。他於一九四九年隨軍來台，一九七二年從台灣「國防部」上校參謀位置上退役，專門從事寫作。他的夫人劉慕沙，長女朱天文、次女朱天心、三女朱天衣，也都是作家。一門五口，出版了七十多本書，是不折不扣的「文學世家」、「小說家族」。

朱西寧一直與張愛玲有書信往來，並早在一九七一年即以一個張迷的身分寫下洋洋萬言的《一朝風月二十八年》，回憶了他與張愛玲二十八年的神交，稱她是「民國以來最爲傑出的一位大家」，「中國現代小說家的第一人」。然而書中所敘張愛玲近況多是道聽途說，比如於梨華、陳少聰等人的轉述，因此誤會甚多。以致張愛玲見文後特地寫了一封信來澄清：「提到我的地方，我一方面感激，有些地方需要解釋。向來讀到無論什麼關於我的話，儘管詫笑，也隨去，不過因爲是你寫的，不得不囉嗦點向你說明。我跟梨華匆匆幾面，任何

話題她都像蜻蜓點水一樣，一語帶過，也許容易誤解。上次在紐約是住旅館，公寓式的房間，有竈，便於整天燒咖啡。從來沒吃過一隻煎蛋當飯。如果吃，也只能吃一隻（現在已經不許吃），但是不會不吃素菜甜點心。我最不會撐場面，不過另有一套疙瘩。雖然沒有錢，因爲怕瘦，吃上不馬虎。倒是來加州後，尤其是去年十一月起接連病了大半年，更瘦成一副骨骼。」

——這些，後來都成了研究張愛玲晚年生活狀態的重要資料。

朱西寧一直想寫張愛玲傳，手上唯一資料就是胡蘭成的《今生今世》，聽說胡蘭成在台灣，自是欣喜不已，遂去信聯絡，得到一封回信說：「足下偶有興來陽明山一玩乎？僕處無電話，但大抵是不出去。」朱西寧遂攜妻挈女而訪。談話主題自然仍是圍繞著張愛玲。一個問得坦蕩，一個答得坦白，賓主言談甚歡，遂成兩代之交。

一九七五年五月，胡蘭成舊作《山河歲月》在台灣出版，當月下旬，《中央日報》登出趙滋藩評論文章，率先發起攻擊；次日，余光中發表文章〈山河歲月話漁樵〉，批評胡蘭成「一直到今天還不甘忘情於日本，認爲美國援助我們要經過日本，而我們未來的方針，還要與日本印度朝鮮援手。胡先生以前做錯了一件事，現在非但不深自歉咎。反圖將錯就錯，妄發議論，歪曲歷史，爲自己文過飾非，一錯再錯，豈能望人一恕再恕？」就此引發了台灣社會對胡蘭成的聲討。

不久，台灣警備總司令部以「內容不妥」，違反「台灣戒嚴時期出版物管制辦法」第三條第六款予以查禁，並行文台灣各行政機構，清查收繳《山河歲月》；而文化大學亦迫於壓力，同年十月取消了與胡蘭成的工作合同，唯以華岡教授身分留校，而學生仍抗議不止，呼籲胡某搬出華岡。

胡蘭成遂於次年一月返回日本，四月下旬再次來台，然而台灣文化界圍剿不斷，這暫時「避避風頭」的願望終告失算。院長室更托人捎給他一張便條，說是最近校內外各方對閣下留住本校多有強烈反應，爲策本校校譽與閣下安全，建議閣下立自本校園遷出，敬希諒察云云。

一九七六年四月三十日，胡蘭成正式辭校遷出，搬去朱西寧家隔壁，做了鄰居。

後來朱西寧之女朱天文在〈優曇波羅之書〉中回憶說：

「至（一九七五年）下半年，胡老師新開三門課，『禪學研究』、『中國古典小說』、『日本文學概論』。其中一門約莫侵犯到某教授轄區，就鼓動學生拒上胡蘭成的課，是系主任出面制止了。這位教授拿出漢奸二字到報上撰寫，連同學生投書，似乎非弄到罷課不可。頃時伐聲紛至，宣判《山河歲月》污蔑民族跟抗戰，又怨責到我父親抗戰當過兵，不該推崇胡某，然後也怪到請胡某來台的黨國諸公。罵得中央黨部只好去勸告出版社莫再賣書，且排印中的《今生今世》亦不可在台灣發行。十月胡老師停止上課，唯以華岡教授身分留校，猶有人喧嘩胡某搬出華岡。未幾，《山河歲月》果也查禁。」

——八卦的我又不禁翻查陽明山文化學院資料，猜測那位好事的教授是誰？

倒是見過一篇亦舒寫於一九七六年的短文，罵得尤其厲害：

「胡某人與張愛玲在一起的時間前後只兩三年，張愛玲今年已經五十六歲，胡某於三十年後心血來潮，忽然出一本這樣的書，以張愛玲作標榜，不知道居心何在，讀者只覺得上路的男人絕不會自稱為『張愛玲的丈夫』。」

「胡某一方面把他與張氏的來龍去脈說了，一方面炫耀他同時的、過去的、之後的女人，不管三七二十一，都算是他的老婆，表示他娶過的不止張愛玲一女，算算日子，胡某現在七十多歲，那種感覺於是更加齷齪，完全是老而不死是為賊，使人欲嘔。」

「不管張愛玲本人的心思怎樣，勿理她是不是當時年少無知，反正如果她選的是一個原子物理學家，決不會有今天這種事。」

其實《今生今世》寫於四十年代末胡蘭成流亡之時，《今生今世》且是張愛玲取的書名，以散文記實也是張的主意，只不過分手前，她尚沒有看到〈民國女子〉那一章吧。全稿完成於一九五九年春天，此次在台灣只是重版。不過此時張愛玲在台灣大紅大紫，不多不少給這本書加了噱頭。

立刻便有兩本雜誌轉載盜印〈民國女子〉那一章的內容，且改了個惡俗的標題叫〈我妻張愛玲〉，更令人感覺是胡蘭成在拿張愛玲做幌子，博宣傳。這使得張愛玲頗為動怒，而胡蘭成則頗為緊張，特地寫信給朱西寧說：「我看到時，第一感是於愛玲不好……而近從他人處知悉愛玲為此甚怒，她是怒那標題，以為是我所作，她不知是雜誌社的下流也。我與愛玲已多年不寫信，台端如便時給她說明此事實，於她的理知亦為有益，如何？」

然而那時節，張愛玲是連朱西寧也不要理睬的了。

朱西寧曾在《一朝風月二十八年》中自問自答，「在現實裏，有誰能以他的作品值得我出於肺腑的甘願如侍奉親長一樣的去侍奉他呢？」「只有張愛玲……為她的作品，對她，那是十分值得獻出的一種侍奉。」

然而，他並沒有這個緣分與張愛玲在現實中相處，卻將這一份「侍奉」之心轉贈胡蘭成，不僅為他在自家隔壁租了房子，還特地先將他接至自己家中住了幾日，直到替他把房子家具都打點好才恭敬地請他住下。

朱西寧生性儉樸，小女兒天衣花五塊錢買糖吃也要斥為浪費，以為貴；然而替胡蘭成買家具，出手就是六千塊。可見真心推重。

然而他的古道熱腸，卻也給他帶來了許多煩惱。一是「伐胡」高潮的波及，如朱天文所回憶：「因胡老師之故，父親與文壇亦幾至交誼全熄，老朋友們更斷了來往。」二是得罪了張愛玲。

暑假裏，朱家人約同胡蘭成一起郊遊，經過蓮霧林，各自摘蓮霧來吃，邊吃邊走，唯有胡蘭成選定一棵，摘吃不已，像隻山羊——他那樣處處留情的人，吃起蓮霧來倒是認此一家，心無旁鶩的。那日的胡蘭成，戴涼帽，夏衫夏褲一身白，風神俊朗，從前的大劫大難以及歲月風霜，竟然在他身上不留痕跡。眾人議起香味來，朱夫人說聞見香水味就要頭暈的，胡蘭成說：不暈，最喜聞女人香。眾人都笑了。

朱西寧提議大家合影。沖出來後，特地寄了一張給張愛玲，並表達了要為她作傳的心意。豈不知，她根本不要「看見」他！非但嚴辭拒絕作傳一說，並且割席斷交，與朱西寧一場朋友就此作結——她躲胡蘭成，甚至於也躲開一切與胡蘭成有關的人。

與張愛玲通信多年的姚宜瑛女士曾回憶自己在朱西寧家見到胡蘭成的情形，說他是「京戲裏的蔣幹，個子不高，輕俏機靈善言」，「西寧兄一家都極崇拜張愛玲，愛屋及烏，才親切地接待了胡蘭成，因此西寧兄以宗教家的偉大精神，面對了各方的責難。而愛玲女士從此和朱家不通音訊，這事西寧兄對我說過，我難忘他眼裏的悵惘和痛惜。愛玲女士一定也捨不得朱家珍貴的友情，她是很知情識禮的，只是胡蘭成傷透了她的心，分手後絕口不再提起他。」

　　──她不願意再提起他，也不喜歡別人提起，逼著她去記憶。宋淇就「從來不說這些混賬話」（賈寶玉語），因此他們即使曾經疏離，仍然交往終生；而朱西寧卻拎不清地寄了胡蘭成的照片去擾她，這大違她的心意，難怪要從此對他關閉心扉。

　　朱西寧最初本來是因為喜愛張愛玲而去接近胡蘭成的，卻竟然為此失去了張愛玲的友誼，這真是「求全反毀，不虞之隙」了。

4

　　胡蘭成與朱家兩代人的交往，最值得稱道的還是與朱天文亦師亦友的忘年交。

　　朱天文，一九五六年出生於台北，十五、六歲即在文壇嶄露頭角，大有「青出於藍而勝於藍」之勢，她的小說集《炎夏之都》、《世紀末的華麗》，散文集《花憶前身》，劇本集《悲情城市》，在內地都有出版。然而真正令大陸讀者對她耳熟能詳的，是由她編劇、侯孝賢導演的電影作品，無一部不大紅特紫，成為時代經典。

　　我是為了張愛玲去看胡蘭成的，又為了胡蘭成去看朱天文，然而卻並非為了朱天文看侯孝賢──看侯孝賢還在胡蘭成之前呢，是自電影「海上花」開始──那樣遙遠、安靜、華麗、細膩的一部吳語片，被侯孝賢拍得如夢如幻，讓人在那兩個小時裏完全忘記自我，而恍如置身於世紀初華麗異美的長三堂子中。從那以後便迷上了侯孝賢，見碟便買，卻沒有留意到：侯孝賢與朱天文這兩條線竟在這裏交集了。「海上花」的編劇，亦是朱天文──難怪！

編輯部有同事狂熱推崇侯孝賢，認為他是最能堅持個人風格的導演。但是也有人說，侯孝賢的堅持，其實是朱天文的堅持。甚至認為，與其說朱天文是侯孝賢的御用編劇，不如說侯孝賢是朱天文的御用導演。

且看他們的合作年表：一九八三年，朱天文將自己的獲獎小說《小畢的故事》與侯孝賢首次合作，改編成劇本搬上銀幕，獲第二十屆台灣金馬獎最佳改編劇本獎；同年「風櫃來的人」獲法國南特三大洲影展最佳作品獎；「冬冬的假期」一九八四獲第三十屆亞太影展最佳導演獎、瑞士羅迦諾國際影展特別推薦獎，法國南特三大洲影展最佳作品獎；「童年往事」一九八五年獲第二十二屆台灣金馬獎最佳原著劇本獎、第六屆夏威夷國際影展評委特別獎、荷蘭鹿特丹國際影展非歐美電影最佳作品獎；「戀戀風塵」一九八七獲法國南特三大洲影展最佳攝影、最佳音樂獎，葡萄牙特利亞國際影展最佳導演獎；「尼羅河女兒」一九八七獲義大利都靈第五屆國際青年影展影評人特別獎；「悲情城市」一九八九獲義大利第四十六屆威尼斯國際影展金獅獎；「戲夢人生」一九九三獲夏納國際電影節評委會獎、比利時根特國際影展最佳音樂效果獎等；「好男好女」一九九五年獲第三十二屆台灣金馬獎最佳編劇獎……

從作家到編劇這條路也是張愛玲走過的，而朱天文在編劇的路上，無疑比張愛玲走得更遠，更成功。

一九八二年十一月廿七日早晨，朱天文第一次給侯孝賢交劇本，地點是基隆路辛亥路十字路口。朱天文寫：

「那天天氣轉寒，侯先生的長袖襯衫外加了件帆布綠太空背心，上班時間車如流水，他穿過紅綠燈走回車子去，太空背心讓風一吹鼓成了片揚帆，飽飽的橫渡過車流，真是滿載了一船才氣的！」

這描寫多麼熟悉，像極了張愛玲寫最後一次見胡適。可見那滲入骨髓的影響。

奇怪的是朱天文卻從沒有試圖將張愛玲的小說改編成電影，「海上花」算是擦邊，雖與張愛玲有關，卻畢竟是韓子雲的故事。她父親朱西寧曾經評價張愛玲為香港電懋編劇的幾部電影：「從製片、而導演、而演員，都是那樣庸俗

得叫人不能忍受的港片，那種從戰後中國電影黃金時代往回退化到默片時代還不如的幼稚、低劣，而且純粹的商品化作風，真的，我是毫無信心，並且害怕把張愛玲的編劇糟蹋成不知甚麼樣子，我是絕不敢去看那種庸才殘殺天才的罪行的。」

——也許，便是因為這種過度敬愛引起的畏懼，才使得朱天文禁筆於張愛玲，生怕犯下「庸才殘殺天才的罪行」吧？

朱天文自稱從十二三歲開始看張愛玲，不但仰慕其文，而且傾心其人，刻意模仿，「單是張愛玲和父親的通信，我翻來覆去看得差不多會背了」，「我在學張愛玲，學我以為的特立獨行，不受規範。」「漫長青春期的尷尬、彆扭，拿自己不知怎麼好的，似乎都有了張愛玲形象做靠山，故此一味怪去，有正當性，理直氣壯得很。」

一九七五年隨父親赴華岡拜訪，是她第一次見到胡蘭成，也是間接的與張愛玲的一次親密接觸，「見不到張愛玲，見見胡蘭成也好」。及至真見到了，卻有些茫茫的，竟是空白無所感。

隔了許久，再看見那本《今生今世》時，才順手抄來一看，只覺石破天驚，雲垂海立，非常之悲哀，有許多不得不說的感慨要發洩出來。於是提起筆洋洋灑灑寫了一封長信給胡蘭成，寄了，便不再當回事，因為並不指望他還在台灣，更沒指望他能收到，只當瓶中書那樣投遞一段心事而已。

不料胡蘭成很快地回信了，並且想把天文的信當作正要付印的台灣版《今生今世》的序。朱西寧一聽大驚，急忙修書阻止，胡蘭成只好作罷，回說：「若做代序，當然是先要問過你的，請放心。」

這是朱天文與胡蘭成文字交往的開始。此後，朱家姐妹又多次上陽明山拜見胡蘭成，受益良多。胡蘭成且寫了長信與朱西寧，對朱家姐妹花的作品高度溢美：「你們兩位的寫法都受張愛玲的影響……我亦如此，若不得張愛玲的啟發，將不會有《今生今世》的文章寫法。由此可見張愛玲確是開現代中國文章風氣的偉人。我和你們都受她的影響乃是好事，因為受影響而並不被拘束，可以與她相異，亦自然與之相異……」這樣寫了四大張稿紙。

天文在大學二年級時，忽然想休學，胡蘭成聽了，斂容危坐半晌，認真地

勸她還是讀下去的好，且說：「英雄美人並不想著自己要做英雄美人的，他甚至是要去迎合世俗——只是迎合不上。」

朱天文回憶說：「英雄美人，一向濫腔負面的字義，講在胡老師口中如此當然，又不當然，聽覺上真是刺激。」後來她寫〈一杯看劍氣〉，文中便有「所以英雄美人的私意，是他自己的，也同時是天下的」這樣的句子，顯見是受了胡蘭成的「刺激」所致。

一九七六年，朱天文、朱天心姐妹各有一篇小說入選《現代最傑出青年作家小說選》，按規定每人需要找一位評論家評介，她們便請了胡蘭成。然而稿子寫好，卻不能用——給退稿了！可見當時台灣文壇對胡蘭成封殺之重。

然而胡蘭成生性大而化之，是最能苦中作樂的。他曾對天文姐妹講修行的重要性，認為剛烈而沒有修行，至終不過粗糲化了，會像老樹枯枝的一折即斷——套一句俗話，便是所謂「大丈夫能屈能伸」、「識時務者為俊傑」。他那時正埋頭寫《碧巖錄新語》（即《禪是一枝花》），趁機修心養性——這是一本討論禪宗典故的書，不心靜也不行。他在書的自序裏寫道：「我讀禪宗的書，直覺地知道禪非創自達摩，禪自是中國的思想，非印度所有。」「我希望我此書寫禪的思想，亦有一種風日灑然。」確有獨家之見。

我生性乖戾，被人譏為妖孽慣了，又寫了十多部人鬼情題材的小說，對神佛向來抱有敬畏之心，隨喜寺廟單純是衝著古建築文化去的。雖然在印度瓦拉納西佛陀講經處瞻仰時，也覺得心魂俱動，甚至下功夫研究了一回佛教發展史，卻也沒想過要皈依；去曼谷，一心一意要找聞名已久的神奇四面佛，及至找了去，卻只顧得看阿婆娑羅（飛天）表演，全副心神都為那柔豔的舞者所迷魅；最壯觀的參佛是在東埔寨吳哥窟，置身於千佛萬像中，感覺無遠弗界全是佛，不上心都不行，然而又一味耽美於那些雕刻的線條與彩繪的顏色，一直在心裏想：如果在眾天神佛中讓我選一位來修行，我願意做飛天，終日歌舞喧妍，嫣然無拘束，沒有煩愁，沒有心機，沒有爭強好勝之心，亦不必誦經念佛做功課，一派天真卻自成方圓，她使佛門蕭地有了鮮活之色，拉近了神與人的距離，是神佛中地位最卑微

的，卻瀟灑從容。

　　與我合作多年的一位出版編輯因為自己學禪，皈依做了居士，一再囑我寫一部和佛教有關的書。我自知斤兩，連連推拒，卻禁不起勸說，後來便寫了一本《步步蓮花》，講一個中國女子去印度旅遊，愛上一位印度苦行僧，等於是宗教遊記言情大雜燴。遊記的部分是記錄我在印度的見聞，言情的故事是虛構，至於佛教則全是引經據典了。編輯看了，凝重地搖頭說：「故事挺好，文字更好，不過境界不高。」讓我改。我思索了半天，終是不改——佛的境界太高，我永遠達不到，我能寫出來的，就只是我能感受到的，多一點都不行。遂撒手做晴雯補裘狀，說了一句：「我再也不能了。」就此扔下了。

朱天文在《禪是一枝花》的序中寫：

「胡老師解這段『翠岩眉毛』公案，正是他離開文化學院，移居我們家隔壁寫書，每禮拜六晚上講《易經》的時候。一九七六年五月搬來，至十一月離台返日，完成了《禪是一枝花》，一百則公案一條一條解明，他是在眾謗聲中安靜寫完此書的。」

　　那段時間，胡蘭成每日清晨即起，先寫一節碧巖錄新語，打一回太極拳，再沖個冷水澡，這才踱來朱家討報紙看，國內外新聞只略掃一眼，武俠小說連載則每天必看。

　　天文姐妹往往偷懶到中午才肯起床，看見胡老師來了，天心大聲喊「胡爺」，胡蘭成答應得很痛快；天文卻躊躇，不肯輕易定了輩份，想來想去，只叫「胡老師」。

　　她同胡蘭成去興隆居吃豆漿，沿著山邊走，胡蘭成一路踩著澗中溪水作戲，比她更童心熾熱，哪裏像「爺」？看到澗邊開著粉紅小花，胡蘭成指著說：「粉紅是天文的顏色。」她便覺得開開心心。

　　大家說起詩經，念到〈西洲曲〉，一句「垂手明如玉」，胡蘭成又說：

「這是寫的天文小姐哩。」也叫她高興，覺得一直甜入心裏去。

她有時幫胡蘭成擦地板，被誇獎能幹，那誇獎也與常人不同，他吟一句劉禹錫的詩來形容她：「銀釧金釵來負水。」又讚歎：「勞動也是這麼貴氣。」

——他真是懂得女人，更懂得欣賞女人，尤其他們隔了這樣的年紀，便只是欣賞，益發教她覺得珍稀難得。胡蘭成於她，是老師，是長輩，亦是知己朋友，唯從來都不是老人。

「那時候，帶胡老師小山老師到銅鑼外公家，平快車不對號，現買現上。先上了一班沒發現是海線，待山線的進站，一家子急下車奔越天橋到對面月台。胡老師撩起長袍跟跑，恍如他在漢陽逃空襲警報時。滿車廂的人，被我們硬是搶到一個位子給胡老師坐下，父母親直抱歉說像逃難，胡老師也笑說像逃難。第二天我們到山區老佃農家玩，黃昏暑熱稍退，去走山，最末一段山稜陡坡，走完回家胡老師歎道剛才疲累極了，魂魄得守攏住，一步一步踩牢，不然要翻跌下池塘裏。我們每忘記胡老師已七十歲，因為他總是意興揚揚，隨遇而安。母親由衷贊許胡老師好餵，做什麼他都愛吃。沒有葷菜時一人煎一個荷包蛋，父親最記得胡老師是一口氣把蛋吃完再吃飯，像小孩子吃法，好的先吃掉再說。父親相反永遠把好的留後頭，越吃越有希望。」

「整個夏天，胡老師院子的曇花像放煙火，一波開完又一波。都是夜晚開，拉支電燈泡出來照明，七、八朵約齊了開，上完課人來人去穿梭著看，過年似的。圖書館小姐拿了紙筆來寫生，曇花燈裏姚孟嘉跟太太是少年夫妻，若潔嬰兒的眼珠黑晶晶。花開到下半場怎麼收的，永遠不記得，第二天唯見板凳椅子一片狼藉，謝了的曇花一顆顆低垂著大頭好像宿醉未醒。多年後，每有暑夜忽聞見飄移的清香，若斷若續若撩弦，我必定尋聲而至，果然是誰家外面那盆攀牆的盛開了。人說曇花一現，其實是悠長得有如永生。」——朱天文：〈黃金盟誓之書〉

——這些描寫，如詩如畫，如同永生。

而朱天文自歎：「詩三百篇，思無邪，但我是思有邪。」這番話，亦可圈可點，唯不可說。一說就破。

她又說：「《三三集刊》乃《苦竹》還魂也。」「胡老師可說是煽動了我們的青春，其光景，套一句黑澤明的電影片名做注──我於青春無悔。也像歷來無數被煽動起來的青春，熱切想找到一個名目去奉獻。我們開始籌辦刊物，自認思想啓蒙最重要，這個思想，一言以蔽之，當然是胡老師的禮樂之學。」

　　而同為「三三」創辦者的丁亞民所寫回憶文章〈時人對此一枝花〉亦道：

　　「我見過胡蘭成先生一面，那時我高中畢業，隨朋友去朱天心家玩，帶我去隔壁鄰居家坐坐，便見一白髮老先生從樓上走下來，穿著還是一襲長袍，笑笑點點頭、和藹可親。朱天心說這是胡爺。那年我們都小，隨天文、天心稱胡先生為胡爺，輩分已定。

　　……辦『三三』那幾年，我寫了三本書，第一本書天心幫我拿到日本敬呈胡爺，胡爺徹夜看完，清晨下樓問天心：這個阿丁有多高？答曰一六五，胡爺似是苦惱的想想，隨即開顏一笑，似是自言自語說：沒關係，李白也不高。遂讓天心帶回一套日文版的《今生今世》賞我；另贈一幅拓印書法『江山如夢』。那書裏胡爺親筆一頁頁校勘過了，那幅書法懸在我家客廳數十年，我喜歡胡爺的字，風姿瀟灑，自在生長。

　　……我喜歡胡爺，是他的文章開了我的悟識；是他的大氣寬了我的性情。許多人是因為張愛玲而喜歡胡爺的，我不是，我是先認識了胡爺，才能懂得張愛玲。

　　那時我們辦『三三』，看的說的想的寫的都是胡蘭成與張愛玲，時人譏之為張腔胡調；是不是呢？」

　　「三三」包括了朱天文在大學三年級創辦的《三三集刊》與兩年後即一九七七年四月成立之「三三書坊」。

　　彼時胡蘭成已經完成《禪是一枝花》並返回日本，但仍與朱家保持聯絡，聞說「三三」創辦，回信說：「三三命名極好，字音清亮繁華，意義似有似無，以言三才、三複、三民主義亦可，以言一生二、二生三、三生萬物亦可。王羲之蘭亭修禊事，與日本之女兒節，皆在三月三日，思之尤為可喜也。」

　　《三三集刊》一九七九年四月刊載了一篇胡蘭成的〈讀張愛玲的「相見

歡」〉，文中說：「〈相見歡〉筆致極好，只是作者與書中人物相知尚不夠深。張愛玲是《赤地之戀》以後的小說，雖看來亦都是好的，但是何處似乎失了銜接，她自己也說給寫壞了，她自己也只是感覺得不滿意，而說不出是何處有著不足。這樣一位聰明才華絕代的人，她今是去祖國漸遠漸久了。」──是第一次對張愛玲的作品有微詞。

朱天文亦說：「胡老師不止一次談到張愛玲的叛逆，性子強，可又極柔，極謙遜。」「胡老師唯一算講過張愛玲的是她的個人主義，自我防衛心，而立刻補充，『張愛玲雖然冷淡，卻是有俠情的，又其知性的光，無人能及。』」

胡蘭成後來再沒有回過台灣，但是出書寫作卻是一直沒有停過的。他的作品在當時的台灣仍然被禁，發表文章只能用筆名。他寫給朱天文的信密密麻麻的，很薄，以減輕航空重量。

寄了來，朱天文姐妹一字一句地謄清，一本一本地出版。最後還沒有寫完的是《日月並明──女人論》，從女媧寫起，打算寫到林黛玉晴雯，及民國諸女子。然而剛寫完了周文王的夫人，一九八一年七月廿五日的盛夏中午，他走路去寄信，回來沖過冷水澡後躺下休息，心臟衰竭去世。葬於多摩川公園。終年七十五歲。

葬禮在福生市清岩院舉行，福田糾夫、宮崎輝、宮田武義、保田與重郎、松尾三郎、幡掛正浩、桑原翠邦、赤城宗德等八人作為友人代表出席。大沼秀伍主持。

朱天文說：「當面受教於他，也就差不多一年的時間……但就在這一年，你會覺得開了你的眼界，看世界完全不同的眼界。然後你也覺得受他的啟蒙，你看到他是一個人物，可是如此的為世人所不知，會有一種不平。」「我們在這邊親手校的時候，就覺得他的最後一本書沒有寫完，他最後的思想也都沒有完，就這樣去世不為人所知，你會替他不平。我當時許下諾言：你看著好了，哪天我一定要把這本《女人論》寫完。」

後來，她到底是寫了篇〈俺自喜人比花低〉，一路評寫黛玉、晴雯、寶釵、尤二，算是完了這願。一九八五年二月日本舉辦第一次台灣電影節，《小畢》亦在其中，朱天文遂同了侯孝賢一道去為胡蘭成掃墓，獻的是桃枝和油菜

花，原因是「菜花亮柔的黃色，桃花紅，那是江南民間的顏色，蘭師是從那裏出來的。」

然而我想起的只是愛玲的桃紅色單旗袍，她說：「桃紅色聞得見香氣。」

——張愛玲穿了一輩子旗袍，而胡蘭成亦穿了一輩子長衫。他們兩個，就是這種小地方投緣。

胡蘭成是從來不曾忘記張愛玲的，除了《今生今世》裏對她情深款款的讚美與追憶，《山河歲月》亦處處都是舊人芳蹤，尤其愛玲曾去溫州探他一段，再三提及，不時說「我亡命溫州時，愛玲從上海取道金華麗水，千里迢迢來看我。」「佛經裏說的如來之身，人可以是不占面積的存在，後來是愛玲一句話說明了，我非常驚異又很開心，又覺得本來是這樣的。」「我能曉得中國民間現在的好，完全是靠愛玲。」「再如嵊縣戲京戲等，我亦是從愛玲才曉得有這樣好。」

我在《山河歲月》裏讀到「中國的人事並且都有這種喜氣。龍是恐龍，鳳亦是鷥鳥，到了中國就變成龍鳳日月旗，還可以繡在女子的花鞋上」一段時，便不由要想起愛玲那雙繡著鳳凰的滿底繡花鞋，果然接下來胡蘭成便寫了仙女彩鸞奉王母之命下凡到南康府進賢縣樓賢山梅花村秀才文簫家，觸動凡心，遂與文簫做了夫妻。因家裏貧窮，抄書為生。彩鸞在王母那裏原是管文札的，因此「鋪下張紙，拿過硯磚，伸出玉筍，就把墨研，挽了挽長袖，咬了咬筆尖，低頭就寫，像那雨點兒一般，一盞茶未冷，字寫了幾千，轉眼之時完了一篇，天下人這樣寫法誰曾見！」文簫驚訝說：怎麼這樣快！又看了看說：怎麼這樣精！兩人又計議該去哪裏賣，要賣多少錢。

胡蘭成寫道：「我亡命溫州時讀到這裏，不覺大笑，好像這就是說的愛玲與我。蓬萊宴的好，是這樣的世俗而清潔，能夠滑稽。」

他終究是忘不了她。想忘也忘不了。

她的一言一行，早已滲透他的心，進入他五臟六腑，千髓百孔，他根本就是呼吸著她的精神而存活。他一生怡紅快綠，從不知專一為何物，倒是做到了長情。

一九七六年八月，他在《禪是一枝花》的自序開端再次寫道：

「胡適對中國的舊學有兩大功績：一是《紅樓夢》的作者考證，又一即是關於禪的考證。胡適的《紅樓夢》考證與張愛玲的《紅樓夢魘》，使我們更明白了《紅樓夢》的好；張比胡適更直接懂得《紅樓夢》的文學。胡適的關於禪的考證，則是使我們更明白了禪的好。

我們不可因為禪的典故有些不實，就來貶低禪的思想，張愛玲的《紅樓夢魘》指證了《紅樓夢》是創造，不是自傳。其實亦還是依於自傳，而把有些事實來改造了罷。」

他寫了《今生今世》，分上下冊兩次出版，一出版立即恭恭敬敬先給張愛玲寄一本去，隨她回不回信，回信是怎麼地淡漠都好，他只自在心頭打起一座蓮花台，將她供奉，且時時拂拭，纖塵不染。

他的後半生一直留居日本，每年都需要辦理相關的居留手續，相當麻煩。以他當時的能力與交際，加入日籍應該不是難事，然而他卻始終不肯入籍，到死都是中國人——這或者也可以理解作一種另類的紀念。

他固然是她一生的劫數，帶給她如許的磨難與羞辱，然而他也著實地敬了她一輩子，愛了她一輩子，以他自己的方式。

胡蘭成一生關心政治，意見多多，不說不快，至死不改。從前他寫〈戰難和亦不易〉，發動萬人講演，後來落了勢，沒有那樣的機會了，可是也始終不肯緘口。早在離國前，他便曾寫信給梁漱溟，點評時政，並請轉交毛澤東；初來台灣時，因看不慣當局政治，又上書蔣經國陳言改革方案；一九八〇年朱天文二次從日本返台，還曾帶回胡蘭成寫給鄧小平的萬言書……

他說了又說，全不管人家聽與不聽，只自比司馬遷，說：「司馬遷寫封禪，一是寫對於漢民族來源的古老記憶；二是對於漢民族未來一股莫名的大志；三是寫文學的一個『興』字，生命的大飛揚。」

他把寫政論當成做文章，亦把做文章當成寫理論，他曾說：「項羽容易懂得，可是要懂得劉邦，除非你的人跟他一樣大。」又說：「人還是不能寫比他高的人物，看不到，也寫不到。」「寫文章與打天下同。如周文王武王是自覺的，如劉邦與朱元璋則是不自覺的。後世唯孫中山先生的創造民國是自覺的。

不自覺亦可打得天下，如不自覺亦可寫得好文章，但是下文就要有師，幫助他自覺，如劉邦請教叔孫通與陸賈。」

他教學生，說：須把理論做得不像理論，才是好理論；把文章寫得不像文章，才是好文章。

有學生拜見，他不喜歡，評價是：「這個青年沒有詩意，學問做得來是枉費。」

「詩意」，是他作文治學的標準。他寫文章，最喜用典，擬於詩經的比興，每「興」必「比」，「比」了又「比」，「興」了又「興」。漢賦辭藻繁縟，被批評爲堆積文字，他認爲是學者不懂文學……

我和大多「張迷」一樣，是爲了張愛玲才去讀胡蘭成的，每每看他文章，就想起他自己提過的那句詩：「來日大難，口燥舌乾。」這樣子無窮盡地說，比，興，怎能不乾？

詩經是大雅亦是大俗，雅在含蓄敦厚，俗在通曉流暢，即便比興，那比也是淺顯的，那興也是直白的，何嘗像他這樣詰曲纏夾呢？

一篇好文章，最基本的條件應該是使人讀懂它，讀不懂，再好也有限。

朱天文說自小喜愛張愛玲，然而見了胡蘭成文字，乃覺得《今生今世》是超過張愛玲的。

我不能同意——胡蘭成博學雜收，自成體系，一生著書頗多，涉列甚廣，若說在學問上勝過張愛玲是有可能的；但是他行文，太喜歡使用模稜兩可的比喻，爲了追求詞句的綺麗不惜斷章取義，又有強迫性引經據典症，以至一篇文章若不附上十條八條注釋簡直讀不懂，以爲這便是文采了。

白居易每完成一詩，先誦與老婦人聽，直到老婦人明曉，才算完成。

李商隱「錦瑟無端五十弦」被稱爲讀不懂的經典，然而字面至少是曉暢平易的。

咦，我也開始用典了。

張愛玲窮數年心血翻譯《海上花》白話文，就是爲了使更多的人可以讀懂

它，欣賞它。這正是一個寫字人、愛書人對於文字的最誠摯的態度。

相比之下，胡蘭成的爲文與爲人一樣，都太花心了些。陳村有一句評價深得我心——他以爲胡蘭成對女人也罷對學術也罷，「多的是賞玩的才情，少的是癡絕的剛烈。」是說到了極處。

但胡蘭成一生創作不輟，除《戰難和亦不易》、《今生今世》、《山河歲月》、《禪是一枝花》、《書寫真輯》外，他一生出版著作還包括《世界之轉機在中國》（一九六二）、《心經隨喜》（一九六七）、《建國新書》（一九六八）、《自然學》（一九七二）、《華學科學與哲學》（一九七四）、《中國禮樂》（一九七九）、《中國文學史話》（一九八〇）、《天娘際》（一九八〇）、《道機禪機》（一九八二）……最後一部作品是《今日何日兮》，死後由朱天文的「三三書坊」出版。

十年後，《胡蘭成全集》九冊由遠流出版公司出版。這些作品，涉及文學、政治、經濟、歷史、禮樂、宗教等各個領域，學問自成體系，是絕對不可輕廢的。

第十九章　夢裏不知身是客

1

我打開CD機，放進一張「紅玫瑰與白玫瑰」的主題曲，於是靈魂便跟隨「玫瑰香」嫋嫋逸出，追上張愛玲的腳步，來到洛杉磯公寓。

張愛玲說過，每個男人一生中都至少有過兩個女人，一個是他的紅玫瑰，一個是白玫瑰。

而其實，每個女人一生中，也都至少有過兩個男人，一個是她的毒，一個是解毒的藥。

如今她的兩個男人都死了，留下空空的藥瓶。她拿它來盛滿孤寂、煩鬱、厭世棄俗，最後裝進她自己，蓋上瓶蓋，與世隔絕。

這一隔，便是二十多年。

張愛玲於一九七三年搬到洛杉磯，此後搬搬遷遷，卻始終沒有離開這個市。餘生二十二年中，她搬家無數次，自稱三搬當一燒，連書稿也不慎丟失，她在躲什麼呢？

她在洛杉磯的第一個住處是好萊塢東區的Kingsley公寓，長條形建築，老式的單身公寓樓，門前有一棵高大的棕櫚樹。這個地址離好萊塢地標中國戲院大約要乘十分鐘公共汽車，算是鬧市區，與當年在上海的靜安寺路愛丁頓有異曲同工之妙。

公寓是南加大任教的莊信正替她找的。前文提過，他們兩人在一九六六

年印地安那大學中西文學關係研討會上認識，莊信正那時是該大學中西比較文學研究生，曾同劉紹銘一起拜訪張愛玲的客房，是替她找差事的「三個毛頭小子」之一。差事雖沒找到，友誼卻從此建立，當張愛玲委託他代為找房子時，莊便盡心盡意，不辱使命，找到了這處鬧中取靜的凱司令公寓。

張愛玲顯然很滿意，在這裏一住十年，並在此期間寫了《小團圓》卻又藏而不宣，之後一心一意扎進故紙堆裏，完成了吳語小說《海上花列傳》的國語本與英譯本，以及紅學著作《紅樓夢魘》。

一九七五年十月十六日，她在給宋淇和鄺文美的信中說：「趕寫《小團圓》的動機之一是朱西寧來信說他根據胡蘭成的話動手寫我的傳記，我回了封短信說我近年來儘量de-personalized（非個人化）讀者對我的印象，希望他不要寫。當然不會生效。但是這篇小說的內容有一半以上也都不相干。」

那時候胡蘭還在台灣，與朱西寧毗鄰而居，每天早晨打一通太極拳，沖個冷水澡，而後來朱家吃飯，給天文姐妹講《易經》。

宋淇深憂《小團圓》的面世會掀起新一輪波瀾，忙去信勸阻：「旁邊還有一個定時炸彈：『無賴人』。此人不知搭上了什麼線，去台灣中國文化學院教書，大寫其文章，後來給人指責為漢奸，《中央日報》都出來攻擊他，只好撤職，寫文章也只好用筆名。《小團圓》一出，等於肥豬送上門，還不借此良機大出風頭，寫其自成一格的怪文？不停地說：九莉就是愛玲，某些地方是真情實事，某些地方改頭換面，其他地方與我的記憶稍有出入等等，洋洋得意之情想都想得出來。一個將近淹死的人，在水裏抓得著什麼就是什麼，結果連累你也拖下水去，真是何苦來？」

他的擔憂不無道理，而我以為，或許還有一部分原因，是他如我一樣，不忍見張愛玲的自我「揭發」。

為了這些勸說，張愛玲最終沒有把《小團圓》出版，一度還寫信給宋淇讓他把書銷毀掉，然而宋淇終是沒有，只收在了箱子裏。直到張愛玲與宋淇都相繼去逝後，二〇一〇年，宋淇之子宋以朗與平鑫濤聯手，將書稿問世。

如今將《今生今世》與《小團圓》對看，我們難免會做這樣的算術比

較──胡蘭成寫了他一生中的八個女人，而張愛玲寫了自己的三個男人：胡蘭成、桑弧與賴雅。頭尾的故事是我們本來就知道的，然而她與桑弧的一段地下戀情卻著實讓讀者大大地震驚了──原來他們可不只是彼此欣賞或有好感那麼簡單，甚至不是一個「曖昧」就可以輕描淡寫的，他們是實實在在地戀愛交往過，甚至有了肌膚之親。

到了這兒，我們也不能夠明辨真假。也許那只是張愛玲虛構的一段故事，甚至是她希望發生的紙上情緣，就像晴雯同寶玉說過──不過是這麼著，也不白耽了虛名兒。

《今生今世》在台灣再版，胡蘭成親筆記下自己人生中種種狼狽不堪處，眾人如余光中、亦舒等群起而攻之的時候，朱天心曾對朱天文說過：「其實他不寫出來，也沒人知道啊。」

──張愛玲的《小團圓》其實也是這樣。他們同樣是把愛情幻想和偶像來打破，而張比胡打破得還要更徹底些。

此前看胡蘭成寫《今生今世》，就只知道張愛玲曾經為他花過許多錢，在分手後還給他寄了三十萬元金圓券。然而看《小團圓》才知道，胡蘭成此前曾經不只一次給她錢，數額還很大，而那時他們還未婚……

《雷峰塔》裏的興味是迂迴敦厚的，像《紅樓夢》裏賈母在凸碧堂聽曲子，隔著水音兒嫋嫋地吹過來，韻味四合；《小團圓》卻像是推倒了籬笆圍牆，作者與讀者玉帛相見，直瞪瞪地看見了卻不知從何說起，嘿然無言。

從前，張愛玲充滿在〈私語〉、《雷峰塔》裏的對弟弟的憐愛與疼惜，對保姆何干的深切同情，對母親與姑姑的眷愛仰慕，在《小團圓》裏通通都換成了略帶刻薄的冷眼白描，用一個一個的細節來突出人性的涼薄，放大了母親、姑姑、弟弟還有何干身上自私與冷漠的僻性。根本人性本身就是自私的，而存在於那樣一個大環境裏的人更是各個恐慌，因為生活的不確定和無保障而充滿了自衛的眼神──《小團圓》裏讓我們感受的就是這些。

寫到愛情，就尤其寒涼。她甚至連自己的初吻都寫得尷尬難堪，形容是「一隻方方的舌尖伸到她嘴唇裏，一個乾燥的軟木塞，因為話說多了口乾。」──後來他吻她便只限於嘴唇。幾次性愛場面更是令人尷尬。

書中提到仙女一樣的母親其實濫交，還多次墮胎；冰清玉潔的姑姑同表侄

發生了不倫之戀，後來又與一個有婦之夫的同事拍拖，並因他之助而治好了齲牙；九莉在與邵之雍分手前，就已經與燕山有了性關係，並且因月經遲來而懷疑有孕，去檢查，結果發現自己子宮頸折斷……

看書的時候，幾次想掩面，彷彿她帶我走進一幢裝修豪華的房間，睥睨地問：「美吧？你看我把它打破。」而後她拿著一桿寒光凜凜的長煙槍，從容地，毫不留情地將所有的金碧輝煌一一打碎，露出鎏金牆後的斷瓦頹垣，而後抽身離去。

我坐在那遍野哀鴻間悲鳴，苦苦地感受著她的心情，然後站起來，小心地將那些倒塌的塑像扶正，將屋子裏的擺設一一復原。

固然小說不等於自傳，這一切都可能是虛構，但是我們無法不把他們對號入座。有時候真希望張愛玲從沒有寫過《小團圓》，或者這本書真的如她所言被銷毀了。如此，便如張曼娟在採訪中談及張愛玲的《對照記》時所以為的那樣：「我覺得很應該沒有胡蘭成，如果我是張愛玲的話，我當然也把他毀屍滅跡，所以我覺得完全可以理解。」

亦舒說胡蘭成七十多歲了又把《今生今世》拿出來再版，是謂「老而不死謂之賊」；照此理論，那麼平鑫濤與宋以朗在張愛玲和胡蘭成死後又把《小團圓》面世，豈非等於掘墓揚灰？

畢竟，張愛玲寫了《雷峰塔》，寫了《易經》，寫了《小團圓》，生前卻都沒有拿出來發表，直到生命走到盡頭的最後一年，才剔蕪存精，將自己的人生重新爬梳一遍，集成《對照記》，讓生命中的男人全部缺席。

──我想，這是她最真實的心意。

2

張愛玲沒有將《小團圓》發表的另一個原因，我猜測是「為尊者諱」，因為這期間大陸那場比原子彈更有毀滅性的浩劫終於結束，兩岸開始互通消息，而張愛玲與姑姑張茂淵也終於重新取得了聯繫。在這種時候出版一部揭露母親和姑姑隱私的書，怎麼說都是不合適的。

因爲「幫助外國人經濟侵略」而獲罪的李開第得以平反，並在一九七九年同張茂淵結了婚。這年，兩位老人都已經七十八歲了。他們的結合，是真正的惺惺相惜，相濡以沫。

　　張愛玲聽到消息，自然爲姑姑高興，她在給姑姑的信中還是自稱「煐」，這裏且只錄其中一封：

　　　「姑姑：

　　今年二月我吃了五十年的埃及草藥忽然失效，去看醫生，醫生向來視爲一種毒癮，不戒就不受理的。（結果還是自己想法子改變煮藥法才好了。）檢查身體，發現有一種infertion──『aproteus organism』，我問不出什麼來。吃了藥馬上就好了。可能是住了兩年旅館染上的，與皮膚病不相干。當時以爲是跳蚤變小得幾乎看不見，又再住了兩年旅館。此外只查出吃的東西膽固醇還太高了些，雖然早已戒了肉、蛋。費了好些事去改。三月間過街被一個中南美青年撞倒，跌破肩骨，humerus fracture。這些偷渡客許多是鄉下人，莽撞有蠻力。照醫生說的整天做體操、水療，累極了。好得奇慢，最近才告訴我可以不用開刀了。右臂還不大有用，要多做體操練習。皮膚病忽然蔓延到『斷臂』上，壞得嚇死人，等手臂好了再去看醫生。眼睛也有毛病，好幾個月了，要去看。有一兩個月沒去開信箱，姑姑的一封掛號信沒人領取，被郵局退還。這些時沒消息，不知道姑姑可好些了，又值多事之秋，希望日常生活沒太受影響，非常掛念。前些時就聽說現在匯錢沒用，匯來也無法買東西，一直想寫信來問可有別的辦法。上次來信傷臂寫字不便，只寫了個便條。姑姑千萬請KD來信告訴我，讓我能做點事，也稍微安心點。我等著回音，兩星期去開一次信箱。KD好？念念。

　　　　　　　　　　　　　　　　　　　　　　　　　煐八月二十日」

　　從信裏看出，張愛玲這段日子的身體情況很差，眼睛、皮膚都有毛病，又跌破肩骨，然而她仍然十分關心姑姑，希望可以爲她多做一點事。看來令人心酸。

　　「前些時就聽說現在匯錢沒用，匯來也無法買東西，一直想寫信來問可有別的辦法。」這大概是因爲那時候美元在大陸還不能通用。不過張愛玲後來到

底也想出了「別的辦法」來——她在大陸出版作品的版權便是交給了姑父李開第。

金宏達在〈張愛玲：非關「炒作」〉一文中寫道：「當年猶豫再三，唯恐賠本的出版方同意簽約出版《張愛玲文集》後，經其姑父李開第先生要求，張愛玲予以授權，只是意在以每千字二十五元的微薄稿費，濟助親屬，嗣後不久，內地盜版盛行，台灣皇冠提出交涉，此項授權遂終止。內地無數版本的張氏作品，無論有無合法授權，一分錢收益也與張愛玲無關。」

從這裏，可以再一次看出張愛玲對錢的態度，其實是夠用即可，並不真正放在心上。許多讀者因為張愛玲一再自嘲「一身俗骨」，便當真以為她嗜錢如命，是曲解了她，也是因為中國人實在欠缺幽默素質。

我手邊亦有安徽文藝出版社所出的這一套《張愛玲文集》四卷本，重看時才注意到是由柯靈顧問，金宏達、于青編輯，淡黃封面，售價四十元整，包裝那叫一個粗糙，原先一直以為是盜印本，如今才知道竟是「明媒正娶」，倒叫人說不出話來了。

若以每本書十五萬字計算，千字二十五元，算下來大概總也有一兩萬吧，八十年代初的兩萬塊也還值一點錢，應當對張茂淵的生活不無小補。

弟弟張子靜卻沒這麼好運。

一九八一年底，《文匯月刊》刊載了張葆莘的〈張愛玲傳奇〉一文，這是大陸報刊上自解放後第一次提到張愛玲的名字，這是一個信號。讓張子靜覺得興奮與驕傲的信號。他通過台灣的親戚和美國的朋友和姐姐取得了聯繫，一再勸她回國來看看。

然而張愛玲不願意，她對大陸始終懷有戒備之心。在一九八九年一月她寫給弟弟的信裏說——

「小弟：

你的信都收到了，一直惦記著還沒回信，不知道你可好。我多病，不嚴重也麻煩，成天忙著照料自己，占掉的時間太多，剩下的時間不夠用，很著急，實在沒辦法，現在簡直不寫信了。你延遲退休最好了，退休往往於健康有害。

退休了也頂好能找點輕鬆點的工作做。我十分慶幸叔叔還有產業留下給你。姑姑是跟李開第結婚——我從前在香港讀書的時候他在姑姑做事的那洋行的香港分行做事，就托了他做我的監護人。Dick Wei的名字陌生，沒聽說過。消息阻塞，有些話就是這樣離奇。傳說我發了財，又有一說是赤貧。其實我勉強夠過，等以後大陸再開放了些，你會知道這都是實話。沒能力幫你的忙，是真覺得慚愧，唯有祝安好。

煐一月二十日，一九八九年」

從信的內容看，大概張子靜的去信裏有求助之意，而張愛玲抱歉地說「沒能力幫你的忙」。由於張愛玲的居無定所，不住搬家，兩姐弟的通信並不頻繁，前後也不過兩三封，不久便又斷了往來。子靜想要知道姐姐的消息，一如當年在上海一樣，唯通過報刊罷了。

記得早在上海「孤島」時期，大約一九四三年秋天的事吧，那時子靜輟學在家，閒來苦悶，便與一幫好同學合計要辦本雜誌，名字也想好了，叫《飆》，希望給苦悶的時代帶來一陣暴風雨。有人出錢，有人出力，也約來了不少名家的稿子，比如董樂山、施濟美等。同學建議，這還不夠，還得有一篇特稿，於是對張子靜說：「你姐姐是現在上海最紅的作家，隨便她寫一篇哪怕只是幾百字的短文，也可為刊物增色不少。」

子靜明知這事難成，卻也不好推卻，只得與同學一起去找姐姐。到了愛丁頓公寓樓下，又覺躊躇，怕被姐姐當面拒絕，使自己和同學難堪，於是讓同學先等著，自己上去。

果然張愛玲聽完來意，一口回絕：「你們辦的這種不出名的刊物，我不能給你們寫稿，敗壞自己的名譽。」但是又不忍太使弟弟失望，於是在桌上找出一張她畫的素描說：「這張你們可以做插圖。」

張子靜無奈，只得拿了那張圖下樓，聊勝於無，總算不是全軍覆沒。

同學們聽了這番約稿經過，也覺無法，又不甘心，於是另出新招：「不如這樣，你來寫一篇關於你姐姐特點的短文，這也很能吸引讀者。」

子靜一想不錯，也就答應了，寫了篇題為〈我的姐姐張愛玲〉的短文，統共一千四百字。開頭便是「她的脾氣就是喜歡特別，隨便什麼事情總愛跟別

人兩樣一點。就拿衣裳來說吧，她頂喜歡穿古怪樣子的……」從衣裳說到電影，繪畫，讀書，學英文，最後寫：「她曾經跟我說：『一個人假使沒什麼特長最好是做得特別，可以引人注意。我認為與其做一個平庸的人過一輩子清閒生活，終其身沒沒無聞，不如做一個特別的人，做點特別的事，大家都曉得有這麼一個人，不管他人是好是壞，但名氣總歸有了。』這也許就是她做人的哲學。」

──如果這真的是張愛玲的做人哲學，那麼無疑她說到做到了。

這篇文章發在一九四四年十月《颷》的創刊號上，張愛玲的那張速寫做了插圖，是姐弟倆生平唯一的一次合作。

到了一九九五年九月，張愛玲在洛杉磯去世的消息傳來，張子靜將這篇文章拿出來，加了一個開頭，又再發表了一次。台灣作家季季按圖索驥找到上海江蘇路張子靜的家中登門拜訪，帶了一套《張愛玲全集》和許多剪報送他。張子靜撫摸著，翻閱著，臉上是一種沉靜的憂傷。尤其看到《對照記》時，更是難掩哀痛之情。

於是兩人決定合作一部書，張子靜此時已經寫了一部約兩萬字的手稿，在兩人一問一答的整理中，漸漸補綴至三萬五千字。張子靜親自寫了代序〈如果我不寫出來〉，文中說：

「一九八九年終於和姐姐再聯絡上後，我就決定要為姐姐寫點東西。姐姐在她的散文中，也寫了一些早年生活的片段，但未及於生活的全部真相。還有一些事則是她沒寫，也不願寫的，在這方面，姐姐有她的自卑，也有她的自衛。加上她後來與世隔絕，關於她的種種傳說……以訛傳訛，更為撲朔迷離，神秘莫測。

姐姐和我都無子女。她安詳辭世後，我更覺應該及早把我知道的事情寫出來。在姐姐的生命中，這些事可能只是幽暗的一角，而曾經在這個幽暗角落出現的人，大多已先我們而去。如今姐姐走了，我也風燭殘年，來日苦短。如果我再不奮力寫出來，這個角落就可能為歲月所深埋，成了永遠難解之謎。」

張子靜死於一九九七年十月十二日。那天上午，女作家高全之還曾來採訪

他，那是他最後一次談起姐姐張愛玲。當夜便去了，沒有留下遺言。

　　高全之說，他大概從我臉上看見了張愛玲。

3

　　我看《海上花》，是衝著張愛玲的名字去的，上下兩冊，分別命名《海上花開》、《海上花落》，很是別致。一看之下，十分驚豔，才發現原來是一脈相承了《紅樓夢》的筆法，而比《紅》更加淡遠，一味使用白描手法，

　　離開大連時將許多書送了給人，也包括這一套；在西安定居後，逛書店時看見，便又買了一套，也又看了一次。因為是第二次看，對故事已有瞭解，又看過了張愛玲與胡適分別做的點評，便看到許多從前讀不出的好處來，藏在字裏行間的隱秘細節這時候也才慢慢呷出滋味，讚歎之餘也覺躊躇──寫書寫得這樣隱晦，到底是一種高明還是失策呢？我寫作總是怕讀者看不懂，會不會太急功近利些？後來我寫了一部也是講長三堂子的小說《鴉片香》，就又把《海上花》拿出來看了第三次，仍然糾結於隱晦與直白的問題，到現在也是橫在心上的一根刺。

　　比如張愛玲在《海上花》譯後記裏寫的：「《海上花》寫這麼一批人，上至官吏，下至店夥西崽，雖然不是一個圈子裏的人，都可能同桌吃花酒。社交在他們生活裏的比重很大。就連陶玉甫李漱芳這一對情侶，自有他們自己的內心生活，玉甫還是有許多不可避免的應酬。李漱芳這位東方茶花女，他要她搬出去養病，『大拂其意』，她寧可在妓院『住院』，忍受嘈音。大概因為一搬出去另租房子，就成了他的外室，越是他家人不讓他娶她為妻，她偏不嫁他作妾；而且退藏於密，就不能再共遊宴，不然即使在病中，也還可以讓跟局的娘姨大姐釘著他，寸步不離。一旦內外隔絕，再信任他也還是放心不下。」

　　這一段話，若不是張愛玲點出來，單看故事，很難這樣深入地理解主人公那「女人心海底針」的曲折情懷。其餘如「小雲結交上了齊大人，向她誇耀，當晚過了特別歡洽的一夜。丈夫遇見得意的事回家來也是這樣。這也就是愛情了。」「雙珠世故雖深，宅心仁厚。她似乎厭倦風塵，勸雙玉不要太好勝的時

候，就說反正不久都要嫁人的，對善卿也說這話。他沒接這個碴，但是也坦然，大概知道她不屬意於他。」也都是一語驚醒夢中人。

我至愛侯孝賢拍攝的電影「海上花」，可惜問了許多碟友，都說看不懂或是不喜歡。於是一次在向某友大力推薦前，特地先講解了半日原著的風格佈局，主要人物和故事脈絡，然後再陪她一邊看一邊講解那些畫面或是細節暗藏著怎樣的深意，這才終於使得朋友點頭贊好，然而仍然皺眉說：「一部電影要當學問一樣研究了才能看出好來，也有些不值得。」

這話，又讓我怔忡了半天，心上的那根刺扎得更深了。

《紅樓夢魘》更是讓我嚮往了許多年的一部書，終於到手後，倒有些微的意外與失望。

張愛玲曾在〈論寫作〉中提到：「像《紅樓夢》，大多數人於一生之中總看過好幾遍。就我自己說，八歲的時候第一次讀到，只看見一點熱鬧，以後每隔三四年讀一次，逐漸得到人物故事的輪廓、風格、筆觸，每次的印象各各不同。現在再看，只看見人與人之間感應的煩惱。──個人的欣賞能力有限，而《紅樓夢》永遠是『要一奉十』的。」這段話簡直就像從我心底裏掏出來的。而她在《紅樓夢魘》的自序中又說：「不同的本子不用留神看，稍微眼生點的字自會蹦出來。」也令我深有同感。因此想像以張愛玲來評析《紅樓夢》，應該是頗為生動有趣味的。

及至捧書在手，才發覺枯澀纏夾，非但一般的讀者無法理解，就是通常的紅迷也是難以感到興趣的。開篇《紅樓夢》未完，一味挑剔原著自相矛盾處，細至銀兩數與月份，由此來推斷不同版本的不同年代──然而《紅樓夢》的自相矛盾原本是不勝枚舉的，最明顯的例子便是「鸚哥」與「紫鵑」的身分之謎，還有巧姐的忽大忽小，這本沒什麼可考據的，不過是作者寫著寫著就寫忘了罷了。寫書並不是一氣呵成，都是邊寫邊改，寫到後面想起來又在前文加幾句，那時又沒有校對，又不像電腦查找這麼方便，百萬字的浩卷，不出錯才叫天書呢。不必另舉例子，現放著數本有關張愛玲的傳記，年月錯漏處多得令人咋舌，連號稱張學權威的陳某人出書之際也是前言不搭後語，自相矛盾之處多矣。

小說就是小說，把小說當成科學資料來分析，一層層地抽絲剝繭，是一件自尋煩惱的事情。我可以想像張愛玲「十年一覺迷考據，贏得紅樓夢魘名」的煩惱，因爲我看她的《紅樓夢魘》，也漸漸看得煩惱起來。

　　然而她斷定續書是「狗尾續貂成了附骨之疽」的論述卻是細膩可喜的，比如舉出寶玉悼晴雯時曾自矜「方不負我二人之爲人」，顯見將晴雯視爲知己，而一百零四回中卻有「晴雯到底是個丫頭，也沒有什麼大好處」之語，顯見有違雪芹本意；又前文力求含糊滿漢之分，對於黛玉的描寫更只是一種姿態、神情，而絕無實寫服飾，到了八十回後卻會出現林黛玉穿著月白繡花小毛皮襖加銀坎肩、戴著赤金扁簪、腰下繫著楊妃色繡花棉裙的描寫，便落了痕跡了——這些，都是我從前沒有留意到也沒有想過的。

　　張愛玲認爲《紅樓夢》不同版本的差異多在回目前後，大概是爲了方便裝訂而故意爲之；同時她堅決反對《紅樓夢》有可能是集體創作一說，因爲「集體創作，只寫得出中共的劇本。」——這一句激憤之語，使我突然發生了無窮聯想，大膽揣測〈金鎖記〉的劇本已完成、廣告也已刊出，卻最終沒有上映，會不會與「集體創作」有關呢？有沒有一種可能，是張愛玲完成劇本之後，卻在壓力下被要求一再改稿，最終使其成了一部「集體創作」，因而憤然罷演，甚至與桑弧不歡而散呢？

　　朱天文說：「有關《紅樓夢》的考據，我只看張愛玲一人的，而且還未看，已百分之百相信，看著不懂，真不懂的，仍然相信。另外一位宋淇也看看，因爲他和張愛玲是好朋友。」「紅學裏我認爲她的才是絕對的真的。」

　　這樣絕對的認同，我卻是做不到。因我讀《紅樓夢》實在是太早，而讀張愛玲實在是太晚，中間隔了十年，已經不知看了多少人的紅學著作。尤其近年來，因爲自己也先後出版了四部有關紅樓的續書與筆記，更是扎進大觀園中出不來，而各家學說亦是難分軒輊，相比之下，版本學最苦也最枯燥，探佚派最有趣也最荒誕，脂批研究久無新意，曹氏家譜劍走偏鋒，而近年來興起的新索隱則未免有嘩眾取寵，信口開河之嫌。諸多大家的觀點或互相重複，或彼此矛盾，投注於口舌之爭上的精力遠遠超過了研究本身，能像張愛玲這樣耐得住寂寞，一擲十年，卻絕不與人分辯的例子絕無僅有。而且我最反感的是脫離紅樓講紅樓，講得天花亂墜，卻與《紅樓夢》本身沒什麼關係。相比之下，即使我

並不全贊同《紅樓夢魘》這本書，卻也對張愛玲的這種清貞孤絕頂禮膜拜，自愧不如。

不過朱天文坦然承認《紅樓夢魘》「看著不懂，真不懂的」，這令我覺得感動，也釋然——原來不止是我一個人看不懂。

我有時甚至會在片刻的錯愕間感覺《紅樓夢魘》與《禪是一枝花》是同一本書，也許便因為兩本書都不大懂。

但凡太迷一件事，就容易走火入魔，張愛玲自稱「夢魘」，也的確只有這個「魘」字可以形容。

張愛玲說她所以會五詳紅樓夢，「唯一的資格是實在熟讀」。這使我忍不住要想：我又有什麼資格為張愛玲作傳呢？

張愛玲生於一九二〇年，我整整晚她五十年。

她曾經以一篇〈我的天才夢〉來參加《西風》舉辦的小說競賽，未得第一名，耿耿於懷，可是後來《西風》結集出書，卻就是以〈天才夢〉來命名的。

我至今唯一參加過的一次小說大賽是貝塔斯曼舉辦的，只得了第六名，當時非常鬱悶，還因為現場評分不公舉手抗議，差點離席罷賽。後來那次大賽的所有獲獎作品由人民文學出版社結集出版，書名卻恰恰取自我的參賽作品〈愛如煙花只開一瞬〉。

記得當時看到書的時候，我便猛地想起張愛玲，想得出神。

那種感覺，就像當初看到張愛玲在文章裏說，她曾經為寫少帥傳奇而專門去台灣拜訪張學良，但未能如願。我因與張學良沾親帶故，看到這一段，也是半晌悵然，莫名感動，不知身在何處。

也許就是因為這樣，在寫張愛玲的時候，會忍不住夾七夾八寫了許多我自己的事。在寫作中這樣子逼急地從自己的文字裏跳出來，於我是第一次。我一向反對讀者在我的小說中尋找「我」，因為即使再努力地求真，一件事一旦說出來，就有了戲劇的成份；寫在紙上，就更是一種創作。如何做得到真？

好在張愛玲說過：「我沒有寫歷史的志願，也沒有資格評論史家應持何種態度，可是私下裏總希望他們多說點不相干的話。」「清堅決絕的宇宙觀，不論是政治上的還是哲學上的，總未免使人嫌煩。人生的所謂『生趣』全在那些

不相干的事。」

　　——那麼我說了這麼多不相干的話，大概也不算違她的意吧？

4

　　張愛玲隱居的第一個十年相對平靜，創作力也很旺盛。除了對《海上花》與《紅樓夢》的深入研究，還出版了散文小說集《張看》、小說劇本集《惘然記》以及《續集》中的部分文章。

　　我們從「張愛玲遺作手稿展」中可以知道，《惘然記》最初曾擬名《亂世紀二三事》的。這「亂世紀」，指的是中國四五十年代的戰亂時期，收入書中的故事多是舊作翻新，題材始於三十年前。然而它們的文風驚人相似，洗盡鉛華，而一味使用白描手法，顯然是改了又改所致。

　　大多張學們以為這是她去國之後，受到美國文化的洗禮所致，而我則認為多半是由於「海上花」的影響，一味追求平淡而近自然的結果——似乎矯枉過正，幾個故事都粗疏晦澀，如〈相見歡〉、〈浮花浪蕊〉都淡遠平實，耐讀而不易讀，〈色戒〉更是引人誤會。

　　張愛玲在《惘然記》序中說：「這三個小故事都曾經使我震動，因而甘心一遍遍改寫這麼些年，甚至於想起來只想到最初獲得材料的驚喜，與改寫的歷程，一點都不覺得這其間三十年的時間過去了。愛就是不問值得不值得。這也就是『此情可待成追憶，只是當時已惘然』了。因此結集時題名《惘然記》。」

　　看到這句「愛就是不問值得不值得」時，我忽然有一種背脊發冷的感覺——她在說給誰聽？

　　我無法停止猜測與聯想，雖然也許那是張愛玲所不願意看到的。她向來討厭「索隱派」。〈色戒〉發表時，就因為有些人太喜歡聯想，索隱，使得她很不愉快——那是一個關於女特務以色誘為手段來親近漢奸、謀圖刺殺、最終失敗被害的故事。有人曾考據是根據大漢奸丁默屯的真實故事而改編，並且認定這素材一定是由胡蘭成說給張愛玲聽的，張愛玲在文中有「美化漢奸」的傾

向，是因爲對胡蘭成餘情未了；也有人說故事原型其實是與張愛玲齊名的女作家關露，關露不就是打入敵人內部的女間諜嗎；然而宋淇卻在答記者問時明白地說，那故事是他給張愛玲的，那些事情就是他們北大的一些學生們幹的。

真相如何，其實何必多問呢？只要寫過小說的人都知道，很多寫作的緣起往往只是一點點影子，在寫的時候，寫作人往往不由自主，那結局是連自己也無法控制的；而且往往寫出來之後，才會發現與某種事實驚人地相似——文學源於生活，也總歸會回到生活。

這本來是不需要多加解釋的，可是域外人的批評已經不只是「索隱」，而是「曲解」，這使得張愛玲不得不寫了一篇〈羊毛出在羊身上〉來反擊，這是繼〈有幾句話同讀者說〉之後，她唯一的一次替自己辯解——兩次都涉及到一個敏感名詞：漢奸。

「看到十月一日的《人間》上域外人先生寫的〈不吃辣的怎麼胡得出辣子——評「色戒」〉一文，覺得需要闡明……

此外域文顯然提出了一個問題：小說裏寫反派人物，是否不應當進入他們的內心？殺人越貨的積犯一定是自視爲惡魔，還是可能自以爲也有逼上梁山可歌可泣的英雄事跡？

……域外人先生甚至於疑惑起來：也許，張愛玲的本意還是批評漢奸的？也許我沒有弄清楚張愛玲的本意？

……我最不會辯論，又寫得慢，實在勻不出時間來打筆墨官司。域外人這篇書評，貌作持平之論，讀者未必知道通篇穿鑿附會，任意割裂原文，予以牽強的曲解與『想當然耳』：一方面又一再聲明『但願是我錯會了意』，自己預留退步，可以歸之於誤解，就可以說話完全不負責。我到底對自己的作品不能不負責，所以只好寫了這篇短文，下不爲例。」

結集《惘然記》時，張愛玲再次於序言中重複提出這一點：

「寫反面人物，是否不應當進入內心，只能站在外面罵，或加以醜化？時至今日，現代世界名著大家都相當熟悉，對我們自己的傳統小說的精深也有

新的認識，正在要求成熟的作品，要求深度的時候，提出這樣的問題該是多餘的。但是似乎還是有在此一提的必要。

對敵人也需要知己知彼，不過知彼是否不能知道得太多？

因為瞭解是原恕的初步？如果瞭解導向原宥，瞭解這種人也更可能導向鄙夷。缺乏瞭解，才會把罪惡神化，成為與上帝抗衡的魔鬼，神秘偉大的『黑暗世界的王子』。至今在西方『撒旦教派』『黑彌撒』還有它的魅力。」

——這樣一再地「記恨」，她是再一次被傷著了。沾著人就沾著髒，她忍不住要躲開。

早在處女作〈天才夢〉裏她便說過：「在沒有人與人交接的場合，我充滿了生命的歡悅。」

極盛時期的〈論寫作〉裏再一次說：「一班文人何以甘心情願守在『文字獄』裏面呢？我想歸根究柢還是因為文字的韻味。」

到了晚年出版《續集》，她又一次在自序中清楚明白地宣稱：「我是名演員嘉寶的信徒，幾十年來她利用化裝和演技在紐約隱居，很少為人識破，因為一生信奉『我要單獨生活』的原則。」

《續集》自序寫於一九八八年，這時候她已經隱居了十五年之久，而對於人群的厭倦愈久彌堅，寧可「畫地為牢」，躲進「文字獄」裏，閉門寫她的《紅樓夢魘》。

她說她很當心自己，仔細自己的飲食，用最好的護膚品，每天消毒。

總之，她要她的世界清潔如洗，一塵不染，因此遠離人群——沾著人就沾著髒。

倘若她可以獲得心靈的平靜，那麼我並不以為這樣有什麼不好——她的世界如此完整，當然不願意被外來者打擾。

我有時性子上來，也會閉門十天半月，躲進小樓成一統，兩耳不聞窗外事，但過段時間總還是要「出關」。

終是耐不住寂寞。

張愛玲耐住了寂寞。然而同時她把自己逼上梁山，逼進死角，逼得瘋狂，開始產生幻覺。只覺到處都是跳蚤。

第二十章 永遠的海上花

1

我的靈魂隨著張愛玲遷徙流連，如同海上泡沫隨波逐流。安徒生說，人死後會擁有靈魂，而海的女兒雖然千秋萬歲，但當她們死後，便只有化作泡沫，終生漂流。

漂泊於張愛玲是無時或息的，她的人生理想是現世安穩，然而渴望得太久，得到了也不能相信，自己給自己設置不安全的動蕩感──四面楚歌對她最具體的表現就是跳蚤，這代表了人生一切咬齧性的煩惱。

生命是一襲華美的袍，爬滿了蚤子。殺不絕，躲不掉。

為了躲避跳蚤，她輾轉於洛杉磯各大汽車旅館間，過著半流浪的生活，狼狽不堪，最令人痛心的是竟然弄丟了已經完成的《海上花》英譯稿。

海上花開，海上花謝，這一朵花雖然永不凋零，卻已是飽經風霜了。從一九八四年八月到一九八八年三月三年半中，是張愛玲隱居的第二個階段，也是最動蕩的一個階段。她開始搬家，起初只在自己熟悉的好萊塢附近找旅店，後來漸漸往北往東搬，環境越來越差，她不得不向新結識的朋友林式同求助。

林式同不是文人，此前連張愛玲的名字也沒聽說過，他是受朋友莊信正之托才登門拜訪的。然而第一次「見面」，其實是只聞其聲而未見其人。

那天，他找到張愛玲住的Kingsley公寓三○五室，敲了敲門。裏面彷彿有動靜，卻沒有人應門，他再敲一次，並且自我介紹：「張女士！我是莊先生的朋友，他托我拿東西給您！」

張愛玲把門開了條縫，抱歉說衣服沒換好，讓他把信放在門外就請回去。林式同多少有些驚訝——這人恁地不通情理。但他向來不是多愁善感小肚雞腸的人，聞言答應一聲，放下東西就走了。

　　正式見到張愛玲是一年後的事，張愛玲主動打來電話，約他在一家汽車旅店的會客廳見面。她頭上包著一幅灰色的方巾，身上罩著件近乎灰色的寬大的燈籠衣，穿著浴室裏用的毛拖鞋，落地無聲，「了無聲息地飄過來，水一般的亮麗自然」，衝著林式同點頭一笑，像影子多過像一個人。這讓林式同忍不住有些緊張起來，並且直覺這位女士不喜歡別人暴露她的身分，於是在交談中便不肯直接稱呼張女士。兩個人的講話彷彿打謎語。

　　她一見面就拜託他：「麻煩你了！我在搬家時丟了證件，想再申請房子就很困難，目前暫時還住汽車旅館，如果哪天有需要，恐怕要請你幫忙。」

　　林式同問：「為什麼要搬家呢？從前的公寓不好嗎？怎麼會選擇住在汽車旅館？」

　　張愛玲認真地答：「為了方便啊。公寓有跳蚤！那是一種南美洲跳蚤！生命力特別強，殺蟲劑都沒有用！我只好搬家，一發現屋子不乾淨就搬家。」

　　這是一九八五年四月。這時的張愛玲已經隱居了十二年。長期的孤獨並沒有帶給她內心的安靜，反而使她日漸燥鬱起來。

　　她在給夏志清的信中寫道：

　　「我這幾年是上午忙著搬家，下午忙著看病，晚上回來常常誤了公車。剩下的時間只夠吃同睡，所以才有收信不拆看的荒誕行徑。直到昨天才看了你一九八五年以來的來信。我這樣莫名奇妙，望你不會見怪。你來信問我為何不趁目前中國出版界女作家熱振作一下，問題在於我得了慢性病。雖然不是大病，但光看牙醫就是二年多，目前還在緊急狀態。收到信，只看賬單和緊急的業務信，你，還有久不通信的炎櫻的信，都是沒有看就收起來了。日而久之，我也荒廢了日常功課。」

　　從這封信中我們可以得知，炎櫻到這時候和張愛玲也還是偶有往來的，只是張愛玲竟然忙得連信也不願拆。早先在上海的時候，姑姑就說過她：「你是

一個高價的女人。」指她消費甚高，可悲的是也沒見怎樣揮霍，錢卻永遠存不下來。光是每年看醫生就是一大筆支出。

其實細算下來，張愛玲這幾年的版稅加上編劇費，收入不算太低，日子卻只是拮据，要淪落到住在汽車旅館的地步，也真是令人歎息。

夏志清回憶說：「張愛玲去看病的醫院都是給窮人看病的免費醫院，不像我們有自己的私人醫生，預約就行。張愛玲要搭車去很遠的指定醫院，而且還要無窮無盡地等待，白白地耗費了她許多光陰。」

這是八十年代中期，不要說港台了，就連大陸也已經重新掀起「張愛玲熱」。而瓊瑤更是成了台灣第一富婆，隔著一道太平洋，張愛玲竟然窮得連看醫生的錢都沒有。

她不住地被疾病與跳蚤襲擊，身心俱被困擾。她困在孤島上，既無從求助，亦無法救贖。

寫作是一件需要絕對孤獨和絕對平靜的事，而她只做到了一半——她被種種身體的痛楚和無名躁鬱困擾著，每天不是忙著搬家就是看醫生，又怎麼可能平靜？

為著搬家方便，她盡可能地捨棄了一切身外之物，所購物品儘量是用過即棄型的，所有家當都可以裝進兩個大袋子中，隨時提了便走。

也便是在這種情形下，發生了那起著名的「記者與垃圾」的事件——

記者戴文采，自稱從十九歲起就崇拜著張愛玲，因為某個機緣巧合得了她的地址，便寫信去要求拜訪。張愛玲當然不見，也不理。可是戴氏不放棄——好不容易有了這個珍貴的地址，有了接近名人的可能性，焉肯輕易放過？

一九八八年秋，戴氏申請了台灣某報的資助來到洛杉磯，指明要住入張愛玲的隔壁。等了十多天，終於有房間騰出來，她立刻便搬了進去，與張愛玲毗鄰而居，聲息相聞——與張愛玲的電視聲相聞。

張愛玲不管看不看，總是喜歡將電視開著，大概還是要借一點人氣，就好像她一直是喜歡聽「市聲」；但是她極少出門，因為怕帶回細菌來；在屋內只使用拋棄式拖鞋，覺得髒了就扔掉；不再打理髮型，用假髮代替；也不再化妝，但用著很好的護膚品——伊麗莎白雅頓的超時空膠囊。

聽說張愛玲居然用著與我同樣的化妝品，叫我覺得一陣莫名的訝然。說不清是親切還是迷惘，還帶著一點點自嘲，三十五歲的我用著六十五歲的護膚品，也真夠超時空的了。而且她喜歡穿最不禁髒的純白鞋子與煙灰色絲襪，用完即棄，這也是我的一點固執。每次出國旅遊，總是買一大堆廉價的白線襪，因為許多景點需要脫鞋子，襪子穿過即棄，會省卻很多煩惱。我也最不喜歡修理東西，鞋子缺了扣或斷了跟，從來想不起去修一下，只是隨手扔掉，這使得先生在與我最初相識時頗為躊躇，認為我「驚人的浪費」——先生對我最初的評語——後來發現我並不是那種揮金如土的豪放女，不過是生性疏懶怕麻煩罷了，這才沒有被嚇走。

　　我寫作的時候也總是開著電視機，放一些應景的碟片來借點氣氛，比如寫愛情故事，就多半放的是自己的少女時代最感動的舊片如「上海灘」，因為看到許文強，我就會想起十幾歲時的心動，於是筆下也會有幾分真情——我形容是「擠眼淚」；寫歷史小說，則沒完沒了地放著一切能買得到的宮廷劇；而這段時間，則一直放著張愛玲小說改編的影片，或是與她有關的舊片，比如林黛、周璇，為了感覺張愛玲，我連葛麗泰嘉寶也買來看了。

由於張愛玲的深居簡出，使得戴文采在此住了一個月，卻只在她出門倒垃圾時遠遠地見了一面：

「她真瘦，頂重略過八十磅。生得長手長腳，骨架卻極細窄，穿著一件白顏色襯衫，亮如佳洛水海岸的藍裙子，女學生般把襯衫紮進裙腰裏，腰上打了無數碎細褶。」

「她彎腰的姿勢極雋逸，因為身體太像兩片薄葉子貼在一起，即使前傾著上半身，仍毫無下墜之勢，整個人成了飄落兩字……也許瘦到一定程度之後根本沒有年齡，叫人想起新燙了髮的女學生；我正想多看一眼，她微偏了偏身，我慌忙走開怕驚動她。佯裝曬太陽，把裙子撩起兩腳踩在游泳池淺水裏，她也許察覺外頭有人，一直沒有出來，我只好回房，待我一帶上門立即聽到她匆匆

開門下鎖急步前走，我當下繞另外一條小徑躲在牆後遠遠看她，她走著像一卷細龍捲風，低著頭彷彿大難將至倉皇趕路，垃圾桶後院落一棵合歡葉開滿紫花的樹，在她背後私語般駭紛紛飄墜無數綠與紫，因為距離太遠，始終沒看清她的眉眼，僅是如此已經十分震動，如見林黛玉從書裏走出來葬花，真實到幾乎極不真實。歲月攻不進張愛玲自己的氛圍，甚至想起《綠野仙蹤》。」

「我在她回房之後，半個身子吊掛在藍漆黑蓋大垃圾桶上，用一長枝菩提枝子把張愛玲的全部紙袋子勾了出來，坐在垃圾桶邊忘我的讀著翻找著，在許多滿懷狐疑的墨西哥木工之前，我身上漿白了的淺灰棉裙子與垃圾桶參差成優雅的荒涼，我與張愛玲在那天下午的巷裏，皆成了『最上品的圖畫』。」

——戴文采自稱是拾張愛玲的牙慧漸漸長大，然而觀其文，其實更像是拾胡蘭成的牙慧。如今更直接發展成拾張愛玲的垃圾了，連一點迂迴的比喻都省卻。

她從張愛玲的垃圾中推測出她的食譜與日常用品，並且得到一隻斷了保險絲的單座電爐，一絡張愛玲剪下的頭髮，一張寫在銀行紙頭背面的購物單，以及幾封她寫給夏志清、瘂弦先生的信的草稿，最富戲劇性的，是她還拾回了自己寫給張愛玲的信的信封，也被張愛玲當了草稿紙，寫了一封不知給誰的信，大意是居無定所，難得安靜，如再要被探訪，就等於「一個人只剩下兩個銅板，還給人要了去」。

戴文采對於自己的收獲顯然欣喜若狂，以為奇貨可居，不僅難禁興奮之情地把自己的奇遇報告給某位台灣女作家，並叮囑對方代為保密，因為她還計劃著要進一步接近張愛玲；同時，她又將自己的垃圾收藏詳盡報導，洋洋萬言，寄給了身為報社主編的季季。

然而她沒有料到的是，無論是那位女友還是季季，都對她的做法甚為反感，不但拒絕為她保密或發表她的文章，且分別通過夏志清與莊信正輾轉通知了張愛玲。

而張愛玲亦一如既往地決絕，在接到電話的次日即在林式同的幫助下搬了家——她把戴小姐當跳蚤來躲了。

季季不無嘲諷地寫道：「作為一個新聞工作者，D小姐沒有嚴密監控她的

『獵物』，竟未發現張愛玲搬走之事。她仍然每天耳貼牆壁，卻聽不到一點動靜。起先她以為張愛玲病了，連電視也不看了。但連著幾天聽不到張愛玲房裏的聲音，她才起了疑心。到管理員那兒詢問，才知張愛玲已搬走了。」

戴文采看丟了自己的「獵物」，氣急敗壞，進一步行動的計劃破滅，這篇垃圾稿成了她唯一的砝碼，不由焦躁起來，於是再次長途致電季季，催促發稿並且商談稿費事宜，且開出價錢來：除了稿費要按特稿付酬外，還要報銷她住在張愛玲隔壁的一切押金、租金、電話等費用。

然而季季非常冷淡且堅決地拒絕刊登她的稿件，並且說：「你知道張愛玲前幾年常常搬家，把《海上花》的英譯稿弄丟的事嗎？張愛玲已經快七十歲了，她身體不好，我們就讓她安靜地多活幾年吧。」

但是戴文采不死心——她可是出了本錢的，又怎麼會為了季季的幾句話就良心發現打退堂鼓呢？她後來不僅到底把稿子刊發出來，且收入了自己的作品集，洋洋自得。

張愛玲曾在給司馬新的信中寫道：「那台灣記者那篇淘垃圾記還是登出來了。中國人不尊重隱私權，正如你說的。所以我不能住在港台。現在為了住址絕對保密，連我姑姑都不知道。」可見她對這件事的憤怒。

說實話，在只是聽說其事、但沒有看到戴文采的原文前，我對戴某並無反感，倒覺得季季有些小題大做，而張愛玲似乎不近人情。

然而後來看了戴文采的原文，卻不由得憤怒了——是我也得搬家！我們看待名人，往往看重了「名」而忘記她也是個「人」，其實只要設身處地想一想——倘若你旁邊有個鄰居，沒事就到你家垃圾箱裏翻一翻，無論你扔掉的是多麼私隱不欲為人知的東西，她也要拿出來賞玩一番，並且公之於眾，你會不會覺得恐怖？會不會迅速逃離，有多遠逃多遠？

我理解了張愛玲，亦理解了季季，更理解了為什麼張愛玲會因此而對季季那般感激，銘記不忘。

張愛玲是從莊信正教授那裏得知季季對整個垃圾事件的處理經過的，一九八八年十二月，她寄了一張聖誕卡片給季季，其中最重要的一句話是：「感謝所有的一切。」

一九九〇年，《中國時報》創刊四十周年，季季寫信邀請張愛玲擔任「第十三屆時報文學獎」的決審委員，張愛玲回信拒絕了這一邀請的同時，心照不宣地寫道：「有時候片刻的肝膽相照也就是永久的印象，我珍視跟您這份神交的情誼，那張卡片未能表達於萬一，別方面只好希冀鑒諒。」

這一句「肝膽相照」用得多麼嚴重，令季季不禁感慨：「許多人批評張愛玲冷漠。冷漠無涉道德。但從張愛玲的這句話裏，我的感受是：張愛玲並非冷漠，而是對某些人、某些事不屑相與！」

張愛玲儘管冷傲清絕，卻知交滿天下，且個個都俠肝義膽之士，真也令人羨煞。說張愛玲孤僻的人，不妨捫心自問：你一生識得幾個這樣肝膽相照、德才兼備的知交好友？

而張愛玲雖然拒絕了這年「時報文學獎」評審的邀請，與《中國時報》的緣分卻未完。一九九四年，她的最後一部作品《對照集》由台北皇冠出版社出版。九月，獲第十七屆時報文學獎「特別成就獎」。她雖然未能親自來台領獎，卻寫了一篇文章祝賀，即是前文提過的那篇著名的《憶西風——第十七屆時報文學獎特別成就獎得獎感言》（**參看第五章**）。

張愛玲為媒體撰寫「賀文」，只有過三次：一是一九五〇年為慶賀《亦報》創刊一周年而寫的〈《亦報》的好文章〉，賣的是龔之方的面子；第二次是一九八四年為《皇冠》創刊三十周年寫的隨筆〈信〉，自然是衝著平鑫濤的友誼；這是第三次，與其說是為了「時報文學獎」，不如說是為了感謝季季。這也是張愛玲有生之年公開發表的最後一篇文字。

她的愛憎分明，與不易察覺的「人情味兒」，由此可見一斑。

一九八八至一九九五，是張愛玲最後的七年，也是她隱居生活的第三階段。

這時她已經回到了熟悉的公寓生活，不再頻繁搬家，而幾處公寓也都由林式同替她安排的。先是在林式同所造八十一單位的公寓樓群裏住了兩年半，

後又搬入西木區羅徹斯特公寓（10911 rochester ave，#206），從一九九一年七月直到去世，這是她生前最後一個住處，也是她在洛城住過的環境最好的一個公寓。

林式同曾來此探望她，看到廚房抽屜裏都是塑膠食具，身外之物已經到了簡無可簡之地，卻最多殺蟲劑──她仍然害怕跳蚤，每月花兩百美元買殺蟲劑，櫥櫃一格一罐；她且不斷抱怨自己的皮膚病和牙痛，林式同安慰：「牙齒不好就拔掉！我也牙痛，拔掉就沒事了！」

張愛玲一愣，若有所思地說：「看來身外之物還是丟得不夠徹底！」

她又同林式同提起三毛。三毛寫了「滾滾紅塵」，明顯是拿她做原型的，還特地寫信給她邀請她看，她沒理，也沒看。然而現在傳主還活著，作傳的人倒先告別這滾滾紅塵了。

張愛玲有些不以為然地說：「她怎麼會自殺呢？」

然而林式同竟是不知三毛為何人，無言以對。

兩個人的談話就是這樣有一句沒一句，彷彿雞同鴨講，卻偏偏有著最徹底的瞭解。

這時候她與人群的距離益發拉遠，唯一肯見的人大概就是林式同了。

但是她也並不是完全不食人間煙火，仍同許多朋友保持著書信往來。她的信往往很短，且常常寫在卡片上。那些卡片，都是色彩豔麗造型卡通的，是她在逛書店的時候精心挑選的。

最讓人感動的一張，是她寫給姚宜瑛女士的，祝賀她的散文集《春來》出版。面上是一枝盛開的百合花，華麗又脫俗，寫著：

「《春來》真感動人。同一局面，結果總是疏離，沒足夠的愛去克服兩個世界間的鴻溝。有這樣的母親才有你這樣的女兒。有這樣的母親也不一定有這樣的女兒。兩人都真運氣、福氣。值得祝賀。」

原來，姚宜瑛與母親分別三十年，而終於能在老人年邁之際接她來台灣團聚，侍奉終老。

張愛玲推崇這樣的運氣、福氣，因為人家有的，她沒有──她再也沒有機

會與母親團圓，更不可能侍奉終老。「兩個世界間的鴻溝」，是距離上的，政治上的，還有命運的，而生死殊途，無疑是所有鴻溝中最深絕的一道。

從這裏可以再次看出，張愛玲在晚年時對母親的痛切的思念。

這張卡片寫於一九九一年。這一年真是多事之秋，先是「滾滾紅塵」的編劇、著名女作家三毛之死震驚華人世界，接著是好友炎櫻去世的消息傳來，令她心感凄凄焉；然後，同年六月，最親愛的姑姑張茂淵亦在上海去世，遺囑不舉行告別儀式，骨灰隨便撒掉。

張愛玲沒有回鄉奔喪。她從來不在乎這些形式上的禮節，難道她回去了，姑姑就可以不死了嗎？從前媽媽病重的時候，她也沒有趕去英國；在台灣旅遊時聽說賴雅發病，她亦沒有專程趕回美國。

然而她並非毫無所動，她在半年後立下遺囑，不能不說是由於姑姑之死的啓示。姑姑的一切從簡，與三毛轟轟烈烈、極盡戲劇性的哀榮形成鮮明對比，不由使她要考慮自己的死法。

一九九二年二月，張愛玲寫信給林式同，指定他爲遺囑執行人，戲稱「免得有錢剩下就會充公」。遺囑非常簡單：一、一旦棄世，所有財產贈予宋淇夫婦；二、希望立即火化，不要殯殮儀式，如在內陸，骨灰撒在任何廣漠無人處。

林式同在〈有緣得識張愛玲〉中回憶道：「張愛玲寄來了一封信，信中附著一份遺書，一看之下我心裏覺得這人真怪，好好的給我遺書幹什麼！……遺書中提到宋淇，我並不認識，信中也沒有說明他們夫婦的聯繫處，僅說如果我不肯當執行人，可以讓她另請他人。我覺得這件事有點子虛烏有，張愛玲不是好好的嗎？……因此，我把這封信擺在一邊，沒有答覆她。可是在張愛玲看來，我不回音，就等於是默許，後來我們從未再提起這件事，我幾乎把它忘了。」

然而張愛玲沒有忘。她且開始有條不紊地安排自己的身後事，從一九九一年七月開始著手，歷時一年，完成了《張愛玲全集》的校訂工作。

記得我的第一套散文集「西嶺雪時尚美文系列」五卷本出版時，有位出版社社長曾同我開玩笑說：「出『文集』不算什麼，等哪天我們社替你出『全

集』吧。」

因為《文集》是每個作家都可以隨時出版並且願意出版的，而《全集》則往往指這作家已經不可能再寫出更新的作品，通常是在某人去世後才會出版《全集》。這差不多是出版界一個通常的笑話。

然而張愛玲，卻是在有生之年親自校訂自己的《全集》，這不能不讓人覺得她此舉的深意。稿件在台北與洛杉磯之間兩地往返，費時費力，工程十分浩大。然而張愛玲不厭其煩，且特地為《全集》做了一個完美的總結，即最後一部作品《對照記》，副題「看老照相簿」。

看老照相簿可真是一件傷感而又溫暖的事情，一張一張的照片翻過去，彷彿翻過一頁一頁的流年。

第一張就是自己四歲時那粉團圓嫩的臉，也就是《雷峰塔》開篇時的年齡，安琪兒一般的甜美，張愛玲不由微笑起來，自己也有過這樣天真的時刻呢；後來便一天天地大了，懂得擺姿勢了，多是張揚而氣派的，有一張叉著腰站在陽台上的照片頂不清楚，可是母親卻以為好，去英國的時候特地選出來帶了走，後來箱子寄過來，她又在遺物中發現了這張照片，當時忍不住淚如泉湧，現在看著，卻只是唏噓，沒有眼淚了；這一張是姑姑的照片，她還是那麼靜美，那麼恬淡，自己離國時姑姑就是這個樣子，這一輩子姑姑在她心目中也就是這樣子，永不褪色；這張是祖母帶著尚年幼的父親與姑姑，想到父親，他從前繞室吟哦的樣子便立刻浮在眼前了，她早已原諒了她，放下了對他的曾經的怨恨，她的血管裏流著他的血；還有這些，是祖宗先人的照片，真正的老照片了，她沒有見過他們，然而她可以感覺得到他們，在人生最孤獨的時候，沒有什麼是真正屬於她的，就只有貴族的血統，是不可改變的既定事實，是她在內心裏一直引以為豪的。

她提起筆來，一字一句地寫下：

「我沒趕上看見他們，所以跟他們的關係僅只是屬於彼此，一種沉默的無條件的支持，看似無用，無效，卻是我最需要的。他們只靜靜地躺在我的血液裏，等我死的時候再死一次。我愛他們。」——張愛玲：《對照記》

3

從英文自傳《雷峰塔》、《易經》到中文自傳《小團圓》,再到自傳大綱一樣的《對照記》,真是一條奇特曲折的心路歷程。

今天的人喜歡「懷舊」,而「張愛玲的風氣」顯然是一枚重要的懷舊標籤。張愛玲喜歡穿老輩留下來的古董衣裳,喜歡舊時的人與故事,也喜歡寫舊時代的故事。

《雷峰塔》和《易經》的生活氣氛是她最熟悉也最擅長的,那些生活在新舊中國交替時代的遺老遺少們,他們的步子已經踏在新時代,可是骨子裏仍淌著古時的血,尤其那些可憐的女人,「她的七情六欲都給了這個命中注定的男人,畢生都堅定的、合法的、荒謬的愛著他。中國對性的實際態度是供男人專用的。女人是代罪羔羊,以婦德補救世界。」

張愛玲對女人有著永恒的同情,也責備,也揭露,但卻是哀其不幸怒其不爭的譴責,帶著深深的歎息。

父親家的親戚,母親家的親戚,大爺大媽,舅舅,表姐,老媽子,還有香港大學的教授和同學們⋯⋯她用異域的文字塑造著故鄉的人物,一個個精心描繪,翻開書頁,就彷彿打開錦盒裏珍藏的古卷軸,看到連綿不斷的圖畫,而其間飄逸出沉香冷豔的氣息。

之後她寫中文自傳小說《小團圓》時,有些膩煩了那長度,也背叛了那份溫情。或許是由於胡蘭成《今生今世》的干擾吧,她寫得有點堵氣,然而記憶裏的那些人物與故事又都不捨得丟,但因為重點落在三段情感糾葛上,往事便沒那麼些篇幅細寫,於是人物被抽掉了背景,沒有前因也沒有後果,就只是一個個速描的剪影,單薄得像大霧天浮在海面上的船帆影子,虛浮的似有若無,完全不確定。

《雷峰塔》結末濃墨重彩的為何干送別一幕,在《小團圓》裏只是四五百字便輕描淡寫地帶過;而《易經》裏用了整部書去塑造的戰爭畫面與人物速描,更是只用了前兩章就交代完了。可是那麼好的題材她又不捨得不寫,還是要盡心盡意地點名字,把每個人的故事三言兩語地撮其要聞說出來,像是交代

身後事一般。

　　張愛玲曾經形容大考前夕女生們一問一答背功課，問的人氣定神閒，答的人卻不由自主捏細了嗓子，倉促而悲哀的一種腔調──然而她寫《小團圓》，匆草而又不確定地交代著那些人物的生平，便也是這樣一種倉促而悲哀的筆調。

　　而且回憶裏又插著回憶，時間順序是完全打亂了的，如果不瞭解張愛玲生平簡直就看不明白寫的是什麼，即使已經很瞭解了，卻還是有點虛實分辨，彷彿洗牌重來，隨你去怎樣拼湊；又一味地刻意白描，完全不解釋，有時候連喜怒也都含糊。很多細節不明所指，要到看《雷峰塔》和《易經》時才會明白真相。就像連環套，解開來，才發現答案竟然是英文。

　　她用英文寫了《雷峰塔》、《易經》，但是賣不掉；於是又用中文寫了《小團圓》，寫完後卻又遲疑，想毀掉；直到暮年，才又重新振作起來，推翻重來，整理成《對照記》。

　　在《對照記》裏，她保留了自己對祖宗血脈的回憶，再不掩飾對母親與姑姑的眷慕，也流露了對弟弟的憐愛，對炎櫻的友誼的珍惜，卻徹底抹去了胡蘭成這個人的存在。

　　不僅是胡蘭成，也有桑弧，賴雅，甚至父親，她生命中最重要的幾個男人，統統缺席了。那支撐《小團圓》主要支架的愛情主角都被無情地剔除在她的照相簿，只淡化成記憶中一道蒼涼的手勢，輕輕一揮，不見了。

　　但是平鑫濤不甘心讓那些身影消失，他在張愛玲剛剛去逝的時候就向媒體表示，張愛玲在完成《全集》的同時一直在寫作《小團圓》，並出具了相關的三封信。

　　一九九三年七月三十日的信中說：

　　「《對照記》加《小團圓》書太厚，書價太高，《小團圓》恐怕年內也還沒寫完。還是先出《對照記》吧。」十月八日，又一次致信說：「欣聞《對照記》將在十一月後發表……《小團圓》一定要儘早寫完，不會再對讀者食言。」十二月十日的信中說：「《小團圓》明年初絕對沒有，等寫得有點眉目了會提早來信告知。不過您不能拿它當樁事，內容同《對照記》與〈私語〉而

較深入，有些讀者會視爲炒冷飯……」

　　但是事實的情況是，張愛玲至死也沒有完成《小團圓》，似乎遺物裏也並沒有發現，因爲直到二○○九年、也就是張愛玲去逝十四年後，平鑫濤才拿出來發表的《小團圓》，據宋以朗說是在父親宋淇的箱子裏找到的張愛玲寫於一九七五年的手稿——那麼，張愛玲在晚年的時候究竟有沒有把《小團圓》重寫呢？重寫後的《小團圓》同我們今天看到的到底有多大出入呢？既然她說一直在寫，爲什麼宋以朗和平鑫濤都沒見到文稿，而要拿出她在二十年前寫的並且叮囑過要銷毀的草稿來出版呢？

　　這些都是謎。

　　我不大願意相信那麼注重隱私的張愛玲會去公開自傳，不過張愛玲曾說過：「向女人猛然提出一個問句，她的第一個回答大約是正史，第二個就是小說了。」

　　不妨這樣理解：《對照記》是她的第一個回答，是正史；而《小團圓》則是第二個回答，所以是小說。

　　《對照記》從一九九三年十一月開始在《皇冠》雜誌連載，其間張愛玲一再修正，又親自加了副標題「看老照相簿」，並於一九九四年六月出版單行本。一九九五年獲得台灣《中國時報》「文學獎特別成就獎」。張愛玲聽說後，特地到照相館拍了一張「近照」發去台北。

　　這是張愛玲的最後一張照片，也是令人驚異莫名的一張照片。照片中的她已經很老了，而且瘦。最特別的是，她手裏握著一卷報紙，上面赫然印著黑體大字「主席金日成昨猝逝」。

　　她且決定將這張照片放在《對照記》再版時最後一頁，且補寫了一段旁白：

　　「寫這本書，在老照相簿裏鑽研太久，出來透口氣。跟大家一起看同一頭條新聞，有『天涯共此時』的即刻感。手持報紙倒像綁匪寄給肉票家人的照片，證明他當天還活著。其實這倒也不是擬於不倫，有詩爲證。詩曰：

　　人老了大都

是時間的俘虜，

被圈禁禁足。

它待我還好──

當然隨時可以撕票。

一笑。」

　　我六歲那年，有一天舅舅借了架相機來，說要給大家照張合影。這「大家」包括姥姥、媽媽以及我們姐妹。照片洗出來，唯獨姥姥頭頂有清清楚楚的三個字「要死了」。原來是小孩子用粉筆寫在大門上的戲語，原文大概是「某某要死了」之類的咒罵，那「某某」的名字恰被姥姥的頭擋住。

　　當時舅舅與媽媽都覺不吉利，於是藏起這張照片不肯拿給姥姥看。然而一個星期後，姥姥被檢查出有癌症，未及救治便去世了。距離拍那張合影只有一個多月。而拍照片時，姥姥還是健康的！

　　按照唯物主義者的解釋，這當然是巧合。但是張愛玲有意為之的這張告示死亡的照片，卻又為的是什麼呢？

　　──僅僅是出於她的幽默感，為「我還活著」找個強有力的「時間證人」；還是要向世人披露某個消息？

4

　　每個人都會死去，但很少人可以選擇死亡的方式。不不，我這裏討論的不是自殺，而是順應命運的呼召，從容、淡定地面對死亡。

　　老人在死前便替自己準備好一切身後的壽衣、棺槨，選好墓穴，而後在家人簇擁下壽終正寢，是謂「喜喪」。只有真正有福氣的極少數人才可以這樣。

　　張愛玲，她不需要親人，也不喜歡任何形式上的東西，她只想潔淨地、潔淨地死去，用最安靜、用簡單、最原始的方式。她已經七十五歲，夠了。胡蘭成也是在七十五歲離世的。

「到處都是傳奇，可不見得有這麼圓滿的收場。」

　　她的人生是圓滿的，即便有不完整的婚姻，沒有後代，貧困孤獨地客死異鄉，死時身邊連一個親人也無──然而，她早已知道這一切，接受這一切，安排這一切，交代了這一切──如此，已是圓滿。

　　《全集》完成了，《對照記》獲獎了，還有什麼事沒做呢？

　　是了，得把文件準備好，免得人們忙亂，給人添麻煩。身分證、遺囑，收攏在一隻黑色手提包裏，放在開門便可以看到的地方。

　　不喜歡做家務的她將房間徹底地做了一次清理，又再噴灑了一遍殺蟲劑──她不能容許跳蚤來侵犯自己的身體。

　　殺蟲劑的清冽的味道充滿了房間，於是她又打開窗，讓風和陽光湧進來，還有市聲。

　　然而灰塵也一樣會進來的吧？她猶豫一下，又關了窗，打開空調機。

　　然後，她在地毯上躺下來，閉上眼，覺得自己好像整個人躺在海面上，那漂浮的雲裏寫著她的寒香冷豔，而溫柔的浪托著她的冰清玉潔。恍惚聽見電車回家的「克林克賴」聲，心裏有一些感傷。天空裏墨綠色的衣角一閃，是母親盈盈的笑臉，她在這一刻覺得自己忽然變得好小、好小，還是那個八歲時捧著《紅樓夢》癡讀、等待母親回國的小煐，她對著半空裏輕輕說：媽媽，我來了。

　　「她生命裏頂完美的一瞬，與其讓別人給它加上一個不堪的尾巴，不如她自己早早結束了它，一個美麗而蒼涼的手勢……」

　　她在那裏躺了很久很久，直到靈魂輕盈地脫體而出。我的靈魂終於同她的靈魂相對，她對我莞爾一笑，飄然離去。

　　一九九五年九月八日，張愛玲的屍體被發現。

　　她死得相當安靜，彷彿只是睡著了。衣衫整齊，神態安詳，躺在門前的

一方藍灰色地毯上，身邊放著裝有遺囑的黑皮包——她把一切都安排好了。而且，她穿的，仍是旗袍，赭紅色旗袍！

她沒有驚動任何人，是公寓管理員注意到這位老太太久不露面，引起懷疑，打電話又沒人接，才通知了警方的。法醫認為，死亡時間大約在一星期前。沒有自殺跡象。

——當然不是自殺。餓死，應該是一種自然死亡。

最清潔的死法！也是最決絕、最有尊嚴的死法！

她把自己清理了，卻在世界各地留下衣冠塚，處處開花，衣缽留香。

遺囑執行人林式同接到電話隨即趕到，看到這情景，微微驚訝，卻並不傷慟——張愛玲不需要這個。他平靜地接受了她的死，並願意尊重她的意願執行遺囑。

然而世上的人仍不肯輕易放過張愛玲，不但蜂擁至洛杉磯公寓進行拍攝採訪，且不住騷擾林式同及相關朋友，要求召開記者招待會、公開火葬日期、舉行追悼大會等等。這其中便包括了那位嗜撿垃圾的戴文采，她拿出那絡張愛玲的頭髮再次作為奇貨可居，並且假夏志清之名聲稱應將張愛玲土葬。

林式同畢竟不是圈中人，他為了尋找宋淇，一時輕信將遺囑示人，竟然導致內容外洩，見諸報端，引起軒然大波，不禁後悔不已。他終於發現，這不是他一個人的事，甚至不是張愛玲一個人的事，而是整個華人世界的大事。要想真正做到尊重張愛玲的遺願，讓她不被打擾地安然離去，竟是一件超乎想像的艱巨任務。稍一不慎，就會成為眾口唾罵的千古罪人，將張愛玲再「謀殺」一次。

次日是中國的傳統節日中秋節，月圓之夜。張愛玲寫了一輩子月亮，卻在月圓前殞落，這不可能不引起人們感傷的聯想。是夜文人雲集的「迎月詩會」上，人們不約而同地以各種方式表達了對張愛玲的悼念。

與此同時，各大媒體相繼報導，各種悼念文章鋪天蓋地。這些，都給了林式同莫名的壓力，他不得不向朋友們求助，並在九月十二日召集幾位好友秘密開會，他們在這次聚會上通過了四項決定：

1、正式成立工作執行小組，即林式同、莊信正、張錯、張信生四人，儘快

遵照張愛玲遺囑及意願去處理她的身後事。

2、紀念張之活動或研究，應與處理身後事分開。張愛玲專家們可以繼續討論作品或生平，但目前不想太多人參與執行張遺囑的工作。一旦工作處理完畢，將會有報告說明處理過程，屆時專家們亦可藉此報告再作評判或研討。

3、由林式同決定遺物之丟棄及保留，由張錯負責對外發言。儘快火化及遵照遺囑處理靈灰，不舉行葬禮儀式。

4、工作希望兩星期內完成。

張錯在〈水般亮麗自然──張愛玲海葬始末〉中詳細報導了執行張愛玲遺囑的全過程，心有餘悸地稱「有一股黑暗的力量，竭力推動公開悼念張愛玲女士的活動，四面八方，有如陰風冷箭。」「覺得好像和媒體在角力，好累。本來就沒有什麼好隱瞞，只因彼此立場不同，一方是尊重逝者意願，另一方必須有所報導。」

九月十九日清晨，張愛玲的遺體在洛杉磯惠捷爾市玫瑰崗墓園火化，沒有舉行任何儀式，火化時也沒有親人在場。然而九月二十日一早，《世界日報》仍是報導了火葬現場及照片──媒體神通廣大，還是有辦法打探到火葬日期並且偷偷進入現場並拍照，且在報導中極力渲染張愛玲之死的「淒涼」，對林式同等人頗有責怪之意。

這令林式同十分難受，張錯只得安慰他：求仁得仁，我們只是盡其所能，讓愛玲女士瀟灑地來，瀟灑地去罷了。

兩人又討論了一回撒放靈灰之事，並談及海葬當日鮮花、拍照、錄影之事，商議開船、攝影的人選，均覺又傷感又擔憂，不知道這回又會不會被媒體打擾。其實這時媒體早已知道海葬的打算，只是不知時間地點而已。林式同等人互相勉勵要儘量保密，然而心下頗不自信──媒體無孔不入，實在是太可怕了！

九月三十日是張愛玲的生日，林式同抱著張愛玲的骨灰盒，而張錯帶著兩大袋紅白玫瑰花，在碼頭與高全之（負責錄影）、許媛翔（負責拍照）等會合，駛船入海。上午九點半，船長把引擎關掉，讓船靜靜地漂在水上，所有人

對著骨灰盒三鞠躬，然後念祭文。

　　林式同默然片刻，從船長手中接過螺絲起子，慢慢啓開骨灰盒的金屬底蓋，然而就在這時，船身忽然開始劇烈地搖晃，林式同幾乎站立不穩，要靠著張錯的幫忙，才能努力打開骨灰包。在船長的示意下，他緩緩走向左舷下風處，在低於船舷的高度開始撒灰。一時汽笛長鳴，潮聲湧動，灰白色的骨灰，隨風飄在深藍色的海上，同紅白玫瑰花一起，漸行漸遠……

　　其後，不是文人的林式同勉爲其難地提筆撰寫了〈有緣得識張愛玲〉一文，這是他不得不向世人做出的交代，也帶著替自己辯白的意思——

　　「在執行遺書的任務時，對喪事的處理方式，大家意見特別多。怎麼回事？張愛玲的遺書上不是很清楚地列出她的交代嗎？她生前不是一直在避免那些鬧哄哄的場面嗎？她找我辦事，我不能用我自己的意見來改變她的願望，更何況她所交代的那幾點，充分顯示了她對人生看法的一貫性。她畢生所作所為所想的精華，就是遺書裏列出來的這些，我得按照她的意思執行，不然我會對她不住！

　　她要馬上火葬，不要人看到遺體。自她去世至火化，除了房東、警察、我和殯儀館的執行人員外，沒有任何人看過她的遺容，也沒有照過相，這點要求我認為已達到了。

　　從去世至火葬，除按規定手續需要時間外，沒有任何耽誤。

　　她不要葬禮。我們就依她的意思，不管是在火化時或海葬時，都沒有舉行公開的儀式。

　　她又要把她的骨灰，撒向空曠無人之處。這遺願我們也都為她做到了。」

　　——難爲了林式同！

　　看著這一段文字，我們彷彿可以看見張愛玲含笑的臉，在繽紛如霞的紅白玫瑰花瓣間載浮載沉，這多麼像她至愛的「海上花」開篇的意境。

　　她來自上海，回歸海上。如果有人乘輪船穿過大海，看到水面上蓮花盛開，那便是她。

國 家 圖 書 館 出 版 品 預 行 編 目 資 料

西望張愛玲之張愛玲傳奇 ／西嶺雪著.
臺北市：風雲時代，2011.01
　面；　　公分.

　ISBN 978-986-146-740-5 (平裝)
　1. 張愛玲　　　　2. 傳記

782.886　　　　　　　　　99023573

西望張愛玲之 張愛玲傳奇

作　　者：西嶺雪
出 版 者：風雲時代出版股份有限公司
出 版 所：風雲時代出版股份有限公司
地　　址：105台北市民生東路五段178號7樓之3
風雲書網：http://www.eastbooks.com.tw
官方部落格：http://eastbooks.pixnet.net/blog
信　　箱：h7560949@ms15.hinet.net
郵撥帳號：12043291
服務專線：(02)27560949
傳真專線：(02)27653799
執行主編：劉宇青
美術編輯：芷姗

版權授權：劉愷怡
法律顧問：永然法律事務所　李永然律師
　　　　　北辰著作權事務所　蕭雄淋律師

初版日期：2011年2月
ISBN：978-986-146-740-5

總 經 銷：成信文化事業股份有限公司
地　　址：台北縣新店市中正路四維巷二弄2號4樓
電　　話：(02)2219-2080

行政院新聞局局版台業字第3595號
營利事業統一編號22759935
©2011 by Storm & Stress Publishing Co.Printed in Taiwan

定 價：380元　　　　　　　　　版權所有　翻印必究